감성정치와 사랑의 미학

감성사회의 역설과 사랑의 재발명

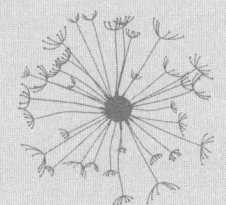

나병철 羅秉哲 | Na Byung-Chul

연세대학교 국문학과를 졸업하고 같은 대학교 국문학과를 졸업하였다. 수원대학교 국문학과 교수를 거쳐 현재 한국교원대학교 국어교육과 교수로 있다. 저서로는『소설이란 무엇인가』,『문학의 이해』,『전환기의 근대문학』,『근대성과 근대문학』,『한국문학의 근대성과 탈근대성』,『소설의 이해』,『모더니즘과 포스트모더니즘을 넘어서』,『근대서사와 탈식민주의』,『탈식민주의와 근대문학』,『소설과 서사문화』,『가족로망스와 성장소설』,『영화와 소설의 시점과 이미지』,『환상과 리얼리티』,『소설의 귀환과 도전적 서사─주체, 윤리, 사랑, 혁명의 귀환에 대하여』,『은유로서의 네이션과 트랜스내셔널 연대』,『미래 이후의 미학』이 있으며, 역서로는『서비스 이코노미』(이진경), 『냉전시대 한국의 문학과 영화』(테드 휴즈),『문학교육론』(제임스 그리블),『문화의 위치』(호미 바바),『포스트모더니즘 이후의 정치와 문화』(마이클 라이언),『해체론과 변증법』(마이클 라이언),『중국문화 중국정신』(C.A.S. 윌리엄스)이 있다. 주요논문으로는「탈식민주의와 정전의 재구성」,「탈식민과 환상」,「한국문학 연구와 문화의 미결정성의 공간」,「청소년 환상소설의 통과제의 형식과 문학교육」등이 있다.

감성정치와 사랑의 미학
감성사회의 역설과 사랑의 재발명

초판인쇄 2017년 7월 25일 **초판발행** 2017년 8월 10일

지은이 나병철 **펴낸이** 박성모 **펴낸곳** 소명출판 **출판등록** 제13-522호

주소 서울시 서초구 서초중앙로6길 15, 1층

전화 02-585-7840 **팩스** 02-585-7848

전자우편 somyungbooks@daum.net **홈페이지** www.somyong.co.kr

값 35,000원 ⓒ 나병철, 2017

ISBN 979-11-5905-203-3 93810

나병철

감성정치와
사랑의 미학

감성사회의 역설과
사랑의 재발명

소명출판

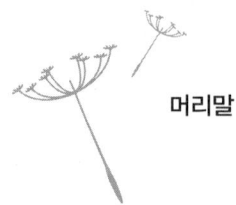

윤리적 질문으로서의 사랑

사랑이 학문적 주제가 될 수 있을까. 사랑과 가장 가까운 철학적 주제는 윤리이다. 이 책에서 사랑을 통해 말하고 싶었던 것은 실상 새로운 윤리에 연관된 질문이었다. 하지만 사랑으로서의 윤리적 질문은 윤리라고 말할 수 없는 윤리이다. 오늘날 윤리라는 말은 아무리 화려한 수사학을 동원해도 우리를 감동시키지 못한다. 이 책이 말하려는 사랑을 내포한 윤리를 가리키는 단어는 아직 세상에 없다. 그 대신 우리는 사랑에 대해 말함으로써 윤리를 작동시키는 열정을 함께 논할 수 있는 길을 찾을 수 있을 것이다. 오늘날 같은 **감성의 시대**의 특징은 에로스에 대해 말할 때 윤리에 대한 논의가 시작될 수 있다는 점이다. 감성권력의 시대에 우리의 사랑의 주제는 상당 부분 윤리적 질문과 겹쳐진다.

사랑이기도 한 윤리란 에로스적 열정과 본능적인 리비도에 의한 충동에 다름이 아니다. 그처럼 윤리를 순수욕망(라캉)에 연관시킬 때만 우리는 오늘날의 결빙된 윤리를 해빙할 방법을 찾을 수 있다. 신자유주의 시대의 감성권력은 타자성과 에로스를 동면시키거니와 그에 대응하는 사랑의 귀환은 윤리적 질문을 절실하게 만든다.

사랑으로서의 윤리를 가장 쉽게 이해할 수 있는 방법은 한용운의 시를 읽는 것이다. 한용운은 사랑에 대해 노래하면서 사실은 윤리에 대해 말하고 있었다. 그의 윤리는 오래된 불교적 깨달음인 동시에 아직 오지 않은 탈근대적 질문이기도 하다. 그렇기에 님은 알 수 없는 대상인 동시에 심연에서는 이미 다 알고 있는 존재이다. 윤리는 한용운의 님처럼 눈앞에 보이지 않으면서도 끝없이 마음을 움직이는 그 어떤 것이다. 님은 사랑의 대상이자 원인이며 윤리적 충동의 부재원인이기도 하다.

사랑으로서의 윤리는 심리학과 정치학, 철학을 관통한다. 라캉의 대상 a, 제임슨의 부재원인, 스피노자의 내재원인은 모두 윤리의 작동원리와 연관되어 있다. 한용운의 님 역시 마찬가지이다. 한용운은 사랑이란 이름 붙일 수 없는 것이라고 노래했는데 그 점에서는 님도 다르지 않다.

님이란 말할 수도 볼 수도 없는 대상 a의 상징적 이미지이다. 그 같은 님은 「알 수 없어요」에서처럼 어디에도 없지만 모든 곳에 존재하기도 한다. 우리 마음속의 님 역시 마찬가지일 것이다. 대중가요 〈애인 있어요〉(이은미)에서처럼 애인은 마음속에 숨겨두고 있을 때 열정이 더 절실해진다. 이 노래는 단지 짝사랑의 하소연이 아니다. 여기에는 많은 사람의 심금을 울리는 사랑의 신기한 비밀이 담겨져 있다. 이 노래의 화자는 눈앞의 연애의 대상보다는 내면에 들어온 그대('그 사람 나만 볼 수 있어요')에 대해 말하고 있다. 그처럼 마음속에 담아둔 님은 신비롭게도 연정의 대상인 동시에 모든 사람이 공감하는 진정성, 그 열정의 원인(대상 a)이 된다. 역설적으로 없지만 있는 애인('애인 있어요'), '나만 볼 수 있는 님'이 모두를 감동시키는 것이다. 한용운의 님이든 숨겨둔 애인이든, 한마디로 님은 '부재하면서 존재하는' 모든 것, 부재원인으로서의 총체성이다. 그것은 아무도 못 보는 존재이면서 나의 전부인 동시에 우리의 모든 것이기도 하다. 이처럼 사랑이 한 사람의 내면을 넘어설 때 부재원인으로서의 총체성은 윤리가 된다. 윤리란 일신상의 진리(김남천)이자 모든 사람이 공감하는 사랑이다. 그렇기에 '입술에만 담아둘 수 있는 애인', 표상 불가능한 님은, 없으면서 모든 것인 부재원인/총체성이면서 우리 시대의 진실을 부활시킬 수 있는 추동력이다.

바디우에 의하면, 부재원인으로서의 윤리는 진리에 대한 열정을 지속시키는 원리로 작동된다. 어떤 상황에 공백이 생긴 것을 사건이라고 할 수 있는데 사건이 일어나면 우리는 존재방식과 행동방식을 변화시키려 움직인다. 그런 일련의 움직임이 바로 진리의 과정이다. 바디우는 진리의 과정에 대한 열정, 그 충실성(진리)에 대한 충실성을 윤리라고 말했다. 바디우가 말한 윤리의 충실성은 한 사람의 내면을 넘어선 영원한 사랑의 열정과 다르지 않다.

그런데 오늘날은 사건이 일어나도 아무도 움직이지 않는다. 우리 시대는 n포 세대에 덧붙여 진리의 과정마저 쉽게 포기되는 n+1포 시대이다. 포기의 시대란 진리에 대한 열정(윤리)이 약화된 사회이다. 그로 인해 진리는 떠났지만 무의식 속의 우리는 그것을 보내지 않았다. 진리에 대한 열망은 님에 대한 사랑처럼 심연의 어딘가에 남아 있다. 그 심연에 남아 있는 아득하게 느껴지는 샘물을 필사적으로 퍼올리는 과정이 윤리의 회생이자 사랑의 재발명이다.

사랑의 재발명을 위해 필사적 도약이 필요한 것은 우리 시대가 동일성에 물신화된 시대이기 때문이다. 동일성이란 화폐나 도구적 이성처럼 인간조차도 사물처럼 동일한 척도로 계산하는 원리를 말한다. 화폐, 도구적 이성뿐만 아니라 국가, 민족조차도 타자를 포용하지 않는 한 동일성 원리이다. 동일성 체제의 원리는 시작과 끝이 똑같은 동어반복의 무한한 재생산이다. 신자유주의는 전사회의 상품화를 통해 동일성 체제를 물신화시키면서 타자성을 지닌 사랑과 윤리를 마비시켰다. 사랑을 위해서는 도약이 필요하지만 우리 시대는 특히나 더 **목숨을 건 도약**이 필요하다. 오늘날의 에로스의 쇠퇴란 자본과 국가의 물신화와 함께 타자에 대한 공감의 약화를 뜻하기 때문이다. 그에 대항하는 사랑의 회생은 필사적 도약을 통한 진리의 부활이면서 타자성의 공통성의 사회에 이르는 길이기도 하다. 우리에게 되돌아올 님은 식민지는 물론 자본주의나 국가주의와는 다른 곳에서 우리를 살게 할 것이다. 이 책에서는 사랑을 말하면서 지금과는 다른 세상으로 가는 방법을 찾아 볼 것이다.

이 책의 목적인 사랑으로서의 윤리의 탐색은 우리시대의 감성권력에 대한 대응이기도 하다. 레비나스는 흥미롭게도 타자성의 윤리를 에로스에 연관시킨다. 우리는 비슷하면서도 조금 다르게 사랑의 주제를 타자성의 윤리에 연결시킬 것이다. 2차 세계대전 이후 윤리가 절실한 주제였다면 오늘날은 사랑이 더 긴급한 주제가 되었기 때문이다.

감성사회의 역설과 에로스의 정치화

사랑이 우리 시대의 화두라는 말에 공감이 가지 않을 수도 있다. 절박한 문제들이 산재한 시대에 감성적인 사랑에 연연해하는 것을 달가워하지 않는 사람도 있을 것이다. 더 나아가 오늘날의 사랑의 종말에 동의하지 않는 사람이 많을 것이다. 그것은 감성권력이 사랑과 윤리의 대체물을 만들어냈기 때문이다. 오늘날은 낭만적 유토피아나 자기계발서사 같은 타자 없는 사랑과 윤리가 체제에 봉사하는 감성권력의 시대이다. 우리 시대는 사랑의 판타지가 많아진 시대인 동시에 에로스적 사랑이 쇠퇴한 시대이다. 감성사회의 역설은 감성의 소비가 증대될수록 인격이 차가워지며 나르시시즘적 사랑이 많아질수록 에로스가 소멸된다는 점이다.

그 같은 역설의 중심에는 타자성의 상실이 놓여 있다. 감성적인 유혹사회는 화려한 판타지의 스펙터클로 유혹하면서 타자에 대한 공감을 약화시켜 사람들이 동요하지 않게 만든다. 친밀한 감성의 소통이 증대하고 사랑의 판타지가 많아질수록 우리는 진정한 사랑의 대상인 타자를 상실한다.

그러나 그처럼 타자를 배제하는 감성권력의 시대이기 때문에 타자성의 사랑이 중요한 정치적 주제가 되는 것이다. 오늘날 사랑은 윤리를 포함하면서 이데올로기와 감성권력에 대항하는 유력한 정치학이 된다. **사랑의 정치화**는 감성사회의 역설이 낳은 아무도 말하지 않는 은밀한 시대적 요구이다. 우리는 에로스의 희생의 문제가 사회를 변화시키기 위해 가장 긴급한 문제임을 살펴볼 것이다.

사랑은 우리의 존재방식을 변화시킨다. 프로이트는 사랑의 상실이 우리의 성격을 형성한다고 말했다. 어떤 사람의 정체성은 그 사람이 상실한 연인들이 내면의 잔여물로 중첩되어 만들어진다는 것이다. 그러나 우리는 사랑을 경험하면서 이미 성격이 변화되기 시작하는데 사랑이란 타자가 나의 내면에 들어오는 사건이기 때문이다. 그처럼 우리의 존재방식의 변화를 요구하는 점에서 사랑은 바디우가 말한 사건의 일종이다. 하지만 세월호 사건 같은 거시적 사태와는 달리 사랑에 의한 사회적 변화의 요구는 잠재적이다. 사회적 사건이 변화를 위한 진리의 과정을 요청한다면 사랑은 그런 진리에 대한 열정으로서 '일신상의 진리'이다. 김남천은 일신상의 진리를 윤리(모랄)라고 불렀다. 사랑은 존재를 변화시키는 **사건**인 동시에 사회적 변화를 위한 **윤리**이기도 한 것이다.

윤리는 물밑의 미시적 사건이다. 어떤 사건이 일어나면 사람들이 움직이는 것은 윤리에 의한 것이며 그것은 물밑의 동요가 고조되었음을 뜻한다. 사랑 역시 아무도 모르게, 심지어는 자신도 못 느끼게 일어나는 물밑의 동요이다. 사랑은 진공 속에서 생겨나는 것이 아니라 이데올로기나 권력에 의해 지배되는 세계에서 발생한다. 그런데 미시적 사랑은 거대한 이데올로기에 좀처럼 용융되지 않는다. 그것은 윤리가 이데올로기와 화합할 수 없는 것과 마찬가지이다. 동화되지 않는 사랑의 대응은 일정한 시점에까지 타인은 물론 자신에게도 쉽게 감지되지 않는다. 그러나 사랑은 흔히 지상의 이데올로기의 호명에 응하지 않은 채 물밑의 동요를 끝없이 지속시킨다. 그리고 이데올로기에 균열이 생긴 시점에서 한순간 동요를 증폭시킨다.

예컨대 「날개」의 '나'는 물신화된 근대성의 이데올로기에 호응하지 않은 채 박제된 상태에서도 여전히 아내를 사랑한다. 또한 「님」의 진국은 냉전 이데올로기의 감시를 피해 숨어 지내면서 조청련계 래영에 대한 사랑을 중단시키지 않는다. 더 나아가 『토지』의 서희는 더 이상 길상에 대한 사랑을 숨길 수 없게 동요가 고조된 시점에서 반상의 이데올로기를 무너뜨린다.

이처럼 사랑이란 이데올로기에 **공백**을 만드는 물밑의 동요이다. 이데올로기의 공백으로서의 사랑은 그 자체로 사건인 동시에 윤리적 동요이기도 하다. 사랑은 이데올로기와 매우 유사한 기제이면서도 이데올로기를 무효화하는 공백으로 작용한다. 그런 이데올로기의 공백으로서의 사랑이야말로 지배권력에 대항하는 감성정치의 출발점일 것이다.

 이데올로기와 사랑

엘리자베스 브라우닝은 숨쉬듯이 사랑하고 싶다고 말했다. 우리는 질식할 듯한 자본주의 사회에 살면서 이데올로기 속에서 비로소 숨을 쉰다. 사랑과 이데올로기는 마치 공기처럼 없는 듯하면서도 생명을 위해 한시도 중단할 수 없는 삶의 호흡의 기제들이다.

일상의 삶에서 이데올로기를 벗어날 수 없듯이 심연에서라도 사랑을 하지 않는 사람은 없다. 누구나 자신도 모르게 사랑을 한다. 집이 거리가 되고 일상의 삶이 무력화된 「날개」의 '나'와 같은 존재도 마찬가지이다. '나'는 백화점 옥상의 수족관의 금붕어를 들여다 보다 아래로 내려와 '날자!'라고 외친다. 이데올로기가 금붕어가 호흡하게 하는 수족관이라면 사랑은 자유로이 날고 싶은 소망과도 같다. 우리는 수족관에 살면서 하늘을 날고 싶은 무의식적 소망에 사로잡힌다.

이데올로기와 사랑은 우리의 정체성을 형성하는 두 가지 방식들이다. 전자가 아버지의 축이라면 후자는 어머니의 축이다. 어머니를 잃은 최초의 실연의 사건은 우리를 아버지 쪽의 상징계와 이데올로기에 동화되게 만든다. 그러나 바로 그 순간부터 무의식 속에서 사랑의 소망이 작동하기 시작하며 연인과의 만남과 이별이 계속된다.

사랑은 이데올로기와 조우하고 길항하면서 흔히 상실과 패배를 경험한다. 하지만 사랑의 실패는 사업이나 이데올로기의 실패와는 매우 다른 성격을 지니고 있다. 이데올로기와의 관계에서 패배한 사람은 단순히 사랑에 실패한 것이 아니다. 사랑을 상실한 사람은 상실한 연인을 내면으로 옮겨와 정체성의 일부로 교합하며 패배를 연기하기 때문이다. 사랑이 억압되거나 상실된 사람 역시 고통 속에서 연정을 지속시키면서 이데올로기에 동화되지 않는 공백을 만든다. 그 때문에 이데올로기가 성행하는 시대는 이데올로기에 공백을 만드는 **사랑의 시대**이기도 했다.

예컨대 1970년대의 이데올로기의 시대에는 누구나 개발주의의 호명에서 자유롭지 않았다. 그 때문에 그 호명에 응답할 수 없는 사람들은 자신의 의지와는 상관없이 일상의 그늘에서 비천한 신체로 살아가야 했다. 물론 그들의 비천함 역시 이데올로기에 의해 부정적 방식으로 주조된 성격일 것이다. 하지만 배제에 의해 정체성이 주조된 그들은 사랑에 의해 반전을 일으키며 자기 자신의 존재를 증명했다. 그들의 사랑은 연인의 상실과는 상관없이 자신의 내면과 우리의 심연에서 계속되었다. 예컨대 「영자의 전성시대」나 「몰개월의 새」, 「아홉 켤레의 구두로 남은 사내」의 비천한 인물들은 정체성의 양가성 속에서 이데올로기의 균열과 사랑의 잔존을 증언하고 있다.

그러나 오늘날의 신자유주의 시대에는 이데올로기에 공백을 만드는 에로스를 소멸시키는 감성권력이 등장했다. 우리 시대는 인문학과 예술의 쇠퇴와 함께 에로스를 상실한 시대이다. 이제 에로스는 어른들은 모르는 비밀이 되었다. 성장한다는 것은 『아담이 눈뜰 때』에서처럼 섹슈얼리티 장치에 포획되는 것이며, 신데렐라 드라마에서처럼 낭만적 유토피아의 소비자가 되는 것이다. 섹슈얼리티 장치와 사랑의 판타지는 신자유주의 유혹사회의 독특한 발명품이다. 새로운 감성권력은 섹슈얼리티와 사랑의 판타지의 소비로 에로스를 대체함으로써 타자에 대한 공감을 약화시키는 것을 목표로 삼는다. 낭만적 유토피아가 소비되는 사회에서는 고통 받는 타자가 눈에 보이지 않는다. 실직자, 비정규직, 파산자는 많아졌지만 그들은 소유의 몫뿐 아니라 자신에게 할당된 **감성의 분할의 몫**이 없다. 유혹사회는 고통 받는 타자를 양산하는 동시에 그들에게 무감각해지게 만드는 사회이다. 사랑의 판타지의 과잉과 에로스의 빈곤화, 이것이 신자유주의가 양극화와 불평등성의 사회를 유지시키는 새로운 감성의 분할의 장치이다.

미학적 감성정치와 사랑의 재발명

이 책에서는 그 같은 유혹사회의 감성의 분할에 대항하는 미학적 환상의 출현을 살펴봤다. 유혹사회는 두 종류의 판타지가 성행하는 사회이다. 하나는 신데렐라 드라마 같은 사랑의 판타지이며 다른 하나는 한강과 박민규의 소설 같은 복수 코드적 환상이다. 복수 코드적 환상은 타자에 대한 도약이 불가능해진 세계에서 복수 코드들 사이의 도약을 통해 에로스를 회생시키는 장치이다. 예컨대 「내 여자의 열매」에서 '나'는 초록색 피멍으로 거세되어가는 아내에게 물세례를 퍼부어 파들거리는 식물로 되살아나게 한다. '나'는 목숨을 건 도약을 통해 환상 속의 아내의 존재와 교섭함으로써 에로스를 회생시킨다. 환상 속의 아내의 회생은 우리의 심연에 남아 있는 에로스의 순수기억의 귀환일 것이다. '나'는 필사적 도약을 통해 두레박이 닿지 않는 심연의 우물을 퍼 올리며 식물 타자가 된 아내와 교섭하고 있는 것이다.

그처럼 우리 시대에는 에로스가 소멸된 것이 아니라 아련한 심연의 샘물로 남아 있다. 에로스를 갈망하면서도 샘물이 손에 닿지 않는 것은 타자에 대한 공감을 약화시키는 감성의 분할 제도 때문이다. 그로 인한 심연의 에로스와의 아득한 거리감이 우울증이라면 그것은 제도화된 우울증일 것이다. 따라서 제도적 감성의 분할에 대항하는 복수 코드적 환상은 에로스의 회생을 통해 사회적 변화를 요구하는 셈이다.

이 책에서는 복수 코드적 환상 이외에 시간-이미지와 시각적 장치의 탈취를 에로스의 회생을 위한 미학적 창안으로 살펴봤다. 시간-이미지란 모든 시간을 일회적 소비품으로 만드는 상품사회의 질서를 뒤집는 방식이다. 일회적 시간의 회로에서 이탈한 시간-이미지는 눈사람을 굴리듯 우리의 존재를 부풀게 만든다. 예컨대 〈응답하라 1988〉의 쌍문동, 〈빈집〉의 유령놀이, 「아, 하세요 펠리컨」의 오리배 같은 시간-이미지들은, 눈사람으로 부푸는 순수기억을 자극함으로써 심연에서 깊은 샘물을 다시 퍼 올리려는 욕망을 고취시킨다.

또한 시각적 장치의 탈취는 1% 상위층만 모니터에 나타나고 99%는 부품이 되어 본체에 갇혀 있는 간접화된 사회의 질서를 전복시킨다. 예컨대 『나는 소망한다 내게 금지된 것을』이나 〈더 테러 라이브〉, 〈원티드〉 등에서는 시각적 전복이 어떻게 사회적 변화를 유도하는지 보여준다. 즉 보이지 않는 타자가 모니터에 나타나게 함으로써 감성의 분할의 구조를 뒤집고 타자에 대한 공감을 회생시켜 불평등성을 교정하려는 소망을 고조시키는 것이다.

복수 코드적 환상과 시간-이미지, 시각적 장치의 탈취는 결빙된 윤리를 녹이려는 동요의 장치들이다. 이 책에서는 안정된 건축보다 **동요의 윤리**가 새로운 삶을 생성함을 살펴보았다. 아름답고 환상적인 건물들로 축조된 도시는 실상은 물신화된 동일성 체제이다. 동일성 체제란 모든 것이 변화되는 것 같지만 아무것도 달라지지 않는 반복으로서 시간의 식민화에 다름이 아니다. 그 같은 동일성 체제를 물 위의 도시로 만드는 동요의 윤리만이 우리를 시간의 식민화에서 벗어나게 한다. 안정된 도시를 불안정하게 흔드는 동요의 감각을 되찾을 때 비로소 새로운 시간을 위한 감성 정치가 시작될 수 있다.

우리 시대는 사회의 변혁을 위해 감성정치가 필수물이 된 시대이다. 사회 모순이 만연되었는데도 변혁이 시도되지 않는 것은 쾌락과 혐오 같은 반작용적 정동을 생산하는 감성의 분할 때문이다. 그런 식민화된 감성의 분할이 교정되지 않는 한 사회적 변혁은 시도조차 불가능할 것이다. 물밑의 동요의 윤리는 능동적 정동을 통해 분할의 질서를 뒤흔드는 출발점이다. 이 책은 그것을 통한 에로스의 회생 자체가 감성의 변혁과 함께 사회적 변화를 위한 실천의 진리임을 살펴봤다.

오늘날 에로스 같은 능동적 정동의 쇠퇴는 **이자적 진리**의 소멸과 맥락을 같이 한다. 이자적 진리는 두 사람만의 진리라는 뜻이 아니다. 에로스의 이자적 진리는 나르시시즘을 넘어섬은 물론 진리를 제3자의 몫으로 되돌리는 객관주의도 극복한다. 이자적 진리는 내부의 참여자의 입장에서 외부를 갈망하는 유일한 실천적 진리의 모델이다. 냉담한 제3자와 달리 참여자만이 물밑에서 동요하면서 사회적 변화를 일으킬 수 있다. 결빙된 세상을 녹이는 연인과의 떨리는 포옹이 없이 객관적 이론만을 주장하는 사랑은 어디에도 없다. 이 책은 진리(이론)와 실천의 오래된 딜레마를 넘어서는 중요한 방식으로 에로스적 사랑의 진리를 제안한다. 사랑이 은유를 통해 사회적·세계적 차원으로 무한히 팽창해 갈 수 있는 것은 그런 에로스적 진리의 실천적 능력 때문이다. 유혹사회란 그 같은 에로스의 이자적 진리를 동결시키는 나르시시즘의 세계이다. 반면에 이 책은 에로스적 동요야말로 사회적 변화를 위한 감성정치의 출발점이라고 주장한다.

그 점에서는 우리가 에로스와 동렬에 놓은 이름 붙여지지 않은 윤리도 마찬가지일 것이다. 사랑으로서의 윤리는 이자적 진리와 그것의 팽창인 다수 체계적 관계를 통해 새로운 방식의 보편성에 다가선다. 그 새로운 보편성에의 접근은 새로운 사회의 시작이기도 하다. 이름 붙일 수 없는 윤리는 이름 부를 수 없는 사랑(한용운)과 똑같이 부재원인으로서의 총체성이다. 우리 시대에 그것은 아무데도 없지만 모든 것에 잠재해 있기도 하다. 오늘날은 에로스가 떠나갔지만 심연에서는 아직 보내지 않은 시대이다. 한용운의 시대와 다른 점은 그 거리가 조금 더 아득하다는 것이다. 공간의 식민화가 분열증의 시대라면 시간의 식민화는 우울증의 시대이다. 우리가 살펴본 사랑의 재발명의 창안들은 그 우울한 아득함을 극복할 목숨을 건 도약의 방식들이었다. 제 곡조를 못이기는 동요의 윤리와 사랑의 미학은 동일성 체제를 물위의 도시로 만들면서 새로운 타자성의 공통성에 다가갈 수 있게 할 것이다.

동요의 윤리에 의한 물밑의 에로스의 회생은 미결정적인 비식별성의 영역의 생성을 암시한다. 아감벤이 말한 예외상태의 공간 이외에 또 다른 미결정성의 영역이 있는 것이다. 아감벤의 비식별성의 영역이 화려한 도시를 고정시키기 위한 사랑의 강물의 매몰지라면, 또 다른 비식별성의 영역은 물위의 도시를 동요시키는 물밑의 에로스의 공간이다. 아감벤은 내부와 외부가 불분명한 곳에서 벌거벗은 생명을 처분하는 생명정치에 의해 지배질서가 유지된다고 말한다. 반면에 물밑과 물위를 넘나드는 에로스의 열정과 숨은 영혼의 고양이 감성적 저항의 출발점일 것이다. 미래의 변혁운동은 감성의 분할의 변혁과 함께 물밑의 **숨은 영혼의 역습**에 의해 시작된다. 우리 시대는 두 개의 비식별성의 영역들이 긴장하고 길항하는 시대이다. 우리는 숨은 생명을 관리하며 건설된 물위의 도시에 숨은 영혼의 동요가 침투하는 보이지 않는 드라마를 보고 있다.

그러나 숨겨둔 애인처럼 숨은 영혼의 동요는 수동적인 감성의 안개에서 탈출한 사람들의 눈에만 보인다. 우리는 보는 동시에 보지 않는 사회에 살고 있다. 수동적 정동에 길들여진 사람들은 내면의 애인은 물론 눈앞의 미래도 보지 못하는 삶을 자연스럽게 살아간다. 그에 대응하는 우리의 무기는 에로스의 회생과 숨은 영혼의 역습이다. 에로스와 숨은 영혼의 부활은 수동적 감성의 안개에서 벗어나 능동적 주체를 회생시키는 감성정치의 출발점이 될 수 있을 것이다.

이 책을 발간하는 데 따뜻한 격려와 많은 도움을 주신 소명출판 박성모 사장님께 진심으로 감사드린다. 아울러 이 책을 정성껏 꾸며주신 소명출판 편집부 여러분께도 고마움을 전한다.

2017년 3월
나병철

머리말 8

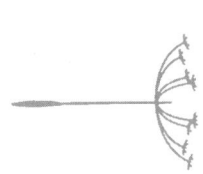

제1장

감성정치의 영역과 사랑의 공간

1. 유혹사회의 판타지와 감정상품 – 〈태양의 후예〉

모두의 가슴을 설레게 하는 눈부신 드라마 〈태양의 후예〉의 인기 비결은 우리의 감정적 잔여물을 단숨에 해소시켜 주는 데 있다. 가슴이 '심쿵'할 만큼 잘 생긴 특전사 대위 유시진(송중기 분)은 노동자의 생명보다 국익이 먼저라고 말하는 발전 설비 책임자(진영수)에게 이렇게 묻는다 "국가가 뭔데? 국민의 생명과 안전을 최우선으로 하는 게 국가야. 군인인 나한테 국민의 생명보다 우선하라고 국가가 준 임무는 없으니까."[1] 또한 그는 애인이 납치되자 청와대에 연결된 전화기에 대고 서슴없이 외친다. "개인의 죽음에 무감각한 국가라면 문제가 생기면 좀 어때."[2] 그는 개인보다 국익을 말하는 청와대 수석에게 항명하며 납치된 애인(강모연)을 구하러 떠난다.

유시진의 말은 마치 세월호 유가족들이 울부짖으며 소리칠만한 내용이었다. 힘없는 사람들이 들을 사람도 별로 없는 데서 외칠 말을 젊고 탄

---

1 〈태양의 후예〉(김은숙·김원석 극본, 유종선 연출), 7회.
2 위의 드라마, 11회.

탄한 신체를 지닌 군인이 대신 말해준 것이다. 그것도 권력의 핵심부인 청와대에 대고 거리낌 없이 내뱉고 있었다.

물론 이것은 판타지이다. 현실에서 그런 일이 일어나리라고 믿는 사람은 아무도 없다. 그러나 누구나 다 가슴속에서 소망하고 있는 일을 마치 현실처럼 보여주고 있는 것이다. 비현실적인 일을 현실처럼 믿게 하는 데는 정교하고 화려한 스펙터클이 필수적이다. 현란한 스펙터클 속에 빨려 들어가 감정적 앙금이 해소되는 경험을 할 때, 우리는 현실을 대체해 보여주는 판타지의 **유혹**을 물리치기 어렵다.

이 드라마는 빠른 전개를 통해 매혹적인 장면들을 연이어 보여주는 점에서 반성적 사고의 틈을 주지 않는 정신분산적인 스펙터클에 속한다. 그런 매혹의 기법은 문학보다는 꿈의 원리와 비슷하다. 꿈을 꿀 때 우리는 반성적 사고가 정지된 상태에서 연이어 전개되는 이미지들에 의해 소원 충족의 경험을 한다. 그런 방식으로 심리적 잔여물을 해소함으로써 다시 지옥 같은 현실을 태연하게 마주할 수 있게 되는 것이다.

〈태양의 후예〉가 꿈과 다른 점은 집단적인 흥분상태를 경험하게 한다는 점이다. 왜 우리를 대신해서 꿈의 주인공으로 활동하는 인물이 하필 특전사 군인인가. 잘 생긴 특전사 군인은 군대의 꽃이다. 그러나 그는 국민이나 서민의 꽃은 아니다. 군대의 꽃이 우리를 속 시원하게 해주는 이유는 세월호의 사건에서 국가의 무능이 해경을 통해 드러났기 때문일 수 있다. 꿈속에서의 심리적인 복수는 반대되는 사건들을 이미지화해서 보게 만드는 것이다. 현실에서 국가의 무능이 군인(경찰)의 무책임으로 드러났다면 꿈에서는 그런 지질한 군인을 대체한 멋진 군인이 우리가 소망하는 일을 해내게 만들어야 한다.

그런데 〈태양의 후예〉의 군인은 그런 감정적 복수의 역할에 그치는 게 아니다. 수려한 외모를 지닌 유시진은 예외적인 개인이기 보다는 군인정신의 표상으로 제시되고 있다. 그는 잘못된 명령에도 목숨을 거는 현실적인 군인들과 마찰하며 제 갈 길을 가는 것이 아니다. 그의 돌출성은 새로운 환상적인 군인들의 대표로 활약한다는 안정성과 결합되어 있다.[3] 유시진은 한국군대의 타자가 아닌 집합적인 군인들의 판타지이며 그 때문에 우리에게 집단적인 흥분을 불러일으킨다.[4] 그런 집합체의 초합리적·감각적 열정은 개인의 무의식과 육체에 집단적 감정을 각인시킨다. 〈태양의 후예〉가 불러일으키는 흥분이 윤리적 동요와 다른 점은 그 같은 집단적 감정에 기반한 **항상성**에 근거한다는 점이다. 항명의 순간 시작된 가슴의 동요는 집단적인 움직임에 의해 안정된 쾌감으로 전이된다. 여기에는 동요를 지속시키는 윤리적 고통의 위반적인 향락이 없다. 이 드라마가 선물하는 행복감의 비밀은 우리의 심장을 동요시키는 동시에 한도 이상의 흥분을 줄이려는 안정성을 유지한다는 데에 있다.

문제는 그런 집단적 판타지가 우리의 마음을 유혹하며 상실된 동요의 윤리를 대체한다는 점이다. 집단적 판타지는 윤리적 동요를 자극하는 동시에 더 스케일이 커진 안정된 상상의 공간으로 되돌아온다. 우리는 자기갱신의 감각 속에서 세상이 달라졌다고 느끼지만 아무것도 변화된 것은 없다.

오늘날 감성적 판타지에 의한 이데올로기의 자기갱신은 윤리적 동요를 대체할 만큼 유연하다. 인간의 생명보다 국익을 우선시하는 국가 이데올로기에는 생명의 윤리가 부재한다. 그런 국가 이데올로기(그리고 죽음정치)의 윤리 부재의 틈새에 끼어드는 것이 바로 매혹적인 유시진을 앞세운 군사주의이다. 이 새로운 군사주의는 견고한 동시에 부드럽다. 과거의 딱

---

3   유시진은 처음에는 혼자서 강모연을 구출하러 떠나지만 곧 서대영 상사의 알파팀이 합류하며 특전사 사령관은 그 비공식적 블랙작전을 승인한다. 특전사 사령관은 한 발 더 나아가 그를 질책하는 청와대 외교 안보 수석을 "이봐요, 거기 정치인!" 하고 부르며 그의 국민에 대한 무책임한 태도를 비난한다.

4   그런 집단적인 환상은 이 드라마가 우리 시대의 자본과 국가 체제에서의 꿈을 집약해 연출한 감정상품임을 암시한다. 그와 비슷한 집단환상은 산업 자본주의 시대의 아케이드와 백화점에서부터 오늘날의 〈프로듀스101〉(케이블TV 엠넷)의 걸그룹 연습생들의 연출에서도 발견된다.

딱한 감성을 쇄신한 군사주의는 외세에 시달리고 세월호 사건으로 거세된 우리의 황폐한 내면을 남성주의적 방식으로 보충해준다.

군사적 집단주의를 통해 비쳐지는 새로운 남성주의는 강하고 매혹적이다. 유시진의 유일한 허점은 자신의 목숨을 아끼지 않고 군인의 본분을 다하기 위해 헌신한다는 것이다. 그런 허점은 생명을 중시하는 여성적 윤리의 애인에게 질책의 대상이지만, 우리 모두에게는 가장 매혹적인 요소이다. 그 이유는 우리가 무능한 국가에 의해 생명이 유기되는 시대에 살고 있기 때문이다. 국가의 방패이자 국민의 수호신인 유시진이 자신의 목숨을 아끼지 않고 행동할 때 우리는 열광한다.

레비나스는 고통 받는 타자에게 공감하는 윤리를 여성적 사랑에서 찾았다. 여성적 사랑의 특징은 물러서는 데 있다. 물러서는 사람이 어떻게 현실의 문제들을 해결할 수 있는가. 여성적 사랑은 자기성의 삶에서 물러서서 타자를 받아들임으로써 내부에 대한 집착에서 벗어나 유동적인 감성의 상태를 유지한다. 그런 유동적이고 미결정적인 상태에서 사람들 사이에 공감의 연대가 이루어질 때 자본이나 국가 같은 강한 동일성의 고착성을 해체하려는 네트워크가 생성된다. 동일성의 체제는 단숨에 해체되지 않기 때문에 우리의 동요 역시 끝없이 계속된다.

그런데 〈태양의 후예〉에서는 고통 받는 타자의 구원이 강한 남성적 집합체에 의해 단숨에 이루어진다. 여기서는 물러섬이나 미결정성 대신 전진하는 힘과 결연한 의지가 문제를 해결한다. 그 같은 강력한 동일성의 이미지에 상상적으로 빠져듦으로써 우리는 심리적 잔여물을 해소하며 환호하는 것이다. 그 순간 물러서는 대신 전진하는 판타지는 남성주의적 힘을 통해 불안한 동요 대신 안정감을 선물한다.

그런데 동요의 지속을 대체한 안정감이란 아무리 새롭더라도 또 다른 강력한 동일성으로의 회귀임이 분명하다. 다만 업그레이드의 효과에 의해 우리는 안정감 속에서도 다른 세상을 경험한다는 흥분을 느끼는 것이다. 우리는 판타지 속에서 특전사 대위에게 몰입할 뿐 아니라 현실로 돌아와서도 그 환상의 여운 속에 남아 있길 원한다. 모두들 유시진의 말투 '그랬지 말입니다'를 흉내 내며 잘생긴 군인을 닮아가고 싶어 하는 것이다. 이것이 변화되지 않은 현실을 변화된 듯이 느껴지게 만드는 판타지 서사의 유혹의 효과이다.

우리는 일상의 사람들의 공감적 연대를 통해 문제를 해결하는 대신에, 강한 군사적 힘을 지닌 집합체(동일성)에 상상적으로 의존함으로써 심리적 고통에서 벗어난다. 여기에서 생겨나는 것은 강렬하고 매혹적인 상상적 동일성을 중심으로 한 **감성의 분할**이다. 집단적 판타지가 윤리를 모방하는 동시에 잠재우는 비밀은 감성의 분할의 방식에 있다.

역설적으로 집단적 판타지의 감성적 배치에서는 힘없고 비천한 사람들은 잘 이미지화되지 않으며 보이지 않는 영역으로 밀려난다. 타자를 구원하는 멋있고 강렬한 군인들이 상상적 영역에 존재하므로 약자에 대한 공감이나 힘없는 사람들끼리의 연대는 그다지 중요하지 않은 것이다. 결과적으로 〈태양의 후예〉가 만드는 감성의 분할은 사람들을 국가와 자본의 상상적 동일성에 예속시키며 타자의 고통을 망각하게 하는 감성적 질서와 아주 유사하다. 다만 업그레이드 된 상상적 동일성에는 우리를 매혹시키는 (국가에 대한) 자가自家 비판적 소원충족의 장치가 동일성의 기제 자체에 삽입되어 있다.

〈태양의 후예〉의 군인들은 국가를 비판하는 동시에 그들의 활약으로 인해 미화된 국가의 서사로 되돌아온다. 또한 고통 받는 타자를 구원하는 판타지로 우리를 유혹하면서 그 눈부신 스펙터클에 가려진 실제적 타자를 무관심의 그늘에 놓아둔다. 어둠에 방치된 타자들은 일상의 사람의 손길 대신 어디에도 없는 상상적 수호신의 품에 안겨 있는 것이다.

유시진이 강모연을 구출한 뒤의 청와대 회의 장면에서는 특전사 사령관이 책임을 묻는 청와대 수석에게 반박하는 내용이 나온다. 우리는 사령관의 말에 통쾌함을 느끼지만 군인과 문민정부의 역전된 관계에서 왠지 가슴이 공허해진다. 이때 등장한 대통령이 분위기를 반전시키며 국민을 무사히 구출해줘서 고맙다고 사령관에게 고개 숙여 인사한다.

이 장면은 군사적 판타지에 국가권력이 동조하는 모습으로 받아들여 진다. 통치자는 그를 비판하는 세력이 자신과 남성주의를 공유하는 판타 지를 허용함으로써, 아무데도 없는 그 정의의 세력과 함께하는 자신의 정 치권력을 합당하게 만드는 것이다. 아감벤은 고통받는 타자를 벌거벗은 생명으로 배제하면서 그 거세된 자의 존재를 통해 체제의 질서를 유지하 는 **생명권력**에 대해 말했다. 그런데 새로운 **감성권력**은 그 반대의 기제를 통해 똑같은 일을 한다. 군사적 판타지는 고통 받는 타자를 구원하는 서 사를 통해 그를 (벌거벗은 생명으로) 배제하는 통치권력에 저항하는 척하면 서, 그런 환상을 허용하며 현실의 타자를 망각하게 하는 통치자와 손을 잡는다. 생명권력이 타자를 배제하는 동시에 포섭한다면 감성권력은 환 상적으로 구원하는 동시에 현실적으로 망각하게 만든다.

상상적 판타지가 망각하게 하는 것은 현실에 실존하는 타자들만은 아 니다. 한글로 된 티셔츠를 입은 우르크 아이들이 떼를 지어 달려들며 초 콜릿을 달라고 하는 장면은, 과거 우리의 모습의 반복으로서 이제는 우리 가 당당히 수혜자의 입장에 있음을 보여준다. 우르크 등 제3세계에 대한 한국군의 미화의 이면에는 그동안 실추되어온 한국의 남성성을 하위제 국의 위치에서 재남성주의화하려는 노력이 숨겨져 있다. 더 나아가 이 드 라마의 자국 내의 방영에 대한 베트남 네티즌의 항의에서 알 수 있듯이, 한국군의 미화된 하위제국의 모습에서는 베트남전 당시 민간인 학살 같 은 폭력이 망각된다. 폭력이 미담 속에 감춰지는 군사적 판타지에서는 내 부적으로 지금 어디서나 일어나고 있는 군대조직의 죽음정치적 노동[5]의

---

5   죽음정치적 노동이란 군사 노동이나 성 노동에서처럼 생명을 죽음의 위협 하에 놓고 신 체와 정신을 소모시키는 노동을 말한다. 이진경, 나병철 역, 『서비스 이코노미』, 소명출

실상 또한 지워진다.

〈태양의 후예〉는 잘 만들어진 한편의 **감정상품**이다. 잘 만들어졌기 때문에 커피 같은 기호품처럼 한 번의 기분전환용으로 소비해버린다면 꼭 나쁠 것도 없다. 그러나 이런 감정상품들이 우리 시대에 반드시 필요한 미학의 자리를 대신 차지한다면 유혹사회로부터 벗어나는 길은 요원해진다. 유혹사회란 죽음정치를 은폐하는 체제이므로 그로부터 헤어 나오지 못하면 죽음정치로부터도 벗어날 수 없다. 이 말은 언제든 세월호 사건 같은 일이 다시 일어날 수 있다는 뜻이다. 〈태양의 후예〉는 세월호 사건으로 인한 우리의 심리적 앙금을 해소해주는 동시에 그 사건의 진실이 망각되도록 아름다운 판타지적 감성의 질서로 우리를 유혹한다.

소비적 감정상품과 미학적 예술작품의 차이는, 심리적 잔여물을 닦아주는 데 그치느냐, 그와 함께 존재와 사회를 변화시키려는 역동적 에너지를 생성시키느냐에 있다. 감정상품은 마치 꿈처럼 우리의 의식에 낀 불순물을 청소해준다. 그렇기에 우리가 매일 꿈을 꾸듯이 그런 일회용 판타지는 일용품처럼 끝없이 계속 제공되어야 한다. 반면에 예술작품은 감정적 잔여물을 우리 내면을 동요시키는 역동적 심리의 근거로 전환시켜 존재와 사회를 **변화시키려는** 에너지를 생성시킨다.

그런데 둘 다 우리에게 비슷한 위안을 주므로 우리는 예술과 감정상품을 잘 구분하지 못한다. 우리는 예술이 쇠퇴하고 그 자리를 감정상품이 차지하는 현실의 변화에 둔감하다. 오늘날의 정치적 무력화는 일차적으로 그런 둔감성에서 기인된 것이다. 즉 양극화와 사회 불평등이 심화되어도 변화를 소망하는 대신 단지 우울해하는 현실의 실상은, 분명히 감정상품에 지배되는 사회적 감성의 흐름과 연관이 있다. 우리의 무기력은 감성권력이 도처에 만연된 사회의 정치적 효과에 다름이 아니다.

판, 2015, 39~45쪽.

오늘날 우리는 감성권력에 대해 무방비 상태에 있다. 즉 변화에 대한 갈망을 소비적으로 해소시키면서 그런 방식으로 우리를 유혹하며 감성의 분할을 유지하는 감성권력에 예민하지 못하다. 사람들은 감성권력이 생산한 감성을 상품으로도 느끼지 못한 채 마치 공기처럼 숨 쉬는 사회에 살고 있다.

감성권력에 예속된 미학은 드라마에서만 연출되는 것이 아니다. 우리는 얼마간이든 감정노동을 하는 사회에 살고 있으며 저마다 자기 위치에서 감정 연기를 하며 살아가고 있다. 또한 그런 상황에서 드라마에서처럼 정치, 문화, 일상 자체에서 감성권력의 미학이 연출되고 있다.

감정이 **정치적으로** 매우 중요하게 작용하는 이런 사회에서 우리의 일상의 감정 상태는 양가적이다. 모두가 조금씩은 경험하는 감정노동은 감정의 착취이다. 그러나 감성권력의 경제체제에 의해 우리는 착취를 당하는 동시에 감정상품에서 위안을 받는다. 오늘날에는 문화, 서비스, 예식, 퍼포먼스, 사랑, 성 등, 심리적 잔여물의 해소가 필요한 모든 영역이 상품화되어버린 시대이다. 실제로 그 온갖 영역들에서 감정상품이 판매되고 환상 같은 드라마가 일상적으로 연출된다. 판타지 같은 감성의 질서를 유지하기 위해, 그처럼 감정을 착취당하는 동시에 위안을 얻는 사회를 우리는 **유혹사회**라고 부를 수 있다. 유혹사회에서 감정 착취와 감정 위안이 순환하는 중에 상실되는 것은 우리의 영혼과 에로스의 에너지이다.[6] 그로 인해 감성의 유통이 많아질수록 점점 더 인격이 차가워지는 것이 감성적인 유혹사회의 역설이다.

---

6   이것이 우리가 에로스를 주제로 삼은 이유이다. 산업노동의 시대에는 생산자들 사이에서 에로스의 가능성이 잔존했지만 감정 자체가 상품생산의 영역이 된 시대에는 생산자들 역시 에로스를 상실한다. 이런 상황에서 우리의 심연에 남아 있는 에로스를 끌어올리는 것이 우리 사회의 과제이다.

2. 유혹사회의 역설 – 뜨거운 감정과 차가운 인격

유혹사회의 핵심 전략은 사회의 흐름이 우리의 본능을 충족시키는 쪽으로 가고 있다는 환상을 불러일으키는 데 있다. 본능적 욕망은 억압되기 마련인데 유혹사회는 이례적으로 욕망이 해방되고 있다는 느낌이 들게 한다. 무의식 속의 억압된 것이 회귀한다는 그런 환상이야말로 유혹의 권력이 감성에 개입하는 가장 유력한 방식이다.

프로이트는 감정과 사유의 차이를 무의식과 전의식의 관계에 따라 설명했다. 무의식적 관념이 사유화되려면 반드시 전의식[7]의 합리적 조직과 교섭해야 한다. 그러나 무의식적 감정은 그런 연결고리가 없이 직접 의식 바깥으로 떠오를 수 있다.[8] 감정의 발생이란 합리적 교정을 거치지 않은 직접적인 억압된 무의식의 표현인 것이다.

유혹의 권력이 이성이나 사유가 아닌 **감성의 방식**을 취하는 것은 그 때문이다. 유혹의 권력은 억압된 감성을 해방시킨다는 환상의 스펙터클을 통해 사람들의 무의식을 사로잡는다. 유혹사회에 저항하기 어려운 것은 그처럼 이성이 아니라 감성의 방식을 통해 우리의 무의식을 움직이기 때문이다. 오늘날 이성과 합리성 대신 감성과 정동[9]의 문제가 표면에 떠오른 것은 결코 우연이 아니다.

그런데 유혹의 권력에 의한 억압된 감정의 회귀는 진정한 욕망의 해방이라고 볼 수는 없다. 진정한 욕망의 해방이란 체계(상징계)에 의해 억압된 실재계적 잔여물[10]이 귀환할 때만 성취될 수 있다. 반면에 억압의 회귀를 모방한 감정상품들은 모조된 본능의 소비품들이다.

---

7   전의식은 아직 의식화되지 않은 상태이지만 무의식과는 달리 합리적 조직에 속해 있다.
8   프로이트, 박찬부 역, 「쾌락원칙을 넘어서」, 『쾌락원칙을 넘어서』, 열린책들, 1997, 108쪽.
9   우리는 정동(affect)을 '특정한 감정을 생성시키는 신체적 감성'이라는 미시적인 개념으로 사용한다.
10   실재계적 잔여물이란 상징계를 내면화한 대가로 상실한 것의 잔존물을 말한다.

실재계적 잔여물은 자본주의가 상품화할 수 없기 때문에 상품세계에서 배제된 것들, 즉 사랑, 윤리, 미학의 영역으로 남겨져 왔다. 그렇기 때문에 자본주의적 상품세계와 사랑, 윤리, 미학은 길항과 대응의 복합적인 관계에 놓여 있었던 것이다. 그러나 오늘날은 바로 그 배제된 것이 상품으로 포섭되는 시대이다.

오늘날의 유혹사회는 직접 억압된 잔여물을 처리하는 방식을 만들어내는 데 성공했다. 물론 그런 잔여물의 처리방식은 상품화된 방식이다. 유혹사회의 창안이란 한마디로 **사랑과 윤리와 미의 상품화**인 셈이다. 그 점에서 유혹사회는 욕망의 억압을 넘어섰지만 자본주의 자체를 넘어서지는 못한 상태이다.

예외 영역의 상품화는 오히려 억압된 잔여물이 귀환하는 과정 자체가 자본의 권력의 기제의 일부임을 암시한다. 감성권력은 억압하는 대신 억압된 것이 권력의 수중으로 귀환하게 유도한다. 자본주의는 자본의 세계에서 억압된 잔여물을 상품화하는 데 성공했으며, 실제로 억압된 것이 또다른 상품으로 귀환하는 무의식의 통로를 만들어낸 것이다. 즉 억압을 해소하는 감성과 미의 형식으로 된 상품의 환상을 제공함으로써, 무의식 속의 잔여물이 끊임없이 해방되고 있다는 느낌을 주고 있다.

권력행사의 방식이 억압에서 욕망으로 전환된 것은 이미 푸코의 성적 욕망의 장치에서 예견되었다. 성적 욕망을 증진시키는 이미지와 상품의 성행은 우리 사회가 본능적 욕망을 해방시키는 쪽으로 가고 있다는 환상을 갖게 한다. 그러나 여기서 해방되는 것 역시 상품화된 성적 욕망일 뿐이다. 섹슈얼리티의 상품화를 통해 해방의 환상을 제공하는 점에서 푸코의 성적 욕망의 장치는 오늘날의 감성권력의 기원이다.

그러나 부르주아가 성적 욕망의 장치를 통해 해소하지 못한 것은 성의 상품화 후에도 남는 감정적인 긴장의 문제였다. 푸코는 언급하지 않았지만 상품화된 성적 욕망의 장치가 작동되려면 당연히 다양한 섹슈얼리티 노동의 생산이 필수적이다.[11] 섹슈얼리티 노동은 일종의 대리노동으로서 노동이 생산되는 즉시 생산물은 소비자에게 내화되어 사라진다. 이런 대리노동이나 서비스 노동에서는 감정적 차원의 연루가 불가피하며, 성 노동이 매매되는 순간은 감정적 고통이 생산되는 순간이기도 하다.[12] 즉 욕망을 해방시키는 듯한 섹슈얼리티 노동에서 해결될 수 없었던 것은 노동자와 소비자 간의 고도의 감정적 긴장의 문제였다.

유혹사회에서의 섹슈얼리티 노동은 감정노동과 결합함으로써 그 문제를 해소시켰다. 송경아의 「엘리베이터」에는 부끄러움마저도 얼굴의 화장품으로 이용하는 엘리베이터걸이 나온다. 또한 김이설의 『환영』은 돈으로 애인을 만드는 일이 평범한 일상이 되었음을 말한다. 이제 감정 연기를 포함한 섹슈얼리티 노동에는 아무런 문제가 없는 듯이 보인다. 물론 후기자본주의의 섹슈얼리티 노동에서도 성 노동자는 여전히 감정적 고통을 경험한다. 그러나 그런 감정의 착취는 유혹사회를 유지하기 위해 은밀히 치러야 할 불가피한 대가일 뿐이다. 감정의 착취는 감정적 위안의 대가와 함께 유혹사회의 경제의 기반이기 때문이다.

고급의 상품 생산을 위해 감정 연기를 필수로 하는 것은 비단 섹슈얼리티 노동자만은 아니다. 유혹사회의 중심에는 감정 연기와 위안의 생산이 놓여 있다. 모든 영역에서 감정은 **착취**되는 동시에 **위안**을 준다. 그처럼 유혹사회란 유흥산업을 포함한 전 분야에서 감정적 위안을 생산해야만 질서가 유지되는 사회이다.

실제로 감정의 상품화는 섹슈얼리티 노동 뿐 아니라 사회의 모든 분야에 결합한다. 오늘날의 감정노동은 대형마트의 계산원이나 항공기 승무원에 그치는 것이 아니다. 유흥업소 종업원, 이벤트 회사 사원, 각종 배달원, 영업사원, 상조회사 직원은 물론, 모든 직종의 직장인들은 얼마간이든

---

11   이진경, 나병철 역, 『서비스 이코노미』, 소명출판, 2015.
12   위의 책, 53~54쪽.

감정을 연기해야만 살아갈 수 있다.[13] 이런 감정노동의 확장은 한편으로 오늘날이 감정착취의 시대가 되었음을 말해준다. 그러나 다른 한편 감정의 상품적 생산은 우리가 심리적 잔여물이 잘 처리되는 세상에서 살고 있다는 환상을 조성한다. 감정상품의 소비자가 아니라도 우리는 잘 가공된 감성이 넘쳐나는 세상에서 살고 있다. 각종 서비스업 종업원은 세상이 포근하다는 것을 연출하며, 연성화된 인문학과 성직자의 설교는 사회의 불만을 처리해주고, 장례회사 직원은 애도를 대신해준다. 그런 방식으로 모든 영역에서 억압된 것이 해소된다는 환상을 유지해야만 유혹사회의 유혹이 성공할 수 있는 것이다. 신자유주의와 후기자본주의의 독특한 특징인 감정의 착취는 유혹사회의 기반인 감정상품의 필수적인 수요와 표리를 이루고 있다.

역설적인 것은 그런 감정의 상품화가 우리의 감정 에너지의 약화를 가져온다는 점이다. 이제 살펴보겠지만 착취와 위안이라는 양면적인 감성권력의 시대는 사랑이 종말에 이른 우리 시대의 비극[14]을 전제로 한다. 감정상품의 증가와 상품의 매혹적인 감성적 포장은 인간관계에서의 진정성 및 사랑의 쇠퇴와 묘한 대조를 이룬다. 에로스를 상실한 우리 시대에 상품화된 감성은 모든 사람이 간절히 욕망하는 가장 매력적인 품목이 되었다. 후기자본주의의 상품세계에서 우리는 얼마간 감정적인 흥분상태에서 살아간다. 그러나 실제의 인간관계에서는 감정 에너지의 쇠퇴로 인해 로봇처럼 차가워진 삶과 마주한다. 감정적인 흥분은 에로스의 상실로 인한 냉담함을 감추는 화장품일 뿐이다. 근래에 한 연예인(장수원)의 로봇 연기가 관심을 모은 적이 있는데 이는 우연한 해프닝이 아니다. 오늘날은 풍부한 감정 연기가 필요한 시대인 동시에 로봇처럼 차가워진 감정의 시대이기도 한 것이다.

---

13 앨리 러셀 혹실드, 이가람 역, 『감정노동』, 이매진, 2009, 26쪽.
14 한병철, 김태환 역, 『에로스의 종말』, 문학과지성사, 2015.

그런 역설적 상황에서 우리는 모두 친절과 위안이라는 상품을 갈망하는 시대에 살고 있다. 과거와는 달리 돈으로 살 수 없는 사랑이 나에게 덮쳐 오리라는 행운을 바라는 사람은 매우 적어졌다. 그 대신 우리는 감정 상품에서 대리적 감동을 기대한다. 더욱이 상류층에게는 진정한 사랑보다도 세련되게 상품화된 사랑이 훨씬 더 인기가 높다. 진정한 사랑은 불확실할 뿐더러 매우 위험스러운데, 왜냐하면 자본주의의 감성의 분할[15]을 위협할 불안이 늘상 따르기 때문이다.

이런 일련의 변화는 자본주의가 마침내 상부구조와 인격성의 영역을 자본화하는 데 성공한 점과 연관이 있다. 지식정보산업 및 디지털 산업의 발달과 감정노동의 등장은 비물질 노동과 인지 자본주의의 시대를 열었다. 비물질 노동에서는 산업노동에서와는 달리 생산된 상품이 즉각적으로 소비자에 흡수되어 사라진다. 즉 지식, 공연 문화, 감정 등의 비물질 영역에서는 흔히 상품의 생산과 소비가 인간관계 속에서 직접 실행된다. 이 경우 문제가 되는 것은 상품 생산과 소비 과정에서 노동자의 정신과 신체, 그리고 그 둘을 연결하는 감정[16]의 소모가 불가피한 점이다. 그 때문에 비물질 노동은 얼마간이든 **감정노동**의 요소를 포함할 수밖에 없다. 과거의 산업노동에서는 노동력을 착취하면서 정신과 신체는 규율화된 통제의 대상으로 삼았다. 그러나 지금의 비물질 노동에서는 정신과 신체, 그리고 무엇보다도 감정이 착취의 대상이 된다.[17] 앞서 살폈듯이 그런 감정의 착취는 유혹사회가 감정적 위안의 생산을 통해 사회 질서를 유지하기 위한 불가피한 기제에 속한다.

상부구조의 영역에는 이데올로기적 권력장치와 그에 비판적인 예술

---

15   랑시에르, 오윤성 역, 『감성의 분할』, 도서출판b, 2008, 14쪽.
16   스피노자는 감정을 정신과 신체를 연결하는 인간성의 중심영역으로 보았다.
17   조정환, 「인지자본주의에서 가치화와 착취의 문제」, 『문화과학』, 2010 겨울, 23~27쪽.

및 인문학이 위치한다.[18] 이 항목들은 외견상 자유로워 보이는 일상의 인간관계의 영역들을 포함한다. 따라서 상부구조의 자본화는 상품물신화를 인간관계에까지 옮기는 방식으로 볼 수 있다. 이데올로기, 문화, 예술 등은 상품물신에서 처리되지 못한 정신적 잔여물에 대응하는 방식들이다.[19] 이데올로기가 균열을 봉합하는 장치라면 미학은 오히려 틈새를 드러내어 사회의 변화를 요구한다. 양자는 상품물신이 처리하지 못한 정신적 잔여물에 각기 상반된 방식으로 대응한다.

지젝은 이데올로기가 오인의 구조라기보다는 현실을 재구조화하는 환상에 가깝다고 말한다.[20] 우리는 흔히 이데올로기가 사회적 침전물을 감추고 단순히 이념적 대의를 내면화한다고 생각한다. 그러나 이데올로기는 잔여물을 감추는 것이 아니라 오히려 그것을 통해 어떤 대의(민족중흥 등)를 향한 향락(이데올로기적 향락)[21]을 방출시키는 환상으로써 작용한다. 즉 이데올로기는 마치 꿈처럼 정신적 잔여물을 처리하는 환상을 연출해 사회의 균열을 봉합한다. 반면에 미학은 이데올로기를 공연하는 동시에 실재(계)와 조우하는 지점에서 파편화시키면서, 숨겨진 균열을 드러내고 사회적 변화의 필요성을 암시한다.

이 양자는 서로 상반되지만 실재계적 잔여물에 대응한다는 점에서는 일치한다. 자본주의 사회에서 다양한 상품들은 우리의 욕망을 거울처럼 비춰준다. 상품은 마치 현실에서 꾸는 꿈과도 같다. 상품은 감각적인 동시

---

18 마르크스는 정치와 문화, 예술을 근본적으로 이데올로기적이라고 보았으며 비판적인 사회과학만이 그 허구성을 깨뜨릴 것으로 생각했다. 위의 글, 32쪽.

19 이 정신적 잔여물은 신의 상실에 의해 생긴 것이며 상부구조의 영역은 그런 잔여물을 처리하기 위한 영역으로 볼 수 있다. 여기에는 이데올로기처럼 체제를 수호하려는 활동과 인문학이나 예술 같이 사회의 변화를 요구하는 활동이 있다.

20 지젝, 이수련 역,『이데올로기라는 숭고한 대상』, 인간사랑, 2002, 68쪽.

21 이데올로기적 향락은 예술과 달리 진정으로 실재계와 교섭하는 향락을 생성하지는 못한다. 이데올로기가 잔여물을 처리하는 방식에 대해서는 위의 책, 86쪽 참조.

에 초감각적이며 마치 스스로의 생명을 지닌 것처럼 움직인다.[22] 그러나 그런 상품의 환상(상품물신)은 인간관계의 문제까지 해소하지는 못하며 오히려 사회적 모순과 심리적 갈등을 은폐한다. 이데올로기는 상품물신이 해소하지 못한 그런 잔여물을 처리하기 위해 사회적 대의의 차원에서 꾸는 꿈이다.

이데올로기의 한계는 자본주의 외부의 실재계적 영역과 교섭하지 못한다는 점이다. 실재계란 체계에 저항하는 영역으로서 이데올로기가 그와 교섭한다면 더 이상 자본의 질서를 유지하지 못하게 된다. 이데올로기의 필요성은 실재계적 침전물에 의해 생겨나며 그 억압된 것을 해소하게 하는 방식이지만 정작 실재계와는 교섭하지 못한 채 균열을 봉합해야 한다. 그런 한계로 인해 이데올로기는 대의를 내세워 향락을 생성하는 한편 흔히 나머지 심리적 앙금을 처리하기 위한 적대적 타자를 상정한다. 적대적 타자는 실제적인 가해자이기 보다는 환상적 구성물(이데올로기)의 상대항(구성적 외부)이므로 분노보다는 증오와 혐오[23]의 대상이 된다. 적대적 타자에게 증오와 혐오를 퍼붓는 동안 이데올로기는 나머지 잔여물의 에너지를 방출시키며 균열된 현실을 환상의 구조물로 재구성한다.

오늘날은 공산주의 등의 적대적 타자가 사라짐으로써 마치 이데올로기가 소멸된 것처럼 보이는 시대이다. 그러나 이데올로기는 악마적 타자에 대한 증오 대신 일상의 유혹의 향락과 결합하는 방식으로 여전히 강력하게 작용한다. 그 같은 변화의 과정은 냉전시대에서 신자유주의 시대로의 이행 과정에 상응한다.

신자유주의는 상부구조의 영역을 상품화함으로써 악마적 타자에 대한 증오의 방식에서 신상품의 유혹의 방식으로 선회했다. 이는 **전쟁의 동원에**

---

22 마르크스, 김수행 역, 『자본론』 I(상), 비봉출판사, 2001, 91~93쪽.
23 증오와 혐오는 동일성의 체제에 예속된 사람들이 이질적 타자를 향해 드러내는 반작용적 정동이며, 그 점에서 체제의 속박을 넘어서는 능동적인 분노와 구분된다.

서 **상품의 동원**으로의 선회이기도 하다.[24] 신자유주의는 잔여물의 에너지를 악마적 존재에게 방출시키는 대신 미학과 유사한 향락의 전략을 취한다. 이것이 바로 실재계적 순수욕망의 활동인 사랑과 윤리, 예술의 상품화이다. 비단 예술작품 뿐만 아니라 신상품에는 필수적으로 잉여향락과 감성적 유혹장치가 첨부되어 있다. 또한 생산과 소비가 인간관계를 통해 행해지는 비물질 노동의 확산은 어떤 직종에 있든 우리를 얼마간은 감정적 상품을 생산해야 하는 위치에 있게 한다. 그와 동시에 우리는 다양한 감정상품의 소비자이기도 하다. 이런 감정의 착취와 위안의 이중성이 구시대적 이데올로기를 대신하는 새로운 감성권력의 특징이다.

감성의 상품화와 미의 상품화야말로 참으로 매력적인 후기자본주의(그리고 신자유주의)의 창안이다. 감성의 상품화는 한마디로 잔여물의 상품화이다. 상품화된 잔여물을 통해 유혹하면서 나머지 잔여물은 혐오와 무관심 속에 방치하는 것이다.

스토리를 지닌 광고는 상품 자체에는 부족한 따뜻한 인간관계를 보충하는 윤리의 상품화이다. 신데렐라 드라마가 만들어내는 사랑의 판타지와 낭만적 유토피아는 사랑의 상품화이다. 또한 외적 성형과 내적 성형, 그리고 감성에 호소하는 모든 상품 이미지들은 미의 상품화이다. 잉여향락을 쏟아내는 신상품은 구상품의 불만을 처리하는 또 다른 잔여물의 상품화이다. 이처럼 유혹사회는 모든 인간관계에서 작용하는 감성의 상품화를 통해 잔여물이 해방된다는 환상을 만든다. 잔여물이 해방된다는 환상은 아무것도 변화되지 않은 채 무언가가 변화되고 있다는 환각을 불러일으킨다. 또한 미래를 상실한 채 빠르게 미래를 향해 가고 있다는 환상을 갖게 한다. 테크놀로지의 발전은 변화 없는 변화를 증명하며 우리를 열광하게 만든다.

---

24   우리의 경우 아직까지 구시대적 이데올로기의 방식이 유력하게 남아 있다.

그러나 윤리의 상품화는 벌거벗은 타자의 얼굴(레비나스)을 상실하게 하며 윤리를 약화시킨다. 또한 사랑의 상품화는 더 많은 사랑을 욕망하게 하는 동시에 사랑 자체를 불가능하게 만든다. 미의 상품화는 세상을 아름답게 하면서 사회에서 미학이 쇠퇴하게 도태시킨다. 마찬가지로 인문학의 상품화는 자본주의를 인간적으로 포장하는 동시에 진정으로 인간적인 삶을 불가능하게 만든다. 그렇기에 상부구조의 상품화가 계속되는 한 사회는 쉽게 변화되지 않는다. 그 모든 것들은 정신적 잔여물이 잘 처리되고 있다는 끝없는 환상의 연출이며, 그 환상 상품들은 우리의 영혼이 '자본에 녹지 않는 불순물'에 접촉하지 못하게 끊임없이 유혹하고 있는 것이다.

 ## 3. 감정노동과 연예산업 – 후기자본주의의 판타스마고리아

상부구조 영역이 자본화되는 인지 자본주의는 감정 자본주의이기도 하다. 생산노동이 주류였던 규율사회에서는 노동자가 감정 없는 기계가 되어 간다고 한탄했다. 반면에 비물질노동이 확대된 오늘날에는 의사소통적 상호작용이 중요해지면서 감성적 표현 자체가 노동의 일부가 되고 있다.[25] 오늘날의 노동자들은 얼마간이든 감정노동을 겸하고 있는 셈이다.

이런 변화는 비단 직장 내에서만 일어나고 있는 것은 아니다. 인격 자체가 노동에 소모되는 감정 자본주의에서는, 일상 자체에서 개인들이 자기경영을 통해 스스로를 잠재적 상품으로 생산하려는 준비를 한다. 자기계발이란 자아의 자발적인 '준비된 상품'의 훈련에 다름이 아니다. 여기에는 의사소통과 감성적 훈련이 중요한 항목으로 포함되어 있다. 이제 의사

---

25 한병철, 김태환 역, 『심리정치』, 문학과지성사, 2015, 69쪽.

소통의 영역인 일상 자체에서 구성원 스스로 체계를 실행하는 일이 일어나고 있는 것이다.

과거에는 경제적 체계의 도구적 논리가 일상(생활세계) 속에 과도하게 침투하는 일이 병리 현상으로 여겨지기도 했다.[26] 물론 체계와 일상의 분리는 인위적인 것이다. 그런데 오늘날에는 그런 분리의 무의미함이 더욱 실감나는 상황으로 나아가고 있다. 의사소통적 상호작용 자체가 노동과정의 일부가 된 오늘날에는 의사소통의 영역인 일상 자체가 스스로 체계를 실행시키는 영역이기도 한 것이다.

한병철은 예전에는 학교, 병원, 감옥, 군대, 공장 등이 중요했지만 오늘날은 피트니스 클럽, 오피스 빌딩, 은행, 쇼핑몰이 규율기관을 대신한다고 말한다.[27] 여기에 우리는 자기계발을 위한 외적 성형과 내적 성형을 덧붙일 수 있을 것이다. 이처럼 우리 시대는 규율에 길들여지는 대신 자기관리와 자기경영을 통해 체계를 자발적으로 움직이는 사회가 된 셈이다. 이런 사회에서는 스스로 자아를 관리하는 자유로움이란 체계에 대한 자율적인 예속이기도 하다.

이제 우리 모두는 자기경영에 몰두해야 하는 일인 기업가이다. 우리는 자기투자와 자기계발을 통해 스스로를 관리하며 자아라는 인적 자본이자 잠재적 상품을 구성·개량·증대·축적한다.[28] 자신을 경영하는 일인 기업가는 두 개의 거울을 찾아 헤맨다. 하나는 나의 능력을 비춰줄 상류층의 거울이며[29] 다른 하나는 자신의 욕망을 반사하는 상품이라는 거울이다. 나르시시즘적인 일인 기업가는 자신의 능력을 상품화하기 위해 감정노동을 하는 한편 정신적 잔여물을 처리해줄 감정상품을 구매한다. 기업

---

26 하버마스가 『의사소통의 사회이론』(장은주 역, 관악사, 1995)에서 논의한 주장인데 하버마스의 문제점은 체계와 생활세계가 분리될 수 없음을 생각하지 않는 점이다.

27 한병철, 김태환 역, 『피로사회』, 문학과지성사, 2012, 23쪽.

28 조정환, 『예술인간의 탄생』, 갈무리, 2015, 38쪽.

29 장정일, 「아담이 눈뜰 때」, 『아담이 눈뜰 때』, 미학사, 1990, 25쪽.

이나 상류층의 거울에 비춰지기 위해서는 일상에서 자발적인 감정노동이 필요하며, 또한 내가 사는 물건들은 서비스 상품이 아니라도 이미 잘 포장된 감성적 상품들이다. 이 같은 감정의 영역에서의 **자기착취**와 **자기위안**이 감정 자본주의 시대의 특징인 것이다.

물론 감성권력은 감정 자본주의 이전에 이미 출현했으며 화폐물신과 상품물신에 뿌리를 두고 있다. 마르크스의 상품물신과 벤야민의 판타스마고리아 개념은 오늘날의 감정 자본주의의 기원이다. 감정 자본주의는 산업 자본주의 시대부터 있어왔던 감성권력의 질적인 증폭이다.

오늘날은 상품물신과 판타스마고리아가 감정상품의 영역에까지 확장된 시대이다. 감정 자본주의를 이해하려면 그 신비한 질적인 증폭의 과정을 살펴봐야 한다. 상품물신과 판타스마고리아는 어떤 기제를 통해 감정 영역에까지 확장되었는가.

상품물신의 감정 영역에의 침투는 자본주의적 환상을 보다 완벽히 연출하기 위해 감성권력이 소비의 차원에서 **생산의 차원**으로까지 확대된 사실과 연관이 있다. 상품물신은 소비자가 경험하는 것인데 감정 자본주의에서는 생산자의 위치에서도 경험된다. 이 소비자의 위치에서 생산자의 위치로의 감성권력의 확산 과정을 살펴보는 일은 매우 중요하다.

산업 자본주의 시대의 감성권력은 주로 소비의 차원에서 작용했다. 나의 욕망을 상품의 거울에 비추는 행위는 상품물신의 환상세계에 진입하는 과정이다. 상품의 거울 앞에서 나는 억압된 욕망이 해소되는 환상에 빠져든다. 상품은 단순히 감각적인 대상에 그치지 않고 초감각적인 물건으로서 살아 있는 생명 같은 환상을 연출한다. 그 같은 노동생산물의 환상으로의 비약이 바로 마르크스가 말한 상품물신이다.[30] 나는 매혹적인 상품의 거울 앞에서 연인의 고백을 들을 때처럼 억압된 본능이 충족되는

---

30 마르크스, 김수행 역, 앞의 책, 91~93쪽.

듯한 느낌에 빠져든다.

상품들은 단일 제품보다 아케이드나 백화점에 진열되었을 때 더욱 매혹적이 된다. 진열된 상품들은 나의 신경계의 흥분을 통해 원하는 것은 무엇이든지 얻을 수 있다는 환상을 불러일으킨다. 설령 내가 상품을 소유하지 못한다 하더라도 다양한 상품의 거울들과 마주하는 순간 나는 몽롱한 환상세계에 빠져든다. 벤야민은 사용가치는 물론 교환가치마저 넘어서는 이 새로운 스펙터클을 환등상(판타스마고리아)이라고 불렀다.[31]

상품을 고를 때 개인적인 꿈을 꾸는 것 같다면 진열된 상품들은 집단적인 꿈을 꾸는 듯한 상태에 빠뜨린다. 그 점에서 아케이드와 백화점은 집단적인 무의식을 현실에 옮겨놓은 물질적 복제물이다. 집단적인 꿈으로서의 환등상은 아케이드와 백화점을 넘어 도시 전체로 확대된다. 백화점은 축소된 도시와도 같으며 도시 전체가 일종의 진열장인 것이다. 예컨대 19세기의 파사주 아케이드[32]가 신전이었다면 파리는 거울도시이자 번쩍이는 진열장이고 천상의 도시였다. 또한 도시의 군중들은 욕망을 반사하는 집합체이므로 그 자체가 또 하나의 환등상이었다. 환등상으로서의 백화점과 도시, 군중은 상품물신과 화폐물신을 넘어선 '꿈 물신'인 셈이다.[33]

환등상은 백화점, 도시의 거리, 유곽, 유행, 신상품, 만국박람회 등과 연관된다. 환등상은 백화점에서뿐 아니라 산책자가 도시의 거리를 배회할 때, 그리고 열차의 승객이 차창을 내다볼 때도 경험된다.[34] 진열장이나 차창을 통한 이 '꿈 물신'의 경험들은 마치 거울을 보는 일과 비슷했다. 즉 환등상 경험이란 관찰하면서 상호작용하지 않는 나르시시즘이었으며 거

---

31 수잔 벅 모스, 김정아 역, 『발터 벤야민과 아케이드 프로젝트』, 문학동네, 2004, 115쪽.
32 19세기 초반에 세워진 파리의 아케이드로 근대적 상가 아케이드의 기원이다.
33 수잔 벅 모스, 『발터 벤야민과 아케이드 프로젝트』, 앞의 책, 15쪽, 114쪽, 115쪽, 151쪽.
34 주은우, 『시각과 현대성』, 한나래, 2003, 395~401쪽.

울 이면의 계급관계와 생산관계를 은폐했다.[35]

그 때문에 도시 전체(백화점)와 국가 전체(만국박람회)의 꿈인 환등상 경험은 양가적이었다. 이 나르시시즘적인 꿈에서는 계급관계에서 미끄러지는 타자와 교섭하는 일이 불가능했다. 레비나스에 의하면 고통받는 타자와 교섭할 때 변화를 갈망하며 미래로 향하는 시간이 생성된다. 반면에 환등상의 꿈은 신상품을 통해 미래의 시간을 보여주는 듯하면서도 다시 상품물신과 화폐물신의 세계로 되돌아온다. 거울의 보이지 않는 이면에서는 계급관계의 모순이 고장난 레코드처럼 현재의 사회구조를 되풀이하고 있는 것이다. 행정적·경제적 억압이 기다림을 요구한다면 환등상은 일시에 기다림에서 해방된 듯한 느낌을 준다. 그러나 반복되는 사회구조는 무엇을 기다리는지 모르게 만들며 그때 우리는 권태를 느낀다.[36] 환등상은 매혹인 동시에 권태였으며 집합적 꿈인 동시에 집단적 수면[37]이었던 것이다.

상품생산의 시대에 벤야민은 생산관계보다는 소비적 관계를 주목하며 환등상의 거울에 대해 논의했다. 그와 함께 그는 환등상이 거울 이면에서 생산관계의 모순을 감추고 있음을 말했던 것이다. 그런데 감정 자본주의 시대가 되면서 거울 이면에는 또 다른 거울이 생겨났다. 감정 자본주의란 거울 이면의 **생산관계**의 모순마저 감추는 환등상을 만들기 위해 감정영역조차 상품화하려는 시도이다. 감정영역을 상품화한다는 것은 자본주의의 모순을 간파할 인격과 감성의 영역조차 자본주의의 기제에 편입시킨다는 뜻이다. 그처럼 감정영역이 상품화되면 생산자의 인격과 감성의 능동성이 상실되면서 생산관계의 모순을 감지하는 감성이 약화된다. 그리고 마침내 생산자 자신이 스스로를 상품화하는 나르시시스트적 인

---

35 수잔 벅 모스, 앞의 책, 115쪽.

36 위의 책, 144쪽.

37 벤야민은 권태가 집단적 수면에 동참한다는 표시라고 말하고 있다. 위의 책, 144쪽.

격이 생겨나게 된다.

예전의 산업노동의 시대에는 노동자가 모순된 생산관계 속에서 자신의 역할을 강제로 떠맡을 수밖에 없었다. 그러나 상부구조와 인격성의 영역까지 자본화된 감정 자본주의 시대에는 개인이 스스로 체계를 실행하며 자신의 능력을 잠재적 상품으로 관리한다. 그와 함께 스스로의 능력을 비춰줄 기업과 상류층의 거울을 찾아나서는 것이다. 이처럼 인지와 감정 영역까지 상품화된 시대에는 소비적 관계에서 뿐만 아니라 **생산적 관계**에서도 우리는 나르시시스트가 된다. 이제 우리 모두는 자본의 거울 앞에서 자아의 상품화를 위해 감정연기를 해야 하는 내포적인 감정 노동자가 된 것이다. 이런 감정의 일상적 착취는 기계화된 노동자들의 심리적 출구였던 **감정 영역의 능동성의 상실**을 의미한다.

앞서 살폈듯이 산업노동의 시대에는 상품들의 환등상이 생산관계를 은폐하며 우리에게 꿈을 제공했다. 그런 환상은 노동과정에서 억압되었던 본능이 해방된 듯한 느낌을 주었다. 상품세계와 도시군중의 환등상은 생산과정의 망각인 동시에 노동의 억압에 대한 보상이다. 그러나 환등상은 생산관계의 모순을 완전히 은폐하지는 못한다. 그 때문에 이 시대에는 그런 환상의 방식이 아닌 또 하나의 중요한 해방의 통로가 있었다. 그 시절에는 노동자에 대한 착취가 감정의 착취는 아니었으므로 고통 받는 타자들끼리 서로 **감정의 교감**이 가능했던 것이다. 기계화된 노동자들은 감정의 능동적 교섭을 통해 간신히 기계에서 벗어난다. 가난한 노동자는 빈곤 때문에 사랑에 실패할지언정 사랑의 감정 자체는 착취를 받지 않았던 것이다. 따라서 갈등은 빈곤과 사랑 사이에 있었다.

그러나 오늘날은 감정 노동자가 아니라도 일상에서 스스로 감정연기를 해야 하는 시대이다. 이런 감정의 자기착취란 인격성의 영역에서의 화폐에 대한 구애에 다름이 아니다. 인격성의 영역까지 자본화된 시대에 우리 모두는 감정의 자기착취를 통해 화폐의 세계에 대한 구애를 하는 시대에 살고 있다. 이제 화폐에 대한 사랑은 물신화이기 이전에 각자의 일에 대한 사랑으로 긍정되고 있다. "부자되세요"나 화폐를 사랑한다는 말은 오늘날 더 이상 부끄러운 일이 아니다.

그런데 그처럼 인격성의 영역이었던 사랑이 노동과 상품의 일부가 되면서 차츰 진정한 사랑의 에너지는 약화되고 있다. 즉 화폐에 대한 사랑으로서 감정의 자기착취의 일상화는 점점 타자의 벌거벗은 얼굴에 대한 공감 능력을 상실하게 만든다. 이것이 바로 우리 시대에 에로스가 소멸해 가는 원인이다. 이제 사랑의 에너지의 흐름은 타자 쪽에서 화폐 쪽으로 이동했다. 감정 자본주의 시대의 개인들은 감정과 사랑의 **연기**가 풍부해진 동시에 실제적인 감정(사랑)의 **리비도**는 더없이 약화된 상태이다. 사람들은 영혼은 물론 리비도조차 없는 사랑에 익숙하다. 즉 그들은 연기자인 동시에 로봇인 것이다.

생산자와 일상인의 자발적인 상품물신과 화폐물신은 과거처럼 생산관계의 모순을 눈에 보이게 드러내지 않게 한다. 그러나 피폐해진 억압적 삶 대신 감정착취로 인한 영혼의 황폐화와 사랑의 상실을 경험하게 되는 것이다. 이는 생산관계의 모순이 이제 보이지 않는 심리적 차원으로 이전되었음을 암시한다. 오늘날은 생산관계와 계급관계의 모순이 감정의 상품물신 속에 감춰지면서 모든 사람의 에로스의 상실[38]이라는 영혼의 질병으로 전이된 시대이다.[39]

그 때문에 감정 자본주의 시대의 개인들은 스스로는 사랑의 에너지를 상실했으면서도 더없이 감정적 위안을 갈망한다. 그들은 불가능해진 사랑 대신 감정상품에서 위안을 얻는 것이다. 이제 우리는 진열된 상품 이외에 다양한 감정상품에서 상실된 것이 회귀한 듯한 환상에 빠져든다. 각종 이벤트와 퍼포먼스, 친절한 대리노동, 서비스 상품, 연예 공연 등, 잘 포

---

38   이는 자본가는 물론 생산자도 에로스를 상실하기 때문이다.
39   에로스의 회복이 사회적 변화의 출발점이 되는 것은 바로 이 때문이다.

장된 감정상품과 연예상품은 우리 시대의 또 다른 환등상이다.

실제로 연예상품은 백화점에 진열된 상품들을 닮았다. 걸그룹이 솔로 가수보다 인기가 있으며 아이돌이 쇼프로에서 파노라마적으로 등장할 때 더 매혹적인 것은 그 때문이다. 또한 인기 가수가 콘서트에서 군중과 함께할 때 공연장 전체는 일종의 환등상이 된다. 백화점의 상품이 도시전체로, 만국박람회로 확장되듯이, 연예상품은 각종 디지털 기기를 통해 순식간에 전세계로 퍼뜨려진다. 양자의 차이는 진열된 상품이 집단적 꿈의 물질적 복제품이라면 연예상품은 집단 환상의 감성적 연출[40]이라는 점이다. 후자의 감성의 환상적 연출은 역설적으로 사랑의 에너지가 빈약해진 감성사회의 보충물이다. 연예상품은 계급적 타자의 사랑으로의 탈출이 불가능해진 시대에 감정적 잔여물을 대리적으로 해소시켜 주는 감성사회의 환등상이다. 감정적 잔여물이 해소될 때 우리는 천국을 느끼는데 연예상품은 상품이 소비되는 시간 동안만 그런 행복을 보장한다.

진열된 상품과 연예상품의 또 다른 차이는 연예 노동자의 감정착취가 문제시된다는 점이다. 연예인은 우리 모두가 얼마간 수행해야 하는 감정연기의 증폭된 거울이다. 그들은 우리에게 위안을 주는 공연을 하지만 그들의 스타의 이미지는 그런 사용가치를 넘어선 환상 스펙터클로 다가온다. 연예인은 어설픈 우리가 현실에서 결코 해소하지 못하는 욕망을 거울처럼 비춰주며 감각을 넘어선 환상을 불러일으킨다. 그러나 바로 그 환상의 연출 때문에 그들은 과잉되게 흥분된 감정의 굴곡을 경험해야 한다. 또한 자신들의 스타의 이미지로 인해 사생활이 제한되고 사적 영역에서도 감정연기를 지속해야 한다. 그들의 환상적인 감정적 연출은 증폭된 감정착취이기도 한 것이다.

연예 노동자는 과도한 감정착취로 인해 극히 제한된 혼자만의 공간에

40　케이블 TV 엠넷의 〈프로듀스 101〉은 연습생 소녀들 중에서 국민프로듀서가 걸그룹의 멤버를 뽑는 프로그램인데 이는 걸그룹의 연출이 집단 환상의 표현임을 암시한다.

서 피폐해진 자아를 발견한다. 과잉된 감정연출과 극도의 감정 결핍, 이것이 연예 노동자가 경험하는 심리적 양가성이다.[41] 연예 노동자의 자아는 지나친 감정적 흥분과 무력한 우울증 사이에서 진동한다.

감정적 흥분과 침체된 감정의 양가성은 감성사회의 모든 개인들이 겪는 일이기도 하다. 연예인의 **우울증**은 우리 모두의 숨겨진 질병을 비춰주는 증폭된 거울이다. 그것은 감정 자본주의의 피할 수 없는 사회적 증상의 거울이기도 하다.

물론 연예상품은 예술로 상승할 수 있지만 연예인의 스타의 스펙터클은 예술과는 구분되는 환등상이다. 예술과 달리 연예상품의 환등상은 물질적 상품의 환상처럼 모순된 사회적 관계를 은폐하는 나르시시즘의 거울이다. 따라서 그것은 우리에게 매혹인 동시에 잠재된 우울이기도 하다.

만일 서투른 연출에 의해 연예상품의 환상이 깨진다면 그곳에서는 감춰진 우울이 스며나올 것이다. 그런 우울은 우리의 숨겨진 감정적 피로감을 더욱 악화시키게 된다. 어설픈 연예인에게 지나친 증오와 혐오가 퍼부어지는 것은 바로 그 때문이다. 사람들은 감성사회에서 최고의 대리적 위안의 환상이 깨지는 것이 두려워 **혐오발화**의 폭력 속으로 도피하는 것이다. 미숙한 연예인에 대한 과도한 혐오는 자신들의 내면의 심리적 취약점에 우울이 전염되는 것을 차단하려는 감성적 테러에 다름이 아니다. 연예인에 대한 악플은 실상은 그들과 비슷한 악플러 자신의 어설픔을 감추기 위한 것이다. 그것은 감정 자본주의의 나르시시즘적 환상을 방어하기 위해 개인들이 자발적으로 벌이는 감성적 자기파괴이기도 하다. 균열된 위치에 놓인 연예인들은 실제로는 우리 모두의 서투른 약점이 증폭되어 나타난 것일 뿐이다. 악플과 혐오발화는 '꿈 물신'의 환상이 깨지는 것이 두려워 감정상품의 물신화를 위협하는 위험한 균열을 더러운 것들로 치환

---

41 이동연, 「감정의 양가성 – 연예인에 대하여」, 『문화과학』, 2010 겨울, 88~98쪽.

한다. 감성 판타스마고리아의 시대는 감정상품의 소비자들이 자발적으로 환상의 균열을 차단하는 악플과 혐오발화의 시대이기도 하다.

과거의 개발 이데올로기의 시대에는 **국가**가 유혹의 환상과 더불어 악마적 타자에 대한 혐오의 기제를 작동시켰다. 그 시대에는 이데올로기를 신성화하고 남겨진 잔여물을 처리하기 위해 동일성의 환상을 깨뜨리는 악마적 타자에 대한 혐오장치가 필요했던 것이다. 그러나 상부구조까지 상품화된 감정 자본주의 시대에는 구성원들이 스스로를 상품화하기 때문에 배제의 혐오장치가 긴요하지 않게 되었다.[42] 과거의 혐오발화가 **전쟁의 동원**과 연관되었다면 유혹사회의 권력 장치들은 감정상품을 포함한 **상품의 동원**에 훨씬 더 의존한다. 우리 시대의 감성 판타스마고리아는 인격성을 위시한 사회의 전영역의 회유를 상징한다.

하지만 감성 판타스마고리아 역시 매혹과 우울의 이중성을 지니기 때문에 환상이 깨지는 것이 두려워 어설픈 감정 연출자들에 대한 혐오가 생겨난다. 어설픈 연출자들이란 미숙한 연예인뿐 아니라 일상의 '사회적 연예인'의 타자를 말한다. 오늘날은 도시와 사회 전체가 감성 판타스마고리아의 진열장으로 변화된 시대이다. 그렇기에 누구나 얼마간은 감정노동을 하고 감정상품에서 위안을 얻는 한편 전사회적 판타스마고리아가 깨지는 것이 두려워 **자발적으로** 혐오발화를 생산하는 것이다. 감정 착취와 감정 위안이 순환하는 감성 '꿈 물신'의 사회에서는 연예인과 '사회적 연예인'의 타자가 판타스마고리아를 오염시키는 혐오의 대상이 되는 셈이다. 그처럼 에로스의 근거였던 타자가 혐오의 근원으로 변질된 것이 감정 영역이 자본화된 유혹사회의 신화이다.

---

42 물론 아직까지도 그런 배제의 혐오장치는 '종북'이라는 형태로 남아 있다.

4. 사랑과 상품의 목숨을 건 도약 – 〈프로듀스 101〉

케이블 TV 엠넷의 〈프로듀스 101〉은 연습생들이 걸 그룹 멤버가 되기 위해 혹독한 훈련을 하는 과정을 보여준다. 그들은 걸 그룹이 된다 해도 많은 인기를 얻고 돈을 벌기 위해서는 또 한 번의 기다림과 구애의 과정이 필요하다. 수많은 걸 그룹들이 TV 프로에 선택되기 위한 노력은 신상품이 구매자에 팔리기 위해 필요한 모험과도 유사하다. 마르크스는 그처럼 상품들이 화폐의 선택을 얻으려는 지난한 구애의 과정을 **목숨을 건 도약**이라고 불렀다.[43]

가라타니 고진은 목숨을 건 도약이란 우연성(가변성)과 외부성이 수반되는 비대칭적인 교섭이라고 논의한다.[44] 여기서 외부성이란 아직 길이 생겨나지 않은 무성한 숲과 같은 공간을 말한다. 상품은 그런 외부성과 우연성 앞에 놓여 있기 때문에 화폐와 비대칭적인 교환의 관계에 있다. 세상에 처음 나온 신상품이 화폐로 교환되려면 아직 판로가 없는 곳에서 도약을 통해 길을 만들어야 한다. 마찬가지로 신생 걸 그룹이 인기를 얻으려면 목숨을 건 도약을 통해 새로운 길을 뚫어야 한다. 신상품과 걸 그룹은 아직 길이 없는 곳에서 화폐와 인기를 얻기 위해 필사적인 구애를 해야 한다.

그런데 목숨을 건 도약이라는 구애의 과정은 비단 상품세계에서만 일어나는 것은 아니다. 사람들 사이의 사랑의 과정이야말로 진정한 목숨을 건 도약이다. 요리의 레시피처럼 미리 정해진 매뉴얼을 통해 성취되는 사랑은 어디에도 없다. 모든 사랑은 아무런 길이 없는 곳에서 필사적으로 길을 만드는 목숨을 건 도약이다. 길이 규범이 있는 상징계라면 길 없는

---

43 마르크스, 김수행 역, 앞의 책, 136쪽.
44 가라타니 고진, 권기돈 역, 『탐구』 2, 새물결, 1998, 65~68쪽.

숲은 암흑 같은 실재계이다. 모든 사랑은 예외적이며[45] 우연성과 외부성(실재계) 앞에서의 지난한 교섭의 과정이다. 그 점에서 사랑은 상징계(길)의 공백(부재)으로 드러난 바디우의 사건과도 같다.

사건이란 매뉴얼(상징계)의 공백, 길이 없는 실재계의 암흑에 부딪힌 순간의 사태이다. 사랑하는 사람은 타자와의 예외적 만남에서 그런 사건을 경험한다. 그 같은 사건에서 도약을 통해 사랑을 경험하는 과정은 **특이성**의 발현이기도 하다. 세상에서 유일한 사람과 세계의 어디에도 없는 길을 만들어야 하기 때문에 사랑하는 사람은 특이성을 경험한다. 특이성이란 모든 코드(길)에 대해 저항하는 존재의 표현이다. 아무런 길도 없는 곳에 유일한 발자국을 내는 특이성의 교섭을 통해 '우리'라는 보편성(길 없는 길)으로 도약하는 것이 바로 사랑이다. 여기서의 보편성이란 사랑의 진리(진정성)라고도 말할 수 있다. 그것은 우리 둘 만의 진정성이 아니라 모든 것이 달라진 세상에 놓이게 된 존재론적 진리이다.

마르크스의 상품과 화폐의 관계와 비교하자면, 새로운 걸 그룹은 특이성이며 그들이 얻고자하는 대중의 인기와 화폐는 보편성이다. 걸 그룹이 성공하는 과정은 돈과 대중의 사랑을 얻는 진행이기도 하다. 이 진행은 어떤 사람이 다른 사람의 사랑을 얻는 과정과 유사하다. 자본주의에서 화폐란 모든 것과 관계하는 총체성이며 대중의 인기는 만인과의 사랑의 관계이다. 성공한 걸 그룹은 사랑하는 사람처럼 모든 것이 달라진 세상에 놓이게 된다.

그러나 양자 사이에는 중요한 차이가 있다. 사랑하는 사람이 '우리'에 이르는 과정은 특이성을 버리고 동일성에 이르는 진행이 아니다. 사랑이란 '하나됨'이 아닌 '둘됨'이며 '우리'란 특이성의 끝없는 교섭과 울림의 과정이다. 그처럼 동일성이 끝없이 연기되기 때문에, 사랑이라는 특이성

---

45   바디우, 박영기 역, 『변화의 주체』, 논밭출판사, 2015, 46쪽.

의 교섭의 과정에서는 아직 오지 않은 미래를 향한 시간이 나타난다.

반면에 걸 그룹이 대중의 사랑과 화폐를 얻는 과정에는 상호적인 특이성의 교섭이 없다. 눈물 흘리던 연습생이 소녀시대처럼 성공하는 과정은 목숨을 건 도약이지만, 그것은 〈프로듀스 101〉에서처럼 자신들의 능력을 대중[46]과 화폐라는 거울에 비춰보는 행위이기도 하다. 이런 나르시시즘을 우리는 앞에서 자아의 상품화 과정이라고 말했다.[47] 실제로 연습생들의 훈련은 감정상품을 만드는 과정과 유사하다. 순진한 소녀들의 꿈은 잠재적인 특이성의 도약이지만 그 특이성은 성공한 걸 그룹이 되는 과정에서 나르시시즘적 동일성으로 환원된다. 상품 소비자인 대중과 화폐라는 동일성의 거울을 향한 이 도약의 과정에서는 새로운 삶을 향한 시간이 열리지 않는다.

또한 걸 그룹과 대중과의 관계 역시 상호적인 사랑의 관계가 아니다. 걸 그룹이 환호하는 대중 앞에서 기쁨을 느끼는 것은 인기와 성공이라는 거울 앞에서의 행복감일 뿐이다. 반면에 대중들은 자신의 욕망을 거울처럼 반사해주는 위안의 환상의 연출에 빠져든다. 성공의 환상과 위안의 환상이 만나는 순간은 두 개의 분리된 나르시시즘이 하나로 동일화되는 진행이다.

감정 자본주의에서는 그런 공연에서의 환상이 일상에서도 연출된다. 감성사회에서 여성의 사랑이란 '행복한 성공의 꿈'과 다르지 않으며 남성(특히 상류층 남성)에게 여성은 '위안의 제공자'일 뿐이다. 사랑과 결혼은 그런 두 개의 나르시시즘의 결합이다. 정이현의 「낭만적 사랑과 사회」에서는 상류층 남성에게 순결한 여성의 모습을 연출함으로써 사랑의 상대로 선택받으려는 모험이 그려진다. 이 소설에서 낭만적 사랑의 필사적 도약은 잘 꾸며진 레시피의 실행이다. 필사적 도약이란 레시피가 없는 모험이

---

46 이 대중은 연예상품에 길들여진 집단이다.
47 이런 자발적인 자아의 상품화 과정은 감정 자본주의에서 특징적으로 나타난다.

지만 감성사회에서는 그 도약에조차 교환의 레시피가 숨겨져 있다. 그런 자기모순적인 필사적인 도약의 시도는 실패로 끝나지만 이 소설은 감정 자본주의에서의 새로운 사랑의 풍속을 보여준다.

감정 자본주의란 특이성의 사랑이 상품화된 사랑으로, 목숨을 건 도약이 나르시시즘으로 변질된 사회이다. 그것은 예외적 사건으로서의 사랑이 화폐에 대한 상품의 구애로 변화된 상황이라고도 말할 수 있다. 양자의 과정에는 똑같이 목숨을 건 도약이 있다. 그러나 사건으로서의 사랑은 새로운 존재방식과 미래를 향한 시간을 생성하지만, 화폐에 대한 사랑은 나르시시즘적 동일성으로 회귀하면서 미래로 나아가는 시간을 열지 못한다.

5. 사랑의 진리의 특이성과 보편성
— 목숨을 건 도약의 두 가지 방식

이제 두 가지 목숨을 건 도약의 과정을 좀 더 자세히 살펴보자. 특이성의 사랑이란 실재계적 대상(대상 a)에 대한 필사적 도약이다. 실재계적 대상 a란 「님의 침묵」(한용운)의 님처럼 어디에도 없으면서 모든 곳에 다 있는 부재원인으로서의 총체성이다. 사랑의 대상인 타자는 대상 a 곧 님의 환유(부분대상)이다. 사랑을 하면서 특이성이 발현되는 순간은 타자와 관계하면서 대상 a에 대한 열정을 경험하는 과정이기도 하다.[48]

화폐 역시 대상 a와 매우 유사하다. 화폐란 자기 자신은 무(사용가치)이면서 모든 것과 관계하는 부재로서의 총체성이다. 상품이 화폐와 교환되려 할 때 사랑할 때처럼 목숨을 건 구애의 과정이 나타나는 것은 그 때문

---

48 여기서 타자는 대상 a를 환유하는 부분대상이다. 대상 a는 환유적인 부분대상이나 은유적인 이미지로 나타난다.

이다. 그러나 대상 a가 상징계의 외부에 위치한 반면 화폐는 자본주의 사회의 왕의 위치에 있다. 대상 a에 대한 열정으로서 사랑의 위력은 상징계에 저항하며 변화를 통해 끝없이 미래로 다가가는 데 있다. 반면에 자본주의 사회의 왕인 화폐에 대한 사랑의 가치는 모든 것과 교환 가능한 화폐의 양적인 축적에 있다. 전자의 특이성의 사랑이 미래를 향한 우리의 진리(보편성)의 지향이라면, 후자의 화폐에 대한 사랑은 자본주의라는 동일성(보편성)의 질서를 유지하려 한다. 양자의 차이는 열려 있는 '우리'의 진리의 지향이냐 동일성의 보편성의 지향이냐의 차이이다.

이처럼 목숨을 건 도약에는 두 종류의 과정이 있다. 하나는 사건으로서의 사랑이며 여기서 타자에 대한 사랑의 도약은 존재방식의 변화를 가져온다. 다른 하나는 화폐에 대한 사랑으로서 이 경우에는 반드시 도약이 이루어져야만 자본주의가 유지된다. 전자가 타자성의 운동이라면 후자는 동일성의 운동이다. 사건으로서의 사랑 혹은 타자성의 운동은 체계의 내부에서 외부로의 끝없는 도약을 통해 **존재**(특이성)와 **사회**(보편성)를 변화시키는 과정이다.[49] 반면에 화폐에 대한 사랑 혹은 동일성의 운동은 오히려 동일한 질서(보편성)를 유지하는 방식인데 여기서도 끝없는 도약을 통한 자기갱신이 필요하다.[50]

이런 목숨을 건 도약의 두 종류는 비단 사랑의 경우에만 국한되는 것은 아니다. 정치와 학문의 영역에도 도약을 통한 타자성의 운동과 동일성의 운동이 있다.[51] 정치에 적용된 사랑의 도약의 과정은 끝없는 혁명의 과정이다. 반대로 동일성의 운동이란 자본과 국가의 자기갱신의 운동을 말한다. 사회적 변화를 위해 도약이 필요함은 말할 것도 없거니와 자본과 국

---

49 여기서 외부로의 도약은 존재와 사회를 변화시키면서 다시 (잠정적으로) 내부화되며, 따라서 그런 도약의 과정은 끝없이 계속된다.

50 신상품의 생산과 화폐와의 교환이라는 끝없는 자기갱신의 운동을 말한다.

51 학문의 영역에서의 목숨을 건 도약을 통한 타자성의 운동에 대해서는 김철, 「자기를 지우면서 움직이기 – 한국학의 난관들」, 『사이』 제20호, 2016.5, 19~20쪽 참조.

가 역시 끝없는 도약의 과정이 있어야만 동일성이 유지된다.

학문의 영역에서 양자는 각각 **특이성**과 **열린 보편성**, 그리고 **개별성과 동일성으로서의 보편성**의 관계로 나타난다. 후자는 흔히 형이상학이라고 불린다. 형이상학의 딜레마는 개체들의 동일한 특성을 동일성의 보편성으로 부르는 동어반복이 나타난다는 점이다.[52] 예컨대 사과, 배, 포도 등을 과일이라는 보편성으로 말하는 것은 이미 각각의 대상에 포함된 동일한 요소(과일)를 반복하는 것일 뿐이다. 사과란 무엇인가라는 개별성(특수성)에 대한 답변에는 이미 과일이라는 보편성이 나타난다. 과일이라는 보편성은 사과, 배, 포도의 차이들의 총체화이기 보다는 동일성의 총체화이다. 양자의 관계는 상품과 화폐의 관계와 비슷하다. 사과, 배, 포도가 과일이 되는 과정은 코드화할 수 없는 차이의 증식이 아니라 코드의 갱신을 통한 질적·양적인 축적이다. 사과, 배, 포도가 과일의 질적·양적 가치를 얻으려 애쓰는 과정은 개별상품들이 화폐적 가치를 얻기 위해 노심초사하는 것과 유사하다. 화폐가 상품세계의 왕이듯이 과일은 사과, 배, 포도의 왕인 것이다. 물론 화폐는 특별한 왕이다. 화폐는 왕으로서 상품에 교환가치의 인장을 찍으며 돌아다니지만 과일은 사과, 배, 포도에 인장을 찍을 뿐 돌아다니지는 않는다. 그러나 화폐가 개별 상품들의 가치에 대한 규정력이듯이 과일은 사과, 배, 포도를 규정한다. 이 물건은 돈이 된다(화폐적 가치)고 말하는 것은 이 열매(사과)는 과일로 먹을 수 있다(과일의 자격)고 말하는 것과 비슷하다. 만일 사과가 과일의 규정에서 벗어난다면 사과 → 과일의 개별성(특수성) → 보편성의 관계는 성립하지 않는다. 이 말은 개별적인 사과는 이미 과일의 규정안에 있다는 뜻이다. 그처럼 '사과는 과일이다'라는 전제 때문에 '과일은 사과, 배, 포도 등의 열매이다'는 동어반복의 과정이 된다.[53] 물론 사과를 과일로 이름붙이는 것에도 도약이 있다. 과일

---

52   김항, 「실체적 보편에서 매개적 보편으로」, 위의 책, 22~26쪽.
53   바디우·지젝, 민승기 역, 『바디우와 지젝 현재의 철학을 말하다』, 길, 2013, 40쪽.

이라는 보편성도 각 개체들의 도약(실재→사과, 과일)이 있어야만 동일성의 보편성이 가능하다. 그러나 도약의 순간 사과는 특이성의 지위를 잃고 개별적 동일성으로 환원된다.

그런 동어반복에서 벗어날 수 있는 것이 특이성이며 특이성만이 동어반복을 피하면서 보편성에 이를 수 있다. 물론 이때의 보편성은 동일성의 보편성이 아닌 차이를 수용하는 보편성이다. 특이성이 동일성의 보편성에 이른다면 그것은 더 이상 특이성이 아니다.

그러면 어떻게 특이성들에서 동일한 요소를 말하지 않으면서 (즉 차이를 수용하면서) 그것들을 보편화(총체화)할 수 있는가. 특이성과 관계하는 보편성은 규범적 동일성의 **부재**인 동시에 모든 특이성의 **총체성**(동일성이 아닌 총체성)이기도 하다. 이 경우에는 특이성에 대한 보편성의 규정력 곧 규범적 동일성이 없다. 개별성→보편성에 이미 위로부터의 규정이 있다면 특이성→보편성에는 그런 규정(동일성)의 형식이 없다. 즉 특이성들에 대한 체계의 동일성의 규정이 **부재**하는 가운데 특이성들을 연결하는 어떤 **원인**(부재원인)에 의한 총체화가 보편성인 것이다.

그런 보편성은 동일성의 체계(상징계)에는 부재하지만 단지 '없는 것'이라고만 말할 수는 없다. 특이성의 보편성은 체계에 부재하는 동시에 체계 외부(실재계)에 연결될 때 나타난다. 여기서의 특이성과 보편성의 관계는 각각의 특이성과 그 특이성들을 연결해주는 부재하는 총체성의 관계이다. 즉 보편성이란 **부재원인**으로서의 총체성과의 관계, 가령 특이성과 대상 a의 관계와도 같은 것이다. 그런 관계는 체계 내의 사건인 특이성이 체계 외부의 어떤 것(대상 a)에 의해 연결되어 보편화되는 것이다. 그렇기에 특이성-보편성의 관계에서 보편성은 체계에 의해 닫힐 수 없는 **열린** 상태이며 명확한 표상(명명)은 유보된다. 보편성의 명명이나 표상은 **잠정적**으로나 **사후적**으로만 가능하다.

사랑의 예를 든다면, 어떤 개인은 대상 a를 열망할 때 도약을 통해 특이성이 되면서 다른 사람과 '둘됨'으로서의 우리라는 연결된 관계(보편성)를 이룬다. 여기서 각각이 특이성이라면 그들의 '말할 수 없는' 사랑하는 관계가 바로 사랑의 보편성이다. 또한 어떤 사건이 일어났을 때 사람들이 **특이성을 발현**시키고 서로 연대하면서(총체화되면서) 체계에 저항하는 것이 혁명의 보편성이다. 마찬가지로 어떤 학문(예컨대 한국학)에서 학문의 구성요소들이 각각의 **차이를 유지**하면서 총체적으로 연결되는 것이 학문의 보편성이다.

만일 이 예들에서 각 개체들이 동일화된다면 그 과정은 다시 개별(특수)-보편 관계의 형이상학으로 회귀한다. 따라서 특이성의 연결은 동일성이 아닌 **다른 공통요소**에 의해 이루어짐을 알 수 있다. 즉 특이성을 보편성으로 만드는 것은 국가나 자본, 모종의 코드나 문법 체계에 의한 동일성과는 다른 어떤 공통 요소이다. 그런 동일성이 아닌 공통요소란 체계 내에는 부재하며 체계 외부에서 표상되지 않은 채 존재하는 어떤 것과의 관계이다.[54] 예컨대 그것은 부재원인으로서의 총체성인 대상 a에 대한 열망 같은 것이다. 어떤 개체가 대상 a를 열망하며 도약할 때 특이성이 되며, 그 순간은 각각의 특이성들이 대상 a와 관계하며 서로 연결되는 순간이기도 하다. 이것이 바로 **특이성**이 **보편성**이 되는 전개이다. 그런 과정에서 주판치치는 대상 a를 열망하는 순수욕망을 **윤리**라고 불렀다. 그것은 바디우가 말한 사건에 연관된 충실성(진리)에 대한 충실성으로서 윤리와도 다르지 않다. 특이성이 사건이라면 사건에 대한 진리의 과정이 윤리(지속의 원리)에 의해 계속되는 것이 보편성인 것이다.[55]

이 특이성 → 보편성의 관계를 가라타니 고진은 스피노자의 자기원인으로서 신-자연에 연관시키고 있다.[56] 특이성으로서 개체들과 신-자연의

---

54 만일 공통요소가 표상된다면 보편성은 다시 동일성으로 회귀한다.

55 바디우, 이종영 역, 『윤리학』, 동문선, 2001, 67~68쪽.

56 가라타니 고진, 권기돈 역, 앞의 책, 131~155쪽.

관계는 각 개체들과 대상 a와의 관계와도 비슷하다. 양자 모두 사랑이나 윤리를 필요로 하며 그 동일성이 아닌 공통요소에 의해 보편성의 관계(우리)가 나타난다.

따라서 우리는 개별(특수)-보편(동일성)의 관계와 구분되는 특이성-보편성의 새로운 관계를 말해야 한다. 인격성의 영역까지 상품화된 우리 시대는 체계에 예속된 거울(화폐, 상품)에 자아를 비추거나 욕망을 반사하는 나르시시즘적 사랑이 성행하는 시대이다. 이 나르시시즘적 사랑은 연애적 관계에만 국한된 것이 아니다. 우리 시대에는 정치에서도 각 개체들이 자본과 국가의 동일성을 재생산하는 보편성의 서술어로서 동어반복이 되어 가고 있다. 또한 학문 역시 자본과 국가를 운영하는 데 필요한 동일성의 요소들의 집합이 되어 간다. 화폐와 국가는 나르시시즘의 공동체를 유지하는 중요한 보편성이다. 거기서 더 나아가 나르시시즘의 공동체에 녹지 않은 이질적 잔여물을 처리하기 위해 나타난 것이 바로 감정 자본주의이다. 감정 자본주의는 타자의 얼굴을 외면하도록 긍정성의 감정연기를 강요하는 한편, 피로에 지친 개인들에게 위안이라는 감정상품을 판매한다. 그러나 감정연기와 감정상품은 자본에 예속된 서술어를 동어반복적으로 끝없이 되풀이하는 또 다른 나르시시즘일 뿐이다. 이 동일성의 감옥에서 벗어나는 길은 우발성의 일상에서 나타난 사건으로서의 특이성의 발견에 있을 것이다. 특이성이란 동일성의 왕국에 생긴 동일하지 않은 첫 발자국이다. 그 첫 발자국이 새로운 길이 되려면 각 특이성들이 열린 보편성에 이르도록 목숨을 걸고 도약을 시도하는 사랑이 부활해야 한다.

6. 감성권력과 '감성의 분할'을 방해하기
─〈마국텔〉 필리버스터

　이제까지 개체들이 보편성에 이르는 두 가지 방식을 살펴봤다. 그 둘 중에서 형이상학의 동일성의 원리는 국가와 자본의 동일성의 구조와 매우 유사하다. 국가와 자본의 영역에서 개인들이 사회를 이루는 방식은 어떤 동일한 것(국민과 화폐)의 분할과 운용에 참여하며 보편성(사회)의 경계를 만드는 과정이다. 그런 보편성의 과정은 국가와 자본이 개인들을 동어반복적으로 재생산하는 과정과 부합한다.

　감정 자본주의에서는 그런 동어반복적 과정이 감성적 차원에서까지 재생산된다. 감정 착취와 감정 위안은 이제 사회 구성원의 자격을 얻기 위한 동어반복의 순환적 기제가 되었다. 그처럼 감성이 자본에 회유된 유혹사회에서는 정치권력에 대한 미학과 에로스의 반격이 약화된다. 하지만 똑같은 이유로 이제 노동운동이나 민중운동 보다는 에로스의 회생 자체가 사회변혁을 위한 중요한 역습의 근거가 된다. 감성 변혁이 수반되지 않으면 사회 변혁은 결코 일어나지 않는다는 것이 감성정치 시대의 비밀이다. 그것은 아무도 모르는 동시에 (심연에서는) 모두가 알고 있는 비밀이다. 우리가 이 책에서 **에로스**를 주제로 삼은 것은 바로 그 때문이다.

　우리 시대는 에로스가 사적인 연애감정을 넘어 사회 전체의 문제와 연관되어 있음을 보여주는 사회이다. 그런데 에로스와 미학 같은 감성적 영역은 우리 시대뿐 아니라 원래부터 정치권력과 긴밀한 연관이 있었다. 다만 정치권력은 이성중심주의에서 출발했기 때문에 에로스와 감성은 사적인 영역으로 여겨져 온 것이다. 그러나 오늘날의 유혹사회에서 감성권력이 매우 중요해지면서 우리는 소급적으로 보이지 않던 감성과 정치의 연관성에 관심을 갖게 되었다. 정치권력을 미학과 연관시킨 랑시에르의 감성의 분할이 우리 시대에 주목받는 것은 우연이 아니다.

사회의 동일성의 경계를 만드는 방식은 국가체계와 자본의 체계에 의해서만 결정되는 것은 아니다. 국가와 자본이 동일한 것(공통요소)을 운용하는 데에는 권력의 규범(법) 이외에 어떤 감성적인 방식이 필요하다. 랑시에르는 동일한 것의 분할과 운용을 결정하는 이 감성적인 방식을 **감성의 분할**이라고 부른다.[57] 앞서 살핀 판타스마고리아 역시 감성의 분할의 중요한 요소의 하나이다. 우리를 매혹시키는 판타스마고리아는 감성의 분할에서 매우 환상적이면서 가장 빛나는 부분에 해당한다.

랑시에르에 의하면, 감성의 분할이란 어떤 공통적인 것(동일한 것) 안에서의 몫과 배타적인 것의 위치를 정하는 경계 설정이다. 그런데 그런 감성의 분할이 필요한 이유는 **미학**이 필요한 이유와도 같다. 라캉의 그림에 대한 설명에서처럼, 미학은 체계 내의 시선과 타자의 응시가 교차되는 지점에서 생성된다. 시선과 응시의 교차로서의 미학은, 랑시에르의 용어로 재현과 비재현, 동일한 것과 낯선 감성이 교차되는 어느 지점에서 나타난다. 여기서 표상(재현)의 감성적 재구성은 타자 같은 체계에 동화되지 않은 잔여적 존재에 의해 필요해진 것이다.

정치권력이 체계의 규범 이외에 감성의 분할을 필요로 하는 이유 역시 그와 마찬가지이다. 동일성의 체계의 운용에는 합리성으로만 해결할 수 없는 모순과 잔여물이 반드시 남게 마련이다. 그것은 상징계에 늘상 실재계적 잔여물이 남는 것과도 같다. 그 때문에 정치권력은 감성적인 방식으로 사람들의 무의식을 포섭하는 분할과 경계 설정을 필요로 하는 것이다. 감성적 방식의 무의식의 포섭이란 동일성(국가와 자본)의 체계를 재생산하면서 모순과 잔여물을 함께 처리하는 방식이기도 하다.

그런데 시선과 응시의 교차에서처럼 동화되지 않은 실재계적 잔여물과 교섭하는 것은 바로 예술과 미학이다. 물론 미학은 잔여물과 교섭하며

---

57   랑시에르, 오윤성 역, 앞의 책, 14~15쪽.

사회의 변화를 요구하지만 정치권력은 반대로 동일성의 질서를 유지하려 한다. 하지만 어쨌든 지배체계 자체도 질서 유지를 위해 잔여물을 해소하는 감성적 재구성이 필요하며, 어떤 식으로든 미학을 필수물로 수반해야 하는 것이다. 그처럼 정치권력이 필요로 하는 **미학**을 랑시에르는 감성의 분할이라고 명명한다.

감성의 분할이라는 개념은 감정 자본주의의 출현 이전부터 감성권력이 필수적이었음을 암시한다. 권력과 저항 양쪽에서 정치적인 것과 미학적인 것은 필연적으로 교류될 수밖에 없었던 것이다. 우리는 단지 사회적 규범에 지배되는 삶을 사는 것이 아니라 감성의 분할에 의해 재구성된 현실을 살고 있다. 지젝은 비슷한 맥락에서 실재계적 잔여물의 처리를 말하면서, 이데올로기란 현실을 환상적으로 재구성한 것이라고 논의한다.[58] 환상 구성물로서의 **이데올로기**란 감성의 분할의 한 가지 방식이다.[59] 랑시에르가 말한 정치권력의 **미학**(감성의 분할)은 지젝의 현실의 **환상적** 재구성 (이데올로기)과 같은 맥락을 지닌다.

랑시에르는 현실의 감성적 재구성 방식을 보이는 것과 보이지 않는 것, 발화와 잡음의 경계 설정으로 설명한다.[60] 보이는 것의 영역이란 체계의 동일성의 영역이다. 그런데 그 곳은 단지 체계가 실현된 영역이 아니라 감성적 잔여물이 잘 해소되고 있는 영역이기도 하다. 만일 심리적 잔여물이 남아 있다면 무의식의 동요에 의해 체계의 구성물을 지각하는 데 감정적 장애가 생길 것이다. 그 때문에 정치권력은 이데올로기나 삶권력을 이용해 무의식을 포섭하도록 현실을 재구성하는 것이다. 앞서 살펴본 아케이드의 환등상이나 신상품의 잉여향락 역시 그런 감성권력의 특수한 미

---

58 지젝, 이수련 역, 앞의 책, 68쪽.

59 오늘날의 감성의 분할은 이데올로기 이외에 감정상품 등의 다양한 감성권력의 방식에 의존한다.

60 랑시에르, 오윤성 역, 앞의 책, 14~15쪽.

학적 장치들이다.

하지만 정치권력의 감성의 분할은 불충분한 미학일 수밖에 없다. 즉 모순된 체계를 변화시키지 않고 균열을 미봉하는 방식이기 때문에 감성적 잔여물은 완전히 해소되지 않는다. 그 때문에 정치권력은 보이는 곳에서의 미학의 방식 이외에 보이지 않는 곳에서의 반미학의 방식을 사용한다. 즉 보이지 않는 영역에 **증오**와 **혐오**의 대상을 설정하여 사람들이 보이는 영역에 머물게 만드는 것이다. 보이지 않는 것은 배제의 대상이지만 역설적으로 그 배제의 대상에 의해 체계의 질서가 유지된다. 비가시적 영역은 배제되는 동시에 가시적 영역을 유지하기 위한 구성적 외부로 포섭된다. 랑시에르는 주로 정치권력의 미학에 대해 논의하지만 우리는 반미학의 필요성도 강조해야 한다.[61]

예술은 그런 정치권력의 미학과는 다른 방식으로 작용한다. 예술은 감성의 분할에 의한 미봉적 질서를 방해하는 방식으로 감성적 잔여물(낯선 감성)의 존재를 암시한다. 그런 무질서화의 방식을 통해 지배체계의 질서가 변화되어야 함을 알리는 것이다. 플라톤은 예술이 동일성들과 활동들, 공간들의 분할을 혼란에 빠뜨린다고 말했는데, 랑시에르는 예술의 그 같은 동일성에 대한 불확정과 불인정, 무규정이야말로 민주주의와 연관된 측면이라고 논의한다.[62]

이런 예술의 활동은 동일성의 동어반복과는 다른 방식으로 특이성이 보편성에 이르는 과정을 암시한다.[63] 동일성의 동어반복이란 자본과 국가의 영원한 재생산이다. 반면에 예술은 그런 동일성의 재생산에서 벗어나

---

61 지젝은 반미학의 측면을 배제된 타자가 위장된 악(증오의 대상)의 형태로 되돌아오는 것이라고 말한다. 지젝, 이수련 역, 앞의 책, 93~94쪽.

62 랑시에르, 오윤성 역, 앞의 책, 15~16쪽.

63 위의 책, 71쪽. 랑시에르에 의하면, 정치적인 보편적인 것은 특이성의 형태에서만 효력이 있으며, 그런 방식은 다수의 개인을 동일성으로 연결하는 국가적인 보편성과 구분된다.

특이성을 표현한다. 우리는 양자의 차이를 1970년대 정치권력과 문학을 통해 살펴볼 수 있다.

예컨대 1970년대에 개발주의는 자본주의와 국가의 발전을 위해 국민들을 동원했다. 물론 이 국민의 소환 과정에도 도약이 있었지만 결국 자본과 국가의 확대된 재생산으로 되돌아왔다. 즉 발전된 한국(주어)은 서술어(국가와 자본의 발전)의 동어반복일 뿐이었다. 더욱이 그 과정에서 자본과 국가의 모순으로 인한 잔여물은 전보다 더 많아졌으며[64] 그에 따라 이데올로기와 삶권력의 활용이 필요해졌다. 예컨대 민족중흥과 조국 근대화, 그리고 상품의 환등상과 문화적 상품들은, 감성적 잔여물을 해소하고 사람들을 보이는 곳에 머물게 하기 위한 이데올로기와 삶권력의 미학의 방식이었다. 1970년대에는 개발된 번화가는 물론 서울이라는 이름 자체가 일종의 **판타스마고리아**였다. 물론 환상적인 판타스마고리아에는 그늘이 숨어 있었다. 그 때문에 보이지 않는 곳에 악마적 타자(공산주의자)를 설정하여 그들을 혐오하게 함으로써 동일성의 질서를 유지하는 반미학이 필요했던 것이다. 이것이 바로 미학(삶권력)과 반미학(혐오발화)을 사용하는 감성의 분할의 방식이다.

반면에 이 시기의 문학들은 감성적 잔여물이 해소되지 않았음을 드러내어 국가와 자본의 동어반복의 질서를 방해하는 미학을 보여주었다. 『난장이가 쏘아올린 공』 연작, 「영자의 전성시대」, 「몰개월의 새」 등은 불안과 분열을 드러내어 동일성의 질서를 방해하고 또 다른 세상이 와야 함을 암시했다. 이 소설들에서 난장이와 영자, '몰개월의 새들'은 동일화될 수 없는 특이성의 존재인 동시에 아직 오지 않은 보편성(새로운 사회)을 향해 있는 사람들이다. 여기서 특이성들은 국가와 자본의 동일성과는 다른 사랑과 윤리(순수욕망) 같은 또 다른 공통요소에 의해 새로운 세상(보편성)을

---

64   이것이 이 시기에 문학이 활성화된 이유일 것이다.

지향하고 있다.

감성권력의 미학은 예술의 미학에 대해 길항과 경쟁의 관계에 있다. 숭고한 민족중흥과 아름다운 선진조국의 상상에서 우리는 고통을 잊고 가슴이 뛴다. 그러나 난장이와 영자, '몰개월의 새들'의 불안한 고통은, 국가와 자본의 동일성의 미학에 상처를 내며 동어반복에서 벗어난 달라진 세상을 소망하게 한다.

예술의 미학은 감성권력의 반미학과도 경쟁관계에 있다. 반미학으로서의 혐오발화는 감성권력의 미학에 대한 보충적 기제이다. 감성권력의 미학이 동일성의 체제를 유지시킨다면 반미학은 지배질서에서 배제된 타자를 혐오함으로써 동일성의 질서를 공고하게 만든다. 반면에 예술과 문학은 난장이와 영자 같은 타자를 특이성으로 상승시킴으로써 새로운 세상(열린 보편성)을 갈망하게 한다. 따라서 난장이는 혐오대상인 동시에 특이성이기도 하다. 즉 국가와 자본의 동일성의 질서에서 배제 대상이면서 또한 그런 동일성을 방해하며 아직 없는 새 길에 첫 발자국을 내는 특이성인 것이다.

특이성의 미학은 문학에서뿐만 아니라 현실 자체에서도 발견된다. 더욱이 지배 권력의 미학이 확대된 감정 자본주의 시대에는 현실 자체에서 특이성의 미학이 절실하게 요구된다. 오늘날 정치에 대한 무관심은 국가와 자본에 예속된 동일성의 정치가 확장된 때문이다. 형식적인 절차와 과정에 속박된 정치는 설령 비판적인 담론이라도 동일성의 논리에서 벗어나기 어렵다. 그로 인해 오늘날에는 권력이든 저항이든 정치적 담론은 동어반복적이 되었다. 이미 할 말을 알고 있는 정치인의 말을 귀담아 듣는 사람은 많지 않다. 우리는 정치보다는 나르시시즘적인 감정상품과 감성적 판타스마고리아에서 위안을 얻는다.

그런데 얼마 전 국회에서의 필리버스터는 동어반복을 벗어난 다른 정치를 보여주었다. 야당 의원이 필리버스터를 하는 동안 의사당 안은 텅 비어 있었다. 그러나 필리버스터는 〈마국텔마이 국회 텔레비전〉[65]과 SNS, 스마트폰, 인터넷 게시판 등을 통해 순식간에 번져나갔다. 제도권 정치에서는 배제되었지만 제도를 넘어선 은유적인 공공성을 통해 소통이 이루어지고 있었던 것이다. 그 이유는 필리버스터가 동일성의 제도와 동어반복의 정치를 벗어난 새로운 담론공간을 열어주었기 때문이다. 필리버스터의 인기는 제도권 공공성을 넘어선 소통과정이 우리의 심리적 잔여물을 직접 해소시켜 주는 데 있었다. 그 점에서 필리버스터는 정치적 담론이기 이전에 진부한 동일성의 제도에 저항하는 특이성의 **미학**을 보여주고 있었다. 거기에는 제도권 공공 매체는 물론 어설픈 연예물의 감정상품도 주지 못하는 신기하고 놀라운 유희가 있었다. 그것은 탈정치화의 시대에 돌발적으로 출현한 미학적 정치의 선물이었다.

필리버스터 같은 미학적 정치는 감성의 분할을 동요시키는 감동을 제공한다. 여기서는 이데올로기·삶권력(유혹의 권력) 같은 지배권력의 미학은 물론 혐오발화 같은 반미학도 해소된다. 감성의 분할이란 지배권력의 미학과 반미학, 아름다움과 혐오발화의 결합이다. 그것을 통해 보이는 것과 보이지 않는 것의 경계를 설정하는 것이다. 그와 달리 예술과 미학적 정치는 감성권력의 동일성의 미학과 경계 설정을 방해하는 미학이다. 여기서는 보이지 않는 타자가 특이성으로 보이게 됨은 물론 필리버스터에서처럼 잡음으로 배제될 것이 발화로 등장한다. 오늘날처럼 안보나 부의 생산 같은 동일성 논리가 신성시되는 시대에는 '테러방지법'을 반대하는 비판담론은 종북 같은 혐오의 장치에 매장될 위험을 지닌다. 이것이 바로 감성의 분할이 경색된 시대의 일상의 풍경이다. 미학적 정치는 마치 예술처럼 신성함의 미학과 혐오의 반미학을 해체하는 틈새를 만든다. 그렇게 해서 보이지 않는 것을 보이게 하고 혐오의 감성을 전복시키면서 감성의

65　MBC TV 프로그램 〈마이 리틀 텔레비전〉의 패러디임.

분할의 구조를 뒤흔든다.

필리버스터는 합법적이지만 제도권 정치에서는 배제되어 있었다. 그러나 필리버스터의 〈마국텔〉은 특이성의 미학이 정치적 현실에서도 연출될 수 있음을 보여주었다. 현실에서 공연되는 특이성의 미학은 환등상과는 다른 방식으로 우리를 매혹시키면서 감성의 분할을 동요시킨다. 오늘날은 마치 예술에서처럼 **감동**이 메아리쳐야 정치가 살아 움직이는 시대이다. 그처럼 현실 자체에서 특이성의 미학적 연출이 정치의 핵심 요소가 되고 있다는 것이 감성권력 시대의 또 다른 중요한 비밀이다.

7. 감성권력과 생명권력의 공모에 대항하는 예술

앞서 살폈듯이 감성의 분할의 장치에는 미학뿐만 아니라 반미학도 사용된다. 보이지 않는 영역의 타자들은 혐오와 기피의 대상이 되기도 하며, 그 때문에 사람들은 더욱 그들의 죽음에 별 관심을 갖지 않는 것이다. 감성권력은 **유혹의 권력**의 미학적 장치들뿐 아니라 **혐오발화**같은 반미학을 통해 감성의 분할의 질서를 유지한다.

그 점에서 감성권력이 질서를 유지하는 방식은 아감벤의 생명권력(생명정치)과 연결된다.[66] 아감벤의 생명권력이란 비식별성의 영역에서 벌거벗은 생명이 죽음을 맞아도 사회가 동요하지 않게 하는 장치이다. 비식별성의 영역이란 내부와 외부의 구분이 불분명한 공간이며 감성의 분할에 의해 잘 보이지 않게 된 영역과 일치한다. 또한 벌거벗은 생명은 사회의 동일성 논리(국민의 규율)에서 벗어난 불온한 타자를 뜻한다. 감성의 분할의 장치 역시 그런 동일성 영역에 참여하지 않는 존재(불온한 타자)를 보이

---

66 아감벤, 박진우 역, 『호모 사케르』, 새물결, 2008, 42쪽.

지 않는 영역에 위치시킨다.

이런 생명권력과 감성권력의 중첩은 매우 의미심장하다. 아감벤이 강조하는 것은, 비식별성의 영역에 놓인 벌거벗은 생명의 죽음을 사회가 묵인할 때 그 사회의 질서가 유지된다는 점이다. 생명권력은 죽음의 권력과 사회구성원의 '묵인의 감성'의 합작품이다. 합법과 불법이 모호한 곳에서 한 생명(불온한 타자)이 죽음을 맞아도 침묵이 지켜질 때 사회적 동일성이 보장되는 것이다. 그처럼 **생명권력**은 불온한 타자에 대해 침묵의 감성을 만드는 **감성권력**에 의존한다. 더욱이 감성권력은 불온한 타자의 처분을 통해 체제의 잔여물이 없는 듯한 환상을 갖게 만든다.

예컨대 냉전시대의 불순분자는 흔히 빨갱이에 준하는 위치에 놓여졌는데, 그런 불순한 타자를 제거하는 순간 자유주의 사회는 내부의 불안이 해소되며 질서가 공고해졌다. 불온한 타자로 배제되는 존재는 자신의 불순함 뿐 아니라 사회 내부의 **나머지 불안**까지 해소해 주는 것이다. 그렇기 때문에 그는 불필요한 불순분자인 동시에 사회 질서를 위해 꼭 필요한 존재이기도 했다. 아감벤의 주장 역시 벌거벗은 생명을 배제의 대상(죽여도 좋은 존재)으로 포섭할 때 사회 질서를 떠맡는 주권자의 자격이 주어진다는 것이다.[67] 벌거벗은 생명은 배제되는 동시에 국가와 자본의 동일성의 질서를 위해 (배제 대상으로서) 구성적 외부로 포섭된다.

우리는 그처럼 생명권력을 통해 질서를 유지하는 사회로 파시즘이나 냉전 국가를 쉽게 떠올릴 수 있다. 그러나 주목되는 것은 생명권력의 실행이 파시즘뿐 아니라 민주주의 사회에서도 일상적으로 일어난다는 사실이다. 물론 여기서의 민주주의는 랑시에르가 말한 것과는 다른 형식적 민주주의이다. 아감벤에 의하면, 신분사회와 달리 생명체로서의 인간을 규율화하는 근대국가의 과정은 형식적으로 생명체-인간이 권력의 주체

---

67   아감벤은 어떤 형태로든 법의 효력을 정지시킬 수 있는 권한을 부여한 자가 법질서를 통제하는 주권자라고 말한다. 위의 책, 55쪽.

임을 가정하는 민주주의의 과정과 일치한다. 국가권력은 생명체-인간을 국민으로 규율화하며 국민이 된 생명체-인간은 권력의 대상일 뿐 아니라 주체이기도 하다. 따라서 벌거벗은 생명을 살해할 권력은 국가에만 있는 것이 아니라 국민의 침묵의 동의를 얻어야 한다. 그처럼 국민의 승인을 얻는 순간은 사회 질서의 공고함이 확인되는 순간이기도 하다.

앞서 살폈듯이 그처럼 국민의 승인을 얻기 위해 감성권력의 작용이 요구된다. 우리는 아무리 비천한 존재라 할지라도 한 생명의 죽음에 동요하지 않을 수 없다. 그럼에도 벌거벗은 생명의 죽음에 침묵하는 것은 그의 국민의 자격을 의심하는 이성적 판단에 의한 것으로 보기는 어렵다. 우리는 국민이기 이전에 생명체이며 생명체 간의 공감의 작용은 본능에 속한다. 벌거벗은 생명의 배제에 대한 우리의 침묵은 (이성적 판단이 아니라) 자연스러운 본능을 조작하는 감성권력의 장치에 의한 것이라고 할 수 있다. 즉 우리는 미학과 반미학을 이용하는 감성의 분할의 장치에 의해 경계선 부근의 생명을 외면하거나 혐오하게 된 것이다. 예컨대 오늘날 '종북'의 제거에 아무도 항의하지 않지만 그것은 종북 세력이 국가를 위협한다는 이성적 판단에 따른 것이 아니다. 그보다는 '종북' 세력에 지난날 혐오의 대상이었던 빨갱이의 잔상을 덧씌우는 감성권력의 작용에 의한 것이다. 종북뿐만 아니라 쓸모없는 비천한 타자들 역시 감성의 분할에 의해 보이지 않는 영역에서 벌거벗은 생명으로 사라져가게 된다.

종북이란 벌거벗은 생명인 동시에 감성의 분할에 의해 기피의 대상이 된 존재이다. 여기서 우리는 아감벤의 생명권력과 랑시에르의 감성권력의 중첩성을 발견한다. 그 이유는 두 사람이 은연중에 상징계에서의 실재계적 잔여물을 처리하는 방식을 말하고 있기 때문이다. 실재계적 잔여물이 현실에 출현한 것이 바로 불온한 타자일 것이다. 아감벤이 불온한 타자의 배제를 말했다면 랑시에르는 보이지 않는 영역을 논의한 셈이다. 그들이 말한 생명권력과 감성권력은 파시즘의 전유물이 아니다.

아감벤은 파시즘뿐 아니라 형식적 민주주의의 질서 유지를 위해서도 벌거벗은 생명을 배제하는 권력의 필요성을 말하고 있다. 아감벤의 경우 전체주의와 민주주의는 동전의 앞뒷면과도 같다.[68] 이런 그의 주장은 실상 국가와 자본 같은 동일성의 질서를 유지하기 위한 타자의 배제를 논의한 것으로 볼 수 있다. 그가 말하는 법질서란 실제로는 국가와 자본의 질서에 상응한다. 법률을 무시하고라도 법질서가 지켜져야 한다는 주장(법률 없는 법의 힘[69])은 그런 맥락에서 이해된다. 그처럼 국가와 자본의 동일성의 질서를 수호하는 점에서 민주주의와 전체주의는 정도의 차이가 있을 뿐이다.

랑시에르 역시 비슷한 맥락에서 감성의 분할의 필요성을 설명했다고 할 수 있다. 그러나 아감벤이 민주주의라고 말한 것은 랑시에르에게는 비민주적 사회일 것이다. 아감벤이 주목한 형식적 민주주의에서는 국가와 자본의 동일성의 질서가 예술에 의해 방해받아야만 진정한 민주주의가 실현될 수 있기 때문이다. 랑시에르의 관점에서는 보이는 것/보이지 않는 것의 분할이 예술에 의해 혼란될 때 민주주의로의 지향이 나타난다. 랑시에르의 논의에서 중요한 것은 이처럼 아감벤이 말한 전체주의와 민주주의의 내적 결탁을 해결하는 방법이 **예술**에 있음을 암시한 점이다. 예술은 전체주의와 손을 끊고 진정한 민주주의로 가기 위한 핵심적 방법의 하나이다. 반면에 예술이 약화된 사회에서는 민주주의 곁에 전체주의가 소리 없이 다가온다.

아감벤이 주목한 형식적 민주주의에서는 국가와 자본의 질서를 방해하는 것이 허용되지 않는다. 그런데 앞서 살폈듯이 그런 동일성 논리(국민과 화폐)의 재생산(동어반복)에는 동화될 수 없는 모순과 잔여물이 남는다. 그 같은 실재계적 잔여물에 관계하는 것이 바로 미학이며 정치권력 역시

---

68   위의 책, 48~49쪽.
69   아감벤, 김항 역,『예외상태』, 새물결, 2009, 79쪽.

미학을 활용하지 않을 수 없다. 정치권력이 이용하는 미학(그리고 반미학)이 바로 감성의 분할이거니와, 보임/보이지 않음의 감성적 경계 설정은 현실에 출현한 잔여물인 불온한 타자를 배제한다.[70] 랑시에르에 의하면, 그런 **정치권력의 미학**에 의한 경계 설정을 방해하는 것이 바로 **예술과 미학적 정치**이다.[71] 따라서 예술과 미학적 정치는 국가와 자본의 동일성 논리의 변화를 요구하는 진정한 민주주의를 위해 매우 중요하다.

위에서 살폈듯이 아감벤의 생명권력에는 이미 감성권력의 장치가 필수물로 포함되어 있다. 그러나 생명권력의 배제-포섭의 역설이나 감성의 분할 장치는 결코 안정된 것이 아니다. 생명권력과 감성권력은 똑같이 실재계적 잔여물을 배제하고 **동일성의 체계**를 지키는 방식이다. 보이지 않는 영역의 벌거벗은 생명의 배제는 동일성(국민, 화폐)의 잔여물을 제거함으로써 국가와 자본의 동일성의 질서를 보장한다. 그러나 벌거벗은 생명의 배제는 진정한 잔여물의 해소가 아닌 인위적인 제거일 뿐이다. 그런 방식의 잔여물의 제거는 또 다시 끝없이 잔여물을 남길 뿐이다. 동일성의 체계에서는 벌거벗은 생명이 끊임없이 출현할 뿐더러 그 비천한 존재의 배제는 (비록 침묵하더라도) 우리의 심연에 상처를 남긴다.

반면에 제거될 수 없는 실재계적 잔여물과 교섭하는 것이 바로 랑시에르가 말한 예술과 미학적 정치이다. 예술은 감성의 분할을 방해하는 동시에 (보이지 않는 영역의) 벌거벗은 생명이 배제되면서도 포섭되지 않고 응수함을 암시한다. 그렇게 함으로써 국가와 자본의 동일성의 체계가 변화되어야 함을 알리는 것이다. 그 점에서 예술은 생명권력 및 감성권력과 경합적 관계에 있다. 더욱이 오늘날 같은 탈정치화된 시대에는 그 같은 예술과 미학적 정치, 즉 은유로서의 정치가 대단히 중요하다. 실상 이 책 전

---

70 이처럼 불온한 타자를 기피와 혐오의 대상으로 만드는 그런 방식은 미학이기보다는 반미학이라고 할 수 있다.

71 랑시에르, 오윤성 역, 앞의 책, 16쪽.

체를 통해 우리의 논의는 바로 그 **은유로서의 정치**의 내밀한 과정을 보여주는 데 초점을 두고 있다.

실재계적 잔여물이란 체제 내부에 침투한 외부의 요소이다. 예술과 미학적 정치는 그 내부의 외부(실재계)적 요소와 교섭함으로써 (국가와 자본의) 동일성을 재생산하는 형식적 민주주의를 넘어선 진정한 민주주의를 갈망한다. **진정한 민주주의**란 규율화된 국민이나 화폐의 동일성에 저항하는 **특이성**의 발현의 과정이다. 특이성이란 동일성의 규율에 대한 저항이며 개체들이 규율에서 해방된 순간의 표현이다. 예컨대 앞서 살핀 필리버스터가 감동적이었던 것은 바로 그 같은 특이성의 발현이었기 때문이다. 필리버스터의 순간에는 규율화된 공공성이 정지된 대신 정치인과 개인들 사이에 직접적인 소통이 이루어지기 시작했다. 그런 직접적인 소통은 내부에 생성된 외부적 매체인 마국텔^{마이 국회 텔레비전} 등의 은유적인 공공성을 통해서였다. 은유로서의 공공성은 제도권 정치가 해소하지 못하는 잔여물과 교섭하는 점에서 미학적이었다. 그런 미학적인 은유적 정치를 통해 규율화된 공공성에서 벗어난 해방된 소통과 표현이 가능했던 것이다. 이 규율에서 벗어난 특이성의 발현의 순간은 진정한 민주주의의 순간이기도 했다.

예술 역시 동일성의 체계에서 해방된 **특이성**의 발현을 보여준다. 특이성은 현실에 출현한 실재계적 잔여물인 **타자**를 벌거벗은 생명이 아닌 규율에서 해방된 생명적 존재로 표현하는 순간 발현된다. 생명권력은 타자를 국민의 규율화의 대가인 주체적 권리를 상실한 벌거벗은 생명으로만 본다. 벌거벗은 생명이란 동일성의 논리에서 불필요해진 생명체에 다름이 아니다. 반면에 예술은 벌거벗은 생명의 비천한 존재를 오히려 규율화에서 벗어난 해방된 생명적 존재로 표현한다. 그처럼 벌거벗은 생명이 생명권력에서 벗어나 스스로를 증명하며 살아 있는 존재로 전환되는 과정이 바로 특이성이 발현되는 순간이다. 그렇게 함으로써 생명권력과 감성권력의 통제가 불가피한 동일성의 체제가 (특이성의 삶으로) 변화되어야 함을 암시하는 것이다.

예컨대 「장마」(윤흥길)에서 빨치산이 된 '나'의 삼촌은 남한 사회에서는 죽여도 좋은 벌거벗은 생명이나 다름없었다. 삼촌은 한밤중에 몰래 집에 들렀다가 공산주의자를 증오하는 외할머니의 인기척에 다시 산으로 달아났다. 빨치산 아들을 둔 할머니는 아들이 국군 전사자인 외할머니와 불화의 관계에 있었고 그날 이후 갈등은 더 심해졌다. 다시 한차례의 전투 후 가족들은 삼촌이 죽었다고 생각하지만 할머니만은 점쟁이의 예언을 믿으며 아들을 기다린다. 어느 날 구렁이가 집으로 들어오자 할머니는 실신했는데 외할머니는 마치 삼촌을 대하듯 구렁이를 달래주며 돌려보낸다. 여기서 외할머니의 환대를 받은 구렁이는 죽은 후에 증오의 영역에서 벗어난 불온한 타자의 표상이다. 샤머니즘의 환상을 빌려 냉전의 동일성 논리에서 벗어난 두 할머니의 화해는 감성의 분할이 해체되는 특이성의 순간을 암시한다. 그와 함께 생명을 존중하는 외할머니의 극진한 태도는 삼촌 같은 벌거벗은 생명의 죽음이 결코 개죽음이 될 수 없음을 드러낸다. 이 소설에서 감성의 분할의 동요와 벌거벗은 생명에 대한 뜻밖의 애도는 생명권력과 감성권력에 속박된 반공주의적 동일성의 사회에 상처를 내고 있다.

또한 「몰개월의 새」에서 인생의 막장까지 흘러들어온 창녀 미자는 개발주의 시대의 위대한 국민으로부터 가장 멀리 떨어져 나온 존재였다. 비가 억수로 퍼붓는 날 미자는 술에 취해 시궁창에 하반신을 담구고 쳐박혀 있었다. 몰개월의 진창에 빠진 미자는 한마디로 벌거벗은 생명이었다. 그러나 '나'는 그 비천한 신체를 짓밟기는커녕 오히려 조심스러워서 섹스도 하지 못한다. 벌거벗은 생명은 혐오('똥까이')가 아닌 식구 같은 공감의 대상이었다. 이윽고 군인들이 베트남으로 떠나는 날 몰개월의 여자들은 트럭을 따라오며 선물을 던졌다. 그곳의 비천한 타자들은 죽음을 향해 떠나는 군사 노동자들과 교감함으로써 살아 있는 인간으로서 존재의 자기증명을 표현했던 것이다. 여자들이 소리를 지르며 선물을 던지는 순간은 살아가는 일의 소중함을 아는 사람이 스스로의 존재를 표현하는 특이성의 순간이었다. 이 소설은 막장에 몰린 타자들의 교감을 통해 벌거벗은 생명을 특이성이 발현된 생명체-인간으로 복귀시킨다. 또한 진창에 빠진 사람들을 식구 같은 소중한 존재로 역전시키면서 위대한 국민을 앞세운 개발주의 시대의 감성의 분할을 혼란에 빠뜨린다.

따라서 예술은 감성권력과 길항하고 경합하는 관계에 있다. 또한 예술은 감성권력과 중첩되는 생명권력과도 경쟁 관계에 있다. 생명권력이 벌거벗은 생명을 배제하고 감성권력이 그들을 기피의 대상으로 삼는다면, 예술은 그 비천한 타자들을 특이성이 발현된 살아 있는 인간으로 회복시켜준다. 생명권력과 감성권력이 벌거벗은 생명을 배제하는 이유는 그들이 규율화된 동일성을 재생산하는 데 잡음을 내기 때문이다. 반면에 예술이 비천한 존재를 긍정하는 이유는 동일성에서 벗어난 타자와 교감함으로써 생명적 존재의 특이성을 입증하기 위해서이다. 전자는 동일성(국민과 화폐)의 질서 유지에 도움이 되는 한에서 생명체-인간을 존중하지만, 그것은 자기모순이며 잡음을 내는 벌거벗은 생명의 출현은 필연적이다. 반면에 후자는 잡음이 불가피한 동일성 논리에서 해방된 특이성으로서 생명적 존재를 긍정한다. 앞의 생명체-인간의 존중의 단서가 동일성(국민과 화폐)의 질서 유지라면, 뒤의 생명적 존재의 긍정의 근거는 사랑과 순수욕망(윤리)이다.[72]

---

72 전자에서 후자로의 전환은 **개별성-동일성의 보편성**에서 **특이성-열린 보편성**으로의 변환을 필요로 한다.

8. 감성권력과 생명권력, 죽음정치
– 랑시에르와 아감벤, 음범베

예술의 해방적 가치가 비천한 타자에게 생명적 존재를 회복시키는 데 있다면, 벌거벗은 생명을 앱젝트(비천한 존재)[73] 같이 배제하는 아감벤의 생명권력은 실상은 죽음정치인 셈이다. 생명권력은 생명체-인간을 긍정하는 동시에 부정하는 역설에 기반하고 있다. 그 점에서 아감벤의 생명권력은 음범베의 죽음정치와도 연관된다. 음범베의 죽음정치는 아감벤의 생명권력 보다 더 확대된 맥락들을 포함한 권력장치이다.

아감벤의 생명권력에서 출생으로서의 벌거벗은 생명(생명체-인간)은 결코 죽여도 좋은 존재가 아니다. 이것이 생명권력이 생명체-인간을 긍정하는 측면이다. 그래서 우리는 출생(벌거벗은 생명)과 국민국가 사이에 아무런 간극이 없다는 허구에 사로잡혀 있다. 그런 허구성을 깨뜨리고 출생과 국민 사이의 간격을 드러내는 것이 바로 난민의 존재이다.[74] 또한 일상에서 벌거벗은 생명과 국민국가 사이의 균열과 간극을 명백히 보여주는 것이 수용소라는 공간이다. 수용소에서는 법이 정지된 상태에서 벌거벗은 생명을 죽이는 것이 허용된다. 여기서는 실상 생명체-인간의 가치가 부정된다.

생명권력은 그 양극 사이에서 국민이라는 동일성의 질서를 유지하려는 시도이다. 즉 아감벤이 말하는 생명정치(생명권력)란, 출생(벌거벗은 생명) 이후 법(규율)을 내면화함으로써 국민으로서 권리를 누리느냐, 그렇지 않고 벌거벗은 생명으로 (실제적·은유적) 수용소에 위치하느냐를 통제하

73　앱젝트는 크리스테바가 『공포의 권력』에서 논의한 개념으로 동일성의 질서를 어지럽히는 오물이나 배설물을 말한다. 크리스테바, 서민원 역, 『공포의 권력』, 동문선, 2001, 21~43쪽. 김철, 「비천한 육체들은 어떻게 응수하는가」, 『사이』 제14호, 2013.5, 388~389쪽.
74　아감벤, 박진우 역, 앞의 책, 256쪽.

는 것이다. 그런 '국민'과 '살아 있는 죽음'이라는 삶과 죽음의 문제를 떠맡는 것이 생명을 관리하는 정치권력이다.

이처럼 아감벤의 생명권력은 근대 이후의 국민국가의 딜레마[75]와 연관된다. 반면에 음벰베의 죽음정치는 국민국가와 자본주의에 민족이나 인종, 성 등의 문제가 교차될 때 모순이 증폭되는 권력장치이다. 아감벤의 생명권력은 **국민국가의 딜레마**에 의해 불가피하게 나타나는 벌거벗은 생명의 신체와 생명에 관여하는 권력이다. 그에 반해 음벰베의 죽음정치는 인종과 성의 영역에 놓인 신체와 생명을 **쓸모에 따라** 처분 가능한 것으로 관리하는 권력이다. 인종과 성의 영역은 대체 불가능한 불평등의 영역으로서 고착화된 경계에 의해 쓸모없어진 인종적·성적 타자들은 쉽게 죽음에 유기된다. 더욱이 자본주의가 인종과 성의 영역을 횡단할 때 그런 죽음정치의 냉혹함은 한층 더 증폭된다. 예컨대 유민이나 기민으로 사지를 떠도는 식민지의 노동자들이나 매순간 죽음의 위협과 트라우마에 시달리는 여성 성 노동자들의 경우이다. 또한 오늘날의 트랜스내셔널한 자본의 권력 하의 비정규직과 실직자들 역시 죽음정치의 희생자들이다.

생명권력과 죽음정치는 법의 정지를 통해 법질서를 유지하는 예외상태의 권력이다. 그러나 예외상태는 동일성(자본과 국가) 체계의 자기모순에 의해 필연적으로 생겨나는 점에서 예외상태가 아니기도 하다. 더욱이 폭력의 사용보다는 쓸모없어진 생명을 죽음에 유기하는 죽음정치는 예외보다는 일상에 더 가깝다. 식민지의 유민이나 오늘날의 실직자와 난민들이 바로 그런 죽음정치에 처한 일상의 존재들이다.

죽음정치의 일상적 확대는 법적 절차상의 민주주의와도 무관하다. 아감벤은 예외상태란 민주정치의 외부가 아니라 민주주의와 전체주의(절대주의) 사이의 확정 불가능한 문턱이라고 말한다.[76] 형식적 민주주의란 예

75 국민국가는 생명체-인간을 긍정하는 동시에 부정할 수밖에 없다.
76 아감벤, 김항 역, 앞의 책, 16쪽.

외상태가 진짜로 예외적으로 느껴지게 하는 법적 절차를 지닌 정치체제일 수 있다. 그러나 여기서도 예외상태는 국가와 자본의 법제도의 불가피한 한계지점으로서 체계 자체의 이율배반의 증거일 뿐이다. 이로부터 일상에서의 예외상태로서 불온한 타자의 배제가 증대되면 예외상태의 문턱은 전체주의 쪽으로 접근한다. 이 같은 예외상태의 일상화는 잔여물의 회귀에 대한 억압이 증폭되었다는 반증일 것이다. 따라서 파시즘이나 국가주의 같은 전체주의에서는 증폭된 억압에 대한 심리적 불안을 해소하기 위해 경계 너머에 적대적 타자를 설정한다. 파시즘의 유대인 학대나 냉전시대의 공산주의자의 악마화가 바로 그것이다.

냉전시대 이후에는 형식적 민주주의가 확대되고 악마적 타자에 대한 증오와 혐오는 약화되었다. 이제 혐오발화 같은 부정성의 기제 대신 감정상품 같은 긍정성의 기제가 대폭 확대되었다. 오늘날의 **유혹사회**에서는 감성의 분할이 긍정성(희망의 장치)에 의해 구성되고 자유롭다고 느끼는 자본의 삶 속에서 스스로 분할의 질서에 참여하는 것처럼 여겨진다. 이런 긍정성의 분할 속에서 규범으로부터의 예외상태는 법이 정지되는 것이 아니라 실직자처럼 법의 권리를 잃은 채 법질서[77] 속에서 움직일 때 경험된다. 이 같은 형식적으로 합법적인 예외상태는 개인들이 정치권력에 의한 억압이 아니라 스스로의 잘못으로 예외상태에 빠져드는 것으로 여겨지게 만든다. 그 때문에 우리는 예외상태가 없다고 여기는 동시에 모든 곳에서 예외상태를 느끼게 된다. 오늘날은 어느 때보다도 법의 의존도가 높아진 시대이지만 실제로는 양극화의 한쪽의 일상이 모두 예외상태인 것이다. 이처럼 예외상태가 일상에 확대된 사회가 바로 전체주의이다.

오늘날은 형식적 민주주의가 확대된 동시에 예외상태의 전체주의 역시 확대된 사회이다. 신자유주의 시대의 예외상태의 불확정적 문턱은 민

---

77 아감벤의 책에서 법은 법률적 규범의 총체인 동시에 권리라는 뜻도 갖는다. 김항, 「옮긴이 후기」, 위의 책, 173쪽.

주주의와 전체주의를 중첩되게 만들고 있다. 그것은 죽음정치가 보이지 않는 동시에 죽음권력이 가장 증폭된 사회이기도 하다. 정치에 대한 무력 감은 바로 그 보이지 않으면서 뼈아프게 경험되는 죽음정치에 의해 생겨 난 것이다. 이제 한쪽에선 죽음정치를 부인하고 타자를 외면하는 혐오발 화가, 다른 한쪽에선 더없이 무력화된 탈정치화가 나타난다. 그런 혐오와 무력감이 만연하는 속에서, 헬조선이란 파시즘과 달리 **형식적 민주주의가** 작동되기 때문에 분노할 곳을 잃은 채 스스로 죽음정치에 포획되는 사람 들의 자조와 경멸이다. 파시즘과 헬조선의 공통점은 생명권력과 감성권 력의 공모이다. 그러나 파시즘이 생명권력에 억압된 사회라면 헬조선은 감성권력에 압도된 사회이다. 감성권력의 시대는 증폭된 죽음정치가 보 이지 않는 사회이며, 헬조선이란 어디에나 있는 죽음정치가 어디서도 보 이지 않는 감성사회에 대한 우울한 한탄이다.

앞에서 우리는 감정 착취와 감정 위안이 순환하는 유혹사회에서 감정 이 과도하게 유통되면서 오히려 에로스가 약화됨을 살펴봤다. 이제 에로 스의 약화는 타자를 외면하게 만들어 죽음정치가 소리 없이 확장되는 사 회를 형성한다. 감정 연기자인 동시에 로봇인 사람들을 만들어내는 사회, 감정 경제가 과잉되게 순환하면서도 이상하게 고요한 이 감성사회는, 에 로스가 상실된 동시에 아무도 말하지 않는 죽음정치가 우울하게 확대된 세상을 만든다. 에로스도 분노도 없는 헬조선의 고통은 감성권력에 의해 죽음정치가 끝없이 **부인되는** 감정 지본주의에 그 뿌리를 두고 있다.

9. 헬조선에서 저항하는 방법
— 목숨을 건 도약으로서 사랑과 정치

오늘날에는 이민계를 들면서까지 헬조선에서 탈출하려는 청년들은 있지만 그들 중에 사회모순에 저항하는 사람은 없다. 또한 노동운동 같은 집회는 약화되지 않았으나 예전처럼 일상의 사람들이 크게 호응하지는 않는다. 이것이 감성권력에 압도된 사회의 비극이다. 물론 식민지 말의 파시즘의 시대에도 죽음정치와 생명권력에 억압되어 직접적으로 저항하는 사람은 있을 수 없었다. 그러나 파시즘의 생명권력 앞에서도 타자의 벌거벗은 얼굴을 통한 무의식적인 감성적 응수는 얼마간 감지되고 있었다.

파시즘 역시 생명권력과 감성권력의 결합이기 때문에 총동원체제의 감성의 분할을 방해하려는 대응은 결코 나타날 수 없었다. 하지만 표면적으로는 제국의 소환에 응하면서도 무의식적으로는 숨길 수 없는 응시가 표현되고 있었다. 예컨대 총동원 체제에 호응하는 영화 〈지원병〉에서는, 지원병을 떠나는 아들 앞에서 의식적 승인을 알리는 어머니의 목소리와 무반응적인 신체가 분리되는 장면이 제시된다.[78] 이 영화에서는 "몸조심해라"라는 어머니의 목소리가 먼저 들린 후, 인사를 하는 아들이 비쳐지고 그 다음에야 어머니가 묵묵히 바라보는 모습이 보여진다. 여기서 어머니의 목소리와 말없는 표정의 분리는 식민지적 우울의 잔존을 암시하고 있다. 여성 신체의 무표정한 모습은 아직 체제에 타협되지 않은 무의식을 감출 수 없는 타자의 얼굴[79]이었다고 할 수 있다.

---

78 백문임, 「전쟁과 멜로드라마」, 한국-타이완 비교문화연구회 편, 『전쟁이라는 문턱』, 그린비, 2010, 277쪽. 테드 휴즈, 나병철 역, 『냉전시대 한국의 문학과 영화』, 소명출판, 2013, 113쪽.

79 레비나스는 타자의 얼굴은 지시체를 갖지 않는다고 말하는데 이는 벌거벗은 얼굴이 내부의 체제에 매개되지 않은 외부의 표현임을 나타낸다. 강영안, 『타인의 얼굴』, 문학과지성사, 2005, 179쪽.

오늘날은 파시즘의 시대와는 달리 표면적으로는 형식적 민주주의가 운용되고 있는 사회이다. 그러나 지금 우리가 잃어버린 것은 전체주의 시대에도 잔존했던 타자의 얼굴이다. 그 시대에는 타자의 벌거벗은 얼굴만이 총동원 체제에 동원되지 않은 채 남아 있었다. 그렇기에 친체제적인 영화조차 미처 감성의 분할을 방해하는 순간을 지울 수 없었던 것이다. 반면에 오늘날은 벌거벗은 타자의 얼굴이 사라졌거나 사람들의 시선에서 그들의 얼굴이 지워진 시대이다.

감성권력의 목적은 타자와 사건을 망각하게 만드는 데 있다. 타자의 얼굴은 죽음정치조차도 배제하거나 포섭할 수 없는 체제(내부)에 매개되지 않은 외부의 표현이다. 또한 사건은 체제 내에 구멍이 뚫려 외부(실재계)가 드러난 공백의 순간이다. 타자와 교섭하거나 사건의 순간에 동요할 때 우리는 존재방식을 변화시키면서 사회에 저항하는 흐름에 참여한다.

그러나 감성권력은 타자를 보이지 않는 영역에 위치시킨다. 또한 사건의 트라우마를 치유하는 척하면서 망각하게 만든다. 감성권력이 강화될수록 타자는 잘 보이지 않으며 사건은 쉽게 잊혀진다. 오늘날의 유혹사회는 다양한 감성권력 장치를 통해 타자와 사건을 은폐된 영역에 놓이게 하는 감성의 분할에 근거하고 있다.

그처럼 타자와 사건의 망각에서 벗어나게 해주는 것이 바로 미학이다. 미학은 감성의 분할의 질서를 방해하는 방식으로 보이지 않는 타자와 은폐된 사건을 보여준다. 모든 예술과 문학은 동일성의 권력에 예속된 감성의 분할을 혼란시키며 보이지 않는 미결정성의 동요를 보여주려는 시도이다.

그러나 오늘날은 그런 미학마저 가장 약화된 시대이다. 미학이 은폐된 미결정성의 동요를 잘 보여주지 못하는 시대에, 사건을 응시하는 타자가 보내오고 있는 신호를 환상의 방식으로 보여주는 드라마가 바로 〈시그널〉(김은희 극본, 김원석 연출)이다. 〈시그널〉에서 과거로부터 보내진 신호는 은폐되고 망각된 '살아 있는 죽음'으로부터 흘러나오고 있는 것이다. '살아 있는 죽음'[80]이란 벌거벗은 생명과는 달리 죽음이나 삶의 상태에서 끝없이 **존재의 신호**를 보내고 있는 타자를 말한다.

그런 '살아 있는 죽음'과 교신하는 환상이 가능한 것은 우리 내면의 억압된 욕망 때문이다. 〈시그널〉에서 과거로부터 흘러오고 있는 신호는 실상 억압된 욕망의 귀환이기도 하다. 유혹사회란 다양한 감성권력 장치에 회유되어 우리 스스로 타자와의 관계를 억류시키는 사회이다. 그러나 그 자발성은 실제로는 감성의 분할의 권력장치에 포획된 자의 자기 부정일 뿐이다. 그렇기에 우리는 타자를 외면하는 시대에 살고 있지만 심연에서는 여전히 타자로부터의 시그널을 열망하고 있는 것이다.

따라서 무전기의 신호는 환상을 통한 억압된 것의 귀환으로서 우리 자신의 심연으로부터 흘러오고 있는 것이기도 하다. 그와 동시에 환상의 장치를 통한 교신은 상처받은 사람들끼리의 교신이라고 할 수 있다. 이재한(조진웅 분)과 박해영(이제훈 분) 같은 상처받은 사람만이 우리 모두가 막연히 느끼는 무의식 속의 열망을 균열된 의식의 표면에서 직접 감지할 수 있는 것이다.

우리 시대는 그런 상처받은 타자에 대한 공감력이 약화된 시대이다. 반면에 이 드라마의 환상의 장치는 망각된 우리 무의식 속의 사건과 타자에 대한 열망을 일깨워 준다. 그러나 타자에 대한 관심은 시작일 뿐이다. 예컨대 세월호 사건이 사람들에게 타자에 대한 공감력을 일깨웠지만 결국 세상은 바뀌지 않았다. 만일 '살아 있는 죽음'을 매장하는 죽음권력과 감성권력에 맞서지 않는다면 사건은 여전히 미제로 남으며 세상은 변화되지 않는다.

이재한은 권력 앞에서 무력함을 느낄 때 박해영에게 묻는다. "거기도

---

80 '살아 있는 죽음'은 산 채로나 죽음 후에 권력의 의해 매장되는 존재이지만 매장된 후에도 계속 존재론적 대응을 하는 신체를 말한다.

그럽니까? 돈 있고 빽 있으면 무슨 개망나니 짓을 해도 잘 먹고 잘 살아요? 그래도 20년이 지났는데 뭐라도 달라졌겠죠!" 그러나 세상은 달라지지 않았다. 오히려 양극화가 심해지고, 부의 45%를 독점한 10%를 위한 나라가 되어가고 있으며, 억울하게 희생되는 사람들을 더욱 외면하는 사회가 만들어지고 있다.

이재한이 궁금해 하는 **미래란** n포 세대들이 사는 헬조선이 아닌가. 그런데도 이재한은 말한다. "나 포기하지 않을 겁니다. 죄를 지었으면 돈이 많건 빽이 있건 거기에 맞게 죄값을 받게 해야죠. 어떤 일이 있어도 끝까지 갑니다." 이처럼 포기의 주체로 살아가는 우리들에게 **포기하지 않는 사람**의 존재를 알려 주는 것이 이 드라마의 두 번째 시그널이다.

물론 이재한은 지금 보다 조금 나은 20년 전에 있기 때문에 그렇게 말할 수 있을지도 모른다. 그러나 그는 우리의 가슴속의 말을 대신 말해주는 영웅적인 인물에 그치는 것이 아니다. 사람들이 밤잠을 설쳐가며 〈시그널〉의 재방송까지 본 것은 이재한의 말이 우리의 심연에 묻힌 억압된 것의 회귀이기 때문이다. 20년 전에는 얼마간 갖고 있었지만 지금은 심연에 묻혀버린 불의에 대한 분통과 고함을 그가 내주고 있기 때문이다.

그처럼 이 드라마는 감성권력/죽음정치에 의해 매장된 자의 함성을 통해 진실에 대한 갈망을 들려주고 있다. 이재한은 살아 있는 죽음인 동시에 권력에 의해 매장된 존재의 신호이기도 하다. 존재의 신호를 잡음으로 배제하는 것이 바로 우리 시대의 감성권력과 죽음정치이다. 20년이 지난 후 그의 억울한 죽음에 대해 입을 여는 사람은 아무도 없다. 매장되었으나 매장될 수 없는 살아 있는 죽음[81]을 진실의 증언자로 만들기 위해 필요한 것은, 첫 번째와 두 번째 시그널에 의해 깨어난 사람들끼리의 교신이다.

우리 시대의 그런 교신은 엄청난 모험을 필요로 한다. 우리 시대는 '살

---

81   이런 살아 있는 죽음의 존재에 대해서는 테드 휴즈, 나병철 역, 앞의 책, 349쪽 참조.

아 있는 죽음'을 사지에 방기해도 아무도 동요하지 않는 사회이다. 감성권력과 죽음정치의 결탁은 "돈 있고 빽 있는 권력자들이 나쁜 짓해도 잘 먹고 잘사는 현실"을 영원히 달라지지 않게 만들어 준다. 권력에 억눌린 존재의 신음은 감성의 분할에 의해 들리지 않으며 잡음을 내는 사람은 죽음정치에 의해 배제되기 때문이다.

사건과 타자의 증언을 위해 포기하지 않는 것을 바디우는 윤리라고 말했다.[82] 우리가 잃어버린 것은 사건에 대한 진실이며 그런 진실을 되찾기 위해 필요한 것이 바로 **포기하지 않는 윤리**이다. 진실을 위해 끝가지 가려는 윤리는 라캉의 대상 a에 대한 순수욕망, 즉 사랑과 다르지 않다. 〈시그널〉의 마지막에 장면에서 죽음을 두려워하지 않고 진실을 위해 달려가는 선택은 사랑을 위한 행위이기도 하다. 박해영은 이렇게 말한다. "포기하지 않는다면, 절대 처벌할 수 없을 것 같던 권력을 무너뜨리는 일도, 16년 동안 그토록 찾아 헤맸던 사람(차수현의 연인 이재한)을 만나는 일도 가능할 수 있다. 이 길의 끝에 뭐가 있을지 모른다. 확실한 건 단 하나, 포기하지 않으면 된다는 것이다!"[83]

그들이 이재한이 있는 요양병원을 향해 달리는 길은 가변성과 미결정성의 길이다. 그것은 또한 체제 내부의 균열지점에서 외부와 만나는 길이기도 하다. 그런 가변성 및 외부성과의 조우는, 감성권력의 은폐와 죽음정치의 배제에 의한 진실의 차단을 극복해야 하기에 위험한 도약이기도 하다.

사회의 모든 곳이 권력의 그물망에 포위되어 있는 시대에는 진실이 보이지 않는 곳에 묻혀 있다. 그런 진실을 밝히려는 사람은 아무도 모르게 죽음에 이를 수도 있다. 실제로 이재한은 두 번의 죽음의 위기를 맞는다. 미래에서 온 박해영과 차수현의 무전은 죽음의 위협을 알리며 절대로 위험한 현장(선일정신병원)에 가지 말라고 말한 바 있다. 그러나 이재한은 그

---

82   바디우, 이종영 역, 앞의 책, 68쪽.
83   박해영과 차수현의 길의 끝에는 죽음의 위협과 함께 그에 맞서는 진실과 사랑이 있다.

곳에 갔다. 그리고 세상이 바뀔 수 있는 가능성이 조금 나타나기 시작했다. 이재한의 포기하지 않는 의지가 현실을 바꿔 죽음에서 살아나게 하고 진실에 더 접근하게 한 것이다. 이 죽음을 무릅쓴 선택, 즉 **목숨을 건 도약**이 진실을 밝히고 세상을 바꾸게 한다는 것이 〈시그널〉의 세 번째 시그널이다. 마지막 장면에서는 이번에는 박해영과 차수현(김혜수 분)이 절대로 가지 말라고 한 곳(요양병원)을 향해 달려간다.

이 드라마에서 무전의 환상의 장치는 우리의 삶이 선택의 가능성 앞에 놓여 있음을 암시한다. 어떤 선택을 하느냐는 우리의 몫이다. 라이프니츠는 수많은 선택의 갈래들 앞에서 조화로운 선택의 계열체를 만들어내는 것이 신의 역할이라고 말했다. 신이 사라진 우리 시대에는 인간이 그 일을 해야 한다. 신과 달리 가변성과 외부성의 위험 앞에 놓인 우리에게 필요한 것은 포기하지 않는 의지이다. 더욱이 감성권력과 죽음정치는 진실을 향한 길을 은폐하고 죽음으로 위협하므로 목숨을 건 도약을 필요로 하는 것이다.

목숨을 건 도약을 필요로 하는 것은 박해영과 차수현뿐 아니라 우리들 자신이기도 하다. 결말장면에서 검은 무리의 폭력배들이 요양병원을 덮치면서 이재한의 운명은 또 한 번 위기에 사로잡힌다. 이재한과 박해영, 차수현의 만남이 어떻게 이루어질 것인지, 진실은 밝혀질 것인지, 세상은 달라질 것인지, 이 모든 것들은 우리 앞에 놓인 선택의 갈림길과 다르지 않다. 주인공들 앞에 놓인 위험한 도약의 길은 우리 앞에 있는 선택의 길의 상징과도 같다. 우리 자신의 포기하지 않는 의지와 목숨을 건 도약만이 이재한이 살아나게 하고 세상을 바꿀 것이다.

이 드라마에서 우리가 가장 염려하고 불안해했던 것은 이재한의 생존이었으며 각종 SNS를 통해서 구명 운동까지 벌어졌을 정도였다. 이재한의 생존은 진실의 생존이었기 때문이다. 그처럼 진실을 매장할 수 없다는 끝없는 열정이 바로 윤리와 사랑이다. 그런 윤리를 바탕으로 우리는 목숨을 건 도약을 한다. 사랑과도 같은 윤리에 대한 열정이 자신도 모르게 그런 위험한 모험을 가능하게 하는 것이다.

물론 일상에서 당장 세상을 바꾸는 것은 쉬운 일은 아니다. 이 드라마의 환상의 설정은 어느 것도 쉬운 일이 아님을 암시한다. 하루하루를 바쁘게 사는 시대에 어떻게 타자에게 관심을 가질 수 있을까. 우리는 나와 직접 관련된 일이 아니면 쉽게 외면해버리며 내 일에 신경 쓰기에도 벅차다.

그러나 우리가 말한 시그널들은 서로 연결되어 있다. 타자에 대한 공감력이 증가할 때 우리의 윤리적 감성도 증대된다. 그럴 때 진실을 포기하지 않게 되고 사랑의 열망을 갖게 되며 목숨을 건 도약이 가능해진다. 이재한을 걱정하는 한 우리는 이미 그런 연결된 시그널들과 교신하고 있는 셈이다. 이재한은 우리 내면의 타자이다. 타자를 위해, 그리고 우리 자신을 위해, 모두들 조금씩 변화되면 보이지 않는 열망들이 네트워크를 이루어 세상을 변화시키려는 물밑의 동요를 생성시킬 것이다. 그 수면 밑의 동요는 약하게 느껴지고 잘 보이지 않을수록 권력에게는 더 위험한 저항의 힘이 된다.

과거에는 사회모순에 대한 인식이 저항적 행동의 필수적 요건이었다. 그러나 지금은 무엇이 잘못되었는지는 어느 정도는 안다. 반면에 그런 인식을 실천으로 바꾸는 일은 어느 때보다도 어려워졌다. 오늘날은 잘 알면서도 행동은 하지 못하는 시대이다. 이런 시대에 필요한 것이 바로 일상에서의 존재론적 정치이다. 조금이라도 내가 **살아 있다는 것**을 증명하려는 열망을 갖는 일이 출발점이다. 그럴 때 우리는 타자에 대한 사랑과 포기하지 않는 열정을 얻게 된다. 박해영과 차수현처럼 사랑과 진실이 눈앞의 안위와 성과보다 중요하다고 느낄 때 우리는 목숨을 건 도약을 두려워하지 않는다. 사랑의 절박함을 아는 사람만이 목숨을 건 도약을 할 수 있으며 그런 특이성의 도약이 바로 감성정치의 출발점이다.

10. 초자아의 '가만히 있으라'와
실재의 바다를 항해하는 윤리의 배

아감벤과 음벰베의 죽음정치가 알려주는 것은 비식별성의 영역에서 끝없이 배제되는 존재에 의해 동일성(국가와 자본)의 질서가 유지된다는 것이다. 또한 랑시에르의 감성의 분할은 생명적 존재가 죽음에 처해질 때의 보이지 않은 동요를 잠재우는 권력장치이다. 우리 시대는 수많은 억울한 미제사건에도 좀처럼 동요하지 않는 시대이다. 〈시그널〉이 우리에게 선물한 것은 우리 내면의 서랍 속에 갇혀 있는 바로 그 동요의 윤리이다. 억울한 일에 **포기하지 않는** 것이 윤리라면 그런 윤리는 우리를 동요하게 하며 우리의 존재를 살아 있는 것으로 증명해 준다. 〈시그널〉이 보여준 이 일련의 과정들은, 죽음정치와 감성권력이 잠재운 존재의 신호를 귀환시켜 그와 교섭하며 다시 사람들을 동요하게 만드는 **특이성의 미학**이었다. 특이성의 미학은 존재의 빈곤화 속에서 우울하게 살아가는 우리 자신을 살아 있는 존재로 증명해 준다.

특이성의 미학은 우리를 우울한 자아에서 살아 있는 존재로 **도약**하게 만들어 준다. 특이성이란 사건이 일어났을 때 우리가 동요하면서 존재방식을 바꾸고 사회를 변화시키려 움직이게 되는 과정을 말한다. 사건이 일어나도 동요하지 않으면 특이성은 동일성이 된다. **특이성**의 발현이 자본과 국가의 모순을 변화시키려는 과정으로 이어진다면, **동일성**은 다시 동어반복적으로 자본과 국가의 체제로 되돌아가는 것을 말한다.

세월호 사건이 일어났을 때 우리는 고통 속에서도 전에 없던 은유적인 말들(가만히 있지 말라, 금요일엔 돌아오렴 등)이 쏟아지는 특이성의 순간을 경험했다. 그러나 시간이 갈수록 동어반복적인 말들이 은유적인 말들을 잠재우면서 우리의 동요를 가라앉히고 있다. 우리는 바쁜 일상 속에서 포기하지 말라는 윤리를 내면의 서랍 속에 닫아두면서, 사건을 망각하고 자본과 국가의 체제에 예속된 동일성의 일상으로 회귀하고 있다.

우리는 동어반복적인 **동일성**의 원리와 사건을 변화의 계기로 만들려는 **특이성**의 발현 사이에 놓여 있다. 우리가 **가만히 있으면** 사건은 사고로, 특이성은 동일성으로 회귀한다. 그처럼 특이성의 순간을 동일성의 강박관념으로 회귀하게 하는 것이 바로 **초자아**이다.

초자아란 동일성의 강박관념에 근거한 절대명령이다. 초자아와 법의 차이는, 어떤 법도 동일성의 체계를 완결시키지 못하는 반면, 초자아는 그 결여를 근거로 향락을 동반하며 기능한다는 점이다. 초자아는 불법적인 향락을 수반하며 동일성의 질서를 지키려 하는 법을 파괴하는 법이다. 즉 그것은 한마디로 '밤의 법'[84]이다. 아감벤의 생명권력은 초자아의 절대명령과 감성권력의 묵인의 감각에 기초하고 있다고 할 수 있다.

법은 동일성의 체계를 완전히 질서화하지 못하고 늘상 실패하는 지점을 만든다. 그 실패의 지점에서 출현하는 것이 바로 초자아이다. 국가와 자본의 동일성의 체계는 항상 균열의 위기에 부딪히며 어떤 법도 그 균열을 봉합하지 못한다. 동일성에 대한 강박관념인 초자아는 그 균열의 틈새에서 활성화된다.

법의 실패를 넘어서는 또 다른 방법은 실재의 윤리[85]이다. 초자아가 균열을 통해 드러난 실재계를 향락을 통해 봉합한다면 실재의 윤리는 균열된 체계의 변화를 요구한다. 전자가 동일성의 체계로 되돌아가려는 강박관념인 반면 후자는 동일성의 균열지점에서 생성되는 특이성의 발현이다. 그처럼 양자의 차이는 동일성에 대한 집착과 특이성으로의 도약에 있다. 초자아가 사건을 사고로 회귀시켜 동일성을 지키려 한다면 실재의 윤리는 사건을 통해 출현한 특이성의 행위자가 체계를 변화시키도록 한다.

---

84 지젝, 이만우 역, 『향락의 전이』, 인간사랑, 2001, 113쪽.
85 실재의 윤리는 사랑과도 같은 대상 a에 대한 열망으로서 균열을 통해 드러난 실재계를 봉합하려는 초자아의 도덕과 구분된다.

우리가 초자아에 무릎을 꿇는 이유는 동일성의 체계를 공동체로 생각하기 때문이다. 반면에 국가와 자본 같은 동일성의 체계가 변화되어야 한다고 생각하는 순간 초자아의 예속에서 벗어나 특이성의 행위자가 된다. 특이성의 행위자는 국가와 자본을 넘어선 또 다른 공동체를 생각한다. 세월호 사건 같은 상황이 그런 특이성의 순간이지만 시간이 갈수록 초자아의 반격이 시작된다. 세월호 피로감이나 안보와 경제에 대한 걱정은 잠시 침묵하던 초자아의 활동의 재개를 뜻한다.

초자아와 실재의 윤리에서 보듯이 윤리의 문제는 철학과 연관되어 있다. 문제는 견고한 동일성의 체계를 질서 있는 공동체로 보느냐(초자아), 미결정적으로 흔들리는 세계에서 특이성의 출현에 매혹되느냐(실재의 윤리)이다. 이 차이는 동일성의 세계에 안주하느냐 그에 숨겨진 균열로부터 목숨을 건 도약을 하느냐의 차이이기도 하다.

동일성의 체계를 안정된 공동체로 보는 한 초자아에 대한 예속은 불가피하다. 예컨대 냉전시대에는 자유세계가 이상적인 공동체였으며 우리는 초자아의 절대명령에서 이탈할 수 없었다. 이 시기의 대표적인 초자아의 명령은 '빨갱이 박멸'이다. 빨갱이는 세균이나 숙주, 독충과도 같으므로 여기서는 인권이라는 개념이 불필요하다. 빨갱이를 박멸할 때는 독충을 제거할 때처럼 사디즘적 향락이 수반된다. 그런 법을 넘어선 향락의 순간에는 인권의 기준에서의 '죄책감'[86]과 '죄책감의 부인'[87]이라는 심리가 동시적으로 작용한다.[88] 반공이라는 이데올로기적 호명에 응답하는 순간 우

---

86   이 죄책감은 (법의 기준에 연관될 때) 약한 감정일 수 있지만 법적 균열을 근거로 타자와 교감할 때 (법을 넘어선) 보다 강한 감정인 실재의 윤리가 생성된다.

87   이 부인은 프로이트가 페티시즘에 대해 말한 부인과 비슷하다. 페티시즘에서의 부인이란 동일성(남근)에 근거해 (여성의) 이질적 차이를 부인하는 것을 말한다. 초자아는 동일성의 체계를 유지하기 위해 이질적 차이를 지닌 타자를 불순한 자로 배제하며 죄책감을 부인하게 한다.

88   지젝, 이만우 역, 앞의 책, 120~121쪽.

리는 순간적으로 그 상반되는 두 가지 심리를 경험하게 된다. 그런 이중성 속에서 죄책감의 부인에 의해 초자아의 명령이 절대적이 되지만 때로는 심리적 상황이 역전되기도 한다. 공산주의자는 초자아의 명령대로 인간이 아니면서 또한 엄연한 인간이기도 한 것이다. 그렇기에 1970년대는 반공주의가 가장 강화된 사회인 동시에 「장마」(윤흥길)나 『노을』(김원일) 같은 반공주의를 비판하는 소설이 쓰여질 수 있는 시대이기도 했다.

오늘날의 신자유주의 시대에는 냉전시대 같은 죽음정치적인 초자아의 명령은 약화되었다. 그 이유는 자유주의적 공동체를 위협하는 공산주의 세력이 약화되었기 때문이다. 그러나 신자유주의 역시 국가와 자본의 동일성의 체계에 강박적으로 묶여 있는 시대이다. 그 때문에 '종북의 제거'라는 초자아의 명령은 여전히 강력한 절대명령으로 작용하고 있다. 예전과 다른 점은 죽음정치적 방식이 약화된 대신 감성권력에 의한 배제가 더 강화되었다는 점이다. 종북이라는 말 앞에서 모든 사람은 싸늘해진다. '종북'이라는 주홍글씨는 신자유주의적인 향락의 분위기를 망치는 감성의 분할의 한계영역을 지시하기 때문이다. 감성권력 특징은 심리적으로 죄책감을 약화시키고 죄책감의 부인을 강화시킨다는 점이다. 그 때문에 냉전시대에는 「장마」처럼 빨갱이의 죽음을 동정하는 소설이 쓰여질 수 있었지만 지금은 누구도 종북을 두둔하는 사람이 없는 것이다.

종북이 비인권적이고 비합리적인 개념임을 모르는 사람은 적을 것이다. 아무런 위험도 능력도 없는 종북에 대한 기피현상은 비이성적인 감성권력에 연관된 상황으로만 이해가 가능하다. 신자유주의 시대의 감성권력은 국가 공동체의 균열에 놓인 종북을 배제하는 데 따른 죄책감을 마비시킨다. 우리는 〈태양의 후예〉에서 국민을 지키지 않는 국가의 명령은 따르지 않아도 된다는 유시진의 말에 열광한다. 하지만 종북은 국가보다 국민을 우선시하는 사람들에게도 동정의 대상이 되지 못한다. 종북은 국민이 아니며 신자유주의적 감성의 분할에서 모종의 금기의 지점에 놓여 있기 때문이다. 사람들은 종북을 두둔하는 순간 체제 내의 감성의 분할에서 자신의 몫이 없어진다고 느끼게 된 것이다.

과거의 빨갱이는 증오와 혐오의 대상이며 죽음에 이르도록 제거해야 할 대상이었다. 그러나 지금의 종북은 신자유주의라는 게임을 망치는 존재이며 보이지 않는 곳에 격리시켜야 할 존재이다. 자본주의의 외부에 대한 상상력이 빈약해진 사회에서는 적대적 타자는 죽음정치의 대상이기보다는 내부에서의 감성적 이물감으로 지각된다.

운동권 출신이나 비판세력에 대해 흔히 종북과 연관된 이미지가 씌워지는 것도 비슷한 이유에서이다. 저항세력 역시 신자유주의라는 게임을 망치는 존재이므로 쉽게 종북 좌파의 딱지가 붙여지는 것이다. 운동이 불필요한 사회에서 운동을 하는 사람은 초자아의 명령에 의해 이물질로 취급되어 분할의 몫을 박탈당한 채 감성적으로 격리되어야 한다.

이처럼 신자유주의 시대에는 초자아의 명령이 죽음정치에서 감성권력으로 이동하고 있다. 동일성의 질서에 대한 강박관념인 초자아는 사건이 일어나도 사람들이 가만히 있도록 명령한다. 그렇게 함으로써 사건이 사고로 환원되고 불온한 타자는 벌거벗은 생명으로 배제된다. 아감벤이 벌거벗은 생명이 죽음에 이르러도 사람들이 **가만히 있으면** 법 질서(동일성 체제)가 유지된다고 말한 것은 그 때문이다. 그러나 벌거벗은 생명은 고통받는 타자이기도 하며 그의 벌거벗은 얼굴과 대면할 때 사람들은 잠재적으로 동요한다. 이것이 벌거벗은 생명에 대한 죄책감과 죄책감의 부인이 공존했는 냉전시대의 양가성이다.

그러나 초자아가 감성권력으로 작용하는 오늘날은 타자의 벌거벗은 얼굴에 대한 공감력이 약화된 시대이다. 타자의 벌거벗은 얼굴은 **가만히 있는 것**으로 보이며 그들의 불행에 아무도 동요하지 않는다. 더 나아가 고통받는 타자에게 감성적으로 조용히 있을 것을 요구하는 것이 오늘날의 감성권력을 앞세운 또 다른 죽음정치이다. 이른바 헬조선이란 사회구성원 뿐만 아니라 고통받는 타자 자신이 아무런 대응 없이 가만히 있는 사회를 말한다.

고통받는 타자에 대한 공감이 윤리(레비나스)라면 오늘날은 바다를 항해하는 윤리의 배가 기울어가고 있는 시대이다. 신자유주의의 초자아는 자본주의의 게임이 망쳐지지 않도록 가만히 있으라고 명령한다. 지금 우리사회는 가만히 있느냐 목숨을 건 도약을 하느냐의 기로에 놓여 있다.

신자유주의의 감성권력에서 벗어나는 방법은 동일성에 대한 강박관념을 버리고 목숨을 건 도약을 하는 것이다. 신자유주의의 감성권력은 판타지 드라마의 방식과 매우 유사하다. 판타지 드라마의 원리는 게임의 외부가 없는 대신 내부에서 잔여물이 제거되는 환상을 보여주는 데 있다. 예컨대 〈태양의 후예〉에서처럼 세월호의 상처를 치유하는 듯한 행위를 통해 더 강화된 국가서사로 되돌아오는 것이다. 지질한 해경 대신 유시진 같은 특전사가 있는 국가는 아름다우며 아무도 세월호의 진실에 관심을 갖지 않을 것이다.

이런 판타지 공간은 사건의 진실이 묻히고 진실에 근거한 변화가 일어나지 않는 점에서 영원히 미래가 오지 않는 동일성의 세계이다. 그러나 우리는 마치 문제가 해결되고 새로운 사회가 온 듯한 환상에 빠져든다. 판타지의 이본들이 속출하고 계속 업그레이드되고 있기 때문이다.

하지만 동일성의 질서에 생긴 균열을 해결할 수 있는 것은 판타지가 아니라 목숨을 건 도약을 하는 특이성의 행위자이다. 특이성이란 균열을 통해 생긴 미결정성의 공간에서 존재와 사회를 변화시키기 위해 행동하는 행위자이다. 특이성의 발현만이 동일성의 체제를 변화시키고 오지 않는 미래를 다시 오게 할 수 있다.

감성권력에 포위된 사회가 가만히 있는 사회라면 가만히 있지 않고 움직이기 위해서는 판타지에서 벗어나는 것이 필요하다. 그것의 첫 단계는 미래 상실을 확인하는 것이다. 우리 모두는 〈시그널〉에서처럼 오지 않는 미래를 향해 질문해야 한다.[89] "20년이 지났는데 뭐라도 달라졌겠죠." 매장된 20년이 절망으로 응답하기 전에 우리는 2년 동안 미제 사건인 세월호의 진실을 향해 움직이기 시작해야 한다. 그래서 판타지 속에 가만히 있으라는 초자아의 명령 대신 목숨을 건 도약을 호소하는 실재의 윤리에 따라 움직여야 한다. 이제 남은 시간이 많지 않으며 이미 윤리의 배는 기울고 있기 때문이다.

11. 불화의 윤리와 사랑의 동요 – 김남천의 비평과 소설

우리의 윤리적 동요를 마비시키는 점에서 민주주의적인 신자유주의 사회는 과거의 전체주의와 비슷한 점을 지닌다. 양자의 공통점은 체제의 외부에 비판세력이 약화되어 있다는 점이다. 상상적 동일성의 체제에서 동화를 강요당하며 윤리적 무의식이 억제되고 타자성이 박탈될 때 우리는 우울함을 느끼게 된다. 식민지 말의 파시즘의 시대나 전후의 국가주의 사회, 그리고 오늘날의 감성권력의 사회가 바로 그런 우울의 시대이다.

파시즘의 시대와 신자유주의 시대의 차이는 죽음정치와 감성권력 중에 어떤 요소가 더 우세하느냐의 차이이다. 파시즘이란 불온한 타자가 사회적 동요 없이 제거되는 사회인 반면, 신자유주의 사회는 판타지와도 같은 상상적 동일성의 연출이 윤리적 동요를 잠재우는 사회이다. 그러나 양자 모두 **비대해진 동일성의 체계**에 의해 불안과 동요가 감춰지는 점에서는 유사하다.

그런 비대해진 동일성의 체제에서 벗어나는 길은 불화의 감각을 되찾고 윤리적 동요를 회복하는 데 있다. 불화의 감각이란 경직된 감성의 분

---

89 〈시그널〉은 감성권력의 판타지를 깨드리는 미학적 은유의 판타지라고 할 수 있다.

할에 동화될 수 없다는 느낌이다. 경직된 감성의 분할이 죽음정치를 은폐하며 우리를 비윤리적으로 만든다면, 불화의 감각은 은폐된 것을 드러내는 점에서 윤리적이며 우리를 우울에서 벗어나게 해준다. 그처럼 우울에서 벗어났다는 증거가 바로 감성적으로 느껴지는 윤리적 동요이다.

따라서 거대한 동일성의 체제에서 벗어나기 위해서는 불화의 감각과 윤리적 동요가 매우 중요하다. 그 점에서는 과거의 파시즘의 시대나 오늘날의 신자유주의 시대나 다름이 없다. 식민지 말엽 총체화된 체제에서 불화의 윤리와 타자의 동요를 표현했던 김남천의 소설이 지금도 중요한 것은 그 때문이다.

김남천의 소설은 불화의 윤리를 모색하는 과정에서 타자의 동요가 나타남을 보여준다. 파시즘은 근대초극론이라는 탈영토화의 논리를 앞세우는 한편, 이면에서는 죽음정치와 감성권력을 통해 동요를 잠재운 절대적 동일성의 세계를 구축하려 했다. 반면에 김남천의 소설은 총체적 체제에 동화될 수 없는 인물들을 통해 절대적 안정성의 세계가 불안정하게 흔들리고 있음을 암시한다. 예컨대 「맥」에서 우리는 주인공 최무경에게 감성적으로 공감하는 가운데 표면적으로는 굳건해 보이는 동일성의 세계(신체제)가 물밑의 심연에서 동요하고 있음을 느끼게 된다. 결코 달라지지 않는 절대적 동일성의 세계를 흔들기 위해서 그처럼 윤리적 동요가 필요한 것은 오늘날도 마찬가지일 것이다. 이제 김남천의 비평과 소설이 동일성 세계를 흔들리게 하는 윤리적 동요(모랄)를 통해 우리 시대에 시사해 주는 바를 탐색해 보자.

김남천이 비평과 소설을 썼던 식민지 말은 인간의 힘이 너무도 약화된 총체화된 체제의 시대였다. 그처럼 인물과 환경이 부조화된 시대에 임화는 주체의 세계관을 강조하며 역동적인 본격소설을 쓸 것을 주장했다. 그러나 인물과 환경이 괴리된 시대에 양자의 상호작용을 그리는 본격소설을 부활시키는 것은 매우 지난한 일이었다.

이런 상황에서 김남천은 자기고발문학과 모랄론을 제기했다. 가면박탈로 은유되는 고발문학이란 동일성의 예속에서 벗어나 은폐된 모순과 갈등을 드러내는 문학을 말한다. 자기고발이든 사회고발이든 김남천의 고발문학은 동일성에 대한 불화를 통해 윤리를 생성시키려 했던 것으로 볼 수 있다.

고발문학이란 동일성의 체제에 예속된 나에 대한 고발이거나 내가 동화될 수 없는 동일성의 체제에 대한 고발이다. 양자 모두 동일성을 해체하는 갈등인 점에서 고발문학은 랑시에르가 말한 **불화**와 연관이 있다. 불화란 단순한 대립이 아니라 서로 교섭(대화)하는 중에 동일화될 수 없는 갈등이 나타나는 것을 말한다. 고발이란 그런 불화를 드러내는 것으로 나중에 김남천 자신과 서인식에 의해 **심리와 사회의 불화**로 표현되기도 한다. 즉 고발이란 동일성의 체제(사회)와 교섭하는 내가 그에 동화될 수 없는 **불화의 심리**를 드러내는 것이다. 이는 체제에 예속된 동일성으로서의 나에서 벗어나 동요하는 자의식을 표현하는 과정이기도 하다. 여기서 신체로 느껴지는 동요하는 자의식이 바로 일신상의 진리로서의 모랄이다. 김남천의 모랄이란 어떤 개념이 아니라 미결정적 자의식의 과정으로서 우리의 동요의 윤리와 비슷하다.[90]

자의식으로서의 모랄은 안정되어 보이는 총체적 세계를 불안정하게 만든다. 김남천의 고발은 일종의 불화의 감각이며 비대해진 동일성의 세계에서는 그런 불화의 감각만이 절대적 안정성을 뒤흔드는 문학을 제시할 수 있었던 것이다. 거대한 총체적 체제에서는 직접적으로 변화를 요구하는 것이 불가능하거니와 총체적 체제의 안정성을 뒤흔드는 불화의 감각을 통해 변화된 미래(전망)를 예시할 수 있을 것이다. 그처럼 불화의 감각을 통해 총체적 동일성의 세계를 흔들리게 하는 것이 바로 동요의 윤리

---

90   김남천은 과학적 핵심을 말했지만 실제 작품에서는 동요하는 자의식으로 표현된다.

이다. 가령 「맥」에서 최무경이 공판정에서 근대초극론과 신체제의 감성의 분할을 확인하는 가운데, 경계 밖으로 배제되는 실연의 고통과 불화감에 사로잡히는 경험이 바로 그런 동요의 순간이다.

세계관을 강조한 임화는 인물과 환경의 상호작용과 역동적인 플롯을 통해 전망을 드러내길 희망했다. 이는 세계관-전망-전형성(본질적인 것)[91]을 앞세우는 루카치의 리얼리즘론을 연상케 하는 최상의 미학적 논의였다. 그러나 파시즘의 비대해진 동일성의 체제에서는 사회환경에 대한 인물의 저항적 대응은 사실상 불가능했다. 그런 현실에서 김남천은 동일성에 대한 불화의 감각으로서 고발을 제기하면서 그것을 모랄(윤리)에 연결시켰던 것이다.

임화가 세계관을 강조하면서 전형론에 이르렀다면 김남천은 고발과 불화의 감각을 내세우면서 모랄론에 도달한 것이다. 인물과 환경의 부조화의 시대에 사회에 대한 세계관의 반격은 위기에 부딪힌다. 반면에 김남천은 인물과 환경의 부조화를 심리와 사회의 불화로 변주시키면서, 불화 속에서 끝없이 동요하는 자의식으로의 모랄을 주장한다.

임화의 세계관이 어느 정도 역사의 방향성을 암시한다면 모랄은 동일성의 체제에 동화되지 않는 불화의 감각으로서 동요를 보여줄 뿐이다. 그러나 세계관에 의한 전망이 허용되지 않는 체제에서는 그런 동화되지 않는 동요로서의 모랄(윤리)이 매우 중요하다. 여기서는 부동성의 체제를 뒤흔드는 보이지 않는 동요의 힘(윤리)이 미래의 방향을 암시한다.

또 하나 주목되는 것은 그런 모랄의 생성과정이 특이성의 발현과도 연관된다는 점이다. 김남천의 고발은 자기고발에서 시작하는데 여기서 '자기'는 개인과 구분된다. 개인은 아무리 특수화해도 자기가 되지 않는다.

---

91 세계관은 선택과 구성의 원리로서 전망(perspective)과 연관되며 본질적인 것의 선택에 의해 전형성이 획득된다. 또한 전형적인 인물과 환경의 상호작용에 의해 역동적인 플롯이 나타난다.

개인의 자기화는 문학적 형상화를 통해서이며 그 같은 자기화의 과정에서 모랄이 제기된다.[92]

여기서 중요한 것은 개인이 자기화하는 과정에서 모랄이 생성된다는 점이다. 개인의 동일성이란 체제의 동일성에 예속된 주체성이라고 할 수 있다. 반면에 개인의 자기화 과정이란 동일성이 해체되면서 자의식이 계속되는 과정인데, 그런 자의식으로서의 자기가 모랄의 근거인 셈이다.

김남천이 말하는 개인이 동일성이라면 자기는 동일성 체제의 균열에서 실재계(대상 a)에 접촉하며 생성되는 끝없는 자의식이다. 라캉의 실재계란 상징계 곧 동일성의 체계에 저항하는 영역을 말한다. 또한 실재계적 대상 a란 동일성의 체제에 동화될 수 없는 잔여물이다. 자기는 동일성으로서의 개인에 저항하는 잔여물을 지니며 그 때문에 끝없는 자의식의 과정이 나타나는 것이다. 그처럼 동일성의 체계(상징계)에 저항하는 실재계에 접촉한 자기의 발현을 우리는 **특이성**이라고 할 수 있다.[93] 특이성이란 동일화될 수 없는 자의식의 끝없는 동요로 나타나며 그런 동요가 바로 모랄의 생성과정이다. 따라서 김남천의 자의식으로서의 모랄이란 동일성의 규정과 권력에 저항하는 실재계적 윤리[94]에 다름이 아니다.

흥미로운 것은 그런 동일성의 해체 과정이 모랄론 이후 로만개조론과 관찰문학론을 제기한 뒤에도 나타난다는 점이다. 1940년대의 비평과 소설에서 김남천은 심리와 사회의 불화를 넘어서는 모랄(윤리적 진)의 생성에 대해 언급한다. 비슷한 시기에 서인식 역시 '일신상의 진리'와 모랄(윤리)을 심리와 사회의 불화를 극복하기 위한 방법으로 논의하고 있다.

김남천은 서인식이 말한 '심리(심정)와 사회의 불화'의 주제를 『낭비』에

---

92 김남천, 「도덕의 문학적 파악」, 『조선일보』, 1938.3.8~3.12; 정호웅·손정수 편, 『김남천 전집』 I, 박이정, 2000, 348쪽.
93 방민호, 『일제 말기 한국문학의 담론과 텍스트』, 예옥, 2011, 377~379쪽.
94 실재계적 윤리에 대해서는 알렌카 주판치치, 『실재의 윤리』, 도서출판b, 2004 참조.

서 한층 더 문학적인 방식으로 표현하고 있다. 『낭비』의 주인공 이관형은 헨리 제임스에 대한 논문을 완성한 후 논문심사 전에 심리학 교수 사끼자까와 면담을 하게 된다. 사끼자까의 첫 질문은 이관형의 논문이 심리학을 사회학에 포섭된 것으로 논의하고 있다는 것이었다. 이 말은 일견 학과 간의 파벌 문제를 상기시키는 것으로 느껴진다. 그러나 사끼자까의 본의는 심리 문제를 심리학의 영역에 놓아두지 않고 사회학에 연관시켜 심리와 사회의 상호작용으로 틀을 바꾸고 있다는 뜻이었다. 그것의 문제점은 이어진 질문 '인간과 사회의 관계'에 대한 이관형 자신의 대답을 통해 드러난다. 이관형은 사회가 인간을 만들지만 반대로 인간이 사회를 만들 수도 있다고 말한다. 그런데 이 말은 헨리 제임스의 심리적 부재의식을 사회학적으로 심리와 사회의 불화로 해석했을 때 생기는 문제를 암시한다.

이관형의 말은 심리와 사회가 불화되었을 때 인간이 새로운 모랄(인간관)을 통해 사회를 만들 수도 있음을 시사한다. 이런 생각이 헨리 제임스 시대에 국한된다면 별 문제될 것이 없다. 그러나 이관형은 헨리 제임스가 제임스 조이스와 긴밀히 연관됨을 의식하며 자신도 모르게 그들의 상호텍스트적 관계에 자기 스스로의 무의식을 스며들게 하고 있었다. 사끼자까는 이 자기와의 상호텍스트적 대화의 문제점을 날카롭게 지적한다. 그의 마지막 질문은 헨리 제임스와 제임스 조이스의 내셔널리티와 연관해 그들을 선택한 동기에 대한 것이었다. 사끼자까가 헨리 제임스와 제임스 조이스의 고향이 미국과 아일랜드임을 상시시켰을 때 이관형은 자기 자신의 식민지 출신을 의식하지 않을 수 없었을 것이다.

사끼자까는 이관형이 그런 내셔널리티의 작가를 선택하면서 심리적 부재의식을 심리와 사회의 불화의 틀로 바꾸고 있다고 말한다. 헨리 제임스의 미국과 유럽 사이의 인터내셔널한 상황은 그의 내셔널리티와 연관되고, 다시 심리와 사회의 불화에 연결된다. 그 순간 제임스와 제임스 조이스의 내셔널리티에는, 심리와 사회의 불화의 상황에서는 인간이 사회를 바꿀 수도 있다는 이관형의 말이 겹쳐진다. 그런 침묵의 암시를 모두 포괄하면서 사끼자까는 이관형의 논문이 사회학적 방법이라고 규정한다.

사회학적 방법은 이관형의 논문의 중요한 문제점이다. 사끼자까는 헨리 제임스를 심리학의 영역에 **가만히 놓아 두길** 원했던 것이다. 심리학과 사회학의 관계에서 시작된 그의 말은 심리와 사회의 불화로 끝나고 있는데, 이런 미묘한 변주는 문제의 본질을 꿰뚫는 전환이다. 그는 '사회학적 방법'이라는 말을 통해, 처음에 말한 심리학에 대한 사회학의 월권과 함께, 이제 심리와 사회의 불화를 극복하려는 불온한 흔들기를 표현한 것이다.

이관형은 심리적 절박함 속에서 자신의 논문이 사회학적 방법이 아니라 문학적 방법이라고 항변한다. 그러나 제국의 심사위원과 싸울 수는 없다. 사끼자까와 이관형의 대화에서 **사회학적 방법**은 이미 되돌릴 수 없는 강력한 **불화**(랑시에르)의 단어로 떠오른 셈이었다.[95] 이관형은 사회학적 방법도 문학에 포함된다고 말하지만 사까자끼가 말하는 맥락에서의 사회과학이란 문학논문으로서는 문제점을 갖는 것이었다. 이 단어를 둘러싼 논쟁은 두 사람 사이의 심리적 불화인 동시에 암암리에 신체제의 경성제대 아카데미즘과 이관형의 모더니즘론 사이의 불화이기도 했던 것이다. 이 소설은 그 봉합될 수 없는 불화의 지점에서 미완으로 중단된다.[96] 그러나 만일 더 계속되었더라면 우리는 신체제의 부동의 아카데미즘이 논문에 실패한 이관형의 동요하는 내면에 비춰져 흔들리는 것으로 느꼈을 것이다. 그것은 이관형의 동요의 윤리, 즉 자의식으로서의 자기(모랄)가 암시되는 과정이기도 했을 것이다.

『낭비』에서처럼 불화는 대립이 아니라 대화와 교섭의 과정에서 나타

---

95 여기서의 불화는 하버마스의 의사소통적인 합리성에 의해 해결될 수 없으며, 그런 합리적 대화 보다는 상대의 말에 의해 규정당하지 않으려고 끝없이 자의식을 미결정으로 만드는 바흐친의 대화적 상황에 더 가깝다.

96 마지막 회에는 사끼자까와는 다른 지도교수의 온화한 태도가 그려진다.

난다. 불화를 경험하는 사람은 체제의 권력의 대척점에 놓인 것이 아니라 그 세계에 손을 내밀었으나 거부당한 존재이다. 그처럼 동일성의 체제에서 불화를 경험하고 배제당하는 감성적 타자는 『낭비』의 이관형과 「경영」, 「맥」의 최무경이다.

『낭비』에서 심리와 사회의 불화는 이관형의 논문의 주제인 동시에 제국의 아카데미즘에 대한 그 자신의 경험이기도 했다. 이 소설에서 불화는 논문과 현실에서 상호텍스트적으로 표현되고 있다. 당시의 신체제란 시대적 불안과 동요가 비대해진 총체적 권력에 의해 잠재워지는 사회였다. 그런 시대에 이관형이 불화를 표현할 수 있었던 것은 모더니즘 소설(논문)과 당대의 '자기'(현실)를 대화적으로 교섭시킴으로써였다. 그처럼 동일성의 체제에 예속된 개인이 아니라 특이성으로서의 자기를 표현하려는 인물에 의해서만 불화와 동요가 드러날 수 있었던 것이다.

불안과 동요를 잠재우는 총체적 체제에서 불화를 표현한 또 다른 존재는 「경영」, 「맥」의 최무경 같은 연애하는 신체였다. 연애하는 신체는 모든 이념으로부터 자유로운 정치적 공백상태와도 같다. 레비나스가 말한 여성적 사랑이란 타자를 받아들여 자신의 동일성을 연기하고 해체하는 끝없는 과정이다. 그런 사랑은 이데올로기적 호명이 실패하는 공백의 영역인 동시에 경직된 감성의 분할과 불화의 관계에 있는 감성적 평등의 지대이다.

앞서 살폈듯이, 이데올로기적 호명은 우리를 동일성의 체제에 동화시키기 위해 '죄책감'과 '죄책감의 부인'이라는 이중적 심리를 요구한다. 그러나 연애하는 신체란 그 자체가 타자와의 교섭을 통한 동일성의 해체이다. 그 때문에 연애하는 신체는 표면적으로 이데올로기를 받아들이는 듯 보이는 경우에도 항상 은밀하게 호명의 실패를 암시한다. 여기에는 '죄책감'과 '죄책감의 부인'이라는 이중적 심리 대신 (동일성을 해체하는) 자의식으로서의 자기와 실재의 윤리가 잠재한다.

한편 랑시에르는 평등으로서의 비정치적 공백[97]을 동일성 체제의 치안 논리에 대비시키고 있다. 연애하는 신체는 누구나와 동등한 관계에 있는 평등한 비정치적 공백이며, 그 공백으로 인해 동일성을 지키려는 정치권력의 치안논리가 작용할 수 없는 영역이다. 바로 그 점에서 연애하는 신체는 치안논리에 의해 잠재워지는 감성의 분할의 숨겨진 불화를 드러내는 위치에 있다.

「맥」에서 최무경은 신체제의 감성의 분할에 의해 배제되는 경험을 한다. 그러나 그녀는 법정에서 선언된 신체제의 근대초극론에 반대하는 위치에 있었던 것이 아니다. 연애하는 신체로서 비정치적 공백인 그녀는 애인 오시형의 선언과 재판장의 미소에 안도의 숨을 내쉰다. 그러나 신체제의 감성의 분할은 심리적으로 오시형에게 손을 내밀고 있는 그녀를 배제하는 장면을 연출한다. 전향선언과 함께 오시형이 아버지가 추천하는 도지사의 딸에게로 돌아섰기 때문이다. 신체제의 가부장적인 감성의 분할은 오시형이 천황을 섬기는 말을 하는 순간 아버지에게 복종하는 장면을 연출한 것이다.[98] 이 순간은 비정치적 공백인 최무경의 신체에 불화의 얼룩이 남겨지는 상황이었다. 연애하는 신체로서 신체제의 가부장적 감성의 분할을 받아들일 수 없는 최무경은 몸을 가눌 수 없을 정도로 동요를 느낀다. 우리는 그녀의 수면 밑의 자의식의 동요에 함께 젖어들면서, 신체제의 안정성이 공표된 바로 그 순간을 불안정한 동요로 느끼게 된다. 「맥」은 총체화된 체제가 부동의 상태로 굳건해지는 순간 유동적인 감성적 동요에 의해 흔들리고 있음을 드러내고 있다.[99]

이처럼 사랑은 누구도 이념적으로 대항하기 어려운 비대해진 총체적

---

97   랑시에르에 의하면 이 비정치적 공백은 정치를 위해 꼭 필요한 요소이다.

98   이경훈, 『어떤 백년, 즐거운 신생』, 하늘연못, 1999, 319~320쪽.

99   이 점에서 비정치적 공백인 최무경의 신체는 정치적 행위를 위해 필요한 단초를 제공한다.

체제를 동요시킬 수 있는 중요한 요소이다. 불안과 동요를 잠재우는 거대한 체제를 흔들기 위해 사랑이 필요한 것은 오늘날도 마찬가지이다. 사랑은 어떤 권력의 논리로부터도 면제된 유연한 공백의 영역이기 때문이다. 오늘날은 과거와 달리 판타지와도 같은 감성권력이 작용하므로 일종의 감성적 동요인 사랑이 침투하기가 더 어려워졌다. 신자유주의 시대에 에로스의 종말이 말해지는 것은 그 때문이다.[100] 과거에 이데올로기적 호명을 실패하게 하는 유연한 감성적 신체가 필요했다면, 지금은 판타지에 숨겨진 동일성 논리를 해체하는 새로운 감성적 창안이 필요하다. 우리는 뒤에서 놀라운 창조력으로 사랑을 재발명하고 있는 한강과 박민규의 소설을 통해 그런 미학적 창안을 살펴볼 것이다.

12. 우울의 미학과 슬픔의 윤리
─ 제도화된 우울증에 대항하는 소설들

죽음정치와 감성권력의 공모는 불안과 동요를 잠재운 총체화된 체제를 만들어낸다. 그처럼 동요하지 않는 절대적 안정성의 세계에서는 체제의 외부가 보이지 않으며, 이때 외부의 상실[101]과 함께 느껴지는 영원히 동요하지 않을 듯한 정체감이 **우울증**이다. 김남천의 소설은 연애하는 신체를 통해 그런 절대적 안정성의 세계를 불안정하게 흔들리게 함으로써 우리를 우울에서 벗어나게 한다. 우울이란 에로스의 상실이자 동요의 불가능성이다. 김남천 소설에서처럼 사랑의 미학은 우울한 정체감에서 벗어나 동요하는 자아의 윤리를 암시한다. 그 점에서 김남천의 슬픔의 미학은 비슷한 시기의 최명익의 우울의 미학과 대비된다. 김남천 역시 최명익

---

100 한병철, 『에로스의 종말』, 문학과지성사, 2015.
101 외부의 상실은 타자의 상실이기도 하다

처럼 우울의 시대를 살았지만 물밑의 동요의 윤리를 통해 제도화된 우울증에 대한 심리적 대응을 암시했다. 김남천의 경우 불가능한 사랑의 표현이 시대적 정체감에 대응하는 미학적 방법의 핵심이었다. 김남천 소설은 연애하는 신체의 잔존을 통해 **제도화된 우울증**에 대응하는 미학의 놀라운 비밀을 알려준다.

우울과 슬픔의 차이는 프로이트에 의해 설명된 바 있다. 프로이트에 의하면, 자기가 알고 있는 대상의 상실이 슬픔이며 자기도 잘 모르는 것, 무의식만이 알고 있는 것의 상실이 우울이다. 슬픔이 상징계 내에 표상된 대상의 상실이라면 우울은 무의식 속의 대상(대상 a)의 상실인 것이다. 파시즘이 불안과 동요를 잠재운 총체화된 체제를 만드는 것은, 무의식적 동요의 근거인 대상 a를 박탈하는 것이며, 그것의 증상이 바로 우울증이다. 식민지 말의 파시즘의 시기는 분명히 우울의 시대였다.

그러나 우울증에서 대상 a의 상실, 즉 사랑의 충동의 상실은 생각보다 분명하지 않다. 또한 그와 연관해서 우울과 슬픔의 경계도 결코 단순하지 않다. 사랑의 충동을 잃지 않았지만 제도에 의해 절대적으로 사랑이 승인되지 않을 때도 우리는 우울을 느끼기 때문이다. 이것이 바로 버틀러가 말한 **제도화된 우울증**이다.[102] 이 경우 사랑의 충동은 현실적으로 불가능한 동시에 정신적으로는 가능하다고 할 수 있다. 그처럼 물밑에서 사랑의 충동이 계속될 때 불가능한 사랑으로 인해 우울하면서도 은밀히 대상 a에 대한 충동이 지속되므로 슬픔의 동요가 계속된다.

김남천 소설 역시 그런 이중적 상태를 보여준다. 예컨대 「맥」은 제도화된 우울의 근원인 절대적 안정성의 총체적 체제[103]를 동요 속에서 느끼게 함으로써 우울한 정체감에서 벗어나고 있다. 이 소설에서 최무경의 사랑

---

102 버틀러, 조현순 역, 『안티고네의 주장』, 동문선, 2005, 135쪽,
103 이 절대적 안정성은 끝없는 질주를 통해 얻어진 것이다. 당시의 총동원 체제는 끝없이 질주하는 동시에 울혈상태의 정체성을 지닌 사회였다고 할 수 있다.

은 이데올로기의 공백에서 작용하는 일신상의 진리(모랄)[104]이기도 하다. 김남천의 소설은 **포기하지 않고** '자기의 모랄'이라는 동요의 윤리를 암시함으로써 시대적 우울을 넘어선다. 이 우울의 시대의 은밀한 윤리적 동요를 좀 더 자세히 살펴보자.

최무경은 오시형이 근대초극론을 선언하는 순간 예전의 마르크스주의자를 잃어버린다. 그러나 그녀는 아직 사랑의 열망을 상실한 것은 아니다. 그녀는 근대초극론의 공백지점에서 마지막까지 전향선언을 한 오시형을 향해 심리적으로 손을 내밀고 있었다. 최무경의 가슴이 물러앉은 것은 도지사 딸이 당당하게 일어서는 순간이었다. 그 순간 오시형이 최무경 대신 도지사 딸을 선택했음이 분명해진 것이다. 하지만 그것은 사랑의 진실과는 무관하다. 최무경은 단순히 오시형에게 배신당한 것이 아니라, 재판장-아버지-도지사 딸로 이어지는 가부장제적 신체제의 감성의 분할에 의해 밀려난 것이다. 오시형이 근대초극론을 말하고 총체화된 체제가 안정감을 확인한 순간 신체제의 감성의 분할은 여성적 타자 최무경을 배제한다.

물론 그것이 전부는 아니다. 그녀는 신체제에 들어선 오시형을 상실한 것이지 그와 교류하던 '심리적 비밀'을 잃어버린 것은 아니기 때문이다. 오시형과의 심리적 교류의 여백은 아직 밝혀지지 않은 그의 정신적 비밀로 남아 있다. 공판장의 선언에 이어진 도지사 딸의 출현은 최무경을 암담한 상실감에 시달리게 했다. 그러나 전향선언에도 불구하고 오시형의 정신적 비밀은 법정이 아니라 최무경과의 대화에서만 밝혀질 수 있을 것이었다. 그 때문에 최무경은 감성의 제도에서 배제되었지만 연애의 진실은 아직 잔여물로 심연에 남겨져 있었다. 바로 그 무의식적 비밀의 근거인 정신적 잔여물(대상 a)이 잔존하기에 최무경은 단순히 우울에 빠지지

---

104 김남천의 일신상의 진리는 우리가 말하는 윤리에 해당된다.

않고 심리적 동요를 느끼는 것이다.[105] 이처럼 배제의 권력이 사랑의 진리를 완전히 무효화할 수 없음을 암시함으로써 김남천의 소설은 우울의 시대를 감성적으로 넘어서고 있다.

대상 a(정신적 잔여물)에 대한 열망은 사랑인 동시에 윤리라고 할 수 있다. 신체제란 단순한 전체주의가 아니라 대상 a에 대한 위협이다.[106] 그러나 신체제로부터 오시형을 빼앗긴 최무경은 그의 정신적 비밀을 여백으로 간직함으로써 잔존하는 공백의 감각 속에서 우울에 빠지지 않는다. 물론 그녀는 아주 좁은 틈새에 놓여진다. 그녀의 잔존하는 심리적 여백은 아무에게도 말해지지 않은 채 감성적 동요 속에서만 암시된다. 이 같은 김남천의 **사랑의 미학**은 총체화된 체제에서도 정체된 우울감에서 벗어날 수 있게 하는 지난한 방법의 하나였다.

여기서 중요한 것은 「경영」, 「맥」이 체제 내의 인물들의 재현에 머물지 않고 그들의 정신적 비밀의 교감을 탐색하고 있는 점이다. 이관형과 오시형, 최무경의 정신적 비밀은 이념적 공백인 최무경의 연애하는 신체를 매개로 대화적으로 암시된다. 어렴풋이 드러나거나 미처 밝혀지지 않은 그들의 잔여적 비밀이야말로 신체제의 절대적 안정성을 해체하며 우리를 우울한 정체감에서 벗어나게 하는 요인이다. 최무경이 좌절과 우울에 매몰되지 않는 것도 체제 내에서 표상될 수 없는 비밀, 그 진실의 잔여물(대상 a)에 대한 감각을 잃지 않았기 때문이다. 이것이 김남천의 사랑의 미학이 보여주는 일신상의 진리로서 '자기의 윤리'의 비밀이다.

사랑하는 사람을 잃으면 상실된 대상에서 리비도가 분리되어 대상의 잔여물로 열정이 옮겨가며 고통이 극복된다. 이것이 최무경이 경험한 상실의 슬픔이다. 반면에 정신적 비밀, 즉 대상의 잔여물(대상 a)을 잃어버릴 경우, 리비도가 지향할 대상이 없기 때문에 열정을 출발점인 자아로 되돌

---

105 이 동요를 더 적극적으로 드러내지 않은 것이 이 소설의 한계이다.
106 식민지 말이 우울의 시대인 것은 바로 그 때문이다.

리지만, 그것은 흔히 자기파괴로 이어진다. 이 벗어날 수 없는 소진의 고통이 불안과 동요를 은폐하는 총체적 체제의 사람들이 경험하는 우울증이다. 슬픔은 체제 내의 대상의 상실이므로 슬픔에 잠기면 세계의 황폐화를 경험한다. 반면에 우울은 무의식 속의 대상의 상실로 인해 자아의 빈곤화를 초래한다.

그런데 식민지 말의 우울의 시대에 최무경은 자아의 빈곤화로부터 벗어나 동요의 윤리를 보여준다. 또한 우울이 자아의 빈곤화이지만 그런 시대적 모습을 그린 최명익의 우울의 미학은 체제의 질서에 단순히 예속되지 않은 내면적 대응을 드러낸다. 이처럼 우울의 시대에도 자아의 능동성이 완전히 박탈되지 않는 틈새가 잔존하는 것이다. 우울은 단순한 개인적인 질병이나 무기력이 아니다. 우울이란 제도에 의한 대상 a의 박탈인 동시에 그에 대한 지난한 틈새적 대응이다. 후자의 잔여적인 정신적 비밀의 대응이 바로 능동적 우울이다. 더 나아가 최무경은 단순한 절망과는 다른 윤리적 동요를 보여준다.

이런 사실들은 슬픔과 우울의 구분 이외에 체제의 감성의 분할과 그에 대한 자아의 대응이라는 또 다른 차원의 논의가 중요함을 암시한다. 우울에서의 자아의 빈곤화는 사랑의 열망이 제도에 의해 승인되지 않은 때문일 수 있다. 그렇기에 우울의 시대에도 제약된 자아 내에서 내면적 대응을 보일 수 있으며, 더 나아가 우울한 정체감을 넘어서서 '자의식로서의 모랄'과 '자기의 동요'를 드러낼 수 있는 것이다. 후자는 특히 김남천 소설이 보여주는 사랑의 미학과 연관이 있다.

자아의 빈곤화를 그리는 우울의 미학은 흔히 내면의 제약을 인물의 시각적 한계로 제시한다. 예컨대 최명익 소설의 인물들은 달리는 기차의 차창에 제한된 시각적 한계를 드러내며, 손창섭 소설에서는 인물의 내면적 한계가 한국 전쟁 때의 총탄구멍을 들여다보는 시각적 습관으로 암시된다. 또한 1990년대 말 하성란의 소설에서는 어안렌즈로 바깥을 내다보거나 5층의 거리에서 세상을 바라보는 인물들의 태도로 제시된다. 차창에 제약된 시각성이나 총탄구멍을 통한 시선, 그리고 어안렌즈와 5층 거리의 시야는, 인물들이 의지와는 상관없이 일상에서 세상을 바라보는 시각적 습관을 나타내는 것이다. 그들은 세상과의 관계에서 그만큼 빈약한 자아로 살아가고 있는 셈이다.

그러나 이런 자아의 빈곤화는 개인의 황폐해진 정신적 불행을 나타내는 데 그치는 것이 아니다. 예컨대 손창섭의 「미해결의 장」에서 총탄구멍을 들여다보며 답답함을 느끼는 시각적 제약은, 개인의 한계인 동시에 1950년대 국가주의 사회의 감성의 분할에 의한 시야의 제약인 셈이다. 「미해결의 장」에서 총탄구멍에 갇힌 '나'의 절망과 우울은, 불행한 삶을 해결하지 못하는 자기 자신에 대한 한탄이면서, 구멍의 바깥을 보지 못하게 하는 시대의 제한에 대한 울분이기도 하다. 따라서 '나'의 불안과 우울은 시대에 영합한 사람들의 무감각한 삶이나 단순히 절망에 지친 수동적인 우울증과 구분된다. '나'의 능동적인 우울의 표현은 총탄구멍의 감성의 분할에 대해 불만을 드러내는 것이며, 그 능동적 감성은 정치권력 경계의 치안에 대응하는 미시정치적인 미학적 응수인 것이다. 그 점에서는 하성란 소설의 어안렌즈와 5층 거리의 시각성 역시 마찬가지이다. 하성란의 「곰팡이꽃」의 남자는 자신의 시각성을 어안렌즈와 5층 거리의 시야에 제약하는 신자유주의 시대의 감성의 분할에 대해 심리적으로 대응하고 있는 것이다.

여기서 우리는 버틀러가 **능동적인 우울**을 강조한 이유를 짐작할 수 있다. 수동적인 우울이란 감성의 분할에 의해 자아가 소극적으로 제약된 채 외롭게 살아가는 것을 말한다. 반면에 능동적인 우울은 타자와의 불가능한 교섭을 끝없이 갈망하며 감성의 분할의 안정성을 방해하는 미시정치적인 표현이다. 버틀러의 논의에서 동성애적인 주체는 이분법적 젠더의 감성의 분할 속에서 우울하게 살아갈 수밖에 없다. 그러나 능동적인 우울은 이성애적 젠더의 치안을 끝없이 방해하는 점에서 감성적인 정치적 저항의 방식으로 볼 수 있다.

버틀러는 안티고네를 이분법적 위계질서에 반항하는 그런 우울증적 주체로 보고 있다. 오이디푸스의 딸인 안티고네는 죽은 오빠(폴리네이케스)의 장례를 금지하는 왕(외숙부)의 명령을 어기고 오빠의 시체를 땅에 묻는다. 안티고네에게 오빠는 연인과도 같았으며 오빠에 대한 애도는 아버지이자 오빠인 오이디푸스에 대한 애도이기도 했다. 또한 안티고네의 항명은 남성중심적 왕에 대한 여성적 저항이면서 수행적 차원에서는 그녀 안에 있는 타자인 남성성을 통한 저항이기도 했다. 여성인 동시에 남성인 안티고네는 이분법적 젠더의 질서에 예속될 수 없는 존재였다.

그 때문에 안티고네는 가부장적이고 이분법적인 젠더의 질서 내에서는 애도의 행위 자체가 불가능한 영역에 놓여 있었다. 왕이 애도를 금지하기도 했지만 그 이전에 근친상간적이고 불분명한 젠더를 지닌 안티고네는 내면화된 금기의 제도에 의해 애도를 수행하기 어려웠다. 안티고네가 슬퍼하는 애도의 주체가 되지 못하고 우울증적 주체가 된 것은 그 때문이다. 그러나 그런 안티고네의 우울증은 단순히 '자아의 빈곤화' 때문이기 보다는 가부장제적 감성의 분할과 안티고네의 다중성 사이의 **불일치** 때문이었다. 그 점에서 안티고네의 우울증은 공적인 감성의 분할의 경직성으로 인해 애도(슬픔)가 불가능한 **제도화된 우울증**이라고 할 수 있다.

그런 상황에서 그녀는 수동적 우울증(자아의 빈곤화)에 머물지 않고 불가능한 애도를 주장함으로써 정신 안에서의 잠정적인 제도의 전복 상태에서 능동적인 위치로 전환된다. 능동적인 우울이란 애도가 불가능한 동시에 내면에서는 인식불가능한 형식의 애도와 사랑을 지속하는 것을 말한다. 안티고네의 주장은 그 인식불가능한 것을 인식가능한 공적인 영역으로 끌고 가려는 것이었다. 그런 방식으로 경직된 감성의 분할을 동요시키면서 그녀는 감성적인 정치적 저항을 하고 있는 것이다.

프로이트가 주목한 수동적인 우울은 실상 감성의 분할의 권력효과에 의한 자아의 빈곤화인 셈이다. 반면에 안티고네의 능동적 우울은 근친상간이나 다중적 정체성에 구애되지 않고 타자에 대한 사랑을 계속하겠다는 표현이며, 그처럼 포기하지 않고 계속할 때 우울의 정체감은 불가능한 사랑의 지속 속에서 감성의 분할을 동요시키는 능동적 우울이 된다. 이것이 경직된 감성의 분할의 제도 내에서는 드러나지 않는 안티고네의 숨겨진 정신적 비밀이다.

우리는 김남천의 『낭비』와 「경영」, 「맥」의 이관형과 최무경의 정신적 비밀도 비슷한 것으로 볼 수 있다. 이관형과 최무경은 총체화된 체제의 제도화된 우울증의 희생자이다. 이관형은 김남천과 최재서, 서인식이 뒤섞인 정체성을 갖고 있었으며, 그의 내부에는 리얼리즘 비평가, 모더니스트, 아카데미즘 학자, 동양론에 비판적인 근대초극론자의 요소가 뒤섞여 있었다. 그리고 그는 무엇보다도 헨리 제임스/제임스 조이스와 상호텍스트적으로 대화하는 식민지인이었다. 신체제의 감성의 분할이 허용하지 않는 정체성을 지닌 그는 우울증을 경험하지만 혼란 속에서도 새로운 모랄를 생성시키기 위해 논문에 매진한다. 그의 논문은 경성제대 아카데미즘에 의해 받아들여지지 않았으나 그는 논문의 포기하지 않음으로써 신체제와의 불화를 드러내고 그 경직된 감성의 분할을 동요시킨다. 여기서 이관형은 논문을 단념하지 않음으로써 그의 정신의 내부에서 잠정적으로 제도를 전복시키는데, 이처럼 정신 속에서 **포기하지 않으려는** 자의식이 바로 **동요의 윤리**라고 할 수 있다. 반면에 그는 「맥」에서 동요의 윤리를 잃어버리고 **우울한** 허무주의자가 된다. 이는 그의 정신적 포기이며 그 점은 인물시점의 소멸에 상응한다. 『낭비』가 인물시점을 통해 이관형의 정신의 비밀을 드러내며 동요의 윤리를 보여준다면, 「맥」은 인물시점의 소멸과 함께 정신적으로 포기한 자의 일상에 놓인 우울한 신체를 보여준다.

「경영」, 「맥」의 최무경 역시 그녀의 여성적 사랑이 가부장적인 신체제

[107]에 의해 받아들여지지 않음으로써 제도화된 우울증을 경험한다. 그러나 그녀는 오시형이 아버지에게로 가버린 뒤에도 애인에 대한 사랑을 포기하지 않는다. 이 소설이 우울한 감성보다는 동요의 윤리를 견지하고 있는 것은 그런 그녀의 능동성 때문이다. 최무경은 오시형을 단념하는 대신 그가 남겨놓은 책을 읽으며 그의 정신의 일부를 자신 안으로 옮겨온다. 최무경의 연애하는 신체의 특징은 물러섬과 유연성이며 그것을 통해 자신의 비정치적 공백을 여러 이념들이 교섭하는 공간으로 만들고 있다. 최무경은 마지막까지 사랑을 포기하지 않지만 오시형이 전향선언을 하는 순간 가부장적인 신체제의 감성의 분할은 그녀를 냉담하게 배제한다. 이때 그녀와 정신적 비밀을 공유하고 있는 독자들은 감성적인 상처를 입은 최무경의 여성 신체에서 부당한 배제감을 공감한다. 또한 그녀의 정신 속의 동요와 함께 안정된 신체제의 감성의 분할을 흔들림 속에서 감지하게 된다.

또 다른 제도화된 우울증의 시대인 1950년대의 손창섭 소설 역시 정치권력에 의한 감성의 분할과의 불일치를 보여준다. 김남천 소설에서 신체제의 감성의 분할이 주인공의 자의식의 비밀을 잡음으로 배제했다면, 손창섭 소설에서 국가주의는 사회의 구조적 비밀에 대한 욕망을 시각적으로 배제한다. 국가주의의 동일성의 체제란 바깥에 대한 욕망, 즉 타자성을 소멸시키는 사회이며, 타자성을 상실한 자아의 시야는 총탄구멍처럼 좁아진다. 식민지 말의 신체제는 사상적 전환을 강요하고 유혹하는 시대였으며 김남천 소설에서 전향한 사람은 자신도 모르는 정신적 잔여물이 남아 있었다. 반면에 1950년대는 전쟁 후의 폐허와 궁핍 속에서 「생활적」의 동주나 「미해결의 장」의 지상('나')처럼 '정신의 알맹이'가 빈약해진[108] 사람들이 많아진 사회였다. 그 점에서 손창섭 소설들의 인물들은 김남천

---

107 이경훈, 앞의 책, 320쪽.
108 손창섭, 「생활적」, 『손창섭 단편선』, 문학과지성사, 2005, 85쪽.

소설보다는 식민지 말의 낙오자들을 그리는 최명익의 인물들에 더 가깝다. 그러나 최명익의 낙오자들의 질병과 고통이 비전향의 암시이듯이 손창섭 소설의 무력한 인물들 역시 당시의 국가주의에 동화되지 못한 사람들을 표상한다.

김남천 소설에서의 제도화된 우울증이 감성의 분할(신체제)과 정신적 비밀(잔여물)의 불일치에 의한 것이라면, 최명익과 손창섭 소설의 사회적 우울증은 감성의 질서와 비동일성 의식의 불화의 결과이다. 총탄구멍으로 세상을 보거나(지상) 수용소의 기억에 시달리는(동주) 빈곤한 자아는 비동일성의 존재이지만 능동적인 대응을 표현하기는 어렵다. 그러나 지상이나 동주 역시 단순히 수동적인 우울증의 상태에 빠져 있는 것은 아니다. 그들의 자아의 빈곤화 역시 체제의 바깥을 밀폐하거나 일상을 수용소화한[109] 권력에 의해 강제된 것으로, 그런 타자성의 강탈에 순응하지 않으려는 욕망은 고통 받는 타자에 대한 갈망으로 표현된다. 「생활적」의 동주는 죽어가는 순이의 존재의 신음과 교섭하며 그 소리에서 자신이 살아 있다는 신호를 느낀다. 동주는 순이가 죽은 후에 그녀의 주검에 키스를 하며 살아 있는 자의 눈물을 흘린다. 이처럼 생활이 아니라 죽음 쪽에서 타자와의 교섭을 표현함으로써 타자성을 박탈하는 정치권력의 감성의 질서를 불안정하게 만들고 있는 것이다. 이것이 사회적 타자에게 죽음과 수동적 우울을 강요하는 체제의 감성의 질서에 대응하는 손창섭의 우울의 미학이다.

국가주의의 감성의 분할을 방해하는 손창섭 소설의 미학은 1950년대 후반에 이르러 더 능동적으로 변주된다. 손창섭 소설의 인물들은 표면적으로는 아무도 관심을 갖지 않는 비천한 존재들이다. 그러나 그들 역시 물밑에서는 서로에게 사랑과 공감을 표현하며 자신의 존재를 증명하고

---

109 수용소란 동화되지 않는 타자를 배제하는 장치라고 할 수 있다.

싶어 한다. 그것을 통해 그들을 벌거벗은 생명으로 배제하는 국가주의 체제를 불안하게 만들며 응수하고 있는 것이다. 물론 1950년대 중반까지 그런 불온성의 미학은 아직 세상 속에서 그들의 존재의 동요를 표현할 수 없었다. 하지만 1950년대 후반「잡초의 의지」와「포말의 의지」에 이르면 손창섭의 우울의 미학은 동요하는 슬픔의 미학으로 변주된다.

「포말의 의지」의 종배는 국가주의 사회의 거친 인간의 물결 속에서 하찮은 포말로 떠다니며 살아간다. 거품 같이 덧없는 그는 타자의 공간을 허용하지 않는 사회에서 제도화된 우울증에 시달린다. 그는 어느 날 창녀인 영실과 가까워지는데 그녀는 자신보다 더 불행했지만 '최후의 소망'을 지닌 점에서 무력한 그와 달랐다. 종배는 영실의 '최후의 소망'이 종소리라는 슬픔의 비밀과 연관된 것임을 알게 된다. 종소리는 누군가와 같이 듣는 소리로서 타자성의 갈망에 대한 은유이다. 영실은 종소리를 갈망하지만 아무도 같이 들을 사람이 없기 때문에 슬픔을 느끼는 것이다. 그러나 슬픔의 비밀을 지닌 영실은 종소리라는 강한 최후의 소망을 품고 있어서 무력하게 흘러 다니는 종배에게 관심의 대상이 된다. 종배와 영실의 사랑은 물밑의 흐름으로서 잘 보이지 않지만 실상 그것은 종소리에 대한 갈망이 증폭되는 과정이었다.「포말의 의지」는 표면에서는 감지되지 않는 물밑의 사랑과 공감이 세상에서 상실된 사랑의 에너지의 부활의 과정임을 암시한다.

마지막에 영실이 죽은 후 종배는 교회당으로 달려가 그녀의 죽음에 대한 슬픔의 힘으로 미친듯이 종을 울린다. 종배의 종소리는 금지된 타종을 말리러 달려오는 사람들의 경직된 감성의 분할을 동요시킨다. 우리는 무서운 힘에 빨려든 듯한 종배의 내면에 젖어들면서 그 시대 국가주의의 부동의 동일성이 끝없이 동요하는 것을 느끼게 된다.「포말의 의지」의 슬픔의 미학은 김남천 소설의 동요의 윤리와 다르면서도 비슷하다.「맥」에서 최무경의 동요는 내면에서만 조용하게 일어나지만 종배의 종소리는 세상 밖으로 퍼져나간다. 그러나 그 둘은 비슷하게 미동도 없는 절대적 체제를 동요하는 물 위의 도시[110]로 만든다. 종배의 시끄러운 종소리는 최무경의 침묵의 동요처럼 지배체제의 동일성이 흔들리지 않은 채 흔들리는 듯이 느껴지게 하고 있다.

13. 사랑의 재발명을 위하여
— 하성란의 소설과 김기덕의 〈빈집〉

1990년대 말 신자유주의 시대에는 식민지 말과 1950년대 만연했던 우울의 미학이 다시 나타난다. 예컨대 하성란의 이미지 소설에서는 손창섭 소설에서처럼 시각적 제한을 통해 주인공의 자아의 빈곤화를 암시하는 방식이 재출현하고 있다. 「곰팡이 꽃」의 남자 주인공은 어안렌즈를 통해 바깥을 보거나 5층의 거리에서 세상과 소통하며 살아간다. 남자의 어안렌즈나 5층의 거리의 시각성은 「미해결의 장」의 지상이 총탄구멍을 통해 세상을 보는 습관과 유사하다. 제한된 시각성을 통해 세상과 관계하는 그들은 비슷하게 자아의 빈곤화로 인해 우울증을 겪는 사람들이다. 그런데 그들의 시각성의 제한은 실상 정치권력의 감성의 분할에 의한 것이며, 그로 인한 우울증은 권력의 감성의 질서와 시각적 욕망 사이의 불화의 표현이다. 한마디로 그들은 유사하게 제도화된 우울증의 희생자들인 것이다.

손창섭 소설의 주인공들과 「곰팡이 꽃」의 남자의 차이는 죽음정치의 희생자이냐 감성권력의 산물이냐의 차이이다. 죽음정치에 의해 비식별성의 영역에 놓인 손창섭 소설의 인물들은 「생활적」의 동주처럼 자기 자

---

110 물 위의 도시의 이미지에 대해서는 김철, 『국민이라는 노예』, 삼인, 2005, 99~104쪽 참조.

신이 사라져도 좋은 앱젝트(비천한 신체)[111] 같다고 느낀다. 반면에 「곰팡이 꽃」과 「당신의 백밀러」의 남자는 인물매체의 두께가 마치 광학렌즈처럼 빈약해져 있다. 전자의 **앱젝트**가 벌거벗은 생명을 배제하는 죽음정치의 산물이라면, 후자의 **광학렌즈**는 타인에 대한 공감력을 박탈하는 감성권력이 확대된 결과이다.

앱젝트이든 광학렌즈이든 인물들은 자아의 빈곤화를 경험한다. 그러나 그들은 제한된 자신의 존재를 통해서라도 타자성에 대한 열망을 멈추지 않는다. 감성의 분할의 안정성을 방해하는 그런 타자에 대한 소통의 열망은 우울증의 근원인 감성의 제도(체제)를 불안정하게 만든다. 「생활적」의 동주는 중병을 앓는 순이의 존재의 신음과 교섭할 뿐 아니라 그녀가 죽은 후 주검에 대고 키스를 한다. 또한 「곰팡이 꽃」의 남자는 사람들의 진심을 잃어버린 후 쓰레기를 통해서라도 소통을 하려 시도한다. 이 소설에서 광학렌즈가 된 남자가 열망하는 소통의 꽃은 곰팡이 꽃으로 피어난다. 「당신의 백밀러」의 남자 역시 쇼핑몰 매장에서 물건을 훔치는 여자를 눈감아주며 제도의 위반을 통해 소통의 열망을 암시한다. 그는 잠시라도 백밀러의 시각성에서 벗어나기 위해 그녀와 마술쇼를 하러 떠난다. 주검과의 키스, 곰팡이꽃, 마술쇼는 제도화된 우울증의 사회에서 피어난 불가능한 소통의 꽃이다.

손창섭 소설이나 「곰팡이 꽃」, 「당신의 백밀러」는 당대에 만연된 제도화된 우울증을 주인공의 불안한 심리를 통해 보여주는 소설들이다. 주인공들은 시각적 제도의 희생자인 동시에 잠재된 위반의 욕망을 통해 제도화된 우울증의 실상을 암시한다. 그들은 권력의 감성적 제도에서 불안을 느끼기 때문에 무감각한 사람이나 수동적인 낙오자와는 달리 제도화된 우울증의 문제점을 잘 드러내는 것이다. 특히 「당신의 백밀러」는 감성권

---

111 앱젝트에 대해서는 크리스테바, 『공포의 권력』, 동문선, 2001, 21~43쪽 참조.

력의 사회에서 사람들의 시각성이 왜 백밀러처럼 되어버렸는지, 그 우리 시대의 우울증의 비밀을 불안한 심리를 통해 매우 잘 보여준다.

감성권력의 사회란 감정이나 무의식, 사랑 등 인격성의 영역마저 상품화된 사회를 말한다. 상품사회에서는 자신의 존재와 인격성이 상품으로서 적당한지 고심하는 한편 타인이 내 욕망을 만족시키는 대상인지 주시하며 살아간다. 감성권력의 상품사회란 내가 상품이 되거나 타인을 상품의 대상으로 보는 나르시시즘적 시선의 사회이다. 이런 나르시시즘적인 감성사회에서는 사람들의 시각성이 일방적인 감시 시선의 광학렌즈처럼 좁아진다.

더욱이 「당신의 백밀러」의 남자는 그런 일방적인 감시 시선을 직업으로 갖고 있는 사람이다. 이 소설은 남자의 인물시점으로 되어 있는데 그의 인물매체는 광학렌즈처럼 기계적으로 대상을 반사할 뿐이다. 그 때문에 우리는 남자에게 감정이입이 잘 안되며 그와 소통하기 힘들다는 느낌을 통해 남자의 우울감이 우리에게까지 전달된다.

남자는 쇼핑몰의 사각지대를 감시하는 보조 백미러의 담당 직원이다. 남자는 이름 대신 보조 백밀러로 불리며 매장에서 뿐 아니라 일상에서도 그의 시각성은 감시 카메라처럼 평면화되어 있다. 그러나 그 때문에 남자는 누구보다도 타인과의 상호적 소통을 소망하며 그의 불안과 우울은 자신에 내면화된 제도적 시각성과의 불화의 감각인 셈이다.

남자의 잠재된 불화의 감각은 매장에서 습관적으로 물건을 훔치는 최순애를 발견했을 때 표면화된다. 그는 최순애의 행위를 눈감아주는데 이는 보조 백밀러의 시각성에서 벗어나려는 무의식적 욕망의 표현으로 볼 수 있다. 남자는 매장의 규칙을 어긴 동시에 자신에 내면화된 보조 백밀러의 시각성을 위반한 것이다. 매장의 규칙 위반을 공유함으로써 남자는 최순애와 가까워진다. 그리고 그녀와 마술쇼를 하러 떠나며 제도화된 시각성과 우울증에서 벗어나려 시도한다.

그러나 마술쇼를 하러 부산으로 가는 길에 교통사고를 당한 후 최순애는 남장 여자로 밝혀진다. 자신에게 남겨진 소통의 대상이 남장 여자일 뿐임을 안 남자는 다시 우울 속에 가라앉는다. 남장 여자인 최순애는 제도적인 감성의 분할에서 배제되는 존재임은 물론 그녀와 위반의 욕망을 공유한 남자에게도 감성적으로 거리가 생기는 인물이다. 최순애의 다중적 정체성은 진정한 사랑이 불가능한 시대에 위반을 통한 소통의 열망의 표현일 수 있다. 하지만 그런 최순애의 존재가 남자에게 다시 받아들여질지는 아직 미지수이다. 이 소설은 최순애와 같은 다중적 정체성을 포용하도록 감성의 분할이 재발명되어야만 우리가 제도화된 우울에서 벗어날 수 있음을 암시한다.

진정한 소통이 불가능한 시대는 사랑의 재발명이 필요한 시대이기도 하다. 사랑의 재발명이란 **감성의 분할**의 혁신적인 변화의 요구에 다름이 아니다. 그런 맥락에서 보면 「당신의 백밀러」의 최순애는 아직 문제제기의 차원에 있다. 여기서 한발 더 나아가 시각적 제도와의 불화와 함께 사랑의 재발명을 요구하는 작품으로는 김기덕의 〈빈집〉과 한강의 『채식주의자』(연작), 박민규의 소설들을 들 수 있다.

예컨대 〈빈집〉은 소유욕에 사로잡힌 사람들의 시선에서 벗어난 빈틈에서 사랑의 재발명의 가능성을 암시한다. 「당신의 백밀러」가 우울한 백밀러의 외부가 부재함을 말하는 소설이라면, 〈빈집〉은 제도화된 감시 시선의 틈새를 찾는 시각적 모험의 이야기이다. 이 영화의 주인공 태석은 자신의 집이 없이 타인의 빈집을 찾아 전전하며 살아간다. 여기에는 소유에 근거한 감시의 시선에 순응하지 않으려는 욕망이 내포되어 있다. 빈집 순례는 「당신의 백밀러」가 고발하고 있는 일방적 시선의 사회에서 그 틈새를 발견하려는 열망의 표현이다. 태석의 '빈집'은 남장 여자인 최순애의 도벽처럼 제도의 위반인 동시에 타인에 대한 소통의 갈망의 표현이기도 하다.

물론 태석의 빈집 순례는 제도화된 시선으로부터의 도피처이지 결코 새로운 소통공간의 발견은 아니다. 그러나 선화와의 교감에 의해 태석의 빈집은 타자와 소통하는 사랑의 시간을 생성하기 시작한다. 선화는 폭력적인 소유욕의 시선 속에서 감시를 당하며 우울하게 살아온 여자이다. 그런 선화와의 빈집 순례는 일방적 시선의 틈새이자 제도화된 우울증의 빈틈의 탐색이다. 일방적인 시선이 소유의 권력의 시각성이라면, 그런 시선에서 벗어난 빈집이란 태석과 선화에게 무소유의 '소유 공간'이다. 아이러니한 것은 그런 무소유의 소유가 불법적으로만 가능하다는 점이다. 빈집은 비식별성 속에서의 법의 위반인 동시에 타자와의 교감이 가능한 유일한 공간이다. 그 점에서 빈집은 법의 정지 속에서 타자가 벌거벗은 생명으로 배제되는 아감벤의 비식별성의 영역과 **정반대되는** 위치에 놓여 있다.

빈집은 벌거벗은 생명이 또 다른 비식별성의 영역에서 능동성을 회복하며 되돌아오는 공간이다. 태석과 선화의 순례는 법을 위반하는 불안정된 틈새에서 사랑의 시간을 생성한다. 이 사랑의 시간은 **시간이 존재 자체로 전이된** 시간-이미지[112]를 통해 존재론적 변화를 매개로 생성된다. 여기서 시간의 존재로의 전이는 두 사람의 사랑의 재발명의 방식을 인상적으로 암시한다.

시간-이미지란 타자와의 관계 속에서 시간이 마치 나이테처럼 순수기억이라는 존재의 핵심으로 전이된 것을 말한다. 즉 타자와의 교섭 과정에서 무의식 속에 영원히 지워지지 않을 존재론적 기억이 자아 내부에 각인된 것을 뜻한다. 태석이 경찰에 검거된 후 선화는 그와의 시간이 자신의 존재의 일부가 되었음을 알고 우울을 떨치고 도약을 소망한다. 소유욕은 타자와 시간을 자아에 동일화시켜 공간화하므로 여기서는 미래의 시간

---

112 시간-이미지는 인과적 사슬에서 벗어난 시간의 기억이 나의 무의식으로 전이되어 존재의 일부를 이루고 있는 이미지-기억을 말한다. 들뢰즈, 이정하 역, 『시네마 Ⅱ, 시간-이미지』, 시각과언어, 2005 참조.

이 생성되지 않는다. 반면에 타자성의 사랑[113]은 타자와의 끝없는 교섭 속에서 순수기억(시간-이미지)을 생성하고 약동시켜 미래의 시간으로 도약하게 한다.

그런데 '빈집'에서의 새로운 시간의 생성은 절반의 성취이다. 제도적 우울에서 벗어난 미래를 향한 시간이 비식별성의 빈집의 공간에서만 가능하기 때문이다. 제도의 질서를 치안하는 권력은 그런 비식별성을 적발하려 하기 때문에 빈집은 불안 속에 놓여 있다.

빈집의 그런 공간적인 불완전성으로 인해 태석과 선화는 경찰(동일성의 치안)에 검거되고 사랑은 강제로 중단된다. 하지만 두 사람은 이미 불붙기 시작한 사랑의 열정을 **포기하지 않는데**, 그것은 내면에 남겨진 시간-이미지들이 그들의 무의식을 추동하기 때문이다. 선화는 태석과 만났던 빈집들을 혼자서 다시 순례한다. 그녀의 곁에 태석은 없지만 그녀는 이제 늘상 태석과 함께 하고 있는 것이다.

또한 감옥에 갇힌 태석은 일방적인 감시의 시선에서 벗어나려는 '유령연습'을 한다. 감시의 시선은 감옥 뿐만 아니라 일상에서도 작용한다. 특히 제도적 권력은 태석과 선화의 사랑이 생성된 비식별성의 영역을 감시한다. 유령연습이란 일상에서 감시의 시선을 피해 소유의 공간에 비식별성의 무소유의 존재로 침투하는 방법을 말한다. 유령연습이 무소유의 소망을 암시하는 선적인 게스투스로 표현되는 것은 그 때문이다.

그런데 소유의 법제도에 의해 모든 곳이 감시의 시선으로 포위된 세계에서는 무소유의 존재란 필사적인 도약을 통해서만 생존이 가능하다. 그런 필사적인 도약이 바로 선화와의 사랑일 것이다. 사랑은 눈에 보이지 않기 때문에 비식별성을 유지하는 공백이 될 수 있는데 그 공백은 존재론적 도약을 통해서만 생성할 수 있다. 유령연습이라는 말은 비식별성의 공

---

113 타자성의 사랑은 타자와의 끝없는 교섭 속에서 미래로의 시간을 열어준다. 레비나스, 강영안 역, 『시간과 타자』, 문예출판사, 1996, 103쪽, 104쪽.

백과 함께 목숨을 건 도약을 통해서만 가능한 존재의 전이를 암시한다. 빈집이 치안의 감시 아래 놓인 위험한 비식별성의 공간이라면 유령연습은 존재의 전이를 통해 감시의 시선을 따돌리는 보다 능동적인 비식별성 생성이다.

포기하지 않는 사랑의 윤리와 목숨을 건 도약을 통해 태석은 소유의 권력의 공간인 선화 남편의 집에 침투한다. 태석이 권력의 공간에 유령처럼 침투하는 것이 가능했던 것은 시간-이미지를 통해 선화와의 물밑의 교감이 가능해졌기 때문이다. 그러나 아직 자유로운 무소유의 공간을 생성하지 못한 상태에서, 시간-이미지와 순수기억의 약동에 근거한 두 사람의 사랑은 소유의 권력과의 동거 속에서만 가능하다. 두 사람의 비식별성의 사랑이란 불가능성 속에 침투한 가능성이다. 선화와 남편, 태석의 기이한 동거는 모든 곳이 감시의 시선으로 제도화된 사회에서 사랑의 가능성과 불가능성을 암시한다. 사랑이 불가능한 사회에서 태석과 선화가 발명한 사랑은 소유욕에 사로잡힌 남편의 눈은 보지 못하는 물밑의 사랑인 것이다. 냉정한 현실에 붙잡혀 있는 한 우리 시대는 사랑이 불가능한 사회이다. 반면에 환상과도 같은 물밑의 사랑을 감지하는 사람만이 사랑을 부활시킬 수 있는 것이다.

시간의 존재로의 전이, 포기하지 않는 윤리, 목숨을 건 도약, 그리고 물밑의 공감은 불가능한 사랑의 재발명의 비밀이다. **시간의 존재로의 전이**는 〈시그널〉이나 〈빈집〉에서처럼 동일성의 세계의 균열지점에서의 사건으로부터 가능해진다. 이는 그 순간에 자아와 타자, 나와 너가 영원히 지워지지 않을 존재의 핵심으로서의 무의식 속의 기억을 만드는 것을 말한다. 에로스의 종말의 시대에 사랑의 공간을 얻기 위해서는, 그처럼 아직 완전히 포획되지 않은 시간을 붙잡는 것에서부터 시작해야 하며,[114] 권력과 함

---

114 에로스의 종말의 시대는 미래가 상실된 시대로서 시간이 식민화된 사회라고 할 수 있다. 이런 시대에는 외견상 자유로워 보이는 공간이 감시의 시선에 포위되어 있는 반면 식민

께 있으면서도 자유로울 수 있는 물밑의 공간에서 사랑을 생성해야 한다.

타자를 배제하는 수동적인 비식별성의 영역이 증폭된 사회는 사랑이 불가능해진 사회이다. 그런 사회에서 사랑의 재발명은 물밑의 공간이라는 또 다른 **능동적인 비식별성의 영역**에서 시작된다. 보이지 않게 배제된 타자가 권력의 공간에 유령처럼 침투하는 이 과정을 우리는 **숨은 영혼의 역습**이라고 부를 수 있을 것이다. 숨은 영혼의 역습은「포말의 의지」에서처럼 들리지도 보이지도 않는 사랑이 종소리를 통해 귀에 들리게 될 때까지 계속된다.

「당신의 백밀러」가 인물매체가 광학렌즈화된 세계에서의 사랑의 불가능성에 대한 소설이라면, 〈빈집〉은 시간을 존재로 전이시키는 방식을 통한 사랑의 재발명의 탐색이다. 사랑이란 광학렌즈처럼 된 존재를 시간-이미지라는 순수기억으로 **부풀게 해** 생명적인 약동을 느끼게 하는 과정이다. 그런 사랑은 아직은 내부에서의 권력과의 동거를 통해서만 가능하다. 그 이유는 제도화된 감시사회에서 새로운 자유의 공간은 결코 독립적인 영역으로 생성될 수 없기 때문이다. 오늘날 뿐 아니라 타자성을 상실한 사회, 즉 제도화된 우울증의 시대에는 비슷하게 권력과의 동거 속에서 새로운 자유의 공간이 생성된다.

「포말의 의지」의 종소리가 제도화된 우울증의 세계를 부동성의 동요 상태로 만든다면, 〈빈집〉은 환상 같은 사랑을 통해 소유욕의 현실이 오히려 더 환상임을 보여준다. 두 작품은 상이한 방식으로 비슷하게 권력과 동거하면서 권력의 기반을 동요시키고 있다. 또한 제도화된 우울증이 **사랑의 재발명**을 통해서만 극복될 수 있음을 암시한다.

우울증을 넘어서는 사랑의 존재론에 대해서는 뒤에서 보다 더 자세히 살펴볼 것이다. 특히 **시간의 존재로의 전이**가 무엇인지 손창섭의 소설부터

화된 시간에는 아직 완전히 감시의 시선에 포획되지 않은 우연성의 순간들이 남아 있다.

근래의 한강, 박민규의 소설과 영화, 드라마에 이르기까지 작품들을 통해 상세히 고찰할 것이다. 이제 그에 앞서 이미 논의한 감성권력(감성의 분할)에 대응하는 방식들, 즉 김남천 소설의 동요의 윤리와 손창섭 소설의 우울의 미학을 보다 더 구체적으로 살펴보자.

제2장

일신상의 진리와 동요의 윤리

– 김남천의 소설들

1. 산 혈액으로서의 모랄과 다중적인 문학적 실험

김남천은 구 카프 비평가이면서도 이론과 창작을 통해 당대의 변화하는 사상과 미학의 영역에 다중적으로 접속했던 작가이다. 2장에서는 김남천의 그런 다중성과 복합성을 두 가지 연관된 맥락에서 파악하려고 한다. 첫째는 김남천이 리얼리즘과 모더니즘, 근대초극론이 내적으로 긴장하는 시기에 놓여 있었다는 점이다. 1930년대 후반 이후 사회주의는 쇠퇴했지만 구 카프 비평가들은 1940년까지도 리얼리즘론을 계속 주장하고 있었다. 그런 상황에서 김남천은 리얼리즘 비평을 하면서도『인문평론』을 기획한 최재서와 교류하며 모더니즘과도 교섭하고 있었고 30년대 말에는 근대초극론과 조우해야 했다. 근대초극론은 단순한 총체적 체제의 근거가 아니라 다수 체계성을 전제로 했기 때문에 김남천 문학은 다중적 잔여물과의 유동적인 복합성을 표현할 수 있었다.

두 번째로 중요한 것은 다양한 미학과 사상들이 김남천의 모랄론 주위로 흩어지는 듯 모였다는 점이다. 김남천은 사회주의적 세계관을 주체화하기 위한 일신상의 진리로 모랄론을 주장했다. 이후 그의 창작방법론은 자기고발-모랄론-풍속론-관찰문학론-로만개조론 등으로 변화를 거듭했다. 그러나 실제로 그의 '모랄'은 세계관이나 창작방법과는 상관없이 시대를 관통해 문학과 사상에 생기를 유지하게 하는 요인이 되고 있었다. 김남천은 그것을 한 덩어리로 흐르는 **'혈액'**이라고 부르고 있다.[1] 붓대에 흐르는 산 혈액이 되지 못한 임화의 본격소설론과 달리 모랄론이 한 덩어리의 혈액이 될 수 있었던 것은 앞서 살핀 윤리의 지속성 때문이다. 김남천의 일신상의 진리로서의 모랄이란 우리가 말한 '지속의 윤리'와도 같은 것이었다. 그것은 이성적인 포획의 질서가 아니라 진리의 과정을 계속하려는 육체적인 절박함과 연관된 것이었다. 김남천은 그런 일신상의 절박성을 감지하는 것을 자기 자신에 대한 신체검사라고 불렀다.[2] 윤리란 변화된 상황에 대응하는 진리에 대한 열정으로서 산 혈액처럼 다양한 사상과 미학을 횡단해 흐를 것이었다.[3] 김남천은 모랄과 함께 사랑에도 관심을 가졌는데 「경영」, 「맥」에서처럼 사랑은 윤리적 질문을 포함하고 있었다. 그 점에서도 김남천의 모랄론은 우리의 논의와 맥락을 같이 한다. 2장에서는 김남천 문학에서 모랄과 사랑이 어떻게 다중적인 문학적 역동성을 생산해 냈는지 살펴볼 것이다.

먼저 주목할 것은 김남천 자신도 고정된 이념에 얽매여 있지 않았다는 점이다. 김남천은 당대의 비평적 논조에 따르면서 과학적 세계관을 핵심으로 한 일신상의 진리를 주장했다. 하지만 1930년대 후반에 과학적 인

---

1 김남천, 「체험적인 것과 관찰적인 것」, 『인문평론』, 1940.5.
2 김남천, 「유다적인 것과 문학 – 소시민 작가 출신의 최초 모랄」, 『조선일보』, 1937.12.17.
3 바디우는 이런 윤리를 진리에 대한 충실성(열정)이라고 말한다. 진리의 과정에 참여할 때 우리는 주체가 되는데 그런 과정을 지속시키는 일관성을 바디우는 윤리라고 부른다. 윤리는 포획의 질서에 속하는 것이 아니라 새로운 진리를 생성하는 과정을 계속하게 만드는 원리이다. 바디우, 이종영 역, 『윤리학』, 동문선, 2001, 61쪽, 61~68쪽.

식을 주체화한 주인공, 가령 『고향』의 김희준 같은 인물을 그리는 것은 사실상 불가능한 일이었다. 그 이유는 역사적 조건이 인물과 환경의 부조화나 심리와 사회의 불화를 경험할 수밖에 없는 시대가 되었기 때문이다. 실제로 김남천의 (모랄과 연관된) 소설에서는 주체를 재건하는 인물보다는 현실이나 이념적 질서에 대한 불화와 배신, 불안을 경험하는 인물들이 등장한다.

여기서는 완결된 동일성이 없는 '자기',[4] 지연된 주체화 과정, 자아의 공백과 분열을 경험하는 감성적 주체가 그려진다. 그들은 재건된 주체이기보다는 미결적정이거나 타자화된 주체[5]에 오히려 더 가깝다. 미결정적 주체는 동요하는 주체이며 어떤 맥락에서는 주체보다는 타자라고 불릴 수도 있는 존재이다. 특히 1940년 이후의 총체화된 체제[6]에서는 완결된 주체의 입장이 아닌 미결정적 주체나 감성적 타자의 위치에서 **자의식으로서의 모랄**[7]을 탐구하게 된다. 그래서 일신상의 진리는 이념적 주인공 보다는, 사회주의 이념을 스스로 배반하는 인물(「처를 때리고」, 「춤추는 남편」, 「제퇴선」, 「요지경」), 제도에 동화되지 못하는 모더니스트(『낭비』), 연애하는 여성 신체(「경영」, 「맥」) 등을 통해 나타난다.[8]

2장에서는 김남천 소설 중에서 그처럼 동요하는 심리 속에서 일신상의 진리(모랄)를 추구하는 계열의 작품들을 주목하기로 한다. 이 소설들은 과

---

4   김남천의 '자기'는 주체나 개인과 다르며 오히려 특이성에 가깝다. 방민호, 『일제 말기 한국문학의 담론과 텍스트』, 예옥, 2011, 377~379쪽. 그런 자기의 위치에서 자의식으로서의 모랄이 나타나는데 자기의 모랄은 흔히 타자화된 상황에서 생성된다.

5   이 타자화된 주체는 '분열된 무의식적 주체'라고도 말할 수 있다.

6   총체화된 체계는 예속성이 없는 주체의 생성이 매우 어려워진 체제를 말한다. 이런 체제에서 자의식으로서의 모랄의 탐색은 아무도 감지하지 못하는 내면의식을 통해 진행된다.

7   김남천, 「도덕의 문학적 파악」, 『조선일보』, 1938.3.8~3.12.

8   이런 김남천 소설의 진행은 이념들 간의 다성성이 증폭되는 과정인 동시에 대화를 매개하는 자의식적 인물(사회주의자-모더니스트-여성)의 이념적 지향은 약화되는 경향을 보인다.

학적 세계관과는 상관없이 일신상의 진리를 추구한다는 공통점을 지니고 있다. 여기서 육체적 절박성을 지닌 모랄이나 모랄에 대한 신체검사는 감성적 '자기'[9]의 동요나 완결되지 않는 자의식, 그리고 자신과 타인의 이념들과의 대화적 관계를 통해 드러난다. 그런 중에 동요하는 주인공들은 대부분 타자화되어 있지만 또한 당대의 중요한 이념들과 어떤 식으로든 관계를 맺고 있다. 그처럼 이념과 연관된 동시에 그에 결박되지 않은 인물들을 통해, 복수적 이념들 간의 관계, 즉 우리의 또 하나의 주제인 사회주의와 모더니즘, 근대초극론의 관계가 대화적으로 드러나게 된다.

우리가 다룰 소설들에서 김남천의 주체의 재건은 모두 실패했다. 그것은 그가 주체의 세계관을 탐구하는 대신 분열된 무의식을 지닌 신체를 고발하고 조사하려 했기 때문이다. 그러나 바로 그런 이유로, 그는 이념적 전환기에 여러 사상들이 명멸하는 역사적 무대에서 분열된 주체에 대한 신체검사로서의 문학을 '지속'시킬 수 있었다. 그 점은 지식인 주인공이 등장하는 소설에서 매우 뚜렷하게 나타난다. 고발문학은 동요하는 **사회주의자**의 무의식에 대한 고발이며, 『낭비』는 **식민지 모더니스트**에 대한 제도권에서의 신체검사이고, 「경영」, 「맥」은 **전향자 애인**에 의해 상처 받은 **여성 타자**의 숨겨진 무의식의 암시이다.

분열된 인물의 심리를 추적하는 점에서 김남천의 소설은 이상이나 박태원의 심리소설과 유사한 점을 갖고 있다. 그러나 각 인물들이 당대의 중요한 이념들과 연관을 맺고 있는 점에서 모더니즘적인 '분열의 기록'과 구분된다. 다른 한편, 인물들이 세계관을 탐색하기 보다는 이념적 동일성에 속박되지 않은 모랄(일신상의 진리)에 의해 움직이는 점에서 임화의 본격 리얼리즘(본격소설)과도 상이하다.

임화는 **인물**과 **환경**이 부조화된 시대에는 양자의 교섭을 통해 객관현실

---

9   이 '자기'는 어떤 경우에는 타자라고도 부를 수 있다.

을 주체의 **세계관**에 매개시키는 것이 어려움을 토로했다. 반면에 김남천은 **심정**(심리)와 **사회**의 불화(부재의식)에 주목함으로써 세계관 대신 감성적·심리적 **모랄**을 탐구하는 소설을 쓸 수 있었다.[10] 모랄이란 어떤 이념적 동일성에도 속박되지 않은 자의식으로서, 이념과 연관되는 동시에 완전히 그에 결박되지는 않는다.

그처럼 동일성이 연기되는 **자의식**으로서의 모랄은 대화성과도 연관된다. 흥미롭게도 김남천의 일신상의 진리는 대부분 **이자적 대화의 관계**에서 나타난다. 바흐친의 대화성은 타자의 말에 자극받은 주인공이 그에 응답하는 과정에서 자신의 동일성을 끝없이 연기시키는 자의식의 과정이다. 그와 비슷하게 김남천 소설에서는 타인의 고발에 의해 주인공의 이념이 불안과 동요 속에 놓이게 되는 과정을 그리고 있다. 그런 동요하는 심리적 과정을 **지속시키는 것**이 바로 자의식으로서의 모랄[11]이다. 그처럼 타인의 말에 의해 고발되고 자극되는 심리적 과정 속에서 다양한 이념들은 동일성이 연기되면서 서로 대화적 관계에 놓이게 되는 것이다.

바흐친은 이념들의 대화적 관계 속에서 나타나는 세계를 제2의 현실[12]이라고 말했다. 고발문학에서 『낭비』, 「경영」, 「맥」에 이르는 과정에서는, 자의식으로서의 모랄을 통해 이념들의 동일성이 연기되면서 서로 간의 미묘한 교섭 속에서 제2의 현실이 드러나고 있다. 제2의 현실이란 작가의 눈(세계관)으로 보여진 주인공의 세계가 아니라 여러 인물들이 다중적으로 교섭하는 중에 비로소 열려지는 현실을 말한다. 김남천이 보여주는 세계는 어떤 뛰어난 세계관에 의해 투시된 원근법 속에 놓인 인물과

---

10 서인식, 「문학과 윤리」, 『인문평론』, 1940.10.
11 이는 진리에 대한 충실성의 지속의 원리가 윤리라는 바디우의 입장과도 연관된다.
12 바흐친은 인물의 자의식을 통해 나타나는 것을 제2의 현실이라고 말하고 있는데, 인물의 미결정적 자의식이 대화적 과정에서 생성되는 것으로 볼 때, 어떤 하나의 관점이 아니라 대화적 과정에서 나타나는 것이 제2의 현실이라고 할 수 있다. 바흐친, 김근식 역, 『도스또예프스끼 시학』, 정음사, 1988, 72~73쪽.

환경의 관계(임화)가 아니다. 그보다는 여러 입장들이 닻을 내린 상태에서 서로 긴장하고 갈등하는 중에 '흔들리는 **미결정성**' 속에서 세계가 나타난다. 그것은 정지된 동시에 흔들리는 세계인 점에서 마치 물위의 도시와도 같다. 이제 우리는 김남천의 소설을 통해 그처럼 안정된 동시에 불안정한 세계가 출현하는 과정을 살펴볼 것이다. 고발문학에서는 **사회주의** 이념의 대안 없는 동요를 통해, 『낭비』에서는 제도권 밖으로 배제되는 **모더니스트**의 흔들림을 통해, 그리고 「경영」, 「맥」에서는 그 모든 것을 끌어안은 듯한 **근대초극론**의 안정성이 여성 타자의 응시에 의해 미결정적으로 동요하는 중에 세계가 나타나게 된다.

2. 자기고발소설과 사회주의적 신체의 유다적 배신

자기고발문학으로 불리는 「처를 때리고」(1937)는 고발의 대표적 방법이 인물들의 대화적 관계를 그리는 것임을 한눈에 보여준다. 이 소설은 출감한 사회주의자 남수가 아내의 불만의 말에 자극받아 그에 응답하며 내면의 말들 들려주는 전개로 되어 있다. 이처럼 고발문학은 흔히 타인의 고발에 의해 주인공의 내면이 동요하며 자의식의 말을 쏟아내는 과정으로 나타난다.

이런 대화의 과정은 '이데로 된 인물'이 '인물로 된 이데'[13]로 전환되는 초보적 과정을 보여준다. 그와 함께 이는 '사회주의자란 무엇인가'라는 질문을 '사회주의자란 누구인가'라는 물음으로 변환시키는 방법의 하나로 볼 수 있다.[14] 여기서 '인물로 된 이데'가 타인의 말에 응답하며 드러내는 '누

---

13   김남천, 「현대 조선소설의 이념」, 『조선일보』, 1938.9.10~9.18.

14   조익상, 「김남천 소설의 인물과 이야기 정체성-지식인-소시민-청년 인물을 중심으로」, 『현대문학의 연구』55, 2015.2, 429~434쪽.

구'로서의 **자의식**이 김남천이 말한 일신상의 진리로서의 모랄인 셈이다.

남수는 아내의 불만이 의외로 뿌리 깊은 것에 놀라면서 생활에 무능력한 자신의 입장과 처지를 반성해본다. 그 과정에서 일종의 '신체검사'가 진행되며 '육체적 절박성' 속에서 자의식의 말들이 흘러나오게 된다. 남수는 아내의 고발의 말에 규정당하지 않기 위해 자신에 대한 최종적인 말을 유보하려 애쓰는데, 그것이 바로 동일성을 연기하는 대화적 응답이다.

그러나 남수의 대화적 응답으로서의 자의식은 모랄이라고 보기에는 매우 취약한 것이었다. 그 이유는 아내의 '사회주의자 – 너는 누구인가'라는 고발의 말이 부인하기 어려운 남수의 소시민적 약점과 연관된 것이었기 때문이다. 아내의 말은 수긍할 수밖에 없는 자신의 허점이며 남수의 말은 '완결될 수 없는 자의식' 대신 소시민적 타협으로 봉합된다. 그런 타협의 말은 이데가 위협받는 사회주의자를 인물로 된 이데로서 재건하는 모랄이 결코 될 수 없다. 결국 남수는 소시민적 공간으로 한 발 더 이동함으로써 생활의 무력감을 절감하면서 위기에 처한 이데에서 한층 더 멀어지는 아픔을 맛볼 뿐이다.

남수는 사회주의자가 무엇인지('이데로 된 인물')는 알고 있지만 인물로 된 이데로서 나는 누구인가에 대해서는 생각해 본 적이 없다. 그 점에서 아내의 질문은 남수의 맹점을 찌른 셈이었다. 그러나 아내의 고발은 사회주의자로서의 남수를 소시민적 공간으로 더욱 이동시킬 뿐이다. 남수의 고민은 인물과 환경이 부조화된 시대에 왜 사회주의적 세계관이 무력할 수밖에 없는가에 관한 것이리라. 고발문학론과 모랄론을 제기할 당시 김남천은 항상 모랄이란 과학적 세계관을 핵심으로 품어야 함을 말해 왔다. 하지만 아내의 소시민적 고발은 남수를 시대적 고민에 대응하는 자의식(모랄)을 생성하기에 더욱 어려운 지점으로 유도하고 있다.[15] 「처를 때리

---

15 1935년 이전에는 소시민적 약점의 고발이 사회주의자에 대한 가면박탈로서 중요한 의미를 지닐 수 있지만 35년 이후에는 그런 식의 고발은 무력화된 사회주의자를 더 허약

고」의 무기력한 결말은 주체의 재건의 화두에서 멀어졌을 뿐 아니라 고발을 통해 모랄을 생성하는 데도 실패했음을 암시한다.

그에 반해 「제퇴선」(1937)에서 주인공 경호에 대한 학선의 비판은 전환기에 사상을 저버리는 사회주의자에 대한 고발이다. 경호는 기생 향란과 가깝게 지내며 그녀의 아편중독의 치료를 도와준다. 그는 향란을 기생과 아편중독자로 만든 현실에 항의하는 길은 사랑을 통해 그녀를 완전한 인간으로 돌려보내는 것밖에 없다고 생각한다. 그러나 보험회사에 다니는 옛 동료 학선은 경호에게 이렇게 충고의 말을 들려준다.

"옛날에 친구였고 지금도 친구라는 자신 밑에서 이야기를 시작하네. 이지음 머 공부 좀 하나."

경호는 학선이의 말하려는 뜻을 알아들은 만큼 좀 아니꼬웠으나,

"환자를 다루는 것이 공부지."

하고 대답하였다. 학선이는 말문이 막혔는지 홈 – 하고 잠깐 잠잠하다.

"이럴 게 아니라 군이 말하려는 걸 내가 먼즘 말하지. 나의 지금 생활에 대하여 충고를 할려는 게지. 그 마음씨는 고맙게 받네마는 군이나 내나 모든 친구를 합친 자기비판이라면 이 자리에서 이야기할 의의가 있지만은 김학선의 박경호에 대한 비판이라면 의미도 없을뿐더러 효과도 없네."

경호의 이 말에는 물론 네나 내나 오십보 백보이라 네가 나를 충고할 자격은 없다는 강렬한 반격이 꿈틀거리고 있었다. 두 사람이 한 가지로 이 대담한 말씨에서 '자기합리화'를 느꼈으나 피차에 아무 말도 안하였다. 그들은 차를 홀홀 마시고 묵묵히 밖으로 나왔다. 밖은 유월의 태양이 쨍쨍하다.[16]

하게 만드는 데 그칠 뿐이다. 그보다는 변화된 현실에 사회주의적 세계관이 어떻게 대응할 수 있느냐가 문제의 핵심이었다고 볼 수 있다.

16   김남천, 「제퇴선」, 『조광』, 1937.10(현대어 표기 – 인용자).

학선의 말에서 '공부'란 과학적 세계관을 뜻한다. 실제로 김남천은 소설 창작에서 세계관을 등한시한다는 이유로 임화로부터 관조주의라는 비판을 받아 왔다. 물론 김남천 역시 모랄론을 주장한 이후에도 습관처럼 세계관적 핵심이란 말을 반복하고 있었다. 그러나 예문에서 보듯이 세계관의 와해란 누구도 상대를 비판하지 못할 만큼 냉정한 현실이 되어 있었다. 세계관이 '살아 있는 혈액'이 되지 못하는 것은 경호는 물론 학선도 마찬가지이며, 김남천뿐 아니라 임화 역시 다르지 않았다.

김남천은 그런 '세계관적 핵심'의 위기에 대응해서 모랄론을 제기한 셈이었다. 그리고 위에서처럼 학선의 고발에 대한 응답으로서 '현실에서 다 꺼구러져 가는 사람'을 재생시키는 것이 '공부'라고 말하고 있는 것이다. 학선의 '공부'가 **이데**를 뜻한다면 경호의 두 번째 '공부'는 **모랄**인 셈이다.[17] 경호는 육체적 절박성을 느끼며 인물로 된 이데의 모랄을 말하고 있는 것이다. 경호의 절박성은 학선이 하려는 말을 자신이 먼저 꺼내 놓는 데서 암시되는데, 이는 실상 그 말이 경호의 뇌리에 늘상 붙어 다녔음을 의미한다. 경호가 향란의 치료를 위해 사투를 벌이는 것은 자신의 내면의 말이기도 한 학선의 말에 의해 규정당하지 않기 위한 필사적인 시도이다. 김남천 자신은 그런 자의식에 사로잡힌 말과 행동으로서의 일신상의 진리를 **모랄**이라고 불렀다. 그러나「제퇴선(祭退膳)」의 모랄은 제목이 암시하듯이 이미 제사가 끝난 후의 모랄(膳)이다. 향란을 치료하는 인간적인 모랄은 이제 세계관과의 조우가 끝났음을 인정하는 후일담이기도 하다. 개인적인 선행이 비대해진 총체적 권력을 상대할 수 없음은 물론이거니와, 이 소설은 치료에 성공한 줄 알았던 향란이 다시 주사약을 사용하는 충격적인 장면으로 끝난다.

「요지경」(1938)에서는「제퇴선」에서 한 발 더 나아가 주인공 경호마저

---

17   여기서 '공부'는 랑시에르적인 의미에서 불화의 단어인데 불화는 근본적으로 사회적 갈등과 연관된 것이다. 랑시에르, 진태원 역,『불화』, 길, 2015, 17쪽.

아편중독에 걸리는 것으로 제시된다. 이편중독은 위계화된 질서를 무질 서화하는 향락[18]인 동시에 신체와 정신의 파국의 암시이다. 그처럼 향락 인 동시에 파국인 점에서 아편중독은 '탈영토화하면서 재영토화하는' 파 시즘의 부정적 음화이기도 하다. 아편중독자는 당시의 총체화된 체제의 탈락자이지만 그와 함께 그 탈영토화된 질주의 파국을 미리 보여주는 존 재이기도 한 것이다.[19]

경호는 아편중독이 된 사실을 알고 우울해하지만 기생 운심이 자신과 같은 아편중독임을 안 뒤 갑자기 기분이 명랑해진다. 경호는 운심과 같이 있는 아편중독의 도피처에서 시대의 짐에서 해방되며 기분이 유쾌해짐 을 느낀 것이다. 그러나 경호의 아버지는 보호관찰소에 다녀온 후 경호에 게 심의회의 통지를 전하며 이제 직업을 가져보라고 말한다. 경호는 일상 에서 탈락한 자신을 돌아보며 공포와 우울을 느낀다. 그의 명랑함과 우울 증, 즉 조울의 심리상태는 파시즘의 체제 하에서 겪는 일상의 감정의 음 화로 볼 수 있다.

경호는 주사약의 포로가 된 자신을 '신체검사'하듯 반성하며 '썩어가는 살덩어리' 보다도 '전 몸뚱아리를 붙드는 마음'이 문제라고 생각한다. 전 신을 사로잡는 마음의 문제란 모랄의 상실을 의미하는 것일 터이다. 모랄 이란 세계관의 위기에서도 버틸 수 있게 하는 최후의 규정을 거부하는 자 의식이다. 세계관을 상실했어도 패배자로서의 최후의 규정을 거부하는 자의식(모랄)이 신체에 남아 있으면 총체화된 체제에 동화되지 않을 수 있 다고 생각되는 것이다. 그러나 파시즘의 음화로서의 경호의 아편중독의 조울증은 한때 사회주의자였던 그의 몸에 스며든 신체적 배신으로 볼 수 있다. 사회주의적 신체에 침투한 파시즘의 음화란 일종의 유다적인 배신

---

18   여기서의 향락은 상징계를 넘어서는 주이상스가 아니라 체제가 금지하는 동시에 허용 하는 잉여향락을 말한다.
19   신형기, 『분열의 기록』, 문학과지성사, 2010, 119쪽.

이다. 유다적인 배신에서 다시 모랄을 되찾는 길은 목을 맨 유다 같은 자살이며, 경호는 열 개가 넘는 주사약을 들고 골목을 달려나가며 죽음을 결심한다. 하지만 경호는 금단증상으로 가슴을 헐떡거리며 노기를 띠고 애원하는 듯한 운심의 옆에 주사약을 떨어뜨리고 만다. 경호와 운심이 벗어날 수 없는 끝없는 향락과 파국의 반복, 그 조울증의 덫은 파시즘 하에서의 모랄의 상실을 암시한다.

「제퇴선」이 세계관의 와해에 대한 고백이라면 「요지경」은 모랄의 상실을 알리는 호소이다. 모랄을 상실한 지점에는 파국으로 향한 향락의 세계가 있다. 그 세계를 지배하는 것은, 아편중독자를 패배자로 낙오시키는 동시에 역설적으로 그들이 보여주는 파국을 향해 질주하는 총체화된 체제이다.

이 시기에 김남천이 깨달은 것은, 변화된 현실에서 사회주의적 주체의 재건이 어려울 뿐 아니라, 과학적 세계관을 핵심으로 한 모랄의 탐구 역시 지난한 일이라는 사실이었을 것이다. 그런 어려움은 「맥」에서 근대초극론과 연관해서 일원사관과 다원사관의 문제로 다시 조망된다. 일종의 일원사관인 사회주의는 다원사관으로 설명될 수 있는 총체화된 체제에서는 다시 재건되는 일이 불가능했던 것이다. 이후로 김남천은 로만개조론과 관찰문학론으로 나아가면서 더 이상 모랄을 전면에 내세우지 않는다.[20] 그러나 인물과 환경의 부조화를 **심리와 사회의 불화**의 문제로 변환시키면서,[21] '일신상의 모랄'[22]은 특정한 세계관과 이념에 **속박되지 않는 방식**으로 되돌아온다. 「낭비」와 「경영」, 「맥」에서는 심리와 사회의 불화, 그리

---

20   모랄은 로만개조의 한 요소로서 말해진다. 김남천, 앞의 글.

21   흥미롭게도 「낭비」에서는 임화가 말한 인물과 환경의 부조화가 심리와 사회의 불화로 제기된다. 이 소설에서 심리와 사회의 불화는 이관형의 논문과 연관해서 심리학과 사회학의 관계와도 연결된다. 한편 인물과 환경의 관계를 강조한 임화가 세계관을 중시했다면 심리와 사회의 불화를 말한 김남천은 모랄을 중시한 셈이다.

22   자기의 일신상의 진리로서의 모랄을 말한다. 김남천, 앞의 글.

고 비대해진 체제에 대응하는 내면의 과정으로서 모랄의 자의식과 일신상의 진리가 다시 나타나고 있다.

3. 향락의 낭비와 제도화될 수 없는 모더니즘

『대하』(1939)가 로만개조론의 실험이고 『사랑의 수족관』(1939~40)이 관찰문학론에 연관된다면 『낭비』(1940~41)는 미완의 장편이면서도 얼마간 내성화된 소설의 요소를 갖고 있다. 『낭비』를 포함해 내면과 사상을 탐색하는 소설들[23]은 모두 인물시점이 강화된 서술방식이 특징적이다. 「처를 때리고」에서는 사회주의자와 아내의 인물시점이 교차되며 「제퇴선」과 「요지경」은 전향한 지식인의 내부시점으로 되어 있다. 또한 『낭비』는 주요 부분에서 모더니스트(연구자) 이관형의 시점이 우세하고 「경영」(1940), 「맥」(19)은 전향자의 애인 최무경의 인물시점으로 되어 있다.

『낭비』는 모더니즘과 아카데미즘[24]의 문제를 다루는 한편 「요지경」의 향락[25]의 주제를 이어받고 있는 셈이다. 『낭비』에 아카데미즘이 나타난 것은 최재서와 『인문평론』의 영향이 크게 작용한 것으로 볼 수 있다. 또한 헨리 제임스나 제임스 조이스 같은 영문학과 모더니즘의 주제는 최재서와의 교류와 함께 김남천 자신의 전환기의 부재의식과 연관이 있을 것이다.

---

23   장문석, 「소설의 알바이트화, 장편소설이라는 (미완의) 기투」, 『민족문학사연구』 46권, 2011.8, 245쪽.

24   최재서는 『인문평론』을 기획하며 영문학 등 외국문학의 수용에 대한 편성이 활발했는데 사토 기요시 등 경성제대 영문과 네트워크가 개입했을 것으로 보인다. 또한 『인문평론』이나 『삼천리』의 외국문학 수용에는 아일랜드 문학의 특화가 눈에 띄었으며 이는 사토 기요시의 영향과 함께 도래하는 이중언어 상황과도 관련이 있는 것으로 생각된다. 장성규, 「일제 말기 소설의 영문학 작품 수용과 상호텍스트성의 기획」, 『민족문학사연구』 47권, 2011.12, 198~199쪽.

25   여기서 향락은 지배체제가 금지하는 듯하면서 오히려 방기하는 퇴폐적인 향락을 말한다.

한편 이 소설에서 또 하나의 주제인 '향락의 낭비'는 전환기에 시대적 모 랄을 상실한 상류층의 일상을 보여주는 것으로 볼 수 있다. 그들의 퇴폐적 인 생활은 「맥」에서 이관형의 말을 빌려 무질서한 향락과 함께 권태와 피로 를 경험하는 잉여적인 사람들로 설명되고 있다. 그 중에서도 데카당스의 상 징으로 불릴 수 있는 가장 대표적인 인물은 청의 양장점 마담 문란주이다. 문란주는 윤리적 신경이 결여된 듯한 표정과 세련된 백치미의 아름다움을 지닌 여자이다. 문학자의 미망인인 문란주는 육체적 욕망과 정신적 피로를 반복하는 퇴폐적인 소비적 욕망의 중독자이다. 그녀의 금단증상은 참을 수 없는 심심함이다. 문란주의 퇴폐성이 아편중독과 다른 점은 일상 속에서 향 락을 금기시하지 않음으로써 파국이 보류되고 있다는 점일 것이다.[26]

「요지경」에서 암시되었듯이 『낭비』의 소비적인 향락 역시 당대의 상 황과 무관한 것이 아니다. 즉 이 소설에서 문란주와 최옥엽, 윤갑수의 향 락의 낭비는 총체화된 체제에서 파국을 연기하는 방식의 하나로 볼 수 있 다. 총체화된 국가(제국)는 자신의 신성한 규율에 복종하는 한 다른 것에 는 따르지 않아도 되는 탈도덕화(윤리적 결핍)를 통해 국민을 예속시킨다.[27] 당시의 파시즘은 배제와 포섭의 죽음정치[28]의 방식이 주도적이었지만 그 와 함께 총동원 체제가 동원하지 못한 잔여물을 해소하는 향락의 방식을 수반하고 있었다. 향락의 방식의 삶권력은, 영화, 대중잡지, 테크놀로지 (라디오, 기차, 비행기), 소비문화(패션)를 통해 위계적 질서를 넘는 듯한 향락 을 제공하면서, 다시 부와 권력의 위계로 되돌아온다. 송도원 별장에 모인 문란주와 최옥엽, 윤갑수 등이 모두 상류층의 일원인 것은 그 점을 보여 준다. 「요지경」과 『낭비』 등 김남천 소설에서 나타나는 상류층의 향락의

---

26 이는 파시즘이 파국을 연기하는 방식이기도 하다.

27 호르크하이머·아도르노, 김유동·주경식·이상훈 역, 『계몽의 변증법』, 문예출판사, 1995, 133쪽.

28 죽음정치란 신체와 생명을 처분 가능한 상태에 두면서 유용성이 없어진 존재를 폐기하는 생명권력을 말한다. 이진경, 나병철 역, 『서비스 이코노미』, 소명출판, 2015, 39~45쪽.

주제는 모랄을 상실한 총체화된 체제의 이면이다. 김남천의 소설적 관심이 사회주의자의 후일담에서 부재의식과 연관된 모더니즘(헨리 제임스, 제임스 조이스)으로 옮겨간 것도 같은 맥락에서 이해된다.[29] 그것은 세계관의 상실에서 모랄의 상실(부재의식)로의 이행이기도 하다.

『낭비』의 이관형[30] 역시 향락의 욕망을 지닌 점에서는 문란주와 다르지 않다. 경직된 감성의 분할을 넘어서는 미적 감성과 자유로운 성욕을 느끼는 점에서 문란주와 이관형은 비슷하게 향락의 욕망을 갖고 있다. 그들은 '이데로 된 인물'에서 가장 멀리 있는 유형이다. 그러나 이관형의 욕망은 문란주와 달리 심리적 내면에서 김연에 대한 사랑의 열망 같은 또 다른 무의식의 이끌림을 통해 관리되고 있다. 또한 문란주의 향락이 정신분산적임에 반해 이관형은 정신집중을 통해 향락을 자신의 시점 안에 비밀스럽게 위치시킨다. 그 같은 물밑에 감춰진 또 다른 향락의 욕망은 경직된 체제에 대한 저항의 근거가 될 수 있다. 이관형은 그런 방식으로 향락과 파국의 시대에 대응하는 모더니즘에 몰두하고 있는 것이다. 그리고 그것을 근거로 연구논문과 대학 강사직을 통해 자신을 당대의 체제에 위치시키려 하고 있다.

이관형의 논문의 완성은 자신도 모르는 무의식으로서 새로운 **모랄**을 얻는 일에 해당된다. 하지만 그의 욕망은 처음부터 이미 이율배반적이다. 모랄이란 기존 **사회제도**에 반발하는 **심정(심리)**으로서 창조와 혁신의 윤리이다.[31] 이관형의 모랄은 제도에 의해 규정되지 않는 끝없는 자의식일 것

---

29 그와 함께 『낭비』에는 최재서와의 교류에 의한 아카데미즘에 대한 관념도 작용하고 있다. 어떤 의미에서 『낭비』는 당시의 현실에서 모더니즘이 아카데미즘으로 제도화되기 어려움을 드러내는 소설이다.

30 이관형은 최재서를 모델로 했다고 주장되기도 하지만 그것은 부분적으로만 사실이며 이관형의 헨리 제임스와 제임스 조이스에 대한 관심은 김남천 자신의 것이기도 했다. 김철, 「근대의 초극, 『낭비』, 그리고 베네치아」, 앞의 책, 67~70쪽.

31 서인식, 앞의 글, 250쪽.

이며,[32] 그런 그의 모더니즘론은 당시에 신체제의 아카데미즘에서 받아들여지기 어려울 것이다. 이관형의 논문쪽 아카데미즘의 완성인 동시에 그에 대한 부조화이다. 그가 부재의식을 벗어날 수 없었던 헨리 제임스처럼 미리부터 어두운 운명에 시달렸던 것은 그 때문이다.[33]

그처럼 시대와 연관된 된 정신적 피로를 느끼는 점에서 이관형은 또 다시 문란주와 겹쳐진다. 문란주는 토월회에서 연극을 했던 죽은 남편의 이야기를 하며 이관형에게 다가선다. 문란주는 향락의 욕망과 정신적 피로를 섹슈얼리티를 통해 해소하려 하는 것이다. 자유분방한 그녀의 이관형에 대한 불만은 비밀이 너무 많다는 것이며, 그녀는 죽은 남편 역시 은밀히 열 명의 여자와 관계했음을 밝히며 자신의 불행을 호소한다. 그러나 이관형은 그녀의 말과 미학적 감성이 가짜이며 남편의 이야기 역시 루나르와 마리네트의 모방임을 간파한다. 그 점에서 문란주는 「보바리 부인」(플로베르)의 엠마와도 비슷한데, 관리되지 못한 성적 욕망과 키치적 감성 때문에 엠마가 플로베르에게서 버려지듯이,[34] 문란주 역시 이관형의 관심에서 멀어진다.

문란주와 이관형의 차이는, 무신경한 문란주에 대한 화자시점에 대비되는 이관형의 자의식으로서의 인물시점에서 드러난다. 문란주의 퇴폐성이 모랄의 부재의 표상이라면, 이관형의 내면의 자의식은 모랄을 얻으려는 지난한 분투의 과정이다. 내면의 욕망과 심리를 거리낌 없이 표현하는 문란주와는 달리, 이관형의 인물시점은 나중에 사끼자까 교수에게 발각될 때까지 아무도 모르는 진실로 남아 있다.[35]

문란주의 성욕과 김연의 사랑으로부터 멀어진 이관형의 내면 대화의

---

32   위의 글. 모랄은 탈제도화의 자의식이라고 할 수 있다.
33   김남천, 『낭비』(2), 『인문평론』, 1940.3, 199쪽.
34   황종연, 「플로베르, 염상섭, 문학정치 – 한국 근대문학에 대한 랑시에르적 사유의 시도」, 『한국현대문학연구』, 47집, 2015.12, 26~27쪽.
35   독자만이 인물시점을 통해 이관형의 자의식을 알고 있다.

상대는 헨리 제임스이다. 그의 논문은 헨리 제임스와 제임스 조이스, 그리고 자기 자신과의 상호텍스트성의 표현이다. 그러나 논문에 대한 이관형의 태도는 이율배반적이다. 그는 제도권의 학문을 위해, 즉 경성제대 아카데미즘의 견지에서 자신과 헨리 제임스와의 상호텍스트성을 애써 부인한다. 그는 헨리 제임스와 씨름하며 너는 너고 나는 나이며 학문의 객관성 속에 '자기'가 섞여 들어갈 수 없다고 생각한다. 그렇다 해도 논문의 완성은 헨리 제임스의 독파인 동시에 그의 어두운 심리를 넘어선 산물일 것이다. 하지만 이관형은 '나는 이겼다'고 부르짖으면서도 자신의 논문을 객관적 영문학 비평으로 규정하며 상호텍스트성의 의미를 심각하게 생각하지 않으려고 애쓴다.

그는 자신의 정신을 한군데에 팽개쳐 둔 채, 냉정한 제3자적 태도로 바라볼 수 있는 그러한 학문세계로 근접하고 싶었다. 헨리 젬스를 시작할 때에도 끝까지 심리현상을 냉혹한 과학적 태도로 분석하려는 명심만은 버리지 않으려 애썼으나, 그것이 어느 정도까지 이루어졌는지는 역시 의문이 아닐 수 없었다. 학문 속에 '자기'가 섞이고 「자기」가 끌려들어가 버리는 것이다. 헨리 젬스는 헨리 젬스, 이관형은 이관형, 거기에 어떠한 교섭이 있을 리 없다고, 거듭 생각해 보았으나, 일개의 후진한 문화전통 속에서 자라난 청년의 정신이 '너'와 '나'를 구별하기 힘든 가운데, 헨리 젬스가 현대인의 사상으로 통하는 길이 있고, 다시 동방의 하나의 청년의 마음이 세계사상으로 통하는 통로가 열려 있는지도 알 수 없었다. 여하튼 관형은 논문의 타이프를 마쳐 버리고는 연구방향을 바꾸어 버렸다. 「영국 비평사」 – 하나의 역사요, 남의 나라에서 점차 비평이 형성되고 성립되는 과정을 정밀히 살피는 사업이고 보니 조금만 노력하면 종차는 몰라도 자기 자신을 완전히 분리해 놓을 수가 있을 것 같았다.[36]

---

36 『낭비』(9), 『인문평론』, 1940, 140~141쪽(현대어 표기, 강조 – 인용자).

이관형의 '영국 비평사'의 규정은 자신의 논문을 '자기'에서 분리시키려는 노력이다. '자기'란 헨리 제임스와 이관형과의 상호텍스트적 대화 속에서 생성되는 자의식으로서의 모랄일 것이다. 이관형은 그런 자기를 학문에서 분리시키는 방식으로 강사채용 논문이 경성제대의 아카데미즘에 수용되길 소망하고 있는 것이다.

그러나 논문 심사 전에 이관형은 사끼자까 교수와의 면담('신체검사')에서 자신도 모르는 '자기'의 무의식(모랄)이 누출되는 경험을 하게 된다. 사끼자까의 질문은 신체제의 아카데미즘의 견지에서 이관형의 사회학적 주제에 포함된 문제점을 지적한 것이었다.[37] 하지만 사끼자까는 명확하게 언표된 말로 적시하는 대신에 이관형이 그의 질문에 대답하는 동안 스스로 숨겨진 무의식을 말해버리게 만든다. 이관형의 숨겨진 무의식이란 헨리 제임스(그리고 제임스 조이스)와 자신과의 대화(상호텍스트성)의 과정에서 영국 비평사라는 '학문'에 끼어들어간 '자기'에 연관된 것이었다.

사끼자까는 먼저 이관형의 논문이 심리학을 사회학 밑에 포섭되게 한 것이 아니냐고 묻는다. 이 질문은 양자의 위계관계보다는 심리를 사회와 연관시킴으로써 헨리 제임스의 '부재의식'의 **심리를 사회적**으로 만든 것을 문제 삼은 셈이었다. 여기에는 심리학은 문학에 포용될 수 있지만 사회학은 그렇지 않다는 뜻이 내포되어 있었다. 사끼자까는 인간과 사회의 관계에 대한 다음 질문을 통해 이관형이 그런 내포된 뜻을 감지하게 만들고 있다.

인간과 사회에 대한 질문에 대해 이관형은 사회가 인간을 만들지만 인간도 사회를 만들 수 있다고 대답한다. 이에 사끼자까는 아메리카의 심리학은 사회적 환경에는 신경을 쓰지 않는다고 냉정하게 말하는데. 이관형

---

37   당시의 김남천은 과거의 사회주의도 신체제의 동양론도 없는 상황에서 부재의식을 느꼈으며 이관형이 헨리 제임스의 부재의식에 자기가 끼어든다고 느낀 것도 그 때문이었다. 장성규, 앞의 글, 216~218쪽.

은 여기서부터 위협을 느끼기 시작한다. 사끼자까의 위협은 이관형이 무심코 대답한 '인간도 사회를 만들 수 있다'는 말에 초점이 맞춰져 있었다.

사끼자까의 질문의 핵심은, 헨리 제임스의 심리학적 부재의식을 사회학에 적용시킴으로써 생긴 논지, 즉 인간(심리)과 사회의 관계가 부조화된 상태에서는 '인간/심리'가 사회를 만들어가야 한다는 암시에 대한 것이었다. 그처럼 심리(인간)가 사회를 만들어가기 위해 필요한 것이 바로 **모랄**일 것이다. 사끼자까와의 문답에 내포된 이 **심리**(심정)와 **사회**(관습)에 대한 논의는 실제로 당시의 김남천과 서인식의 글에서 발견되는 것들과 맥락을 같이 하고 있어 더욱 흥미롭다.[38]

이관형을 곤궁에 몰아넣은 사끼자까의 마지막 질문은 헨리 제임스를 논문의 주제로 선택한 동기였다. 사끼자까는 이관형이 관심을 갖고 있는 제임스 조이스까지 거론하면서, 헨리 제임스의 부재의식이 유럽와 미국 사이에서의 방황이며 조이스 역시 아일랜드 태생이 아니냐고 묻는다. 그와 함께 그는 헨리 제임스의 부재의식이 심정(심리)과 관습(사회)의 불화에 의한 것이며 그런 제임스를 선택한 동기가 **사회학적인 것**이 아니냐고 질문한다. 헨리 제임스/제임스 조이스의 국적을 확인시키며 그들의 부재의식을 심리와 사회의 불화에 연결시키는 이 질문은 이관형에게 독기가 풍기는 화살로 날아온다.[39]

"그러나 그것은 순전히 문학적인 이유뿐이오. 이 논문은 그렇지만, 단순한 문학적인 이유로만 해석할 수 없는 군데가 많지 않겠소. 문학적인 이유 외에 사회적인 이유라고도 말할만한 것이 있지는 않소. 헨리 · 젬스는 군의 설명에도 있

38 　김남천, 「소설의 운명」, 『인문평론』, 1940,11, 서인식, 앞의 글. 「소설의 운명」에서 김남천은 서인식과 조금 입장이 다르며 부재의식의 극복과 '전환기의 초극'에 공헌하는 방법으로 여전히 리얼리즘을 주장한다. 『낭비』가 실제로 보여주는 것은 모더니즘과 리얼리즘의 대화적 관계라고 할 수 있다.

39 　장문석, 앞의 글, 247~248쪽.

는 것 같이 미국에 났으나 구라파와 미국 새를 방황하면서 그 어느 곳에서나 정신의 고향을 발견치 못하였다고 말하오. 또 그의 후배라고 할 만한 쩸스·쪼이스는 아일란드 태생이 아니오. 뿐만 아니라 군이 부재의식의 천명의 핵심을 관습과 심정의 갈등 모순 분리에서 찾는 바엔 여기에 단순히 문학적인 이유만으로 해석될 수 없는 다른 동기가 있는 것이 아니오" (…중략…)

"아니올시다. 결코 문학적인 이유 외에 다른 동기가 있을 리 없습니다. 어떠한 문학이든 환경과 분리된 것은 없는 줄 압니다. 문학이란 개인적인 창조물이라곤 하지만 역시 문학을 탄생시키는 태반은 환경에 있다고 믿습니다. (…중략…) 그러니까 문제 해명의 하나의 목표를 가져다가 사회적 환경에 연결시켰다고 하여도 그것은 결코 문학의 탈선이 아닌 줄 생각합니다. 처음부터 끝까지 문학이오. 문학적인 문제라고 굳게 자신합니다."[40]

사끼자까는 논문의 동기가 사회학적이라고 말하면서, 실상은 헨리 제임스가 인터내셔널한 상황에서 내셔널리티와 연관된 문제[41]로 방황했으며, 그런 불화의 상황에서는 인간이 사회를 만들 수도 있다는 말을 확인하고 있는 것이었다. 그것이 바로 이관형의 정치적 무의식이자 모랄이지만, 그런 자의식은 사끼자까 앞에서 숨겨져야 할 것이었다. 그런데 그 같은 말들은 이관형 자신이 이미 무심코 꺼내 놓은 것이었다. 이관형은 자기가 누설한 말이 그 자신의 신체를 결박하기 시작하는 상황을 감지한다. 그는 **스스로가 답변한 말들**을 통해 헨리 제임스와 제임스 조이스의 내셔널리티가 자신의 위치(식민지인)를 환기하고 있는 상황을 더 이상 참을 수 없었다. 이관형은 신경의 흥분 속에서 논문의 동기와 방법이 사회학적인 것

---

40 김남천, 『낭비』(11), 『인문평론』, 1941.2, 205쪽(현대어 표기 - 인용자).
41 이 문제는 식민지 미국에서의 전통(문화)의 부재와 유럽에서의 문화적 이념의 부패와 연관되어 있다. 그런 상황에서 헨리 제임스는 심리와 사회의 불화로 방황했던 것이다. 이관형에 투영된 김남천 역시 전통이나 과거의 사회주의와 제국의 동양론을 모두 신뢰하지 못하는 상황에서 부재의식을 느꼈을 것이다.

이 아니라 문학적인 것이라고 절박하게 항변한다. 그는 논문의 아카데미즘을 주장함으로써 이미 암시된 불순한 정치적 무의식을 서둘러 봉합하려 했던 것이다.

이관형은 논문을 완성한 후에 '나는 이겼다'고 자신감 있게 외친 바 있다. 그의 승리의식에는 아카데미즘과 대학 강사라는 정체성(리쾨르의 '무엇')의 기대감 이외에 헨리 제임스와의 대화에서 얻은 자의식으로서 모랄('누구'라는 자의식)의 생성이 있었다. 그러나 이관형 자신은 아카데미즘에 연관된 동일성(무엇)에 초점을 맞추면서 자기 자신의 숨겨진 무의식(누구)은 스스로도 분명히 감지하지 못하고 있었다.

그런 상황에서 사끼자까의 질문은 '이관형 - 너는 누구인가'에 대한 '신체검사'였다. 사끼자까와의 대화의 과정은 경성제대의 제도에 편입될 동일성을 스스로 해체하며 숨겨진 정치적 무의식을 암시하는 과정이었다.[42] 이관형은 육체적 절박성을 느끼며 '문학적 방법'을 강변하지만 이미 누출되기 시작한 자의식으로서의 모랄(사회학적 방법)에 의해 흥분된 상태에 있게 된다. 사끼자까와 싸울 수는 없다는 이관형의 생각은 그가 심사위원이기 때문만은 아니었을 것이다. 사회학적인 관점에서 보면 헨리 제임스와 제임스 조이스는 이관형 쪽에 가까우며 사끼자까는 그 반대쪽에 있는 셈이었다. **심리학과 사회학** 사이의 갈등에서 시작된 논쟁은 **심리와 사회**의 불화를 거쳐 급기야는 그 불화의 이면에 놓인 내셔널리티(식민지와 제국) 사이의 갈등으로 번져갈 위기에 놓여지고 있었다.[43] 문학적 관점이라는 이관형의 말의 절박성은 그런 숨겨진 불화를 봉합하기 위한 것이었다.

---

42 사끼자까가 드러낸 정치적 무의식은 헨리 제임스와 이관형과의 상호텍스트적 대화 속에서 생성된 자의식으로서의 모랄이기도 할 것이다.

43 그 점에서 '사회학적 방법'은 랑시에르적인 의미에서 **불화**의 단어이며, 사회 환경을 문학에 포함시키려는 이관형과 문학을 넘어선 사회적 방법을 주목하는 사끼자까 간의 논쟁은 은연중에 두 사람 간의 사회적 갈등을 내포할 위험을 지니고 있는 셈이다. 랑시에르, 『불화』, 앞의 책, 17쪽.

이관형의 사회학적 관점(심정과 사회의 관계)에서 얻어졌을 숨겨진 모랄은 사끼자까에게는 일종의 잡음이었다. 그러나 사끼자까에게 적발된 논문에 산포된 단서들이란 신체제의 경직된 아카데미즘, 그 감성의 분할을 방해하는 미학적인 잡음이었다. 이관형은 결국 패배한 동시에 승리한 셈이었다. 그는 그의 모더니즘론이 **제도화될 수 없는 것**임을 보여주면서[44] 그 실패를 통해 새로운 모랄[45]을 생성하려는 자의식을 입증하고 있었다.

　　그런 잡음으로서의 미학적 모랄은 사끼자까의 지적대로 논문의 여기저기에 산포된 것으로 구체적으로 설명하기는 어려운 것이었다. 그것은 실상 당시의 경직된 감성의 분할의 구도에서는 결코 말해질 수 없는 것이기도 했다. 그런 불화를 명시하는 대신, 이 소설은 이관형을 둘러싼 가사이(지도교수)와 사끼자까의 이중적 태도를 통해 새로운 모랄을 불허하는 체제의 경직성을 얼버무린다. 가사이(포섭)와 사끼자까(배제)의 이중성은 신체제에서 내선일체란 다가오는 동시에 물러서는 기제임을 암시한다. 김남천의 대화적 소설은 그런 이중적 현실을 양가적 방법으로 교묘하게 포착하는 미학이었다. 이관형에게 다가오는 동시에 물러서는 세계란 안정되게 포섭하면서 배제를 통해 내면을 흔들리게 하는 세계이다. 『낭비』가 더 계속되었더라면 제도에서 배제된 이관형의 동요하는 내면(응시)에 의해 신체제의 아카데미즘은 안정된 질서 속에서 불안정하게 흔들리고 있었을 것이다.

44　『낭비』는 『인문평론』의 폐간과 함께 미완에 그치는데 『인문평론』이 폐간된 후 최재서는 모더니즘을 '역겨운 병적인 문학'으로 말하며 2차 세계대전의 발발과 함께 새로운 국민문학을 제창한다. 장성규, 앞의 글, 218~219쪽.

45　이 모랄은 모더니즘론의 연장선상에서 나온 것이지만 반드시 당대에 근대초극론에 배치되는 것은 아니다. 그것을 수용하지 않는 것은 그 시대의 신체제의 아카데미즘의 경직성을 보여주는 것으로 볼 수 있다.

4. 근대초극론과 '연애하는 신체'의 일신상의 진리

「경영」, 「맥」은 『낭비』의 속편이면서도 『낭비』의 후반부와 비슷한 시기에 쓰여졌다. 김남천은 이 속편인 동시에 겹쳐진 연작소설에서, 이관형의 '가지 않은 길'인 연애의 주제를 다루는 한편, 그와 대비되는 사회주의자의 전향의 문제를 다시 도입하고 있다. 결과적으로 「경영」, 「맥」에서는 연애하는 여성 주인공을 중심으로 사회주의자(전향자)와 모더니스트가 신체제의 근대초극론과 조우하는 대화적 관계가 제시된다. 이 소설에서 연애하는 신체[46]는 이념의 영점지대인 동시에 전환기의 모든 이념들이 교섭하는 유연한 감성적 공간이 된다.

사회주의자 애인 오시형 및 좌절한 모더니스트 이관형과 대화하는 최무경의 연애적 신체는 두 가지 교차되는 의미를 품고 있다. 하나는 부재의식의 극복에 연관된 것이며 다른 하나는 정신적 비밀의 교섭에 연결된 것이다. 전환기의 부재의식을 극복하기 위해서 서인식이 새로운 윤리(모랄)의 생성을 말했다면 김남천은 작가 자신의 심정(심리)과 이념을 뛰어넘는 리얼리즘의 승리를 주장한다.[47] 그러나 발자크의 시민사회와는 달리 김남천의 시대에는 전환기의 복잡한 '정신적 비밀'[48]이 있다. 발자크의 리얼리즘의 승리가 작가의 이념과 세계관을 넘어서는 데 있었다면 김남천의 리얼리즘의 승리는 주인공들의 **정신적 비밀**을 교섭시키는 데 있었을 것이다.[49] 김남천은 관찰문학이 제기된 후 몰아(沒我)를 통해 작가의 주관을

---

46 「경영」, 「맥」을 연애하는 신체와 연관해 논의한 글로는 가게모토 츠요시, 「전향과 연애: 김남천 소설에서의 주체화를 중심으로」, 『제10회 한국 언어·문학·문화 국제학술대회』(연세대 국문과 BK21 플러스 사업단) 자료집, 2015, 153~163쪽이 있다.

47 김남천, 앞의 글.

48 이관형과 최무경, 오시형은 모두 복잡한 정신적 비밀을 갖고 있다. 김남천, 「맥」, 『김남천 단편선』, 문학과지성사, 2006, 332쪽, 336~337쪽.

49 이 정신적 비밀의 교섭은 김남천 자신과 인물들의 이념을 넘어서게 할 것이었다.

경계함을 말하면서도 당대의 습속을 뛰어넘는 방법으로 여전히 체험의 혈액을 강조한다.[50] 『사랑의 수족관』의 경우 리얼리즘은 체험의 양기(揚棄)로서의 관찰의 형태로 나타났다고 할 수 있다. 반면에 대화적 소설인 「경영」, 「맥」에서는 체험의 혈액이 인물들의 정신적 비밀을 교섭시키는 과정에서의 자의식을 통해 드러난다.

이관형의 정신적 비밀은 퇴폐적인 그의 방을 정돈하면서 말해지지만, 오시형의 그것은 법정에서 자신의 동일성이 공식화되기 전까지 결코 발설될 수 없다. 반면에 최무경의 정신적 비밀은 아무에게도 말해지지 않은 채 자신의 심리적 시점으로 말해질 수 있다. 이 소설에서 최무경의 시점의 지속성은 그녀의 자의식으로서의 모랄의 생성과 연관되며, 그런 포섭의 질서에서 벗어난 심리적 지속성 자체가 연애하는 신체의 특징일 것이다. 최무경의 자의식의 지속성은 이념의 공백지대에서 복잡한 이념들과 비밀스럽게 교섭하는 연애하는 신체의 특권이기도 하다.

연애하는 신체의 비밀은 이데올로기적 호명이 불가능한 공백지대에 숨겨져 있다. 이데올로기란 이념이나 사상이 상상적 차원에서 현실의 동일성의 원리로 작동되는 것을 말한다. 반면에 레비나스가 말했듯이 사랑이란 타자를 받아들여 끝없이 동일성을 연기하고 해체하는 과정이다. 연애적 신체가 어떤 동일성에 고착된다면 더 이상 사랑은 없으며, 사랑하는 신체의 특징이란 어떤 이념에도 속박되지 않은 미결정성의 동요이다. 그러면서도 타자와의 대화의 과정에서 동일성의 이념이나 도덕(교의)으로 환원되지 않는 끝없는 자의식으로서의 '일신상의 진리'를 생성시킨다. 최무경의 일신상의 진리는 타자와의 대화의 과정이면서도 아무에게도 들리지 않는 자기 자신의 시점으로만 말해진다.[51]

---

50   김남천, 「관찰문학소론」, 『인문평론』 1940.4. 김남천, 「체험적인 것과 관찰적인 것」, 『인문평론』, 1940.5.
51   최무경은 이관형에게 자신의 정신의 비밀을 말하려고 했지만 피로한 이관형은 들어주

오시형 역시 처음에는 연애의 감성과 이념의 동일성의 이중적 상태에 있었다. 출감 후 최무경이 마련해준 아파트에서, 오시형은 최무경의 얼굴에 뜨거운 입김을 퍼부으며 달아나는 그녀를 미친듯이 쫓아간다. 오시형은 '흥분된 가슴의 불길'을 느낀다.

그리고 안았던 팔을 그대로 꽉 디리 싸면서 뜨거운 입김을 무경이의 얼굴에 퍼부었다. 오랫동안 기다렸던 감격 속에 휩쓸리듯이 취하여버리면서도, 무경이는 사내에게 입술만을 주고는 꽉 붙드는 두 팔뚝의 억센 포옹에서 빠져나왔다.

감정과 정서에 주리었던 사내는 미칠 듯한 어조로,

"왜? 왜 도망해? 내가 미덥지가 못해서 그리우?"

하고 침상에서 쫓아 일어났다.[52]

레비나스에 의하면 애무란 손에 닿지 않는 도망가는 것과 하는 놀이와도 같다. 오시형에게 사랑이란 어떤 목표도 계획도 없는 미래에 와야 할 것을 쫓아가는 놀이이다. 최무경의 사랑 역시 오시형을 향한 끝없는 다가섬인 동시에 아직 오지 않은 것을 기다리는 지향성이기도 하다. 그러나 오시형에게는 또 다른 흥분상태를 일으키는 계획된 목표의 미래가 있었다. 오시형은 법정에서 할 근대초극론의 서론인 듯한 말을 최무경 앞에 꺼내놓으며 스스로 흥분을 감추지 못한다. 첫 번째 흥분상태와는 달리 이 두 번째 흥분은 최무경에게 독백으로 들릴 뿐이다.

오시형의 이중적 상태는 최무경이 여름 내내 기른 수국을 통해서도 암시된다.[53] 최무경은 피어난 꽃을 보고 있는 반면 오시형은 부어주는 잉크에 따라 변하는 수국의 색깔을 생각한다. 오시형은 무의식적으로 자신의

지 않았고 그녀는 곧 공판장에서 오시형의 전향 선언과 대면하게 된다.

52 김남천, 「경영」, 『김남천 단편선』, 문학과지성사, 2006, 249쪽.

53 김철, 「근대의 초극, 『낭비』, 그리고 베네치아」, 앞의 책, 97~98쪽.

전향을 떠올리고 있었던 것이다. 최무경과의 관계를 반대하던 아버지를 따라 오시형이 떠난 후에 그녀는 시들어가는 수국을 보며 이제 물감을 부어도 색이 변하지 않을 것 같다고 생각한다.

그러나 오시형이 떠난 후에도 최무경의 사랑이 시들어버린 것은 아니었다. 최무경의 여성적 사랑은 자신 안의 타자와 교섭하는 것이며, 그런 자기중심성을 넘어선 타자성은 자의식으로서의 모랄의 생성과 같은 차원에 있다. 최무경은 여전히 오시형을 사랑하고 있고 그런 사랑의 열정은 타자와 교섭하며 자신을 성숙시키는 일로 변주된다. 어머니의 재혼으로 더욱 외로워진 그녀는 결혼(오시형)과 가족(어머니)을 넘어선 자신의 삶을 생각한다. 오시형과 어머니가 떠났지만 최무경은 여전히 내면에서 그들과 교섭하며 자신을 성숙시켜 가는 것이다.

최무경의 여성적 사랑의 특징은 물러서는 방식으로 타자와 대화하며 자신을 조율시켜 나간다는 점이다. 그런 심리적 특징은 이념은 물론 의식적 작용과도 반대되는 방향의 자의식을 생성한다.[54] 그런 유연한 위치에서 최무경은 이념에서 멀어진 이관형을 만난다.

아카데미즘에서 거부당한 이관형은 강사직은 물론 헨리 제임스와의 대화에서 얻은 모랄도 상실한다. 이관형은 그 지점에서 다시 데카당스적인 문란주와의 만남이 있었다. 그러나 그는 문란주와는 달리 신체제에 대한 동화에서 **연기된** 점에서 최무경과 가까워진다.

최무경과 이관형의 공통점은 갈아져서 빵이 되지 않고 흙 속에 묻히는 보리와 같은 사람들이라는 점이다. 하지만 최무경이 흙속에 묻혀 꽃을 피우고 싶어 하는 반면 이관형은 허무주의적 보류의 상태에 있을 뿐이다. 두 사람은 비슷하게 전향을 연기할 수밖에 없는 정신적 비밀을 갖고 있다. 이관형은 아카데미즘에서 배제되었기 때문인데 그로 인해 퇴폐적 생

54　레비나스, 강영안 역, 『시간과 타자』, 문예출판사, 1996, 108쪽.

활을 하거나 냉소적으로 흙 속에 묻힌다.[55] 반면에 최무경은 처음부터 전향의 공백지대에 있었고 꽃을 피우길 소망하며 미결정적으로 동요하는 상태에 있을 뿐이다.

최무경은 오시형이 떠난 후 오히려 더 적극적으로 그와 대화하기 위해 남겨진 철학책들을 읽는다. 오시형의 철학책은 근대초극론과 연관된 것이지만 최무경이 그런 이념에 동화될 리는 없다. 최무경은 오시형의 근대초극론을 초극하려 했던 셈인데 그 순간에 이관형을 만난 것이다. 이 지점에서 이루어진 최무경과 이관형의 대화에서는 자유주의(영문학), 동양학, 근대초극론에 대한 다양한 교섭이 진행된다. 이관형은 스스로의 자유주의를 회의하고 동양학에도 비판적인 반면, 니시다와 같은 오시형과 다른 근대초극론에는 유보적이다.[56] 최무경은 이관형의 회의주의에 대해 부정적인 듯하면서도 어떤 이념에 대해서도 적극적으로 동조하지는 않는다. 바로 그 같은 미결정성 때문에 그녀는 총체화된 체제 하에서도 유일하게 유연한 대화의 위치가 되는 것이다.[57] 최무경은 오시형과 그의 철학책, 그리고 이관형과의 대화를 통해 사회주의-근대초극론-동양학-모더니즘의 길항하고 조우하는 관계들을 유동성 속에서 드러낸다. 여기서 우리는 「경영」, 「맥」(그리고 김남천)의 사상적 담론들이 이관형과 오시형(그리고 그들과 연관된 사상들)으로 화음을 이룰 뿐 아니라 그 둘에게 완전히 동조하지는 않는 최무경을 통해 더욱 유동적인 다성성을 연출하고 있음을 알

---

55 이관형 역시 근대초극론과 조우하지만 동양론을 비판하는 점에서 오시형과 다르며 특정한 이념에 적극적으로 동화되지 않는 허무주의적 태도를 견지한다.

56 근대초극론에 연관된 이관형과 오시형의 관점의 차이에 대해서는 김철, 「근대의 초극, 『낭비』, 그리고 베네치아」. 앞의 책, 79~83쪽 참조.

57 이 시기에 김남천이 「세기의 화문」, 『사랑의 수족관』, 「경영」, 「맥」 등에서 사랑의 주제에 관심을 가진 것은 총체화된 체제에서 최무경 같은 연애적 신체만이 은밀한 미결정성을 유지할 수 있기 때문일 것이다. 자기고발소설이 사회주의자의 좌절이고 『낭비』가 모랄을 탐색하는 모더니스트의 실패하면 「경영」, 「맥」은 연애의 실패이면서도 실패 속에서 미결정적 자의식을 유지시킨다.

수 있다.

마침내 오시형의 공판이 열리고 그의 정체성(동일성)을 입증하기 위해 근대초극론의 사상이 증언된다. 오시형의 말은 재판장에게는 흡족한 답변이었지만 최무경으로서는 두 번째로 듣는 독백이었다. 국민복을 입은 오시형은 신체제의 국민으로서 합당한 학문적 답변을 들려준다.

"구라파 사람들은 역사에 대한 하나의 신념을 가지고 있다고 생각합니다. 그들은 마치 역사란 흐르는 물이나 혹은 계단이 진 사다리와 같은 물건이라고 믿고 있습니다 (…중략…) 이것이 역사에 있어서의 말하자면 일원 사관일까 합니다. 그러나 이러한 생각에서 떠나서 우리의 손으로 다원사관의 세계사가 이루어지는 날 역사에 대한 이 같은 미망은 깨어지리라고 봅니다." (…중략…)

"저의 사상적 경로를 보면 딜타이의 인간주의에서 하이데거로 옮겨갔다는 느낌이 듭니다. 하이데거가 일종의 인간의 검토로부터 히틀러리즘의 예찬에 이른 것은 퍽 깊은 감명을 주었습니다. 철학이 놓여진 현재의 주위의 상황으로부터 새로운 문제를 집어올린다는 것은 최근의 우리 철학계의 하나의 동향이라고 봅니다. 와츠지 박사의 풍토사관적 관찰이나 타나베 박사의 저술이 역시 국가, 민족, 국민의 문제를 토구하여 이에 많은 시사를 보이고 있습니다. 제가 과거의 사상을 청산하고 새로운 질서건설에 의기를 느낀 것은 대충 이상과 같은 학문상 경로로 이루어졌습니다."

재판장은 만족한 미소를 입가에 띠었다. 무경이도 숨을 포 내쉬었다. 그러나 바로 그때였다. 피고석 뒤에 놓인 방청석으로부터 젊은 여자가 약간 허리를 드는 것이 그의 눈에 띠었다. (…중략…) 젊은 여자는 완전히 일어섰다. 흰 두루마기를 입은 키가 날씬한 여자였다. 무경이는 가슴이 뚱하고 물러앉는 것을 느꼈다.[58]

---

58 김남천, 「맥」, 앞의 책, 338~339쪽.

근대초극론은 그 자체가 바깥(실재계)에 접촉하려는 이념이지만 국민복을 입고 법정에 서는 순간 동화를 요구하는 시선(이데올로기)이 된다. 오시형은 근대초극론 및 다원사관과 신체제에 닻을 내림으로써 지난한 불안과 동요에서 벗어난다. 오시형의 다원사관은 일원사관인 마르크스주의자를 전향자로 **포섭**하는 동시에 여전히 붕괴된 구라파 정신과 싸우고 있는 이관형 같은 자유주의자를 **배제**한다. 다원사관의 배제와 포섭은 신체제를 안정화시킨다. 재판장의 만족한 미소는 그처럼 신체제의 안정감이 입증된 상황에 대한 감성적 표현이다.

여기서 그런 신체제의 안정감이 법정을 매개로 느껴진다는 것은 매우 흥미로운 일이다. 심정과 사회의 조화가 **내면**에서 시작되지 않고 **법정의 연출**에서 출발한다는 것은, 근대초극론이 전환기의 부재의식(심리와 사회의 불화)[59]을 잠재우는 정치권력의 감성의 분할로 작용함을 뜻한다. 공판장의 재판은 감성의 분할의 경계에서 치안이 잘 되고 있음을 확인하는 의례의 일종이다. 재판장의 입가의 미소는 모든 것이 안정화되었다는 치안의 유지에 대한 감성적 확인이다.

단지 최무경만이 그 안정된 분할에서 상실의 고통을 느끼게 된다. 최무경과 함께 경계에서 동요하던 오시형이 아버지가 추천하는 도지사 딸이 있는 분할의 안쪽으로 옮겨갔기 때문이다.[60] 도지사 딸이 '완전히 일어서는' 것과 최무경의 가슴이 뚱하고 물러앉는 것은 같은 순간이다. 그 순간 모든 것이 질서화된 상황에서 최무경의 연애하는 신체만이 새로운 감성의 질서에 동화될 수 없는 고통을 상처로 느낀 것이다. 법정에서의 체제의 이념적 확인이 동일성의 재가라면 연애란 그 자체가 동일성의 해체일

---

59 김남천, 「소설의 운명」, 『인문평론』, 1940.11, 830쪽.
60 이처럼 최무경은 신체제의 감성의 분할에 대해 배신감을 느끼고 있는 것이며 그것은 암암리에 신체제가 가부장주의적 감성의 질서와 연관된 점을 암시하는 것이기도 하다. 이경훈, 『어떤 백년, 즐거운 신생』, 하늘연못, 1999, 320쪽.

것이다. 최무경은 문란주[61]와 스쳐가며 병원에 다녀온다고 말하는데, 최무경의 상처는 결코 법정에서 치료될 수 없는 성격의 것이었다. 법정에서 도지사 딸이 일어서는 새로운 감성적 질서의 순간은 최무경의 가슴에 메워질 수 없는 구멍이 생긴 순간이기도 했던 것이다. 그 때문에 그녀는 신체제의 감성의 분할의 안정감을 물위의 도시처럼 동요 속에서 느낄 수밖에 없다.[62] '고정된 체계'로 작동되는 감성의 분할을 물위에 떠 있는 것처럼 동요 상태로 감지하는 것, 이것이 체계의 시선에 대해 응시로 반응하는 연애하는 신체의 일신상의 진리이다.[63]

그러나 마지막까지 그 일신상의 진리는 최무경 이외에는 아무도 느끼지 못한다. 단지 최무경과 처음부터 끝까지 그녀의 정신적 비밀을 공유해온 독자만이 간신히 감지할 뿐이다. 재판장(공적인 아버지)-오시형, 그리고 아버지-오시형-도지사 딸이 가부장적 권력의 구축을 표상한다면,[64] 독자와 비밀의 유대를 지속해온 최무경의 여성 시점은 그에 동화될 수 없는 타자의 위치이다. 우리는 아무에게도 보이지 않는 최무경의 비밀에 오랫동안 젖어들면서, 수면 밑의 자의식의 물에 젖은 상태에서 근대초극론에 의해 지지되는 신체제를 물위의 동요로 느끼게 된다.

이처럼 김남천의 소설은 근대초극론을 암암리에 비판하지만, 또한 역설적으로 그 배면의 논리를 닮아가기도 한다. 김남천의 소설적 방법과 근

---

61 문란주는 실연의 상처를 입은 점에서 최무경과 비슷하지만 소비적 향락을 욕망하며 체제 내에 남아 있는 점에서 아픔 속에서 체제의 감성적 질서를 응시하는 최무경과 구분된다.

62 최무경에게 신체제는 불안과 동요 위에 구축된 부동성으로 느껴졌을 것이다. 이 흔들리는 부동성은 김철이 앞의 글에서 물위의 도시 베네치아에 대해 말한 것과도 비슷하다고 할 수 있다.

63 최무경에게는 내적인 균열이 생겨났지만 그 균열을 회피하지 않고 연애적 감성을 지속시키는 순간 신체제를 동요시키는 일신상의 모랄이 암시된다. 그러나 이 소설의 결말에서 그런 동요가 더 끈질기게 추구되지 못한 것은 「맥」의 한계일 것이다.

64 이경훈, 앞의 책, 320쪽.

대초극론의 공통점은 단일한 맥락에서 생성되는 진리를 부정한다는 점
이다. 전자가 다성적이라면 후자는 다원사관을 주장한다. 그러나 근대초
극론이 분열된 세계를 통합하며 다시 총체화된 체제로 이어진 반면 김남
천의 창작방법은 어떤 이념도 안정된 상태에 놓아두질 않는다. **사회주의자**
의 '이데로 된 인물'에 대한 자기고발이 김남천의 자의식으로서의 모랄의
출발이었거니와, 『낭비』는 **모더니스트**의 정치적 무의식이 아카데미즘 제
도에 정착될 수 없음을 보여주며, 「경영」, 「맥」은 **근대초극론**이 안정화되
는 동시에 미결정적으로 동요하는 상황을 드러낸다.

   이런 김남천의 다성적 소설들이 확인해주는 것은, 사회주의와 모더니
즘, 근대초극론이 단지 대립된 이념들이 아니라, 역사적 맥락에서 길항하
고 조우하는 근대와 근대극복의 중첩된방법들이라는 점이다. 사회주의는
자본주의의 **분열**을 주체와 객관현실(인물과 환경)의 관계 속에서 지양하려
했으며,[65] 모더니즘은 심리와 사회(근대 자본주의)의 **불화**가 더욱 심화되었
을 때 제도에 동화되지 않은 자의식을 견지하려 했다. 또한 니시다 기타
로의 근대초극론은 동일한 **불화**를 초극하기 위해 동양의 심장이 서양을
끌어안고 뚫고나가는 방식으로 다중적 문화들의 교섭을 주장했다.[66] 반면
에 신체제의 이데올로기는 각 이념들을 다원적으로 확인하는 동시에 배
제-포섭을 통해 통합하면서 총체화된 질서 속에 고정시켰다. 그로 인해
새로운 세계는 불안하게 흔들리면서 영원히 고정되었던 것이다. 여기에
는 더 이상 다성적 동요란 존재하지 않는다.

   하지만 그 같은 안정성은 실상 초극이 아니었으며 불안이 사라진 것도
아니었다. 김남천의 소설은 타자를 배제함으로써 얻어진 안정된 세계가

---

65   김남천은 다양한 창작방법을 논의하면서 1940년대까지 여전히 주체의 세계관적 핵심
     과 리얼리즘을 말하고 있었다.
66   김남천 문학은 사회주의가 무력화된 뒤에도 리얼리즘과 모더니즘 사이의 대화적 관계
     속에 있으면서 이관형을 통해 니시다의 근대초극론에 대해 유보적인 태도를 드러내고
     있었다.

감성의 분할에 의해 보이지 않게 된 **타자의 위치**[67]에서 흔들리고 있음을 드러내려 했다. 김남천의 여성 시점은 가부장적 감성권력에 의해 비가시적이 된 타자가 독자와 유대를 맺게 하는 숨은 전략이다. 「맥」에서처럼, 최무경과 우리의 물밑의 유대와 동요 위에서 신체제의 절대적 안정성이 구축되고 있었던 것이다. 김남천은 당대의 절대적 안정성을 감성적 타자[68]의 동요하는 내면을 매개로 불안정하게 흔듦으로써 복수적 이념들이 다시 대화적 관계를 회복할 수 있는 다성성의 장을 암시했다. 이제 세계는 감성의 분할에 의해 고정되는 동시에 바로 그 부동성 속에서 물밑의 타자의 유동적인 감성들에 의해 끝없이 흔들릴 것이다.

---

67 보이지 않는 타자의 위치란 최무경의 정신적 비밀이 숨겨진 내면을 말한다.

68 이 감성적 타자는 이관형과 최무경을 말하는데 그들은 제도권 내부(아카데미즘, 전향자 애인)에 손을 내밀었으나 거부당했다는 공통점을 지니고 있다.

제3장

우울의 미학에서 이자적 진리로

─손창섭의 소설들

1. 두 개의 국가주의와 절망의 미학

1940년대에 우리 민족은 서로 다르면서도 비슷한 두 번의 '국민'을 경험하는 기회를 가졌다. 국가의 체험이기도 한 이 국민의 경험은 식민 상태의 해소를 바라는 약속 받은 주체로 호명되는 형식의 것이었다. 한번은 제국의 이름으로, 다른 한번은 민족의 이름으로서였다. 그러나 그 서로 다른 두 번의 국민의 소망은 아주 비슷하게 트라우마의 기억으로 전락했다.

식민지 말에 고쿠고[國語]의 사용을 요구받은 국민의 지위와 해방 후 국어를 되찾은 국민의 자리가 같은 것일 수는 없다. 천황과 연관된 고쿠다이[國體]를 공경해야 했던 과거와 달리, 민족의 품에서의 국민은 억압의 기억에서 벗어나는 희망의 기표였을 것이다. 그런데 주목할 것은 전자의 황국신민화 역시 원래는 '식민지적 근대'[1]를 초극한다는 약속이었다는 점

---

1   식민지적 근대(식민지 근대)는 식민지 발생을 중요한 특징으로 하는 근대를 말한다. 서구 중심으로 세계체제(세계화)를 형성한 서구적 근대는 제국이든 식민지이든 모두 식민지 근대이다. 식민지 근대에 대해서는 윤해동 · 천정환 외편, 『근대를 다시 읽는다』1, 역

이다. 그리고 식민지에서의 해방이 자명해 보였던 후자 또한 국가의 수립을 통해 식민주의가 완전히 해소될 없음을 절감해야 했다. 결과적으로 두 시기에 근대의 초극과 식민지 해방의 약속은 지켜질 수 없었다. 또한 양자 모두 국민으로의 호명이 국가주의의 폭력으로 변질되는 비슷한 과정을 드러냈다.

식민지를 경험한 민족의 경우 국가에 대한 소망은 남다른 것이었다. 흔히 생각하듯이 식민지에서의 해방이란 국민국가를 수립하는 일과 동일시되기가 쉬었다. 그 때문에 국민으로 불리며 국가를 갖는 일이 이제까지의 모든 억압과 모순들을 해소해 준다는 환상을 불러올 수 있었던 것이다. 하지만 역설적으로 그런 국가에 대한 초과된 희망과 환상이 바로 국가주의적 폭력을 낳는 근원이었다. 아주 다른 두 번의 '국민의 탄생'[2]에서 그 과정은 매우 비슷했다.

국가는 근대적 네이션의 세 요소 중 하나이다. 네이션의 세 가지 요소란 국민국가, 민족주의, 디세미네이션[3]을 말한다. 그 중 국가의 형식이 민족주의와 디세미네이션을 전유하고 흡수할 때 국가주의가 나타난다. 식민지 말 제국의 국체는 민족을 로컬의 차원으로 강등시키면서 그 지역성을 자신의 초과된 인공신체[4] 안에 흡수했다. 또한 해방 후의 개발주의 국가는 초신체로서의 민족을 상품형식이라는 인공신체에 몰입되는 것으로 전유했다.[5] 더 나아가 국가주의는 인터내셔널을 통해 내셔널을 넘어서려

사비평사, 2006, 30~31쪽과 윤해동, 「식민지 근대와 공공성」, 『식민지 공공성』, 책과함께, 2010, 18쪽 참조.
2 김철, 『국민이라는 노예』, 삼인, 2005, 37쪽.
3 디세미네이션(dissemination)이란 국가적 제도에 규율화되지 않은 산종된 네이션을 나타내는 용어이다. 호미 바바, 나병철 역, 『문화의 위치』, 소명출판, 2013, 305~366쪽.
4 인공신체(prosthetic)란 분열된 근대성의 파편들을 봉합하는 장치를 말한다. 식민지 말의 군용열차 같은 테크놀로지나 개발주의 시대의 수출상품이 그런 역할을 했다고 할 수 있다.
5 국산품이나 수출상품을 민족의 신체로 인격화하는 것을 뜻한다. 테드 휴즈, 나병철 역,

고 한 사회주의조차 흡수하는 동시에 배제했다. 예컨대 근대의 초극과 일민주의[6]는, 인민을 위해 억압의 경계를 넘는 사회주의의 역할조차 국가가 떠맡는 척하며, 그것을 빌미로 반국가적인 공산주의를 배제했다. 억압을 넘어서는 듯하면서 더 강화된 자신의 영토로 회귀하는 방식, 이것이 두 시기 국가주의의 공통점이었다.[7]

그처럼 우리에게 국가란 초과된 형식의 것이었다. 국가는 모든 것이었다. 근대의 초극을 빌미로 나타난 국가주의든, 혹은 식민지 해방의 귀결점으로서 되찾은 국가든, 국가서사는 신화화되고 절대화되었다. 국가는 자기 자신의 규범(법)조차도 넘어서는 예외적인 공간으로서 예외상태[8]의 일상화를 가져왔다.

물론 해방 후의 국가는 옛 식민지를 반대했다. 이제 과거의 협력자는 비판을 받았으며 새로운 동양담론에서 일본은 제외되었다. 또한 민족을 전유한 국가는 식민지말의 제국화와 동원화의 역사를 말소했다.[9]

그러나 그 같은 반식민주의는 식민지 말 국가주의의 기억에 대한 삭제와 망각일 뿐이었다. 특히 가장 깊은 상처를 남긴 식민지 말에 대한 기억은 삭제되었다. 아이러니한 것은 증오와 모멸로 극복되지 않은 채 삭제된 것이 되돌아와 우리 자신과 마주하게 된 사실이다.[10]

『냉전시대 한국의 문학과 영화』, 소명출판, 2013, 339~340쪽 참조.

6   자유당은 일민이라는 용어를 사용하면서 당의 역할을 노동자와 농민의 당으로 강조했다. 여기서 노동자와 농민을 포함한 일민은 사회주의의 인민 개념을 흡수하면서 그 정치성은 배제한 것으로 볼 수 있다.

7   이점에서 국가주의는 빈번히 파시즘과 결합한다.

8   예외상태란 법이 정지되는 수용소 같은 상황을 말하는데, 국가주의 사회에서는 그런 예외상태가 일상화된다. 즉 국가를 신성시하는 사회에서는 인권을 보호해야 할 법이 정지되는 상황을 통해 법적 질서가 유지된다. 예외상태에 대해서는 아감벤, 김항 역, 『예외상태』, 새물결, 2009, 17~23쪽 참조.

9   테드 휴즈, 나병철 역, 앞의 책, 25쪽, 279~282쪽, 321쪽 참조.

10   그런 아이러니는 '근대의 초극'이 겪은 경로이기도 했다. 식민지를 낳던 서구적 근대를 초극한다고 했지만, '식민지 근대'는 극복되지 않은 채 삭제되어 내던져진 것뿐이었으

이처럼 삭제된 것이 다시 돌아오는 것은, 폭력적 체제의 극복이란 그 체제의 질서 내부에서 균열을 경험한 사람들, 그리고 체제의 폭력에 의한 트라우마를 기억하는 사람들에게서만 가능하기 때문이다. 폭력의 기억을 삭제와 말소의 방식으로 망각하는 것은 쉬운 일이다. 그러나 망각된 것은 소멸되지 않은 채 무의식 속에 잔존하거니와, 폭력의 귀환을 막는 진정한 극복은 그 곳에 남은 균열과 상처의 기억에서만 시작된다.

따라서 트라우마의 기억을 표현하는 일은 이미 그 자체로서 의미를 지닌다. 국가주의의 폭력이 트라우마를 남겼다면 극도의 억압 속에서 그것에 대한 표현은 최소한의 응수[11]일 수 있다. 트라우마란 절망의 심리일진데 그 심리를 표현하는 절망의 미학은 폭력에 대한 대응일 수 있는 것이다.

국가주의는 일상 속에서, 더 정확하게는 일상화된 예외상태 속에서 폭력을 낳는다. 이제 우리는 그런 폭력에 대한 절박한 대응이 절망의 미학임을 살펴보려고 한다. 아무런 저항도 불가능한 상황에서 절망을 표현하는 일은 폭력에 대한 최소한의 응수이다.

국가주의의 절대화는 국가적 공공 영역의 외부로서 아렌트가 말한 '드러남의 공간'[12]을 소멸시킨다. 드러남의 공간이란 이질적 타자와의 교섭이 가능한 공간이다. 아렌트는 드러남의 공간을 국가적 공공성을 대신하는 잠재적인 대안적 공공성의 위치로 생각했다.[13] 국가주의란 국가적 동

며, 내던져진 것은 다시 돌아와 식민지를 만들고 있었다. 해방 후의 국가주의 역시 비슷한 삭제와 귀환의 반복이었다. 결국 두 번의 국가주의는 극복의 약속을 배반하는 '삭제된 것의 귀환'으로 출현한 셈이다.

11　여기서 응수(應酬)는 일차적으로 존재론적 대응이다. 아무런 저항도 없는 듯한 피지배자에게서도 존재론적 대응으로서 응수를 발견할 수 있다. 통치자에 의해 배제되는 동시에 포섭되는 벌거벗은 생명의 미결정적인 위치에는 포섭과 응수의 양가성으로 인한 불안과 긴장이 가득 차 있다. 응수라는 표현은 김철, 「비천한 육체들은 어떻게 응수(應酬)하는가」, 『사이』 제14호, 2013.5에서 빌려온 말임,

12　한나 아렌트, 이진우·태정호 역, 『인간의 조건』, 한길사, 1996, 261~170쪽.

13　사이토 준히치, 윤대석·류수연·윤미란 역, 『민주적 공공성』, 이음, 2009, 18~20쪽, 81~110쪽.

일성의 공공적 절대화로서 대안적 공공성의 가능성을 송두리째 빨아들이는 거대한 동원의 장치이다. 그 회오리 같이 몰아치는 동원은 드러남의 공간(아렌트)의 가능성을 파괴하는데, 그로 인한 타자성(alterity)[14]의 박탈을 우리는 '폭력'이라고 부를 수 있다.[15] 그것은 물리적 폭력이기에 앞서 윤리(타자성의 관계)에 대한 존재론적 폭력이다. 국가주의적 폭력은 타자와의 진정한 교섭을 불가능하게 하므로 절망적인 소외를 낳는다.

국가주의적 공공성과 그 절대화된 표상공간[16]은, 국가의 '위대한' 이념에 근거해 사회적·신체적으로 우위에 있는 사람들이 열등한 사람들을 부정적 정체성으로 규정한다.[17] 그 같은 부정성의 한계적 위치가 죽여도 좋은 존재, 벌거벗은 생명일 것이다. 이런 사회에서 이질적 타자는 인간 자체로서 이미 훼손된 존재가 된다. 훼손된 존재에서 '살아있는 죽음'[18]에 이르기까지, 그런 식으로 진행되는 드러남의 공간[19]의 폭력적 파괴의 결과가 바로 절망이다.[20]

1950년대의 손창섭의 소설들은 그 같은 국가주의적 폭력에 절망하는 훼손된 인물을 등장시켰다. 그의 소설에 등장하는 병자, 장애인, 잉여인간

---

14 타자성(alterity)이란 자아의 내부에 새겨진 타자와의 관계성을 말하는데, 여기에는 동일화될 수 없는 타자와 관계가 끝없이 계속된다는 의미가 포함되어 있다. 마이클 라이언, 나병철·이경훈 역, 『해체론과 변증법』, 평민사, 1994, 51쪽, 55쪽, 113~16쪽 참조.

15 아렌트는 권력과 폭력을 구분한다. 폭력은 공화국의 권력과 달리 인민의 지지나 견제 없이 행사된다. 그와 달리 공화국의 권력은 인민의 지지나 비판적 견제와의 관계 속에서 실행되어야 한다. 우리는 이런 아렌트의 관점을 재해석해 비판세력마저 체제에 흡수해 그것의 견제 없이 일방적으로 행사되는 것을 폭력으로 규정할 수 있을 것이다.

16 표상공간은 라캉의 상징계에 해당된다.

17 이는 탁월성의 존재론이라고도 할 수 있을 것이다. 탁월성의 존재론에 대해서는 이진경, 『불온한 것들의 존재론』, 휴머니스트, 2011, 70~71쪽 참조.

18 '살아 있는 죽음'이란 적대적 타자로 배제되어 삶의 형식이 인정되지 않고 죽음 같은 존재로 여겨지게 된 대상을 말한다.

19 '드러남의 공간'은 타자와 교섭하는 동시에 자신의 정체성(특이성)을 얻는 공간이다.

20 '드러남의 공간'의 파괴를 대상 a의 상실로도 볼 수 있으며 대상 a에 대한 열망을 상실한 심리가 우울한 절망이라고 할 수 있다.

들은 타자성을 부인하는 폭력에 의해 상처받은 인물들이다. 그들의 정신적·신체적 불구성은 기형적(畸形的) 이미지 그 자체로서 타자의 위치에 각인된 폭력의 흔적을 보여준다. 동일성의 폭력이란 이질성을 기형으로 보는 것이며, 훼손된 인물의 내면에 각인된 기형의 시선 자체가 이미 폭력인 것이다.

물론 국가주의의 폭력은 불구적 신체뿐만 아니라 일상인에게도 작용한다. 그러나 훼손된 육체를 통해 은폐된 폭력의 흔적을 노출하는 것은 정상인에게도 잠재하는 내면의 상처를 눈으로 보게 해준다. 이것이 바로 손창섭 소설이 보이지 않는 트라우마를 보여주는 절망의 미학의 방식이다.

국가주의적 폭력은 트라우마를 낳지만 위대한 이념('근대의 초극'이나 '일민주의')으로 은폐해 그것을 보이지 않게 만든다. 반면에 손창섭 소설의 훼손된 인물들은 심신에 각인된 폭력의 흔적을 통해 자신과 사회의 상처를 그대로 보여준다. 또 그런 방식으로 폭력이 은폐된 공간에 있는 사람들에게 일상의 경계가 무너질 듯한 위기감을 퍼뜨린다.

손창섭이 국가주의의 폭력의 공간에서 발견한 것은 바로 그런 불온한 것의 존재론이었다. 국가주의가 위대한 이념의 존재론이라면 손창섭이 보여주는 것은 비천한 것의 존재론[21]이다. 전후에 국가의 위대한 존재론은 사람들의 고통을 **초과된** 엄청난 사명감의 이름으로 덮어서 가린다. 반면에 미천한 것의 존재론은 사람들을 비루한 신체의 차원으로 내려오게 해 모두의 내면에 새겨진 균열을 반사해 보여준다. 후자는 일상의 안정성을 무너뜨리기에 불온하지만 그런 불온성을 통해 은폐된 사람들의 불안을 밖으로 꺼내 보여준다.

그처럼 신체에 각인된 폭력의 흔적을 보여주는 점에서, 손창섭의 훼손된 인물들은 국가주의적 규율화의 복식, 그 은폐의 옷을 벗은 '벌거벗은

---

21 비천한 것의 존재론은 비천한 것들이 탁월한 것들의 뻣뻣한 벽을 깨고 밀고 들어가는 궤적을 그린다. 이진경, 앞의 책, 72쪽.

신체'라고 불릴 수 있다. 국가주의는 민족의 이름으로 된 호명의 의례로서 국민들에게 인공의 복식을 입힌다. 반면에 심신의 상처를 입은 사람들은 숭고한 부름에 응할 수도 건강한 국민의 옷을 입을 수도 없는 벌거벗은 신체가 된다.

아감벤은 법의 보호를 받지 못하면서도 법의 질서를 위해 포섭되는 존재를 벌거벗은 생명이라고 불렀다.[22] 이 배제되면서 포섭되는 벌거벗은 생명이란 제체의 틀에서 비껴나는 응수를 박탈당한 존재이다.[23] 반면에 우리가 논하는 벌거벗은 신체는 미천한 존재 그 자체로 국가주의적 위대성에 균열을 내며 응수한다. 우리는 호모 사케르(벌거벗은 생명)의 위치에서 그것을 넘어서서 '불온한 것의 존재론'과 연관되는 인물을 벌거벗은 신체[24]라고 부르기로 한다.

손창섭 소설의 훼손된 신체는 흔히 한국전쟁 이후의 황폐한 상황과 연관해 논의되었다.[25] 그런 논의를 수용하면서 우리는 전후의 상황이 근본적으로 국가주의와 연관됨을 주목할 것이다. 뜨거운 전쟁이든 황폐함 속의 냉전이든 전쟁은 국가주의의 중요한 요소의 하나이다. 시끄러운 구호

---

22 수용소에서 아무도 모르게 죽어가는 사람들이 그들인데, 실제 수용소 뿐만 아니라 일상의 보이지 않는 수용소에서도 벌거벗은 생명이 존재한다. 아감벤, 박진우 역, 『호모 사케르』, 2008, 33~52쪽.

23 권력이 배제와 포섭을 동시에 수행하는 것은 타자의 존재론적 대응을 무력화함을 뜻한다. 따라서 배제=포섭이 수행되는 지점은 존재론적 대응이 잠재하는 곳이기도 하다. 이 지점이야말로 체제와 타자 양쪽 모두의 불안과 공포가 탄생하는 지점이다. 김철, 앞의 글, 400쪽, 참조.

24 벌거벗은 신체는 벌거벗은 생명과는 달리 체제에 포섭되지 않고 응수한다. 또한 탈주의 위치에 있는 들뢰즈의 기관 없는 신체와도 달리 체제의 내부와 외부 사이에 있으면서 동화되지 않고 균열을 낸다. 이처럼 **벌거벗은 생명**과는 달리 권력으로부터 비껴서 있으면서 또한 **기관 없는 신체**와도 달리 탈주하지 못한 미결정적 위치에 있는 존재를 벌거벗은 신체라고 부르기로 한다. 벌거벗은 신체는 제1장에서 논의한 벌거벗은 타자와 같은 맥락에 놓여 있다.

25 권영민, 『한국현대문학사』 1, 민음사, 1993, 155쪽. 이재선, 『현대한국소설사』, 민음사, 1997, 108쪽.

를 통해 전쟁과 반공으로 내모는 국가주의의 이면에는 침묵의 정적이 흐르는 수용소[26] 같은 공간이 숨겨져 있다. 손창섭 소설은 그 숨겨진 정적인 공간을 드러내며 그 곳에 위치한 벌거벗은 신체의 불온함을 보여준다.

응수하는 벌거벗은 신체를 통해 절망의 미학을 보여준 또 다른 작가는 최명익이다. 최명익 소설에서 질병과 죽음에 부딪히는 인물들 역시 수용소 같은 침묵의 공간을 보여주는 점에서 손창섭의 인물들과 유사하다. 두 작가에서의 정지된 세계는 동화되지 않는 타자에 대해 폭력을 행사하는 두 개의 국가주의와 연관이 있다. 전쟁으로 내모는 국가주의와 반공을 부르짖는 또 다른 국가주의는, 제국과 민족의 숭고한 이름으로 사람들의 상처를 은폐하는데, 그로부터 고통스러우면서도 정적이 흐르는 세계가 나타나는 것이다. 최명익과 손창섭 소설은 그 숨겨진 트라우마를 불안과 우울의 풍경으로 보여준다.

그들 소설에 나타난 우울함은 단순히 사회체제에서 이탈된 분열의 감정만은 아니다. 인물들이 느끼는 불길함(unhomely)[27]은 자신도 알 수 없는 거대한 공포 앞에서의 절망감이며 그것은 흔히 생에 대한 혐오와 자기비하로 이어진다. 국가주의는 단순한 전체주의가 아니라 모든 가치들을 하나의 이념으로 흡수하는 회오리와도 같다. 그로 인한 폭력은 사람들의 소중한 것을 빼앗을 뿐 아니라 그것을 바라보는 소망마저 박탈한다. 무엇을 상실했는지조차 알 수 없는 우울감이 최명익과 손창섭의 인물들을 지배하는 것은 그 때문이다. 우리는 그 같은 우울함이 국가주의가 '드러남의 공간'(아렌트)을 파괴함으로써 나타난 일상 속 '보이지 않는 수용소'(아감벤)의 풍경임을 살펴볼 것이다. 또한 최명익과 손창섭의 소설이 그 보이지 않는 공간을 보여줌으로써 국가주의의 숭고성에 균열을 내고 있음을 고

---

26   수용소에서는 죽음의 소리는 들리지만 생명의 소리는 들리지 않는다.
27   불길함(unhomely)은 프로이트가 낯선 두려움이라고 말한 심리로서, 어머니의 품 같은 화해도 이성적인 합리성도 불가능한 상황에서 경험되는 심리이다.

찰할 것이다. 먼저 국가주의의 귀환과 연관된 손창섭 소설을 살펴보고 이어서 그 절망과 우울의 미학의 계보가 최명익 소설에서 시작되었음을 확인할 것이다.

2. 벌거벗은 신체의 응수와 주검과의 교섭

손창섭의 초기소설에는 당대의 사회적 상황이 잘 제시되지 않는다. 우울하고 암담한 현실이 방에 갇힌 상처받은 인물들을 통해 절망적으로 암시될 뿐이다. 그러나 우리는 그런 어두운 정물화가 국가주의의 폭력을 경험하는 일상의 음화임을 살펴볼 것이다.

손창섭 소설에는 버려진 훼손된 인물뿐만 아니라 생활 부적응자가 주요 인물로 등장한다. 후자의 경계선상의 인물들은 방에 갇힌 불구적인 인물들과 교섭을 갖는 유일한 존재이다. 하지만 그런 교섭은 생활로의 복귀가 아니라 죽음의 사유로 이어지는데 이것이 손창섭 소설을 우울한 분위기로 이끄는 핵심적 요인이다. 우리는 그 같은 죽음 쪽에서의 우울한 교섭이 근본적으로 국가주의적 폭력과 '드러남의 공간'(대안적 공공성)의 파괴에서 기인된 것임을 밝힐 것이다.

1950년대의 반공주의와 획일화된 국가주의는 약자와 타자를 존중하는 대안적 공공성의 가능성을 상실하게 했다. 그것의 결과는 생활의 경계에 놓인 존재들, 즉 병자, 장애인, 부랑자는 물론, 잉여인간과 실직자들을 경계의 밖으로 밀어내는 폭력을 가져왔다. 손창섭 소설은 그 밀려나는 인물들이 부딪히는 죽음과 맞닿은 경계선에 대한 우울한 관찰이다. 그것은 분명히 가시적이거나 비가시적인 국가주의적 폭력에 대한 음화이다.

손창섭 소설의 훼손된 인물들은 이미 보이지 않는 경계선에 갇힌 존재들이다. 보이지 않는 경계선이란 불구자와 정상인을 분리하는 내면의 시선을 말한다. 거리에서의 그런 시선의 폭력을 피해 훼손된 인물들은 방에 갇혀 살아가게 된다. 그러나 방은 결코 그들의 도피처가 될 수 없다. 불구적 인물들은 방에 폐쇄된 채 이미 지울 수 없게 된 폭력의 흔적을 지니고 살아간다.

예컨대 「비오는 날」에서 장애인 동옥은 방에 갇혀 일상인과 어울릴 수 없는 정신적인 불구 상태로 살아간다. 또한 「생활적」에서 중병을 앓는 순이는 무거운 신음소리로 생활을 대신하며, 「혈서」에서 간질환자 창애는 온종일 고정된 자세로 앉아 무표정한 얼굴 보여줄 뿐이다. 이들의 화석화된 생활은 폭력에 의해 심신에 새겨진 외상의 흔적이다.

그런데 그런 상처는 비단 불구적 인물들의 문제만은 아니다. 생활고에 시달리는 일상인 주인공들은 자신도 모르게 장애자들의 상처의 흔적에 이끌리게 된다. 예컨대 「비오는 날」의 원구는 동옥의 가늘고 짧은 한 쪽 다리에서 슬픔에 중독된 듯한 느낌을 갖게 된다. 또한 「생활적」의 동주는 순이의 신음소리를 마치 자신의 존재를 확인하는 신호인 양 소중한 것으로 생각한다.

일상인이지만 생활 부적응자인 주인공들이 장애자들에게 이끌리는 것은 그들의 신체가 자신들의 내면의 상처를 반사해 보여주기 때문이다. 주인공들은 상처를 안고 있으면서도 그것을 보지 못하고 불안하게 살아간다. 그런데 장애자들은 그 보이지 않는 상처를 불구적 신체를 통해 대신 보여줌으로써 불안감을 해소해 주는 것이다. 손창섭 소설에서 훼손된 신체는 일상인들의 숨겨진 상처를 비춰주는 거울이다. 이런 사실은 그 시기에 생활 부적응자에 대한 폭력과 그로 인한 내면의 상처가 일상화되었음을 암시한다.

소외된 일상인은 장애자들의 상처를 응시함으로써 그들의 닫힌 방문을 열어주는 역할을 한다. 소설의 진행은 두 사람 간의 교섭으로 이끌어진다. 그러나 그런 교섭은 결코 새로운 인간관계를 형성하지 못한다. 그것은 타자와의 교섭이 이루어지는 방의 공간에조차 일상화된 폭력이 침투해 있기 때문이다. 예컨대 「비오는 날」의 위압적인 동욱, 「생활적」의 몰염치한 봉수, 「혈서」의 국가주의자 준석 등이 그런 폭력을 보여준다. 이들은 자신과 친밀한 관계에 있는 방에 갇힌 장애자들에게 무관심하거나 폭력적이다. 거리에서의 폭력을 방에까지 가져오는 이들은 주인공들에 의해 열린 방문을 다시 닫는 역할을 한다.

손창섭 소설의 방이 이상 소설에서와는 달리 안식처가 되지 못하는 것은 그처럼 방에까지 일상의 폭력이 침투해 있기 때문이다. 방은 소외의 장소(이상)일 뿐 아니라 폭력의 그늘(손창섭)이기도 하다.[28] 이 점은 사회 전체가 보이지 않는 폭력으로 만연해 있음을 암시하는데, 주인공들이 장애자들과 교섭하면서 생활보다 죽음으로 이끌리는 것도 그와 연관이 있다. 이런 사회에서는 아렌트가 말한 드러남의 공간의 잠재성은 어디서도 찾아볼 수 없다. 타자와의 교섭은 생활을 포기할 때만 시도될 수 있거니와, 잠재적 타자성 곧 드러남의 공간이 파괴된 상태에서, 생활을 박탈당한 자들의 교섭은 죽음의 한계선에 부딪힌다.

타자와의 교섭이 죽음 쪽에서만 일어나는 상황을 극명하게 보여주는 소설은 「생활적」이다. 「생활적」에서 무기력한 동주는 활발한 생활인 봉수에게 일본인 아내를 빼앗긴다. 그러나 동주는 아랑곳하지 않고 중병을 앓고 있는 봉수의 딸[29] 순이의 신음소리에만 귀를 기울인다. 아내에 대해 무기력 한 것은 「날개」와 비슷하지만 한발 더 나아가 죽음에 인접해 있는 순이에게 모든 관심을 기울이는 것이 이 소설의 특징이다.[30] 손창섭 소설의 매력이기도 한 이 죽음과의 교섭의 의미는 무엇인가.

순이의 신음소리는 죽음으로 밀리지 않으려는 안간힘인 동시에 죽음 자

---

28   이 차이는 이상 소설과 최명익 소설의 차이이기도 하다.
29   순이는 봉수의 전처의 딸이다.
30   이는 손창섭의 초기소설 전체의 특징이기도 하다.

체를 느끼는 소리이기도 하다. 동주에게도 그 소리는 자신이 살아 있다는 신호이면서 죽음 쪽으로 다가서는 소리로 들렸다. 동주가 순이에게 관심을 갖는 것은 그처럼 자신도 모르는 자기 자신의 신음을 들려주기 때문이다.

동주는 끊임없이 생활의 경계 밖으로 밀리는 경험을 한다. 그는 아침이 되어도 송장처럼 움직일 줄 모르며 심신이 '걸레조각처럼' 되어 방 한 구석에 놓여 있다. 동주가 사는 동네는 '지린내와 구린내가 풍기는 거름더미'로 뒤덮여 있었다. 그는 수없이 똥을 밟으며 '이 일대 주민들이 온통 구더기처럼' 느껴진다. 또한 그는 우물물을 푸는 경쟁에서 밀려 해골이 나온 물을 퍼다 먹는다.

송장, 걸레조각, 구린내, 구더기, 해골물 등은, 동주가 크리스테바가 말한 앱젝트(abject)[31]의 존재임을 암시한다. 앱젝트는 생을 위해 존재의 경계에서 끊임없이 쏟아내는 오물들을 말한다. 생명을 위해 구역질나는 앱젝트를 토해내야 하듯이 사회도 건강성을 위해 쉴새없이 오물들을 배출해야 한다. 동주는 그처럼 배출되어야 할 앱젝트 같은 존재였다. 그는 구린내가 풍기는 동네에 살면서 구더기 같은 동네 사람 중에서도 스스로를 더 그렇게 느꼈을 것이다. 그와 함께 그는 죽음에 인접한 순이에게서 그런 앱젝트의 극한을 감지했을 것이다.

끝없이 밀려나는 앱젝트의 경험은 동주의 절망의 요인이다. 그러나 앱젝트는 숭고함의 존재론에서는 밀어내야할 오물이지만, 앱젝트 자신으로서는 어쨌든 그 비천함 속에서 살고 있다는 또 다른 존재의 감각('살아있다는 것[32])이 잠재한다. 그 신음 같은 고통의 감각은 혼자서는 절망의 일부일 뿐이며 타자와 관계할 때만 또 다른 존재론으로 생성될 수 있다. 동주가 앱젝트로서 절망을 느끼면서도 자신보다도 더한 순이에게 관심을 기울

---

31   크리스테바, 서민원 역, 『공포의 권력』, 동문선, 2001, 21~43쪽. 김철, , 앞의 글, 388~389쪽.

32   손창섭, 「생활적」, 『손창섭 단편선』, 문학과지성사, 2005, 99쪽.

인 것은 그 때문이다.

당연히 동주에게는 순이와는 달리 아내 춘자와 함께 할 갱생의 길이 열려 있다. 그럼에도 그가 순이 쪽으로 돌아선 것은, 그와 같은 부적응자가 토사물로 보여지는 체제에서 이미 감당할 수 없는 상처를 입었기 때문이다. 부적응자를 토사물로 토해내는 체제는 타자성이 상실된 사회이다. 타자성의 파괴란 폭력이며 그로 인한 우울한 상실감은 동주의 상처이자 순이의 존재 자체였다. 그들은 구더기이고 토사물이지만 생의 위협에 대응하는 존재의 감각이 완전히 상실된 것은 아니다. 그 고통이자 절망이기도 한 존재의 감각을 입증하기 위해, 그들처럼 상처받은 사람일수록 자기중심적 폭력의 체제를 넘어선 타자성의 감각을 소망하게 된다. 동주가 소망한 것은 지금은 상실한 타자와의 교감이었다. 아내에게는 생활이 있지만 순이에게는 비천함과 죽음이 있을 뿐이다. 그러나 순이의 신체는 신음을 내며 비천한 타자로서 호소하고 있었으며, 아내나 봉수가 망각하고 있는 내면의 상처를 눈앞에 보여주고 있었다.

순이는 앱젝트의 극한인 동시에 숭고한 존재론에 동화되지 않은 비천한 타자적 존재의 잠재성이기도 하다. 순이처럼 죽음의 위협 앞에서도 생활의 옷을 입지 않는 것, 그리고 끊임없이 신음소리로 내면의 상처를 밖으로 드러내는 것, 이것이 비천한 존재가 폭력에 대응하는 존재론적 응수이다. 그런 식으로나마 죽음의 위협에 놓인 자신의 존재의 감각을 표현하는 것이다. 이런 타자의 대응은 순이가 죽음에 임박해 '옷을 벗는 순간'에 극적으로 드러난다. 물론 그것은 폭력을 막는 것도 또 다른 생을 가져다주는 것도 아니다. 그런 대응은 죽음에 인접한 한계선에서의 응수이기에 매우 비참하다. 다만 만연된 일상의 박탈감을 그늘진 음화로서 보여줄 뿐이다.[33]

---

33 여기에 대한 논의는 제1장 5절 참조.

수건 하나 가리지 아니한 알몸으로 순이는 누운 채 허리를 굽혀 자기의 사타구니를 열심히 들여다보고 있는 것이었다. 자연 동주의 시선도 순이의 사타구니로 끌렸다. 그 어느 한 부분에 쌀알보다 작은 생명체가 여러 마리 꼬무락거리고 있는 것이 눈에 띄었다. 동주는 그게 이가 아닌가 생각했다. 순이도 그때에 깜짝 놀라 동주를 흘겨보며 담요로 몸을 가렸다. 곧 자기 방으로 돌아온 동주는 그제야 그 조그만 생물들이 이가 아니라 구더기인 것을 깨달았던 것이다. 순이는 이제 오래지 않아 죽을 거라고 동주는 생각했다. 오히려 자기가 먼저 죽을지도 모른다고 생각해 보는 것이었다.[34]

순이의 알몸은 그가 더 이상 생활에 연연하지 않게 될 것이라는 예고이며, 그것은 봉수(의부)의 비정함에 초연해졌다는 증거이자 죽음에 다가섰다는 신호이다. 그녀의 사타구니의 구더기는 자신의 생명이 밀어내야 할 앱젝트의 기표이다. 알몸이 보여주는 그것의 역류는 이제 순이가 죽을 것이라는 불길함을 느끼게 한다.

그러나 놀라움은 그녀의 몸에 오물이나 이가 아니라 이질적인 또 다른 앱젝트 구더기가 꼬무락거리고 있다는 데 있다. 또한 순이가 도발적으로 일어나 그 벌레를 들여다보고 있는 풍경에 있다. 오물이나 이는 더럽혀진 앱젝트인 순이의 일부이다. 그러나 벌레(앱젝트) 같은 순이에게 또 다른 벌레(앱젝트)가 달라붙은 것은, 구더기가 더 이상 순이의 일부가 아니라 아직은 살아 있는 그녀의 생명의 경계의 침범임을 알려준다.

알몸이 된 순이의 사타구니에서 꼬물대는 구더기는 '밀려나는 앱젝트'라는 익숙한 풍경을 깨뜨린다. 그것이 보여주는 것은 생명이 벌레를 밀어내는 표상체계의 균열이자 그것에 의한 폭력이다.[35] 물론 그것은 순이의

---

34 손창섭, 「생활적」, 앞의 책, 86쪽.
35 순이가 죽음을 기다리며 누워 있지 않고 (문을 닫아건 채) 알몸으로 벌레를 응시하는 순간, 생명이 벌레를 밀어내는 표상체계가 어딘가 고장 나 있음이 암시된다.

죽음에 대한 예고이기도 하다. 그러나 도발적으로 옷을 벗고 생명을 시위하는 순이의 존재 앞에서 그 모습은 참을 수 없는 절망감을 수반한다.

이 순간 순이는 단순한 구더기 같은 존재가 아니라 경계를 침범당한 하나의 생명이다. 여기서의 혐오감은 순이 자신에 대한 것이 아니라 그녀의 생명을 침범하는 익숙하지 않은 표상적 균열에 대한 것이다. 그것은 받아들이기 어려운 악몽이다. 순이의 알몸은 그 악몽에 대응하며 자신의 생명을 시위하고 있는 것이다.[36]

꼬물대는 구더기들은 순이의 존재에 침범한 표상체계의 균열, 즉 사회체계(상징계)의 환부를 가시화한다. 순이의 도발적인 응시는 그런 역전의 순간을 나타낸다. 그것은 병든 순이를 생명체로 되돌리고 표상체계를 병든 것으로 역전시키는 시각적 전복이다. 타자(순이)의 응시 속에서 존재론의 기준이 비천함(병자)으로 내려오면 이처럼 생명과 환부의 위치가 역전된다.

시각적 균열 앞에서 순이가 **옷을 벗은** 것은 자신도 독립적인 생명임을 확인하기 위해서이다. 그녀는 임박한 죽음을 보는 동시에 폭력과 균열을 보고 있다. 봉수는 순이를 동화될 수 없는 앱젝트로, 벌레와도 같은 것으로 볼 것이지만, 순이는 미천한 앱젝트인 동시에 **옷을 벗은 생명체**(타자)[37]의 위치에서, 자신을 벌레 같은 것으로 만드는 표상체계(상징계)의 폭력적 균열을 보고 있는 것이다. 순이의 눈은 그 표상할 수 없는 것의 혐오스러운 침범, 그녀의 존재에 침투한 외면적(실재계적)[38] 환부에 대응하고 있다. 여기에는 봉수의 폭력적 시선 아래서 앱젝트로 살아온 그녀의 존재에 대한 시각적인 반전이 있다. 순이는 자신이 죽을 것임을 직감했겠지만 그래

---

36 혐오감은 외면하게 하는 감정이지만 순이는 그 악몽 같은 장면을 회피하지 않고 들여다 보고 있는 것이다.

37 여기서 '벌거벗음'이란 동화되지 않은 타자의 위치의 긍정이다.

38 실재계란 상징계적 표상화에 저항하는 영역이다.

도 아직은 살아 있기 때문에 그런 생각이 가능한 것이다. 앱젝트가 생명을 감지하며 구역질나는 침범을 보는 이 순간은, 시선에 대응하는 응시(라캉)의 순간이다. 순이의 벌레의 응시는 엄연한 생명인 그녀가 토사물이 된 증거로서 삶의 어딘가에 균열이 있음을 인정할 것 요구하고 있다. 우리는 이 알몸의 응시를 벌거벗은 신체의 응수라고 부를 수 있을 것이다. 벌거벗은 신체의 응수는 혐오감을 넘어선 존재의 시위라고 할 수 있다.[39]

순이의 알몸의 응시는 단순히 걸레조각이나 구더기, 해골물을 보는 시선과 구분된다. 앱젝트를 보며 그것을 자신의 일부로 느끼는 것과 달리, 순이의 응시는 구더기가 생명을 침범하는 위반에 대한 항의인 것이다. 그것은 벌거벗은 신체가 자신의 비천한 몸 자체로서 그 생명에 침범한 무심한 일상의 균열을 폭로하는 응수이기도 하다. 아무도 그것을 함께 봐 줄 사람이 없기에 그녀는 죽음의 경계에 기대어 보고 있었던 것이다.

출구가 없는 사회에서 상징계의 균열이란 몸에 생겨난 벌레만큼이나 공포스러운 것이다.[40] 그러나 분명히 그녀는 삶이 악몽임을, 사회가 환자임을, 일상의 균열이 벌레와도 같은 환부임을 보고 있는 것이다.[41] 이것이 그녀를 '속히 죽어야 될 존재'로 보는 봉수의 시선에 대한 응시이다. 그 응시의 응수는 죽음을 대가로 한다. 순이에 동조하는 동주 역시 그녀처럼 악몽이 된 삶에서 깨어나듯이 자신의 죽음을 생각한다. 순이를 보며 자신의 죽음을 생각하는 것은 동주의 몸에도 '보이지 않는 구더기'가 들끓고 있기 때문이리라. 그것에 대해 무력하기에 두 사람의 교섭이란 죽음의 벽

---

39   여기서의 혐오감은 구더기에 대한 것이기보다는 생명의 침범에 대한 것이며 순이의 알몸의 응시는 혐오를 무릅쓰고 표상적 균열에 대응하는 존재의 시위로 볼 수 있다.

40   순이의 몸에 상징계의 실재계적 환부가 침투한 것은 분열을 경험하면서도 탈주를 할 수 없는 상황에서 나타난 현상이다.

41   지젝, 이수련 역, 『이데올로기라는 숭고한 대상』 인간사랑, 2002, 141쪽. 지젝은 이와 비슷한 카프카의 「시골의사」의 한 장면에 대해 여러 가지 해석을 하고 있는데, 「생활적」에서 순이의 신체 안에 꼬물대는 외면성으로서의 벌레는, 사회적 해석, 즉 사회가 막혀 있다는 증상으로 해석될 수 있다. 이는 실재계적 침범이자 사회적 균열이다.

에 기대섰을 때만 가능하다.

이윽고 순이는 엄마가 지어준 옷을 입고 싶어 한다.[42] 생활의 옷을 입을 수 없는 그녀가 새 옷을 꺼내 입으려는 것은 생의 문턱을 넘어서는 죽음에 임박했음을 뜻한다. 그러나 그것은 죽음에 임박해서도 또 다른 생의 소망을 부인하지 않음을 의미하는 것이기도 하다. 봉수와 춘자가 산수옥(山水屋)을 개업하는 날 순이는 아무도 없는 방에서 혼자 죽음을 맞는다.

자기의 입술을 순이의 입술로 가져갔다. 인제는 순이가 아니다. 주검이었다. 동주는 주검에 키스를 보내는 것이었다. 주검 위에 무엇이 떨어졌다. 눈물이었다. 섧지도 않은데 눈물이 쏟아지는 것이었다. 자기는 분명히 지금도 살아 있다고 의식했다. 살아 있으니까 죽을 수 있다고 생각했다. 그것만은 자기가 확신할 수 있는 단 하나의 '장래'라고 생각하며, 동주는 주검의 얼굴 위에 또 한번 입술을 가져가는 것이었다.[43]

봉수와 춘자의 생활에 대비해 동주의 순이의 주검과의 교섭은 비대칭적이다. 생활에는 현재의 삶이 있지만 동주가 바라는 미래가 없다. 반면에 죽음은 영원히 만날 수 없는 미래의 시제이지만 거기에는 현재의 삶이 없다.

레비나스는 죽음을 영원히 자신이 확인할 수 없는 미래로 보았다. 물론 타인의 죽음은 현재이지만 주검과의 사이에는 심연이 있다. 심연을 건널 수 없기에 타인의 주검과의 교섭은 영원한 미래이며 여기에도 현재는 없다. 따라서 주검과의 교섭에서는 새로운 삶이 생성되지 않는다.

그럼에도 동주가 욕망과 삶을 상실한 죽음이라는 미래를 생각하는 것

---

42 손창섭 소설에서 불구적인 인물들은 자기혐오에 사로잡히지만 죽음에 임박한 순이에게서는 그것이 발견되지 않는다. 이것이 그녀의 신체가 폭력에 대해 응수할 수 있는 이유이다.

43 손창섭, 「생활적」, 앞의 책, 103쪽.

은 생활에 미래가 없음을 확인하는 반증이다. 그의 주검과의 교섭은 생에는 아무런 '장래'가 없음을 시위하는 것이며, 현존을 잃은 죽음과 교섭하면서까지 타자와 만나고 싶다는 소망의 표현이다. 이 순간 동주의 순이의 주검에 보내는 키스는 (미래가 없는) 죽음 같은 삶에 등을 돌리며 보내는 응수의 표현이다.

그렇기에 그의 죽음이라는 텅 빈 미래를 향한 교섭은, '진심으로 타자와 교섭하는 미래'[44]가 없이 진정성 없는 현재의 삶만 계속되는 생활의 음화[45]이다. 「생활적」은 현재를 잃어버린 주검과의 교섭을 통해 미래가 상실된 1950년대 일상적 생활의 음화를 보여준다. 이 우울한 음화에는 미래가 없는 일상으로부터 등을 돌리는 벌거벗은 타자의 응수가 포함되어 있다.

3. 수용소화된 방과 국가주의자의 우울증

현재의 삶을 상실한 채 죽음을 향한 미래만이 놓인 생은 수용소의 공간을 생각하게 한다. 실제로 「생활적」의 방의 공간은 우울한 수용소와도 비슷하다. 죽음의 신음소리(순이), 정물처럼 무표정한 얼굴(동주), 파리와 벼룩이 엄습하는 방 안, 죽음을 재촉하는 관리자(봉수)의 시선이 그렇다.

동주는 지금도 포로수용소에서 구타당하는 환상에 시달린다.[46] 수용소에서 석방된 후 무기력한 그는 거리에서도 보이지 않는 수용소를 경험했을 것이다. 춘자와 결혼한 뒤 그가 누워 지내는 방은 일종의 도피처와도

---

44 레비나스는 타자와의 교섭을 통해서만 진정한 미래의 시간이 생성된다고 말한다. 레비나스, 강영안 역, 『시간과 타자』, 문예출판사, 1996, 92~93쪽.

45 이 음화에는 부정적인 생활에 대한 응수가 포함되어 있다.

46 적색포로에게 구타당하는 것이지만 이 역시 수용소의 폭력성을 말해준다.

같은 곳이다. 방에는 분명히 개인적인 자유가 있다. 그러나 방과 집은 사적 자유의 공간인 동시에 공적 공간의 구조가 반향되는 장소이기도 하다. 죽음에 방치된 순이는 마치 수용소에서와도 같이 '벌거벗은 생명'(아감벤)으로 살아가는데, 동주는 그런 그녀에게서 자신의 존재의 숨겨진 이면을 본다. 동주는 방에서 수용소의 환상에 사로잡혀 신음하면서, 자신의 소리를 닮은 건너방의 순이의 신음을 살아 있다는 유일한 신호로 느낀다. 마치 수용소에서처럼, 신음을 통해 임박한 죽음을 생각할 수 있는 것은 그가 아직 살아 있기 때문인 것이다. 수용소 같은 삶에서는 그것만이 유일한 '단 하나의 미래'인 것이다. 그처럼 수용소는 방에까지 따라와 있다.

더욱이 방은 사적 영역에 감춰져 있기에 그 안에서의 사건은 더 우울하고 무의미한 비극이 된다. 다만 앞에서 살폈듯이, 죽기 직전 순이의 벌거벗은 신체의 응수, 그리고 그녀의 주검에 떨어뜨리는 감정을 상실한 동주의 눈물만이 조금 다를 뿐이다. 순이와 동주의 수용소화된 공간에 대한 이 같은 응수는 방이라는 아무도 보지 않는 정지된 공간을 극적인 장소로 만든다. 손창섭 소설에서의 방은 일상의 **보이지 않는 수용소가 극적으로 보여지고** 공연되는 극장과도 같다. 극장화된 수용소/방에서는 순이와 동주라는 타자의 (죽음에 기댄) 응수에 의해 사회적 균열이 암시된다.[47]

방에까지 수용소 구조가 침투한 것은 결국 '드러남의 공간'을 박탈한 국가주의 때문이다. 손창섭 소설의 특징인 수용소화된 방은 국가주의와 연관시키지 않으면 이해될 수 없다. 그 점을 잘 보여주는 소설이 바로 「혈서」이다. 「혈서」에서 우울한 방의 공간에서 가장 목소리를 높이는 것은 국가주의자 준석이다. 준석이 사용하는 '국가적 문제', '국적(國賊)', '공산군 총알받이'[48] 같은 말들은 그가 철두철미한 국가주의자임을 암시한다.

---

47 손창섭의 소설에서는 이것이 사건이라고 할 수 있다.
48 '공산군 총알받이'라는 말은 국가주의의 이중성을 담은 구절이지만 어쨌든 준석의 말은 국가주의적 담론을 통해서만 발설된다.

그러나 한쪽 다리가 절단된 준석은 하루 종일 이불을 쓰고 방에 누워 있는 잉여인간이기도 하다. 그는 국가주의적 공간에서의 패배자인 동시에 여전히 자신을 경계 밖으로 밀어내는 국가주의에 온전히 지배되고 있는 것이다.

준석이 모든 일에 흥분하고 논쟁을 하는 것은 자신의 내부의 양가적인 균열이 메워지지 않기 때문이다. 준석은 무력하면서도 방의 동거자들에게 시비를 걸며 매사에 간섭을 한다. 고학생 달수를 병역기피자로 모는 등 그가 보여주는 일방적이고 무모한 논리들은 국가주의 이념의 강압성을 그대로 노출할 뿐이다. 준석과 달리 생활을 가지려 노력하는 달수나 규홍에게 그의 강압성은 아무런 힘도 발휘하지 못한다. 준석이 쉽게 흥분하는 것은 자신의 그런 무기력으로 인한 우울감을 떨쳐내기 위해서이다.

물론 달수나 규홍 역시 생활의 공간에서 밀려나는 인물들이며 무의식적으로 죽음에 강박된 모습을 드러낸다. 규홍이 쓴 시 「혈서」에는 '모가지를 잘라 혈서를 쓸까'라는 시구가 있는데 이는 죽음 앞에서의 진정성의 고백이다. 이 죽음을 무릅쓴 진정성이 국가주의적 삶의 규율화와 반대되는 방향임은 당연하다.

이 소설에는 그런 은유적 혈서와는 상이한 또 다른 혈서가 나온다. 준석은 간질환자 창애를 임신시키는데 그에 항의하는 달수에게 군대에 가겠다는 혈서를 쓰라고 소리친다. 시의 혈서가 자아의 진정성의 확인이라면 준석의 혈서는 국가의 규율에 대한 복종이다.

전자가 벌거벗은 신체(타자)의 피라면 후자는 국가의 위대함을 표현하는 피이다. 둘 다 죽음(모가지를 자르는 혈서)의 무의식을 동반하고 있지만 뒤의 죽음이 국가에 바쳐지는 것인 반면 앞의 죽음은 오히려 그런 희생에서 벗어나려는 죽음이다. 규홍의 시 '혈서'는 벌거벗은 신체의 진정성의 표현으로서 국가주의적 규율화에 지배되는 삶에 대한 응수이다.

그런 시의 혈서의 응수가 죽음의 경계에서만 가능했다는 것은 규율화된 삶에서 벗어난 생활을 갖는 것이 지난했음을 뜻한다. 그것은 당시의 상황이 국가주의가 설정한 경계 바깥으로 밀리는 사람들로 넘쳐났음을 말해준다. 그런 거리의 풍경의 축소판이 잉여인간들이 몸을 누이는 수용소화된 방이다. 국가주의 공간과 시의 공간, 그리고 두 개의 혈서 사이에는 수용소화된 방이 놓여 있다.

"자, 무턱. 어서 손가락을 내놔. 이 자식 못 내놓을 테야? 싫단 말이야? 그러문 이걸루 네 모가지를 뎅겅 잘라서 혈서를 쓸 테다."

달수의 얼굴에서 차차 핏기가 사라지기 시작했다.

그는 죽은 사람처럼 눈을 감으며, 할 수 없다는 듯이 검지를 가만히 내밀었다. 그 손가락 끝이 바르르 떨렸다. 규홍이가 놀라서 준석의 팔을 붙잡으려 하는 순간, 어느새 도마 위에서는 탁 소리와 함께, 몇 방울의 피가 뻗혔다. 이어 절단된 손가락에서는 선혈이 철철 흘러내려 도마와 방바닥을 적시기 시작하는 것이었다.

"자, 써라. 얼른 혈서를 써!"[49]

강제로 임신한 창애와 잘라진 달수의 손가락, 그리고 국적(國賊)을 외치는 흥분한 준석의 음성은, 방에까지 수용소 구조가 침투해 있음을 보여준다. 수용소화된 방이 실제 수용소나 거리의 은유적 수용소와 다른 점은 무의식 속에서 작용하는 폭력을 사적 공간에서 극적으로 드러낸다는 점이다. 무의식의 통제가 느슨한 방이라는 사적 공간은 은폐된 것(폭력)을 드러내는 틈새의 장소이다. 그렇기 때문에 그런 틈새의 공간에는 보이지 않는 폭력에 대한 대응인 규홍의 시가 있다. 어디에도 실리지 않고 아무도 읽지 않는 규홍의 시는 방에까지 침투한 국가주의적 규율화, 수용소

---

49   손창섭, 「혈서」, 앞의 책, 130~131쪽.

화된 방에 대한 최후의 응수이다. 절망의 미학의 특징으로서, 그런 응수가 벌거벗은 신체의 혈서와 모가지를 자르는 죽음으로 표현된 것은, 밀려나는 인물들이 몸담을 대안적 삶의 공간(드러남의 공간)이 아무 데도 없기 때문이다. 준석을 포함해 인물들은 우울감에 지배된다. 그것은 끝없이 밀려나면서도 어디로도 탈주할 수 없을 때 느껴지는 우울감이다

특히 이율배반을 드러내는 준석의 우울감은 국가주의의 자화상이다. 우울이란 한없이 가라앉는 감정이다. 그러나 준석은 마지막까지 쉴새없이 흥분한다. 그가 흥분하는 것은 머리와 신체, 담론과 욕망 사이의 분열 때문이다. 분열자는 감정이 고조되는 순간 탈주의 욕망을 느끼게 되며 준석 역시 가장 흥분한 마지막 순간 집 밖으로 뛰쳐나간다. 하지만 그는 문밖으로 걸어 나가면서도 자신이 어디로 가는지 알지 못한다. 그의 담론의 국가주의가 끝없이 명령하면서 논리적 혼선을 드러내듯이, 그 담론이 현실로 옮겨져야 할 공간에는 방향을 모르는 발걸음이 있을 뿐이다. 거리로도 방으로도 그는 아무데도 갈 수 없다. 그처럼 탈주할 곳을 잃어버린 심리상태가 바로 우울증일 것이다. 국가주의 역시 탈주하는듯 하면서도 실제로는 어디로도 탈주하지 못하고 계속 명령하고 호명하며 달려가는 것일 터이다. '국가적 문제'를 외치는 동시에 그 문제의 외부에 있는 준석이야말로 자신이 부르짖는 담론의 이율배반을 비추는 거울과도 같다. 준석이 자신도 갈 곳을 모른 채 비틀거리며 발길을 옮기는 모습은, 끝없이 질주하고 호명하면서도 탈주의 장소가 부재한 국가주의 자체의 숨겨진 분열과 우울을 드러낸다.

4. 의존적 자본주의의 구조와 벌거벗은 신체의 구조요청

「비오는 날」과 「생활적」에서 주인공이 훼손된 인물의 닫힌 방문을 열어준다면, 「미해결의 장」, 「설중행」, 「층계의 위치」는 반대로 주인공이 누군가에게 구조요청[50]을 보내는 작품이다. 후자의 소설들은 폐쇄된 방에만 초점을 두지 않는 대신 사회적 상황을 얼마간 제시한다. 그러나 여기서도 거리나 방에서 어디로도 갈 수 없는 인물들이 나오는 점은 비슷하다.

「미해결의 장」에서 생활의 공간의 인물들이 가야 될 길은 이미 정해져 있다. 즉 대학에 입학한 후 미국유학을 다녀와서 매판 엘리트('장관') 대열에 합류하는 코스였다. 그것은 1950년대에 국가주의와 의존적 자본주의에 지배되는 사회의 실상이기도 했다. 국가와 자본이 결탁한 세태, 신식민지적인 미국의 물신화, 그리고 타자성을 상실한 자기중심성 속에서, 아버지들은 자녀에게 정해진 길을 반복적으로 강요한다. 이것이 대안적 삶의 가능성이 소멸된 1950년대 사회의 모습이다.

그러나 그 길은 결코 가난하고 황폐한 현실을 '해결'할 수 있는 방법이 아니었다. 「미해결의 장」의 아버지들의 이중적인 모습은 당시의 사회적 모순을 폭로한다. 문선생과 장선생, 그리고 주인공 '나'(지상)의 아버지는 진성회의 회원들이다. 진성회는 국가 민족과 인류 사회를 위해 진실하고 성실하게 일하자는 단체였다. 그러나 회원들은 경제적으로 더 없이 가난하고 무능하다. '나'의 대장(아버지)은 버려진 넝마로 의류를 재생하며 전적으로 아내에 의존한다. 장선생 역시 초등학교 준교사인 아내에 기대고 있으며 문선생은 여동생(광순)의 매음으로 생계를 이어간다. 그런 치욕적인 가난 속에서도 아버지들은 대학과 영어, 미국유학을 물신화한다. 가장들의 이런 이중성은 1950년대 국가와 사회의 무능함을 은유적으로 반향

---

50 아도르노는 모더니즘을 빈병에 넣어져 물결을 따라 흘러온 구조요청 쪽지에 비유하고 있다. 아도르노, 방대원 역, 『신음악의 철학』, 까치, 1986, 124쪽.

해 보여준다.

더욱이 아버지들은 극도의 자기중심적 태도를 보여준다. 장선생과 문선생은 손님이 오면 밥이 축날까봐 무서워서 식사를 하지 못한다. 이 극도의 자기보존의 심리가 보여주는 것은 타자성이 파괴된 사회의 무의미함이었다.

'내'가 법과 대학을 그만둔 것은 방 안의 먼지 같은 삶의 무의미함 때문이었다. 영어와 미국유학은 가난과 무의미함의 '해결책'이 아니었다. 여동생의 매음을 방치하는 삶은 물론 똑같은 말을 반복하는 진성회 역시 원하는 삶이 아니다. 어디에도 다른 삶이 없는 세상에서 내가 생활에 실망한 것은, 사회적 모순의 인식에 의해서보다는, 무언가에 대한 막연한 존재론적 갈망 때문이었다.

'내'가 진정으로 원하는 삶이 무엇인지는 '나' 자신도 알지 못한다. 다만 '나'는 광순의 웃음에서 그 실마리를 발견한다. 광순은 매음을 하지만 손창섭의 소설 중 황폐함 속에서도 웃음을 보여주는 거의 유일한 인물이다. 웃음 짓는 광순의 매력은 1950년대 사회에서 좀처럼 발견하기 어려운 타자에 대한 세심한 배려를 뜻한다. 그만큼 그 시대는 국가주의와 반공, 전쟁 등으로 인해 타자성을 상실한 사회였다.[51]

하지만 광순 역시 **해결책**이 아니었다. 어느 날 광순은 뜻하지 않은 질문을 한다. 그 질문은 '내'가 스스로에게 하고 싶었던 물음이기도 했다.

"대체 날 뭐하러 찾아오군 하세요? 지상은 나한테 뭣을 기대하느냔 말예요"
물론 나는 그 말에 대답하지 못한 것이다. 나는 짜장 광순에게 무엇을 요구하는 것일까? 그건 확실히 내게는 과중한 질문인 것이다. 너는 왜 사느냐? 하는 물음이나 다름없기 때문이다. 그 질문의 여독으로 인해서 돌아오는 길에도 나

---

51 국가주의와 반공, 전쟁의 공통점은 동일성과 대립의 원리라는 점이다.

는 골치가 아팠다. 광순의 미소에서도 나는 좀 실망한 것이다.[52]

광순의 질문은 매우 당연한 것이었다. 그러나 그 당연하고 상식적인 질문이 '나'에게는 비수와도 같은 것이기도 했다. 그것은 '나'의 전 생애가 걸려 있는 문제였기 때문이다.

라캉은 우리에게 진정으로 원하는 게 무엇이냐는 질문을 한다.[53] 이 말은 국가나 아버지 같은 '큰 타자'에 예속된 욕망은 진짜 욕망이 아니며 진정한 욕망은 말로 표상하기 어렵다는 뜻이다. 내가 당황한 것은 광순이 그 말할 수 없는 것을 말해버렸기 때문이다. 즉 진정으로 원하는 것이란 표상할 수 없는 것인데, 당사자(진정한 욕망의 대상)인 광순이 그것의 표상을 요구하는 한, 그녀 역시 내가 진짜로 원하는 대상이 아닐지도 모른다는 의심 때문이었다.

광순이 진정한 대상(대상 a)이 아니라면 내가 원하는 것은 1950년대 현실의 어디에도 없을 것이다. 진정한 욕망의 대상을 상실했을 때 탈주는 불가능하다. 그처럼 황폐한 현실에서 어디로도 갈 수 없을 때 우리는 우울에 사로잡힌다.[54] '나'는 가족들의 생활의 근거인 재봉틀을 빚값에 뺏긴 후 절망과 우울이 더 깊어진다.

그러나 '나'는 다시 광순에게로 갈 수밖에 없다. 그녀는 적어도 어디에도 없는 상실한 것의 대리물이기 때문이다. '내'가 원하는 광순은, 사랑 대

---

52   손창섭, 「미해결의 장」, 앞의 책, 175쪽.
53   이는 무의식적 주체에 대한 분석가의 물음이다. 상징계 차원의 담론에서는 진정한 욕망이 표현되지 않으므로 이런 질문(케 보이?)이 계속된다. 이 때 진정한 욕망의 대상-원인은 대상 a라고 할 수 있다. 부르스 핑크, 김서영 역, 『에크리 읽기』, 도서출판b, 2007, 218~219쪽 참조.
54   프로이트는 우울을 슬픔과 구분하면서 슬픔이 의식적 대상의 상실인 반면 우울은 무의식적 대상의 상실이라고 말한다. 프로이트, 윤희기 역, 『무의식에 관하여』, 열린책들, 1997, 251쪽. 프로이트가 말하는 무의식적 대상이 바로 표상할 수 없는 대상 a라고 할 수 있다. 대상 a를 상실했을 때 우리는 우울 속에서 탈주할 수가 없다고 느낀다.

신 위자료를 준다며 삼백환을 주는 광순도, 단지 웃음만을 보여주는 광순
도 아니다.

> 광순은 나를 몰라줍니다. 나는 큰 돈이 있어야 합니다. 재봉틀두 찾아야 하
> 구, 동생들의 미국갈 비용두 있어야 하지 않습니까?[55]

'내'가 이런 말을 한 것은 진짜로 하고 싶은 말을 말할 수 없기 때문이
다. 그리고 1950년대의 현실에는 그런 황폐한 말들 밖에 없었기 때문이
다. 빈곤과 황폐함은 당연히 유학의 물신화로 해결될 수 없는 문제였고
'나'는 그 이면에 더 중요한 미해결의 문제를 갖고 있었던 것이다.

광순을 오피스로 들여보낸 후 '나'는 '지식인 탕아들' 같은 청년들에게
뭇매를 맞는다. 원치 않는 욕망으로 채워진 세상에서, 그 폭력은 '나'에게
서 재봉틀값이나 미국유학 같은 횡설수설하는 말들을 벗겨버린다. 청년
들은 광순이를 건들이지 말라고 말하지만, 그들의 욕망의 대상은 내가 원
하는 광순이가 아니며, 나는 대응할 힘도 필요도 없다. 다만 폭력은 '나에
게 남은 어정쩡한 말들(재봉틀값, 미국유학)을 제거할 뿐이다. 이제 무방비
상태로 피를 흘리는 벌거벗은 신체로서, '나'는 단지 '광순이'를 신음처럼
부르는데, 그것은 오피스 안의 여자도 돈을 주는 광순이도 아닌 세상에는
없는 광순이일 것이다. 나의 신음과 우울은 그 어디에도 없는 것에 대한
구조요청이다.

피폐한 욕망의 세상으로부터 단절된 채 구조요청을 하는 결말은 「층계
의 위치」에서도 나 타난다. 이 소설에서 3층 건물의 이상한 '층계의 위치'
는 잘못된 사회구조에서 나타나는 인간관계의 모순을 암시한다. 주인공
'나'는 하숙집 뒤창으로 건너편 3층 건물의 내부를 관찰하고 있다. 3층 건

---

55   손창섭, 「미해결의 장」, 앞의 책, 192쪽.

물은 이상한 내부구조를 갖고 있었다. 즉 건물 안에서 2층으로 올라갈 때 등을 보였던 여자가 다시 3층으로 올라갈 때도 또 등을 보이는 것이다. 여자는 3층으로 올라갈 때 당연히 '내'쪽으로 향해야 하고 층계에 가려서 보이지 않아야 할 것이다.

이 이상한 건물의 '층계의 위치'는 서로 등을 보이며 마주 볼 수 없게 하는 모순된 사회구조를 암시한다. 그러나 관찰만으로는 내부의 구조를 알 수 없어 '나'는 직접 건물을 찾아간다. 3층 건물은 아래층의 가게주인 노파와 깡패 같은 청년들이 지키고 있었다. 2, 3층은 외국 군인을 상대하는 양공주들이 살고 있었는데 '나'는 유심히 보아온 3층의 여자가 누이동생을 닮았음을 알게 된다. 간신히 출입구를 통과한 '나'는 2층에서 나체의 여자가 외국군인과 꽉 껴안고 있는 장면을 목격한다. '나'는 놀란 나머지 얼결에 3층까지 올라와 비어 있는 방 안의 푹신한 침대에 눕고 만다. 층계의 구조를 파악하는 일을 잊었음을 알고 다시 내려가지만 올라오는 사람들에게 쫓겨 3층의 방문을 잠그고 침대에 누워버린다.

문밖에서는 황급히 문을 흔들어보고 아래층을 향하여 소리를 지르고 법석이었다. 나는 할 수 없다고 체념했다. 이 3층 건물의 내부구조와 함께, 사회의 일분자로서의 '나'라는 개체가 풍기는 생명의 비밀이 외부와 차단된 채, 영원히 이대로 누워 있어도 좋다고 나는 생각하는 것이다.[56]

외부와 차단된 채 개체의 생명으로 되돌아가려는 '나'는 결코 사회로부터 탈주한 것이 아니다. 탈주란 원래의 존재로 회귀하는 들뢰즈의 '기관 없는 신체'의 상태를 말한다. 그러나 '나'는 여전히 문밖의 사람들의 압력 속에서 이쪽을 보고 있을 뿐이다. 탈주할 수도 문을 열 수도 없는 '나'는

---

56   손창섭, 「층계의 위치」, 『손창섭 단편 전집』 1, 가람기획, 2005, 371쪽.

이쪽과 저쪽의 경계선상에 위치한다.

이제 방 안으로 들어와 버렸기 때문에 '나'는 건물의 구조를 알 수 없게 되고 말았다. 그 대신 '나'는 「생활적」의 순이처럼 문을 닫고 방에 갇힌 생명을 응시하는 벌거벗은 신체[57]가 된 셈이다. 순이가 자신을 은유적 수용소(방)에 가둔 사회적 환부를 생각하듯이 '나'는 방에 갇혀 알 수 없게 된 '층계의 구조'를 생각한다. 이때 '나'의 위치는 양가적이다. 벌거벗은 신체로서는 당연히 문밖의 층계의 구조를 관찰할 수 없다. 하지만 '나'는 비밀을 차단당한 자신을 응시하면서 왜곡된 건물의 구조를 점령한 사람들에게 문을 닫고 응수하고 있는 것이다.

'내'가 은밀하게 자신을 응시하며 문밖의 사람들을 버틸 수 있는 것은 그곳이 누이를 닮은 여자의 방이기 때문일 것이다. 「미해결의 장」의 주인공이 폭력을 견디며 '광순이'를 부르듯이, '나'는 문밖의 사람들에 대응하며 누이를 닮은 여자에게 구조요청을 하고 있다. 물론 광순이가 오피스의 광순이가 아니듯이 그 여자는 비단 3층 방의 여자만은 아니다. '나'는 다만 어디에도 없는 누군가를 생각하며 문밖에 응수하고 있는 것이다. 그 누군가가 없기 때문에 '나'의 위치는 양가적이다. 탈주할 수도 되돌아갈 수도 없는 '나'의 양가적 위치는, 진정한 탈주란 경계에 놓인[58] 벌거벗은 신체의 구조요청에 응하는 사람이 있을 때 비로소 가능함을 암시한다.

---

57   이 벌거벗은 신체는 문밖의 사람에게 응수하는 점에서 또 다른 경계선 상의 위치인 아감벤의 벌거벗은 생명과 구분된다.

58   '나'의 위치는 방 안이기도 하지만 문밖의 사람의 압력을 받는 경계선상의 위치이기도 하다.

5. 국가주의의 폭력과 우울의 미학의 계보

이제까지 살핀 것처럼 손창섭 소설에는 비대칭적인 두 개의 풍경의 대비가 나타난다. 즉, 생활인의 욕망과 죽음과의 교섭(「생활적」), 국가주의적인 혈서와 시의 혈서(「혈서」), 미국유학의 꿈과 누군가를 향한 구조요청(「미해결의 장」), 문밖의 폭력적인 사람들과 방 안의 벌거벗은 신체(「층계의 위치」) 등이다. 양자는 국가주의 및 의존적 자본주의의 일상과 그 속에서의 불온한 존재들의 관계로 대비시킬 수 있다. 후자의 불온한 존재들은 한계선까지 밀려난 벌거벗은 신체로서 대안적 가능성이 박탈된 무의미한 일상으로부터 돌아선다. 그들은 흔히 훼손된 신체로 드러나거나 죽음과의 교섭을 보여준다. 그런 방식으로 일상에 균열을 내며 모든 가능성이 파괴된 세계에 응수하는 것이다.[59]

새로운 삶의 생성보다 불온한 공간을 응시하는 이 소설들은 절망의 미학으로 불릴 수 있을 것이다. 절망의 미학은 **우울의 미학**이도 하며 그 배경에는 드러남의 공간(대안적 공공성)을 파괴하는 국가주의가 놓여 있다. 우리는 그와 비슷한 우울의 미학의 계보를 최명익 소설에서 발견할 수 있다.[60]

손창섭 소설에 병자, 장애인, 잉여인간이 등장하듯이, 최명익 소설에도 결핵이나 성병, 아편중독에 걸린 훼손된 신체가 나타난다. 또한 양자에서 모두 죽음과의 교섭이 그려진다.[61] 이 두 작가의 절망과 우울의 미학은 1950년대와 식민지 말의 두 개의 국가주의와 연관이 있다.

---

59 이 균열이 우울의 미학의 사건이며 세계를 동요시키는 가장 초보적 단계의 응수이다. 그처럼 우울의 미학은 매우 어두운 시대의 미학이다.

60 손창섭 소설을 최명익 소설과 연관시킨 논의로는 서준섭, 「정지된 세계의 소설」, 『한국전후문학의 형성과 전개』, 태학사, 1993과 테드 휴즈, 『냉전시대 한국의 문학과 영화』, 앞의 책이 있다. 특히 테드 휴즈는 두 작가의 소설이 국가주의적 질서를 문제시하는 점에서 유사하다고 논의하고 있다.

61 최명익 소설의 죽음의식에 대해서는 김예림, 『1930년대 후반 근대인식의 틀과 미의식』, 소명출판, 2004, 123~128쪽 참조.

물론 손창섭 소설이 한국전쟁 이후의 가난과 폐허를 그리는 반면, 최명익 소설은 식민지 말의 파시즘적 국가주의를 배경으로 한다. 그로 인해 전자가 흔히 폐쇄된 방을 보여준다면 후자에는 기차의 경험이 자주 나타난다. 최명익 소설의 기차는 질주하는 파시즘적 세계와 무관하지 않다.

손창섭 소설에서 두 개의 대비가 나타나듯이, 최명익 소설에서도 기차의 경험과 일상에서 밀려난 훼손된 신체의 대비가 그려진다. 여기에 관계된 작품은 「무성격자」, 「심문」, 「장삼이사」이다. 이 소설들에서는, 기차의 경험 및 그 연장으로서의 일상과, 훼손된 신체/비천한 존재의 비대칭적 관계가 나타난다.

예컨대 「무성격자」에서 주인공 정일은 기차를 타고 두 개의 도시 사이를 오가며 상이한 두 죽음을 경험한다. 한 쪽에는 죽음에 임박한 아버지가 있으며 다른 쪽에는 각혈을 하는 애인(문주)이 있다. 이 소설은 그 두 사람의 죽음으로 끝나는데 양쪽의 죽음의 의미는 상이하다. 하나가 '죽기 싫다'는 사람(아버지)의 죽음이라면 다른 하나는 '죽고 싶다'는 사람(문주)의 죽음이다. 또한 한 쪽이 혼자 죽어야 하는 사람의 죽음인 반면 다른 쪽은 애인과 같이 죽으려는 사람의 죽음이다. 전자는 죽음이면서도 일상의 세속적 욕망의 세계이기도 하다. 반면에 후자는 그런 세속적 욕망에서 벗어나려는 훼손된 신체의 죽음이다. 양쪽을 오가는 기차는 중도적인 정일의 양면성을 연결하고 있다. 질주하는 기차는 마치 정일처럼 세속적 생활(아버지)로부터 탈주할 수도 죽음(문주)으로부터 달아날 수도 없는 당대의 삶을 은유한다. 당대의 현실은 단지 음화(문주)와 양화(아버지)를 통해 분열과 우울을 드러내고 있을 뿐이다. 두 개의 세계는 시끄러운 공간과 정적인 공간, 달리는 세계와 정지된 세계[62]로 대비된다.

「심문」에서의 기차의 경험은 당대의 파시즘적 세계의 양가성을 보다

---

62   이 정지된 세계는 보이지 않는 수용소와도 같은 곳이다.

근본적으로 암시한다. 그것은 이 소설에서 중도적 인물('나')보다 기차의 질주와 대비되는 밀려난 훼손된 인물들이 전경화되기 때문이다. 아편중독자가 된 과거의 운동가 현혁과 그의 첫사랑 여옥이 그들이다.

기차의 속도는 모더니티의 은유이자 파시즘적 국가주의의 질주이기도 하다.[63] 당대의 파시즘적 국가주의는, 근대의 다중성을 흡수한 인공기관(prosthetic)으로서의 기차의 속도처럼, 질주 이외의 다른 삶의 가능성을 허용하지 않는다. 여기서는 기차가 인공적 주체이며 승객들은 그에 의해 그려지는 풍경화로서 '한 터치의 오일'[64]일 뿐이다. 승객들이 '폐허에 버려둔 듯한'[65] 모습으로 보이는 것은 그 때문이다.

그런 상황에서 질주하는 인공기관에 뒤따르지 못하는 사람들은 경계 바깥으로 밀려날 수밖에 없다. 그런데 당시의 국가주의는 달리는 기차처럼 질곡의 근대에서 탈주하는 듯하면서도 실상은 미래가 없는 파국을 향해 질주할 뿐이었다. 근대는 초극되지 않고 다시 되돌아올 따름이고 단지 초극하는 듯한 가속도를 통해 다른 삶의 가능성을 박탈할 뿐이다. 운동가 현혁이 아편중독에 빠진 것은 그런 상황에서 '미래와 역사에 대한 자포자기를 시위하는 방식'으로 볼 수 있다. 그는 역설적으로 '낙오자인 동시에 이미 질주의 끝에 이른 것이다.'[66] 앞에서 살핀 것처럼 그 같이 역사와 대안적 삶의 가능성을 파괴하는 것이 바로 국가주의의 폭력이다.

탈주할 곳이 없는 무의미한 질주를 견디지 못한 훼손된 신체에는 이미 그 폭력의 흔적이 각인되어 있다. 「무성격자」의 문주의 결핵이나 「심문」의 현혁의 아편중독은 자포자기인 동시에 질주하는 국가주의의 폭력성

---

63   신형기, 「최명익과 쇄신의 꿈」, 『분열의 기록』, 문학과지성사, 2010, 116~117쪽. 여기서는 「심문」의 서두를 예로 들어 기차는 폐허와 조난자들을 남기고 달아나는 당대성의 은유라고 논의하고 있다.
64   최명익, 「심문」, 『최명익 단편선』, 문학과지성사, 2004, 166쪽.
65   위의 글, 166쪽.
66   신형기, 「최명익과 쇄신의 꿈」, 앞의 책, 118~119쪽.

의 각인[67]이기도 하다. 그 때문에 여기서도 훼손된 신체는 일상의 사람들의 보이지 않는 상처를 보여주는 은유[68]이자 거울인 것이다.

물론 최명익의 소설에는 손창섭의 초기소설과는 달리 갱생의 길을 아주 포기하진 않는 인물들이 나온다. 그러나 그들의 경우에도 마지막 순간에 결국 자신이 원하는 삶이 어디에도 없으며 훼손된 상태로 죽음으로 밀려나는 것이 불가피함을 깨닫는다. 그것은 일상의 포기이지만 또한 진정으로 원하는 것과 탈주를 포기하지 않는다는 암시이기도 한다. 이 경우의 죽음은 파국을 향해 치닫는 세계에 순응할 수 없다는 응수의 표시이다. 예컨대 「심문」에서 갱생의 문턱에서의 여옥의 죽음은 모든 생활의 길을 놓아버린 벌거벗은 신체의 대응이다.

> 그저 외롭습니다. 지금 제가 다시 현을 따라간대도, 이미 사랑하기를 잊은 현은 기회만 있으면 누구에게나 '열쇠'를 팔 것이외다.
>
> 그렇다고 지금 저의 병(중독)을 고친댔자 다시 맑아진 새 정신으로 보게 될 세상은 생소하고 광막하기만 하여 저는 더욱 외로울 것만 같습니다.[69]

중도적 인물 '나'는 여옥이 '제 심정을 바칠 곳이 없어' 죽었다고 생각한다. 여기서 심정을 바칠 곳이란 비단 사랑만을 말하는 것이 아니다. 진정으로 원하는 것(대상 a)을 상실한 세상에서 여옥은 죽음을 통해 자신이 진정성을 버리지 않았음을 표현한 것이다. 죽은 후 여옥의 인당의 아름다운 심문(心紋)은 그녀가 원하던 삶(대상 a)의 은유이다. 어디에도 없는 그것은 죽음 후에만 아름답게 표현된다. 죽음을 통해서만 아름다움이 표현되는 세

---

67 이 폭력성의 각인은 질주의 끝을 미리 보여주는 것으로도 볼 수 있다.
68 김예림, 앞의 책, 123쪽.
69 최명익, 「심문」, 앞의 책, 219~210쪽.

계는 아름다운 삶의 가능성을 상실한 우울한 세상이다.[70] 그런 세계의 배경에는 모든 가능성을 흡수한 채 파국으로 치닫는 국가주의가 놓여 있다.

최명익이 죽음 후에만 아름다움이 표현되는 세계를 그렸다면 손창섭은 주검을 통해서만 타자와의 교섭이 표현되는 삶을 그렸다. 최명익과 손창섭은 죽음과 대면하면서까지 진정으로 원하는 타자성의 삶을 포기하지 않았던 것이다. 그들 소설에서 극한(죽음)에까지 미끄러지는 훼손된 존재의 표현은 삶 속에서는 어떤 진정한 관계도 불가능하다는 우울함의 반증이다. 그들의 두 개의 우울의 미학의 이면에는 모든 타자성의 가능성을 박탈한 식민지 말과 전후의 두 개의 국가주의가 위치한다.

따라서 해방 후 손창섭 소설에서의 '우울의 미학'의 귀환은 극복되지 않고 망각된 식민지 말 국가주의의 귀환이기도 하다. 손창섭 소설은 사라진 동시에 다가와 있는 국가주의적 폭력의 세계를 그리고 있다. 이제까지의 우리의 논의는 그런 폭력의 세계와 우울의 미학 사이의 긴밀한 관계를 밝히는 것이었다. 우울의 미학은 1930년대의 모더니즘의 연장인 동시에 그보다 더 절망적인 상황을 보여준다.

자신이 진정으로 원하는 것과 사회질서가 요구하는 것 사이의 극심한 불일치를 우리는 분열이라고 부른다.[71] 거기서 더 나아가 진정한 욕망의 대상이자 원인(대상 a)을 상실했을 때 자아상실과 함께 **우울**이 나타난다. 분열된 주체는 자신을 분열시킨 사회의 균열지점에서 탈주를 소망한다.

---

70 우울은 진정으로 원하는 것, 즉 대상 a의 상실이며, 그것은 모든 대안적 삶의 가능성을 상실했을 때의 감정이기도 하다.

71 이런 분열은 식민지에서 매우 심각하게 나타난다. 신형기에 의하면, 식민지에서의 분열의 문학은 모더니티의 주변부가 중심과의 위계적 격절과 연속의 모순된 이중적 관계를 확인하고 증거하는 방식이었다. 중심이 동질적인 체계화를 추구하는 동안 주변부에서는 내면적 분열이 나타났던 것이다. 식민지에서는 지역적 과거와 당대의 동시성이 불균등하게 공존하는 상황에 의해 혼란과 분열이 가중된다. 신형기, 앞의 책, 16쪽. 이 같은 분열의 경험은 교묘하게 변주된 식민주의인 파시즘의 시기에 더욱 심화되었으며 이상과 박태원의 분열의 미학에서 최명익의 우울의 미학으로 이어졌다.

그러나 파시즘과 국가주의는 바로 그 균열지점에 이데올로기적 스크린을 설치해 탈주의 욕망을 차단하고 빼앗는다. 그런 국가주의로 인해 분열된 동시에 탈주의 욕망을 빼앗긴 사람들이 최명익과 손창섭 소설의 우울한 인물들이다.

이상과 박태원의 인물들은 내면의 탈주의 욕망에 근거해 현실에 동화되지 않으려는 방해의 몸짓을 할 수 있었다. 가령 「날개」의 방과 「소설가 구보 씨의 일일」의 거리가 그런 공간이었다. 그러나 최명익과 손창섭의 인물들은 방 안에 숨을 수도 거리로 달아날 수도 없는 사람들이다. 방과 거리, 기차간에까지 국가주의의 미시권력이 침투해 있기 때문이다.

그럼에도 불구하고 최명익과 손창섭의 인물들은 죽음과 교섭하면서까지 국가주의적 동원에 등을 돌리며 응수를 표시한다. 죽음과의 교섭은 새로운 생을 생성하지 못하기에 여전히 우울하지만, 죽음 쪽으로라도 돌아서서 달아남을 표현함으로써, 탈주의 욕망마저 흡수한 국가주의[72]의 비대해진 숭고함에 균열을 낸다. 우리는 이 죽음과 교섭하는 불온한 존재를 숭고한 국민의 신체와 구분해 벌거벗은 신체라고 불렀다. 벌거벗은 신체는 아감벤의 호모사케르와는 달리 배제되는 동시에 (포섭되지 않고) 응수한다.[73]

이상·박태원의 방해의 미학과 최명익·손창섭의 우울의 미학은 그처럼 배제되면서도 폭력적 체제에 대응한다는 것이 공통점이다. 인물들은 버려지는 대신에 밀려난 위치에서 타자를 향한 구조요청을 하고 있다. 「날개」의 '날자!'나 「미해결의 장」의 '광순이!', 그리고 「심문」의 유서는, 비천한 신체로서든 죽음 앞에서든 비슷한 구조요청의 표현이다. 이상은 생활의 상실을 대가로 치르며, 손창섭과 최명익은 '진정으로 원하는 것'의 상실을 말하며, 누군가에게 손을 내밀고 있다. 미지의 타자를 향한 이

---

72   국가주의는 탈주의 욕망을 강탈해 스스로가 탈주하는 듯 보이게 만드는 장치이다.
73   이 지점에서 체제와 그 타자는 둘 다 포섭과 응수의 양가성 속에서 불안과 공포를 느끼게 된다.

구조요청은 스스로의 갱생의 무력함의 표현인 동시에 타자성(alterity)[74]을 박탈한 폭력에 대한 최소한의 응수이기도 하다. 그처럼 자기성의 삶이 버려지면서도 타자성의 갈망을 버릴 수 없다는 것이 자기중심적 폭력에 대응하는 분열과 우울의 미학[75]의 역설일 것이다.

6. 슬픔의 미학과 '이자적 진리'

손창섭 소설은 「설중행」(1956)에서부터 우울의 미학에서 슬픔의 미학으로의 전환을 보여준다. 우울의 미학은 방에서 벗어나려 하면서도 벗어나지 못하는 사람들, 한국전쟁 때의 총탄구멍 바깥을 보려 하면서도 보지 못하는 사람들의 이야기[76]이다. 예컨대 「미해결의 장」에서 '내'(지상)가 총탄구멍의 바깥을 보지 못하는 것은 국가주의가 설치한 이데올로기적 스크린에 의한 것이다. 우울의 미학에서의 주인공들은 시각적인 제약으로 인해 탈주를 소망하면서도 혼돈 속에서 제 자리를 맴돈다. 그래도 순이(생활적)나 광순(「미해결의 장」) 같은 교섭의 대상이 있기 때문에 타자성의 갈망이 전멸된 것은 아니다. 그러나 교섭의 대상들은 죽음을 향해 있거나(순이) 죽음정치적 노동에 묶여 있다(광순). 타자성을 박탈하는 사회에서 타자에 대한 향수를 드러내는 이 우울의 미학의 인물들은 제도화된 우울증을 앓고 있다고 할 수 있다.

---

74 자기성의 삶이 실제로는 체계의 규율에 예속된 삶이라면 타자성은 그에서 벗어나 자율적 존재로서 진정한 타자와 교섭하는 것을 말한다. 레비나스에 의하면, 자기성의 삶은 제한적인 것이지만 타자성의 삶으로 상승되기 위한 조건이기도 하다.

75 이 우울의 미학의 계보는 1990년대 후반 배수아와 하성란의 이미지 소설에서 계속됨을 발견할 수 있다.

76 「미해결의 장」의 '나'는 초등학교 담장의 총탄구멍으로 안을 들여다보는 습관을 갖고 있는데 이는 '내'가 일상을 살아가는 제약된 시각적 습관의 암시이기도 하다.

우울의 미학이 억압적 세계에 의한 자아의 제약의 표현이라면 슬픔의 미학은 모순된 세상과 대면한 자아를 보여준다. 이 같은 자아의 문제에서 세계의 문제로의 이동은 새로운 인물들의 등장에서 시작된다. 1950년대 전반 손창섭의 소설이 훼손된 인물들을 통해 일상의 사람들의 내면의 상처를 은유적으로 드러냈다면, 후반의 소설들에서는 세계로부터 상처받는 대신 사회의 부정성을 즉자적으로 드러내는 인물들이 등장한다.

1950년대 후반의 소설에서 그처럼 사회의 부정성을 암시하는 전환은 **위악적인** 청년들의 출현으로 시작된다. 위악적인 청년들은 세계의 부정성에 자각 없이 반응하는 방식으로 위선적인 아버지들에 반항하는 인물들이다. 그런 위악적 인물들은 부정적 성격에 가까우면서도 사회 모순을 은폐하는 아버지들의 시각성에 반항하는 점에서 단순한 악인은 아니다. 그들은 그 같은 반항을 통해 위선적인 아버지들에 의해 보이지 않게 된 사회의 부정성을 스스로의 타락한 행동으로 보여주는 것이다.

「미해결의 장」에서 진성회 회원들은 위선적인 아버지들의 모습을 드러낸다. 진성회는 국가와 민족, 인류를 위해 진실하고 성실하게 일하자는 단체였지만, 회원인 아버지들은 아내에 의존하거나 여동생의 매음으로 생계를 이어간다. 그들의 위선적인 이중성은 1950년대 국가와 사회의 무능함과 구조적인 상동성을 갖고 있다. 국가를 신성시하는 당대의 위선적인 국가주의는, 저항이 불가능한 심급들(국가, 민족)의 명예를 앞세우기 때문에 모든 대응을 무력화시키며, 그로 인한 자아의 피폐화가 바로 우울의 미학의 원인이다.

반면에 위악적인 청년들은 단순히 부정적인 인물로만 볼 수 없는 존재이다. 「설중행」에서 제자 관식의 동거녀 귀남은 고선생에게 위선도 타락이라며 인간은 그 습관의 가면을 벗을 때가 되었다고 말한다. 귀남이 말하고 있는 것은 사회 모순을 은폐하는 이데올로기적이고 아비투스적인[77] 시각적 장치의 거부이다. 고선생은 귀남의 그런 당돌함에서 '색다른 인간의 강한 호흡'과 '신선한 경이'를 느낀다. 귀남은 적어도 위선적이지 않으며 오히려 고선생보다도 더 그렇다고 할 수 있다. 귀남과 관식은 시각적 제약을 강요하는 총탄구멍을 박살내며 (자신의 악행으로) 보이지 않는 사회모순을 보여주는 역할을 한다. 그와 함께 그들은 자신을 실제 이상으로 악인으로 드러내기 때문에, 우리는 두 사람을 비난하는 동시에 그들을 왜곡시킨 사회에 대한 울분을 함께 느낀다. 따라서 위악적인 청년들의 등장은 오히려 시각적 제약의 해체와 물밑의 동요의 역설적 표현이다.

고선생은 화장품상 여자의 유산으로 한몫 잡기 위해 "인간의 예식 중 장례식이 가장 좋다"는 관식과 귀남에게 분노를 느낀다. 그러나 그들에 대한 분노는 진성회의 아버지들에 대한 환멸감과는 다른 감정이다. 고선생은 관식과 귀남에게 "송장하구 같이 타 죽구 돌아오지 말라"고 외치는데, 이는 실상 그들을 비틀리게 만든 **사회**에 대한 분노의 표현이다. 「미해결의 장」에서 '나'는 진성회의 아버지들에게 동조하지 못하면서도 무력감과 무의미함을 느낄 뿐이다. 반면에 「설중행」의 고선생은 관식과 귀남에게 미친 듯이 분노하며 물신화된 사회와 대면하게 된다.

고선생이 눈 내리는 길 없는 언덕을 걸으며 느낀 모멸과 울분은 우울보다는 비애에 가깝다. 그것은 황폐한 세상과 대면한 감정이며 우울의 미학에서 슬픔의 미학으로의 전환이다. 「생활적」의 동주와 「미해결의 장」의 '내'가 방에서 탈출하려다 다시 돌아온다면, 고선생은 어디론가 탈주하기 위해 길 없는 길을 걷고 있다.

길 없는 길이란 절망을 끌어안으며 황폐한 세상을 넘어서려는 시도이다. 절망을 끌어안는다는 것은 피폐한 세상에서 고통 받는 타자와 교섭하는 것

---

77 아비투스란 사회적 요인에 의해 습관으로 주어진 것을 말한다.

을 뜻한다. 예컨대 루쉰의 「고향」의 주인공은 심한 격절감 속에서도 옛친구이자 마비된 타자인 룬투와 교섭한다. 룬투와의 심연 속에서의 교섭은 길 없는 길을 가는 행위자가 보이지 않는 길을 보고 있는 것과도 같다.

「설중행」의 고선생 역시 절망을 품에 안고서 길 없는 길을 걷고 있다. 그러나 고선생의 눈앞에는 분노의 대상이 어른거리면서도 어둠 속의 타자가 보이지 않는다. 고선생의 눈길이 루신의 길 없는 길보다 더 암담한 것은 그 때문이다. 고선생은 총탄구멍의 바깥을 보는 동시에 보지 못하고 있는 것이다.

길 없는 길을 표현한 소설들은 어떤 식으로든 타자와의 만남을 드러낸다. 황폐한 세상에서 타자와의 대면은 이자적 진리(사랑, 윤리)[78]에 접근하는 방식으로 절망을 넘어선다. 이자적 진리란 타자와 교섭하고 대화하는 사랑과 윤리를 말한다. 앞서 살폈듯이 김남천이 말한 일신상의 진리(모랄)도 사실은 바흐친의 대화와 비슷한 이자적 진리였다. 일신상의 진리나 이자적 진리는 비슷하게 절망 속에서 길을 모색하는 방식들이다. 이자적 진리는 혼자서는 불가능한 절망과의 포옹을 가능하게 하기에 길 없는 길을 보이게 만든다. 그런 방식으로 「설중행」을 넘어서서 타자와의 교섭을 표현한 소설이 바로 「잡초의 의지」와 「포말의 의지」이다.

제목이 상징하듯이 「포말의 의지」는 비천한 인물(포말) 종배가 우울에서 벗어나 어둠 속의 길을 찾는 이야기이다. 종배는 비천한 삶을 살뿐더러 자신의 우울한 상황에서 벗어나려는 의지가 없다. 그러나 그는 창녀 영실을 만나면서부터 자신도 모르게 삶의 의욕을 느끼기 시작한다. 영실은 타락한 윤락녀인 동시에 시든 사과처럼 상품가치도 없는 '이중의 죄인'이었다. 그런데 종배는 그녀의 수줍은 웃음에서 인간적인 약점을 엿본 후 그녀의 '손님'이 되는 것을 거부하지 못한다. 영실의 '이중의 죄'는 실

---

78 이자적 진리란 사랑에서처럼 타자와의 끝없는 교섭 속에서 나타나는 진리의 열망을 말한다. 제7장 참조.

상 자본주의 사회에서 희생되며 얻어진 굴레로서, 인간적인 약점이란 타자의 적나라한 모습에 다름이 아니다. 레비나스는 맥락(사회)의 굴레를 벗은 타자의 얼굴을 강조하고 있거나와, 영실은 종배에게 벌거벗은 타자의 모습을 보여주었던 셈이다. 그처럼 인간적인 약점을 매개로 이루어진 타자와의 교섭은 종배가 영실의 절망을 함께 껴안는 순간이었다.

종배와 영실이 좀 더 가까워진 것은 영실이 종소리의 소망을 고백한 이후였다. 영실은 교회당의 종소리를 좋아하는데 그것은 그 소리가 슬프기 때문이라고 말한다. 영실의 이 말은 손창섭 소설이 **슬픔의 미학**으로 이동했음을 확실하게 보여준다. 종소리는 혼자 들어도 누군가와 함께 듣는 듯한 느낌이 들게 한다. 영실은 그 누군가가 없기 때문에 울고 싶어지는 것이며 그녀의 슬픔은 **타자에 대한 갈망**에 다름이 아니다. 그리고 지금 그녀에게 다가서 있는 종배에게 그 슬픔의 진실을 고백하고 있는 것이다. 여기서처럼 슬픔의 진실이란 타자에 대한 진실이기도 하다. 영실은 창녀(옥화)이지만 종배와의 잠자리에서 자신의 본명을 비밀처럼 들려주는데, 이 역시 그녀가 상품이 아니라 인간임을 입증하는 타자의 비밀이기도 했다.

손창섭 소설에서 우울의 미학으로부터 슬픔의 미학으로의 변화는 타자와의 관계의 변화이기도 하다. 「생활적」, 「미해결의 장」이 타자성을 갈망하면서도 다시 자신의 방으로 돌아오는 우울의 미학이라면, 「설중행」의 고선생은 방을 뛰쳐나와 분노와 슬픔 속에서 진실을 찾아 눈길을 걷는다. 그러나 고선생의 울분과 분노에는 타자에 대한 감각이 미흡하다. 반면에 「포말의 의지」에서 영실은 슬픔 속에서 종소리가 울리는 갈 수 없는 길을 갈망하는데, 그녀의 슬픔은 타자와 교섭하며 절망을 함께 껴안고 가려는 감성이기도 하다.

「포말의 의지」가 「설중행」과 다른 점은 타자와 교섭하는 이자적 진리를 통해 길 없는 길을 갈망한다는 점이다. 「설중행」의 고선생은 어디로 가야할지 보이지 않는 길을 걷기 때문에 슬픔의 감정이 모욕과 울분으로 표현된다. 반면에「포말의 의지」의 종배와 영실은 타자와 함께 하는 길을 소망하기 때문에 슬픔의 힘으로 절망을 넘어선다.

절망의 삶을 살아온 영실은 죽음을 맞게 되는데, 그녀는 종소리가 울리던 교회를 향해 기어가다 숨을 거둔다. 그러자 종배는 교회로 달려가 영실을 잃은 슬픔의 힘으로 막혔던 가슴이 터질 듯한 종소리를 울린다. 종배의 종소리는 규칙위반이었다. 그러나 그것은 규칙에 물화된 교인들은 결코 알 수 없는 세상의 모든 절망을 껴안은 사람의 슬픔의 표현이었다. 또한 그 슬픔은 고선생의 울분과도 달리 내면에 옮겨진 영실에 대한 사랑으로 힘으로 경직된 감성의 분할의 경계를 강타하고 있었다. 종배의 종소리는「설중행」에서 암시되었던 물밑의 동요가 경계를 넘어 밖으로 흘러 넘치기 시작했음을 뜻한다. 그는 타자성을 박탈하는 국가주의의 치안에 구멍을 내는 음향을 퍼뜨리고 있었다. 그렇기에 종배의 종소리는 같은 시기에『사상계』의 지면을 장식한 비판적 담론들에 상응한다.

우울한 삶을 살던 종배의 변화는 제도화된 우울증의 희생자가 어떻게 절망을 넘어서는지 암시한다. 비천한 신체의 응수는 우울의 미학인「생활적」과「미해결의 장」에서도 표현되고 있었다. 동수의 주검과의 키스와 지상('나')의 광순을 향한 구조요청이 그것이다. 그러나 그들의 행위는 감성의 분할을 방해하는 음향을 내지만 여기에는 내면에서의 지속성이 없다.「설중행」의 고선생은 그들과 달리 지속의 윤리를 지닌 사람이다. 하지만 고선생은 눈길을 계속 걸어가면서도 물신화된 동일성의 사회에 충격을 주는 필사적 도약의 순간을 경험하지 못한다.「포말의 의지」에 나타난 이자적 진리만이 내면의 동요와 목숨을 건 도약을 통해 감성적 차원에서 사회적 변화를 요구하게 된다.

이자적 진리는 어떻게 생성되는가. 손창섭 소설의 변화 과정은 물밑의 동요가 조금씩 증폭되는 감성의 변혁의 진행이기도 하다. 그렇기에 그 진동이 아주 미세하더라도 초기의 우울의 미학 역시 중요하다. 주검과의 키스나 미지의 타자에 대한 구조요청 역시 이자적 진리의 생성을 위한 도정에서 나타난 것이다.

　감성의 변혁은 손창섭 소설의 비천한 신체들, 그 고통 받는 타자들이 우리의 눈에 보이게 만들어 준다. 감성권력과 생명권력은 물밑의 동요를 잠재우며[79] 타자들을 보이지 않게 만들기 위해 가능한 모든 일을 다 한다. 벌거벗은 생명의 처분은 동일성 체제의 유지를 위한 필수적인 과제이기 때문이다. 그에 대응해 비천한 타자를 보이게 만들면서 우리를 동요시키는 것이 바로 미학과 사랑이다. 벌거벗은 생명은 동일성 체제의 질서 유지를 위한 비밀이지만 미학과 사랑을 통해 이자적 진리를 위한 타자의 비밀의 근거(벌거벗은 신체, 타자)로 전환된다.

　미학과 사랑은 조금씩 물밑의 동요를 일으켜 보이지 않는 타자를 보이게 만들기 위해 분투한다. 비식별성의 영역은 생명권력과 감성정치의 보이지 않는 전쟁터이다. 비식별성의 영역에서 수동적으로 배제된 타자는 또 다른 물밑의 비식별성의 영역에서 능동적으로 사랑을 갈망하며 살아간다. 그런 사랑이 증폭되는 어느 순간 마침내 타자의 존재가 우리의 눈에 보이게 된다. 이 과정에서 감성정치는 전력을 다해 타자를 회생시키면서 한순간의 폭발력을 지닌 이자적 진리를 부활시켜야 한다. 사랑과 윤리라는 이자적 진리의 부활은 1950년대뿐만 아니라 우리 시대의 가장 핵심적인 과제일 것이다. 그와 동시에 그것은 이 책 전체를 관류하는 모두의 과제이기도 하다.

79　물밑의 동요가 생겨나면 아감벤이 말한 생명권력은 효력을 상실할 위기에 처한다.

제4장

사랑의 미학과 감성의 정치화

1. 사랑의 위치와 주체화의 과정

엘리자베스 브라우닝은 숨을 쉬듯이 사랑하겠다고 말했다.[1] 우리는 이 말을 사랑이 공기처럼 일상적인 동시에 치명적인 요소라는 뜻으로 재해석할 수 있다. 숨을 쉬는 것은 아무 일도 하지 않는 것 같지만 우리는 한순간도 호흡을 하지 않으면 생명을 유지할 수 없다. 사랑도 그와 똑같다고 할 수 있다. 사랑의 부재를 통해 우리는 비로소 숨결이 그렇듯이 사랑 없이는 살 수 없음을 느낀다.

그런 사랑과 가장 비슷한 것이 일상의 삶권력[2]과 이데올로기일 것이다. 삶권력과 이데올로기도 공기처럼 없는 것 같지만 그 자연스러움 속에서 우리를 체제에 예속시킨다. 우리는 숨을 쉬듯이 삶권력과 이데올로기 속에서 살아간다.

그렇기 때문에 사랑과 삶권력은 길항과 조우의 관계에 있다. 장애인이

---

1   엘리자베드 바레트 브라우닝(1806-1861)의 「내 그대를 얼마나 사랑하는지」의 한 구절의 표현임.
2   푸코의 삶권력은 아감벤의 생명권력과는 달리 배제보다는 포섭의 측면의 권력이다.

며 6살 연상인 엘리자베스 브라우닝을 사랑한 로버트 브라우닝은 내 영혼을 입증하려 길을 떠난다고 말했다.[3] 삶권력은 영혼을 입증하는 사랑을 실패하게 만든다. 반면에 사랑은 삶권력과 이데올로기로부터 벗어나는 길을 암시한다. 그것은 삶권력이 우리를 체제에 동화된 동일성의 주체로 만드는 반면, 사랑은 그런 **주체화 형식**을 근본적으로 변화시키는 정신적·육체적인 작용을 하기 때문이다.

사랑은 개인적 연애를 넘어서서 은유적으로 확장되기 전에 이미 사회를 가로지르는 힘을 갖는다. 그 이유는 사랑이 개인의 존재 방식을 전혀 다르게 바꾸어 놓기 때문이다. 사랑을 하는 순간 개인은 동일성의 체제에 동화될 수 없는 **특이성**의 존재가 된다.

개인이란 사회의 보편성과 대립되는 특수성인 것 같지만 특수한 개인은 보편성의 규정을 이미 포함한 요소일 뿐이다. 예컨대 국가라는 보편성은 개개의 국민들이 모였을 때 비로소 구성된다. 국가 없는 국민이나 국민 없는 국가는 생각할 수 없으며 국가의 동일성에는 국민의 자기동일성이 동어반복적으로 함축되어 있다. 이는 특수한 국민 개개인에 이미 국가라는 보편성의 인장이 찍혀 있음을 암시한다. 이것이 우리가 숨쉬듯이 당연하게 이데올로기적 동일성 속에서 살아가는 방식이다.

그에 반해 특이성은 그런 동일성을 해체하는 사건이 일어났을 때 비로소 발현된다. 개별성(혹은 특수성)이 동일성을 포함하는 특수한 개체라면 특이성은 동일성의 영역에 일어난 사건이다. 그것은 브라우닝의 말대로 나의 고유한 영혼을 입증하는 사건이라고 해도 좋을 것이다. 사랑은 그런 **사건** 중의 하나이거니와 가장 우연적이고 비의도적으로 발생한다. 계획적인 사랑이란 이미 사랑의 정의에서 벗어나 있다. 우리는 열애에 빠지기 전에 자신도 모르게 숨을 쉬듯이 사랑을 한다. 사랑의 숨결은 이데올로기

---

3   루카치는 『소설의 이론』에서 브라우닝의 이 말을 인용하고 있다. 루카치, 김경식 역, 『소설의 이론』, 문예출판사, 2007, 102쪽.

와는 달리 인생의 길 위에서 나만의 특이성의 영혼을 입증해준다. 언제 어디서 불붙을지 모르는 특이성의 사랑은 영혼을 무디게 만들며 동일성의 경계를 지키는 권력에게 가장 비밀스러우면서도 위험한 사건이 된다.

우리는 근대사회에서 국가와 자본의 동일성의 경계를 지키는 핵심적 기제가 감성권력(삶권력)과 죽음정치임을 살펴봤다. 아감벤은 비식별성의 영역에서 벌거벗은 생명(비천한 신체)을 배제해도 사회가 동요하지 않을 때 체제의 질서가 유지된다고 말했다. 삶권력과 이데올로기에 의해 작동하는 동일성의 체제는 자연스러운 것 같지만 사실은 자연스럽지 않다. 동일성의 체제를 지키기 위해서는 쓸모없는 존재를 배제하는 죽음정치와 그것은 은폐하는 감성권력의 작용이 필요한 것이다.

그렇기 때문에 우리가 살펴본 문학작품들에서처럼 동일성의 체제에는 항상 감성적 잔여물이 남는다. 잔여물이란 심리적 고통인 동시에 동일성의 인공적 체제에 맞지 않아 남겨진 존재의 증거이다. 그것은 돈이나 권력으로 표상할 수 없는 것으로서 그로 인해 자본과 국가의 체제에서 유통되지 못하고 남겨진 것들이다. 브라우닝이 말한 영혼도 그 중의 하나일 것이다. 사랑은 삶권력과 이데올로기가 해소하지 못한 그런 잔여물과 숨쉬듯이 교섭한다. 사랑은 이데올로기와 달리 체제가 표상하지 못하는 잔여물을 끝까지 쫓아가는 놀이와 교섭이다. 가장 비천한 존재들조차 그런 교섭에 근거해 한순간 국가와 자본의 동일성 질서에 파문을 일으키는 교섭을 보여준다. 사랑이란 그처럼 **잔여물**과 교섭하는 사건으로서 흔히 체제에 동일화될 수 없는 존재들 사이에서 극적으로 표현된다.

바디우는 사랑이 **이자적 진리**[4]라고 논의한다. 이자적 진리란 결코 하나로 동일화될 수 없는 진리라는 뜻이다. 사랑은 내가 포획할 수 없는 상대의 잔여물과 교섭하는 행위이므로 일자적 동일성의 욕망(소유욕 등)과는

---

4   바디우는 사랑이란 이자적 진리로서 일자를 부수고 상황의 무한성을 입증한다고 말한다. 바디우, 김인경 역, 「사랑이란무엇인가」, 『성화』, 인간사랑, 414쪽.

달리 끝없이 계속된다. 사랑하는 상대의 잔여물이란 체제에 의해 표상할 수 없는 것으로서 동일성의 체제를 해체하고 실재계에 접촉하는 물밑의 틈새를 열어준다.

그런 방식으로 사랑하는 사람은 동일성으로 회귀하지 않는 틈새를 생성하는 특이성의 행위자가 된다. 사랑하는 순간은 이자적 진리를 생성하려는 사건의 시간이자 특이성 발현의 순간이다. 특이성의 행위자로서 사랑하는 사람은 그처럼 사건의 순간에 동요하며 새로운 세상을 향한 움직임을 보여준다. 물론 사랑의 사건은 사회적 사건과는 달리 상당 시간 동안 물밑에서 진행된다. 우리는 아무도 모르게 숨쉬듯이 사랑하다가 어느 순간 거친 숨소리를 내며 세상을 향해 움직이기 시작한다. 바로 그 순간에 사랑은 사회적 사건으로 전이된다. 특이성의 사랑은 다른 사건의 행위력처럼 동일성 체제를 지키는 감성권력/죽음정치와는 상이한 힘의 표현으로서 동일성을 넘어선 세상을 지향한다.

그렇기에 사랑은 이제까지와는 다른 방식의 **주체화의 과정**을 암시한다. 그것은 보편성이나 개별성, 특수성과는 다른 특이성의 위치에 관한 것이기도 하다. 특이성의 사랑은 동일화할 수 없는 **미결정적인 위치**를 시사한다.

1장에서 살폈듯이 삶권력과 죽음정치, 그리고 이데올로기조차도 체제의 위험한 잔여물을 처리하기 위한 권력행사이다. 삶권력과 유혹의 권력은 잔여물을 재료로 한 판타지를 만든다. 또한 죽음정치는 잔여물을 혐오의 대상으로 배제하면서 감성권력을 통해 사람들이 그에 대해 무감각해지게 만든다. 이데올로기는 그 두 기제를 포함한 거시적인 호명의 장치이다.

그러나 삶권력과 죽음정치, 이데올로기는 체제의 잔여물(그리고 구성원의 잔여물)[5]과 교섭하는 동시에 그것을 완전히 처리하는 데 실패한다. 만일 그 권력기제들이 잔여물을 진짜로 해소한다면 더 이상 체제는 동일성을

---

5   이데올로기 역시 실재계적 대상 a와 교섭하며 대상 a는 이데올로기의 구성적 얼룩이다.

유지하지 못하며 그것은 오히려 권력행사의 실패일 것이다.

바로 그 권력행사의 실패의 지점에서 나타나는 것이 사랑과 예술이다. 실제로 사랑은 진공상태보다는 흔히 이데올로기가 실패하면서 그 틈새에서 언뜻 나타난다. 물론 그 반대도 비슷하며 우리는 사랑이 실패하는 지점에서 삶권력/죽음정치, 이데올로기에 포위된다. 이데올로기와 사랑은 서로 상대의 실패를 통해 자신의 존재를 드러낸다.

이데올로기의 실패는 이데올로기가 일회적인 기제가 아니며 끝없이 재창안되어야 함을 암시한다. 반대로 사랑 역시 끊임없이 재발명되지 않으면 안 된다. 오늘날의 에로스의 종말은 삶권력/죽음정치, 이데올로기의 재창안이 성공적인 반면 사랑은 재발명에 실패한 때문으로 볼 수 있다. 우리 시대는 유혹의 권력의 성공시대인 동시에 사랑의 실패의 시대이다. 사랑이 실패하는 시대의 중요한 증상이 바로 **우울증**이다.

그러나 에로스의 종말은 아직 사랑의 역사의 끝은 아니다. 어쩌면 사랑은 아무도 모르게 다가오면서 매번 실패의 형식으로 우리에게 경험되는 것일지도 모른다. 그것이 이데올로기의 실패와 사랑의 실패의 차이점이다. 이데올로기는 일상적으로 성공하면서 다만 중요한 순간에 실패한다. 반면에 사랑은 매번 실패하면서 중요한 순간에 성공한다.

사랑의 실패란 실상은 사랑의 잠복기일 것이다. 연인들의 마음이 바뀌지 않는 한 사랑은 그 정의상 실패 자체가 자기모순이다. 왜냐하면 타자성의 형식인 사랑은 깨어진 순간에도 자기 안에서 계속되기 때문이다. 타자성이란 내안에 각인된 타자로서 흔히 무의식을 통해 작동된다.[6] 사랑은 대표적인 타자성의 형식이며 대상을 상실한 후에도 내 안의 타자와의 교섭은 계속된다. 실패한 사랑에서도 그처럼 자기 안에서 고통스럽게 사랑이 계속되므로 사랑의 실패는 늘상 보류된다. 반면에 이데올로기는 실패

---

6   데리다는 무의식이란 타자성이라고 논의한다. 데리다, 「차연」, 권택영 역, 『후기구조주의 문학이론』, 민음사, 1990, 247쪽.

하면 체제가 붕괴되며 자기 안에 잠복된 이데올로기란 반복에 의해 훈련된 습관일 뿐이다.

이런 차이는 이데올로기의 시각적 연출과 사랑의 은밀성의 차이와 연관이 있다. 이데올로기가 스펙터클적으로 연출되면서 반복되는 것이라면 사랑은 근본적으로 보이지 않는 물밑(무의식)에서 진행된다. 만일 이데올로기가 시각적 연출을 멈춘다면 그만큼 권력 역시 취약해진다. 그러나 눈에 보이지 않는다고 사랑이 없어진 것은 아니다. 사랑은 자기 자신도 모르는 물밑에 핵심이 있으며 그것이 넘쳐오르는 순간 현실에서 연출된다. 반면에 이데올로기는 연출이 없는 한 실행될 수 없으며 물밑의 이데올로기는 관념이거나 반복에 의한 관성일 뿐이다.

그렇기에 사랑을 상실한 오늘날에도 깊은 물밑의 사랑은 아직 남아 있다. 우리가 인간으로 생존하는 한, 생명으로서 숨을 멈추지 않는 한, 사랑의 종말이란 물밑의 깊이를 뜻할 뿐이다. 우리 시대는 그 물밑의 깊이가 너무나 깊어진 시대이다. 오늘날의 사랑의 실패는 물밑으로 두레박이 가닿지 않는 순간의 절망으로 경험될 수 있는데, 하성란의 소설은 그 퍼 올릴 수 없는 물밑의 사랑을 우울증으로 표현하고 있다.

우울증은 사랑의 소멸이기 보다는 지상에 연출된 삶과 물밑의 (사랑의) 갈망과의 간격과 불일치일 것이다. 그것은 '삶권력-이데올로기'와 '사랑을 갈망하는 사람' 사이의 **심화된 불일치**이다. 뜨거운 사랑 역시 늘상 이데올로기와 불화를 경험한다고 할 수 있다. 그러나 사랑과 우울증의 차이는 심화된 불화에 의해 사랑의 동요를 상실한 상태가 우울증이라는 점이다.

삶권력이란 체제 내의 사회적 삶의 주체가 되었다는 판타지의 연출이다. 또한 죽음정치란 타자의 냉정한 배제를 뜻한다. 이데올로기는 그 둘을 포함한 기제들을 이용해서 사람들을 삶의 공간으로 호명하는 것이다. 반면에 사랑이란 배제되거나 포섭되지 않는 타자의 위치인 동시에 (이데올로기적) 호명에 응하지 않은 채 주체가 되려는 끝없는 주체화의 과정이다.

이데올로기는 판타지의 주체의 공간을 통괄하는 동시에 배제된 타자를 패배자로 포함하며 지상의 영토를 지배한다. 반면에 사랑은 아무도 보지 못하는 물밑에서 물결치며 호명에 의하지 않고 삶의 공간을 이루려는 끝없는 주체화의 동요이다. 이데올로기의 공간에서 우리는 **예속된** 채 **주체**가 되거나 타자로 배제된다. 반면에 사랑하는 신체는 타자의 위치에서 동요하거나 물밑에서 삶의 공간으로 약동하기 위해 목숨을 건 도약을 시도한다. 그런 존재의 도약을 생각하는 사람만이 호명의 예속에서 벗어나며 그 점은 우울증에서도 마찬가지이다.

우울증은 사랑하는 신체의 무력감인 동시에 배제된 타자가 물밑에서 느끼는 연출된 삶의 공간과의 아득한 거리감이다. 우울증인 사람은 사랑의 도약도 어렵지만 호명에 응답하는 것도 힘겨운 것이다. 그랬을 때 우리는 프로이트가 말한 자아의 빈곤화를 느낀다. 그러나 중요한 것은 그 존재의 황폐함이 우울증으로 느껴지는 것은 불가능한 사랑을 **포기하지 않기** 때문이라는 점이다.[7] 그처럼 인식불가능한 사랑이 잠재한 우울증은 이데올로기에 위험한 인자가 될 수 있다. 무력화된 상태 속에서도 도약하기 어려운 사랑을 갈망함으로써 호명의 질서를 무질서화하는 것이 능동적인 의미에서의 우울증이다.

이제 이데올로기적 주체와 사랑의 주체화 과정, 우울증적 주체의 위치를 간단히 구분해 보자. 그것들의 차이는 잔여물과의 관계와 주체화 과정의 차이로 표시될 수 있다. **이데올로기**는 잔여물(대상a)로 인해 생성되지만 잔여물을 망각하는 지점에서 주체를 형성한다. 반면에 **사랑**은 이데올로기가 지배하는 현실에서 완전히 주체가 되기 어려우면서도 끝없이 물밑에서 동요하는 주체화 과정을 보여준다. **우울증**은 그런 물밑의 사랑이 잔존하는 가운데 타자성을 박탈하는 사회에서 체제와의 불화가 심해진 경

---

7 이 점에서 능동적인 우울증은 윤리적이다.

우이다. 우울증의 주체는 사랑의 갈망을 잃지 않고 있지만 그것과의 아득한 거리로 인해 이데올로기적 호명에 대한 응답과 사랑의 교섭이 둘 다 힘들어진 상태에 놓여 있다.

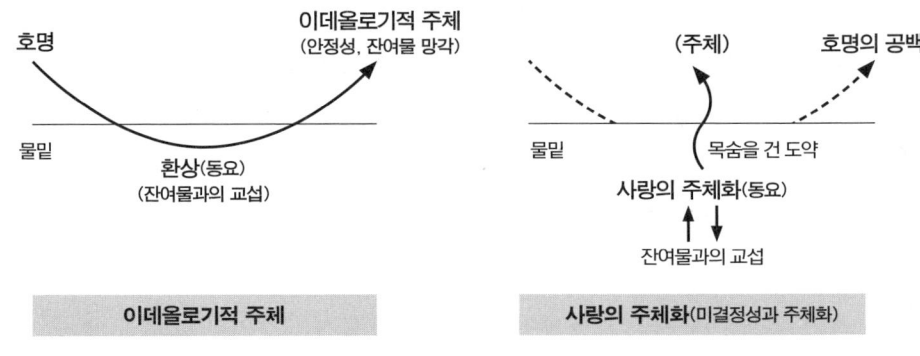

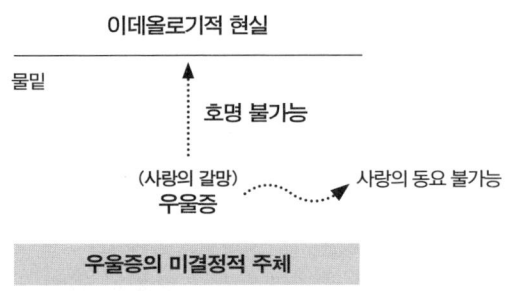

2. 사랑과 이데올로기 – 주체의 동요

이데올로기는 거시적 기제이며 삶권력과 죽음정치는 미시적 그물망이다. 그러나 이데올로기를 현대적으로 재해석하면 무의식 차원에서 작동되는 이데올로기는 삶권력/죽음정치와 매우 가까워진다. 다만 이데올로기는 여전히 거시적 차원에서 사람들을 호명하는 반면 삶권력/유혹의 권력은 우리를 미시적으로 유혹한다.

이제 삶권력/죽음정치를 포함하는 이데올로기와 그로부터 벗어나려는 사랑을 보다 자세히 비교해 보자. 이데올로기와 사랑의 공통점은 우리를 삶의 공간으로 유인한다는 점이다. 호명이나 유혹은 이데올로기 뿐 아니라 사랑에서도 중요한 요인이다. 이데올로기와 사랑은 비슷하게 사람들을 살아 움직이게 만든다.

최인훈의 소설들은 이데올로기와 사랑이 얼마나 비슷하면서도 다른지 보여준다. 『구운몽』에서 독고민은 숙의 목소리에 이끌려 삶의 공간으로 들어선 후에 이데올로기적 호명(선생님, 사장님, 수령)에 휘말려 다양한 방황을 경험한다. 그런 중에 그는 혁명을 시도하는 사람들로부터 수령으로 호명되어 그 집단의 일원이 된다. 이데올로기란 오인의 구조이지만 혁명의 공간에서는 그와 달리 독고민의 욕망을 충족시키는 일들이 일어나고 있었다. 그러나 독고민은 사랑하는 숙을 만나지 못할 것을 걱정하며 혁명군의 이데올로기로부터도 거리를 둔다. 아직 민중들의 사랑을 얻지 못한 혁명은 다른 이데올로기들처럼 환상의 연출일 뿐이었던 것이다. 반면에 사랑은 숙의 분신들처럼 끝없이 달아나는 대상과 관계하는 미래적인 시간적 과정이다.

알튀세 역시 이데올로기가 사랑과 비슷하게 구애의 형식을 포함한다고 말한다. 이데올로기에 의해 호명된 사람들은 국기 앞에서 무릎을 꿇고 무언가를 간청한다. 그와 비슷하게 사랑하는 사람은 연인에게 무릎을 조아리고 애원하거나 머릿속에서 그런 상태가 된다.[8] 그러나 사랑하는 사람은 만날 때마다 '국기에 대한 맹세'를 하듯이 의식을 진행하지는 않는다. 그처럼 사랑은 반복적이지 않고 고정된 의례가 될 수 없는 점에서 이데올

---

8   Judith Butler, *The Psychic Life of Power*, Stanford University Press, 1997, p.128.

로기적 예식과 구분된다.

이데올로기에서는 반복적인 의례가 매우 중요하다. 반복적인 의례는 제도와 법에 복종한다는 확인이며, 국기에 대한 맹세에서 스포츠의 시상식에 이르기까지 똑같은 반복이 매번 우리를 감동시키는 것이 이데올로기의 힘이다. 그러나 여기서의 감동은 존재의 동요인 동시에 실상은 국가에 대한 상상적 고착화이다. 그처럼 이데올로기란 사랑의 형식을 빌려 사랑을 억압하는 고착된 제도로 유인하는 방식인 것이다. 이데올로기는 사람들을 동요시키는 동시에 안정된 제도에 열광적으로 예속되게 만든다. 이데올로기가 사랑과 비슷한 동요의 형식을 사용하는 것은 상징계의 법만으로는 안정된 제도화를 이루기가 어렵기 때문이다. 이데올로기적 호명은 잔여물에 얽매인 사람들을 뒤흔들어 무릎을 꿇고 간청하는 사랑의 마음으로 다시 법과 제도 쪽으로 돌아서게 만든다.

이데올로기적 호명은 사랑처럼 사람들의 마음을 흥분시키고 동요시킨다. 그러나 그런 구애의 형식을 동일성의 열정으로 전이시킴으로써 다시 돌아설 수 없게끔 제도적 안정을 꾀하는 것이다. 동일성의 열정이란 상상적인 것이며 일종의 판타지일 따름이다. 여기서의 열정은 차이와 잔여물을 망각하게 하는 심리적 요인일 뿐이며, 잔여물이 실제로 해소되도록 현실을 변화시키는 물질적 에너지가 결코 아니다. 사랑을 주제로 한 모든 판타지 드라마는 실상 그런 이데올로기적인 환상의 기제를 이면에 포함하고 있다.

예컨대 〈태양의 후예〉에서 애인을 구하러 떠나는 유시진의 (국민을 위한) 항명에서 우리는 잔여물의 해소와 사랑의 동요를 동시에 느낀다. 여기서는 세월호 사건으로 인한 앙금의 해소와 달콤한 사랑의 열정이 구분할 수 없게 뒤섞인다. 그러나 유시진의 애인과 국민을 위한 사랑의 동요는 더 넓혀진 국가의 동일성에 대한 열정으로 전이됨으로써 국민 이데올로기는 오히려 더 공고해진다.

그처럼 이데올로기는 잔여물과 교섭하는 사랑 같은 동요로 시작되지만, 그것을 집단 판타지의 흥분으로 전이시킴으로써 다시 잔여물의 망각 속에서 **안정화**가 이루어진다. 이는 실상 동일성 체제를 환상과 호명의 안전장치를 통해 재구성하는 방식일 뿐이다. 즉 이데올로기란 (체제와 구성원의) 잔여물을 해소시키도록 재구성된 환상구성물(동일성)로 사람들을 반복해서 소환하는 장치이다.[9] 반면에 사랑은 동일화될 수 없는 대상과의 끝없는 교섭이며 달아나는 잔여물을 붙잡으려는 지난한 열정이다. 이데올로기와 사랑의 차이는 잔여물의 **환상적** 해소냐 그것과의 끝없는 **물질적 교섭**[10]이냐에 있다.

　이처럼 사랑의 핵심은 잔여물과의 끝없는 교섭에 있기 때문에 표상될 수 없는 그 과정은 흔히 자신도 모르는 **물밑에서** 진행된다. 그에 반해 이데올로기는 물밑(무의식)과 교섭하는 듯하면서 다시 지상(의식)으로 돌아오므로, 사랑하는 신체를 구속할 수는 있지만 보이지 않는 물밑의 동요는 차단하지 못한다. 물밑의 움직임(동요와 설레임)이 사랑의 핵심이라면 사랑하는 신체는 외견상 이데올로기에 구속되는 듯하면서도 실상은 이데올로기적 공백상태에 있게 된다.

　이데올로기는 환상적 방식으로 잔여물을 해소하며 체제를 안정화하기 때문에 더욱 강력하게 세상의 모든 것을 동일화한다. 다만 이데올로기의 호명에 응답할 수 없는 '사랑하는 신체'만이 그 공백지점에서 물밑의 동요를 계속하게 된다. 사랑이란 잔여물(실재계적 대상)과의 끝없는 교섭이며 결코 안정화될 수 없는 미결정적인 동요이다. 그 때문에 이데올로기가 환상적 흥분 속에서 실제로는 배제/포섭의 동일성(상징계)의 기제로 전이될 때, 사랑하는 신체는 미결정적 상태에서 이데올로기로부터 이연된다. 예

9　과거에 소환하는 기능(호명)이 강화되었다면 오늘날은 환상구성물의 기능이 더 우세해져 있다. 우리 시대가 감성권력에 의존하는 시대라는 것은 그 점을 말하는 셈이다.
10　여기서 물질적 교섭은 실재계와의 교섭을 뜻한다.

컨대 김남천의 「맥」에서 최무경은 신체제의 가부장적 감성의 분할에서 배제되는 순간 이데올로기의 공백상태에서 감성적으로 동요하게 된다. 그 순간 **이데올로기**적으로 안정된 신체제는 **사랑**하는 신체의 불안정한 동요를 통해 우리에게 전달된다.[11]

동요하지 않는 이데올로기적 세계가 사랑의 신체의 동요를 통해 제시되는 방식은 윤정모의 「님」(1987)에서도 나타난다. 이 소설에서 주인공 진국은 일본 유학 중에 조청년계 여자 래영을 사랑하게 된다. 그는 그로 인해 5년 만에 찾은 모국에서 영문도 모르게 수사당국에 쫓기며 숨어 지낼 수밖에 없게 된다. 결국 그는 밀항으로 모국을 떠나 다시 일본으로 향한다. 진국은 냉전 이데올로기의 구속에서 자유롭지 못하며 그가 교수의 집에 숨어 있거나 밀항을 할 수밖에 없었던 것은 그 점을 말해준다. 그러나 그의 사랑하는 신체는 이데올로기의 공백상태에서 연인 래영을 향한 감성적 동요를 그치지 않는다. 그래서 결말부에서 거대한 이데올로기의 세계는 래영을 부르는 진국의 사랑의 호명 속에서 미동도 하지 않는 동시에 동요하는 것으로 느껴지게 된다.

"숨구멍은 안쪽 바닥 모퉁이에 있어요. 견딜 만할 게요."

그가 고개를 끄덕이며 주저앉자 선장이 뚜껑을 맞추어 닫고 나사못을 조이기 시작한다. 갑자기 캄캄해지자 안쪽 바닥과 잇대어 있는 나무틈서리로 불빛이 스며드는 것이 보인다. 뚜껑조임이 끝나자 사위가 조용해진다. 래영아, 나는 정말 너에게로 가는 거니? 응? 그는 다리를 쭈욱 펴고 고개를 쳐든다. 자전거를 타고 달려오던 래영의 모습이 한 줄기 빛살처럼 떠오른다.

일본? 아니지, 자넨 자네의 님을 찾아가는 거야. 님!

---

11   제2장 「일신상의 진리와 동요의 윤리」 참조.

숨구멍 하나에 의존할 수밖에 없으며 뚜껑이 조여지자 사위가 조용해진 상황은 진국이 처한 답답한 현실을 암시한다. 그러나 냉전시대의 엄혹한 이데올로기도 진국의 물밑의 심리까지 조일 수는 없다. 님을 향한 동요는 이데올로기가 덮쳐올수록 더욱 증폭된다. 우리는 배안에 숨은 진국의 심리에 젖어들면서, 죽음으로 위협하는 이데올로기적 현실을 살아 있는 동요 속에서 느끼게 된다.

「맥」과 「님」에서 개인적인 연애의 심리가 거대한 이데올로기적 세계를 동요 속에서 느껴지게 하는 점은 매우 흥미롭다. 이는 사랑이 결코 둘만의 고립된 감정이 아님을 암시한다. 바디우는 사랑이 **이자적 진리**이며 일자적인 동일성의 세계를 부수고 상황의 무한을 입증한다고 논의한다.[12] 사랑의 이자적 진리는 끝없이 달아나는 대상의 잔여물과의 교섭에서 생성되며, 그 하나가 될 수 없는 무한한 과정을 통해 유한한 동일성에 대응하는 형식을 시사한다.

사랑이란 모든 동일성의 코드와 매개에서 해방된 벌거벗은 교섭이다. 사랑의 교섭이란 서로를 끌어안으면서도 끝내 하나가 되지 않는 맨몸의 이자성이 일으키는 끝없는 동요이다. 그런 방식으로 사랑은 일자적인 동일성 형식을 회피하고 보류하는 무한한 열정을 표현하는 것이다. 이데올로기가 이자와 다자를 일자의 동일성으로 회귀시키는 방식이라면, 사랑에 충실해지는 한 우리는 이자적 동요로 인해 이데올로기의 호명에 응답할 수 없게 된다.

우리는 흔히 사랑이 둘만의 감정이며 타인에게 배타적이라고 생각한다. 사랑은 삼자관계를 허용하지 않기 때문에 빈번히 제3자의 질투심을 불러일으킨다. 그러나 그것은 소유의 이데올로기나 낭만적인 동일성의 이데올로기에 예속될 경우에만 문제가 된다. 사랑은 상대의 독점이 아니

---

12   바디우, 김인경 역, 앞의 글, 414쪽.

기 때문에 결코 제3자에게 배타적이지 않으며 질투심과도 무관하다. 이 자적 진리로서의 타자성의 사랑은 **물밑의 동요**에 핵심이 있으며 소유욕이나 동일성의 이데올로기와의 복잡한 관계는 지상에서의 문제이다. 사랑은 그처럼 지상에서의 복잡한 문제들에 대응하며 물밑에서 끝없이 동요하는 양가적인 상태에 있다.

　물론 우리는 제3자를 사랑에 끌어들일 수 없기 때문에 사랑은 둘만의 진리로 느껴질 수도 있다. 그러나 「맥」과 「님」에서 우리는 분명히 최무경과 진국의 사랑에 합류하고 있다. 그것은 우리의 합류가 물밑의 접속이기 때문이며 그들의 사랑이 이데올로기적 구속을 해체하는 방식으로 드러나기 때문이다. 물밑의 접속은 소유욕이나 이데올로기로부터 자유로울 뿐더러 눈에 잘 보이지 않는 탓에 권력의 간섭으로부터도 면제되어 있다. 그 때문에 이자적 진리가 일자적 동일성을 해체하는 사랑은 동일성의 권력에 시달리는 사람들에게 물밑에서 무한히 번져갈 수 있다. 이것이 죽음정치의 비식별성과 구분되는 사랑의 비식별성의 역습이다. 사랑은 아무도 보지 못하는 곳에서 둘만의 관계를 넘어서 은유적으로 은밀히 퍼져나간다. 그처럼 연인간의 사랑이 연인을 넘어선 사랑으로 파급될 때, 수면 밑의 동요는 지상에까지 물결칠 수 있으며, 끝없이 주체를 예속화라는 이데올로기의 운동은 이제 눈앞에 출현한 **주체의 동요**에 직면하게 될 것이다.

3. 사랑의 호명과 이데올로기의 호명

　플라덴 돌라르는 이데올로기적 호명이 목소리인 반면 법은 문자라고 말한다.[13] 이 말은 이데올로기가 초자아로서 사회 구성원들을 소환하는

13　플라덴 돌라르, 김종주 역, 「대상 목소리」, 『시선과 목소리』, 인간사랑, 2010, 37쪽.

반면 법은 개인들 각자에게 적용된다는 뜻이다. 또한 법이 문법화된 랑그라면 이데올로기적 호명은 랑그를 넘어서는 음성임을 암시한다. 그처럼 이데올로기는 법과는 달리 문법화된 랑그를 초과하는 잔여물의 처리를 담당하고 있다. 그러나 이데올로기적 호명은 결코 법에서 이탈하는 원심력을 지닌 파롤의 음성이 아니다. 이데올로기의 목소리는 랑그(법)의 잔여물을 처리하는 동시에 다시 원래의 랑그의 문법으로 되돌아오게 하는 기능을 담당한다.

그 때문에 이데올로기에서의 잔여물의 처리는 그 심리적 앙금이 해소된 듯한 환상의 매개를 필수적 과정으로 한다. 환상(이데올로기적 환상)은 이데올로기적 호명의 구성적인 한 요소이다. 이데올기적 호명은 법을 넘어서서 환상을 통해 그 잔여물을 처리하고 다시 법적 질서로 돌아오게 하는 기제이다. 이데올로기는 명령인 동시에 환상이며 환상의 기제로 인해 명령이 명령으로 느껴지지 않을 뿐이다. 그 점에서 이데올로기적 목소리는 명령과는 아무 상관이 없이 공동체의 구성원들을 불러 모으는 과거의 구어체 문화의 목소리와 구분된다.

예컨대 「날개」의 정오 사이렌이나 1970년대의 '국기에 대한 맹세', '잘살아 보세'의 구호, 그리고 최근의 유시진의 국민을 위한 목소리는 모두 환상을 매개로 한 이데올로기적 호명이다. 우리는 닭처럼 푸드덕 날거나, 국기 앞에서 무릎을 꿇고, 선진조국을 사랑하며, 유시진의 목소리에 매혹된다. 그런 가슴 설레는 환상을 통해 근대적 제도나 국가, 군대, 소유에 연관된 법의 명령을 행복한 향락으로 받아들이는 것이다.

그처럼 이데올로기는 환상 기제를 통해 사람들을 동요시키기 때문에 설렘의 경험인 사랑과도 유사하다. 이데올로기란 우리가 사랑할 때처럼 마음이 설레게 하면서 다시 법적 질서로 돌아오게 만드는 방식이다. 반면에 사랑의 목소리는 결코 문법적인 랑그로 환원되지 않는다는 점에서 이데올로기적 호명과 구분된다. 사랑은 이데올로기가 실패하는 지점이며 그곳에서 문법적 질서를 넘어선 열정을 표현한다. 이데올로기가 실패하는 지점이란 감성적 동요 속에서 다시 법적 질서로 돌아오지 않는 위치를 말한다. 이데올로기가 잔여물을 처리하는 척하면서 망각 속에서 다시 법적 질서로 회귀한다면, 사랑은 잔여물과의 끝없는 교섭을 통해 법적 질서를 넘어서서 감성적 동요를 지속시킨다. 이데올로기는 동요를 통해 동요하지 않는 체제를 만들지만 사랑은 설령 실패하는 경우에도 동요를 멈추지 않는다. 양자의 차이는 「맥」에서 신체제와 최무경의 사랑, 그리고 「님」에서 냉전 이데올로기와 진국의 사랑과의 차이이다.

이상의 『12월 12일』과 「날개」는 상호텍스트적으로 이데올로기적 호명과 사랑의 호명의 차이를 잘 드러낸다. 『12월 12일』은 어린아이의 '으아'하는 울음으로 끝나고 있는데 이 누군가를 향한 외침은 아직 사회체제에 등록되지 않은 벌거벗은 생명(출생)의 특권이라고 할 수 있다. 그에 반해 「날개」의 결말부의 정오 사이렌은 체제의 구성원들을 불러 모으는 이데올로기적 호명으로 볼 수 있다. 어린아이의 외침은 능동적인 목소리이지만 아직 생활의 외부에서 발성되고 있다. 반면에 이데올로기적인 음향은 생활의 활력을 부여하는 대신 그 활력은 체제의 소환에 응하는 반작용적인(수동적인) 것이다.

아감벤에 의하면 출생과 국민 사이에는 간격이 있으며 다만 우리가 그 간격을 망각하고 있을 뿐이다.[14] 우리가 망각하고 있는 것은 국민으로서 생활의 활력을 얻는 대가로 원래의 능동성을 잃고 반작용적 운동만을 하게 되었다는 점이다. 만일 우리가 원래의 벌거벗은 외침을 계속하려 한다면 그때는 규율의 위반과 함께 국민의 가치를 상실하면서 권력에 의해 냉혹하게 배제된다. 아감벤은 그처럼 국민의 가치를 상실한 채 배제되는 동시에 수용소 같은 내부에 포섭되는 존재를 벌거벗은 생명이라고 불렀다.

14　아감벤, 박진우 역, 『호모 사케르』, 새물결, 2008, 251쪽.

첫 번째 벌거벗은 생명(출생)에게는 능동적 목소리가 허용되었지만 두 번째 벌거벗은 생명에게는 수동적 운동마저 박탈당한 냉혹한 배제가 있을 뿐이다.

따라서 사회체제에 등록된 이후 우리에게는 호명에 응하는 반작용적 운동만이 허용된다. 그런 수동적 운동을 활력이 넘치는 것으로 보이게 만드는 것이 바로 이데올로기이다. 「날개」에서 정오 사이렌은 사람들이 네 활개를 펴고 푸드덕거리게 만든다. 또한 '온갖 유리와 강철과 대리석과 지폐와 잉크가 부글부글 끓고 수선을 떠는' 듯한 환등상(phantasmagoria)을 형성한다. 그러나 사람들의 동요는 닭의 활갯짓처럼 실제로는 날아오를 수 없는 반작용적 움직임일 뿐이다. 오히려 그 사람들 속에 섞여 들어갈 수 없는 '나'는 한 번 더 날아보고 싶은 능동적인 비상에의 의지를 표현한다.

'나'의 비상에의 의지는 군중들로부터 소외된 박제가 된 상태에서 외쳐지고 있다. 박제가 된 상태란 아감벤의 벌거벗은 생명과 비슷한 일종의 '살아 있는 죽음'이다. 실제로 「날개」의 작가 이상은 자신이 일종의 시체와 해골(「종생기」)로서 살아간다고 반복해서 말하고 있다. 아감벤은 벌거벗은 생명(출생)과 국민국가 사이에 간극이 있으며 그 간극이 수용소라고 논의한다. 국민으로 규율화되지 못한 존재는 벌거벗은 생명의 상태로 살아가는데 이번에는 수용소라는 간극에 위치하게 된다. 「날개」의 '나'는 바로 그 간극, 즉 보이지 않는 수용소에 감금될 위기에 처해 있다. 그러나 '나'는 자신의 시체 상태에 대한 자의식과 지적 유희를 통해 끝없이 수용소를 거부하며 살아가고 있다. '나'는 벌거벗은 생명이면서도 아감벤의 수용소에 감금되지 않은 특이한 존재이다. 아감벤에 의하면, 벌거벗은 생명이란 죽여도 좋은 존재이며 그 배제된 존재에 의해 체제의 질서가 유지된다. 그러나 「날개」의 '나'는 군중들과 괴리된 벌거벗은 생명의 상태에서 죽음의 배제를 거부하며 날고 싶은 소망을 외치고 있다. '나'는 오히려 수동적인 군중들은 품을 수 없는 능동적인 비상에의 의지를 갈망하고 있는 것이다.

「날개」의 결말은 벌거벗은 생명과 사회체제 사이에 또 다른 간극이 있음을 암시한다. 현실적으로 무력한 '내'가 지적 유희를 즐기며 비상에의 의지를 갈망하게 하는 힘은 무엇일까. 벌거벗은 생명을 수용소의 틀로만 본 아감벤이 보지 못한 또 다른 간극은 '이자적인 진리로서의 사랑'이다. 수용소가 일자적인 동일성 체제를 유지하기 위해 벌거벗은 생명을 배제하는 장치라면 이자적인 진리인 사랑은 일자적인 동일성을 부수고 무한을 입증한다.「날개」의 '나'는 사랑이라는 또 다른 간극에 놓여 있는 벌거벗은 생명이다. '나'는 절름발이 상태로라도 아내와의 사랑을 포기하지 않음으로써 보이지 않는 수용소를 거부하고 이데올로기에도 응하지 않으면서 비상에의 의지를 표현하고 있다.

'나'는 아내와의 관계가 절름발이 상태이며 그런 운명에서 벗어날 수 없다고 생각한다. 그러나 '나'는 아내에 대한 생각을 멈추지 않는데 이는 사랑의 실패에도 불구하고 아내를 내부로 옮겨와 사랑의 상실을 연기하려는 시도이다. 바로 그 사랑의 지속성에 의해 박제가 된 상태에서도 일자적인 동일성을 넘어선 능동적인 비상에의 열망이 표현되고 있는 것이다.

'나'는 아내에게로 갈 수 없다면 어디로 갈 것인가 생각한다. "그저 절뚝거리며 세상을 걸어가면 되는 것이다. (…중략…) 그러나 나는 이 발길이 아내에게로 돌아가야 옳은가 이것만은 분간하기가 좀 어려웠다. 가야 하나? 그럼 어디로 가나?" 이처럼 아내와의 내부의 대화가 끊이지 않는 상태에서 '나'는 정오 사이렌의 호명에 응답하는 대신 비상에의 의지를 외치고 있는 것이다.

그 점에서「날개」에서 딱 한번 나오는 아내의 호명은 매우 중요하다. 정오 사이렌의 호명은 수동적인 활력을 제공할 뿐이다. 반면에 '날자!' 라는 외침은 능동적인 힘에의 의지이며, 그것은 내부에서의 아내와의 대화, 그리고 '연심이!'에서 시작된 '나'의 사랑의 호출과 연속선상에 있다. 박제가 된 상태에서도 날개를 외치는 것은 절름발이 상태에서도 아내를 호출하는 것과 비슷한 능동성의 표현인 것이다. 날개의 외침과 아내의 호명의 공통점은 이데올로기적 호명이 실패하는 지점에서 생성되는 또 다른 **목소리**라는 점이다. 그 목소리를 통해 '나'는 박제와 절름발이라는 벌거벗은 생명이면서도 그 상태에서 벗어나려는 갈망을 끝없이 표현하고 있는 것이다.

'나'는 집을 나오기 전 아내가 외출한 방에서 화장품 냄새에서 체취를 연상하며 아내의 이름을 불러본다. 이때의 '연심이!'라는 아내의 호명은 부부관계나 아내의 매춘과는 아무 상관없는 어떤 표상할 수 없는 대상을 향해 부르고 있는 것이다. 즉 '연심이'는 사회체제(상징계)의 어떤 기표로도 환원될 수 없는 아내의 잔여물에 붙여진 이름이다. 그와 동시에 그 이름은 '나'의 내부에서 얼마간 존재의 일부가 되어 있기 때문에 사랑의 호명이 가능한 것이다. '나'는 표상체계에서 달아나는 잔여물을 붙잡기 위해 의식이 잘 닿지 않는 <u>스스로의 존재의 심연</u>을 동요시키며 이름을 부르고 있다. 그처럼 사랑이란 도망가는 것을 부르는 동시에 그 부름을 자신의 내부에서 듣는 놀이다. 그렇기에 '연심이'를 호명하는 순간 달아나는 것과의 놀이 속에서 세상의 모든 규율에서 해방된 관능적인 향락이 느껴지는 것이다.

'연심이'라는 사랑의 호명은 여전히 특정 대상을 의미화하기 때문에 어떤 지시성도 없는 음악의 향락과는 구분된다. 그러나 사랑은 음악의 향락처럼 자율적인 내재적 공간을 생성하며 사회체제를 넘어선다. 여기서 내재적 공간이란 실상은 잔여물과의 교섭이다. 그런데 상대의 잔여물과의 교섭은 내 자신의 일부와의 교섭이기도 하기에, 나의 내재성과 상대의 잔여성, 그 둘만의 공간이 생성되는 것이다.

사랑의 호명은 파롤과 음악 사이에 있다. 이데올로기적 호명이 랑그를 보충하는 환상이라면 사랑의 호명은 랑그를 넘어서는(파롤) 동시에 미학(음악)에 접근한다. **미학**이란 사랑과는 또 다른 방식의 잔여물과의 교섭이다. 시와 사랑의 호명의 차이는 시가 세상의 사물들의 잔여물을 쫓아가며 교섭하는 놀이라면 사랑은 둘만의 놀이를 통해 세상의 사물들과의 새로운 관계를 여는 것이다. 음악은 시와 달리 의미화의 문턱에 걸쳐진 채 향락의 공간에 들어서는 방식으로서 사랑처럼 교섭의 놀이를 통해 세상과의 새로운 관계를 연다.

사랑의 호명이 둘만의 공간을 생성하는 것은 '연심이!'처럼 혼자서 이름을 부를 때만 그런 것은 아니다. 실제로 상대의 이름을 부를 때도 사랑은 흔히 둘만의 놀이의 공간을 형성한다. 예컨대 『광장』에서 이명준과 은혜는 두 사람만의 원시의 광장(동굴)에서 사랑을 나눈다. 또한 소년기의 사랑을 그린 「소나기」에서 두 주인공은 꽃묶음과 자연 속에서 '어른들은 모르는 비밀'을 교환한다. 「기억 속의 들꽃」에서는 이름 모르는 들꽃에 쥐바라숭꽃이라는 세상에는 없는 이름을 붙이며 마음을 나눈다. 서정적인 두 소설과는 달리 「영자의 전성시대」에서는 그런 아름다운 순간이 없지만 일상에서의 놀이를 통해 유희의 공간을 만든다. 이 소설들에서 인물들의 독립된 공간에서의 동요는 독자들이 심리적으로(물밑에서) 그 공간에 접속하게 하면서 경직된 부동의 세상을 동요 속에서 느끼게 만든다.

「기억 속의 들꽃」과 「영자의 전성시대」는 전혀 다른 방식(아름다움, 상처)으로 비슷한 동요를 생성하는 과정을 보여준다. 「기억 속의 들꽃」에서 쥐바라숭꽃이라는 들꽃을 통해 마음이 교환된다면 「영자의 전성시대」에서는 영자의 잃어버린 팔을 통해 사랑이 형성되어 간다. 전자가 아름다움을 매개로 하는 반면 후자에서는 상처를 통해 사랑이 만들어진다. 그러나 아름다움과 상처는 비슷하게 **세상에는 없는** 어떤 것을 생각하게 하며 인물들을 동요시킨다.

"야아, 저게 무슨 꽃이지?"
그런데 그 애는 놀림 대신 갑자기 뚱딴지같은 소리를 질렀다. 말 타듯이 철근 뭉치에 올라앉아서 그 애가 손바닥으로 가리키는 곳을 내려다보았다. 거대한 교각 바로 위, 무너져 내리다 만 콘크리트 더미에 이전에 보이지 않던 꽃송이 하나가 피어 있었다. 바람을 타고 온 꽃씨 한 알이 교각 위에 두껍게 쌓인 먼지 속에 어느새 뿌리를 내린 모양이었다.

"꽃 이름이 뭔지 아니?"

난생 처음 보는 듯한, 해바라기를 축소해 놓은 모양의 동전만한 들꽃이었다.

"쥐바라숭꽃……."

나는 간신히 대답했다. 시골에서 볼 수 있는 거라면 명선이는 내가 뭐든지 다 알고 있다고 믿는 눈치였다. 쥐바라숭이란 이 세상엔 없는 꽃이름이었다.[15]

폭격으로 부서진 다리 주변에 핀 이름 모를 들꽃은 명선의 아름다움을 상징한다. 이 아름다움은 돈에 물신화된 어른들은 아무도 보지 못하는 전쟁 뒤에 숨겨진 잔여물이다. '나'는 쥐바라숭꽃을 호명하면서 실상은 '이 세상엔 없는' 아름다움을 말하고 있었던 것이다. 쥐바라숭꽃은 붙잡을 수 없는 명선의 잔여물인 동시에 '나'의 심연 속의 한 부분의 동요이기도 하다. 그 때문에 꽃 이름을 부르는 순간 명선과 '나' 사이에는 전쟁과 화폐물신의 위력이 미치지 못하는 공간이 만들어진다. 그런데 물신화된 세상을 극복하는 것은 아름다움만이 아니다. 흥미롭게도 다음에서처럼 「영자의 전성시대」에서는 '세상에는 없는' 또 다른 것을 통해 물신화된 세계가 극복된다.

목욕탕의 경기는 본격적인 더위가 시작되면서부터 한산해지기 시작했다. 더불어 내 돈벌이도 기가 차게 시원찮아졌다. 나는 영자를 정당한 셈을 치루고 사기도 힘들 지경이 되었다. 영자는 그런 나에게 어느 날은 익살을 부리며 말했다.

---

15   윤흥길, 「기억 속의 들꽃」, 『장마』, 민음사, 352쪽.

"오늘은 내 때 좀 밀어 주셔요. 세상에 공짜가 어디 있어?"

부엌 뒤의 후미진 곳 시멘트 바닥 위에서 나는 군소리 없이 영자의 묵은 때를 벗겨 주었다. 영자의 때를 벗겨 주면서 비로소 깨달은 것이었지만, 한 짝뿐인 팔만으로는 목욕을 하기도 여간 불편할 것이 아니었다. 나는 영자가 측은하게 생각되었고, 영자의 때를 밀어주는 일이 즐겁기까지 했다.[16]

영자는 창녀이며 '나'는 목욕탕 때밀이이다. 위에서 두 사람의 그런 비천한 직업이 즐거운 유희로 전복되는 것은 돈의 교환이 없는 둘만의 놀이이기 때문이다. 그런데 두 사람 사이에는 돈의 교환이 없는 대신 분명히 어떤 다른 것의 교환이 있다. "세상에 공짜가 어디 있어?"라고 말하는 또 다른 교환은 영자의 상처 외팔과 연관이 있다. 우리가 그런 또 다른 교환을 사랑이라고 부를 수 있는 것은 '나'의 마음이 세상의 아무도 보지 않는 영자의 상처 쪽으로 방향이 흐르기 때문이다. 영자의 외팔은 또 다른 표상할 수 없는 어떤 것이다. 그것은 그녀의 상처인 동시에 어두운 잔여물이며 '나'는 그 상처를 통해 사랑의 진전을 이룬다.

두 소설에서처럼 사랑의 대상의 잔여물이란 아름다움인 동시에 상처이기도 하다. 아름다움이 상처인 것은 세상 사람들이 그것을 잃어버린 탓에 아무도 보지 못하기 때문이다. 상처가 아름다움이 되는 것은 표상체계에 뚫린 구멍인 상처를 모두 외면하는 중에 나만이 관계를 맺을 수 있는 비밀 통로가 만들어지기 때문이다. 누구도 보지 못하는 아름다움이나 모두가 외면하는 상처는 표상체계에서 달아나는 잔여물로서, 그것을 쫓아가는 사람의 마음을 흔들면서 우리의 내면을 동요시킨다. 그런 동요란 세상에는 없는 것을 통해 세상에서 관계를 맺는 신비의 놀이에 다름이 아니다.

그 같은 동요는 이자적인 진리인 사랑이 체제를 넘어선 상황의 무한성

---

16   조선작, 「영자의 전성시대」, 『20세기 한국소설』 29, 창비, 2005, 276~277쪽.

을 증명하는 방식이기도 하다. 그 이자성 때문에 사랑의 호명은 나의 향락(Jouissance)을 위해서 뿐만 아니라 상대방에 의해 요청되기도 한다. 아무도 보지 못하는 자기 자신의 숨겨진 부분을 특이성의 이름[17]으로 불러줄 때, 유한에서 무한으로의 전이가 이뤄지며 존재의 꽃이 피는 것이다.[18] 그런 이유로 사랑의 호명을 소망하는 사람은 자신의 숨겨진 잔여물을 표현하는 이름을 불러주길 원한다. 예컨대 「포말의 의지」에서 영실은 종배에게 중대한 비밀이라도 발설하듯이 그녀의 본명이 옥화가 아니고 영실이라고 말한다. 그와 비슷하게 「삼포 가는 길」의 백화는 영달과 헤어지면서 점례라는 본명을 들려준다. 영실과 점례는 옥화와 백화라는 상품 뒤에 숨겨진 잔여물이다. 그들의 본명이 잔여물이라는 점은 옥화와 백화의 이름 뒤에 상처가 감춰져 있음을 아는 사람만이 감지할 수 있다. 상품세계가 남겨놓은 상처를 볼 수 있는 사람만이 그 뒤에 숨겨진 잔여물을 쫓아갈 수 있는 것이다.[19]

4. 실패한 사랑의 호명의 가능성과 불가능성

흥미롭게도 이제까지 살펴본 사랑의 예들은 한결같이 실패한 사랑이라고 할 수 있다. 그처럼 문학작품은 흔히 실패한 사랑을 더 많이 다루는 경향이 있다. 만일 사랑이 실패하지 않았다면, 그 사랑이 꽃 핀 곳은 동일성을 해체하는 이자적 진리에 의해 이데올로기가 실패하는 지점이며, 그만큼 세상은 달라졌을 것이다. 예컨대 1980년대 후반의 「강」, 「태양은 묘

---

17   가라타니 고진은 이를 고유명사라고 말한다. 가라타니 고진, 『탐구』 2, 새물결, 1998, 23~24쪽.
18   김춘수의 「꽃」에서도 특이성의 이름을 불러주는 것을 노래하고 있다.
19   상처란 균열과 구멍이며 잔여물은 그런 균열을 볼 수 있는 사람만이 감지할 수 있다.

지 위에 붉게 타오르고」,「밤길의 사람들」등은, 소시민적 인물들이 사랑을 하면서 점차로 진보적이 되어가는 과정에서, 마침내 사회를 변화시키는 운동에 참여하는 전개를 그리고 있다. 이 소설들에서는 분명히 사랑의 동요가 변혁적인 운동과 결합되어 표현되고 있다. 그러나 그런 특별한 시기 이외에는 사랑은 흔히 좌절하거나 고통을 겪는 과정으로 그려진다.

중요한 것은 사랑의 상실과 실패가 결코 사랑의 포기가 아니라는 점이다. 예컨대 1920년대의 김소월과 한용운의 시들은 님과의 이별을 노래하는 방식으로 사랑의 열정을 표현하고 있다. 특히 한용운은 이별한 님이 다시 돌아올 것을 믿는 마음을 노래한다. 김소월과 한용운의 시들은 이별한 사랑 역시 표상할 수 없는 잔여물을 쫓아가는 사랑의 힘을 강렬하게 드러낼 수 있음을 암시한다.

사랑의 실패는 이데올로기의 실패와는 달리 단순한 중단의 과정이 아니다. 사랑하는 사람 옆에 가기 어려워졌을 때 사랑은 중단되는 것이 아니라 내면에 옮겨진 열정으로 지속된다. 즉 사랑하는 사람은 상실한 연인을 내부로 옮겨와 내 안의 연인과 계속 접촉하며 사랑의 상실을 연기시킨다. 이 때 사랑의 기쁨보다 슬픔과 고통이 계속되지만 이자적 진리로서의 사랑의 열정은 중단되지 않는다.

그 같은 사랑의 지속성은 사랑의 핵심이 **물밑**에 있는 것임을 암시한다. 사랑의 열정은 밖으로 표현되는 경우에도 자신도 확실히 모르는 물밑의 동요에 근거를 두고 있다. 더욱이 지상에서 열정을 드러내기 어려워졌을 때는 물밑에서 동요를 지속시키며 사랑의 상실을 연기하게 된다. 이데올로기는 무의식적 차원에서 작동되지만 결국은 의식을 지배한다. 반면에 사랑은 의식적 차원에서 현실적으로 성공하든 실패하든 물밑의 무의식적 동요가 핵심영역인 것이다.

이데올로기는 감성의 분할 장치를 작동시켜 지상에 한 곳도 공백이 없게 현실을 재구성하는데, 이때 단지 사랑하는 신체에서만 공백의 지점이 생기며, 지상에서 의식적 차원으로 드러낼 수 없는 그 공백은 물밑의 공간에서 유지된다. 그처럼 사랑하는 신체의 공백을 의식적 차원에서 드러내기 어려운 점에서, 모든 사랑은 감춰지거나 얼마간 실패한 사랑이라고 할 수 있다. 그중에서 가장 먼 심연 속으로 가라앉아 동요를 잃어버린 지점이 바로 우울증이다. 따라서 물밑에 핵심이 있는 사랑은 언제나 순간적으로만 가능한 향락과 그로부터 가장 멀어진 우울증 사이에 놓여 있는 셈이다.

사랑의 물밑에서의 무의식적 동요란 표상할 수 없는 잔여물을 쫓아가는 과정이다. 이데올로기 역시 그런 잔여물과 교섭하기 위해 생성되지만 결국 잔여물을 제외하는 방식으로 작동된다. 그 점에서 잔여물이란 이데올로기라는 스크린의 **구성적인 얼룩**[20]인 셈이다. 이데올로기는 스크린에서 얼룩(잔여물)을 제거하려 하는데, 이때 고통에 처한 사랑하는 사람들은 사랑의 실패에 직면하기 보다는, 대상의 잔여물을 포기하며 낭만적 사랑이나 계산적인 사랑을 하게 된다. 우리 주위에서 흔히 볼 수 있는 사랑은 그처럼 대상의 핵심(잔여물, 대상a)을 포기한 대가로 얻어진 사랑이다.

반면에 이데올로기가 얼룩을 감추는 곳에서, 물밑에서라도 이데올로기적 공백이자 얼룩인 잔여물과의 교섭을 포기하지 않을 때, 사랑의 상실은 연기된다. 설령 「맥」이나 「기억 속의 들꽃」, 「영자의 전성시대」에서처럼 사랑의 대상과 다시 만날 수 없게 됐다 하더라도 순수기억(무의식)[21] 속의 사랑은 상실되지 않는다. 그처럼 이데올로기적 호명의 관계를 넘어서는 열정을 통해 순수욕망[22]을 **포기하지 않는 것**이 바로 **윤리**이다. 이 점에 대해서는 뒤에서 사랑과 윤리의 관계를 통해 다시 자세히 살펴볼 것이다.

---

20 지젝 · 레나타 살레츨, 라깡정신분석연구회 역, 「당신을 포기하지 않고는 당신을 사랑하지 않을 수 없어요」, 『사랑의 대상으로서 시선과 목소리』, 인간사랑, 2008, 309쪽.

21 순수기억은 문법화된 습관기억에 포섭되지 않은 무의식의 이미지-기억을 말한다. 베르그손, 박종원 역, 『물질과 기억』, 아카넷, 2005, 143~157쪽, 221쪽, 258~275쪽.

22 순수욕망이란 대상a에 대한 열망을 말한다.

사랑이 물밑에서 계속되는 것은 그처럼 얼룩을 지우려는 이데올로기와의 대면을 피할 수 없기 때문이다. 그런데 앞의 작품들에서와는 달리 얼룩으로 드러나는 위험을 무릅쓰고 사랑을 계속하려는 의지를 그린 소설도 있다. 냉전 이데올로기 하에서도 조청련계 래영과의 관계를 **포기하지 않는** 진국의 사랑을 그린 「님」(윤정모, 1987)이 그것이다. 이 소설에서 유학생 진국은 일본에 머무는 동안 이데올로기 의해 금지된 사랑을 조금도 주저하지 않고 떳떳하게 드러낸다. 그는 그 대가로 아버지의 병 때문에 한국에 귀국한 후 문 교수의 집에 숨어 지낼 수밖에 없게 된다. 그러나 진국은 감금된 상태에서도 이데올로기가 얼룩으로 제거하려는 래영과의 사랑을 오히려 더 적극적으로 갈망한다.

그는 손바닥으로 얼굴을 덮는다. 울음이 나올 것 같다. 울기 시작하면 영원히 울게 될 신세가 되고 말 것 같아 입술을 꼭 깨문다. 그리고 손을 떼 내고 다짐을 하듯 중얼거린다. 래영아, 널 만나면 말이다, 난 인간이 아님을 선포하겠어. 거리에서고 어디서고 내 맘대로 껴안고 입마추고 하겠어. 아니, 그보다 한 달쯤 딱 붙어 있어야지. 학교도 가지 말고 침대에만 누워 한 시간 간격으로 한 몸이 되고…….[23]

위에서의 울음은 숨어 지낼 수밖에 없는 고통스러운 타자의 감정이다. 진국은 울 것 같은 고통 속에서도 이데올로기적 명령을 거부하면서 그 대신에 래영을 **호출**한다. 래영은 순수기억을 통해 이데올로기가 실패할 수밖에 없는 벌거벗은 사랑의 신체[24]로서 출현한다. 진국은 인간이 아님을 선포하겠다고 말했지만 이 경우에는 인간이 아닌 모습이 가장 인간적이

---

23 윤정모, 「님」, 『님』, 흔겨레, 1987, 57~58쪽.
24 벌거벗은 생명이 이데올로기와 죽음정치에 의해 배제된다면 벌거벗은 신체는 이데올로기의 공백을 만든다. 제3장 우울의 미학에서 이자적 진리로 참조.

다. 왜냐하면 잔혹한 이분법적 이데올로기가 지배하는 세계에서는 표상할 수 없는 유일한 것이 그들의 벌거벗은 신체이기 때문이다. 그들의 신체는 이데올로기가 실패하는 공백으로서 좌익이나 우익의 아무런 표상도 없는 잔여물이다.

벌거벗은 신체가 동물적인 이데올로기가 지배하는 세계의 공백으로 그려진 또 다른 작품은 2000년대의 소설 「몽고반점」(2004)이다. 이 소설에서 주인공 '그'의 처제는 채식주의를 고집하는데 그녀의 채식은 단순히 식욕과 미각의 문제가 아니다. 채식주의는 동물적인 욕망에 물들어 있는 후기자본주의의 감성의 분할과의 싸움이며, 피 묻은 고깃덩어리를 먹기를 강요하는 죽음정치적 사회에서 벗어나려는 본능의 표현이다. 후기자본주의는 동물적인 욕망의 세계이면서도 그 혐오스러움을 감성권력으로 은폐해 육식의 탐욕이 잘 보이지 않는 사회이다. 연작의 전편 「채식주의자」에 그려진 처제의 악몽은 그녀가 동물적 육식사회의 감성적 타자임을 암시하는데, 현실에서는 그 고통스러운 풍경이 잘 보이지 않기 때문에 상처받은 감성이 악몽과 환상을 통해 표현되고 있는 것이다. 1장에서 살폈듯이 후기자본주의란 감성권력에 의해 동물적인 죽음정치가 감춰지고 부인되는 사회이다. 처제가 환상과 현실 사이에서 분열되어 있는 것은 후기자본주의의 감성권력의 체제에서 육식사회에 대한 대응이 환상을 통해 드러날 수밖에 없기 때문이다.

「몽고반점」의 '그'는 그런 처제에게 남아 있는 몽고반점에서 태곳적 몸을 본 듯한 매혹을 느낀다. 연두색 몽고반점은 육식으로 오염되기 전의 몸의 잔여물(그 흔적)로서 처제의 채식의 비밀을 말해주는 듯했다. '그'는 바디페인팅으로 처제의 몸에 꽃을 입히는 작업을 하는데, 이는 몽고반점이 암시하는 잔여물과의 교섭으로서 잃어버린 원래의 몸의 세계에 다가가는 일이었다. 바디페인팅은 원초적 욕망인 리비도를 몸에 입히는 작업인 동시에 '그'의 남성중심적인 욕망을 덜어내는 작업이기도 했다. '그'는 네 시간 가까이 붓질과 촬영을 하는 동안 기적 같이 성욕을 느끼지 않았다.

수화기 저편에서 그녀는 다시 말이 없었다.

"……처제"

"네"

다행히 그녀는 오래 침묵하지 않고 답했다. 약간은 반가움이 담겨 있는 대답인가? 그는 잘 판단할 수 없었다.

(…중략…)

혹시 그녀는 웃고 있는가. 그가 볼 수 없는 전화선 저쪽에서 미소를 짓고 있는가.

"……지우고 싶지 않아서 씻지 않았어요."

그녀는 담담하게 말했다.

"이렇게 하고 있으니까 꿈을 꾸지 않아요. 나중에 지워지더라도 다시 그려주면 좋겠어요."[25]

위의 대화는 바디페인팅을 한 다음 처제와 나눈 전화 내용이다. '그'는 환상과도 같은 예술 공간에서의 작업이 현실에서도 꿈이 아님을 확인한 것이다. "……처제"라는 조심스러운 호명은 예술과 현실 사이의 거리만큼 **연기된 호명**이다. 그러나 이제 처제는 현실에서도 예술의 일부가 된 것이다. 처제의 만족을 확인한 '그'는 이내 견딜 수 없는 교섭의 욕망에 사로잡히는데, 그것은 만질 수 없는 수 없는 잔여물(대상a)이 예술의 힘으로 만질 수 있는 대상이 되었기 때문이다. '그'는 꽃이 그려진 처제의 몸에서 광적인 교합의 욕망을 느낀다.

추악한 몸을 벗고 꽃의 피부를 입은 '그'와 처제는 식물처럼 풀물을 흘

---

25   한강, 「몽고반점」, 『채식주의자』, 창비, 2007, 117~118쪽.

리면서 인간으로서 교합을 한다. 그 순간 그들은 예술인 동시에 태곳적 인간이 된 것이다. 분열증 환자로 치료받는 처제가 벌거벗은 생명인 동시에 살아 있는 죽음이었다면, 꽃이 그려진 그녀는 벌거벗은 미학인 동시에 살아 있는 예술임을 드러내고 있다.

그러나 처제는 현실에서 예술의 일부가 된 것이지 그 예술이 현실이 된 것은 아니다. 다른 사람의 눈에 그들의 행위는 분열된 환상으로 보일 수밖에 없다. 예외적인 처제와 '그'조차 살아 있는 예술을 욕망하는 순간 여전히 환상과 현실 사이의 분열의 공간에 놓일 수밖에 없는 것이다. 이처럼 벌거벗은 신체가 예술을 통해서만 교합할 수 있다는 사실은 현실공간에서의 사랑이 매우 힘들어진 상황을 반증한다.

「몽고반점」이 예술을 통해서 환상적으로 잔여물(몽고반점)과 교섭하는 과정을 보여준다면 그보다 먼저 쓰여진 「호출」(김영하, 1996)은 일상에서는 사랑의 호출이 불가능해졌음을 그리고 있다. 이 소설에서 후기자본주의의 상품화된 인간관계에 지친 '나'는 누군가가 자신만을 기다리는 꿈을 꾼다. 그리고 그 꿈을 실현하기 위해 자신의 삐삐를 전철에서 모르는 여자에게 주어버린다. 계산적인 사랑에 실망한 '나'의 꿈이란 동일성의 관계에서 벗어나 특이성의 순간을 경험하는 것이다. '내'가 준 삐삐를 지닌 여자는 자신의 호출을 기다릴 수 있을 뿐이며, 번호를 모르는 그 삐삐에 관한 한 아무하고도 관계를 가질 수 없다.

삐삐를 받은 여자는 대역 에로배우였다. 그녀 역시 상품화된 관계에 지쳐 있었고 누군가 유일한 사람에게 호출 받을 것이라는 기대감으로 삐삐를 지니고 있었다. 삐삐를 버리면 왠지 세상의 모든 사람과의 연이 끊어질 것 같은 예감이 들었다.[26] 그녀는 은유적으로 삐삐가 쇼윈도 창녀라면 핸드폰은 고급 콜걸이라고 생각한다. 삐삐는 일방적으로 기다리는 위치

26　김영하, 「호출」, 『호출』, 문학동네, 1997, 44쪽.

인 반면 핸드폰은 상대를 골라서 호출하기도 하는 것이다. 그러나 호출당하든 자신이 호출을 하든 둘 다 상품화된 관계인 점에서는 마찬가지이다.

그처럼 삐삐란 싸구려 창녀이지만, 이미 호출된 대역배우와 달리 그녀에게 던져진 삐삐는 호출되기 전까진 상대를 상상할 수 있다. 그녀는 누구라도 좋으니 자신을 호출해주길 기다리고 있었다. 이처럼 모든 것이 상품화된 사회에서는 '모르는 사람'이 상상력의 원천이 되는 것이다.

마침내 '나'는 그녀에게 호출을 한다. 하지만 호출기의 요란한 수신음은 '나'의 점퍼 속주머니에서 흘러나온다. 삐삐는 결국 '내'가 가지고 있었으며 '나'는 상상력을 통해 '나'의 호출을 기다릴 그녀를 그려내고 있었던 것이다. '호출은 없음'을 확인한 '나'는 '내'가 상상한 그녀가 등장하는 소설을 쓰기로 결심한다. 이제 세상은 자기 자신을 호출할 수밖에 없는 나르시시즘의 사회가 되었으며, 유일한 사람으로부터 호출을 기다리는 상황은 소설 속에만 그려질 수 있게 된 것이다.

「호출」은 후기자본주의에서는 상품화된 관계에서 벗어난 사랑의 호출이 불가능해졌음을 암시하고 있다. 호출의 불가능성과 함께 이제 세상과의 모든 연은 끊어진 것이다. 그녀는 삐삐처럼 싸구려 창녀 같은 삶을 살며 대역배우를 하는 중에도 호출의 꿈을 버리지 않지만, 상상 속의 그녀가 기다리던 **모르는 사람**으로부터의 호출은 이제 어디에도 없다.

「호출」에서 '나'와 그녀가 꿈을 꾸던 '모르는 사람'이란 상품사회에 남아 있는 잔여물이다. 그러나 그 누군가로부터의 호출의 꿈은 상상력 속에만 남아 있으며 그와 접촉하는 순간 그것은 순식간에 사라진다. 이제 상품사회의 익명의 공백은 소멸되었으며 그와 함께 사랑의 호출 역시 불가능해졌다.

후기자본주의에서는 마지막 유혹인 '모르는 사람' 대신 대리적으로 꿈을 꾸어주는 멋있고 유명한 사람이 우리 앞에 등장한다. 이제 「호출」의 그녀 같은 고통스러운 에로 대역배우 대신 아름다운 국민 대역배우가 판타지를 통해 우리를 유혹한다. 사회적 불화의 고통을 단숨에 해소시키는 신데렐라 스토리를 통해, 국민 대역배우는 아무리 보잘 것 없는 출신으로 등장한다 해도 이미 우리의 가슴을 마법처럼 사로잡는다. 그 같은 국민 대역배우의 마법적인 환상의 목소리는 이데올로기적 호명에 다름이 아니며, 오늘날에는 그 판타지의 호명이 과거의 은밀한 물밑의 사랑의 호출을 대신하고 있다. 세상에는 없는 이름을 통해서만 간신히 부를 수 있던 사랑의 호명은 사라졌다. 그 대신 너무도 유명하고 가슴 떨리는 목소리와 이미지들이 우리의 길 잃은 사랑의 열정을 소비하게 해주는 것이다. 이제 영자, 숙이, 쥐바라숭꽃, 래영이는 어디에도 없다. 대신에 장혜진,[27] 강태영,[28] 길라임,[29] 강모연이 우리를 매혹적인 목소리로 부르고 있는 것이다.

5. 사랑의 대리보충과 이데올로기적 현존의 충만함

이데올로기와 사랑의 또 하나의 중요한 차이는 이데올로기의 경우 대리보충이 허용되지 않는다는 점이다. 대리보충을 충만한 현존의 연기라고 할 때 이데올로기적 애국심의 보류란 생각할 수도 없는 것이다.[30] 이데올로기는 동일성의 충족을 전제로 하며 그 현존의 충만함은 쉽게 유보될 수 없다. 반면에 사랑은 흔히 현존의 부재상태에서 더욱 뜨겁게 불타오른다.

손창섭의 「포말의 의지」에서처럼 연인(영실)이 죽었을 때 연애의 관계는 더 이상 불가능하며 육신의 소멸과 함께 현존의 증거는 사라진다. 애국심을 지닌 망국인은 국가를 회복할 수 있지만 사랑하는 영실은 다시 돌

---

27 〈신데렐라〉(1977)의 여주인공. 황신혜 분.
28 〈파리의 연인〉(2004)의 여주인공. 김정은 분.
29 〈시크릿 가든〉(2010)의 여주인공. 하지원 분.
30 설령 국가를 상실했다 해도 망국인의 국기는 대리보충이 아니며 국기에 담긴 현존의 충만함은 손실되지 않는다.

아오지 않는다. 신비로운 것은 「포말의 의지」에서 그처럼 관계가 불가능해진 상태에서도 종소리라는 대리보충을 통해 사랑이 계속된다는 점이다. 종소리는 연인의 신체가 아닌 대리물이기 때문에 슬픔은 걷잡을 수 없이 커진다. 그러나 사랑의 열정은 결코 식지 않으며 오히려 슬픈 사랑에 대한 열망은 감당할 수 없을 정도로 더 증폭된다.

종소리 같은 대리보충을 통한 충만함의 연기는 사랑을 끝없이 지속되게 만드는 중요한 비밀의 하나이다. 그에 반해 애국심의 충만함이 보류된다는 것은 이데올로기의 실패이며 그것을 만회하는 대리보충물은 아무것도 없다. 그처럼 이데올로기가 대리보충을 허용하지 않는다는 것은 사랑과 구분되는 현존의 형이상학의 특징이다.

대리보충이란 어떤 것의 현존이 부재할 때 그것을 대신하는 대리물을 말한다. 문자언어는 음성언어의 대리보충이며 연인의 물건은 그의 현존의 대리보충이다. 문자언어에서는 그 주체가 항상 부재하며 연인의 물건은 결코 물건의 주인을 현존하게 할 수 없다. 문자로 된 연인의 편지를 읽을 때 우리는 목소리를 들을 때와는 달리 현존이 연기됨을 느낀다. 그처럼 대리보충은 현존이 불가능할 때 그것을 대신하지만 이때 현존은 완전히 재생되지 않고 끝없이 연기된다.

이데올로기의 호명이 흔히 목소리로 표상되는 것은 이데올로기란 현존의 실패를 허용하지 않는 기제임을 암시한다. 설령 이데올로기가 현수막의 글씨(싸우면서 건설하자!)처럼 문자로 표현되었다 할지라도 우리는 그 문자를 충만한 현존의 목소리로 느끼게 된다. 그 점은 이데올로기적 의례나 판타지의 경우에도 마찬가지이다. 이데올로기적 의례는 태극기나 애국가 같은 여러 상징물들로 구성되며 그 상징물 자체는 실상 국가의 대리보충이다. 그러나 우리는 태극기나 애국가 같은 상징물들의 집합을 결코 대리보충으로 느끼지 않고 국가에 대한 애국심의 충만한 현존감에 빠져든다.

국가는 그 자체의 현존물을 갖지 않기 때문에 우리의 이데올로기적 사랑은 반드시 상징물을 필요로 한다. 이데올로기란 그처럼 필연적으로 대리보충(상징물)을 사용하면서도 그 보충물을 대리적인 것으로 여기지 않고 충만함에 몰입하는 기제이다. 연애의 대상 역시 24시간 현존이 불가능하고 옆에 있어도 완전한 정신적 현존은 힘들므로, 연애에도 상징적 대리는 필수적이다. 그런데 연애하는 신체는 대리보충을 통해 충만함의 연기를 느끼며 안타까움 속에서 끝없이 상대에게 다가가려 애쓰게 된다.

　반면에 이데올로기의 역설은 스스로는 대리보충에 의존하면서도 결코 대리보충을 인정하지 않는다는 점이다. 이런 현존의 형이상학의 역설은 이데올로기가 스스로는 법을 넘어서면서도 결국은 법을 수호하려는 기제이기 때문이다. 이데올로기는 법의 여백을 메우기 위해 체제의 잔여물들과 교섭하는 동시에 그 잔여물들을 삭제하고 다시 법체제로 회귀한다. 이데올로기(목소리)는 충만함이 결여된 법(문자)에 현존의 충만함을 제공하는 한편 잔여적 잡석을 제거하는 방식으로 법 체제를 수호한다. 이 과정에서 이데올로기가 상징적 대리보충을 사용하는 것은 표상할 수 없는 무의식의 기제를 작동시킴을 의미한다. 충만한 현존의 연기인 대리보충이 사용되면 충족된 본능의 연기인 무의식이 활성화된다. 상징적 대리보충은 무의식을 동요시키면서 충만함을 연기시키는 잔여물과 작용한다. 그러나 이데올로기는 잔여물과 작용하는 동시에 잔여물을 제거한다. 즉 이데올로기는 잔여물과 작용하는 무의식적 과정에서 의식의 충만함으로 다시 회귀함으로써 법 체제를 수호하고 자신이 사용한 대리보충을 인정하지 않는다.

　이데올로기가 무의식적 과정에서 다시 의식의 충만함으로 회귀하는 것은 정신적 잔여물이 끼어드는 것을 막기 위해서이다. 이데올로기가 대리보충의 상태를 인정하지 않는 것은 그 충만함이 연기된 틈새로 잔여물이 끼어드는 것을 두려워하기 때문이다. 만일 이데올로기가 애국가나 태극기란 모두 상징이며 대리보충에 지나지 않음을 말해버린다면 그것은 이데올로기의 실패에 다름이 아니다. 반대로 애국가나 태극기가 상징물에 불과함에도 모독할 수 없는 신성한 것으로 느껴지게 만드는 것이 바로 이데올로기의 비밀이다. 즉 이데올로기의 성공의 비결은 대리보충을 현존의 충만함으로 뒤바꾸는 신비한 마법에 있다. 그 점은 판타지 드라마에서도 마찬가지일 것이다. 예컨대 〈시크릿 가든〉의 길라임과 〈태양의 후예〉의 강모연의 사랑은 실상 현실에서는 불가능한 에로스의 대리보충에 불과한 것이지만 우리는 정신적 충족감을 느끼는 신비한 환상에 빠져든다.

반면에 우리가 살펴본 작품들의 사랑에서는 상당 부분이 대리보충의 안타까운 과정으로 진행된다. 사랑에서의 대리보충의 특별한 의미는 특히 상대가 부재할 때 매우 실감난다. 예컨대 「날개」에서 '나'는 아내의 화장품에서 체취를 연상하며 이름을 속으로 불러본다. 또한 「포말의 의지」(손창섭)에서 종배는 영실이 죽은 후 종소리를 기다리던 그녀를 위해 사정없이 종을 울려댄다. 화장품이나 종소리는 연심과 영실의 대리보충이다. 그렇기 때문에 현존의 충만함이 연기되면서 사랑은 안타까움을 동반하는 것이다. 그러나 충족이 연기되는 사랑이 하잘것없는 대체물의 소비는 아니며 결코 열정이 식었다고도 볼 수 없다. 사랑은 대리보충을 인정해 현존의 부재를 고통스러워하면서도 그것이 결코 사랑의 중단이 아님을 보여준다. 이데올로기의 마법이 대리보충을 부인하고 현존의 충만함의 환상을 만드는 데 있다면, 사랑의 기적은 대리보충을 인정하는 상태에서도 그것을 통해 끝없는 열정을 지속시키는 데에 있다.

흥미로운 것은 사랑에서는 대상이 부재할 때는 물론 사랑하는 사람과 함께 할 때도 현존이 늘상 연기된다는 점이다. 오히려 사랑의 역동성의 핵심은 현존의 충만함과 충족의 연기에 있다고 할 수 있다. 사랑에서는 충족이 늘상 연기되기 때문에 대리보충과 상징성이 이데올로기에서와는 매우 상이한 위상을 갖게 되는 것이다.

예컨대 방현석의 「랍스터를 먹는 시간」에서 주인공 건석은 「포말의 의지」에서와는 달리 연인을 잃어버리지는 않는다. 그러나 건석은 베트남 여자 리엔과의 사이에서 전쟁의 기억과 연관된 끊어낼 수 없는 트라우마로 고통스러운 사랑을 하고 있다. 두 사람은 리엔이 요리해 준 랍스터를 먹는 시간 동안 그 고통을 잠시 지연시킬 뿐이다. 그처럼 그들은 고통을 보류시키면서 행복감을 맛보지만, 아픔은 지연된 것이므로 충만한 합일감 역시 실상 연기된 상태이다. 그런 과정에서 문화적 기표 랍스터의 매개는 매우 중요하다. 즉 사지를 끊어낼 수 있는 랍스터는 상처를 끊어낼 수 없는 두 사람의 대리보충의 기표이다. 그처럼 랍스터가 현실의 고통을 넘어서려는 사랑의 소망의 대리보충이기 때문에, 그런 대리보충에 의존할 수밖에 없는 두 사람의 사랑의 충만함은 미래에 있는 셈이다. 상처를 일시에 내버릴 수 없는 그들은 랍스터의 대리보충을 통해 비로소 아직 오지 낳은 미래와의 교섭을 보여줄 수 있는 것이다.

이처럼 사랑에서는 상대가 부재하든 존재하든 대리보충의 상징이 중요한 역할을 한다. 사랑의 대상이 부재할 때는 고통이 커지지만(「포말의 의지」) 연인이 현존한다고 해서 모든 어려움이 사라지는 것은 아니다(「랍스터를 먹는 시간」). 사랑에서 대리보충이 필요한 것은 그 어려움 때문이며, 대리보충의 상징은 충족의 소망의 매개체인 동시에 아직 오지 않은 충족의 대리물이다. 사랑은 미래에 와야 할 것과의 교섭이거니와 아직은 없는 미래의 충족을 위해 대리보충의 상징을 필요로 하는 것이다.

반면에 이데올로기에서는 대리보충의 상징물이 충만한 현존을 불러일으키지 못할 때는 돌이킬 수 없는 실패에 직면한다. 그런 이유 때문에 이데올로기가 실패하는 대표적인 지점은 끝없이 충족을 연기하는 사랑하는 신체이다. 만일 사랑하는 신체가 충만한 충족에 사로잡힌다면 그것은 더 이상 사랑이 아니라 이데올로기일 뿐이다. 반대로 이데올로기가 충만한 충족을 연기하고 있다면 그것은 이데올로기의 실패이며 그 지점에서 사랑을 생성하는 틈새가 만들어질 수 있다.

이런 차이는 이데올로기의 충만함이 **잔여물의 망각**이며 사랑의 충족의 연기란 잔여물을 **쫓아가는 과정**이기 때문이다. 사랑이란 대상이나 사회의 잔여물에 대한 끝없는 교섭 과정이다. 실재계적 잔여물은 **표상할 수 없는 것**이므로 사랑은 늘상 대리보충을 필요로 하게 되며 그 대리적 상징의 과정은 현존과의 만남 못지않은 열정을 지니는 것이다. 앞에서 예를 든 「날개」의 중요한 한 장면은 그 점을 잘 보여준다.

> 내 머리와 수염이 좀 너무 자라서 훗훗해서 견딜 수가 없어서 내 거울을 좀 보리라고 아내가 외출한 틈을 타서 나는 아내 방으로 가서 아내의 화장대 앞에 앉아 보았다. 상당하다. 수염과 머리가 참 산란하였다. 오늘은 이발을 좀 하리라 생각하고 겸사겸사 고 화장품 병들 마개를 뽑고 이것저것 맡아 보았다. 한동안 잊어버렸던 향기 가운데서는 몸이 배배 꼬일 것 같은 체취가 전해 나왔다. 나는 아내의 이름을 속으로만 한 번 불러 보았다. '연심蓮心이!' 하고……[31]

위에서 '나'는 아내가 부재한 상태에서 화장품을 통해 아내의 체취를 연상한다. 그러나 여기서 화장품을 통한 아내와의 교섭은 병적이거나 타락한 행동이 결코 아니다. 오히려 이 부분은 「날개」에서 '나'의 사랑이 가장 절실하게 표현된 장면일 것이다.

화장품 병들에서 흘러나오는 향기는 속으로만 불러보는 '연심이!'의 대리보충이다. 그러나 그 대리보충의 향기에서 아내의 체취를 느끼는 것은 단순한 자위적 행위라고 볼 수 없다. 자위란 상대와는 상관없는 '나'만의 행위이지만 '나'의 아내에 대한 열정은 일방적인 육체적 욕망이라고

---

31   이상, 「날개」, 권영민 편, 『이상전집 2』, 태학사, 2013, 95쪽.

할 수는 없다. '나'의 욕망을 불러일으킨 것은 아내와의 관계를 통해 이미 내 심연에 들어와 있는 아내의 잔여물이라고 할 수 있다. '나'의 심연의 무의식으로부터 올라오는 열정은, 단지 아내도 창녀도 아닌 표상할 수 없는 그녀의 잔여물(특이성)에 대한 것이며, 그 달아나는 잔여물과의 교섭은 대리적 상징을 필요로 한다. 더욱이 아내와 '숙명적인 절름발이'의 관계에 있는 '나'는 어떤 면에서 그녀와 같이 있을 때보다 지금 더 열정을 느낀다고 할 수도 있다. 아내가 부재할 때는 절름발이 관계를 연기시키며 표상할 수 없는 잔여물을 더 쉽게 대리적으로 연상할 수 있기 때문이다. '연심이!'를 말하는 순간 불현듯 '절름발이'는 유보된다. 이때 '나'의 대리보충을 통한 사랑은 아내의 현존이 놓인 현실에 복종하지 않는다는 표시가 되는 것이다. 물론 지금의 열정은 아내와의 육체적 관계를 통해 더 진전될 수는 없다는 한계를 지닌다.[32] 하지만 아내의 육체가 현존하든 부재하든 '나'의 열정의 생성을 위해 상징적 (대리의) 과정이 필요한 것은 다름이 없을 것이다. 사랑은 데리다가 말한 에크뤼트르(글쓰기)와 유사하다. 데리다가 에크뤼트르에 대해 말했듯이 사랑에서는 연인이 현존하든 부재하든 대리보충이 오히려 현존에 선행한다.

6. 이데올로기와 실재계 사이에서의 대리보충
—사랑과 에크뤼트르

사랑에서 대리보충이 중요하며 늘상 현존의 충만함이 연기된다는 점은 데리다의 **대리보충의 이론**을 연상시킨다. 데리다는 루소의 자연과 이성의 충만함에 대한 몰두를 비판하며 자연과 이성보다 대리보충이 선행함

32　그것이 또 다시 절름발이의 관계를 연상시킬 수도 있다.

을 논의한다. 루소는 문자언어보다 음성언어를 더 우위에 놓았는데 그 이유는 현존의 충만함에 더 가깝기 때문이다. 음성언어가 현존을 대신하는 반면 문자언어는 음성언어의 대리보충인 것이다. 이에 대해 데리다는 음성언어에 문자적 글쓰기가 기생적으로 끼어듦을 말하며 현존의 허구성을 주장한다. 글쓰기와 텍스트의 외부는 없으며 대리보충이 없는 충만한 현존이란 환상이거나 형이상학이다.[33]

여기서 주의할 것은 데리다가 말한 글쓰기(에크뤼트르)란 문법에 속박된 문자언어가 아니라는 점이다. 반대로 에크뤼트르란 문법의 예속에서 벗어나 역동적으로 차이작용하며 **동요하는 글쓰기**를 말한다. 동요하는 글쓰기는 문법에서 이탈한 잔여물과의 상호작용으로서 **물밑의 무의식**을 활성화하는 방식이다. 그처럼 잔여물을 쫓아가며 무의식을 움직이는 점에서 에크뤼트르는 **동요하는 사랑**과도 유사하다. 그에 반해 문법에 예속된 문자언어는 제도적 법이며 문법의 잔여물을 제거하는 현존의 형이상학은 이데올로기에 상응한다.

대단히 흥미로운 것은 데리다가 글쓰기의 대리보충을 옹호하기 위해 루소 자신의 글을 인용한다는 점이다. 루소는 대리보충이 이성의 착각을 불러일으킨다는 점에서 매우 위험하다고 말한다. 위험천만한 대리보충[34]은 문자언어에 그치지 않고 삶 자체에서도 자연과 이성이 참을 수 없는 파문과 재앙을 야기한다.[35] 루소는『고백록』과『에밀』에서 성생활에 연관해서 자위행위의 대리보충이 문자언어처럼 생명에 위험한 것이라고 말한다. 루소는 자기 자신의 자위행위를 비난하면서 사악한 타락이라고 생각한다. 그는 바렌스 부인 집에 기거하면서 그녀를 상기시키는 물건들에 둘러싸이고 그녀가 잤던 침대에서 잠을 자며 흥분을 불러일으킨다. 문자

---

33   데리다, 김성도 역,「이 위험천만한 대리보충……」,『그라마톨로지』, 민음사, 1996, 314쪽.
34   이 말은 루소 자신이『고백록』에서 사용한 말이다.
35   데리다, 앞의 글, 294~295쪽.

언어처럼 상상적 이미지를 고조시키는 이 대리보충의 행위는 유혹적이지만 생명력의 파멸을 위협한다.

그때 나는 마음 속 깊이 그녀의 모습을 상상하고 또 낮에는 그녀를 계속 볼 수 있었다. 밤이 되면 그녀의 모습을 상기시키는 물건들에 휩싸이고 그녀가 잤던 침대에서 잠을 잤다. 얼마나 흥분을 자아내는 일인가! 이런 모습들을 그려보는 독자는 벌써부터 나를 반은 죽은 놈으로 쳐다본다. 그러나 정반대이다. 내 정신을 빼앗아 간 것은 바로 최소한 한때 나를 구원해 준 것이다. 그녀 곁에서 산다는 매혹과 흥분, 그리고 나날을 거기서 보내려는 끈질긴 욕망에 도취하여 나는 그녀가 눈앞에 있든 없든 그녀에게서 부드러운 어머니, 사랑스러운 누나, 멋있는 친구의 모습을 보았다. 그 이상 아무것도 아니다. 그녀는 내게 세상의 유일한 여자였고 그녀가 내게 영감을 불러일으킨 감정들의 달콤함은 오직 그녀와 그녀의 모든 성에 대해서만 전념하고 다른 여자들에게 눈뜰 시간을 허락지 않았다.[36]

대리보충의 자위행위는 환희를 가져오는 동시에 죽음을 위협한다. 물론 위에서 루소는 자위행위가 더 큰 위험에서 벗어나게 하는 안전판이기도 함을 논의한다. 대리보충은 다른 여자들과 관계함으로써 생기는 죽음의 위협으로부터 자신을 구원해주기도 한다. 이처럼 대리보충은 파멸의 위협이지만 더 큰 위험으로부터의 안전판이기도 하다. 그러나 그 이상 아무것도 아니다. 루소는 『고백록』 4권에서 대리보충의 행위 후에 스스로 범죄를 저지른 것처럼 벌벌 떨었으며 그 기억을 치유하는데 오랜 시간이 걸렸다고 말한다.

여기서 우리는 루소의 바렌스 부인의 대리보충과 「날개」의 '연심이!'의

36　루소의 『고백록』의 일절. 위의 책, 303~304쪽에서 재인용(강조 – 재인용자).

대리보충의 차이를 상기할 필요가 있다. 루소의 대리보충은 바렌스 부인의 마음과는 상관없는 일방적인 것인 반면 이상의 연심이에 대한 연상은 그녀와의 기억(순수기억)에 근거한 것이다. 사랑의 기억이 없는 대리보충은 생명을 소모시키는 파멸이며 그 점은 루소의 다른 여자들과의 위험한 관계에서도 마찬가지이다. 여자가 부재하든 존재하든 사랑이 없는 흥분은 비슷하게 자위행위인 것이다. 루소는 바렌스의 대리보충이 더 많은 현존의 강렬한 자위행위로부터 막아주므로 죽음에서 구원해준다고 생각했던 것이다. ,

반면에 이상의 '연심이!'의 대리보충은 사랑의 기억에 근거해 무의식을 동요시키는 호출이다. 루소의 바렌스의 대리보충은 조금 덜 위험할 뿐이며 여전히 일방적이다. 그와 달리 「날개」의 사랑의 동요는 연심이와 지내온 시간이 '나'의 기억 속에 그녀의 체취로 남아 있는 데 근거한 것이다. '나'의 존재의 일부가 된 이 연심이와의 순수기억(시간-이미지[37])은 '절름발이'라는 거세의 위협으로부터 생명을 지켜준다. 여기서는 대리보충이 오히려 현실의 거세의 위협에 대한 대응이 된다.

따라서 남녀관계에서는 현존이냐 대리보충이냐가 문제가 되는 것이 아니다. 사랑이 없는 현존의 관계는 자위나 마찬가지이며 (루소가 말했듯이) 대리보충의 자위행위보다 오히려 더 위험하다. 반면에 사랑의 대리보충은 순수기억에 담겨진 심연 속의 연인의 호출이므로 결코 위험한 자위행위가 아니다. 더 나아가 연인과의 실제 성애 역시 충만한 현존이 아니라 붙잡을 수 없는 잔여물을 쫓아가는 과정으로서 충족을 대리하는 상징과 겹쳐진다.

그처럼 남녀 간의 성애에는 두 가지가 있는 셈이다. 하나는 잔여물을 쫓아가는 이자적 진리로서의 사랑이며 다른 하나는 일방적인 소유의 쾌락

---

37   시간-이미지는 선적인 궤도에서 이탈한 시간의 기억이 나의 심연에서 존재의 일부가 된 일종의 순수기억이다.

인 자위적 욕망이다.[38] 또한 대리보충에도 순수기억 속의 연인을 호출하는 사랑과 상대의 마음과는 아무 상관이 없는 자위행위가 있다. 이상의 연심이의 화장품 냄새가 전자라면 루소의 바렌스 부인의 침대는 후자이다.

루소는 바렌스 부인의 경험과는 다른 대리보충의 예를 제시하기도 한다. 루소는 아내가 된 테레즈에게서 '엄마'의 대리보충을 느끼는데 이 대리보충은 데리다가 말하는 차연의 연쇄적 관계와 유사하다. '엄마'가 표상할 수 없는 어머니(이상적 엄마)의 대리라면 테레즈는 그런 엄마의 대리보충인 것이다.[39]

자연을 벗어나는 어떤 완벽함도 찾지 말자. 어떤 여자와도 마찬가지였을 것이다. 그렇지만 내 상황은 마찬가지였고, 오직 애 결점만을 보려 하는 내 적들의 증오심에 의해서 더 악화되었다. 나는 똑같은 죄악의 반복을 두려워했다. 그러한 위협을 무릅쓰고 싶지 않았기 때문에 테레즈를 똑같은 죄의식에 빠뜨리기보다는 차라리 내 자신이 금욕하기로 결심했다.

(…중략…)

아, 테레즈여! 나는 지혜롭고 성스러운 그대를 소유하는 것이 너무도 행복하며, 내가 원하지 않은 것을 그대가 가지고 있다는 사실이 너무 행복하다. 나는 처음에는 단지 쾌락을 추구했을 뿐이다. 그런데 나는 더 많은 것을 얻었고 친구도 얻었음을 깨달았다. 이 훌륭한 소녀와 교제하고 내 상황에 대해 성찰해 보니 나는 오직 자신의 쾌락만을 염두에 두고 내 행복을 위해서만 많은 일을 했다고 느끼게 되었다. 죽어버린 야심의 자리에다 내 마음을 채워주는 생동하는 감정을 가져다 놓아야 했다. 단도직입적으로 말해 엄마의 계승자가 필요했다. 나는 더 이상 그녀와 살 수 없기 때문에 나에게는 그녀의 제자와 살았

---

38   바디우, 김인경 역, 「사랑이란 무엇인가」, 『성화』, 인간사랑, 2016, 417~718쪽. 바디우는 이자적 진리가 아닌 모든 육체적인 성 행위는 일종의 수음행위라고 말한다.
39   데리다, 앞의 글, 310~311쪽.

던 다른 누군가가 필요했다. 그 사람에게서 그녀가 내게서 찾았던 청순함과 순종을 찾는다. 가정 사생활의 부드러움이 내가 포기했던 그녀의 멋있는 운명을 보상해야 했다. 내가 정말로 혼자였을 때, 내 마음은 공허했고 그 빈 마음을 채워줄 마음이 필요했다. 그 운명은 최소한 부분적으로는 자연이 내게 만들어준 운명을 앗아갔고 소외시켰다. 그때부터 나는 홀로였다. 왜냐하면 전부와 전무 사이의 어떤 중개적인 것도 내겐 결코 없었기 때문이다. 나는 테레즈에게서 필요로 하는 대리보충을 찾았다.[40]

루소는 대리보충의 중개성을 집요하게 제거하고 싶어 했다. 엄마와 자연을 대체하는 대리보충을 열거하는 순간 루소는 그런 자신의 의지를 상기시킨다.[41] 그런데 그처럼 엄마에 집착하는 대가로 루소는 **전부와 전무 사이의 소외감**에 사로잡힌다. 대리보충에서 죄책감을 느끼는 한 엄마와의 관계가 불가능해진 루소는 소외감에서 벗어날 수 없다.

그러나 다른 한편, 루소는 뜻밖에도 대리보충이 부재와 현존 사이의 중간을 지탱함으로써 중개적인 것을 통해 초조함을 덜어줌을 알게 된다('**중개적인 것**', '**나는 테레즈에게서 필요로 하는 대리보충을 찾았다**'). 그것은 이미 테레즈와의 관계가 익숙한 대리보충의 경험이 된 이후의 상황에서였다. 물론 여기서의 대리보충은 일방적인 자위가 아니라 보다 더 근원적이라고 생각하는 것(전부, 엄마)의 대리 경험이다. 그처럼 자위가 아닌 대리보충은 전부와 전무 사이에서의 소외를 덜기 위해 필요한 것이다.

이 부분에서 루소는 자신이 위험하다고 말했던 대리보충이 마치 이성적인 대안인 듯이 서술하고 있다. 루소는 비이성적인 대리보충이 이성적인 대안이 되는 것처럼 적음으로써 스스로의 글쓰기를 통해 논리적 전위

---

40 루소의 『고백록』의 일절. 위의 책, 309~311쪽에서 재인용. 강조는 데리다의 것임.
41 위의 책, 312쪽.

를 보여준다.[42] 그러나 여기서의 핵심은 위험한 대리보충이란 사랑이 없는 일방적인 것이며 전부의 대안인 대리보충은 어느 정도 상호적이라는 것이다.

데리다는 루소가 대리보충의 의미가 미끄러지게 말함으로써 스스로의 텍스트를 해체되게 하고 있다고 말한다. 데리다는 한발 더 나아가 대리보충은 이성적인 대안이 아니라 현존과 부재 사이의 끝없는 연쇄의 과정이라고 말한다. 그런데 여기서의 대리보충 역시 동일성에 구속되지 않은 타자성의 경험일 경우에 해당한다.

그것은 사랑에서나 글쓰기에서나 마찬가지다. 일방적인 동일성에 구속된 소유욕의 사랑은 현존이든 대리보충이든 자위에 불과하다. 마찬가지로 언어에서 문법에 구속된 것은 목소리(현존)이든 글쓰기(대리보충)이든 동일성의 환상일 뿐이다. 데리다가 강조하는 대리보충의 선행성은 목소리냐 글쓰기냐에 상관없이 문법의 동일성에 구속되지 않은 역동적인 **에크뤼트르**를 말한다.

『그라마톨로지』의 이 부분에서 데리다의 유명한 말이 나오는데 우리는 데리다의 대리보충이란 자위가 아닌 타자성의 경험임을 명심해야 한다. 대리보충은 이성의 동일성과 이성에 의해 지각된 것을 넘어서는 연기와 연쇄의 중개적 과정이다. 중요한 것은 바로 그런 중개의 연쇄적 과정이 그 순간 연기되고 있는 것(이성, 현존)의 의미를 생산한다는 점이다. 사물 자체, 현존, 근원적 지각이라는 직접적 환상은 대리보충이 없으면 의미화가 불가능하며 실상은 그것의 중개로부터 파생된 것이다.[43] 그 점에서 **대리보충**의 다른 이름은 **에크뤼트르**와 **텍스트성**이다. 불가능한 현존과 부재 사이에서 텍스트의 외부는 없으며 대리보충보다 선행하는 것도 없다. 루소의 예와 연관시키면 사랑역시 대리보충처럼 엄마/자연과 고독, 즉 전부

---

42   위의 책, 312~313쪽.
43   위의 책, 311쪽.

와 전무 사이의 끝없는 연쇄의 과정이라고 할 수 있다.

여기서 우리는 데리다의 말을 보다 세밀하게 변주시킬 필요가 있다. 전부와 전무 사이의 소외란 루소의 현존의 형이상학의 균열이며 그것은 우리가 논의한 이데올로기의 실패와 같은 차원에 있다. 데리다는 텍스트의 외부는 없으며 현존은 허구라고 말한다. 데리다가 말하는 현존이란 물질적 실물감이라기보다는 현존의 환상에 집착하는 이데올로기와 같은 차원의 것이다. 그에서 벗어난 대리보충이나 텍스트성은 **타자성을 중시하는 차이작용**이며, 그것은 목소리이든 글쓰기이든, 현존이든 대리 상태이든 마찬가지이다.

데리다는 텍스트성이 진리이며 현존의 형이상학은 환상이라고 말한다. 그러나 여기서도 또 한 번의 변주가 필요하다. 분명히 우리는 현실에서 대부분의 삶을 환상 같은 이데올로기기 속에서 살고 있으며 텍스트성이 감지되는 순간은 이데올로기가 균열을 드러내는 순간이다. 텍스트성과 대리보충이 현존의 이데올로기보다 더 실재적인 것은 이데올로기와는 달리 실재계와 끝없이 교섭하기 때문이다. 그 점에서 텍스트의 외부란 실재계이며 그 무와 이데올로기 사이의 틈새에 텍스트(대리보충)가 있는 것이다. 모든 것이 텍스트라기보다는 **현존의 환상인 이데올로기와 실재계적 무** 사이에서 텍스트성이 작용하고 있는 셈이다. 이데올로기는 전부(현존)와 전무(부재)의 논리로 에크뤼트르와 사랑의 대리보충을 배제하고 포섭한다. 반면에 에크뤼트르와 사랑은 현존(전부)의 환상이 균열되는 지점, 그 잘 보이지 않는 틈새와 물밑에서 생성된다. 이때 에크뤼트르와 사랑은 무이기도 한 실재계와 접촉하는 끝없는 운동을 통해 이데올로기가 실패하는 지점(공백)을 보여준다.

데리다가 간과한 것은 대리보충에서 벗어난 현존이 어디에도 없듯이, 이데올로기에서 독립한 순수한 텍스트나 대리보충 역시 어디에도 없다는 점이다. 이데올로기도 대리적 상징을 사용하는 점에서 텍스트 작용이 있다고 할 수 있지만, 이데올로기란 텍스트성을 현존의 환상으로 환원시키는 기제이다. 여기서는 실재계적 잔여물과 교섭하는 듯한 **환상**을 보여주는 동시에 그 교섭을 **차단**한다. 반면에 텍스트성이 중요한 것은 이데올로기적 환상(현존)과 규율화에서 벗어나 **실재계와 교섭**하는 운동을 보여주기 때문이다.

텍스트성의 대리보충은 현존(환상)과 부재(실재계), 전부와 전무, 이데올로기와 실재계 사이의 운동에 다름이 아니다. 그 과정에서 대리보충이란 현존의 대리인 듯이 보이지만, 근본적으로는 보이지 않는 실재계와의 교섭을 대신 보여주는 작용이다. 즉 대리보충은 **실재와의 교섭의 대리물**인 것이다.

사랑에서 대리보충이 중요한 것 역시 이데올로기의 환상과 규율화에서 벗어나 실재계적 잔여물과 교섭하는 운동을 암시하기 때문이다. 사랑은 항상 이데올로기(현존)와 실재계(무) 사이의 양가적 운동이며 이데올로기가 균열되는 위치에서 활성화된다. 또한 반대로 고통스럽게 사랑이 지속되는 위치에서 이데올로기가 실패하는 공백이 나타난다. 이 과정에서 사랑의 중요성은 이데올로기 속에서의 수동적·반작용적 삶을 실재계적 잔여물과 교섭하는 능동적 힘으로 전환시켜주는 데에 있다.

7. 위험천만한 대리보충을 통한 사랑의 재발명

일상에서는 이데올로기가 지배적이기 때문에 사랑은 흔히 물밑이나 틈새, 타자의 위치에서 나타난다. 그런 위치에서 사랑의 핵심은 실재계적 잔여물과 교섭하는 능동적 힘에 있으며, 대상의 현존과 부재는 부차적인 것이다. 사랑의 대리보충 역시 현존의 대체이기보다는 표상할 수 없는 실재(잔여물)와의 교섭의 대리(은유)라고 할 수 있다. 그처럼 **실재계적 교섭**

의 대리적 표현인 점에서 사랑하는 사람이 현존하든 부재하든 대리보충은 똑같이 중요한 것이다. 상대가 부재할 때 사랑은 더 고통스러워지지만 그 물밑에서의 사랑은 더 열정적이 될 수도 있다. 사랑하는 사람의 부재는 흔히 이데올로기적 억압의 결과일 수 있으며 이 경우 사랑의 대리보충의 의미는 더 증폭된다.

예컨대 「님」에서 진국은 모국에 귀국한 후 냉전 이데올로기의 억압에 의해 숨어 지내며 일본에 남아 있는 래영을 떠올린다. 진국은 래영에 대한 생각이 간절하지만 지금은 대리적으로 상상에 사로잡힐 수밖에 없다. 그러나 진국의 대리적인 상상은 사랑의 열정을 참을 수 없을 정도로 더 강렬해지게 만든다.

> 래영아, 널 만나면 말이다, 난 인간이 아님을 선포하겠어. (…중략…) 래영아 난 짐승보다 못한가봐. 곁에 네가 있는 것도 아닌데, 너의 풀냄새도, 밥공기만 한 젖가슴도, 귀여운 배꼽도 없는데 내 아랫도리는 혼자 자라고……. 어쩌면 너도 그럴 거야. 내 알몸을 생각하고 너의 배꼽과 아기가 든 아랫배를 만져줄 내 손길을 애타게 기다릴지도……. 그는 창문 아랫벽에 이마를 기댄다. 눈을 감고 쿵쿵 튀어오르는 심장의 박동을 삭인다.[44]

위에서 진국이 자신을 짐승보다도 못하다고 생각하는 부분은 루소의 '위험천만한 대리보충'을 연상시킨다. 진국의 자책은 래영의 육체적 애무에 대한 절제된 생각에 근거한 것이다. 진국은 일본에 있을 때 래영의 생각을 존중했지만 지금은 그 한도를 넘어서고 있다. '난 인간이 아님을 선포하겠어'라는 진국의 내면의 말이 그 점을 암시한다. 이런 진국의 짐승 같은 열정은 과연 루소가 말한 대리보충의 위험성을 나타내는 것일까.

---

44   윤정모, 앞의 글, 58쪽.

그러나 진국이 절제된 인간에서 짐승의 열정으로 돌아간 과정에는 루소가 생각하지 못한 이데올로기적인 억압이 놓여 있다. 냉전 이데올로기는 진국을 아무런 인권도 보호받지 못하는 벌거벗은 생명으로 만든다. 교수의 집에서 한 발짝도 밖으로 나가지 못하는 진국의 상황이 그 점을 말해준다. 진국은 전부가 금지된 전무의 상황에서 현존을 제지당한 부재의 고통을 경험한다.

진국이 겪고 있는 전무와 부재의 고통은 루소가 간과한 이데올로기[45]에 의한 것이다. 물론 여기서의 냉전 이데올로기는 루소의 현존의 이데올로기에 비해 훨씬 더 억압적이다. 그러나 현존의 형이상학에 집착한 루소는 어쨌든 현존(이데올로기적 환상)에서 벗어나는 한 진정한 사랑은 불가능하다고 생각했을 것이다. 그런데 사정은 정반대이다. 진국의 이데올로기의 위반은 래영과의 진정한 사랑에 의한 것이며 그의 고통은 이데올로기에 의해 배제당한 상태에서도 사랑을 포기하지 않는 것과 연관이 있다. 루소의 생각과는 달리 현존의 이데올로기와 사랑은 양립하지 않는다. 진국의 갇힌 방은 이데올로기에 의한 배제인 동시에 사랑에 의한 이데올로기의 공백이기도 하다. 진국은 배제가 만든 공백과 사랑이 만든 공백 사이에 놓여 있다. 그런데 그는 고통 속에서도 이데올로기적 배제를 거부하고 사랑을 중단하지 않음으로써 무력한 벌거벗은 생명에서 위험한 벌거벗은 타자로 전이된다. 이처럼 사랑은 현존이든 부재이든 배제에 저항하며 공백을 주장하는 행위이다. 진국의 위험한 사랑에 의한 공백의 주장은 이데올로기적 구속에 대한 자유의 주장이거니와, 그것은 배제의 의한 속박의 공백을 역전시키는 대응이기도 하다. 진국은 이데올로기에 의한 배제의

---

45 루소가 현존에서 진리를 찾은 것은 실상 현존의 이데올로기에 예속된 셈이다. 「님」의 진국은 이데올로기를 거부함으로써 예속에서 벗어나는 대신 배제의 고통을 당하고 있다. 여기서 진국이 거부하고 있는 것은 현존의 이데올로기보다 더 정치적으로 억압적인 자유주의 이데올로기라고 할 수 있다.

공백을 사랑에 의한 이데올로기의 공백으로 역전시킨다.

관습적인 인간의 규율에 따라 사랑을 절제하는 것은 일본에서처럼 냉전 이데올로기적 배제가 없을 때 가능하다. 그러나 진국은 지금 이데올로기에 의해 벌거벗겨져 전무와 부재의 위협에 처해져 있다. 그런 위협에 맞서야 하는 벌거벗은 진국은 최소한의 규율(인간)에 따라 사랑의 열정을 절제하는 것이 불가능하다. 진국의 짐승 같은 열정은 그를 벌거벗은 생명으로 만들어 배제하는 권력에 대한 벌거벗은 대응인 것이다. 진국이 최소한의 규율도 벗어던진 것은 그에게 최소한의 인권도 배려하지 않는 권력에 대한 응수인 셈이다. 짐승 같은 욕망은 규율화된 인간에게는 인간의 포기이지만 벌거벗은 타자에게는 오히려 인간의 선언일 것이다. 만일 진국이 일상의 타협된 규율에 따른다면 그는 단지 욕망을 결박당한 배제된 인간이 된다. 이데올로기는 진국에게 욕망을 결박당한 인간이 되라고 요구한다. 반면에 진국은 이데올로기가 짐승이라고 말하는 욕망을 포기하지 않음으로써 또 다른 인간을 선언한다. 진국은 방 속에 갇혀 지내느니 차라리 사슬에 묶인 개가 부럽다고 생각한다.[46] 그렇다면 짐승이란 이데올로기에 의해 배제된 공백에서도 욕망을 포기하지 않는 인간에 대한 은유일 것이다. 진국은 짐승이 되는 순간 비로소 자신이 인간임을 확인한다. 그 순간 배제와 금지의 공백은 이데올로기에 역습하는 욕망이 생성되는 또 다른 공백(사랑에 의한 공백)으로 전환된다.[47]

이데올로기적 억압은 진국을 대리보충이 필요한 상황으로 몰아넣었지만 그 대리적 상황은 은밀한 물밑에서 규율을 더 쉽게 벗어던질 수 있게 한다. 루소는 그런 비이성적인 열정을 위험천만한 것으로 볼지도 모른다. 그러나 여기서 대리보충은 인간에게 위험하기는커녕 더 격렬하게 규율

---

46 윤정모, 앞의 글, 56쪽.

47 이데올로기가 배제의 공백을 만든다면 사랑은 이데올로기가 작동되지 않는 또 다른 공백을 만든다.

화에 저항하는 욕망의 표현으로 인해 **이데올로기**에게 위험천만한 상황일 뿐이다.

이처럼 대리보충이 물밑에서 강렬하게 이데올로기에 대응하는 방식은 연애적 사랑에만 국한되지 않는다. 앞서 말했듯이 우리의 대리보충은 표상할 수 없는 실재(계)와의 교섭의 대리적 표현이다. 「님」에서처럼 이데올로기에 포위된 상황에서도 사랑은 그런 방식으로 물밑에서 능동적인 힘을 확인하고 표현한다. 그리고 그런 물밑의 능동적 대응은 이데올로기에 대한 저항이기에 연인간의 연애적 사랑을 넘어서서 다른 사람에게도 감성적인 동요로 확산된다.

진국이 처해 있는 상황은 이데올로기가 사라진 듯한 우리 시대에도 시사적이다. 진국의 사랑은 다른 공간에 있지만 오늘날의 사랑은 어떤 공간에도 없으며 다만 우리의 심연에 잔존할 뿐이다. 우리 시대의 신자유주의 이데올로기와 삶권력/죽음정치는 **일상 자체**에서 우리를 진국처럼 숨어 지내게 만든다. 그러나 진국이 사랑의 대리보충으로 심연의 래영과 포옹하듯이 우리는 사랑하지만 만날 수 없는 것들과 대리적으로 교섭할 수 있다. 우리가 사랑하는 것들이란 비단 연인만은 아니지만 그것은 은유로서의 님으로 불릴 수 있을 것이다.

우리는 우리가 사랑하는 것들을 만날 수 없는 시대에 살고 있다. 그에 대한 대응은 사랑의 대리보충 같은 또 다른 대리보충에서 시작될 수밖에 없다. 우리의 님은 래영처럼 만날 수 없는 곳에 있으며 오늘날의 우울증은 님을 잃고 심리적으로 갇혀 있는 상황에서 생겨난 것이기 때문이다. 진국은 사랑을 찾아 다른 공간으로 밀항을 한다. 그러나 일상 자체에서 포획된 우리는 닫힌 공간에서 길 없는 길을 찾아야 한다. 다행히 우리는 어디에도 없는 님을 생각하며 방 안에 갇힌 사람처럼 심연의 물밑에서 '짐승처럼 위험한' 대리보충을 할 수 있다. 우리는 〈시그널〉을 보고 『채식주의자』[48]를 읽으며 진국처럼 현존하지 않는 님과 입 맞추고 껴안는다. 이것은 결코 자위행위가 아니다. 대리보충이란 심연의 동요이며 현존하지 않지만 심연에 잔존하는 님과의 성애이다. 우리는 현존하는 님과 포옹할 수는 없지만 심연 속의 잔여물을 끌어안을 수는 있는 것이다.[49] 〈시그널〉과 『채식주의자』를 보며 우리는 여전히 깊은 곳에서 미지의 사람들과 포옹하고 있었음을 확인한다. 데리다가 말했듯이 그런 '심연 속에서의 성애'(대리보충)가 없다면 현존의 공간에서의 욕망이란 어디에도 없다.[50] 〈시그널〉과 『채식주의자』는 심연에서의 미지의 사랑, 그 대리보충의 은유이자 그것을 증폭시키는 서사이다.

오늘날은 현존의 공간에 어디에도 님이 없는 점에서 에로스가 종말에 이른 세상이다. 그러나 님의 부재와 현존의 감옥은 심연 속에서 사랑의 욕망이 절멸되었음을 뜻하지는 않는다. 버틀러는 우울증이 단순한 자아의 무력화가 아니라 제도에 의한 사랑의 가능성의 배제라고 말한다. 진국과 래영 같은 위험한 사랑은 마치 살아 있는 몸이 매장되듯이 이데올로기적 일상에서 인식 자체가 불가능해진다.[51] 그런 제도에 의한 배제는 개인적으로 극복할 수 없기 때문에 방 안의 진국처럼 슬픔에 그치지 않고 우울함을 느끼는 것이다. 오늘날은 진국의 우울증이 일상 전체로 확장된 시대이다. 하지만 만일 심연에 상실된 사랑이 잔존하지 않는다면 배제도 우울증도 없을 것이다. 우울증은 사랑을 둘러싼 싸움이 현존의 대상에서 잔여물의 차원으로 이동한 상태이다. 그렇기에 오늘날의 우울증은 수동적인 무력감을 능동적인 대응으로 전환시킬 수 있는 스스로의 불온한 인화 물질을 숨기고 있다. 〈시그널〉과 『채식주의자』 같은 은유적 대리보충은

---

48 한강의 연작 소설.
49 우울증은 대상 a(잔여물)의 상실이라기보다는, 제도적 조건 때문에 대상 a에 대한 열망이 작동할 수 없으며, 그로 인해 현실에서 님을 만날 수 없는 상태일 것이다.
50 데리다, 김성도 역, 앞의 글, 321쪽.
51 버틀러, 조현순 역, 『안티고네의 주장』, 동문선, 2005, 135~136쪽.

그 잔여물의 인화물질에 불을 붙이는 **위험천만한** 에크뤼트르이다. 님의 상실은 '제도화된 우울증'에 의한 배제이거니와, 배제된 님의 잔여물에 대한 열망으로 모두가 심연 속에서 동요할 때, 서로가 서로의 님이 되어 움직이기 시작할 것이다.

8. 대리보충에서 내면의 님으로
─ 연애하는 신체의 내면과 시간의 존재로의 전이

프로이트는 상실한 님은 그 사람의 성격이 된다고 말한다.[52] 그 이유는 사랑에 실패한 사람은 상실한 님을 자아의 내면으로 옮겨와 자신의 일부로 삼기 때문이다. 이 과정의 전단계가 바로 대리보충일 것이다. 님의 부재를 대신하는 대리보충을 우리는 흔히 단순한 현존의 대리물로 생각한다. 그러나 대리보충은 이미 님이 자신 안에 존재의 일부로 자리했음을 암시하는 은유이다. 그런 대리보충은 대상을 상실했을 때 현존의 님 대신 내면 속에서 자신의 존재의 일부로 자리 잡은 님을 상기시킨다. 님과의 만남이 불가능해졌을 때 나는 **현존의 대리물**이란 실상은 나의 존재의 일부가 된 **내면의 님**이었음을 감지하게 되는 것이다.

예컨대 「포말의 의지」(손창섭)에서 영실이 좋아하는 종소리는 그녀의 대리보충이지만, 그녀가 죽은 후 종소리는 내면에 남은 영실인 동시에 종배의 일부로 감지된다. 종배가 미친듯이 종을 울리는 행위는 상실의 고통이면서 열정의 연장이기도 하다. 고통 속에서 님을 나의 일부로 감지함으로써 나는 사랑하는 사람이 세상에 없어도 내면의 님과 끝없이 교섭하며 사랑의 상실을 연기하게 되는 것이다.

---

52 프로이트, 박찬부 역, 「자아와 이드」, 『쾌락원칙을 넘어서』, 열린책들, 1997, 115~117쪽.

프로이트는 그처럼 상실한 님을 나의 내면에 전이시키는 계기를 자기 애에서 찾았다. 그러나 우리는 그 과정을 프로이트[53]와는 달리 사랑의 본성인 **잔여물과의 교섭**을 통해 설명할 수 있다. 사랑이란 한 마디로 대상 a와의 교섭이다. 대상 a란 내가 체제에 진입할 때 잃어버린 잔여물을 말한다. 사랑은 나의 무의식 속에 잔여물(대상 a)이 동요하는 과정이며 그것은 상대의 잔여물과 교섭하는 진행이기도 하다. 그 때문에 눈앞의 대상을 잃었어도 진심(이자적 진리)이 남아 있는 한 심연 속의 잔여물과의 교섭은 계속되며 나는 예전과 다른 사람이 된다. 예컨대「포말의 의지」에서 종배는 침울한 상태에서 벗어나 격정적으로 종을 울리는 능동적인 인물이 된다.

그런데 그런 자아의 성격의 변화는 이미 사랑이 시작될 때 조짐이 나타난다고 할 수 있다. 사랑이란 타자가 내 안에 들어와 끝없이 동요를 일으키는 과정이다. 그처럼 타자가 내 일부로 작용할 때 나는 이미 전과는 다른 사람이 되어 있는 것이다.「포말의 의지」에서 영실이 종소리를 얘기하고 본명을 비밀처럼 들려줄 때 종배는 내면에 스며든 그녀의 존재로 인해 이미 성격의 변화가 일어나고 있었다. 그러나 사랑이 계속되는 동안에는 종소리를 그녀의 대리보충으로 느낄 뿐 그것이 내 안에 침투한 그녀의 은유임을 눈치채지 못한다. 눈앞의 상대를 잃은 후에야 떠나보낼 수 없는 님(대상 a)과 고통스런 교섭을 계속하며 나는 내 일부가 된 님과 함께 나의 성숙을 알게 된다.

그처럼 상실한 님이 나의 성격이 되는 것은 특히 내가 **님을 보내지 못하는** 경우이다. 프로이트는 슬픔(애도)과 우울을 비교하면서 애도를 통해 님을 보낼 경우 리비도가 대상에서 철회되며 슬픔이 극복된다고 말한다. 이 경우에도 님의 잔여물은 내게 남지만 그것이 나의 일부가 되면서 님을 보내는 과정인 애도는 끝난다. 반면에 애도를 통해 님을 보낼 수 없을 경우

---

53 프로이트는 자기애를 통해 설명한다.

내 안에 옮겨진 님과의 교섭이 계속되며 나는 더 극적인 변화를 경험하게 된다. 예컨대 「포말의 의지」의 종배는 그를 말리러 달려드는 규율화된 사람들을 무시한 채 걷잡을 수 없는 슬픔의 힘으로 종을 울린다. 여기서 더 나아가 애도 자체가 불가능한 상태[54]를 우울이라고 할 수 있는데 이때 나는 성격의 변화 뿐 아니라 님을 잃게 한 상황과의 불화를 겪게 된다.

프로이트와 우리의 논의의 차이는 '님의 상실'의 원인에 있다. 님을 **사고**에 의해 잃었을 경우 우리는 프로이트가 논의한 슬픔과 애도의 과정을 거친다. 반면에 어떤 **사건**[55]에 의해 님을 상실했을 때 우리는 님을 보내지 못하면서 끝없는 애도나 애도의 불가능성을 느끼며 보다 강한 슬픔과 우울에 사로잡힌다. 사건이란 체제에 구멍이 생긴 것을 말하며 그 구멍을 메우도록 체제가 변화될 때까지 애도는 계속된다. 슬픔/애도에는 사고인 경우의 수동적인 슬픔과 사건인 경우의 능동적인 슬픔이 있는 것이다. 두 번째 슬픔의 경우에 상황이나 체제가 변화되지 않을 것이라는 느낌이 커지게 되면 우리는 우울에 사로잡히게 된다.

님의 상실이 성격의 변화를 가져오는 것은 사고나 사건의 경우에 다르지 않다. 그러나 님을 떠나보내지 못할 때 우리의 성격의 변화는 훨씬 더 능동적이 된다. 여기서 능동적이라는 것은 체제 내에서의 변화가 아니라 **체제를 넘어서려는** 변화라는 뜻이다. 「포말의 의지」가 4·19 직전에 쓰여졌음은 매우 의미심장하다. 그런 능동적인 대응의 경우는 님의 상실의 원인이나 그 대응이 사랑을 불가능하게 만드는 체제 및 그 이데올로기와 연관을 맺고 있다.

앞서 살폈듯이 나의 변화는 사랑의 상실 후에 뚜렷해지지만 이미 사랑

---

54 혹은 끝없는 애도 속에서도 슬픔이 사라지지 않을 때 우리는 우울을 느낀다.
55 사고가 일어나면 최선을 다해 제자리로 돌아와야 하지만 사건이 발생하면 우리는 그 이전의 시간으로 돌아갈 수 없게 된다. 신형철, 「문학은 무엇을 할 수 있는가?」, 『한국어문연구소 콜로키움 자료집』, 2010.12.1, 10쪽.

을 시작할 때 그 조짐이 나타난다. 그런데 사랑을 시작할 경우도 **제도의 벽**에 부딪혔을 때 그것을 넘어서는 과정에서 성격의 변화가 일어난다. 그 대표적인 예가 『토지』에서 서희와 길상의 사랑이다. 두 사람의 사랑은 신분 이데올로기의 벽에 부딪히면서 더 격렬해지는데 사랑의 위기를 돌파하는 과정에서 그들은 반상의 제도를 넘어선 성격의 성숙을 보여준다. 그 과정은 상대가 나의 내면에 자신의 일부로 자리 잡는 과정과도 일치된다.

따라서 사랑의 경험과 연관된 자아의 변화는 사랑의 상실뿐만 아니라 **제도와의 관계**가 매우 중요한 요인이 된다. 예컨대 『토지』에서처럼 사랑이 위기에 처했을 때, 이미 내 안에 들어온 상대와 교섭하며 (내면화된) 제도를 넘어서려는 사랑의 힘에 의해 성격의 성숙이 이뤄지는 것이다. 이는 기존의 제도가 위기에 처한 전환기에 흔히 나타난다. 반면에 사랑의 상실과 함께 성격의 변화가 일어나는 것은 「맥」에서처럼 제도의 힘이 매우 공고할 때이다.

사랑이 어떤 불가피한 조건(제도)에 의해 위기에 처하거나 상실을 맞을 때 사랑하는 사람은 그 조건과 내면적 격투를 벌이게 된다. 여기서 격투란 제도와의 직접적인 싸움을 말하는 것이 아니다. 내면적 격투란 사랑하는 사람을 떼어내려는 제도에 맞서 그 사람을 내 안에 두려는 힘에 의한 것이다. 내 안의 님과 교섭하는 사랑이 지속되는 동안에는 이데올로기와 감성의 제도(감성의 분할)가 아무런 힘도 발휘하지 못하는 공백이 생겨난다. 그런 공백이 없다면 아마 사랑도 없을 것이다. 여기서의 공백이란 내가 어려움 속에서도 사랑을 지속시키고 있다는 증거에 다름이 아니다. 사랑의 신비한 비밀은 바로 그 공백[56]에 있다. 내면 속의 님과 교섭하며 제도적 공백을 만드는 바로 그 순간 이데올로기적 예속에서 벗어난 능동적인

---

56   이 공백은 아무것도 없는 것이 아니라 사실은 실재계와 접촉하는 순간이다. 『토지』의 경우 서희는 길상에 대한 사랑을 느끼면서 신분의 벽이 무너지는 대신 자신 앞에 다가온 역사적·물질적 힘을 감지하게 된다.

성격의 변화가 일어나는 것이다. 그 과정은 나의 인격 자체가 달라진다는 점에서 님이 나의 일부가 되면서 님과의 사랑의 시간이 나의 존재로 전이되는 진행이기도 하다. 그런 성격의 변화와 존재로의 전이는 사랑의 상실뿐만 아니라 사랑의 시작에서부터 이미 나타난다.

『토지』의 전반부는 그 과정을 매우 잘 보여준다. 『토지』 전반부에서 가장 중요한 사건은 서희와 길상의 사랑인데, 두 사람은 제도의 장벽에 가려져 자신도 느끼지 못한 상태에서 서로에게 마음을 주게 된다. 그러다가 사랑이 언뜻 감지될 때면 그들은 철벽같은 제도의 장벽 앞에서 스스로를 부인하기까지 한다. 예컨대 서희는 막연히 느낀 길상과의 관계를 처음에는 분노의 감정으로 부인하는 내면의 말을 쏟아낸다. 하지만 그런 부인의 순간은 무의식적 승인의 순간이기도 하다. 서희는 길상을 부인할수록 실상은 이미 그가 자신의 내면 속에 들어와 있으며 그것을 금지하는 제도에 틈새가 생기기 시작했음을 암시하게 된다.

'겨루던 상대가 물러났기에 어쩌면 길상이는 제 마음을 단속하는지도 모르겠어. 비겁해지기가 싫어서 말이야. 안됐다는 생각도 들었겠지. 길상이는 그럴 수 있는 사내지. 아아니 뭐라구!'

순간 서희의 감정이 용수철처럼 튄다.

'뭐라구? 감히 뉘하고 겨룬단 말이냐! 이 최서희를 두고 누가 뉘에서 겨루어? 그럴 수도 있느냐?'

상하로 선명하게 그어진 돈독한 그 낡은 관념은 직감이 몰고 온 거의 공포에 가까운 예감을 비로소 떼밀어내고 때려눕힌다. 길상을 겨누었던 필사적인 촉수는 방향을 잃는다.

'내 천 길 낭떠러지를 뛰어내리듯 너를 택하려 하기는 했으되 어찌 감히 너 스스로가 생심을 품을 수 있단 말이냐! 언감생심. 나를 여자로 보아? 계집으로 네 눈에 보이더란 말이냐? 그래 너는 장살의 그 숱한 사연도 몰랐더란 말이냐?

내 비록 천애고아로서 이곳까지 왔다마는, 양반이 아직은 썩은 무말랭이가 되지는 않았어! 감히 하인의 신분으로서!'

천길만길 뛴다. 그러나 어디까지나 그것은 서희의 환상일 따름, 길상은 바위처럼 앉아 있을 뿐이고.[57]

위에서 이인칭 '너'는 서희 자신이 만든 길상의 **대리보충**이다. 그런 대리보충을 만들면서까지 내면의 말을 하는 것은 상전으로서 길상에게 직접 해야 할 말을 유보시키는 공백이 생겼음을 뜻한다. 서희는 예전처럼 길상에게 직접 퍼붓질 못한다. 그녀는 내면으로 이데올로기의 공백을 감지하며 면전의 길상 대신 이미 규범을 어기고 자신 안에 들어와 있는 길상에게 소리치고 있는 것이다. 이런 미결정적 공백이 의미하는 것은, 서희의 말이 길상에 대한 분노이지만 그것은 길상을 자신 안에 머물게 하는 또 다른 힘의 감지이기도 하다는 점이다. 서희의 분노는 그녀가 기대고 있는 신분 이데올로기의 위기인 동시에 그 제도를 위태롭게 하는 자신도 모르는 공백의 힘의 감지이다. 서희는 길상을 밀어내면서 또한 그를 자신 안에 놓아두는 어떤 힘을 발견하는 것이다. 길상을 밀어낸다는 것은 신분제도를 버릴 수 없다는 표시이지만, 그것을 유보시키는 틈새를 인정하는 것은 내면에 들어온 길상의 암묵적인 승인이다. 그처럼 서희의 **내적 대화**의 말은, 이데올로기의 틈새와 공백을 만드는 또 다른 힘을 암시하는 점에서, 이미 제도와의 싸움을 필요로 하는 사랑이 시작되었음을 알리게 된다.

"최서희가 잘났으면 얼마나 잘났어? 흥 천하를 주름잡을 텐가? 어림도 없다!"
어조를 싹 바꾸며 반말지꺼리다. 장승처럼 서 있는 서희 얼굴에 경련이 인다.
(…중략…)

---

57 박경리, 『토지』 2부 1권, 솔, , 203쪽.

"난 난 길상이하고 도망갈 생각까지 했단 말이야. 다 버리고 달아나도 좋다는 생각을 했단 말이야."

철없이 주절대며 운다.

"그 여자 방에 그, 그여자 방에서 목도리를 봤단 말이야 으흐흐 흐흣……"

길상의 눈동자가 한가운데 박힌다.

"그 꾸러미가 뭔지 알아? 아느냐 말이야! 으흐흐…… 목도리란 말이야 목도리."

하더니 와락 달겨들어 나둥그러진 꾸러미를 낚아챈다. 포장지를 와득와득 잡아 뜯는다. 알맹이가 밖으로 나왔다. 그것을 집어든 서희는 또 다시 길상의 면상을 향해 집어던진다. 진갈색 목도리가 얼굴을 스쳐서 무릎 위에 떨어진다.

"헌 목도린 내버려! 내버리란 말이야! 흐흐흐…… 으흐흐흣……"[58]

위에서 길상의 반말은 그 자체로 감성의 분할에 대한 전복이다. 그러나 그것은 서희에 대한 열정을 울분으로 뒤집어 표현한 것으로 여전히 반상의 분할이 둘 사이에 가로놓여 있음을 나타낸다. 즉 길상의 반말은 제도적 공백을 만드는 힘에 의한 것인 동시에 아직도 잔존하는 반상의 벽에 대한 울분이기도 하다. 여기서의 길상의 서희에 대한 애증의 심리는 길상의 내면에서 복잡하게 갈등하는 사랑의 공백과 제도의 벽에 연관된 것이다. 그만큼 길상의 반말은 눈앞의 서희와 함께 내면의 그녀의 존재를 향하고 있다. 이 순간 마음속에서만 맴돌던 애증의 감정을 밖으로 꺼냄으로써 길상은 비밀을 누설하듯이 이미 내면에 들어선 서희의 존재를 인정하고 있는 셈이다. 그런 내면 속의 서희의 존재의 확인은 **사랑의 진전**과 함께 제도의 힘에 굴하지 않으려는 길상의 능동적인 **자아(성격)의 변화**를 암시한다.

또한 서희의 말은 원래의 자신의 말투이지만 여기서도 달라진 감성의

58   위의 책, 409~411쪽.

분할이 나타난다. 길상은 그의 내면에 남아 있는 신분의 문턱에 대한 슬픔으로 옥이네와 가깝게 지내고 있었다. 서희는 그런 하인의 여자(옥이네)에게 질투심을 표현함으로써 자신의 내면에 길상이 들어서 있음을 밖으로 내보여 인정하고 있는 것이다. 이제까지 서희는 신분의 분할을 공백으로 만드는 길상과의 관계를 스스로 감지하면서도 남아 있는 벽으로 인해 그것을 입 밖에 꺼내지 못하고 있었다('도망갈 생각까지 했단 말이야'). 그러나 이제 옛 감성의 분할을 버릴 것을 길상에게 요구하는 동시에 자기 자신에게도 말하고 있다. 헌 목도리를 내버리라는 말은 실상은 낡은 감성의 분할에 대해 외치고 있는 것이다. 또한 그런 만큼 그 말은 자신에게 남은 신분 관념에 대한 것이기도 하다. 서희는 내면에서 막연히 감지하던 신분 분할을 해체하는 사랑의 힘을 스스로의 입을 통해 밖으로 표현함으로써, 신분 관념을 놓을 수 없던 수동적 상태에서 (길상과 자신에게) 그것에서 벗어나길 외치는 능동적 상태로 변화된다. 여기서의 서희의 변화는 사랑의 힘과 제도적 벽의 관계의 역전에 상응한다. 그처럼 서희의 경우에도 내면에 들어선 길상의 존재로 인해 이데올로기적 공백과 사랑의 진전이 만들어지며 **자아의 변화**가 일어나고 있는 것이다. 여기서 사랑이 만드는 공백이란 **실재계와의 교섭**에 의해 생성된 것으로 서희와 길상은 **사랑**의 다가옴을 통해 자신도 모르게 **역사적·물질적 힘** 앞에 서 있는 셈이다.

이 같은 두 인물의 자아의 변화는 **시간의 존재**로의 전이이기도 하다. 서희와 길상이 보낸 시간은 일렬로 늘어선 과거가 아니라 둥근 나이테처럼 그들의 현재의 존재를 이루고 있다. 그처럼 시간을 존재로 변이시키는 힘이 바로 사랑의 신비스런 비밀일 것이다. 앞에서의 이인칭 너는 길상의 대리보충인 동시에 그와 함께 지낸 시간이 (이미지로서) 서희 내면에 침투한 **시간-이미지**이기도 하다. 서희의 내면의 길상(시간-이미지)에 대한 분노의 말은 궤도에서 이탈해 내면에 침투한 길상이라는 시간-이미지를 염두에 두고 있다. 그것은 이탈에 대한 격한 분노인 동시에 내면에 들어온 길상에 대한 무의식적인 사랑의 인정이기도 하다. 이제 시간-이미지로서의 길상은 서희 내면의 타자로 자리 잡으며 더 이상 그 존재를 부인할 수 없는 상태가 된다. 더 나아가 사랑이 진전되며 내면의 타자는 자신도 모르게 서희 자신의 일부가 되어 새로운 관계를 스스로 외치게 만든다('헌 목도린 내버려!'). 그처럼 궤도에서 이탈한 시간이 존재로 전이되며 **타자성**이 만들어질 때, 큰 타자(제도)의 벽이 무너지고 제도적 공백이 생기며 **능동적인 자아**의 변화가 일어난다. 또한 이탈된 시간이 존재로 전이될 때 제도의 벽이 해체되므로, 자아의 능동성이 생성되는 순간 비로소 미래로 향한 시간이 나타난다.

물론 서희와 길상 사이의 장벽이 완전히 무너지지는 않는다. 서희와 길상은 서로의 한과 소망이 다르기 때문에 간도에 남는 자와 떠나는 자로 갈라지게 된다.[59] 그러나 그들이 각기로 다른 길을 가는 과정에서 사랑을 통해 얻은 타자성과 능동성은 중요한 내면의 힘으로 작용하게 된다.

인물들의 능동적인 변화는 『토지』처럼 사랑이 승리한 경우는 물론 상실한 사랑에서도 나타난다. 사랑의 상실은 훨씬 고통스러운 경험이지만 내면의 연인을 보내지 않고 사랑을 지속시키는 과정에서 자아의 능동적인 변화가 생기게 된다. 예컨대 「낙동강」에서 로사는 박성운이 죽은 후 만장을 들고 그의 뒤를 따라간다. 장례식은 님을 보내는 애도의 의례이지만 로사의 애도는 한 번의 예식으로 끝나지 않는다. 만장에 적힌 긴 시구 같은 로사의 글은 과거나 지금의 성운에 대한 맹세인 동시에 그녀 내면 속의 애인에 대한 끝나지 않을 연서이기도 하다. 로사가 첫눈이 푸득푸득 날리는 날 구포역에서 북으로 움직여가는 기차에 몸을 실었을 때, 애인의 과거의 길을 밟는 그녀의 내면에는 성운 역시 함께 하고 있었을 것이다.[60]

---

59   나병철, 「토지의 시점 연구」, 『토지와 박경리 문학』, 솔, 1996, 110쪽.

60   이 소설에서는 사회주의 이데올로기가 중요하게 나타나지만, 사랑과 순수욕망(윤리)의 공백에 의해 이데올로기를 넘어서서 여러 운동들이 접합되는 것이 가능해지고 있다. 그

『인간문제』에서도 첫째의 선비에 대한 사랑과 이별은 그를 성장하게 하는 중요한 요인이 된다. 선비가 죽은 후 첫째는 어렸을 때부터 사랑하던 선비가 눈앞의 시체로 나타난 사실에서 불덩이 같은 분노를 느낀다. 이제 선비의 순결한 육신은 눈앞의 검은 뭉치가 되었다. 그러나 용연마을에서부터 선비를 사랑하던 그녀와의 시간은 첫째의 심연에 존재의 일부로 남아 있다. 그 심연의 아름다운 선비와 교섭하는 타자성의 힘으로 첫째는 그에게 검은 뭉치를 던져준 제도에 대항하려는 능동적인 변화를 느끼게 된다. 선비는 고통스러운 시커먼 뭉치가 되었지만 심연 속의 순진한 그녀는 첫째의 일부가 되어 그 시대의 '인간 문제'를 해결해야 됨을 알리고 있는 것이다.

앞서 살펴본 「포말의 의지」의 종배의 경우도 이와 다르지 않다. 첫째가 '인간문제'를 외치듯이 종배는 사람들의 제지에 아랑곳없이 가슴이 터질듯한 종소리를 울린다. 무서운 힘에 빨려든 듯한 종배의 타종은 주검으로 실려 간 동시에 이미 그의 일부가 된 영실이 함께 줄을 당기는 행위일 것이다. 여기서도 상실된 연인이 내면의 존재로 전이되어 자아의 능동적 변화와 함께 미래를 향한 동요를 생성시키고 있다.

오늘날은 사랑의 승리도 실패도 모두 사라진 시대이다. 어디서도 타자성의 사랑이 시작되기 어렵기 때문이다. 우리 앞엔 시구 같은 만장의 연서도 슬픈 사랑에 취한 종소리도 없다. 「님」에서 진국이 사랑을 차단당한 채 우울하게 지내듯이 우리는 사랑의 상실로 인해 우울증을 앓고 있다. 진국은 교수의 집에 숨어 지내지만 우리는 일상에서 숨어 지내는 셈이다. 진국과 다른 점은 님을 찾아 밀항할 방법이 어디에도 없다는 점이다. 그처럼 **사랑할 방법**을 잃어버린 사회에서는 자아의 변화도 제도에 대항하는 능동적인 태도도 생성되지 않는다.

처럼 이 소설의 사회운동은 물밑의 동요에 근거하는 방식으로 이데올로기를 넘어서고 있다.

그 대신에 우리는 기억 속으로 밀항을 한다. 예컨대 〈응답하라 1988〉은 아직 사랑이 남아 있던 잃어버린 시간으로의 밀항에 다름이 아니다. 이는 시간의 존재로의 전이가 아니라 그 반대로 우리의 존재에 잔존하는 시간으로의 여행이다. 우리의 시간여행은 존재가 빈약해진 시대에 **존재의 한 부분**인 시간-이미지의 증명에 다름이 아니다. 이 시간의 밀항은 일렬로 늘어선 과거의 회상이기보다는 둥근 나이테 같은 순수기억을 떠올리는 일에 가깝다. 그처럼 〈응답하라 1988〉는 일종의 이미지-기억이기 때문에 특정한 사건이 없는 대신 섬세한 디테일이 시간을 찾아가는 지표가 된다. 또한 과거로의 회귀이기보다는 우리의 존재 내부의 순수기억으로의 여행이기에 실제 과거보다 아름다워진 이미지-기억이 연출된다.

　이 드라마의 화해와 사랑의 이미지들은 분명히 우리의 잠재된 순수기억의 한 부분이다. 〈응답하라 1988〉에 대한 열광은, 타자에 대한 공감력이 약화된 오늘날에도 우리가 타자성을 완전히 상실한 것이 아니며, 우리의 순수기억은 아무도 모르게 서랍 속에 갇혀 있음을 암시한다. 〈응답하라 1988〉는 그 닫힌 서랍을 열어주는 역할을 하고 있는 것이다.

　그런데 이 드라마가 열어 보여주는 이미지들은 단지 잃어버린 순수기억의 한 부분일 뿐이다. 그것은 우리가 간절히 소망하고 있는 것이기에 닫힌 서랍이 열리는 순간 사람들은 살아 있는 존재감을 회복하며 열광한다. 하지만 그런 환호의 시간이 끝나면 우리는 연극이 끝난 뒤에처럼 다시 황폐한 현실과 닫힌 서랍으로 되돌아온다.

　베르그송은 우리가 생명적 존재를 부풀게 하는 순수기억을 갖고 있기 때문에 창조와 도약이 가능하다고 말한다. 그러나 〈응답하라 1988〉의 사랑의 기억은 우리를 잠시 위안해줄 뿐 창조도 약동도 선물해 주지 않는다. 우리의 남겨진 허전함은 그 시간의 기억이 또 다른 연출된 판타지임을 암시한다. 이 드라마의 사랑의 기억이란 그 당시 우리의 물밑의 소망이었던 것을 마치 현실의 모습인 듯이 연출한 것이다. 실상 현실에서는 그때부터 이미 그 소망의 실현이 어려워지기 시작했다. 우리가 『응답하라』 시리즈에 열광하는 것은 그래도 그 시대에는 사랑의 소망이 있었기 때문이지 그것이 실현되었기 때문은 아니다.

사랑의 기억은 상처의 기억과 표리를 이루고 있다.[61] 어느 시대든지 태곳적의 황금시대가 아닌 이상 사랑은 이데올로기와의 내면의 격투의 산물이다. 사랑이란 이데올로기의 공백화이지만 그런 사랑은 이데올로기에 의한 상처를 견디며 포기하지 않을 때 가능하다. 따라서 사랑의 기억은 상처의 기억과 정반대인 동시에 겹쳐져 있다. 예컨대 『토지』에서 서희와 길상의 사랑의 쟁취는 반상의 벽에 의한 상처를 견디는 과정과 동시적으로 나타난다. 사랑하는 연인을 잃은 경우에 상처와 사랑의 기억이 중첩됨은 더 말할 것도 없다.

이 점은 역사적 사건에서도 다르지 않다. 가령 광주항쟁은 고통스러운 상처의 기억이면서 숨겨진 에로스의 기억이기도 하다. 또한 6월 항쟁은 사랑의 기억인 동시에 잠재된 상처의 기억이기도 하다. 반면에 1990년대는 점점 에로스를 상실하기 시작한 시대였거니와 그것이 바로 우리의 상처의 기억일 것이다. 이 시기에 후기자본주의의 삶권력과 이데올로기는 상부구조의 문화와 인격성의 영역까지 상품화하기 시작했으며, 사람들의 관심은 정치에서 증권, 부동산, 포커, 포르노로 옮겨갔다. 그런 중에도 흩어진 사람들은 외로움 속에서 탁자 밑으로 간신히 손을 내밀고 있었다.[62] 이것이 물밑의 사랑의 갈망이며 그것은 부서진 세계에서의 상처의 경험과 표리를 이루고 있다.

따라서 상처의 기억이 없는 사랑의 기억으로의 시간의 밀항은 성공적

---

61 두 기억은 모두 실재(the Real)의 사면을 구르는 과정에서 떠오르면서 우리를 눈사람처럼 부풀게 하는 기억이다. 나병철, 『미래 이후의 미학』, 문예출판사, 2016, 355~359쪽.
62 박상우, 「샤갈의 마을에 내리는 눈」, 『샤갈의 마을에 내리는 눈』, 세계사, 1991, 19쪽, 33쪽.

일 수 없다. 우리는 기분전환을 위해 잠시 외출을 했을 뿐인 셈이다. 우리의 순수기억의 서랍은 잠깐 동안 열렸다가 다시 닫혔을 따름이다.

시간으로의 밀항이 성공하려면 두 가지 판타지에서 깨어나야 한다. 하나는 우리 시대의 '헬조선'을 은폐하는 유혹의 판타지이며, 다른 하나는 헬조선의 외부에 사랑이 있다는 또 다른 판타지이다. 그 두 가지 판타지는 우리를 이데올로기적 호명에 반작용하는 수동적 인격으로 만든다. 반면에 『토지』와 「포말의 의지」에서 보듯이 우리의 능동적인 자아의 변화에는 사랑의 경험과 함께 이데올로기와 격투하는 상처의 경험이 뒤따른다.

프로이트는 상실한 사랑의 대상은 우리의 성격이 된다고 말했는데, 이는 중첩된 상처와 사랑의 기억에 의한 능동적인 자아의 변화를 뜻한다. 하지만 우리 시대에는 상실한 것이 무엇인지도 모르기 때문에 사랑의 상실에 따르는 격정적인 고통이 없다. 상처의 기억도 사랑의 기억도 없는 에로스의 종말은 우리의 성격을 우울증으로 변화시킨다. 더욱이 감성권력에 의해 판타지가 에로스를 대체함으로써 사랑에 굶주린 상태에서도 모두가 사랑의 상실을 망각하고 있다. 우리 시대의 우울증은 감성권력의 판타지에 압도된 내면에서 간신히 감지되는 사랑의 불가능성에 대한 무력감이다. 세상이 화려해질수록 우리의 내면은 점점 더 어두운 그림자에 침윤된다. 그 점에서 우리의 우울증은 감성권력에 의한 **제도화된 우울증**이며 순수기억의 서랍은 신자유주의에 의해 폐쇄되어 있다.

순수기억의 서랍이 닫혀 있다는 것은 시간의 존재로의 전이를 통한 도약이 어려워졌다는 뜻이다. 우리 시대에 순수기억의 시간으로의 밀항이 필요한 것은 그 때문이다. 『응답하라』에서처럼 닫혀 있는 순수기억의 서랍을 여는 여행이 필요한 것이다. 그러나 시간으로의 밀항에서도 사랑의 기억과 함께 이데올로기와 격투하는 상처의 기억이 동반되어야 한다. 우리 시대에는 특이한 감성권력과의 싸움이 요구되지만 그것은 지금까지의 사랑의 역사와 다르지 않다. 진국의 공간으로의 여로가 그렇듯이 우리의 **시간으로의 밀항** 역시 목숨을 건 도약이 필요하다. 사랑에 목마른 사람에게 사랑의 판타지 여행은 잠깐 동안의 외출일 뿐이다. 반면에 〈시그널〉에서처럼 죽을지도 모른다는 생각을 무릅쓰고 사랑을 위해 달려갈 때 비로소 이데올로기와의 내면의 격투가 시작된다. 판타지의 소비로는 불가능한 에로스의 부활에 응답하기 위해서는 상처의 기억에 중첩된 사랑의 기억으로 목숨을 건 밀항을 해야 한다. 그 같은 시간의 밀항은 선적인 시간을 넘어선 **제3의 시간**[63]의 귀환이기도 하다. 중첩된 상처와 사랑의 기억으로 밀항하며 순수기억의 서랍을 열 때 시간을 존재로 전이시키는 존재론적 모험이 다시 시작될 수 있을 것이다.

9. 비천한 신체의 호명의 실패와 사랑
— 상처의 경험과 사랑의 경험

사랑은 연인이 현존하든 부재하든 이데올로기의 공백을 만든다. 연애가 직접적 만남이든 대리보충이든 연인들은 이데올로기가 해체되는 지점을 생성하는 것이다. 그 같은 사랑과 함께 이데올로기의 공백을 만드는 또 다른 중요한 요인은 비천한 신체이다.

왜 문학작품들은 늘상 비천한 신체의 사랑을 그리는가. 비천한 신체란 상처받기 전에 이미 존재 자체로서 상처받은 사람들이다. 지배체제는 성적·인종적·계급적 동일성을 수호하기 위해 이질적 타자들을 배제하는데, 그런 이질성과 타자성의 배제가 바로 죽음정치적 폭력이다. 가시적이든 비가시적이든 폭력은 일상에 상처를 남기거나 존재 자체로서 상처받

---

63 제3의 시간이란 근대 이전의 순환적 시간과 근대적인 인과적 시간을 넘어선 능동적인 생성의 시간이다. 니체의 영원회귀의 시간 역시 제3의 시간의 일종이다. 들뢰즈, 김상환 역, 『차이와 반복』, 민음사, 2004, 622~626쪽 참조.

은 비천한 신체들을 만들어낸다.

일상에서 상처의 순간은 실재계에 접촉하는 순간이다. 베르그송은 우리가 유동적인 실재의 사면에서 자기 자신을 눈사람처럼 굴리며 성숙해간다고 말한다. 하지만 우리의 성숙의 경험은 양가적이다. 제체에 지배되는 일상에서는 그런 실재와의 유동적인 접촉이란 무의식 속에서만 가능할 뿐이기 때문이다.[64] 상처를 경험하는 사건의 순간에 우리는 비로소 실재계와 대면하게 되며, 그 순간 거세되느냐 도약하느냐의 기로에 놓이게 된다. 용산참사에서 쌍용차 사태, 세월호 사건에 이르는 과정은 그런 양가적인 사건과 상처의 순간들을 보여준다. 지배 권력은 상처받은 사람들을 거세시켜 포섭하려 하지만 그에 순응하지 않을 때 도약의 가능성이 열리기도 한다. 이때 유동적인 실재의 사면을 구르면서 존재의 도약을 가능하게 하는 또 다른 사건이 바로 사랑과 연대이다.

존재 자체로서 상처받은 비천한 신체의 경우에도 마찬가지이다. 믈라덴 돌라르는 알튀세와는 달리 이데올로기적 호명이 늘상 주제 구성에 실패한 앱젝트(비천한 신체)를 만들어 낸다고 말한다.[65] 비천한 신체의 생산은 우연한 불행이 아니라 이데올로기적 호명의 필연적인 결과이다. 동성애자, 유색인종, 부랑자는 이데올로기적 호명에 응답할 수 없는 비천한 신체들이다. 그들의 호명의 실패는 개인적인 부적응이 아니라 제도에 의해 상처받은 존재 자체의 결과이다. 반대로 말해 이데올로기적 호명에는 이미 그런 앱젝트들을 정상인적 주체로 인정할 포용적인 목소리가 없다.

주권적 호명이 주체 구성에 실패하는 지점의 존재를 아감벤은 **벌거벗은 생명**이라고 불렀다. 법적 질서가 유지되기 위해서는 이데올로기적 호명에 의해 주체 구성이 이뤄져야 하는데, 법적 체제 내에는 언제나 필연적으로 호명에 실패하는 벌거벗은 생명이 존재하는 것이다. 따라서 지배

---

64   라캉은 그런 맥락에서 무의식적 주체를 진정한주체로 보고 있다.
65   임옥희, 『주디스 버틀러 읽기』, 여이연, 2006, 157쪽.

권력은 벌거벗은 생명을 비주체이자 비존재로 배제함으로써 비로소 체제를 유지할 수 있다. 그런데 벌거벗은 생명의 출현이 필연적이라면 체제 내에는 상시적으로 그들이 거주하는 공간이 있어야 한다. 벌거벗은 생명은 체제 밖으로 배제되는 동시에 체제 내에 그들이 공간을 갖고 있어야 하는 것이다. 그 때문에 그들은 이미 배제된 채로 포섭되어 있으며 죽은 채로 살아 있어야 한다.

이 살아 있는 죽음으로서의 벌거벗은 생명은 **비천한 신체**와 비슷한 위상을 갖고 있다. 벌거벗은 생명은 비천한 신체처럼 개인적인 부적응이기보다는 저주받은 존재 자체의 결과이다. 이 버려진 존재들은 둘 다 (6장에서 살펴볼) 죽음정치에 의한 배제의 수단인 혐오의 장치와 연관이 있다. 죽음정치를 한 계기로 갖는 이데올로기는 그들을 관대하게 포용하기는커녕 혐오발화로 배제한다.

양자의 차이는 비천한 신체에는 자신을 배제하는 체제에 대응하는 위치가 잠재한다는 점이다. 아감벤의 벌거벗은 생명은 법적 체제의 구성적 외부일 뿐이다. 벌거벗은 생명에서 법적 중지의 순간이란 그를 죽여도 좋은 자로 배제하는 권력의 행사일 따름이다. 반면에 비천한 신체는 호명의 **공백지점**에 이데올로기를 중단시키는 대응의 위치를 숨기고 있다. 그런 측면에서 비천한 신체는 **벌거벗은 타자**[66] 혹은 레비나스의 벌거벗은 얼굴과 유사하다.

비천한 신체의 그 같은 양가성은 자신의 존재의 유동성 자체에서 생성된다. 비천한 신체는 우리의 견고한 신체에서 흘러나온 유동적인 분비물에 비유된다. 땀, 오줌, 똥, 생리의 피 등은 몸 밖으로 배제되어야 할 더럽고 끈적한 체액들이다. 그와 비슷하게 비천한 신체는 견고하고 건강한 국가와 자본의 삶을 위해 밖으로 배출해야 할 유동적 분비물로 취급된다. 그러

---

66 나병철, 『미래 이후의 미학』, 문예출판사, 2016, 63~65쪽. 벌거벗은 타자는 제3장에서 논의한 벌거벗은 신체이기도 하다.

나 버려지는 분비물은 본체 자체의 생명의 증거이기도 하다. 예컨대 더러운 생리의 피는 살아 있는 존재의 몸 안을 도는 물의 암시이다. 끈적한 유동체의 순환은 그것이 없으면 굳어져 버릴 견고한 본체의 생명의 증거인 것이다. 비천한 신체 역시 그와 비슷한 양가성을 지닌다. 그들은 견고한 체제에 의해 더러운 오물로 배제되면서도 비천한 몸의 유동성이 생명성의 증거임을 암시하는 방식으로 경직된 동일성의 체제에 균열을 낸다.

앞에서 우리는 사랑이 이데올로기의 공백지점임을 살펴봤다. 비천한 신체는 사랑을 하지 않아도 이미 존재 자체로서 이데올로기적 호명의 **공백지점**이다. 그러나 비천한 신체의 공백지점이란 배제되느냐 살아남느냐의 기로의 위치이기도 하다. 더러운 분비물로 무심코 배제되는 앱젝트가 생명적 존재를 입증하는 것은 쉽지 않은 일이다. 비천한 신체가 배제되는 순간 응수할 수 있게 하는 것, 그들 역시 생명임을 입증하도록 하는 것, 그 일을 가능하게 하는 유일한 능동성이 바로 타자성의 사랑이다.[67] 비천한 신체는 사랑을 하는 순간 버려진 몸 그자체로서 생명적 존재임을 입증하며 상상적 동일성의 체제에 흠집을 낸다.

하지만 온전히 삶을 지탱하기도 어려운 존재가 어떻게 사랑을 하는가. 그것은 비천한 신체란 상처받은 존재이기 때문이다. 상처의 경험은 사건의 경험이며 세월호 사건에서처럼 불가능한 사랑과 연대를 가능하게 한다. 체제에 뚫린 구멍을 통해 고통스럽게 버려질 듯한 순간 상처를 통해 유동적인 실재의 사면을 발견하기 때문이다. 베르그송은 생명적인 존재만이 실재의 사면을 구를 수 있다고 말한다.[68] 우리는 비슷한 맥락에서 상처를 경험한 사람만이 실재의 언덕에 나뒹구는 사랑을 할 수 있다고 말할

---

67   비천한 신체는 존재 자체로서 얼마간 응수를 하지만 그것을 보다 더 분명히 드러내는 것은 사랑이다. 비천한 신체의 존재론적 응수에 대해서는 김철, 「비천한 육체들은 어떻게 응수(應酬)하는가」, 『사이』 제14호(2013.5)와 제2장 참조.

68   실재에서 멀어진 체제에 포섭된 위치는 거세를 모면한 대가로 생명성을 잃은 물건처럼 살아가는 삶이라고 할 수 있다.

수 있다. 비천한 신체란 존재 그 자체에 이미 사건이 각인된 상처받은 자들이다.

그렇기에 그들 역시 비록 더러운 분비물로 버려지는 바로 그 순간 실재의 사면을 발견한다. 그들은 실재와의 고통스러운 대면에서 거세냐 생존이냐의 기로에 놓인다. 이데올로기의 작동과정에서 생긴 폐기물인 그들은 주체가 될 수 없는 비존재일 뿐이다. 그러나 거세된 폐기물이란 방치된 잔여물이기도 하다. 그들은 체제에 의해 배제/포섭될 수 있는 가장 취약한 자들이지만 또한 실재의 사면에서 버려진 잔여물을 쫓아가는 사랑이 가능해진 위치이기도 하다.

이데올로기는 실재를 감추는 장치이다. 반면에 이데올로기적 호명이 실패하는 공백에서 비천한 신체는 죽여도 좋은 위치로부터 생명의 증거를 제공하는 사랑을 한다. 아감벤은 호모 사케르의 대응에 대해 별다른 답변을 하지 못했다. 그러나 **벌거벗은 생명의 역습**은 목숨을 걸고 도약하는 **비천한 신체의 사랑**에서 시작된다. 사랑은 죽음과 삶을 오가는 필사적인 경험이다. 비천한 신체야말로 죽음의 위치에서 사랑을 통해 생명의 존재를 입증하는 존재이다.

황석영의 「몰개월의 새」는 그런 비천한 신체의 삶과 죽음의 의미를 매우 잘 드러내고 있다. 이 소설에서 베트남 파병을 기다리는 '나'는 비오는 길에서 몰개월의 창녀 미자를 처음 만난다. 미자는 시궁창에 하반신을 담그고 슈미즈만 입은 채 비에 흠뻑 젖어 있었다. '나'는 빗속에서 간간히 신음을 내는 벌거숭이 여자를 보며 먼 벽지나 부둣가의 어둠 속에 쳐 박히는 느낌이 들었다. 그때 나는 곤죽이 된 그녀의 모습에서 욕정이 일어나며 송장 같은 그녀를 들어올렸다.

미자는 벌거벗은 생명이자 곤죽이 된 비천한 신체였다 그런 송장 같은 그녀에게서 욕망을 느낀 것은 비단 성욕 때문만은 아니었다. '나'는 미자와 더 가까워지면서부터 그녀가 식구처럼 여겨져서 섹스도 하지 못한다.

'나'의 미자에 대한 관심은 사지로 떠나는 파병 군인의 위치에서 또 다른 죽음정치적 노동자[69] 그녀에게 타자성의 갈망을 느낀 때문이었다. 두 사람의 공통점은 죽음의 위협 앞에 놓인 벌거벗은 비천한 신체라는 점이었다. 그런 두려움으로 인해 '대한 남아'의 이데올로기적 호명이 공백이 된 순간 '위대한 국민'에서 가장 멀리 떨어져 나온 성 노동자로부터 유대감을 느낀 것이다.

이처럼 비천한 신체는 흔히 이데올로기적 호명이 실패하는 공백의 지점에서 타자성의 사랑의 욕망을 갖게 된다. 이데올로기적 공백이란 죽음 같은 여백인 동시에 상징계의 매개 없이 생명적 존재에 대한 욕망이 싹트는 곳이다. 그곳은 베르그송이 말한 실재의 사면이기도 하다. '나'와 미자는 캄캄한 '어둠 속에 쳐 박히는' 느낌이 드는 순간 삶에 대한 갈망으로서 타자와의 사랑을 간절히 소망했던 것이다. 그들 같은 비천한 신체가 이데올로기의 공백에서 죽음의 위협에 임계한 존재라면, 그들의 필사적인 사랑은 바로 그 위치에서 삶을 위한 존재의 자기 증명이다. 두 사람은 어둠 속에서 실재의 사면을 구르면서 서로의 존재를 확인한 것이다.

군인들이 베트남으로 떠나는 날 몰개월의 여자들은 트럭을 따라오며 꽃과 손수건을 흔들고 일제히 선물을 던졌다. 미자의 선물은 식구 같아서 차마 하지 못했던 섹스의 대용물이다. 선물이란 자신의 가장 소중한 것을 내어주는 것인 동시에 그것을 통해 이루어진 관계를 나의 존재로 전이시키려는 소망이기도 하다. 여자들은 죽음을 향해 떠나는 비슷한 운명의 사람들을 자신의 존재의 일부로 간직하려 한 것이다. 그것은 살아가는 일이 얼마나 소중한지 아는 자들의 존재의 자기 증명이기도 했다. 먼 나라 전쟁에서 죽어간 병사들은 그 비천한 존재의 소중한 자기표현의 의미를 잘

---

[69] 죽음정치적 노동이란 신체가 훼손될 위험을 감수하며 생명을 권력의 처분 하에 맡겨놓고 있는 노동을 말한다. 성 노동, 군사 노동, 이주 노동이 여기에 속한다. 이진경, 나병철 역,『서비스 이코노미』, 소명출판, 2015, 39~46쪽 참조.

알고 있었다.

「몰개월의 새」는 죽음에 임계한 비천한 신체에서 어떻게 타자성의 사랑이 절실하게 표현되는지 보여준다. 이 소설은 '내'가 시궁창에 송장처럼 처박힌 미자를 처음 만나는 것으로 시작된다. 그리고 몰개월의 여자들의 환송을 생각하며 전쟁터에서 죽어간 사람들의 이야기로 끝난다. 그 죽음과 삶 사이에서 선물처럼 오고 간 것이 바로 타자성의 사랑이다.

비에 젖은 미자는 어둠 속에 송장처럼 누워 있었다. 지금 시대는 그런 어둠의 삶이 잘 보이지 않는 화려한 스펙터클의 세상이다. 그러나 오늘날에는 눈부신 빛이 오히려 우리의 존재를 어둠에 잠기게 한다. 화려한 스펙터클은 다가갈수록 스러지는 환상이며 우리는 빛과 어둠, 유혹과 죽음의 공존 속에 놓여 있기 때문이다. 우리는 비에 젖은 미자와는 달리 빛에 젖어 어둠 속에 누워 있다.

세상이 세련되고 아름다운 상품으로 가득 찰수록 상품이 될 수 없는 우리들은 볼품없는 존재로 남겨진다. 우리는 누구나 환상 속에서 상상하는 세상의 매혹적인 물건들(상품)보다 취약한 존재들이다. 문화, 지식, 인격성마저 상품화되는 세상에서는, 상품화에 저항하는 미학과 인문학을 포함해 화폐로 교환될 수 없는 모든 것은 쓸모없는 존재인 것이다. 비천한 신체는 사라진 동시에 도처에 편재하게 되었다. 다만 쉴 새 없이 쏟아지는 빛에 가려져 보이지 않을 뿐이다. 빛에 젖은 어둠의 존재들로 살아가는 우리는 얼마간이든 은유로서의 비천한 신체들이다.

비천한 신체는 상품세계의 폐물로서 죽음의 위협에 시달리는 존재들이다. 물론 그들은 이데올로기적 호명이 실패하는 곳에 위치해 체제의 안정된 질서를 교란한다. 그러나 그들은 결코 스스로 저항의 선봉에 설 수 없는 존재들이다. 더욱이 오늘날은 비천한 신체가 더 많아진 동시에 잘

보이지 않는 시대이기도 하다. 누가 비천한 신체를 두려워하랴.[70]

비천한 신체는 노동자나 민중과는 달리 저항의 주체가 되지 못한다. 그들의 유일한 무기는 **사랑**이다. 비천한 신체에게 상실된 동시에 남겨진 유일한 힘, 그것은 불가능한 동시에 가능한 타자성의 사랑이다. 우리 시대는 사랑마저도 상품화된 시대이지만 상품화될 수 없는 비천한 신체에는 사랑의 갈망이 잔존한다. 오늘날에 지배권력에 대한 역습의 근거는 조직적인 운동이 아니라 깊은 심연에 잔존하는 사랑이다.

사랑마저도 상품화된 소비사회에서 우리는 누구를 사랑할수록 아무도 우리를 보지 못하는 투명인간이 된다.[71] 그렇기에 우리에게 실상 남겨진 것은 사랑이 아니라 상실된 사랑일 것이다. 그러나 상실된 사랑은 기적같이 우리의 내면 속에 존재의 일부로 살아남는다. 사랑을 상실한 사람은 고통스런 우울을 경험하지만 그 아픔의 대가로 사랑의 상실을 영원히 연기시킨다. 그나마 상실된 사랑이 남겨져 있기 때문에 우리는 기계나 상품과는 달리 우울함을 느끼는 것이다.

우울증은 정신적인 비천한 신체에 다름이 아니다. 배제된 비천한 신체들은 우리의 우울한 내면을 거울처럼 비춰주는 존재들이다. 이제 비천한 우리들의 유일한 무기는 충만한 사랑이기보다는 사랑의 상실을 연기시키는 고통스러운 감성일 것이다. 우울한 사람은 상실의 고통을 자신의 성격의 일부로 살아가는 대가로 사랑의 소멸을 승인하지 않는 것이다. 신자유주의 이데올로기의 유일한 공백은 바로 그 상실인 동시에 상실의 거부인 우울증이다.

그렇기에 능동적인 우울증은 신자유주의에서 인화물질처럼 위험한 인격이다. 또한 그 우울한 연기된 사랑을 통해 사람들이 공감하게 만드는

---

70 임옥희, 앞의 책, 158쪽.
71 김영하, 「고압선」, 『엘리베이터에 낀 그 남자는 어떻게 되었나』, 문학과지성사, 1999, 215~283쪽.

미학은 더 위험하다. 미학은 신자유주의가 빼앗아간 타자에 대한 공감력을 증진시킨다. 타자에 대한 공감이 증진될 때 우울한 사람들은 물밑에서 서로 손을 내밀기 시작한다. 결코 스스로 불붙지 못하는 비천한 신체는 한 점의 불꽃인 미학에 의해 위험한 존재가 된다. 우리 시대에는 그 위험함을 아무도 모르기 때문에 보다 더 위험한 것이다.

10. 여성적 사랑과 타자성의 윤리 – 사랑의 정치화

우리는 심연의 사랑을 증폭시키는 장치로 미학을 이야기했다. 미학은 우울한 인화물질을 사랑의 불길로, 또 에로스적 사랑을 타자성의 윤리로 점화시킨다. 오늘날은 에로스를 윤리로 증폭시키는 미학이 예술뿐 아니라 현실 자체에서 요구되는 시대이다.

에로스적 사랑을 타자성의 윤리에 연결시킨 대표적인 사람은 레비나스이다. 연인간의 사랑이 연인을 넘어선 사랑으로 확장될 수 있는 것은 그런 에로스와 윤리의 조응하는 특성 때문이다. 고통 받는 타자와의 진정한 관계가 윤리라면 윤리는 그 자체로 연애적 사랑은 아니다. 그렇다면 어떻게 연애적 사랑이 연애를 넘어선 윤리의 은유가 될 수 있는가. 레비나스는 연애와 윤리가 조우하는 그 신비스러운 비밀을 타자성의 갈망에서 찾았다.

타자성(alterity)이 자아에 각인된 타자와의 관계라면 타자성의 갈망은 사랑에서 가장 절실하게 나타난다. 사랑이란 연인이 곁에 없어도 나의 내면에서 연인이 살아 움직이는 상태를 말한다. 그런데 그런 타자성의 사랑을 윤리에 연결시키는 것이 바로 미학이다.

미학이란 타자성을 증폭시키는 기제이다. 예컨대 「맥」과 「님」에서 사랑은 최무경과 오시형, 그리고 진국과 래영 사이에서 진행된다. 그러나 우리는 최무경과 진국에게 감정이입하면서 물밑에서 그들의 사랑에 합류할 수 있다. 두 소설에서 사랑은 이데올로기의 공백지점을 만들며 동일성의 체제를 동요시키고 있다. 우리는 최무경과 진국의 사랑에 끼어들 수는 없지만 그들이 동일성 체제에 대해 일으키는 물밑의 동요에 동조할 수 있다.

그렇게 해서 이데올로기의 공백이 물밑에서 확장되면서 사랑의 동요는 윤리적 동요로 증폭되어 간다. 즉 둘만의 비밀이 모두의 감동으로 점화되는 것이다. 스스로는 쉽게 저항이 되지 못하는 연애적 사랑은 한 점의 미학의 불꽃에 의해 순식간에 번져간다. 에로스적 사랑이 절실할수록 물밑의 윤리적 저항은 더욱 증폭된다. 여기서의 윤리적 동요는 심리적으로 사랑과 다르지 않으며, 그 점에서 은유로서의 사랑이라고 부를 수 있다.

에로스적 사랑과 윤리의 공통점은 이데올로기에 공백을 만든다는 점이다. 미학은 그런 이데올로기의 공백을 우리에게 감동으로 느끼게 해주는 장치이다. 미학은 사랑과 윤리에 의해 생긴 공백을 견고한 이데올로기 체제를 흔들리게 하는 동요로 전해준다. 사랑은 미학에 의해 타자성이 증폭되면서 확장된 감동을 동반한 동요의 윤리가 된다. 그것은 「맥」과 「님」 같은 문학에서뿐 아니라 현실 자체에서도 마찬가지이다. 현실에서 고통받는 타자를 환대하는 윤리적 순간 우리는 마치 누구를 사랑할 때처럼 절실해지면서 미학적인 감동을 느낀다. 그 순간은 우리의 기억 속의 에로스가 자신의 미학적 행위를 통해 윤리로 실천되는 순간이기 때문이다.

여기서 우리가 주목하는 윤리로 점화되는 사랑은 여성적 사랑이다. 남성중심적 사랑이 소유의 사랑이라면 낭만적 사랑은 하나가 된다는 환상이다. 두 사랑의 공통점은 나르시시즘적 동일성에 근거한다는 점이다. 반면에 **여성적 사랑**은 자기성으로부터 물러서는 것이며 그런 방식으로 타자를 내 안에 들어오게 하는 행위이다. 여성적 사랑에서는 내 안에 들어온 타자가 나의 소유가 되거나 하나로 융합되지 않는다. 그와 달리 여성적 사랑이란 내 안에서의 타자와의 끝없는 교섭이며, 여기서는 타자성이 중단되거나 마비되지 않고 지속되기 때문에 사랑이 계속된다.[72] 소유도 융합도 아닌 이 사랑에서는 오히려 동일성 체제에서 상처받는 과정이 동반된다. 서로의 상처를 감수하고 나의 일부가 된 타자와 교섭하는 이런 사랑의 지속의 과정은 타자성의 윤리와 비슷하다. 지속의 윤리를 포함한 여성적 사랑은 시간을 거머쥘 수 없는 자기성에서 벗어나 엄습하는 미래로의 시간 앞에 놓이게 된다. 사랑은 둘만이 연출하는 윤리이거니와 미학의 불꽃에 의해 모두의 동요로 확산된다.

이데올로기에 회유되지 않는 사랑과 윤리의 비밀 무기는 본능적인 리비도의 에너지이다. 사랑과 윤리에서 핵심적인 **타자성의 본능**은 잃어버린 충족을 되찾으려는 **리비도**이기도 하다. 인간은 원초적 충족을 잃어버린 후 이데올로기적 동일성의 제도에 예속되면서 사랑과 윤리라는 타자성의 갈망을 갖게 되었다. 한때 나의 일부였던 것이 동일성의 제도 속에서 각각의 개체로 흩어져 버렸을 때, 상실된 충족의 갈망에 의해 나의 내면에서 타자와 교섭하는 것이 사랑과 윤리이다. 라캉은 그 같은 과정에서의 리비도를 순수욕망으로서 실재계적 대상 a에 대한 열망이라고 부르고 있다.

여기서 중요한 것은 윤리가 금지의 규범이 아니라 그와 정반대로 사랑과도 같은 **리비도**의 흐름이라는 점이다. 니체가 비판한 도덕과 우리의 윤리의 차이는 그 주체화 과정의 상이성에 있다. 도덕이 초자아의 명령에 대한 응답이라면 윤리는 이데올로기에 회유되지 않고 순수욕망을 포기하지 않는 것이다. 도덕적 주체는 초자아의 이데올로기적 호명에 응답한 주체이다. 반면에 윤리적 주체는 이데올로기에 의해 배제되면서까지 순수욕망을 끝끝내 버리지 않는다. 그렇기에 이데올로기에 의해 배제되고 상처받은 연인을 내안으로 옮겨와 끝까지 교섭하는 사랑의 행위는 더없이 윤리적이다.

---

72 레비나스, 강영안 역, 『시간과 타자』, 문예출판사, 1996, 104쪽.

이데올로기적 호명은 **반작용적 심리**인 우리의 죄책감에 근거한다. 경찰이 나를 부를 때 나는 돌아보지 않을 수 없는데 이는 혹시라도 무심결에 법을 어기지 않았나 하는 죄책감에 의한 것이다. 이 죄책감은 본능이 아니라 오히려 우리의 본능을 억압하는 법질서에 예속된 상태를 전제로 한다. 그렇기에 죄책감에 기반한 도덕은 본능을 억압하는 반작용적 심리이다.

이데올로기는 죄책감을 두 가지 방식으로 이용한다. 하나는 동일성 체제에서 벗어났을 때 죄책감을 느끼게 해서 호명에 응하게 만드는 방식이다. 다른 하나는 동일성 체제의 잔여물을 폭력적으로 제거하면서 죄책감의 연대를 통해 그 폭력에 대한 가책(죄책감)을 부인하는 형식이다. 후자의 죄책감의 부인은 빨갱이를 제거할 때처럼 사디즘적 향락을 수반한다.[73]

죄책감이든 그 부인이든 두 방식은 반작용적 정동에 근거해 이데올로기를 작동시키는 기제이며 결코 능동적 주체를 생성시키지 못한다. 이데올로기는 죄책감을 두 가지 방식으로 이용하는 기제로서 우리를 반작용적 정동에 머물게 만든다. 반면에 **사랑**만이 죄책감을 극복할 수 있는데 그것은 이데올로기에 **긍정적 공백**을 만드는 방식을 통해서이다.

이데올로기에서 죄책감의 연대가 만들어지는 것은 동일성 체제의 잔여물을 제거해야 하기 때문이다. 그 같은 폭력은 법을 넘어서는 부정적 공백(비식별성의 영역)에서 수행된다. 그에 반해 사랑은 잔여물을 제거하는 대신 그와 교섭하면서 이데올로기적 동일성을 해체한다. 이데올로기에 동화될 수 없는 잔여물과의 교섭인 사랑은 법을 넘어서는 긍정적인 공백을 만든다. 이 긍정적인 공백은 상징계를 넘어선 실재계와의 교섭에 다름이 아니며 그런 공백에서만 주체의 능동성이 생성된다.

반작용적 정동과 능동적 정동의 차이는 호명의 방식에서도 확인된다. 이데올로기는 본능을 제한한 금지의 규범에 따르는 수동성을 전제로 나

---

73   제1장 10절을 참조할 것.

를 주체로 호명한다. 반면에 사랑의 호명은 그와 정반대이다. 즉 사랑의 호명은 「님」에서처럼 금지의 규범 앞에서도 연인을 포기할 수 없다는 능동적 주체성의 표현이다. 「님」에서 진국은 볼 수도 만질 수도 없는 래영을 불러낸다. 그리고 그 이데올로기에 의해 배제된 연인을 내면으로 옮겨와 사랑을 지속시킨다. 이는 순수욕망에 대한 리비도를 포기할 수 없기 때문이며 그처럼 본능적 갈망으로 타자성을 지속시키는 사랑은 윤리적이다. 따라서 금지된 제도 속에서 제한된 활동을 허용하는 것이 도덕의 **반작용적 기제**라면, 사랑과 윤리는 제도의 공백지점에서 **능동적으로** 리비도의 흐름을 쫓아가는 것이다.

사랑은 지배체제의 진공 속에서 이루어질 수 없기 때문에 모든 사랑은 상처받거나 상실된 사랑이다. 그렇기에 사랑은 상당부분이 내 안에 옮겨진 상처받은 연인과의 관계가 된다. 이 타자성의 관계에서 사랑은 더 이상 윤리와 구분되지 않는다. 그런 과정에서 사랑은 고통과 애도를 수반하는데 그 아픔과 슬픔은 제도에 의한 상처에 근거한 것이다. 슬픔(애도)이 이데올로기적 제도에 의한 상처와 상실에 대한 반응이라면, 그런 슬픔은 상처를 준 제도가 변화될 때까지 계속된다. 그 과정에서 사랑은 이데올로기에 의해 상처를 받기도 하지만, 또한 그것을 견디며 제도에 공백이 생기게 하는 실재계적 행위를 수행한다. 그 때문에 **상처받은 사랑**은 슬픔을 참아내며 이데올로기적 제도에 공백을 만드는 은밀한 **정치적 행위**를 하는 셈이다.

사랑은 고통과 슬픔을 감수하며 존재의 능동성을 주장하는 미시적 정치의 무기가 된다. 그런데 사랑의 슬픔은 시대적 상황에 따라 상이하게 변주된다. 사회적 제도가 흔들리는 시대적 전환기에는 내 안에 옮겨진 상처 입은 연인에 대한 **슬픔**은 제도를 동요시키는 능동적인 힘이 된다. 『토지』의 서희와 길상의 사랑이 바로 그런 경우이다. 두 사람은 신분 이데올로기에 의해 상처받은 사랑을 할 수밖에 없지만 고통 속에서도 연인을 자신의 내면에 옮겨와 어렵게 사랑을 지속시킨다. 그들의 사랑은 어쩔 수 없이 심연에서만 서성댈 수밖에 없었는데, 마침내 길상은 긴장을 깨며 서희에게 짐짓 반말로 상처받은 마음을 울분으로 표현한다. 이때의 길상의 반말은 실상 제도의 벽에 대한 울분이기도 하며, 그 만큼 그의 말에는 내면의 서희에 대한 포기할 수 없는 열정의 표현이 담겨 있었다. 길상의 반말은 제도의 **거부**인 동시에 내면의 서희에 대한 **환대**이다. 또한 서희는 길상의 여자(옥이네)에게 질투심을 느끼며 '헌 목도리'는 내버리라고 울부짖는데, 이 **슬픔의 표현** 역시 실상 낡은 반상 제도에 대한 능동적인 의지의 표현이기도 했다. 그처럼 사랑의 슬픔은 상처에 의한 약한 정동인 동시에 사랑을 포기하지 않으려는 강한 감성이기도 한 것이다.

두 사람의 고통과 슬픔은 이미 그들의 내면에 만들어진 사랑의 동요를 표면화시키면서, 낡은 이데올로기가 무너지는 공백의 지점에서 사랑을 성취시킨다. 이 같은 사랑의 성취는 서희와 길상이 시대적 고통 속에서도 사랑을 중단하지 않은 때문이며, 일부러 반말을 하면서까지 내면으로는 상처받은 타자를 환대해 교섭한 덕분이다. 그렇기에 그들의 사랑은 순수욕망을 포기하지 않는 **윤리**일 뿐 아니라 이미 역사적이고 **정치적 의미**를 지닌다. 서희와 길상의 사랑은 그 시대에 대한 윤리적이고 정치적인 은유이다.

다른 한편 사랑의 슬픔은 이데올로기가 경직되어 있을 때 **우울한** 심리로 귀착되기도 한다. 예컨대 「님」에서 금지된 연애의 슬픔조차 표현할 수 없는 진국의 경우이다. 「님」에서 진국이 교수의 집에 숨어 지내며 느끼는 울적함은 래영(조청련계 학생)과의 사랑을 금지하는 무거운 냉전 이데올로기에 의한 것이다. 이 소설의 첫 장면에서 진국은 하수구 뚜껑 같은 어둠이 덮여 옴을 느끼며 가위눌림을 당한 듯한 답답함을 경험한다. 여기서 '하수구 뚜껑'과 '가위눌림'은 그가 감당할 수 없는 냉전 이데올로기의 무게라고 할 수 있다. 진국은 그의 사랑을 어둠에 매장하는 이데올로기에 짓눌린 '제도화된 우울증'을 경험하고 있는 것이다.

이 같은 진국의 우울증은 프로이트가 말한 '자아의 빈곤화'만으로는 충분히 설명될 수 없다. 진국의 울적함은 단순한 자아의 무력화가 아니다. 진국은 숨어 지내면서도 래영과의 성애를 상상하며 그녀와 재회하는 욕망을 버리지 않고 있기 때문이다. 진국의 우울증은 그의 내면에 래영이 숨어들어와 자신도 모르게 불순하게 확장된 자아를 갖게 된 데서 기인된 것이다. 불온한 타자와 교섭하는 자아는 이데올로기에 의해 매장될 수밖에 없으며 래영이란 타자도 그녀와의 사랑도 승인 불가능한 영역에 놓여 있다. 래영이라는 예외적 타자에 의해 진국의 내면은 넓어졌지만 그 대가로 자아 전체가 불온한 것으로 폐기될 위험에 처한 것이다. 진국의 사랑은 그의 자아를 확장하는 동시에 불모적인 것으로 만든다. 인식불가능한 실재계 영역의 타자가 그의 인격의 일부가 됨으로써 그는 제도에 의해 승인될 수 없는 어두운 자아를 경험하게 된 것이다. 이처럼 불온한 타자(실재계적 존재)가 나의 성격의 일부로 부가됨으로써 **확장된 자아**가 오히려 **빈곤해지는** 경험이 바로 제도화된 우울증이다. 진국의 우울증은 자아를 빈곤하게 만드는 제도의 폭력을 견디려는 능동성의 표현이다. 진국은 승인된 자아의 빈곤화와 승인 받지 못한 자아의 확장을 동시에 경험하고 있다.

제도화된 우울증을 극복하는 방법은 위험한 사랑을 **포기하지 않는 것**이다. 제도화된 우울증은 단순한 자아의 황폐화가 아니라 승인 받지 못하는 자아의 내면이 커진 데 원인이 있다. 금지된 연인을 만날 수 없을 때 나는 그녀(그)를 나의 내면으로 이전시킴으로써 사랑의 상실을 보류한다. 그런 방식으로 위험한 사랑은 계속되지만 제도에 의한 상처는 지워지지 않는다. 위험한 사랑은 승인받을 수 없기 때문에 내면의 상처에도 불구하고 (제도가 흔들리는)『토지』에서처럼 고통과 상실을 슬픔(애도)의 방식으로 표현할 수 없다. 그처럼 슬픔의 표현이 불가능하며 애도의 방식으로 상처를 극복할 수 없는 것이 바로 제도화된 우울증이다. 그렇기 때문에 여기서는 슬픔과 애도보다는 승인 받지 못한 사랑을 **포기하지 않는다는** 신호로써 사랑의 지속을 알리는 것이 중요하다. 금지된 사랑을 그리는 「님」은 진국의 래영에 대한 사랑이 중단되지 않았음을 알리는 표현들로 가득 차 있다. 사랑은 불가능해진 동시에 불가능성이 연기된다. 그처럼 양가적 방식으로 사랑이 포기되지 않았음을 알릴 때, 그리고 그런 사랑이 또 다른 사람에게도 공감을 얻어 갈 때, 이데올로기를 공백으로 만드는 **사랑의 잔존이** 증명되며 우울증은 극복된다.[74]

그 점은 우리 시대의 우울증을 극복하기 위해서도 마찬가지이다. 「고기압」(김영하)에서 사랑하는 사람이 투명인간으로 변해가듯이 우리는 사랑이 인식불가능해진 시대에 살고 있다. 우울증이란 인식불가능한 사랑을 자아의 한 부분으로 갖고 살아가는 사람의 질병이다. 사랑은 소멸된 것이 아니라 내면의 서랍 속에 넣어둔 채 방치되어 있다. 방치된 사랑은 슬퍼할 수도 애도할 수도 없다. 〈시그널〉에서 차수연이 사랑의 상실을 슬퍼할 수 없는 것은 연인이 영문도 모르게 유기되었기 때문이다. 이제 사랑은 미제사건이 되었다. 사람들은 서랍 속에 넣어져 있는 사랑의 비밀에 아무런 관심도 갖지 않는다. 다만 〈시그널〉의 미제사건 팀만이 인식불가능성을 넘어서 **끝까지** 사랑을 추적한다. 사라진 사랑을 애도할 수 없는 시대에 우울증에서 벗어나는 방법은 그처럼 인식불가능해진 사랑일망정 **포기하지 않음을** 보여주는 것이다. 사랑의 잔존의 증명이야말로 우리 시대의 가장 큰 사건이다.

사랑은 경직된 이데올로기의 시대에 승인 받지 않은 자아를 확인시키는 중요한 방법의 하나이다. 우울증이란 단순한 정신의 빈곤이 아니라 이데올로기가 요구하는 것 이상으로 자아가 커진 것이 원인이다. 그러나 인

---

74 뒤에서 우리는 이런 맥락에서 우리 시대의 우울증을 극복하는 방식을 살펴볼 것이다. 예컨대 『빈집』에서 사랑하는 신체의 무게가 0이 되는 것은 이데올로기의 **공백지점을** 암시한다.

식불가능성으로 인해 우울을 경험하더라도 우리는 **목숨을 건 도약**을 통해 사랑을 부활시키기 위해 전력을 다해야 한다. 그것은 외부가 없어진 이데올로기적 제도를 공백화시키는 지점을 찾으려는 노력이기도 할 것이다. 외부가 잔존했던 냉전 이데올로기의 시대에 그런 사랑의 도약을 공간적인 밀항으로 표현했다면, 이제 우리 시대에는 시간적인 밀항이 필요할 것이다. 시간적인 밀항이란 〈응답하라〉 시리즈와 〈시그널〉에서처럼 우리의 존재 자체와 순수기억으로의 여행을 말한다. 순수기억으로의 밀항은 상처의 기억과 사랑의 기억의 귀환을 통해 시간을 존재로 전이시키는 제3의 시간의 회생을 의미한다. 제3의 시간의 귀환은 지폐처럼 얇아진 우리의 영혼을 다시 부풀게 하면서 타자성의 윤리를 부활시킬 것이다. 미학은 그 과정에서 사랑의 기억과 열정을 동요의 윤리로 번지게 하는 은유의 불꽃을 제공한다.

『토지』와 「님」은 사랑의 열정인 동시에 윤리의 은유적 불꽃이다. 두 소설에서처럼 우리 시대에도 사랑은 상처와 상실을 무릅쓰고 타자와의 내면적 관계를 통해 포기하지 않는 윤리를 표현해야 한다. 그 과정에서 은유의 불꽃은 오늘날 오히려 더 절실해졌다. 외부가 없는 제도에서 인식불가능한 사랑을 표현하려면 미학의 도움이 필요하며, 더 나아가 물밑의 동요를 일으키기 위해 미학의 미시정치가 긴요하기 때문이다. 그런 방식으로 동요가 격렬해짐으로써 흔들리지 않는 이데올로기가 요동치도록 만드는 것이 바로 사랑의 정치화일 것이다.

 11. 사랑과 미학 – 나의 성격으로서의 타자성

사랑이 체제에 대한 저항이 될 수 있는 것은 사랑이란 실재계적 요소를 나의 성격으로 증식시키는 과정이기 때문이다. 사랑하는 신체 내면에서의 실재계적 요소의 증식을 우리는 타자성이라고 부를 수 있다. 사랑하는 신체는 타자성을 자신의 성격으로 증식시켜 간다.

타자성이란 나도 모르게 내 안에 다른 사람이 살고 있는 상태를 말한다. 사랑이란 타자성이 자신의 성격으로 부풀어가는 과정이다. 사랑을 하면 '내 마음 나도 몰라'의 상태가 되는데 그 점에서 타자성이란 무의식이기도 하다. 무의식은 단순히 깊은 심연이 아니라 타자와의 관계로 인해 자아의 동일성이 연기되는 상태를 말한다. 흔히 말하는 무의식적 본능이란 해방된 타자성의 놀이에 다름이 아니다.[75] 그런 타자성의 무의식이 부풀어 올라 자아가 유동적인 상태가 되면 체제의 명령을 담은 이데올로기적 호명이 성공할 수 있는 내면의 영역은 적어진다. 그 점에서 사랑은 그 자체로 이데올로기적 호명이 실패하는 저항의 위치가 된다.

여기서 중요한 것은 우리가 이데올로기의 허위성을 인식하기 전에 이미 존재 자체로서 이데올로기에 동화될 수 없는 성격이 된다는 점이다. 이데올로기가 동일성의 확장이라면 사랑은 타자성의 증식이기 때문이다. 사랑은 자아의 성격을 변화시키는데 특히 사랑하는 신체는 이데올로기에 동화되기 어려운 방향으로 존재의 전이가 일어난다.

사랑이 성격을 형성한다는 사실은 타자와의 관계가 우리의 인격 형성의 중요한 과정임을 암시한다. 프로이트는 특히 사랑의 상실이 자아의 성격을 변화시킨다고 말한 바 있다. 이에 따르면 어떤 사람의 성격이란 그가 **상실한 사랑하는 사람들의 중첩**인 셈이다. 그러나 앞서 살폈듯이 사랑이 시작될 때 이미 우리의 성격은 변화되기 시작한다. 사랑을 상실했을 때 자아의 변화를 더 실감하는 것은 눈앞의 사람이 없어져 내면에 들어온 사람의 존재가 보다 뚜렷해졌기 때문이다. 또한 상처의 경험과 사랑의 경험이라는 실재계적 요소가 내면에 부착된 사실이 훨씬 더 분명히 감지되기

---

75   이 타자성의 놀이는 상실된 어머니(대상a)와의 관계를 대신하는 놀이이다.

때문이다. 그러나 사랑을 시작할 때 이미 연인은 나의 내면에 옮겨지기 시작한다.

그처럼 **사랑**이 자아를 변화시킨다고 할 때 우리는 **이데올로기**에 의한 또 다른 가능성에도 주목해야 한다. 앞서 논했듯이 이데올로기에도 사랑의 유혹과 호명의 요소가 포함되어 있기 때문이다. 이데올로기는 사랑처럼 다가와 우리의 성격을 국가나 체제가 요구하는 것에 충실한 정체성으로 변화시킨다. 예컨대 냉전 시대의 〈월남에서 돌아온 김상사〉는 이데올로기가 '말썽 많은 김총각'을 '믿음직한 김상사'로 변화시켰음을 노래하고 있다. 이데올로기가 성격을 변화시키는 방법은 그처럼 안정된 동일성의 요소를 증대시킴으로써이다. 반면에 사랑이 성격을 변화시키는 방법은 타자성과 실재계적 요소를 증폭시킴으로써이다. 그렇기 때문에 사랑은 이데올로기에 동화되기 어려운 쪽으로 자아를 전이시키는 것이다. 사람들은 평생 동안 이데올로기와 사랑이 밀고 당기며 조율하는 성격을 갖고 살아간다.

우리는 그런 사랑과 사랑의 유사물에 의한 자아의 변화를 '아버지의 축을 통한 변화'와 '상실된 어머니를 통한 변화'로 구분할 수 있다. 이데올로기란 아버지-상징계를 보충하는 기제이다. 반면에 연애적 사랑은 상실된 어머니의 대리보충이다. 상실된 어머니에 의해 불러 일으켜진 사랑은 아버지-상징계의 억압을 위장하는 유혹의 호명에 저항한다.

이런 두 가지 축의 관계는 근대 사회의 모든 사람들이 경험하는 무의식 속의 사건들이다. 그와 함께 그 사건의 발단으로서 연애를 하기 전에 이미 어린 시절부터 사랑에 의한 자아의 형성이 일어남을 암시한다. 어린 시절에 사랑하는 어머니를 잃어버리고 아버지의 억압체계에 예속되기 시작하면서 우리의 자아의 형성과 변화가 시작되는 것이다.[76]

---

76 버틀러는 리비도가 누구를 향하느냐에 따라 나타나는 젠더 정체성 형성의 복잡함을 말하지만 여기서는 일단 어머니와 이별하는 경우를 생각해보자.

그 점에서 우리의 성격을 형성하는 최초의 문화적 사건은 포르트-다 놀이이다. 어린이는 성장기에 본능적 충족의 대상이었던 어머니와 이별하면서 고통을 달래기 위해 포르트-다 놀이를 한다. 포르트-다 놀이란 나무실패를 던졌다 잡아당기며 실패가 사라졌다 다시 나타나게 하는 행위이다. 우리는 사라진 나무실패가 어머니이며 되돌아온 실패는 어머니와의 재회의 소망이라고 생각할 수 있다. 그러나 되돌아온 어머니는 실제로는 없다고도 볼 수 있는 상실된 어머니이다. 그 없다고도 볼 수 있는 어머니의 재출현이 상실된 충족을 보상해줄 수는 결코 없다. 프로이트는 이 놀이의 핵심이 상처의 기억을 반복하는 데 있으며 어린이는 고통의 경험을 반복함으로써 그 고통을 넘어선다고 생각했다.[77]

이 놀이의 신비로운 점은 왜 상처의 고통을 극복하기 위해 쾌락원칙에 반하는 고통을 반복하는가에 있다. 우리는 그 같은 아이러니를 사랑하는 사람의 상실이 자아의 성격을 형성하는 비밀스러운 과정을 통해 이해할 수 있다. 어린이는 왜 상실의 경험과 상실된 것의 귀환을 반복하는가. 포르트-다 놀이는 실제적인 고통도 상상적인 소망도 아니다. 어머니의 상실과 상실된 어머니의 귀환은 실상은 어린이의 내면에서 일어나고 있는 일을 은유적으로 표현한 것으로 볼 수 있다. 사라진 나무실패가 상실을 의미한다면 다시 나타난 실패는 상실의 순간 나의 심연에 스며든 어머니이다. 되돌아온 어머니는 과거의 충족된 어머니도 현실의 상실된 어머니도 결코 아니다. 나무실패로 되돌아온 어머니란 고통과 함께 자아의 내면에 스며들어온 어머니일 것이다. 그처럼 내면에 들어온 어머니란 어린이의 성장한 자아의 한 부분에 해당한다고 볼 수 있다.

어린이가 포르트-다 놀이를 통해 상처를 극복하는 방법은 상실된 어머니를 자아의 내면으로 옮겨와 자신의 일부로 삼게 하는 방식과 일치한다.

---

77   프로이트, 박찬부 역, 「쾌락원칙을 넘어서」, 『쾌락원칙을 넘어서』, 열린책들, 1997, 19~24쪽.

그 과정에서 어린이가 **상실의 고통**을 반복하는 것은 실상은 상실된 어머니를 자신의 내면으로 옮기기 위한 것이다. 신비롭게도 어린이는 상실된 사람이 자아의 일부가 되는 심리적 기제를 포르트-다 놀이를 통해 습득하고 있는 것이다. 포르트-다 놀이는 무의식이 부풀며 일어난 최초의 인격의 형성과정이자 그 비밀스런 기제를 습득하기 위한 은유적인 반복의 행위이다.

라캉은 우리와 비슷한 맥락에서 나무실패를 어머니인 동시에 나의 일부인 대상 a에 연관시킨다.[78] 라캉의 논의를 조금 변주시키면 우리는 보다 더 풍부한 결과를 얻을 수 있다. 우리는 포르트-다 놀이를 상실된 사랑이 대상 a로 남겨지며 자아의 인격을 형성하는 과정으로 해석할 수 있다. 여기서 어린이의 경우 어머니와의 합일이 상상계적 충족임을 상기하자. 그랬을 때 포르트-다 놀이는 상징계에 진입할 때의 상상계적 충족의 상실을 실재계적 차원(대상 a)으로 **상승하며** 극복하는 것으로 생각할 수 있다. 이 과정은 상실된 연인을 실재계적 잔여물로서 자아의 일부로 다시 만나는 과정과 유사하다. 그러나 어린이는 연인의 사랑과는 달리 상상계적 충족에서 시작하므로, 유아적 상상계를 실재계적 차원으로 상승시키며 대상 a를 발견하기 위해 포르트-다 놀이가 필요한 것이다. 포르트-다 놀이에는 상상계적 파탄과 상징계의 틈새, 실재계적 잔여물의 발견이 포함되어 있다. 상징계의 침입으로 인한 상상계적 어머니의 상실이 수동적 고통이라면, 그 고통을 반복하며 대상 a와 만나는 경험은 상징계의 틈새에서 실재계와 조우하는 **능동적** 과정이다.

포르트-다 놀이는 어린이가 상징계에 진입하면서 사랑의 열망(리비도)을 상상계에서 실재계적 차원으로 옮겨오기 위한 위대한 문화적 발명이다. 포르트-다 놀이를 하는 동안 자아에는 상실된 사랑이 실재계적 차원

---

78 라캉, 맹정현·이수련 역, 『세미나 11』, 새물결, 2008, 100~101쪽.

(대상 a)으로 부착되면서 우리의 인격을 형성한다. 상징계에 진입한 이후 우리는 더 이상 포르트-다 놀이를 하지 않지만 무의식 속에서는 비슷한 반복운동이 진행된다 할 수 있다. 상실된 어머니는 나의 일부가 되었으며[79] 어린 시절의 반복운동은 자아의 무의식적 인격이 되었기 때문이다.

상실된 어머니가 대상 a로 나의 일부가 된 후 이제 나의 연인과의 사랑은 서로 대상 a를 추적하는 차원에서 이루어진다. 그렇기 때문에 사랑의 상실이 나의 성격을 변화시키기 전에 이미 사랑을 시작할 때 자아의 변화가 일어난다. 앞서 살폈듯이 사랑이란 실재계적 요소(타자성)를 나의 성격으로 증식시키는 과정이다. 그런 자아의 확장은 사랑의 시작부터 일어나지만 연인을 잃어버렸을 때 상처의 경험과 함께 더 극적으로 발생난다. 상처의 경험과 사랑의 경험이 인격으로 부착되면서 제2의 포르트-다 놀이가 진행되기 때문이다. 제2의 포르트-다 놀이는 나무실패 없이 무의식 속에서 자신도 모르게 행해진다. 어린 시절의 포르트-다 놀이가 상징계의 억압을 견디는 무의식적 대상 a의 생성[80]이었다면, 제2의 포르트-다 놀이는 상징계의 틈새에서 상실된 연인이 나의 성격이 되는 과정이다.

흥미로운 것은 그런 제2의 포르트-다 놀이가 예술과 매우 비슷하다는 점이다. 포르트-다 놀이의 핵심은 고통의 경험의 반복이 상징계를 넘어선 차원에서 고통의 극복을 가져온다는 점이다. 예술의 신비한 점 역시 고통의 반복이 **능동적으로** 이루어지며 쾌락원칙을 넘어선 미묘한 희열(향락)[81]을 제공한다는 것이다.[82] 우리는 연인을 상실한 예술작품 속의 주인공이 행복하다고 상상할 수 없다. 그러나 그의 상실의 슬픔이 시로 표현

---

79 상상계 차원에서 나와 합체되었던 것이 실재계적 차원에서 나의 일부가 된다.
80 프로이트는 상징계의 틈새에서 대상 a와 만나는 반복적인 운동을 쾌락원칙을 넘어서는 반복강박 충동으로 설명한다.
81 희열/향락이란 상징계를 넘어서는 순간에 느껴지는 고통을 동반한 즐거움을 말한다.
82 프로이트, 박찬부 역, 앞의 글, 24쪽.

되는 순간 능동적 차원에서 고통이 반복되며 상처의 극복[83]이 진행되기 시작한다. 그 과정은 상실된 연인의 잔여물이 자아의 내부로 옮겨지면서 사랑의 상실을 보류하는 과정이기도 하다. 잃어버린 사랑이 시를 통해 어떻게 기적처럼 보류되는가. 상실된 연인을 애도하는 동안 자아 내부에서는 사랑의 고통이 계속되는 셈인데 연인이 내면으로 옮겨졌기 때문에 그 애도는 끝나지 않는다. 즉 상처 입은 사랑이 나의 성격으로 합체되었으므로[84] (능동적 차원에서) 상처가 계속되는 동시에 상처 입은 사랑도 계속되는 것이다. 시적 화자는 사랑하는 사람을 잃어버렸으면서 영원히 내면에 간직하고 있기도 하다. 그렇게 나는 사랑의 상실의 고통과 고통스러운 연인에 대한 사랑을 자아의 한 부분으로 안고 살아가는 것이다. 예술이 변화시킨 것은 상실된 연인을 내면으로 옮기면서 자아를 수동성에서 능동성으로 전환되게 한 것이다. 예술은 수동적 고통을 넘어 능동적 아픔을 지속시키는 방식으로 상실을 가져온 현실(상징계)에 대응하며 사랑의 상실을 보류한다. 이것이 예술을 통한 상실의 고통의 극복이다. 우리는 흔히 사랑에 실패한 사람이 문학을 한다고 말한다. 실연한 사람의 문학은 단순한 승화가 아니라 현실에 수동적으로 패배하지 않으려는 무의식 차원의 능동적 대응을 은유적으로 표현한 것이다.

또 하나의 예술적 신비는 그런 예술적 놀이(포르트-다 놀이)가 다른 사람들에게도 무한히 번져간다는 점이다. 어린이는 관객이 없는 상태에서 포르트-다 놀이를 한다. 반면에 시와 예술은 감상자 앞에서 작동되는 제2의 포르트-다 놀이이다. 우리는 시적 화자의 사랑과 아무 상관이 없음에도 불구하고 화자와 아주 비슷한 반복 운동을 경험한다. 독자는 시를 읽는 동안 유사한 고통을 반복하면서 시적 화자의 상실된 사랑을 자신의 일부로 갖게 된다. 그 점에서 예술의 감상이란 끝없이 보류되는 사랑의 타자

---

83 이 극복은 단순한 상처의 치유와는 구분된다.
84 이는 상처의 기억과 사랑의 기억이 나의 순수기억(무의식)이 된 것이라고도 할 수 있다.

성의 감동을 미지의 수많은 사람들에게 증폭시키는 제3의 포르트-다 놀이라고 할 수 있다.

김소월의 「초혼」의 화자는 죽은 연인에 대한 슬픔을 격렬한 어조로 노래하고 있다. 화자의 시는 연인에 대한 애도인 동시에 그 애도가 끝날 수 없음에 대한 표현이기도 하다(부르다가 내가 죽을 이름이여!).[85] 애도가 끝날 수 없는 이유는 이 시의 반복적 놀이를 통해 상처받은 사랑이 자아의 성격으로 합체되고 있기 때문이다. '산산히 부서진 이름이여!'가 님과 이별한 고통의 반복이라면 시 전체의 표현인 '초혼'은 상실된 님의 되돌아옴이다. 이 시의 내용은 님과의 이별과 되돌아온 죽은 님(잔여물)의 반복적 운동이다. 그런 반복적 놀이를 통해 상실된 님이 나의 인격으로 합체되고 있으므로 상처가 반복되면서 상처받은 사랑도 반복된다. 그러나 그것은 수동적 반복이 아니라 상징계의 틈새에서 실재계와 교섭하는 **능동적인** 운동이다. 즉 수동적 고통에 순응하지 않는다는 의지의 표현으로서 화자는 님을 상실한 동시에 상실된 님을 자신의 일부로 갖게 된 것이다(제2의 포르트-다 놀이). 그런데 그 순간 독자 역시 고통을 반복하면서 화자의 연인을 자신의 일부로 간직하며 동요하게 된다(제3의 포르트-다 놀이). 시는 한 번도 사랑해 본 적이 없는 사람에게조차 연인을 만들어주고 동요를 경험하게 하는 한 점의 은유의 불꽃이다.

한용운의 「님의 침묵」 역시 비슷한 반복적 놀이로 볼 수 있다. 「님의 침묵」이 「초혼」과 다른 점은 상실된 님의 잔여물(대상 a)의 발견을 강조한다는 점이다. 「초혼」은 멀어진 님과 다가온 상실된 님의 반복 운동이다. 반면에 「님의 침묵」은 반복운동 중에 떠나갔지만 내면에 남은 님에 대한 응시를 표현한다(나는 님을 보내지 아니하였습니다). 보내지 않은 님이란 상실된 님이 나무실패로 돌아와 나의 존재에 서성이는 것을 능동적 사유로 포착

---

85   임수만, 「김소월 시에 나타난 '슬픔'과 윤리의 미학」, 『한국현대문학연구』 47집, 2015.12, 208쪽.

한 것이다. 반복운동의 과정에서 내면의 님에 만들어진 그런 능동성의 강조는 상징계적 수동성에 대한 극복의 의지에 방점을 찍는다.

그 같은 시적인 능동성을 지닌 자아에게 이제 반복운동은 역설적인 양가성으로 지각된다. 반복운동이란 수동성에서 능동성으로의 전환인데 그것은 고통을 통해 고통을 극복하는 역설이기도 한 것이다. 예컨대 님은 갔지만 나는 님을 보내지 아니하였습니다, 타고 남은 재가 기름이 됩니다,[86] 이별은 미의 창조입니다[87] 등이다. 이제 반복운동은 신비스러운 역설로 변주된다. 그 같은 역설은 나에게 남겨진 대상 a가 상실이자 잔여물이기 때문에 생겨난 것이다. 즉 님은 자아가 감지하는 상실된 존재이자 나에게 합체된 실재계적 차원의 잔여물이다.

떠나간 님이 나의 내면에 들어옴으로써 슬픔이 계속되지만 실재계적 상승에 의해 상징계에 대한 능동성이 생성되기도 한다. 그런데 나의 내면에 들어온 님이란 무인 동시에 실재계적 요소로서 존재론적으로 상징계의 모든 것과 관계한다. 더욱이 시적 상징에 의해 님의 의미가 증폭될 때 님과 세상과의 연관은 끝없이 확장된다. 실재계적 잔여물과 관계함으로써 생긴 능동성은 이제 상징계의 모든 것을 움직이고 달라지게 하는 원인(대상 a)이 된다. 님은 어디에도 없지만 모든 곳에 다 있기도 하다. 님은 수동적 슬픔인 동시에 세상의 모든 것에 대한 능동성의 표현이다.

물론 그 같은 님은 나무실패나 대상 a처럼 있다고도 볼 수 없고 없다고도 볼 수 없다.[88] 그러나 시적 화자는 없다고도 볼 수 있는 상실된 님이 세상을 향하는 능동적 힘이 되는 비밀스런 계기를 강조하고 있는 것이다. 그런 실재계 차원의 능동성의 신비가 바로 한용운의 근대적인 불교적 사유의 특성이다. 흥미롭게도 그의 불교적 사유는 실연한 사람의 무의식과

---

86 한용운, 「알 수 없어요」, 『님의 침묵』, 책만드는집, 19쪽.
87 위의 글, 18쪽.
88 나병철, 앞의 글, 131쪽.

함께 어린이의 포르트-다 놀이와도 겹쳐진다. 한용운은 근대적인 불교적 사유를 사랑을 상실한 사람의 미학적 놀이(제3의 포르트-다 놀이)와 시적 유희로 표현하고 있다. 그의 작품에서 불교는 부재와 존재, 고통과 능동적 대응의 양가성을 통해 슬픔이 오히려 극복의 전망이 되는 시적 역설과 제3의 포르트-다 놀이로 변주되고 있다.

한편 두 경우에서 예술작품을 통한 상처의 극복은 실상은 끝나지 않는 과정이다. 반복운동의 과정에서 실재계적 대상 a가 생성되므로 완전히 상징화될 수 없는 애도와 (상실된) 사랑이 끝없이 계속되는 것이다. 그로 인해 고통이 계속되는 동시에 끊임없이 수동성에서 능동성으로의 전이가 일어나게 된다. 우리는 고통스러운 동시에 고통스럽지 않다. 상징계에서 고통을 당하는 수동성에서 전이되어 상처를 준 상징계에 대응하는 능동성의 상태로 옮겨가기 때문이다. 그처럼 수동적 고통에서 벗어나 능동적인 고통과 희열을 느끼는 순간이 바로 향락의 순간이다. 자아가 향락을 소망하는 운동의 과정이 끝나지 않기 때문에 안정적으로 체제를 닫아 두려는 상징계에 대한 대응도 끝나지 않는다. 그런 무한한 능동성의 과정은 일시적인 자각이 아니라 자아의 **존재 자체**가 변화된 데서 기인된 것이다. 즉 미학적인 능동성의 생성은 포르트-다 놀이에서처럼 상실된 님이 나와 독자의 자아의 일부로 전이되는 내면적 과정에서 비롯된다. 미학이란 그처럼 자아의 타자성이 풍부해지는 과정에 다름이 아니다. 즉 **타자가 나의 성격**이 되는 신비가 바로 예술의 비밀이다. 예술은 미적 주체 뿐 아니라 감상자들까지 타자성의 교섭을 통해 성격을 풍부하게 만든다.

그런 비밀스러운 과정은 실제의 사랑의 상실 과정에서도 나타난다. 특히 사랑이 상징계의 억압이나 이데올로기적 작용에 의해 실패한 경우에 그에 대한 자아의 대응으로 나타난다. 사랑은 이데올로기의 공백을 만드는 행위이거니와 설령 이데올로기에 의해 실패한 경우에도 내면의 물밑에서 공백을 만드는 운동이 일어난다. 연인을 상실한 사람은 상실의 고통과 사랑의 상처를 안고 살아가며 상징계와 실재계를 왕복하는 끝없는 운동을 경험한다. 이것이 나무실패처럼 되돌아온 상실된 사랑이 상처를 준 체제에 대응하는 고통과 향락의 은밀한 반복운동이다.

사랑과 예술은 상징계를 넘어서서 실재계로 향하는 끝없는 과정의 연출이다. 그 두 가지 활동은 성인이 된 후 다시 나타난 은유로서의 제2, 제3의 포르트-다 놀이이다. 그처럼 사랑과 예술은 타자가 자기 자신이 되는 반복 운동을 통해 상징계의 안에서 밖(실재계)을 경험하는 능동적인 두 가지 방식이다.[89] 상처와 죽음도 상징계에서 실재계를 경험하는 방식이지만 사랑과 예술은 끝없는 능동적 반복운동을 특징으로 한다.[90] 그런 능동적 반복성 때문에 사랑과 예술에서는 상징계의 수동적 동일성을 실패하게 하는 공백이 만들어지는 것이다. 그 같은 능동성은 사랑과 예술이 타자와 관계하는 존재론적 운동이라는 점에서 기인된 것이다. 사랑은 타자성을 자신의 성격으로 만드는 과정이며 타자성이란 내 안의 실재계적 공백에 다름이 아니다. 그처럼 아무런 매개 없이 타자를 나의 존재로 만드는 방식으로 사랑은 이념적 매개 장치인 이데올로기가 무효화되는 공백을 생성한다. 더욱이 그것은 사랑이 실패한 경우에도 마찬가지이다. 실패한 사랑도 상실된 연인을 나의 내면으로 옮겨와 심리적 나무실패의 귀환을 통해 사랑을 계속하기 때문이다.

---

89 수동적인 방식은 상처와 죽음이다.

90 프로이트는 트라우마의 경험이 반복강박 충동을 불러일으킨다고 논의한다. 그러나 사랑과 예술은 상처의 경험을 포함하면서 보다 적극적으로 자아의 능동성을 생성하는 방식이다.

12. 소설에서의 주인공의 성격 형성과 이데올로기의 공백

나의 성격을 형성하는 과정과 이데올로기의 틈새 및 공백이 생겨나는 사건의 과정은 서로 연관되어 있다. 실상 모든 소설은 그런 두 가지 과정을 동시적으로 드러낸다. 즉 소설에서 주인공의 성격이 형성되는 과정은 상징계에 틈새와 공백이 생겨나는 전개와 연결되어 있다. 그 점에서 소설의 서사적 미학은 대부분 **상실된 어머니(대상 a)의 축**에 연관되어 있다고 볼 수 있다. 당연히 우리는 그와 반대되는 '아버지의 축'의 서사도 생각해 볼 수 있다. 예컨대 국가와 민족의 서사, 이데올로기의 서사는 **아버지의 서사**이다.

그 때문에 상징계에 틈새와 공백을 만드는 사랑과 예술의 서사는 **아버지의 부재**와 연관되어 있다. 아버지의 부재는 우리 성장소설의 중요한 특징의 하나이다. 식민지, 전쟁, 독재정치 등 국가와 민족, 이데올로기의 축에서 부정적 경험을 많이 한 우리의 경우, 소설에서 아버지 부재가 자주 나타나는 것은 매우 당연한 일이다. 그런데 서구소설 역시 '상실된 어머니'(대상 a)에 대한 열망인 예술의 특성으로 인해 넓은 맥락에서 아버지의 축의 불안과 연관되어 있다. 마르트 로베르는 서구소설을 사생아 유형과 업둥이 유형으로 나누어 설명하고 있다. 사생아 유형이란 오이디푸스화 과정에서 자신은 어머니의 불륜에 의한 사생아이고 친아버지는 고귀한 사람이라고 생각하며 아버지에 반항하는 서사를 말한다. 또한 업둥이 유형이란 세상을 잘 모르는 상태에서 도피나 거부를 통해 사회에 등을 돌리는 방식이다. 사생아 소설에는 발자크, 위고, 톨스토이, 도스토옙스키, 포크너, 디킨즈가 속한다. 반면에 업둥이 소설에는 세르반테스, 호프만, 장-파울, 노발리스, 카프카, 멜빌이 해당된다.

아버지 부재의 모티프는 보다 적극적으로 오이디푸스적 기제를 부정하는 방식이다. 오이디푸스적 기제는 근대사회의 규범적 질서와 평행적 관계에 있다. 그런 규범의 불안을 뜻하는 아버지 부재의 모티프는 이미 동화나 청소년 소설에서도 나타난다. 예컨대 〈마리 이야기〉(이성강 감독)는 아버지의 부재 상태에서 '상실한 어머니'의 은유적 귀환을 통해 성장하는 이야기이다.

〈마리 이야기〉에는 우리가 논의한 사랑에 연관된 모든 요소들이 포함되어 있다. 즉 포르트-다 놀이, 아버지의 부재, 상실된 어머니로서 대상 a의 귀환, 사랑하는 사람의 이별과 내면으로의 전이, 자아의 인격 형성으로서의 타자성 등이다. 이 작품은 심리적으로 어머니의 상실을 경험하며 우울해 하는 주인공 남우가 은유로서의 '상실된 어머니(대상 a)'의 귀환을 경험하는 이야기이다. 그것은 일종의 포르트-다 놀이의 은유이다. 그런 심리적 놀이의 과정에서 남우가 실재계적 대상의 은유인 마리와의 만남과 이별을 통해 자아를 확장하며 성장하는 과정이 그려진다. 남우는 이별한 마리를 자신의 자아의 일부로 합체함으로써 확장된 내면을 통해 팍팍한 일상을 버텨나가는 힘을 얻게 된다.

이 작품은 폐허가 된 등대가 있는 바닷가 마을을 배경으로 하고 있다. 주인공 남우(12세)는 아버지가 바다에서 죽은 후 쓸쓸해하던 중 어머니를 좋아하는 남자(경민)가 나타나자 우울한 마음을 감추지 못한다. 더욱이 가장 친한 친구 준호가 서울로 전학을 가게 되어 한층 더 마음이 심란해진다. 그러던 어느 날 등대에서 물고기새를 만나고 구슬이 놓인 깨진 등에서 빛이 나와 새를 타고 모르는 세계로 들어간다. 산호와 꽃, 구름으로 가득한 그 세계에서 남우는 몽(큰 개)을 타고 다니는 자연의 요정 마리를 만난다.

마리는 남우가 상실한 사랑하는 사람들의 귀환이다. 남우는 어머니의 상실을 느끼다가 자연의 요정으로 되돌아온 마리를 만난 것이다. 이후 남우는 (포르트-다 놀이처럼) 상실의 쓸쓸함과 마리와의 만남을 반복한다. 자연의 요정인 마리는 세상을 사랑과 화해로 감싸는 힘을 지니고 있다. 반면에 남우는 바닷가에 살지만 폐허가 된 등대가 암시하듯이 자연적 화해를 상실한 세계에 거주한다. 남우가 잃어버린 것은 실상 자연과의 사랑이며 남우의 쓸쓸함은 그것을 상실한 상처 입은 일상에서 비롯된 것이다. 마리와의 만남은 그 잃어버린 자연과의 사랑의 귀환이다.

남우는 마리와 얼굴을 마주보며 '넌 왜 다른 걸까?' 하고 묻는다. 남우는 최초로 사랑이라는 타자를 만난 것이다. 사랑은 잃어버린 친숙한 것인 동시에 새로 다가온 낯선 존재이다. 마리와의 만남은 알 수 없는 타자와의 조우이면서 잃어버린 자연의 사랑과의 만남이다. 남우와 마리가 서로 얼굴에 손을 대자 마리가 무중력 상태로 솟아올라 남우와 일직선을 만든다. 이어서 둘은 공중에서 서로 손을 잡고 원처럼 돌아간다.

마리와의 교감은 일상에서 잃어버린 자연의 사랑이 남우의 내면에 들어오는 과정이다. 마리가 떠난 후 남우는 다시 쓸쓸한 일상으로 돌아온다. 그러나 이별한 마리는 남우의 내면에 들어와 자연과 사랑의 힘으로 남우의 자아를 확장한다. 마리라는 사랑하는 타자는 남우의 인격에 합체되었으며 이것이 바로 남우의 성장의 의미이다. 남우는 수동적 우울함에서 벗어나 내면에 전이된 마리로 인해 **능동적** 대응력을 지닌 자아의 성장을 경험한다. 보이는 세계에서는 여전히 아무것도 변한 것이 없다. 준호는 서울로 전학을 떠나고 어머니는 경민과 가까이 지내며 남우는 외로운 바닷가 마을에서 살아간다. 그러나 내면에 남겨진 마리의 잔여물로 인해 남우는 이제 팍팍한 일상을 견뎌나가는 힘을 얻게 된 것이다.

〈마리 이야기〉는 청소년 성장서사로서 아직 사회적 상처의 경험을 그리지 않는다. 그러나 〈마리 이야기〉에 나타난 중요한 요소들은 모든 성장소설에 반복되는 것으로 볼 수 있다. 즉 아버지의 부재 속에서 사랑하는 사람과의 만남과 이별을 통해 자아를 확장하며 상징계의 억압에 대응하는 힘을 얻게 되는 과정이다. 예컨대 「소나기」(황순원)와 「기억 속의 들꽃」(윤흥길)은 어른들의 무관심과 타락 속에서 청소년들이 사랑과 이별을 통해 자아를 성장시키며 삭막한 현실에 대응하는 이야기이다. 「소나기」의 소년의 등에서 옮은 물과 「기억 속의 들꽃」의 쥐바라숭꽃은 〈마리 이야기〉의 신비한 유리구슬에 다름이 아니다. 이런 과정은 보다 더 사회적인 소설에서도 마찬가지이다. 예컨대 성인의 민중적 성장소설인 「낙동강」(조명희)과 『인간문제』(강경애)에서도 아버지의 부재 속에서 민중들이 서로 사랑하고 이별하는 중에 타락한 세계에 저항하는 힘이 얻어진다. 그에 반해 「유년의 뜰」과 『새의 선물』은 유년 주인공들이 사랑보다는 사랑의 갈증을 경험하며 분열 속에서 방황하는 성장소설이다. 그러나 그녀들 역시 돌아온 아버지로부터 등을 돌리며 혼탁한 세계에 대응하는 힘을 모색한다.

그런데 『새의 선물』은 성장소설의 새로운 양상을 암시한다. 이 소설에는 아직 순수함에 대한 향수가 남아 있지만 이미 어떤 사랑에도 기대를 걸지 않는 냉소적인 상황이 나타난다. 주인공 진희는 자신이 쉽게 사랑에 빠지는 이유를 사랑에 대해 아무것도 기대하지 않기 때문이라고 말한다.[91] 이제 사랑에 대해 냉소적인 사람만이 사랑에 몰두할 수 있는 시대가 된 것이다. 이런 냉소적인 사랑은 후기자본주의의 섹슈얼리티 장치에 예속된 욕망에 다름이 아니다. 이데올로기의 공백을 만들었던 사랑은 이제 후기자본주의 이데올로기의 일부가 되었다. 사랑의 종말과 함께 우리 시대에는 이데올로기의 긍정적 공백은 어디에도 없게 되었다.

처음부터 기대하지 않는 냉소적인 사랑은 상처 받을 필요도 없기 때문에 사랑의 상실에 대한 슬픔도 없다. 또한 사랑의 상실을 보류하기 위해 상실된 연인을 자아의 내면에 옮겨올 필요도 없다. 그 때문에 우리는 역설적으로 쉽게 연애에 빠질 수 있지만 연인은 내 안에 없으며 자아의 내면은 텅 비어 있다. 사랑을 잃은 후에도 연인을 내면으로 옮겨와 애도하던 과거와 달리 우리는 사랑을 하는 중에도 공허한 내면으로 살아간다.

---

91   은희경, 『새의 선물』, 문학동네, 1995, 11쪽.

우리의 내면은 이데올로기가 대신 채우고 있으며 그 틈새와 공백을 만드는 사랑은 어디에도 없다. 그로 인해 아무도 살지 않는 빈곤해진 자아의 쓸쓸함이 바로 우리 시대의 우울증이다.

과거에는 사랑이 이데올로기의 공백을 만드는 가장 위험한 정동이었다. 사랑이 불타오르고 많은 사람들이 물밑에서 그 열정에 공감하면 이데올로기는 실패의 위기에 직면한다. 그러나 오늘날에는 그런 위험한 사랑은 모두 사라졌다. 사랑이 이데올로기를 실패의 위기로 몰아넣는 대신 이데올로기 자체가 사랑을 실패하게 만드는 방식으로 진화했기 때문이다. 오늘날 사람들이 물리치기 어려워진 유혹의 권력이 바로 그것이다. 유혹의 권력은 우리를 쉽게 사랑하게 만드는 동시에 사랑에 대해 기대하지 못하게 만든다. 그런 방식으로 유혹의 권력은 우리를 즐거운 동시에 우울하게 만든다. 사랑할 사람은 많지만 나의 내면에 들어오는 연인은 없기 때문이다. 자아의 내면을 채워줄 사람이 없을 때 빛 속에서 우리를 덮쳐오는 어둠이 바로 우울증이다.

우리 시대의 우울증은 「초혼」이나 「님」에서의 우울한 감정과는 구분된다. 「초혼」의 화자는 끝나지 않는 애도로 인해 우울할 수도 있지만 내면에 옮겨진 님과 교섭하는 애도의 열정을 통해 능동적 상태로 전이된다. 「초혼」은 내면에 전이된 님을 통해 사랑의 상실을 보류하고 있기 때문에 우울을 넘어서는 애도의 정서가 지배적이다. 화자는 그런 능동적 정동을 통해 상처를 준 세상에 대응하고 있는 것이다. 또한 「님」의 진국은 체제로부터 승인 받지 못한 사랑으로 인해 제도화된 우울증을 경험하고 있다. 진국은 끝나지 않는 애도 때문이 아니라 처음부터 애도가 불가능하기 때문에 울적함을 느끼는 것이다. 그러나 진국은 끝없이 래영과의 성애를 떠올림으로써 사랑과 애도의 불가능성을 연기하고 있다. 그리고 래영을 찾아 떠나는 밀항을 통해 그의 사랑을 불가능하게 만드는 냉전 체제에 능동적으로 대응한다.

반면에 우리 시대의 우울증은 애도를 지속시킬 내면의 님도 밀항할 공간도 상실한 데서 기인된 것이다. 님은 내 안에 들어오지 못하며 사랑의 밀항을 위한 이데올로기의 외부는 사라졌다. 「초혼」이나 「님」의 우울은 이데올로기에 응답할 수 있는 자아가 작아진 것이지 순수기억(무의식)의 내면 자체는 오히려 더 확대된 상태이다. 그에 반해 우리 시대의 우울증은 유혹의 권력에 예속된 영역은 넓어진 반면 순수기억의 내면은 위축된 데 따른 것이다.

그러나 신자유주의의 유혹의 권력이 사랑을 실패하게 만드는 전략이라면 우리 시대의 우울증 역시 제도에 의해 교란된 우울증일 것이다. 우울한 사람은 내면이 작아졌다기보다는 유혹의 권력에 의해 순수기억의 서랍이 닫혀 있는 것이다. 그렇기에 우리에게는 존재 내부의 순수기억의 서랍을 다시 여는 시간으로의 밀항이 필요한 것이다. 『응답하다』 시리즈나 〈시그널〉은 일종의 그 같은 또 다른 시간으로의 밀항이다.

시간으로의 밀항은 이미 〈마리 이야기〉에서의 외화에서 암시되고 있다. 〈마리 이야기〉의 외화인 성인의 서사는 내면에 들어온 마리가 희미해져서 꿈이 위축된 남우와 준호의 모습을 그리고 있다. 그들에게 다시 시간으로의 밀항을 선물해 준 것은 어린 시절의 유리구슬이다. 남우는 유리구슬을 통해 잠시 마리와 몽이 사는 구름세계에 내려 사랑의 상실을 보류시킨다.

성인이 된 남우에게 세상은 냉담해졌지만 오늘날은 그보다 한층 더 사랑이 불가능해진 세계이다. 남우를 잠시 마리에게로 데려간 유리구슬은 골방의 먼지 속에 쳐 박혀 있을 것이다. 인격성의 영역까지 상품화하는 후기자본주의의 세계에서 우리 시대의 유리구슬은 아무도 보지 못하는 곳에 은밀하게 숨겨져 있다.

유리구슬은 '소년의 물이 든 옷'(「소나기」)이나 쥐바라숭꽃(「기억 속의 들꽃」), 소태나무(『인간문제』), 쥐불(「서화」)처럼 상징계에 포섭되지 않은 잔여물이다. 그것은 타자와 내가 무중력 상태에서 원을 그리며 돌아가는 타자성의 유희의 은유이기도 하다. 우리 시대가 잃어버린 것은 바로 그 매혹적인 타자성의 은유이다.

그러나 우리 시대의 유리구슬은 사라진 것이 아니라 아무도 보지 못하는 곳에 감춰져 있다. 「몽고반점」(한강)은 몸에 은밀히 숨겨져 보이지 않는 몽고반점이 간신히 남겨진 유리구슬임을 암시한다. 이 소설에서 처제의 몽고반점의 에로스적 마력은 「소나기」의 소녀의 옷에 물든 물이나 『마리 이야기』의 유리구슬과 다르지 않다. 세 이미지의 공통점은 세속적인 성인은 알지 못하는 에로스의 천진스러운 비밀92이 마술처럼 감춰져 있다는 점이다. 유리구슬은 타자와 내가 교감할 수 있는 상징물이며 그것은 세속적 성인이 된 후에도 마법 같은 타자성을 통해 우리를 마리에게로 데려간다. 그와 비슷하게 모두가 잃어버린 비밀이 처제의 몸에만 몽고반점으로 남겨져 있었던 것이다. 그러나 몽고반점은 타인이 못 보게 숨겨져 있을 뿐 아니라 신체적으로 더 은밀하게 가까이 다가설 것을 요구한다. 이제 에로스의 천진스러움은 끔찍한 섹슈얼리티의 세상 저쪽에 감춰진 비밀이 되었다. 그래서 우리 시대의 사랑은 역설적으로 모든 욕망의 옷을 벗어버린 벌거벗은 상태에서만 가능하다. 그만큼 더 사랑으로의 밀항과 또 다른 시간으로의 탈출은 어려워진 것이다.

「몽고반점」에서 비디오 아티스트인 '그'가 갑자기 섹슈얼리티 이미지에 이끌린 것도 그 때문이다. '그'는 후기자본주의의 마모된 일상을 다큐화면으로 찍다가 돌연히 꽃으로 바디페인팅 된 남녀의 나신 이미지에 이끌린다. '그'는 자신의 상상과 유사한 한 공연을 관람하지만 그가 갈망하던 매혹이 없음을 알고 실망한다. 예술적 영감을 상실한 '그'는 어느 날 처제에게 아직도 몽고반점이 남아 있다는 아내의 말을 듣고 충격을 받는다.

---

92   세 이미지는 에로스의 비밀이 공백성과 무매개성 속에 감춰져 있음을 암시한다.

'그'의 우울한 영감의 고갈은 후기자본주의 현실의 재현도 그 극단적 반대인 섹슈얼리티 이미지도 예술적 매력이 되지 못한 데서 기인된 것이다. 비판적 현실의 재현뿐 아니라 벌거벗은 섹슈얼리티 이미지에도 '그'가 갈망하던 타자성의 매혹은 없었던 것이다. 그러던 '그'에게 처제의 몽고반점은 후기자본주의의 폭력적 현실이 아직 점령하지 못한 태곳적 몸의 흔적과도 같았다. 몽고반점이란 실재계적 잔여물이다. 그 신비한 흔적은 처제의 몸이 일상과 미지의 세계 사이에 던져져 있음을 알리는 고통스러운 유혹이었다.

'그'는 바디페인팅으로 처제의 몸에 꽃을 입히고 그 꽃을 입은 몸에 접촉하고 있었다. 바디페인팅은 촉감적 시각을 통해 몸에 감기는 이미지를 입히는 일인 동시에 오염된 욕망의 피부를 벗겨내는 작업[93]이었다. '그'는 네 시간 가까이 붓질과 촬영을 하는 동안 기적같이 성욕을 느끼지 못한다.

그러나 몽고반점이 꽃으로 피어나 처제의 몸이 식물처럼 되자 '그'는 광적인 교합의 욕망에 사로잡힌다. 붉은 꽃이 반복적으로 닫혔다 열리고 '그'는 거대한 꽃술처럼 그녀의 몸속을 넘나들었다. 처제와 '그'는 오염된 인간에서 벗어나 아랫도리와 배와 허벅지가 푸른 풀물에 젖은 식물이 되었다.

이 같은 몽고반점의 식물적 결합은 아직 사랑은 아니다. 그들의 교감이 서로 얼굴에 손을 대고 무중력 상태로 원처럼 도는 마리와의 만남과 다른 것은, 그들은 행위가 끝나면 무서운 현실로 돌아와야 하는 성인이라는 점 때문이다. 후기자본주의의 현실이 변하지 않는 한 그들의 교합에는 아름다운 매혹과 끔찍한 우울함이 함께 있었다. '그'의 우울한 소진과 고갈은 처제와의 만남으로 능동적 상태로 전이되지만 그 능동적 우울과 예술적 탈주는 사랑으로까지 이어지지는 못한다. 그들의 첨단적인 동시에 원시

---

93 롤랑 바르트는 사랑하는 사람을 살갗이 벗겨진 사람에 비유하고 있다. 롤랑 바르트, 김희영 역, 『사랑의 단상』, 동문선, 2004, 141쪽.

적인 결합은 사랑을 상실한 우울한 사람들의 불가능한 사투에 가까웠다.

이 모든 것은 텅 빈 고갈된 내면에 타자가 들어오게 하려는 지난한 싸움이었다. 그것은 타자가 나의 인격에 합체되어 (동물적 공격성에서 벗어나) 식물처럼 한 몸이 되려는 우리 시대의 사랑의 갈망이다. 또한 평온하면서도 두려운 일상에서 탈주해 격렬하면서도 평화로운 불가능한 사랑으로의 밀항을 이루려는 노력이기도 했다. 그러나 처제와 '그'의 꽃잎-되기는 타자와의 불가능한 교합을 꽃의 환상을 빌려 불태우다 다시 동물적 세계로 돌아오는 위험한 실험이었다. 그 타자성의 시도는 불완전했을 뿐 아니라 그로 인한 우울함의 무게는 상실한 연인에 대한 애도나 '초혼'이 가능했던 과거의 방식으로 해소될 수도 없는 것이었다. 그들은 남성중심적 제도의 외부를 상실한 시대에 꽃의 이미지를 빌려 **탈주**를 시도한 대가로 일상의 공간에서 **분열증**의 위기에 처하게 된다.

처제와 '그'의 식물처럼 합체되려는 시도는 동물적인 현실에서 금지된 욕망이었다. 동물적인 나르시시즘적 욕망만이 허용되는 세계에서는 타자와 교감하는 사랑이란 위험한 인화물질과도 같다. 그럼에도 그들은 제도에 의해 낙인찍힌 불온성을 무릅쓰고 사랑이라는 위험한 인화물질의 증폭을 시도한다. '그'의 끊임없는 예술적 욕망은 그 인화물질을 폭발시키려는 한 점의 미학의 불꽃이었다. '그'는 그 승인 받지 않은 욕망으로 인해 정신병원행이냐 신체를 박살내느냐의 기로에 놓인다. 그러나 그런 대가를 치르고라도 위험한 사랑의 욕망을 중단시키지 않음으로써 타자와의 내면적 합체를 불가능하게 하는 무서운 제도의 압력을 보류시키려 하고 있는 것이다. 이것이 고갈과 우울의 시대에 아직 간신히 남아 있는 아름다우면서도 끔찍한 우리 시대의 예술과 사랑의 힘이다.

13. 슬픔·우울·정한情恨과 사랑

사랑이 이데올로기를 공백화한다는 점은 반대로 이데올로기에 의해 사랑이 늘상 위기에 처할 수 있음을 암시한다. 우리의 일상은 이데올로기에서 벗어나기 어렵기 때문에 사랑은 처음부터 상실의 위험 속에서 물밑의 접촉으로 진행된다. 사랑의 주제가 흔히 슬픔과 우울의 문제와 결합되는 것은 그런 상실의 위기로 인한 것이다. 또한 사랑은 체제와의 관계에서 분열과 우울의 문제로도 나타난다.

프로이트 역시 슬픔(애도)과 우울의 주제를 **사랑의 상실**과 연관해서 논의하고 있다, 이는 두 주제가 리비도의 흐름과 연결되기 때문이다. 그러나 사랑의 상실과 연관된 슬픔과 우울(혹은 분열과 우울)의 문제는 프로이트의 생각처럼 그리 간단하지 않다. 프로이트의 논의가 비교적 단순한 것은 이데올로기와 사랑의 복잡한 관계가 빠져 있기 때문이다.

우리는 실패한 사랑 역시 연인을 내면으로 옮겨와 사랑의 상실을 연기한다고 논의했다. 그 때문에 사랑의 상처와 슬픔은 끝없이 계속되며 그 지점에서 슬픔은 우울과 겹쳐진다. 슬픔과 우울을 단순히 이분화하기 어려운 것 역시 그와 연관이 있다. 그런데 연인을 내면으로 옮겨오는 것은 일종의 사랑의 중단의 거부이며 수동적 고통에서 능동적 대응으로의 전이이기도 하다. 슬픔이 끝없이 계속되며 우울에 접근하는 것은 단순히 퇴행적인 것이 아니라 사랑의 진실을 증언하기 위한 자아의 능동성으로의 전이이기도 하다. 그처럼 슬픔이 우울에 접근하는 지점에서 능동성으로 전이되는 감성을 우리는 한恨이라고 부를 수 있다. 한의 능동성은 프로이트의 슬픔과 우울의 이분법을 넘어선다.

슬픔이나 우울이 수동성에서 능동성으로 전이되는 것은 체제(이데올로기)와 관계하는 자아의 위치의 문제이다. 수동적 정동이 체제의 억압에 대한 약한 반응이라면 능동적 정동은 상처를 준 체제에 맞서는 강한 대응이다. 그런데 이 과정 역시 단순하지 않다. 사랑이 타자성의 지향이라면 동일성의 체제는 사랑을 어렵게 만든다. 이런 상황에서 사랑의 슬픔이 끝없이 계속되며 상처를 준 체제에 능동적으로 저항할 수도 있지만 처음부터 슬픔의 표현 자체가 불가능한 경우도 있다. 후자의 경우는 상실된 사랑에 대한 슬픔 뿐 아니라 어쩌면 타자성의 사랑 자체가 어려워진 상황이라고도 볼 수 있다. 이는 체제의 억압이 가장 심화된 경우이다.

양자의 차이는 분열과 우울의 차이와 연관 된다. 슬픔이 계속되며 능동적 대응이 지속될 때 체제의 억압이 심해지면 **분열** 속에서 탈주의 욕망이 표현될 수 있다. 그러나 체제의 폭력이 더 악화되면 분열은 슬픔도 탈주도 불가능한 **우울**로 뒤바뀐다. 우울의 시대는 파시즘처럼 타자성의 삶이 부인되는 시대로서 처음부터 사랑이 불가능한 시대라고도 볼 수 있다. 타자성의 상실은 동일성의 **체제**와 그 잔여물(대상 a)을 열망하는 **자아**의 부조화의 한 극단이다. 체제의 잔여물인 대상 a에 대한 열망이 부인되는 시대가 우울의 시대인 것이다. 물론 그런 우울의 시대에도 체제에 동화되지 않기 위해 고통 속에서 부인된 대상 a를 감지하며 수동성에서 능동성으로 전이되려는 우울의 미학이 나타난다.

	슬픔	한	분열	우울
애도	가능	끝없는 애도	탈주의 욕망	불가능
체제의 억압	억압	억압	심화됨	가장 심화됨

따라서 우리는 시대에 따라 슬픔의 미학과 분열의 미학, 그리고 우울의 미학을 구분할 수 있다. 김소월, 한용운과 염상섭, 현진건의 시대인 1920~30년대 전반이 슬픔의 미학의 시대였다면, 1930년대 중반의 모더니즘은 분열의 미학이었다. 그에 반해 1930년대 후반과 40년대의 최명익의 어두운 소설들은 우울의 미학이었다. 우울의 미학의 계보는 1950년

대의 손창섭의 소설과 1990년대 후반 이후의 배수아와 하성란의 소설에
도 나타난다.

사랑의 상실과 연관된 슬픔과 우울은 그처럼 **체제와의 관계**에서 복합성
을 지닌다. 슬픔과 우울의 그런 복합성을 이해하기 위해 프로이트의 구분
과 우리의 논의를 좀 더 자세히 비교해보자. 프로이트는 슬픔을 우울과
구분하면서 슬픔(애도)이란 사랑의 대상에서 리비도가 **순조롭게** 철회되는
과정이라고 설명했다. 그러나 그런 슬픔은 우리의 논의에서 빠져 있다. 연
인으로부터 리비도를 순리대로 철회하려는 슬픔은 수동적 정동이며 사
회 체제와 아무런 관련이 없는 감성이기 때문이다.

리비도를 분리하고 원래로 돌아와 다른 대상을 찾는 것은 사랑의 상실
이 사고에 의한 경우이다. **사고**가 나면 우리는 사건과는 달리 처음 출발한
자리로 되돌아와야 한다. 반면에 **사건**이란 상징계에 구멍이 뚫려 다시 원
래로 돌아갈 수 없는 경우이다.[94] 사건의 발생은 우리가 자신의 존재 방식
과 상징계를 변화시켜야 함을 암시한다. 우리가 논의한 슬픔은 사랑의 상
실이 사건인 경우이며 그 때문에 메울 수 없는 슬픔이 끝없이 계속되는
것이다.

사랑의 상실을 원래로 되돌아야 할 사고로 논의하는 프로이트는 리비
도의 순조로운 철회를 중시한다. 반면에 우리는 사랑의 상실을 사건으로
보며, 여기서는 리비도를 철회하는 동시에 연인을 내면으로 옮겨와 슬픔
을 계속하며 사랑의 상실을 보류한다. 그처럼 사랑의 상실을 보류하는 슬
픔은 구멍 뚫린 상징계가 **변화**될 때까지 계속된다. 사랑의 상실에 대한 끝
없는 애도는 구멍 뚫린 상징계에 순응하지 않으려는 자아의 능동적인 대
응이다. 문학작품의 슬픔은 대부분 그 같은 상실의 **사건**에 대한 슬픔이다.
「초혼」을 비롯한 김소월의 시들이 그 대표적인 예일 것이다. 「초혼」의 끝

---

94   신형철, 「문학은 무엇을 할 수 있는가?」, 『한국어문연구소 콜로키움 자료집』, 2010.12.1,
10쪽.

없는 애도는 변화되지 않는 구멍 뚫린 상징계에 대응하는 자아의 능동성의 표현이다. 이런 끝없는 능동적 애도는 정한情恨으로 설명되기도 한다.

흥미로운 것은 그런 능동적 슬픔이 원래로 돌아오기 어려운 점에서 역설적으로 우울로의 접근으로 보이기도 한다는 점이다. 우리는 슬픔과 우울을 자아의 동요와 침체로 이분화할 수 없다. 끝없이 동요하는 격렬한 슬픔이 제 자리로 돌아오는 가벼운 슬픔과는 달리 오히려 우울에 접근한 것으로 보일 수도 있는 것이다. 폐부를 찌르는 격한 슬픔은 정한으로 불릴 수 있는데, 그것은 우울한 자아의 황폐화가 아니라 오히려 능동성의 표현이다. 그런 맥락에서 우울역시 단순한 침체를 넘어서서 또 다른 능동성을 지닐 수 있음이 암시된다.

프로이트는 우울을 대상으로부터 리비도를 철회시켜 출발점인 자아로 되돌리는 순간의 정체라고 말한다. 우울은 원래로 돌아오는 가벼운 슬픔과는 달리 상실된 연인을 내면으로 옮겨와 애도를 계속한다. 그 점에서 우울은 우리가 논의한 사랑의 상실이 사건인 경우의 심각한 슬픔과 비슷하다. 그와 다른 점은 애도조차 순조롭지 않다는 점일 것이다. 우울에 접근한 슬픔의 상태에서 끝없는 애도를 하는 것이 바로 정한이다. 정한과 우울의 차이는 끝없는 애도와 애도의 어려움의 차이일 것이다.

프로이트의 문제점은 그 같은 우울을 자아를 황폐화시키는 측면에서만 논의한다는 것이다. 프로이트는 상징계의 변화를 고려하지 않으므로 우울에서는 리비도의 흐름이 막혀 있는 것으로 간주한다. 우울에서는 상실한 대상을 버리지 못하고 내면으로 옮겨오기 때문에 자아로 되돌려진 리비도가 정체되는 것이다. 그로 인해 나타나는 것이 바로 자아의 황폐화이다.

그러나 우울은 자아의 황폐화인 동시에 강요된 '사랑의 중단'에 대한 거부이다. 이는 사랑을 불가능하게 하는 체제에 대한 복종의 거부이기도 하다. 상실한 대상을 버리지 못하고 내면에 옮겨온다는 것은 리비도의 정체가 아니라 오히려 사랑의 중지의 거부이다. 리비도는 막혀 있는 것이 아니라 고통을 감수하고 내면에서 상실된 연인과의 관계를 유지하며 체제의 금지를 거부하는 것이다. 물론 우울은 체제의 억압의 심화로 인해 슬픔의 표현으로조차 사랑의 열망(리비도)의 지속을 드러낼 수 없다. 우울이 애도 불가능성으로 나타나는 것은 그런 억압의 심화 때문이며, 그 점은 **정한**과 **우울**의 차이이기도 하다. 슬픔과 우울 사이에 있는 정한은 「초혼」에서처럼 끝없는 애도를 처절하게 표현한다. 반면에 우울은 『안티고네』에서처럼 애도가 불가능한 상태에서 죽음충동의 위협에 직면한다. 그러나 우울 역시 불가능한 사랑을 포기하지 않는다는 표시로서 체제와 나의 부조화에 대한 무력하면서도 능동적인 대응을 보인다. 우울한 자아의 무력감이란 체제의 타자성의 억압이나 사랑을 불가능하게 하는 장치가 그만큼 심화되었다는 반증이다. 가령 우울의 시대 중에서 1940년대 전반과 1950년대가 타자성을 억압한 시대였다면 오늘날은 사랑(타자성)을 불가능하게 하는 장치가 만연된 시대이다. 그런 제도적 억압 속에서도 승인받지 않은 사랑을 심연 속의 아득한 곳에서 고통스럽게 느끼고 있는 것이 능동적인 우울의 미학이다.

	정한	우울
애도	끝없는 애도	애도 불가능
수동·능동	능동성	능동성
사랑	상실된 사랑	승인 받지 않은 사랑
작품	「초혼」	『안티고네』

버틀러가 논의하듯이 우울은 사랑을 불가능하게 하는 **제도**의 억압에 대한 금지된 사랑의 대응이다. 버틀러의 주제인 동성애가 가장 실감나는 예일 것이다. 동성애처럼 우울이란 승인 받지 못한 타자성의 사랑이 자

아에 부착되어 있는 경우이다. 우울한 자아가 빈곤해 보이는 것은 체제에 의해 인정받은 부분이 축소되었기 때문이다. 그러나 우울은 자아의 빈곤화인 동시에 **불온한 타자성이 증폭된 상태**이다. 그 때문에 우울은 제도와 자아의 부조화를 더 직접적으로 암시하며 우울한 사랑은 생각보다 폭이 넓다. 예컨대 손창섭의 「생활적」에 나타난 주검과의 키스에서부터 윤정모의 「님」에서의 사랑으로의 밀항까지 모두 금지된 우울한 사랑의 능동적 대응이다. 주검과의 키스는 사랑으로의 밀항처럼 현실적 대응이 되지 못하지만 둘 다 타자성의 사랑에 대한 열망의 표현이다. 타자성을 열망하는 리비도의 흐름은 막혀 있는 것이 아니라 고통 속에서 보이지 않는 곳을 뚫고 나오려 애쓰고 있는 것이다.

　승인 받지 않은 사랑이 원인인 우울의 중요한 특성은 앞서 살폈듯이 애도(슬픔)가 금지되거나 불가능하다는 것이다. 예컨대 「님」에서 진국의 사랑은 국가로부터 부인되고 있으며 진국은 슬픔조차 금지되어 있다. 또한 버틀러가 논의한 『안티고네』의 경우 근친상간적이고 (동성애적인) 미결정적인 젠더의 사랑으로 인해 안티고네는 오빠의 죽음에 대해 애도가 불가능한 상태이다. 안티고네는 국왕에 의해 애도를 금지 당했지만 그 이전에 그녀의 사랑(동성애)을 부인하는 감성의 분할에 의해 애도가 불가능할 수밖에 없었다. 그러나 우울증의 주체는 배제된 연인에 대한 애도(슬픔)가 불가능한 상태에서도 불가능한 사랑을 포기하지 않는다. 진국이나 안티고네처럼 사랑이 부인되고 배제된 상태에서 지연의 방식으로 고통스럽게 사랑을 계속하는 것이 바로 우울증의 주체이다.

　「초혼」(정한)과 「님」, 『안티고네』(우울) 사이에는 수많은 다양한 정한과 우울의 예들이 있다. 「초혼」처럼 애도가 우울에 접근하면서 능동성으로 전이되는 것을 정한이라 부르는데, 그런 한의 미학 중에도 『손님』(황석영)처럼 보다 적극적으로 현실의 변화를 시도하는 예도 있다. 「초혼」과 『손님』의 공통점은 애도와 굿의 방식으로 타자성의 사랑을 회복해 화해를 지향한다는 것이다. 이것이 상실된 타자성의 회복을 요구하며 화해를 소망하는 한의 미학의 특징일 것이다.

『안티고네』는 우울의 대표적인 예인 동시에 서구적인 비극이기도 하다. 그런 맥락에서 우리는 정한과 비극의 차이를 살펴볼 수 있다. 「초혼」처럼 화해가 불가능해 보이는 경우에도 정한에는 격렬한 애도 자체에 이미 자연을 닮으려는 (화해의) 소망이 포함되어 있다. 반면에 서양적인 비극의 미학은 타자와의 교섭을 소망하면서도 피할 수 없는 갈등 속에서 개인의 독립적 자의식을 전면에 내세운다. 예컨대 『오이디푸스 왕』에서는 근친상간의 대가로 자신의 신체를 파멸시키면서까지 개인의 독립적 자의식을 견지한다. 자신의 눈을 찌른 오이디푸스의 파멸은 보다 높은 차원의 화해에 이를 지혜의 눈을 암시한다.[95] 그러나 그 같은 지혜의 눈이 실명의 대가를 치러야 얻어진다는 것이 바로 비극이다. 이는 비록 결함을 지녔더라도 개인의 자의식을 양보할 수 없고 그런 자의식에 따라 자신의 한계를 징벌하는 파멸이 요구되므로 결국 화해가 불가능함을 알리는 것이기도 하다. 「초혼」의 화자는 님과의 화해의 소망을 버릴 수 없기 때문에 그것을 불가능하게 하는 세상에서 한을 품게 된다. 반면에 오이디푸스는 개인의 자의식을 포기할 수 없기 때문에 결함을 지닌 눈을 찌르는 방식으로 화해가 불가능함을 알리는 비극에 이른다. 이런 차이는 보다 우울의 미학에 가까운 『안티고네』의 경우에도 마찬가지이다. 『오이디푸스 왕』이 슬픔의 비극이라면 『안티고네』는 우울한 비극이다. 그러나 양자 모두 개인의 능동적 자의식을 표현하는 점에서 자의식 보다 화해된 삶을 소망하는 정한과 구분된다.

한과 비극의 전제는 이제 세상에서는 화합된 삶이 불가능하다는 것이다. 양자에서 슬픔은 자아와 세계의 관계가 돌이킬 수 없게 틀어진 데서

---

95   임철규, 『눈의 역사 눈의 미학』, 한길사, 2004, 372쪽.

생겨난 것이다. 그처럼 화합된 삶을 잃어버린 것은 사랑하는 사람을 상실한 것과 비슷하며 우리는 **세계의 황폐화**를 경험한다. 그런데 한의 슬픔은 아직 남아 있는 자연을 닮는 화해의 소망과 그것을 저버리는 세상과의 관계에서 생긴다. 반면에 비극의 슬픔은 한계를 알면서도 버릴 수 없는 개인의 자의식과 화해 불가능한 세상과의 관계에서 생성된다. 화해된 사랑을 소망하지만 세상이 그것을 허용하지 않는다는 슬픔이 한이라면, 개인의 독립성을 버릴 수 없기에 궁극적인 화해가 어렵다는 슬픔이 비극이다.

한은 화해를 지향하는 자연적인 세계관[96]에 기반하지만 한의 끝없는 애도는 현실에서 그것이 어려움을 말하는 셈이다. 반면에 **비극**은 대립적인 이원론적 세계관에 기반하고 있으나 그 슬픔의 표현에는 화해에 대한 소망이 깔려 있다. 세계와의 화해가 어렵더라도 그것을 끝까지 포기하지 않는다는 것이 한의 처절한 감성이다. 그에 반해 화해의 소망이 파탄난 세계(이원론적 세계)에서 불가능한 화해를 개인이 능동적으로 감당하려는 것이 비극이다. 한과 비극은 둘 다 슬픔과 우울 사이의 서성거림이지만 세계관적 기반의 차이로 인해 각각의 감성적 질은 상이하다.

그 같은 차이는 근친상간의 주제를 다루고 있는 『오이디푸스 왕』과 『달래고개 전설』을 비교하면 보다 분명해진다. 근친상간은 사랑의 경험인 동시에 세상에서 비난 받는 경험이다. 그것은 화해의 교섭이면서 불화의 상처이기도 한 셈이다. 문제는 그런 근친상간의 모순이 개인의 잘못이 아니라 인간 존재의 한계라는 점이며, 그 극복할 수 없는 모순이 바로 비극과 한의 원인이다. 그런데 『오이디푸스 왕』에서는 그 같은 인류의 한계를 개인이 떠맡아야 하기 때문에 비극이 생긴다. 여기에는 근친상간의 죄책감에 대한 자발적인 응징이 뒤따른다. 그처럼 자신을 스스로 응징함으로써 자아의 능동성을 지키는 것이 비극의 정신이다. 반면에 『달래고개 전설』

---

96   자연을 닮으려는 소망과 연관이 있다.

에서는 개인의 죄책감보다는 자연의 생명성을 앞세움으로써 죽은 동생을 슬퍼하는 누나가 한을 떠메고 살아간다. 누나는 죄책감 보다는 균열된 삶의 아픔을 견딤으로써 능동성을 잃지 않는다. 누나의 내면에는 죽은 동생이 옮겨져 있거니와 더 나아가 달래고개를 지나는 모든 사람들의 마음속에 남매의 사랑과 죽음이 전이된다. 그 때문에 비극이 개인이 짊어져야 할 인류의 슬픔이라면 한은 개인의 마음에 맺혀졌더라도 사람들(민중들) 사이에서 쉽게 공유할 수 있는 슬픔이다.[97] 같은 맥락에서 비극이 개인의 자의식 안에 침투한 화해 불가능한 아픔인 반면, 한은 아직도 우선시해야 할 자연의 생명성이 인간의 모순에 의해 훼손된 데서 오는 상처이다.

	한	비극
세계와의 관계	화해의 소망과 상실	화해불가능
수동·능동	삶의 능동성 소망	자아의 능동성 표현
세계관	일원론	이원론

 ## 14. 제도화된 우울증과 승인 받지 않은 사랑

한이나 비극의 슬픔은 이미 애도와 우울 사이에 놓여 있는 것으로 볼 수 있다. 그런 격한 슬픔의 상황에서 애도가 충분하지 않으면 슬픔은 보다 더 우울에 접근한다. 특히 애도의 불충분함이 주어진 상황에 의한 것일 때 잠재된 슬픔을 포함한 우울은 문제적인 것이 된다. 프로이트는 우울이 리비도의 집중을 자아로 옮기면서 상실된 연인을 내면으로 전이시키는 것으로 논의한다. 그렇게 함으로써 연인을 떠나보내지 않고 사랑을

---

97 비극이 개인적인 감정이입(empathy)에 의해 감상자에게 전달된다면 한은 공동체 의식에 기반한 슬픔의 공감(sympathy)에 의해 소통된다.

지속시킬 수 있는 것이다. 그처럼 내면에서 사랑을 지속시키려는 시도는 「초혼」같은 격렬한 슬픔에도 나타난다. 그러나 우울증적인 내면의 집중은 세상과 소통할 수 없는 것이며 그 때문에 우울한 사람은 세상과의 교류가 어려워진 것으로 여겨진다. 그래서 스스로 세상으로부터 비난 받는 것으로 느끼면서 자아의 빈곤화가 나타나는 것이다. 하지만 **자아의 빈곤화**란 내면의 피폐화이기보다는 승인 받지 못한 사랑과 타자성이 자아에 부착된 때문으로 볼 수 있다.

그 같은 우울한 자아에서 연인은 단순히 내면에 안정되게 옮겨진 것이 결코 아니다. 예컨대 상실된 연인은 유령으로 나타나기도 하는데 이는 애도로 메워지지 못한 상징계의 구멍이 환상으로 채워지는 현상이다. 유령으로 출몰하는 연인은 『폭풍의 언덕』(에밀리 브론테)에서처럼 그리운 동시에 고통을 주는 존재이기도 하다. 이 소설의 주인공 히스클리프는 캐서린의 유령과 함께 20년을 살면서 고통과 광기 속에서 방황한다.[98] 히스클리프는 행복보다는 불행한 아픔을 느끼지만 사랑을 유지시키기 위해 기꺼이 유령과 함께 생애를 이어가는 것이다.

마찬가지로 『사랑의 끝』(그레이엄 그린)에서 모리스는 죽은 세라의 일기를 벽장에 넣어두고 그녀와 함께 살아간다. 모리스는 세라에게서 살아 있는 사람처럼 애증의 관계를 느끼며 내면의 벽장에 있는 그녀와 교섭하며 삶을 이어간다.[99] 상실된 연인이 그 사람의 성격이 된다는 프로이트의 말은 이처럼 타자와의 능동적 관계의 지속으로 해석되어야 할 것이다.

여기서 중요한 것은 우울증에서의 그런 내면의 벽장이 세상과 소통될 수 없는 나르시시즘으로 이해되어서는 안 된다는 것이다. 프로이트는 상실된 연인이 내면으로 옮겨지는 중요한 원인으로 나르시시즘을 말하고 있다. 그러나 내면으로 옮겨지는 것은 나르시시즘적 대상이기 보다는 세

---

98   왕은철, 『애도예찬』, 현대문학, 2012, 25~32쪽.
99   위의 책, 38~49쪽.

상에서 표상되기 어려운 **실재계적 잔여물**이다. 사랑이란 손에 쥘 수 없는 실재계적 잔여물(대상 a)과의 교섭이며 사랑을 시작할 때부터 이미 그런 은밀한 교류가 진행된다. 그리고 연인이 눈앞에서 사라진 뒤에도 그 잔여물을 내면으로 옮겨와 교섭을 지속하는 것이라고 할 수 있다. 예컨대 『광장』에서 이명준은 은혜가 죽은 후에 바다의 갈매기를 보며 은혜를 생각한다. 이명준이 보고 있는 뱃전의 어미와 새끼 갈매기는 세상의 어디에도 살 곳이 없는 죽은 (임신한) 은혜의 잔여물이다. 은혜는 새 생명과 함께 잔여물로 살아남아 무덤을 이기고 신내림처럼 명준의 내면으로 돌아온 것이다.[100] 연인이 죽은 후 내면으로 옮겨지는 것은 그런 실재계적 잔여물이며 자아는 무의식 속에서 그것을 나의 일부로 전이해 살아가게 된다. 『광장』에서처럼 자아의 내면에 부착된 연인이란 이데올로기적인 동일성의 세상에서는 살아갈 곳이 없는 타자성의 존재라고 할 수 있다.

따라서 나의 내면에 합체되는 상실된 연인이란 상징계에서 표상될 수 없는 실재계적 잔여물이다. 나는 벽장 속에 스며든 연인과 함께 살아가지만 아무도 그 흔적을 알지 못한다. 연인이 내면에 옮겨져 변화되는 성격이란 그런 잔여물/타자성과 관계하는 무의식이다. 나는 어두운 벽장 같은 무의식 속에서 연인이자 타자와 관계하며 살아가는 것이다. 그처럼 자아에 부착된 타자성은 상처를 준 상징계의 변화를 요구하지만[101] 상징계는 그것을 승인하지 않는다. 지배체제는 타자성을 부인할뿐더러 그것을 불온한 것으로 여겨 죽음정치의 대상으로 삼는다. 우울한 사람이 자아의 빈곤화를 느끼는 것은 체제가 타자성을 무시하며 승인하지 않기 때문이다. 우울증인 사람은 권력의 감성의 분할에 의해 비식별성의 영역에서 보이

---

100   최인훈, 『광장』, 『광장/구운몽』, 문학과지성사, 1996, 188쪽.
101   한이 자아에 합체되는 힘을 자연의 생명성의 공유로 생각해 그것을 통해 세상에 저항한다면, 근대적 미학에서 슬픔과 우울은 타자성의 합체를 통해 개인의 인격의 해방을 요구하며 상징계에 저항한다.

지 않는 존재로 살아간다.

마찬가지로 우울한 사람이 세상과 잘 소통하지 못하는 것은 나르시시즘 때문이 아니라 승인 받지 못한 타자성이 내면에 부착된 때문이다. 그래서 타자성을 무시하는 폭력적인 동일성의 사회에서는 흔히 우울증이 만연된다. 그처럼 사회체제가 만들어내는 심리적 증상을 버틀러를 따라 **제도화된 우울증**이라고 부를 수 있다.

예컨대 1950년대의 국가주의 사회는 국가의 신성함을 앞세워 공산주의는 물론 모든 대안적 공공성을 승인하지 않았다. 이런 국가의 신성한 존재론에 의한 타자성의 박탈이 바로 국가주의의 폭력일 것이다. 그처럼 타자성을 배제하는 사회는 위대한 국가의 동일성을 위해 전후의 신체적·심리적으로 훼손된 타자들을 보이지 않게 은폐했다.

국가주의 체제에서 보이지 않는 인격으로 살아가게 된 타자들은 자아의 빈곤화 속에서 제도화된 우울증을 앓고 있었다. 이 시기에 손창섭 소설은 신체적으로 훼손된 인물들을 통해 은폐된 타자의 상처를 눈에 보이게 밖으로 드러냈다. 그의 소설에서 병자, 장애인, 잉여인간 등의 불구적 인물들은 그 시대의 상처 받은 타자들의 은유였다. 손창섭은 불구적 인물들을 통해 타자들의 은폐된 상처를 보이게 만듦으로써 감성의 분할을 동요시켰다.

타자성이 박탈된 사회란 사랑이 불가능해진 사회이다. 사랑이란 실재계적 잔여물, 즉 타자성을 쫓아가는 놀이에 다름이 아니다. 예컨대 손창섭의 「비오는 날」에서 원구는 동옥의 가늘고 짧은 한 쪽 다리에서 슬픔에 중독된 듯한 느낌을 갖게 된다. 그러나 원구의 동옥에 대한 슬픔의 중독은 사랑으로 발전할 수 없는 것이었다. 더욱이 위압적인 오빠 동욱은 불구인 동생 동옥의 존재조차 인정하지 않는다. 동욱과 같은 인물이 정상인으로 분류되는 사회에서는 훼손된 인물은 물론 일상인의 경우에도 타자성의 사랑이 불가능하다. 사랑이란 돈과 애욕을 좇는 것이 아니라 타자의 존재의 핵심, 즉 실재계적 잔여물이자 타자성을 추적하는 행위이기 때문이다.

손창섭의 소설들은 일상에서 무력화된 우울한 인물에게 오히려 타자성의 갈망이 잔존함을 보여준다. 예컨대 「생활적」에서 우울한 동주가 죽어가는 순이의 신음에서 생존의 신호를 느낀 것은, 국가주의적 사회에서 병자인 순이로부터 유일하게 타자성의 목소리를 수신할 수 있었기 때문이다. 포로수용소에서 심리적 상처를 입은 동주의 무력함은 그의 타자성의 갈망을 무시하는 사회체제에 원인이 있었다. 말하자면 그의 우울증은 제도화된 우울증이었다. 동일성 체제의 폭력에 의해 우울을 경험하면서도 동주는 승인 받지 않은 타자성에 대한 갈망을 멈추지 않는다. 순이가 죽자 동주는 순이의 주검에 키스를 하며 눈물을 흘린다. 그 순간 동주의 내면에는 죽은 순이의 잔여물이 부착되었으며 그것이 자신이 살아 있다는 유일한 증거였다.

그러나 동주의 사랑에는 죽음충동이 드리워져 있으며 주검과의 키스란 죽음충동의 덫이 앞에 놓인 에로스적 갈망이었다. 이런 역설과 음화가 나타난 것은 그만큼 타자성을 박탈하는 동일성 체제의 외부가 없음을 반증하는 것이었다. 하지만 동주의 타자성의 갈망은 동일성의 사회에 뜻밖에 침투한 위험한 인화물질이었다. 그의 주검과의 키스는 인식불가능한 타자성의 사랑을 인식가능한 영역으로 끌어옴으로써 타자의 존재를 보이지 않게 만드는 권력의 감성의 분할을 동요시킨다.

동일성 체제에 의해 타자성의 사랑을 상실한 또 다른 우울의 시대는 1990년대 후반 이후의 사회이다. 이 우리 시대의 사랑의 상실은 역설적이다. 모두들 사랑에 굶주려 있지만 TV 드라마에서는 사랑의 판타지가 넘쳐나기 때문이다. 우리는 사랑의 판타지가 폭증한 동시에 타자성의 사랑이 소멸된 시대에 살고 있다.

우리 시대는 욕망뿐만 아니라 사랑마저 상품화된 시대이다. 상품화된 사랑이란 신자유주의와 후기자본주의의 유혹의 권력이자 동일성의 이데 올로기의 일부이다. 신자유주의의 외부가 없는 세계에서, 사랑의 판타지는 모든 곳에 있지만 타자성의 사랑은 어디에도 없다.

그렇기에 상품화된 사랑이란 타자성의 사랑을 실패하게 만드는 유혹의 욕망의 장치이다. 우리는 매번 사랑의 판타지에 빠져들지만 그때마다 타자성을 상실했다는 우울을 경험한다. 이것이 승인된 사랑의 유혹을 통해 승인 받지 않은 타자성을 박탈당하는 우리 시대의 기묘한 **제도화된 우울증**이다.

그러나 사랑의 상실감 속에서 부인된 타자성을 자아의 내면의 일부로 만드는 우울의 미학의 반격이 시작된다. 예컨대 「프린세스 안나」에서 안나는 핑크와 연대하며 사랑의 파라다이스로 질주한다. 안나와 핑크의 파라다이스의 질주는 우리 시대의 무력화된 우울한 사람들의 타자성을 내면에 합체하는 과정이다. 그러나 그것은 유혹의 권력에 예속된 삶의 상실을 전제로 한다. 유혹의 권력의 외부가 없기 때문에 모든 삶이 상실된 후에야 우울한 사람들의 타자성이 안나와 핑크의 내면에 합체될 수 있는 것이다.

따라서 안나와 핑크의 사랑 역시 죽음충동의 덫이 앞에 놓인 타자성의 사랑이다. 그들의 파라다이스는 「생활적」에서처럼 죽음을 맞아야 타자성의 사랑을 확인할 수 있는 역설과 음화의 공간이다. 유혹사회에서 부인된 타자성의 사랑은 유혹의 권력에 예속된 삶을 모두 파멸시킨 후에야 비로소 인식가능해지는 것이다. 하지만 「프린세스 안나」는 인식불가능한 타자성의 사랑을 죽음을 대가로 인식가능하게 만듦으로써 동일성 체제의 감성의 분할을 동요시킨다.

「프린세스 안나」에서 한 발 더 나아가 삶의 방식으로 타자성의 사랑을 표현한 서사도 있다. 예컨대 「내 여자의 열매」에서 '나'의 아내는 오염된 동물적인 가부장제 사회에서 점점 푸른색의 식물이 되어간다. 아내가 식물이 되는 과정은 초록색으로 몸을 정화하는 과정이면서 동물적인 육체가 메말라가는 진행이기도 했다. 아내는 진초록빛으로 빛나는 동시에 육체가 퇴화되어 오므라들어갔다. '내'가 메말라 붙은 아내의 가슴에 왈칵 물을 끼얹자 아내는 거대한 식물의 잎사귀처럼 파들거리며 살아났다.

아내는 마침내 흰 잔뿌리가 무성하게 돋아나고 가슴에 검붉은 꽃이 피면서 두발동물의 흔적이 사라져 갔다. 시간이 더 지나자 아내는 다갈색 줄기로 변해갔고 입이 오그라붙었던 자리가 벌어지며 한움큼의 열매를 쏟아 냈다. '나'는 아내의 열매를 음미하면서 지상에서 가졌던 단 하나의 여자의 열매를 화분에 심었다.

아내의 열매는 사랑의 잔여물이다. 그것은 동물적인 세계에서 간신히 말라붙은 식물로 살아남은 타자성의 흔적이다. '나'는 그 아내의 잔여물이자 타자성을 내면에 소중하게 간직한 것이다. 아내와의 식물적 교류는 이 세상에서 더 이상 타자성의 사랑이 불가능해졌다는 암시이다. 그러나 '나'는 사랑을 포기하지 않고 내면의 화분 속에 간직함으로써 타자성을 말라붙게 하는 우리 시대의 감성의 분할에 대항하고 있다.

이처럼 불가능한 타자성의 사랑을 표현함으로써 우울로부터 탈주하려는 전개는 「몽고반점」에서도 나타난다. 「몽고반점」에서 우리 시대가 잃어버린 타자성의 흔적은 처제의 엉덩이에 푸른 반점으로 남아 있다. 몽고반점에 매혹된 '그'는 바디페인팅을 통해 리비도를 꽃처럼 피부에 입히고 푸른 풀물에 젖어서 처제와 식물처럼 합체된다. 그러고 나서는 처제의 몽고반점을 혀로 옮겨왔으면 좋겠다고 생각한다. '그'는 태곳적 몸의 흔적이자 타자성의 잔여물인 몽고반점을 자신의 민감한 내부에 합체하길 원했던 것이다.

이 같은 '그'의 예술적 몰입은 결코 승인 받을 수 없는 욕망이었다. '그'의 연출은 인정될 수 없는 타자성의 교합을 예술적 은유를 통해 인정 받으려는 시도였다고 할 수 있다. 그러나 그것을 이해할 사람은 아무도 없다. 그들의 예술적 사랑은 예술의 밖으로 나올 수 없기 때문에 아직은 사랑이라고도 볼 수 없다. 퍼포먼스의 시간이 끝나면 '그'는 여전히 자신의 내면에 합체되지 않은 몽고반점에 대한 갈망을 느낀다. 사랑이 타자의 잔여물과의 놀이라고 한다면 그는 열정의 시간이 끝나면 처제의 잔여물(「몽고반점」)이 먼 거리에서 느껴지는 것이다. 일상의 공간에서 예술적 몰입을 잃은 그 거리는 두 사람을 분열증의 광기에 사로잡힌 것으로 보이게 만든다. 그 때문에 '그'와 체제가 잠시 공유한 몽고반점은 인간이 아니라는 낙인이 될 수도 있었다.

버틀러는 인간이 아닌 것을 인간으로 말하며 법적 질서를 비틀거리게 할 때 우리는 미래로 나아간다고 말한다. 일찍이 안티고네가 주장했던 그 것을 우리는 **사랑의 재발명**이라고 말할 수 있다. 「몽고반점」은 사랑의 재발명의 시도인 동시에 그것의 실패에 대한 이야기이다. 실패의 이유는 너무나도 잔잔한 일상과 열정에 목마른 '그' 사이의 격차가 매우 크기 때문이다. '그'의 아내는 처제(동생)를 정신병적으로 치료하며 이 모든 것이 꿈일지도 모른다고 생각한다. 그리고 도로변의 활활 타오르는 나무들에 무언가를 항의하듯 끈질긴 눈길을 보낸다.[102] 사랑의 재발명은 현실이 꿈임을 자각하며 새로운 꿈을 현실화할 때 가능할 것이다. 「몽고반점」은 아직 깨어날 수 없는 꿈같은 일상에 있는 우리의 현실을 통해 우리가 잃어버린 것에 대해 뼈아프게 질문하고 있다.

꿈이 현실이 되고 현실이 꿈이 되는 존재론적 전위는 〈빈집〉에서도 나타난다. 〈빈집〉에는 두 개의 눈이 그려진다. 주인공 태석이 감옥에 간 후 선화는 내면에 남은 태석(잔여물)과 함께 살아가는데 이때 그녀에게는 새로운 눈이 생긴다. 그녀가 한옥집을 찾아가 주인의 시선을 무시하고 태석과 함께 했던 의자에 눕는 것은 내면에 거주하는 태석을 보고 있기 때문

102　이 내용은 「몽고반점」의 다음 편인 「나무불꽃」에 나온다.

이다. 눈앞의 대상만을 보는 사람은 마음의 타자를 보지 못하며 내면 속의 타자를 보는 사람은 눈앞의 사람의 시선에 초연한 것이다.

또한 마지막 장면에서 태석은 선화 집의 거울로부터 나오는데 이는 결코 나르시시즘적 시선의 환영이 아니다. 선화는 거울과 함께 자신의 내면에서 나온 태석을 보고 있는 것이며 실재계적 잔여물과 만나고 있는 것이다. 선화는 이제 남편이 보지 못하는 공간(실재계)에 거주하는 태석과 함께 살아간다. 이때부터 우울증으로 말을 하지 않던 선화는 복화술復話術[103]을 통해 말을 하기 시작하는데, 그녀의 말은 남편과 내면에 사는 태석을 향한 것이다. 그와 함께 태석의 존재 역시 복수적이다. 태석은 선화의 내면에 합체되었다고 볼 수 있지만[104] 그녀의 집의 보이지 않는 실재계적 공간에서 살아간다고도 볼 수 있다.

이 영화에서 선화의 자아의 변화는 우리 시대의 우울증을 극복할 수 있는 방법을 암시한다. 우울증은 인식불가능한 사랑을 자아의 일부로 안고 살아가는 사람의 질병이다. 선화처럼 기묘한 복화술로 말을 할 때, 그리고 내면에 합체된 사랑을 인식불가능한 (실재계적) 공간에서 시적으로 인식할 때, 우울증은 극복된다.

「내 여자의 열매」의 아내와 「몽고반점」의 처제, 〈빈집〉의 선화는 제도화된 우울증의 희생자들이다. 그들은 사랑을 실패하게 만드는 감성권력에 포위된 상태에서 사랑을 갈망한다. 그처럼 감성권력에 의해 인식불가능해진 사랑을 갈망한 대가로 그들은 인간으로 대접받지 못하는 존재로 살아간다. 그들은 식물이거나 정신병자이며 유령의 연인일 뿐이다. 그러나 우리는 그들의 사랑과 교섭에 공감하면서 인간이란 무엇인가라고 질

---

103 김철, 『복화술사들』, 문학과지성사, 2008, 166~167쪽. 이 책에서는 식민지 시대의 이중 언어에 대해 이 표현을 사용하고 있지만 그런 양가성은 모든 것이 자본에 식민화된 오늘날의 문화에까지 확장될 수 있을 것이다.

104 무게가 0인 것은 합체되었음을 뜻하며 그 타자성에 의해 이데올로기의 공백이 생겼음을 암시한다.

문한다. 인간이 아닌 것을 인간으로 말하려는 것, 그것은 치명적 범죄인 동시에 새로운 사회적 담론이며, 인식불가능한 것을 인식하려는 시도이다.[105] 이것이 보이지 않는 사랑의 잔여물을 보이게 만들며 감성의 분할을 전복시키는 능동적 우울의 정치화이다.

---

105 버틀러, 조현순 역, 『안티고네의 주장』, 동문선, 2005, 138쪽.

제5장

사랑의 위기와 혐오발화

1. 사랑의 미학과 혐오의 반미학

김영하의 「고압선」에는 섹스를 하는 데 만족하지 않고 진짜 사랑을 갈 망한 대가로 투명인간이 된 남자가 나온다. 은행원인 그('남자')는 평범한 아내와 결혼해 감원의 불안 속에서 메마른 일상을 보내고 있었다. 그러 던 어느 날 그는 짝사랑하던 여자를 다시 만난다. 그는 포르노를 처음 본 소년처럼 설레었으나 점점 그녀를 만날수록 진짜로 사랑을 느끼기 시작 했다. 그 생각지도 못한 사랑이 문제였다. 자신도 모르게 마음에서 사랑 을 느끼는 순간 그는 점점 희미해지며 보이지 않는 사람이 되어갔다. 그 는 투명인간이 되어서도 그녀의 아파트를 찾아갈 수밖에 없었는데, 그것 은 이미 그녀가 그의 내면에 합체되어 있었기 때문이다. 그는 아무도 보 지 못하는 사람이 되어 사람들이 먹다 남긴 음식을 먹으며 살아간다.

좀비가 된 남자는 「내 여자의 열매」의 식물여자와 「몽고반점」의 정신 분열증 처제, 〈빈집〉의 유령 남자와 다르지 않다. 다르다면 여전히 일방 적인 짝사랑이라는 점일 것이다. 그만큼 그는 더 외롭게 거리를 떠돌아야 한다.

이처럼 단지 사랑을 갈망한 대가로 인간보다 못한 존재로 살아가는 모습은 후기자본주의의 끔찍한 신화이다. 사랑이 인식불가능하고 말할 수 없는 또 하나의 금기가 된 시대에는 우울증이 만연된다. 우울증이란 인식불가능한 타자성을 자아에 부착한 사람의 질병이기 때문이다. 아무도 말하지 않는 사랑의 우울한 비밀은 미학에 의해서만 말해진다. 「고압선」, 「내 여자의 열매」, 「몽고반점」, 〈빈집〉에서처럼, 오직 소설만이 타자성을 갈망한 대가로 인간 취급을 못 받는 존재를 인간으로 주장하고 있는 것이다. 그렇게 함으로써 인간이란 무엇인가를 질문하는 것이[1] 우울의 시대에 대항하는 **감성정치**이다.

우울의 시대에는 미학의 감성정치에 반대되는 흐름도 발견된다. 즉 인간을 소망하는 타자들을 인간이 아닌 것으로 말하려는 담론을 말한다. 다양한 타자와 소수자들을 인간에 못 미친 존재로 비하하는 **혐오발화**가 바로 그것이다. 혐오발화는 미학과 반대되는 정신작용이다. 미학이 좀비, 말라붙은 식물, 정신분열자, 유령 같은 비천한 신체(앱젝트)를 인간으로 주장한다면, 혐오발화는 쓸모없는 사랑을 하는 타자들을 홍어, 바퀴벌레, 꼴페미[2] 등의 앱젝트로 비하한다. 좀비, 말라붙은 식물, 정신병자, 유령 등이 자아가 빈곤해진 우울한 사람의 은유적 존재방식인 반면, 홍어, 바퀴벌레, 꼴페미는 그런 사람을 추방하기 위해 덧씌워진 혐오의 이미지이다. 우울한 사람들은 존재와 비존재의 경계에 놓여 있다. 그런 사람들의 숨겨진 사랑을 인간의 감성으로 승인하는 것이 미학이라면 혐오는 그들을 인간세계의 경계 밖으로 밀어내는 기제이다.

미학은 타자성을 자신의 성격으로 안고 살아가는 우울한 사람들을 구원해준다. 반면에 혐오발화는 미학의 방식으로 간신히 불가능한 타자성

---

1   이는 우리 시대의 감성의 분할을 방해하려는 시도이다. 버틀러, 조현순 역, 『안티고네의 주장』, 동문선, 2005, 138쪽.
2   꼴통 페미니즘 혹은 사이비 페미니즘을 뜻하는 혐오발화임.

의 사랑을 말할 수 있게 된 사람들을 다시 우울의 늪에 빠뜨린다. 미학이 우울증에 대항하는 감성정치라면 혐오발화는 우울이 만연되게 만드는 대리적 감성권력인 셈이다. 혐오발화는 우울한 소수자들을 배제하는 담론이지만, 일방적으로 부인된 사랑은 완전히 절멸될 수는 없기 때문에, 혐오발화의 성행은 사람들을 한층 더 우울하게 만든다.

우울이란 승인 받지 않은 사랑을 자아의 일부로 합체한 사람이 느끼는 제도와의 아득한 거리감이다. 안티고네는 근친상간과 동성애적 사랑을 정체성의 일부로 포함함으로써 왕으로부터 배제당한 우울증적 주체가 된다. 우리 시대가 우울의 시대인 것도 같은 이유에서이다. 소수자, 동성애자, 여성을 보호하지 않는 사회에서는 그들 자신이나 그들에 대한 부인된 사랑을 동정하는 사람들은 우울증을 경험한다. 그처럼 우울증의 진짜 요인은 타자성을 부인하는 **권력의 제도**[3]에 있다. 우리 시대는 한 발 더 나아간다. 오늘날에는 소수자에 대한 사랑 뿐 아니라 타인에 대한 에로스 그 자체가 인식불가능한 감성이 되어 가고 있다. 여기서는 보이지 않는 제도에 의한 비가시적 인식의 경계선이 문제이다. 「고압선」에서처럼 사랑이 점점 인식불가능한 감성이 되어 가고 있다는 것은 우울사회의 가장 뼈아픈 징후이다.

우울사회란 타자성이 거부된 사회에 다름이 아니다. 타자성을 부인하는 것이 감성권력의 보이지 않는 폭력이라면 미학은 타자성을 인간의 조건으로 증언한다. 타자성의 대표적 형식인 사랑의 소멸의 이면에는 감성권력에 압도된 미학의 쇠퇴가 놓여 있다. 그처럼 미학이 약화된 틈새에서 돋아난 반미학적 담론, 즉 타자성을 부인하는 대리적 감성권력이 바로 혐오발화이다.

혐오발화는 이제 인식불가능해진 사랑에 연연해하는 사람들을 기분

---

3   이 제도에는 우리 내면의 보이지 않는 공공성의 제도도 포함된다.

나쁜 이질적 존재로 폄하한다. 단지 사랑을 포기하지 않은 죄로 좀비가 된 사람들을 마치 벌레와도 같이 취급하는 것이다. 미학이 사랑을 포기하지 않는 보이지 않는 사람들을 인간으로 보여준다면, 혐오발화는 그 반대로 그들을 홍어나 바퀴벌레 같은 인간의 경계 밖의 존재로 밀어낸다.

우리 시대는 혐오발화가 더없이 확대된 사회이다. 예전부터 있어 왔던 인종적·성적 혐오는 오늘날 점점 더 폭력적이 되어 간다. 그뿐 아니라 「고압선」의 남자처럼 진짜 사랑을 포기하지 않는다는 이유만으로도 혐오의 대상이 될 수 있다.

그처럼 사랑과 미학을 약화시키면서 혐오발화의 조건을 조장하는 것이 바로 우리 시대의 신자유주의이다. 혐오발화가 타자성을 배제하는 것이라면 신자유주의의 감성권력과 죽음정치는 그 자체로 혐오가 만연되는 요인이 된다. 즉 신자유주의의 쓸모없는 사람들을 배제하는 죽음정치와 그것을 은폐하는 감성권력의 확대는 혐오발화가 성행하는 조건이 된다. 신자유주의가 가장 선호하는 인간형은 유용함과 쓸모를 잘 아는 사람이다. 그런 유형에서 가장 멀리 있는 사람들, 즉 타자성과 사랑을 소망하는 자들을 경멸하는 시선이 바로 혐오발화이다. 혐오발화는 '쓸모없는 것'에 집착하는 그들을 체제의 경계 밖으로 밀어낸다.

혐오발화는 대체불가능한 불평등성을 지닌 인종과 성의 영역에서 뿌리 깊은 역사를 갖고 있다. 오늘날 형식적 민주주의가 일반화됨에 따라 가시적인 법적 제도에서는 혐오의 근원인 차별이 사라진 것처럼 보인다. 그러나 우리의 무의식 속에 축적된 혐오의 침전물들은 여전히 소멸되지 않고 남아 있다. 국가와 자본의 남성중심적인 동일성의 제도가 지양되지 않는 한 인종과 성의 영역의 약한 타자들에 대한 혐오는 사라지지 않는다. 혐오발화는 사회적 위기의 시기에 아무도 모르게 무의식 속의 침전물들을 활성화하는 기제를 통해 방출된다. 즉 사회적 균열을 통해 새어나오는 증오심을 심연에서 자신도 모르게 폄하하던 대상에게 덧씌워 위기의 희생양으로 쏟아내는 것이다. 사회적 불평등성이 심화되고 경제가 위기에 처한 상황에서 혐오발화가 성행하는 것은 이와 연관이 있다.

그와 함께 혐오발화의 일상화는 특히 신자우주의 시대의 유례없는 인격성 영역의 상품화와도 관련이 있다. 인격성 영역의 상품화란 인간들 사이의 관계를 물건들 사이의 관계로 보는 환상에 사로잡힌 상태를 말한다. 우리는 자기를 계발해야 하는데, 그것은 상품처럼 유용한 쓸모와 동일하게 계산될 수 있는 가치를 얻기 위한 것이다.[4]

이런 시대에는 인격적 존재마저 매끄러운 상품의 기준에서 평가된다. 얼짱과 몸짱, 그리고 성형이 성행하는 외모중심주의가 그 중의 하나이다. 그와 함께 자기계발이라는 내면의 성형[5]도 중요한 기준이 된다. 그 때문에 쓸모없는 타자성과 사랑을 자아에 부착하고 고민하는 사람들은 매끄러움의 기준에서 혐오의 대상이 된다.

상품적인 인격과 신체의 매끄러움은 이질적 타자를 승인 받지 못한 인격으로 만든다. 롤랑 바르트는 사랑하는 사람은 피부가 벗겨진 신체라고 말했다.[6] 피부가 벗겨진 신체란 「몽고반점」에서처럼 꽃의 암술 수술과도 같이 한 몸이 되어 서로 상처를 내며 리비도를 흐르게 하는 신체를 뜻한다. 상품 같은 매끄러운 신체의 기준에서 보면 피부가 벗겨진 신체란 과민한 신경증과 분열증일 뿐이다.

그렇기에 사랑하는 신체는 가장 상품화될 수 없는 존재이다. 특히 여성적 사랑[7]은 상품세계에서 결코 승인 받기 어려운 품목이다. 그와 함께 역설적으로 여성들 자체는 매우 쉽게 상품화되는 존재이기도 하다. 정체성을 승인 받지 못한 여성은 남성적인 소유의 대상으로 전락하기 쉽기 때문

---

4 마르크스, 김수행 역, 『자본론』 I(상), 비봉출판사, 2001, 95쪽.
5 박일권, 「성형대국의 의미」, 『한겨레신문』, 2015.4.28.
6 롤랑 바르트, 김희영 역, 『사랑의 단상』, 동문선, 2004, 141쪽.
7 여성적 사랑이란 타자성의 사랑을 말한다. 앞의 제5장 8절 참조.

에, 남성중심적 사랑이 성행하는 체제에서 손쉽게 상품으로 전락하는 것이다. 여기에는 대체불가능한 권력관계가 숨겨져 있다. 남성과 여성의 권력관계의 이면에는 동일성이냐 타자성이냐 라는 두 개의 사랑의 존재론이 놓여 있다. 남성중심적인 상품세계에서는 여성적 타자성의 사랑이란 단지 인정받을 수 없는 쓸모없는 품목일 뿐이다.

그런 맥락에서 신자유주의 시대에 여성혐오가 극에 이른 것 역시 상품 물신화와 연관이 있다. 외모와 성이 쉽게 상품화되는 여성은 무의식 속에서 남성의 나르시시즘적 욕망의 대상일 뿐이다. 그처럼 여성을 상품화하는 남성중심적 무의식은 여성의 급속한 사회적 진출에도 결코 달라지지 않는다. 여성혐오는 오히려 양자의 긴장관계의 산물이다. 즉 여전히 욕망의 도구로 이미지화되는 여성이 이제 동등한 경쟁대상이 되는 것을 남자들이 참지 못하기 때문이다. 여성은 영원히 인간보다 못한 존재이다.[8] 남성의 욕망의 충족을 위해 여성이 성적 노동과 가사노동을 제공해온 역사는 오래됐을 뿐 아니라, 앞으로도 달라질 가능성이 없기 때문이다. 여성은 영구히 벗어날 수 없는 프롤레타리아[9]이며, 성적 욕망을 정체성으로 삼는 남성 부르주아의 시대인 자본주의와 신자유주의 시대에는 더욱 더 그렇다. 아무도 그 존재를 모르는 **여성 프롤레타리아의 반격**은 미학에서 미리 구원을 암시하는 무의식 속의 **여성적 사랑**의 부활뿐이다.

혐오와 사랑은 둘 다 무의식적 기제라는 공통점을 지니고 있다. 그렇기에 형식적인 법적 제도[10]의 변화와는 달리 혐오와 사랑의 무의식은 쉽게 달라지지 않는다. 혐오는 오래된 역사 속에 무의식적 침전물을 축적하고 있으며, 남성중심적인 국가와 자본의 체제가 변화되지 않는 한 심연 속의

8 　남성중심적 체제가 계속되는 한 남성들은 무의식 속에서 자신도 모르게 이런 생각에 쉽게 빠진다.

9 　실제로 그렇지 않더라도 가부장제 사회의 남성들의 무의식 속에서 여성은 잠재적 프롤레타리아이다.

10 　무의식에 각인된 제도가 아닌 형식적인 법적 제도를 말한다.

그 잔재들은 사라지지 않는다. 여성적 사랑 역시 자아에 부착된 타자성이 거니와 그것은 무의식 속의 또 다른 잔여물이다. 후자에 근거한 미학이 인간보다 못한 존재(소수자, 동성애자, 여성)를 인간으로 주장한다면, 전자는 인간을 소망하는 타자들을 인간에 못 미친 존재로 폄하한다. 사랑의 미학은 인간 존재에 대한 물음을 통해 제도화된 우울증의 사람들을 우울에서 해방시켜준다. 반면에 혐오의 반미학은 상품화된 인격성 같은 동일성에 예속된 정체성을 앞세워, 우울한 사람을 추방하는 형식으로 오히려 우울을 만연시킨다. 전자가 인간에 대한 질문을 통한 사랑의 재발명이라면 후자는 오래된 동일성의 체제를 방어하는 기제이다. 우울사회는 감성전쟁의 시대이다. 우울을 증오하는 동시에 그 감성에서 탈출하지 못하는 혐오발화의 성행은, 사랑의 재발명을 통해 증오와 우울에서 벗어나려는 미학의 반격을 요청하고 있다.

2. 사랑과 앱젝트, 그리고 혐오발화 – 괴물이 되어가는 과정

오늘날의 혐오발화는 개인이나 특정집단의 돌출행동의 산물이 아니다. 국가와 자본의 동일성 체제는 자신을 유지하기 위해서 이질적 앙금들을 배출해야 하며 그것은 오늘날도 마찬가지이다. 혐오발화는 체제의 동일성을 옹호하며 불온한 앙금들을 방출하려는 감성권력의 장치이다. 그 때문에 여기에는 타자를 배제하는 죽음정치와 감성권력의 문제가 복합적으로 얽혀 있다.

그러면 사회체제들이 배출해야 하는 불순한 잔재들이란 무엇일까. 불순한 침전물이란 체제의 쪽에서 보면 내버려야 할 이물질이지만 타자 쪽에서 보면 생존의 문제와 연관된 존재의 일부이다. 불온한 앙금은 두 개의 존재론에 연관되어 있다. 전자가 죽음정치의 존재론이라면 후자는 미학의 존재론이다. 우리의 무의식 속에는 그 두 측면의 침전물과 연관된 것들이 은밀하게 쌓여 있다.

　민족주의와 국가주의, 제국주의, 그리고 자본주의의 공통점은 남성중심적인 동일성의 체제라는 점이다. 동일성 체제(그리고 이데올로기)는 동화되지 않는 타자를 배제하는 죽음정치와 그것을 묵인케 하는 감성권력(삶권력)을 필요로 한다. 동일성 체제가 타자들을 배제하는 방식은, 그들을 혐오의 대상으로 만들어 임의로 '처분가능'하게 하면서, 감성의 분할에 의해 보이지 않는 영역에 은폐하는 것이다. 따라서 동일성 체제의 역사란 불온한 타자를 배제하기 위한 혐오발화가 은밀히 축적된 역사이기도 하다. 또한 가부장주의는 물론 동일성의 체제는 모두 남성중심적이므로, 그 체제의 이데올로기들은 우리의 무의식적 영역에 여성혐오의 앙금들을 쌓아두고 있다.[11] 우리의 심연에는 자신도 모르게 타자와 여성에 대한 혐오의 역사적·사회적 침전물들이 가라앉아 있다. 자본주의와 가부장주의가 달라지지 않는 한 그 무의식적 침전물은 사라지지 않는다. 그리고 그런 혐오의 침전물들은 오늘날 같은 사회적 위기에 시기에 증오심에 덧씌워져 바깥으로 방출된다.

　혐오발화는 성과 인종의 영역에서 가장 쉽게 나타나는데 그것은 동일성의 경계가 존재론적으로 매우 뚜렷하기 때문이다. 성과 인종의 영역에서는 대체불가능한 불평등성이 계급의 영역보다 한층 더 해소되기가 어렵다. **자신도 모르게** 무의식 속에 혐오의 감정이 침전되어 있는 것도 주로 성과 인종의 영역이라고 할 수 있다. 그런데 이는 단지 개인의 무의식의 문제가 아니다. 성과 인종에 대한 혐오의 무의식은 동일성의 이데올로기들과 중첩되어 있으며 자본과 국가의 모순과 뒤얽혀 있다. 따라서 남성중심주의를 해결하지 않고 자본주의를 극복하는 것이 무의미하듯이, 성과

11　임옥희, 『주디스 버틀러 읽기』, 여이연, 2006, 167쪽.

인종의 영역의 혐오발화 역시 (가부장제와 인종주의를 포함한) 다양한 이데올로기들의 중첩된 관계들에 유념해야 넘어설 수 있다.

그와 함께 중요한 것은 혐오발화의 문제가 제도적 차원의 모색만으로는 극복되기 어렵다는 점이다. 즉 아무리 형식적인 법적 제도에 의해 소수자와 여성에 대한 차별이 금지된다 해도, 국가와 자본의 남성중심적 동일성 체제가 지양되지 않는 한 무의식 속의 혐오의 침전물들은 사라지지 않는다. 그런 혐오의 잔재들은 경제위기와 사회적 위기의 시기에 균열의 틈새로 증오심이 새어나올 때 무의식적으로 배출된다. 그로 인해 분노는 정당한 대상을 잃게 되며 타자와 여성을 혐오하는 동안 동일성의 체제는 오히려 상상적으로 강화된다. 오늘날 같은 위기의 시대에 사회가 보수화되며 혐오발화가 성행하는 것은 그 때문이다.

그러나 동일성 체제의 역사가 일방적인 흐름만을 갖는 것은 아니다. 동일성 체제의 역사는 배제된 타자의 역사이기도 하다. 아감벤은 벌거벗은 생명을 죽여도 좋은 존재로 여길 수 있을 때 법적 질서가 유지된다고 말했다. 그가 말하는 벌거벗은 생명은 배제된 타자이며 법적 질서란 국가와 자본의 동일성 체제이다. 아감벤은 우리가 말한 동일성 체제의 역사에 대해 생명정치와 죽음정치의 관점에서 논의하고 있다. 그러나 분명히 그 반대의 흐름도 있다. 즉 배제된 타자(벌거벗은 생명)들이 사랑을 하며 자신의 생명적 존재를 증명함으로써 동일성 체제에 흠집을 내는 담론도 있는 것이다. 그처럼 타자의 존재를 증명하며 죽음정치에 대응하는 것이 바로 미학이다. 남성중심적 동일성 체제의 역사는 부인된 타자 및 여성의 역사이기도 하다. 또한 타자를 배제하는 **혐오발화**의 역사는 그에 반격하며 동일성 체제에 흠집을 내는 **미학**의 역사이기도 하다.

동일성의 체제가 은밀히 축적된 혐오발화의 역사를 갖는다면, 타자 역시 부인된 타자성과 사랑의 역사를 축적하고 있다. 예컨대 「김치년 백년사」는 '경박하고 건방진 년들'인 신여성에서부터 '무뇌아적 페미니스트'

에 이르기까지의 여성혐오의 역사를 말하고 있다.[12] 그처럼 혐오발화에는 양색시, 똥치에서부터 된장녀, 김치녀로 이어지는 오래된 역사가 있다. 마찬가지로 우리는 「오발탄」의 양공주와 상이군인, 「영자의 전성시대」의 외팔이 창녀, 「몰개월의 새」의 똥까이 등이 인간으로서 존재를 주장하는 타자의 미학의 역사를 갖고 있다.

혐오발화와 미학의 역사는 무의식 차원의 **정체성의 형성 과정**과 연관이 있다. 혐오발화란 타자와 소수자들에게 굴욕적인 은유적 이미지를 덧씌우는 호명의 방식이다. 혐오의 이미지는 흔히 대중의 침묵의 동의에 의한 것이어서 타자는 직접 저항하지 못하고 자신의 비하된 정체성을 안고 살아간다.[13]

예컨대 「몰개월의 새」에는 전국 각지에서 막장까지 밀려온 '똥까이'들이 나온다. 똥까이는 침묵의 공모 속에서 승인된 상상적 호명의 방식이다. 몰개월에 잠시 머문 베트남 파병 병사들 역시 무심결에 그녀들을 그렇게 부르고 있었다. 뿐만 아니라 수치심을 느꼈을 그곳의 창녀들 자신도 그 호칭에 저항하지는 않는다. 그런 상상적 비하의 합창[14]을 통해 그 반대편에 개발주의 시대의 위대한 국민의 정체성이 만들어지고 있었던 것이다.

그러나 여자들에게는 비하된 정체성 이외에 또 다른 정체성이 있었다. 몰개월의 여자들은 거친 병사들에게서 오히려 죽음정치적 노동자로서의 연대감과 동정심을 느끼고 있었다. 그녀들은 병사들이 베트남으로 떠나는 날 트럭의 행렬을 따라오며 손수건에 싼 선물을 던져 주었다. 그렇게 사지로 떠나는 또 다른 타자들과의 관계를 확인하며 자신의 존재를 증명하고 있었던 것이다. 그들은 상상적 비하의 합창 속에서 인간이 아닌 존

---

12   김용언, 「김치년 백년사」, 『도미노』 7, 2015, 94~107쪽; 허윤, 「냉전 아시아적 질서와 1950년대 한국의 여성혐오」, 『역사문제연구』 35, 역사문제연구소, 2016, 81쪽.
13   혐오발화자는 그렇게 타자를 비하함으로써 상상적 동일성의 정체성을 갖게 된다.
14   임옥희, 앞의 책, 169쪽.

재가 된 자신을 인간으로 주장하고 싶었던 것이다.

개발주의와 군사주의의 동일성의 체제는 성 노동자들을 비천하고 '처분가능한' 소모품으로 배제한다. 그렇게 함으로써 비로소 위대한 국민의 서사가 만들어지는 것이다. 그러나 몰개월의 여자들은 비천한 신체의 내면에 타자를 간직함으로써 자신의 존재를 증명하며 동일성의 체제에 균열을 낸다. 이것이 혐오발화를 전복시키는 미학의 감성적 정치학이다.

혐오와 미학의 정체성 형성 방식의 차이는 동일성과 타자성이라는 존재론적 차이와 연관되어 있다. 혐오발화는 상상적 동일성의 존재론에 근거해 이질적 잔여물을 조잡하고 유치한 것으로 배제한다. 반면에 미학은 조잡한 존재에 타자성의 사랑을 부착시킴으로써 소중한 삶의 의미를 생성한다. 양자의 차이는 체제에 동화되지 않은 잔여물을 앱젝트로 보느냐 타자성의 존재로 보느냐의 차이이다. 그것은 동일성의 존재론이냐 타자성의 존재론이냐의 차이이기도 하다.

동일성의 존재론은 국가와 자본 같은 거대한 동일성에 예속되는 방식으로 개인의 정체성을 형성한다. 반면에 타자성의 존재론은 국가와 자본의 상징계(체제)에 동화될 수 없는 잔여적인 타자와 교섭함으로써 자아의 정체성을 생성한다. 전자에서 체제에 예속된 정체성(주체)이 형성된다면 후자에서는 상징계를 열어젖히는 가변적인 정체성이 생성된다.

너스바움은 혐오의 핵심이 자아를 오염시킬 수 있는 요소에 대한 거부감이라고 말한다.[15] 동일성의 정체성은 체제에 예속되는 것이지만 완전한 동화는 불가능하므로 얼마간이든 잔여물을 남기게 된다. 그런 잠재적 취약점 때문에 동일성의 정체성을 고집하는 사람은 체제에서 벗어난 타자에게 오염될 위험을 느끼게 된다. 예컨대 위대한 국민의 순결성을 내세우는 사람이더라도 일시적 타락의 위험은 항상 잠재한다. 국민들이 '상상적

---

15   너스바움, 조계원 역, 『혐오와 수치심』, 민음사, 2015, 191쪽.

합창'으로 윤락녀를 '똥까이'라고 비하하는 것은 그런 오염의 위험에 대한 거부감의 표현이다.

그러나 성 노동자들은 국민으로서는 흠집을 지닌 존재일 수 있지만 그것은 결코 개인의 잘못으로만 볼 수 없다. 남성중심적으로 결탁된 국가와 자본의 체제는 누군가의 성 노동을 요구하고 있기 때문이다. 더욱이 성 노동자들은 자신들의 죽음정치적 노동의 위험을 통해 생명과 존재의 귀중한 의미를 누구보다도 잘 알고 있다. 그들은 오히려 국민의 서사에 예속될 수 없는 존재이기 때문에 비슷한 타자(죽음정치적 노동자)와의 능동적인 사랑을 표현할 수 있다. 그처럼 비천한 신체의 타자성의 사랑을 통해 그들을 비하하는 순결한 국민이라는 상상적 동일성에 균열을 내는 것이 바로 미학이다.

혐오와 미학의 존재론적 기제는 비슷하게 우리의 무의식에 작용하는 방식들이다. 혐오발화와 미학 담론은 일종의 은유인데 은유란 표상체계로 흘러넘친 무의식의 잉여의 표현이다. 그 같은 무의식적 기제를 통해 자신과 타자의 정체성을 생성하고 일상의 사람들에게까지 감성적으로 영향을 미치게 되는 것이다.

그러나 혐오발화와 미학에서 그 방법은 정반대이다. 예컨대 혐오의 발화자는 홍어나 바퀴벌레의 은유를 통해 무의식적으로 혐오 대상을 밀어내며 **상상적 동일성** 쪽으로 이동한다. 여기서 혐오의 무의식적 작용은 타자를 이물질로 청소하려는 강박적 심리이다. 그렇게 함으로써 자신의 잠재적 취약점을 지우고 순결한 동일성의 체제의 일원임을 증명하는 것이다. 이는 현실적으로 존재하는 자신의 취약점(잔여물)을 부인하는 일종의 환상적 심리이다. 그처럼 환상공간으로 피신함으로써 사회적 소요를 잔존하는 타자의 탓으로 돌리면서 동일성의 체제를 지키려 하는 것이다. 이 환상적 도피의 순간에 무의식 속에 잔존하던 타자에 대한 축적된 혐오의 감성들이 방출된다. 예컨대 일본의 재특회[16]의 혐한 시위는 축적된 혐오의 감성의 배출인 동시에 사회적 위기를 타자(재일 한국인)의 탓으로 돌리는 방식이다. 혐오는 그처럼 이물질을 밀어내려는 무의식적 심리를 통해 경직된 체제가 동요하지 않음을 시위하려 한다.

반면에 미학은 타자가 내 안에 들어오는 순간의 사랑의 진동을 통해 동일성의 정체성을 해체한다. 미학은 비천한 신체들조차도 **타자성의 사랑**을 통해 존재를 증명함을 보여줌으로써 그들을 배제하는 상상적 동일성의 체제를 뒤흔든다. 그런 방식으로 미학의 은유적인 정치는 경직된 체제를 동요시킨다.

이 같은 혐오발화와 미학의 은유의 차이는 **견고함**의 존재론과 **유동성**의 존재론의 차이를 암시한다. 혐오발화가 수호하려는 동일성의 체제란 자본주의와 국가주의, 제국주의 같은 것들이다. 혐오발화는 그런 동일성의 체제를 견고한 것으로 미화시키면서 그에 동화되지 못한 이질적 타자들을 유동적인 앱젝트로 비하한다. 반면에 미학은 견고한 동일성의 체제가 그 체제 자신이 만들어낸 유동적인 타자들에 의해 동요하고 있음을 암시한다.

존재론과 인식론을 접합시키면서 견고함과 유동성의 은유를 처음 사용한 것은 마르크스였다. 마르크스에 의하면, 자본주의에서는 견고한 모든 것은 대기 속에 녹아버린다.[17] 이 말은 자본주의가 유동적이고 용해적인 비전을 지님을 뜻하는 것으로 보일 수 있다. 그러나 마르크스가 간파한 것은 유동성을 통해 부동성을 유지하는 자본주의의 거대한 트릭이다. 자본주의란 자신을 포함한 모든 것을 녹아버리게 만듦으로써 자기 자신의 견고함을 유지하는 체제이다. 자본주의는 유동적인 것을 끝없이 흡수해야 살 수 있는데 그것은 매번 딱딱해지는 자신의 본성 때문이다. 마르

---

16   '재일 특권을 용납하지 않는 시민 모임'의 약자임.
17   마르크스, 이진우 역, 『공산당 선언』, 책세상, 2002, 20쪽.

크스는 자본을 딱딱한 죽은 노동으로 말하면서 노동의 유동적인 피에 애정을 표현했다.

자본주의 뿐 아니라 일반적으로 동일성의 체계는 자주 견고한 이미지로 은유된다. 동일성의 이데올로기들은 흔히 체제의 주체들을 견고하고 강인한 것으로 미화하면서 타자와 소수자들을 유동적인 앱젝트로 비하한다. 예컨대 독일의 나치는 게르만 남성들을 강철과도 같은 건장하고 완전한 이미지로 칭송하면서 유대인과 여성을 유동적이고 악취 나는 존재로 대비시켰다.[18]

자본과 민족, 혈통 등의 동일성에 대한 환상은 유대인, 여성, 동성애자, 하층계급, 공산주의자를 흔히 육신의 오물로 더럽혀진 존재로 상상하게 만든다.[19] 그처럼 육신의 더러운 부산물이나 이물질로 은유되는 존재를 크리스테바는 **앱젝트**(비천한 신체)[20]라고 부른다. 우리의 신체가 생명을 유지하기 위해 분비물과 오물들을 뱉어내야 하듯이 동일성의 체제는 앱젝트를 밀어내야 한다.

앱젝트를 은유하는 육신의 오물들, 즉 똥, 오줌, 피, 체액 등은 끈적한 점액질의 유동체이다. 그와 함께 혐오의 은유는 시각보다는 후각과 청각의 이미지를 더 많이 사용한다. 너스바움은 이런 유동성과 후각성의 특징은 혐오가 오염의 위험과 연관되기 때문이라고 말한다. 혐오는 단순한 증오와 달리 오염물을 떨쳐내려는 강박감을 포함한 정동이다. 건강한 게르만 남성도 자신 안의 동물의 흔적 때문에 오염의 위험을 느끼므로, 그들에게는 점액질의 배설물들이 혐오스러운 앱젝트의 은유로서 실감이 나는 것이다.

우리는 동일성의 체계를 신체처럼 생명체로 만들려면 혐오의 은유를

---

18   너스바움, 조계원 역, 앞의 책, 203~206쪽.
19   위의 책, 201쪽.
20   크리스테바, 서민원 역, 『공포의 권력』, 동문선, 2001, 21~43쪽.

사용해야 한다. 그러나 마르크스의 살아 있는 피와 죽은 자본의 은유는 견고함과 유동체의 존재론을 역전시킨다. 마르크스의 첫 번째 역설은 견고한 자본 역시 끝없는 유동체의 운동을 통해 생존한다는 것이다. 그런데 자본의 유동체의 운동이란 실상 딱딱한 자본의 몸을 위한 유동적 피의 흡혈이라는 것이다. 끝없는 살아있는 피의 희생이 있기 때문에 딱딱한 자본의 생명이 유지되는 것이다. 미학은 마르크스처럼 타자의 유동체를 살아 있는 것으로 긍정함으로써 견고한 동일성의 체제에 문제를 제기한다. 우리는 이미 앞에서 비천한 신체의 존재의 자기증명을 통해 그런 반전을 살펴봤다.

견고함의 존재론의 문제점은 강인한 견고함이나 매끄러움이란 실상은 생명체의 유동성을 상실한 것이라는 점이다. 앱젝트의 은유에서 신체의 부산물들은 모두 유동적인 것들이다. 마르크스는 **흡혈**의 측면을 말했지만 그것은 **배설**의 측면에서도 마찬가지일 것이다. 앱젝트란 피를 흡혈당한 타자의 잔여물일 따름이다. 자본의 신체는 그런 희생된 잔여물을 끝없이 배출해야 생존할 수 있다. 그것은 외견상 신체가 점액질의 유동체를 끊임없이 배설해야 생명을 유지할 수 있는 것과 비슷하다. 우리는 만일 부산물과 배설물을 밀어내지 않는다면 신체는 점점 죽음에 이르게 된다고 생각한다. 부산물을 배설하지 못하게 된 상태인 시체야말로 혐오스러운 앱젝트의 극한인 것이다.[21]

그러나 역설적인 것은 **유동적인** 앱젝트의 극한이 **딱딱한** 시체라는 점이다. 여서서 우리는 유동성과 견고함이 단순한 대립이 아님을 알게 된다. 유동적인 앱젝트는 계속 배설되어야 하지만, 보다 큰 자연의 흐름에서 보면 그런 유동성의 흐름이 없어질 때 생명체는 딱딱한 죽음이 된다. 앱젝트는 배출해야할 부산물이지만 아예 앱젝트라는 부산물이 없어지면 생

---

21   위의 책, 24쪽.

명도 없어진다.

단일한 유기체를 넘어 전체 자연의 맥락에서 보면, 몸 안의 체액과 배설된 부산물은 자연 속에서 하나의 연결된 흐름이다. 유동체의 흡수와 흡혈(마르크스)이 계속되는 한에서 배설도 계속된다. 그리고 그런 유동적 흐름이 생명적 유동체를 만들고 있는 것이다. 반면에 흡수의 중단과 함께 배설된 체액의 흐름이 끊어지는 순간 유동적 생명체는 딱딱한 시체가 된다. 시체는 배설을 못했기 때문이 아니라 유동체의 흐름이 중단된 결과인 것이다. 자본의 경우에는 흡혈과 배설의 중단이 죽음이다.

자본의 흡혈과 배설이란 사실은 유동체의 흐름이 착취(흡혈)와 배제(배설)로 전도된 현상의 표현일 것이다. 만일 그런 전도를 바로잡는다면, 배설된 체액 역시 생명의 유동성이 살아 있다는 자연의 흐름의 증거가 될 것이다.[22] 앱젝트는 유기체의 외부로 표현된 유동적 생명의 신호이다. 그런 흐름을 절단하고 앱젝트를 배설물로만 보는 동일성의 체제는, 유동성을 혐오하고 순결한 동일성의 견고함을 물신화하는 전도된 생명체이다.

동일성의 물신화란 일종의 생명체의 환상이다. 그런 동일성의 환상은 앱젝트를 체액의 흐름에서 절단하는 순간 딱딱하게 경직된다. 늘상 흘러나오는 체액인 배설물을 아예 제거하는 것이 자연의 유동적 흐름의 단절을 뜻한다면, 경직된 동일성의 체제는 또 다른 시체에 불과할 것이다. 반면에 미학은 앱젝트의 생명적 존재를 증명하면서 동일성 체제의 물신화의 환상을 깨고 죽음 같은 경직성에 저항한다.

그 점에서 오늘날 혐오발화의 성행은 앱젝트의 생명성을 증언하는 미학의 약화와 연관이 있다. 또한 어느 때보다도 견고한 동일성의 체제가 물신화된 때문으로 볼 수 있다. 그 중에서도 중요한 것은 상품체계의 물신화이다.

---

22   최덕경, 『동아시아 농업사상의 똥 생태학』, 세창출판사, 2016 참조.

오늘날의 상품물신화의 극한에는 아름다움의 상품화가 있다. 상품화된 아름다움의 특징은 매끄러움을 내세워 앱젝트 같은 유동성을 배제한다는 점이다. 상품화된 아름다움에는 앱젝트라는 추한 부산물이 없다. 상품의 미란 추가 제거된 미이다.

이미 살폈듯이 미학의 중요한 방법의 하나는 앱젝트의 생명적 존재를 증명하는 것이다. 미학이란 더럽고 **추한 것**이 전체의 생명적 존재의 흐름에 속한 **아름다움**의 일부임을 증언하는 것이다.[23] 반면에 상품화된 아름다움은 그런 이질성을 앱젝트로 배제함으로써 매끄러운 물건들을 만들어낸다. 아름다움의 상품화란 견고함과 유동성, 죽음과 생명, 그리고 미와 추의 관계의 단절이다. 동일성의 체제가 그렇듯이 아름다운 상품은 앱젝트를 밀어내야 한다. 아름다움의 상품화가 성행하는 시대에 앱젝트에 대한 혐오발화가 만연되는 것은 그 때문이다.

그러나 앱젝트가 생명적 흐름에서 사라진 순간이 죽음이듯이 상품화된 아름다움은 주검과도 같은 딱딱한 것일 수 있다. 미인대회 당선자에서 귀금속, 명품, 스마트폰에 이르기까지, 아름다운 상품은 앱젝트의 생명성을 증언할 능력을 상실한 죽은 미학이다. 아름다운 상품에서는 더 이상 앱젝트가 배설되지 않지만, 그 대가로 전체의 생명적 자연의 흐름에서 단절되어 있다.

거기에는 베르그송이 말한 순수기억의 지속에 의한 생명적 유동성이 없다. 지속이 없는 존재는 생명적 존재와는 달리 시간의 나이테는 물론 미와 추를 연결하는 유동체의 흐름을 갖지 못한다. 아름다운 상품은 존재의 지속과 생명적 유동성이 상실된 정지된 주검과도 같다. 그런 시간이 정지된 주검 같은 딱딱함은 마르크스가 말한 상품물신화의 환상에 의해서만 망각된다. 그 점에서 우리 시대는 감정상품과 아름다운 상품이 미학

---

23   한병철, 이재영 역, 『아름다움의 구원』, 문학과지성사, 2016, 19~20쪽.

을 대신하는 또 하나의 판타스마고리아의 시대로 볼 수 있다.

우리 시대는 일상인의 인격성의 영역에까지 아름다움의 상품화가 침투한 시대이다. 외모지상주의에 의한 성형의 성행과 자기계발서사에 의한 내면의 성형이 그것을 말해준다. 성형과 감정상품이 미의 상품화이듯이 자기계발서사는 자본주의의 미적인 보형물이다.[24] 따라서 성형과 자기계발서 같은 동일성 미학은 자본주의의 외부가 없는 신자유주의적 동일성 이데올로기에 잘 맞는 피복과도 같다. 아름다운 상품은 미학이 쇠퇴한 신자유주의의 쓸쓸한 동일성의 공간을 눈부신 환상으로 만들어 주는 역할을 한다.

그러나 그 같은 환상이란 체제의 잔여물들을 은폐하는 판타스마고리아에 불과하다. 보들레르와 벤야민이 상품이 진열된 아케이드에서 환상과 권태를 느꼈듯이, 오늘날 우리는 감정상품과 미적 상품에서 비슷한 환상과 우울을 느낀다. 그런데 감정과 아름다움이 상품화된 오늘날은 인격의 영역까지 유혹하는 자본주의의 환상이 벤야민의 시대보다 훨씬 더 강력해진 사회이다. 그런 환상에 유혹되어 스스로 체제에 회유되는 시대, 즉 자본주의가 자립화하는 시대에는 사회적 타자에 대한 공감력이 약화된다. 모든 것이 상품화된 시대에는 상품화되지 못한 타자란 투명인간이거나 폐기된 물건일 뿐이다. 이제 처리되지 못한 체제의 잔여물로 인한 불쾌감은 동일성 환상의 물신화(상품물신화) 속에서 타자에 대한 혐오로 방출된다. 과거에는 상품세계에서 폐기물들이 버려졌지만 지금은 인간세계에서도 그런 일이 일어나는 것이다. 아름다움이 상품화될수록 사회적 타자는 폐품처럼 혐오스러워진다. 이것이 미와 감성마저 상품화된 우리 시대의 혐오의 신화이다.

추가 제거된 상품화된 미의 환상은 상품물신화에 적응하지 못한 사람

---

24   박일권, 「성형대국의 의미」, 『한겨레신문』, 2015.4.28.

들을 앱젝트로 만든다. 그들은 투명인간이 되거나 말라붙은 식물, 정신분열자, 좀비로 간신히 살아간다. 그렇지 않으면 자본주의에 동화된 사람들의 무의식 속에 혐오의 대상으로 잔존하게 된다.

상품미학은 결코 정신적 잔여물을 처리하지 못한다. 이제 무의식 속의 잔여적 감정들은 사회적 위기의 시기에 타자와 약자에 대한 혐오발화로 방출된다. 또한 사회적 모순에 대한 정당한 분노는 만연된 혐오의 정동에 의해 스스로 잠재워진다. 혐오발화란 **사회적 모순**에 대한 분노가 **타자**에 대한 공격으로 전도된 정동이다. 〈성실한 나라의 앨리스〉(안국진 감독)에서처럼 자기계발서사에 의해 희망을 갖고 성실하게 일하는 사람들은, 자본주의의 유혹에 맹목이 되어 스스로 죽음정치를 실행하며 타자를 공격하는 괴물이 되어 간다. 오늘날의 괴물은 성실하고 평범해 보이는 앨리스들이다. 그들에게 배제당하며 간신히 생존하는 사람들은 혐오에 둘러싸여 우울증을 겪게 된다.

신자유주의 시대의 괴물은 타자에 대한 사랑을 모를 뿐 아니라 정당한 분노를 잃은 존재이다. 우리 시대의 괴물은 외적 성형과 내적 성형에 신경을 쓰는 고상한 괴물이다. 오늘날은 고상한 척하는 괴물과 혐오의 고통을 견디는 인간이 동거하는 시대이다. 권력자의 눈에는 그 둘이 반대로 인간과 인간보다 못한 존재로 보일 것이다. 미학은 인간보다 못한 존재를 인간의 무대로 복귀시킬 것을 주장함으로써 인류의 이름으로 사랑의 재발명을 호소한다.

3. 빨갱이의 탄생과 김치녀의 탄생

신자유주의 시대에 새로 등장한 인간형은 체제의 규범(게임의 규칙)을 자발적으로 내면에 전사하는 사람들이다. 신자유주의는 권력의 테크놀로지가 피지배층의 자아의 기술을 동형적으로 포섭한 사회이다.[25] 사람들은 자유롭게 자기착취를 실행하는 동시에 스스로 타자에 대한 죽음정치를 이행한다. 이 지배형식에 포섭된 자아의 기술을 습득한 인간형을 한병철은 성과주체[26]라고 부른다.

앞서 살폈듯이 우리의 정체성을 형성하는 주체화의 기제에는 아버지의 축과 어머니의 축이 있다. 아버지의 축이 사회의 규범을 전사하게 하는 이데올로기의 서사라면 어머니의 축은 상실한 어머니를 대리하는 사랑의 서사이다. 파울 페르하에어는 모든 정체성은 이데올로기에서 발원한다고 말한다.[27] 그가 말하는 이데올로기란 인간관계를 규제하는 각종 방법과 견해들의 총체이다. 다른 한편 프로이트는 사랑의 상실을 자아의 성격 형성에 연결시키는데,[28] 우리는 사랑이란 처음부터 정체성에 영향을 미치는 요인이라고 생각할 수 있다.

오늘날은 그 둘 중에서 사랑의 서사가 약화된 대신 신자유주의 이데올로기의 외부가 없어진 시대이다. 이 말은 모든 사람이 신자유주의에 의한 정체성의 형성 과정에 영향을 받는다는 뜻이다. 그런데 이데올로기의 외부가 없는 시대는 이데올로기가 소멸된 시대로 여겨지기도 한다. 즉 우리는 이데올로기적 호명에 응답하기 전에 스스로 사회체계를 전사하며 자신의 정체성을 형성해 간다.

냉전시대와 신자유주의 시대의 차이는 그처럼 이데올로기가 정체성을 형성하는 방식의 차이에 있다. 피지배층이 스스로도 느끼지도 못한 채 자신의 정체성을 이데올로기에 동형화시키는 진행은 신자유주의 시대의 중요한 특징이다. 그 이유는 이데올로기를 공백화하는 사랑이 소멸된 대

---

25 한병철, 김태환 역, 『심리정치』, 문학과지성사, 2015, 44~45쪽.
26 한병철, 김태환 역, 『피로사회』, 문학과지성사, 2012, 23쪽.
27 파울 페르하에어, 장혜경 역, 『우리는 어떻게 괴물이 되어 가는가』, 반비, 2015, 36쪽.
28 프로이트, 박찬부 역, 「자아와 이드」, 『쾌락원칙을 넘어서』, 열린책들, 1997, 115~117쪽.

신 사랑과 유사한 유혹의 권력이 만개한 때문이다. 유혹의 권력이란 사랑과 비슷한 동요를 느끼게 하면서 사랑을 실패하게 하는 판타지 서사를 말한다. 에로스가 소멸된 시대, 그 대신 이데올로기의 공연물인 **판타지**가 성행하는 시대는, 개인이 자발적으로 유혹의 권력에 회유되어 다양한 이데올로기적 합성물들에 합체되는 세계이다.

이데올로기가 피지배층의 정체성을 형성하는 기제에는 긍정성의 방식과 부정성의 방식이 있다. 그 둘은 삶권력(유혹의 권력)과 죽음정치와 연관이 있는데 후자의 대표적 방식이 바로 혐오발화이다. 이데올로기는 민족중흥이나 선진조국을 앞세워 우리를 약속받은 주체로 호명한다. 그와 함께 적대적 타자와 불온세력을 혐오하는 방식으로 순수한 국민의 정체성을 형성한다.[29]

그런데 신자유주의 시대에는 그런 두 가지 기제가 냉전시대와는 달라진다. 신자유주의는 우리를 호명하는 대신 개인이 스스로 자본주의 체제에 합체되게 만든다. 또한 적대적 타자를 설정하지 않은 채 자발적으로 사회적 타자들을 혐오하게 만든다. 냉전시대가 **자유주의 이념**을 앞세워 우리를 호명했다면 신자유주의는 이념 없이 **스스로 자유롭게** 유혹의 권력에 빠져들게 한다. 또한 냉전시대에는 공산주의라는 혐오스러운 구성적 외부가 필요했지만 우리 시대에는 그런 **적대적 타자가 없는 상태**[30]에서 자진해서 이질적 타자들을 혐오한다. 신자유주의는 호명하는 대신 유혹하는 방식의 새로운 이데올로기를 창안했다. 즉 사회 구성원이 유혹의 환상에 회유되어 스스로 불온한 타자를 혐오하게 하는 방식으로 이데올로기의 완성도를 높이고 있다.

이제 자유는 이념이 아니라 (체계의) 실행의 **감각**이 되었다. 그와 함께

---

29 허윤, 냉전 아시아적 질서와 1950년대 한국의 여성 혐오」, 『역사문제 연구』 35, 역사문제연구소, 2016, 100쪽.

30 물론 아직도 적대적 타자는 종북과 친일파로 남아 있다.

타자를 배제하는 죽음정치는 권력이기 이전에 감각적으로 반응하는 혐오의 **정동**이 되었다. 후자의 경우 불순세력을 혐오하는 부정성의 방식으로 정체성을 확인하는 기제는 냉전 시대와 오늘날 다르지 않다. 그러나 특정한 적대적 타자에 대한 상상이 없이 동일성의 환상에 이끌려 자발적으로 타자를 배제하는 점에서 신자유주의의 혐오에는 유별난 점이 있다.

냉전시대의 혐오스런 타자는 체제의 구성적 외부이자 이데올로기를 작동시키는 부정성의 일부였다. 특히 적대적 타자는 배제 대상인 동시에 꼭 필요한 악역이기도 했다. 그러나 오늘날의 혐오스런 타자는 그 자체로 자립한 자본주의적 환상의 체제를 위해 청소해야할 대상일 뿐이다. 그 같은 이질적 타자에 대한 혐오는 환상에 유혹될 뿐 권력의 지위를 갖지 못한 발화자(개인)의 내면의 불안을 해소하기 위한 것이기도 하다. 그렇기 때문에 이데올로기가 명령하기 이전에 피지배층 스스로가 다양한 혐오 발화를 만들어 내는 것이다.

이 새로운 오늘날의 혐오발화의 기제를 알기 위해서는 냉전시대의 혐오담론과 보다 더 자세히 비교해 볼 필요가 있다. 양자의 차이는 냉전 이데올로기와 신자유주의 이데올로기의 차이이다. 이데올로기를 파편화시키는 것이 미학이라고 할 때 우리는 과거와 오늘의 미학에 대해서도 비교해 볼 수 있다.

냉전시대의 혐오담론의 핵심에는 이데올로기 체제의 구성적 외부로서 적대적 타자가 있었다. 사회의 일원이 될 수 없음은 물론 인간으로도 취급되지 않은 빨갱이가 바로 그것이다. 공산주의자를 빨갱이로 부르는 것은 지배체제의 초자아의 명령인 동시에 무의식에 각인된 감성이기도 했다. 반공 이데올로기에 의해 빨갱이는 사회체에 침입할 수 있는 기생충이나 세균으로 인식되었고 외부에서 내부로 침투하는 외계인 같은 존재로 이미지화되었다.[31] 이승만 정권은 1948년 여순사건 때 공산주의자를 빨갱이로 부르면서 짐승만도 못한 악마로 혐오했다.[32] 또한 1949년 제주 4·3사건 때는 제주 사람들을 '공산주의 독균'에 감염된 '보균자'들로 여겼다. 이러한 혐오의 정동은 오늘날까지 계속되고 있다. 최근에 작성된 한 국가안보자료는 "공산주의라는 독충에 물리면 살인 악마가 되기 쉽다"라는 보수 학자의 말을 전하고 있다. 기생충과 세균, 독균, 독충은 공산주의에 의해 세뇌될지도 모른다는 오염의 불안을 나타낸다. 자유주의의 순수한 동일성을 지키기 위해 공산주의라는 이유만으로 빨갱이는 가장 위험한 비인간의 존재로 상상되었던 것이다. 그런 혐오담론을 통해 자유주의 진영의 사람들이 어떤 국민이어야 하는지가 말해지고 있었다. 이처럼 자유주의의 안정성을 위해 빨갱이는 지배체제의 이데올로기를 작동시키는 적대적인 구성적 외부로 위치하고 있었다.

같은 맥락에서 빨갱이는 체제에 저항하는 사람들을 일컫는 말로 전용되어 사회적 균열을 숨기는 도구로 이용되기도 했다. 빨갱이라는 말이 본격적으로 사용되기 시작한 여순사건 때 이미 그런 부당한 조작이 나타났다. 여순사건은 단순한 좌익 세력의 봉기가 아니었지만 이승만 정권은 봉기에 참여한 사람들을 북한의 사주를 받은 빨갱이로 매도했다. 그뿐 아니라 진압군의 초토화 작전은 전 주민을 반란 협조자로 간주해 무고한 민간인까지 희생시켰다. 이제 빨갱이는 죽음을 당해 마땅한 존재이고 누구라도 죽일 수 있는 존재가 되었다. 한마디로 그들은 살해해도 항변하지 못하는 벌거벗은 생명이 되었던 것이다. 여순사건의 진압 과정에서 이처럼 '빨갱이'라는 이미지가 만들어지는 과정은 적나라한 국가폭력을 통해 반

---

31 허윤, 「냉전 아시아적 질서와 1950년대 한국의 여성 혐오」, 『역사문제 연구』 35, 앞의 책, 98쪽.
32 김득중, 『빨갱이의 탄생』, 선인, 2009, 46~49쪽.

공체제가 수립되는 국가 건설과 국민 형성 과정과 일치한다.[33] 이것이 바로 **빨갱이의 탄생**의 비밀이다.

빨갱이 담론이 유대인 혐오나 오늘날의 혐오발화와 다른 점은 **보이지 않는 존재**에 대한 적대감의 표현이라는 점이었다. 1948년 분단 이후 빨갱이는 악마적 타자인 동시에 누군지 알 수 없는 보이지 않는 존재가 되었다. 빨갱이는 체제의 외부인 동시에 감성의 분할의 외부에 놓여 있었던 것이다. 1950년 한국전쟁 이후 그런 이미지에 약간의 변화가 생기는데 이제 빨갱이는 비가시적인 동시에 곳곳에 편재하는 존재가 되었다.[34] 반공영화에 자주 등장하는 색출하기 어려운 남파 간첩이 바로 그들이다.

빨갱이나 간첩은 남한 내의 여성이나 불온세력과 자주 연관되었다. 예컨대 〈운명의 손〉(한형모 감독, 1954)에 등장하는 여주인공 마가렛은 양공주인 동시에 간첩이었다. 여성은 섹슈얼리티를 통해 남성을 불순하게 유혹할 수 있기 때문에 쉽게 빨갱이와 연결된다. 여성은 언제든 공산주의자가 될 수 있는 잠재성을 지니는데, 이런 편향된 이미지화는 여성을 신뢰할 수 없는 유혹에 약한 존재로 보는 여성의 타자화에 기반을 두고 있다.[35] 냉전 시대의 여성혐오는 가짜 국민이라는 불순한 여성의 표상을 통해 진짜 국민을 만들어내는 이데올로기 서사의 일부였다.[36]

빨갱이와 연관해서 여성과 함께 오염의 위험을 지닌 또 다른 불안 요소는 빈민층의 불온세력이었다. 5·16 이후 1961년 국가재건 회의는 특수범죄처벌특별법을 마련해 사회를 교란시키고 용공행위를 하는 자를 '특수반국가행위자'로 규정했다. 도시빈민과 하층민은 특수 관리대상이 되었는데 그들이 사회질서를 문란하게 하는 것은 공산주의를 이롭게 하는

---

33 위의 책, 46~49쪽.
34 테드 휴즈, 나병철 역, 『냉전시대 한국의 문학과 영화』, 소명출판, 2013, 169~170쪽.
35 허윤, 「냉전 아시아적 질서와 1950년대 한국의 여성 혐오」, 『역사문제 연구』35, 앞의 책, 99쪽.
36 위의 글, 100쪽.

행위에 해당되기 때문이었다.[37] 1960년대 후반 이후 농민들의 도시이주가 가속화되면서 도시빈민은 밑바닥의 인간군상으로서 '사람 밑의 사람'으로 여겨졌다. 인간 이하의 계급인 하층민들은 오늘날에까지도 일상인에 대한 위협을 지닌 더러운 존재로 여겨지기 일쑤이다. 그리고 아직 남아 있는 무의식적 잔재에 의해 열악한 환경에 저항하는 사람은 흔히 빨갱이로 간주되고 있다.[38]

이처럼 빨갱이는 여성이나 빈민층과 연관되었지만 빨갱이 자신은 독충같은 위협인 동시에 여전히 잘 보이지 않는 존재였다. 역설적인 것은 정체를 알 수 없는 빨갱이가 누구보다도 잘 아는 같은 민족이기도 했다는 점이다. 빨갱이는 짐승만도 못한 존재인 동시에 피를 나눈 동포이기도 했다.

빨갱이의 혐오발화가 유대인 증오와 구분되는 또 다른 점은 그처럼 같은 민족이라는 점이었다. 바로 그 때문에 오염의 위협이 더 커질 수도 있었지만 또한 남한 사람들을 우울하게 만들기도 했다. 빨갱이를 세균으로 여기는 것은 일종의 면역체계의 가동이다. 그러나 빨갱이 혐오는 사회적 검역인 동시에 우울한 자가면역질환[39]이었던 것이다.

다른 한편 빨갱이 혐오가 오늘날의 혐오발화와 다른 점은 국가의 창작이라는 점이다. 홍어, 맘충, 백수충 등의 오늘날의 혐오발화는 국가기구와는 아무런 상관이 없다. 반면에 1950년대 이래 반공 간첩서사의 최고의 창작자는 영화감독이나 소설가가 아니라 육군특무대, 중앙정보부, 안기부, 보안사 등의 권력기관이었다. 그들이 수집하거나 꾸며낸 서사는 민간의 이야기 산업의 콘텐츠로 제공되고 민간 창작물과 교환되었다. 실제로 1960년대 이후 중정과 안기부는 수많은 간첩소설들을 써냈다.[40] 그리고

37　김원, 『박정희 시대의 유령들』, 현실문화, 2011, 79쪽.
38　위의 책, 106~109쪽.
39　임유경, 「일그러진 조국, 검역국가의 병리성과 이동의 정치학」, 『한국문학연구학회 제88차 정기학술대회 발표집』, 2014, 겨울, 36~38쪽.
40　권보드래·천정환, 『1960년을 묻다』, 천년의상상, 2012, 206~207쪽.

무엇보다도 중요한 것은 이 모든 것의 시초인 빨갱이의 창작자가 분단 초기의 국가주의 정권이었다는 점이다.

그런 국가의 창작은 오늘날까지 '종북'이라는 이름으로 계속되고 있다. 종북은 국가가 만들어낸 것이지만 그런 혐오의 기제가 유효한 것은 우리의 무의식 속에 빨갱이의 잔재가 아직도 남아 있기 때문이다. 21세기의 예외상태로서 지구상에서 유일하게 우리에게만은 냉전은 '끝나지 않은 전쟁'인 것이다. 우리에게 전후는 아직 오지 않았다.[41]

그와 함께 무엇보다도 우리 시대의 특징은 종북 이외에 혐오발화에서 일상인이 주요 창작자로 나타나고 있다는 점이다. 냉전 이데올로기가 쇠퇴함에 따라 종북의 여성이나 빈민에 대한 혐오의 연관성은 적어졌다. 그 대신 일상인이 만들어낸 비슷한 계층이나 여성, 소수자에 대한 혐오가 만연되고 있는 것이다.

오늘날의 비슷한 계층에 대한 혐오는 또 다른 우울한 자가면역질환이다. 그런데 이 사회적 우울증은 과거보다 훨씬 더 벗어나기가 어렵다. 냉전 시대의 혐오담론은 국가의 창작이었지만 오늘날에는 자진해서 일상인이 혐오발화를 만들어내고 있기 때문이다. 적대적 타자(빨갱이)가 약화된 상태에서 일상 속의 거미줄 같은 혐오발화의 미시적 편재와 산포가 우리 시대의 특징이다.

혐오발화를 통해 오염의 위협에서 벗어나고 동일성의 이데올로기가 강화되는 기제는 과거와 지금 똑같다. 오늘날의 혐오발화 역시 자신의 취약점을 지우고 국가와 자본 같은 거대한 동일성의 영역으로 피신하려는 욕망의 표현이다. 그러나 예전에는 이데올로기적 명령이 우선했지만 오늘날에는 피지배층이 자발적으로 혐오발화를 만들어내고 있다. 과거에는 이데올로기가 앞쪽에 있었지만 오늘날에는 사후적으로 작용한다. 이 차

---

41   김철, 「우리를 지키는 더러운 것들」, 『문학과 사회』, 2015 가을, 327쪽.

이는 인문학이 퇴조하고 자기계발서가 성행하는 추세에 상응한다. 인문학이 이데올로기를 비판한다면 자기계발서는 이데올로기를 자아의 기술로 번역한다. 그에 따라 권력의 기술이 자아의 기술로 동형적으로 전이되면서 피지배층이 스스로 이데올로기를 실현시키고 있는 것이다.

이데올로기는 이념을 통해 우리를 주체로 호명하면서 혐오담론을 통해 불온한 타자를 배제한다. 오늘날에는 이념 대신 판타지가 작용하며 혐오담론은 일상에 미시적으로 산포한다.

우리 시대의 환상서사는 호명하는 대신 감성적으로 유혹하기 때문에 이데올로기로도 느껴지지 않는다. 유혹사회에서는 이념과 구호 대신 과잉 스펙터클과 공허한 자유의 기제가 작용한다. 시각적 스펙터클은 원래 이성과 연관되어 있지만 과잉 스펙터클이 되면 비이성적인 환상으로 작용한다. 신자유주의는 극도로 합리적인 자본주의인 동시에 과잉 스펙터클에 의한 비합리적인 환상에 기초해 있다. 또한 자본주의의 외부가 없는 공간에서의 과잉 긍정성의 자유를 통해 스스로 체제의 규범을 내면에 전사하게 만든다. 이것이 인문학을 대신하는 자기계발서의 출현 과정이다. 그런 자발적 과정을 통해 사후적으로 신자유주의 이데올로기에 예속되게 만드는 것이다.

신자유주의는 이데올로기적 호명 대신 자아의 성격 개조의 방법을 선택한 셈이다. 그 방법은 환상서사와 자기계발서이다. 배수아의 「프린세스 안나」에서처럼 신자유주의의 환상의 서사는 〈스노 화이트〉의 성인용 버전이다. 우리 시대의 환상서사는 사랑과 비슷하면서도 오히려 열정을 빼앗아 사랑을 실패하게 만든다. 사랑이 불가능해진 시대는 이데올로기의 외부가 없어진 시대이며 외부가 없어진 탓에 환상서사는 이데올로기로 느껴지지 않는다. 우리는 체계의 게임의 규칙을 전사해 스스로 독자적이고 자유로운 게이머로 나서는 것이다. 그 같은 자본주의라는 게임에서의 자유가 신자유주의의 새로운 자유인 셈이다. 자본주의적 게임의 규칙은 상품물신화이며 여기에서 우리의 자아는 나르시시즘적 욕망의 기제에 포섭된다. 「프린세스 안나」에서 안나는 TV 화면 속의 〈스노 화이트〉를 보며 성장한다. 신자유주의 시대는 성인들도 성인용 〈스노 화이트〉의 TV를 보며 살아가는 시대이다. 우리는 자신의 (상품화된) 능력을 비춰 보일 왕자 같은 거울을 찾아 헤매거나 진열된 상품들 앞에서 거울처럼 자아의 욕망을 비춰본다.

나르시시즘적 인격이 정체성이 된 사람들은 신자유주의가 연출하는 환상의 유혹에서 벗어날 수 없다. 그와 함께 그들은 환상을 깨뜨리는 고통 받는 타자에 대한 공감력이 약화되며 사건이 일어나도 동요하지 않는다. 배수아 소설과 송경동의 시에 그려진 '이상한 고요함'은 타자에 대한 공감력이 약화된 우리 시대의 풍경이다.

그런 상황에서 사회적 위기가 생기면 사람들은 균열의 원인을 약자와 소수자의 탓으로 돌리게 된다. 리비도가 판타지에 고착된 사람들은 환상을 포기하는 엄청난 에너지를 소비하는 대신 판타지를 깨뜨릴 위험이 있는 사람들을 경계 밖으로 밀어내는 것이 더 경제적이다. 그래서 그들은 소수자와 타자들을 상상적 동일성(환상)에 균열을 낸 오염원으로 혐오하며 경계 밖으로 밀어내려 하는 것이다.

냉전시대나 오늘날 혐오의 대상들은 잘 보이지 않는 존재이며 죽음정치의 희생자들이다. 그러나 냉전시대에 적대적 타자의 본모습이 잘 보이지 않는 것은 감성의 분할에 의해 삭제되었기 때문이었다. 빨갱이는 근본적으로 국가기구와 냉전 이데올로기의 창작품이었다. 그런 정치권력에 의해 빨갱이라는 '비인간'은 인간인지 아닌지 알 수 없는 존재가 되었던 것이다. 그들은 익명의 공포와 함께 밖으로 밀어낼 수밖에 없는 혐오의 대상이었다.

반면에 오늘날 죽음정치적 대상인 무용한 타자가 보이지 않는 것은 유혹의 권력에 의한 환상장치와 성과사회의 유용성의 물신화 때문이다. 타자는 폐품처럼 처분될 수 있는 존재가 되었다. 오늘날의 국가기구나 이데올로기는 그들을 혐오하는 대신 조용히 죽음의 영역에 방치한다. 그 대신 유혹의 판타지에 고착된 사람들이 스스로 감성의 분할을 만들며 타자를 혐오한다. 신자유주의 시대의 사람들은 자발적으로 체계의 규범을 전사하는 동시에 그 규칙을 어지럽히는 불순한 존재를 혐오하며 밖으로 밀어낸다.

신자유주의는 인간형 개조에 성공했다. 즉 이데올로기를 주입하는 대신 다른 종류의 인간을 만드는 것이다. 새로운 인격성의 특징은 환상에 대한 복종와 그와 짝을 이루는 타자에 대한 혐오이다. 이런 신자유주의의 혐오의 기제는 인종주의와 매우 유사하다.

오늘날의 판타지 드라마에 나오는 상류층은 〈스노 화이트〉의 백설공주나 왕자이며 아메리칸 드림의 백인과도 같다. 1970년대를 배경으로 한 『추락하는 것은 날개가 있다』에서 여주인공 서윤주는 미국에 대한 판타지에 몰입되어 편협한 한국인을 혐오한다. 한국인은 다리가 짧은 땅개이고 된장 냄새 나는 편견이며 김치 같은 인습이다.[42] 한마디로 그들은 욕지기나는 노랑 놈이다.[43] 한국이 하위제국이 된 오늘날에는 서윤주처럼 아메리칸 드림을 꿈꾸는 사람은 별로 없다. 그 대신 그런 인종주의적 환상은 같은 민족 안에서 변주되어 나타난다. 이제 예전의 미국인은 상류층 남자이거나 잘생긴 재벌 2세, 스포츠 스타이다. 그들은 하위제국의 지배층으로서 새로운 상류층 인종으로 등장한다. 반면에 피지배층은 김치녀, 된장녀, 백수충 등의 혐오의 대상으로 출현한다. 이들은 인종적 편견의 대상인 동남아 노동자들과 비슷한 위상을 갖고 있거나 아주 조금 나을 뿐이다.[44]

---

42 이문열, 『추락하는 것은 날개가 있다』, 자유문학사, 1988, 156쪽.
43 위의 책, 296쪽.
44 강남역 사건의 여성 살해나 구의역의 스크린 도어 수리공의 사망은 그 점을 잘 보여준

오늘날의 새로운 인종주의는 기묘하게도 같은 민족 안에서 일어나는 것이 특징이다. **김치녀**는 미국의 판타지의 배설물이 아니라 한국 남자의 앱젝트이다. 신자유주의 시대에는 동일한 민족 안의 계급과 성의 영역이 인종주의를 닮아가고 있다. 양극화와 구조화된 불평등성 속에서 '갑질'이나 계급의 대물림은 일상의 일들이 되어가고 있다. 중간층이 있기 때문에 상대적으로 유동적이었던 계급의 영역은 양극화와 함께 인종주의처럼 **대체불가능한 구조**가 되어 가고 있다.

인종의 영역에서 중간층격인 혼혈인은 미묘한 갈등을 지닌 미결정적인 존재이다. 그와는 달리 계급적 영역에서 중간층의 존재는 사회를 매우 역동적으로 만든다. 그러나 중산층의 몰락과 함께 존재감이 상실된 중간층이나 하층민은 혼혈인처럼 미묘한 위치가 되어 가고 있다.

제국의 환상에 사로잡힌 혼혈인은 자신의 정체성을 부인하고 같은 피를 가진 동포를 혐오한다. 그러나 오늘날에는 중간층이나 하층민이 마치 환상에 고착된 혼혈인처럼 비슷한 계층을 혐오하고 있다. 이런 비극적 현실은 계급의 영역이 흡사 인종주의처럼 경계가 경직화되어 가고 있음을 암시한다.

김사량의 「빛 속으로」에서 혼혈인 한베에는 조선인 아내를 혐오하며 폭력을 행사한다. 그가 아내에게 폭력을 일삼는 것은 실제로는 자기 자신 안의 조선피를 지우기 위한 것이다.[45] 일본인의 환상에서 벗어날 수 없는 그는 자신의 취약점을 정화하기 위해 같은 피를 가진 조선인을 혐오하는 것이다.

오늘날 일베의 혐오발화도 그와 똑같은 경우로 볼 수 있다. 혼혈인 한

다. 다만 그들에 대한 애도는 사랑의 서사가 신자유주의의 이데올로기에 공백을 만들 수 있는 가능성을 암시한다.

45 윤대석, 「변경에서 바라본 문학과 역사」, 김사량 외, 『20세기 한국소설』 12, 창비, 2005, 283쪽.

베에가 조선인 아내를 폭행하듯이 중간층이나 하층민인 일베는 비슷한 계층의 타자나 여성을 혐오한다. 양자 모두 정체성이 상상적 동일성(이데올로기)에 고착된 상태에서, 내부의 취약점을 참을 수 없어 환상을 깨드릴 위험이 있는 타자를 혐오하며 경계 밖으로 밀어내고 있는 것이다.

오늘날에는 계급이 또 다른 인종이 되었으며 중간층은 환상에 고착된 경계선상의 존재가 되어 가고 있다. 인종주의와 양극화 사회의 공통점은 환상과 불안이 현실을 점령한다는 점이다. 인종과 성의 영역에서 혐오와 폭력이 난무하는 것은 경계선이 고착된 영역에서는 이동과 대체가 불가능하기 때문에 불안한 사람들이 환상에 매달리는 탓이다. 더욱이 인종적 페티시즘은 친밀한 성적 페티시즘과도 달리 증오와 혐오로 얼룩져 있다. 그런데 이번에는 계급의 영역이다. 이제 구조화된 불평등성에 의해 사라진 중간층은 불길한 **경계선**이 되었으며, 그처럼 경계가 고착된 사회에서는 판타지와 자기계발서가 실현 불가능한 환상에 목숨을 걸게 만든다. 상상적 동일성(국가, 민족, 종교)에 고착되게 만드는 환상은 신자유주의 감성권력의 핵심적 도구이다. 감성권력은 경계선의 존재가 된 사람들을 환상에 매달리게 만들어 혼혈인(경계인)이 아내를 폭행하듯이 같은 계층의 타자와 여성을 혐오하게 만들고 있는 것이다.

4. 악의 평범성과 타자에 대한 사유불가능성

오늘날의 혐오발화는 일상의 사람들이 폭력적 언행을 일삼는 점에서 '악의 평범성'을 떠올리게 한다. 악의 평범성이라는 아렌트의 표현은 결코 악인을 변호하는 말이 아니다. 또한 그 반대로 누구나 다 죄인이라는 뜻도 아니다. 악의 평범성에서 평범성(banality)은 일상적으로 비슷하다는 **동일성**과 연관이 있다. 동일성 자체는 악하지도 폭력적이지도 않으며 모두가 유사하기 때문에 우리는 더 그렇게 느낀다. 그러나 동일성이 전체 사회에 퍼진 상태가 경직되면 결과적으로 타자를 무시하게 되고 그런 타자성이 배제된 상황이 바로 폭력이 나타나는 지점이다.

아렌트가 주목한 것은 그런 폭력적 악의 역설이다. 독일인이 평범한 독일인끼리 민족적 동일성을 옹호하는 것은 결코 악한 행동이 아니다. 그러나 그런 동일성의 옹호가 경직되면 특별히 악한 사고를 하지 않아도 유대인 같은 타자를 배제하는 일이 나타나게 된다. 그처럼 타자를 배제하는 심리가 극단화되는 지점, 즉 동일성이 환상이 되는 지점에서 홀로코스트 같은 폭력이 발생하는 것이다.

아렌트는 악의 원인으로 개인의 성격 대신 사유의 불가능성을 말한다. 아렌트가 말하는 사유불가능성이란 **타자에 대한 사유**를 할 수 없는 상태를 뜻한다. 그것은 동일성이 만연되어 환상으로 고착되는 순간인데, 그 순간은 같은 민족 사람들 사이에서는 평범하기 그지없는 일상인 것이다.

아렌트는 『예루살렘의 아이히만』에서 전범자 아이히만이 도착적이거나 가학적인 성격이 아니며 무서울 만큼 정상적인 인물이었다고 말한다.[46] 아이히만은 유대인 학살의 주범으로 꼽히는 사람이다. 그러나 아렌트는 그가 셰익스피어의 희곡에 나오는 리처드 3세 같이 "악인임을 입증하기로 결심한 듯한" 사람이 아니라고 판단했다.[47] 아이히만은 리처드 3세처럼 일상적으로 악한 사람이 아니다. 아이히만은 오히려 일상적으로 동일한 사람이었다. 그는 기억력이 나쁨에도 불구하고 자기에게 중요한 일에 대해서는 동일한 선전문구와 상투어를 일관성 있게 반복했다. 회고록을 쓸 때나 법정에서 말할 때 그는 언제나 동일하고 똑같은 단어를 사용했다.[48]

---

46   아렌트, 김선욱 역, 『예루살렘의 아이히만』, 한길사, 2006, 379쪽.
47   위의 책, 391쪽.
48   위의 책, 106쪽.

그처럼 동일성에 고착된 사람의 문제점은 사유의 무능력이다. 구체적으로 말해 타자의 입장에서 사유하는 방법의 무능력이 중요한 결점이었다. 아이히만은 타인의 존재를 감지하지 못하는 장애물과 현실 자체를 가로막는 단단한 벽에 에워싸여 있었다.

한 마디로 아이히만은 타자의 이질성을 받아들이지 못하는 동일성의 환영에 고착되어 있었다. 그의 죄명은 동일성의 환상이었다. 동일성의 환상의 문제점은 타자의 삶을 감지하지 못하는 사유 능력의 결여이다. 아렌트는 그런 무사유로 인한 범행을 '악의 평범성'이라고 불렀다. 아이히만의 폭력은 동일성에 고착된 '평범한 악'의 극단지점에 위치한 탓이었다.

아렌트의 '악의 평범성'에 대한 저서는 유대인과의 격한 논쟁을 야기했다. 거숌 숄렘은 아렌트가 유대인에 대한 사랑이 결여되어 있다고 강하게 비판했다. 아렌트 자신이 유대인이면서도 마치 유대인과 아무 상관이 없는 것처럼 보편적 관점에서 아이히만의 재판을 다루었다는 것이다.[49]

이에 대해 아렌트는 사랑이란 집단적인 공감과는 다른 것이라고 응수했다. 집단적인 공감과 유대란 한마디로 동일성의 교감이다. 그에 반해 사랑이란 타자성의 교섭이라고 할 수 있다. 아렌트가 유대인이라는 동일성의 유대를 근거로 글을 썼다면 그것은 타자에 대한 무사유로 귀착될 가능성이 생긴다. 그럴 경우 그녀가 아이히만에 대해 말했던 것과 근본적인 차이가 없어진다. 타자에 대한 무사유는 당연하다고 생각하는 동일성의 공감의 큰 문제점이다. 그것은 누구나 갖고 있는 평범한 태도이지만 타자의 입장에서는 엄청난 고통이다. 그렇기 때문에 아렌트는 냉정하게 악의 평범성에 대해 말한 것이다. 아이히만은 다만 타자에 대한 무사유와 악의 평범성이 극단에 이른 경우일 뿐이다.

반면에 사랑이란 아이히만에게 결여되었던 능력 바로 그것이라고 할

---

49   위의 책, 16쪽.

수 있다. 아이히만에게는 벽이었던 타자에 대한 사유와 교섭이 바로 사랑이다. 그의 죄명 평범한 악의 반대말이 바로 **사랑**인 것이다.

그렇기에 아렌트가 말한 무사유란 지식의 결핍이 아니라 사랑의 결핍일 것이다. 사랑이란 나의 감정인 동시에 타자에 대한 사유이기도 하다. 나도 모르게 자꾸 떠오르는 타자에 대한 사랑의 사유는 의도적인 것이 아니라 무의식적인 것이다. 마찬가지로 사랑의 결여, 즉 타자에 대한 무사유라는 평범한 악 역시 무의식의 문제이다. 아이히만은 의도적으로 타자에게 벽을 쌓은 것이 아니라 동일성의 환상이라는 무의식이 그를 그렇게 만들었다. 따라서 그의 범죄는 의도의 범죄가 아니라 **무의식의 범죄**이다.

평범한 악은 '잘못을 행하려는 의도'가 범죄 구성에 핵심적이라는 현대 법체계의 가정에 문제를 제기한다. 나쁜 의도도 정신적 도착도 없었던 아이히만에게 문제가 된 것은 타자성의 상실과 동일성에 고착된 무의식의 구조였다. 평범한 악이라는 이 무의식의 범죄는 아렌트가 발견한 새로운 범죄의 유형이다.

상투어, 관용구, 관습적인 표현과 행위규칙의 고수는 사건과 타자에 대한 사유를 막으면서 사회를 평범하게 안정시킨다. 일상의 사람들은 관습성과 사건에 의한 동요 사이의 중간에 있다. 아이히만과 일상의 사람들의 차이는 전자의 경우 사건과 타자에 대한 사유가 전무했다는 점이다.[50] 이것이 바로 상투어과 관습성에 고착되어 동요하지 않는 무의식을 지닌 자의 평범한 악의 비밀이다. 상투어와 관습성은 평범한 것이지만 그것에 고착되면 아이히만 같은 악인이 되는 것이다.

평범한 악은 새로운 악의 주요한 유형이다. 현대사회에는 자신도 잘 모르지만 엄청난 결과를 가져오는 평범한 악의 비밀이 있다. 그 비밀은 누구나 조금씩은 가지고 있는 것이지만 사건과 타자에 대한 무관심과 무사

---

50 정화열, 「악의 평범성과 타자 중심적 윤리」, 위의 책, 37~38쪽.

유가 악화되는 순간에 현실화된다.

신자유주의 시대는 배수아 소설과 송경동의 시가 말하듯이 사건이 일어나도 일상이 동요하지 않는 '이상한 고요함'의 시대이다.[51] 타자에 대한 공감의 상실이 야기한 그 '이상한 고요함'이 바로 평범한 악의 단초이다. 그것은 아무도 원하지 않는 '우리 안의 아이히만'의 증거이다. 일베의 혐오발화는 한발 더 나아가 타자를 공격하는 점에서 평범한 악의 실행단계에 들어섰다고 볼 수 있다. 일베의 혐오발화 역시 아이히만처럼 동일성의 환상에 대한 고착화가 원인이다.

아이히만과 일베의 차이는 전자의 경우 유대인을 증오하지도 않으면서 그들을 죽음에 이르게 했다는 점이다. 이는 아이히만이 권력의 하수인으로서 상상적 동일성(이데올로기)의 환상에 더욱 빈틈없이 합체되어 있었음을 의미한다. 반면에 일베는 동일성의 환상에 고착되었으면서도 스스로는 경계에 위치하기 때문에 자신의 취약점을 지우려 타자를 혐오하며 공격하는 것이다. 아이히만은 이데올로기를 충실히 실행하는 하수인이었지만[52] 일베는 유혹의 권력에 회유되어 타자를 혐오하며 사후적으로 이데올로기를 실행한다.

신자유주의 시대는 이데올로기의 방식이 아니라 유혹의 권력의 방식으로 평범한 악이 다시 등장한 시기이다. 유혹의 권력은 판타지 서사와 자기계발서를 통해 우리를 동일성(국가, 민족, 자본)의 환상에 고착되게 만든다. 오늘날 '우리 안의 아이히만'은 실상은 유혹의 권력의 실행효과인 셈이다. 유혹의 권력은 자기 자신은 세상을 아름답게 연출하면서 피지배자들 스스로 타자를 혐오하게 만드는 '부드러운 아이히만'의 기제이다.

유혹의 권력은 사람들을 동일성의 환상에 고착되게 만들어 '평범한 악'을 은밀히 유통시킨다. 그러나 권력의 일부이자 무사유의 표본인 아이히

---

51   나병철, 『미래 이후의 미학』, 문예출판사, 2016, 466~488쪽.
52   지젝의 논의대로 이데올로기 역시 환상을 현실로 수용하게 한다.

만과는 달리 우리의 내면에는 사랑의 갈망이 남아 있다. 유혹의 권력의 제도에 의해 사랑의 잔여물이 서랍 속에 갇혀 있는 답답함이 바로 **우울증**이다. 우울증은 무덤덤한 아이히만과 우리를 구별하게 해주는 중요한 정동[53]이다.

평범한 악은 무의식의 범죄이기 때문에 우리의 무의식의 재구성을 요구한다. 무의식의 재구성이란 한마디로 우리가 상실한 사랑을 재발명하는 일이다. 그것은 동일성의 환상의 회유 속에서 사랑의 잔여물이 서랍 속에 갇혀 있는 우울의 정동에서 벗어나는 일에서 시작된다. 무의식의 범죄인 평범한 악에 대한 징벌은 그처럼 **복수**가 아니라 타자에 대한 사유 곧 **사랑**의 정동이다.[54] 우리 시대의 경우 사랑의 회복은 서랍 속에 갇혀 있는 순수기억과 타자성의 기억을 열어주는 것이다.

홀로코스트의 비극을 경험한 레비나스 역시 타자성의 윤리와 에로스적 사랑을 주장했다. 그가 주장한 것은 아이히만에게 결여되어 있는 타자에 대한 사유 바로 그것이었다. 오늘날은 평범한 악이 유혹의 권력의 방식으로 재출현한 시기이다. 부드러운 아이히만의 재등장에 맞서는 우리의 전략은 사랑의 재발명을 통한 타자성의 윤리의 귀환이다.

레비나스는 자기성의 삶에서 벗어나 타자와 교섭할 때 비로소 미래로 향한 시간이 열린다고 말했다. 자기성의 삶에 집착해 있으면 미래가 오지 않을뿐더러 타자에 대한 무사유 곧 평범한 악이 만연된다. 현대사회에서 평범한 악의 등장은 우리의 사유에서의 코페르니쿠스적 전회를 요구한다. 즉 자기성의 삶에서 타자성의 삶으로의 전회를 말한다.[55] 그런 삶의 방식의 전환은 철학적 사유의 윤리적 전회에 상응한다.

---

53 우울은 병리적인 정동장애로 볼 수도 있지만 우리가 말하는 제도화된 우울증은 권력에 대한 대응이 어려움을 암시하는 역할을 하는 셈이다.
54 아렌트, 김선욱 역, 앞의 책, 380쪽.
55 정화열, 「악의 평범성과 타자 중심적 윤리」, 위의 책, 42쪽.

물론 아렌트가 말했듯이 우리가 모든 순간 사건과 타자에게 주의를 기울인다면 우리는 곧 지쳐버릴 것이다. 레비나스 역시 자기성의 삶과 타자성의 윤리의 양가성을 강조했다. 모든 순간에 자기성을 포기하는 삶은 오히려 도덕적 전체주의일 것이다. 우리는 전체주의에서 벗어나 자기성의 삶을 살 때만 타자성의 삶으로 나아갈 수 있다. 이는 타자성의 교섭이 도덕적 규율이 아니라 자유로운 자발성에 근거한 것임을 뜻한다. 즉 그것의 본질은 순수욕망(라캉)이나 에로스적 사랑(레비나스)과도 같다.

　레비나스의 윤리에서 고통 받는 타자와의 교섭은 하나의 사건이다. 우리는 그 반대로 사건이 일어나는 순간은 우리가 자기성에서 벗어나 타자와 교감하는 순간이라고 말할 수도 있다. 그런데 오늘날은 사건이 일어나도 타자에게 무관심한 '이상한 고요함'의 시대이다. 평범하지 않은 사건의 순간에도 아무 일 없는 것처럼 **평범한 것**이 문제인 셈이다. 즉 비극적인 사건이 일어나도 아이히만처럼 관습성과 상투성에서 벗어나지 못하는 것이다. 그런 '이상한 고요함'이 바로 무덤덤한 '우리 안의 아이히만', 평범한 악의 단초인 셈이다.

　악의 평범성에 감염된 사회는 사랑이 소멸된 대신 경직된 이데올로기가 개인의 내면을 점령한 사회이다. 우리 시대는 이데올로기에 점령되었다기보다는 신자유주의의 유혹의 권력에 의해 동일성과 자기성에 고착된 인격이 만들어지는 시대이다. 혐오발화는 그런 미시권력에 의한 악의 평범성의 부활에 다름이 아니다. 미시권력에 의한 인격의 개조인 평범한 악의 귀환에 대한 대응은 미시정치와 감성정치이다.

　여기에는 다양한 잠재적 힘들의 관계 속에 놓인 미시적 정동의 문제가 있다. 사회적 균열과 위기가 정당한 분노로 표출되지 못하고 우울과 혐오로 변주되는 것은 유혹의 권력(감성권력)과 미시권력에 의한 왜곡 때문이다. 잠재적 울분이 감성권력의 회유에 의해 막히게 되면 우리는 우울증에 빠지게 된다. 혹은 일상적으로 감성권력에 포획되어 상상적 동일성에서 헤어 나올 수 없는 사람은 마약처럼 환상에 고착된 채 혐오로 변질된 정동으로 타자를 공격하게 된다. 이처럼 미시권력의 타깃은 아직 분노로 표출되기 전의 미시적 정동들이다. 우리 시대의 우울과 혐오의 정동은 무의식에서 발생한 잠재적 울분이 (미시적) 감성권력에 의해 왜곡되어 정당한 분노로 현실화되지 못하기 때문이다. 그렇다면 심연에서 발생한 울분을 권력의 방해를 넘어서서 정당한 분노로 현실화하기 위해서는 미시적 **정동의 정치학**(6절)이 필요할 것이다.

5. 여성혐오와 대리보충적 사랑 – 강남역 시위

앞에서 우리는 인종적 위계가 계급적인 것보다 심리적으로 더 고착되어 있음을 살폈다. 그와 비슷하게 경계가 고착되어 있으면서도 은밀하게 감춰져 있는 것이 바로 젠더관계이다. 젠더관계에서의 위계성은 표면상 잘 감지되지 않기 때문에 보다 조용하게 오랫동안 고착된 상태로 일상에 침투해 있다.

관습성에 고착된 상태로 타자에게 고통을 주는 것이 평범한 악이라면 젠더관계의 모순이야말로 악의 평범성의 표본이다. 남성들 사이에서는 평범하게 여겨지는 행동이 여자에게는 치욕적인 것이 될 수 있는 것이다. 그처럼 남성들이 성차별로 생각하지도 않는 행동들이 실제로는 여성에게 상처를 주는 상황이야말로 여성혐오의 근원이라고 할 수 있다. 여성혐오의 근원은 아주 평범한 남성중심적 상식의 위반에 있다. 예컨대 남성들이 당연하다고 생각하는 일을 여성이 참지 못할 때, 그리고 여성이 주제넘게 앞에 나서서 눈에 거슬리는 일을 할 때, 그 여자는 김치녀나 된장녀라는 혐오의 대상이 된다.

김치녀는 책임과 의무를 외면한 채 자신의 권리만 주장하는 여자를 말한다. 또한 된장녀는 다른 사람에 의존해 살면서 자신은 명품으로 사치를 일삼는 여자이다. 이 말들은 특정한 여자에 대한 비난인 것 같지만 사실은 **여성 일반**에 대한 편견을 바탕으로 하고 있다. 즉 여성이 남자들처럼 나대지만 근본적으로 열등하다는 차별의식이 작용하고 있는 것이다. 또한 여성들이 본질적으로는 남성에게 **의존할 수밖에 없다**는 잘못된 생각이 전제되어 있다. 그래서 설령 여성이 잘못된 행동을 했다 하더라도 남자라면 묵인될만한 것을 여성에게는 혐오감을 표현하는 것이다. 여성혐오란 그처럼 남성중심주의의 환상에 고착된 남자들이 경계선을 어지럽히는 여성을 불쾌하게 여겨 밀어내려는 정동이다. 경계선 부근에는 남자와 동등하게 뛰어난 여자, 잘못을 하고도 태연하게 (남자처럼) 오만한 여자, 남성의 페티시즘적 시선을 역이용하는 여자, 그리고 동성애자, 성전환자들이 있다.

그처럼 여성이 혐오의 일차적 대상이 된 원인은 오랫동안 **친밀한 영역**에서 은밀하게 약자에 위치에 있어온 때문일 것이다. 여성혐오는 여성이 가장 친밀한 대상인 동시에 숨겨진 극도의 불평등성에 놓여 있었다는 반증이다. 여기에는 남성의 은밀한 페티시즘적 시선이 작용하고 있다. 페티시즘은 남성중심성에 근거한 이중적 시선을 말한다. 남성들은 여성을 자기 쪽 시선에서의 친밀한 대상으로 인정하는 동시에 여성 자신의 진정한 정체성은 부인하는 이중성을 드러낸다.

오래된 '평범한 차별'과 함께 오늘날 여성혐오가 나타난 중요한 원인은 신자유주의 시대의 사회적 위기이다. 자본과 국가의 이데올로기적 동일성의 환상은 사회적 균열이 생겼을 때 정당한 원인을 찾기보다는 약자나 타자를 희생양으로 삼는 경향이 있다. 예컨대 된장녀나 김치녀는 한국 사회의 위기를 약자인 한국 여성의 탓으로 돌리려는 은유적 용법이다. 된장이나 김치는 한국의 고유한 음식인데 여성과 결합되면 비하의 표현으로 왜곡되는 것이다. 이런 은유적 용법에는 한국의 정화된 정체성이 불순한 여성에 의해 오염되었다는 생각이 깔려 있다. 여성혐오란 불순한 여성으로부터 오염되지 않고 정화된 동일성을 지키려는 환상적인 사고이다.

그런 여성혐오에서 된장이나 김치는 묘한 내포적 의미를 함축하고 있다. 된장과 김치가 순수한 한국의 상징이면서 여성의 맥락에서는 후각적 오염의 근거라는 점은 한국 남자의 잠재된 분열의 표현이다. 남성(발화자)의 입장에서는 된장녀나 김치녀가 자신과 같은 한국인이기 때문에 그(후각적 근거)로부터 오염되지 않으려는 혐오의 관념이 더 고조되는 것이다. 여기에는 한국의 국가나 민족적 정체성의 중심을 남성에 두고 여성을 주변화하려는 관념이 작용하고 있다. 그러나 실상 여성을 남성과는 다른 한국인으로 분리시키는 것은 환상이기 때문에 여성혐오에는 숨겨진 자기 파괴적인 요소가 포함되어 있다.

여성의 사회적 진출이 늘어나 남성의 일자리를 빼앗는다는 위기의식도 여성혐오의 한 원인으로 꼽힌다. 이점 역시 표면적인 사회적 진출과는 달리 관습적 인식에서는 여성차별이 상존한다는 증거이다. 오늘날에는 표면상 남녀 간의 제도적인 평등이 이뤄진 듯 보이며 실제로 능력이 뛰어난 여성들이 급속하게 많아졌다. 그러나 가부장제는 크게 변하지 않았을 뿐더러 사적 영역으로 여겨져 변화의 요구조차 잘 표면화되지 않는다. 매우 중요한 문제는 가부장제가 결코 사적인 일상의 영역에 국한되지 않는다는 점이다. 예컨대 자본주의, 민족주의, 국가주의 등의 근대의 이데올로기들은 근본적으로 가부장제적이고 남성중심적이다. 그 때문에 아무리 제도적 평등이 이루어져도 자본과 국가의 형식이 변하지 않는 한 남성중심주의는 사라지지 않는다. 오히려 외견상의 평등으로 여성의 진출이 많아지면서 남성은 피해의식 속에서 열등한 타자인 여성을 공격하게 되는 것이다.

흔히 남성은 군대에 가지 않는 여성이 남성보다 이득을 얻는다고 생각한다. 강남역 사건 시위에서의 일베의 대응이 중요한 예이다. 여성들은

"여자라서 죽었다, 나는 우연히 살아남았다"는 말로 여성의 '부인된 존재'를 표현했다. 그 같은 여성들의 시위에 일베는 "남자라서 죽은 천안함 용사들을 잊지 맙시다"라고 대응했다.

그러나 군사 노동은 국가에 대한 남성의 희생이지 결코 젠더 관계에서의 문제가 아니다. 군사 노동은 성 노동과 마찬가지로 미래의 언젠가는 사라져야 할 죽음정치적 노동[56]이다. 군사 노동의 필요성은 배타적인 국가기구의 모순을 반증할 뿐이다. 군사 노동을 필요로 하는 배타적인 국가기구는 오히려 근육의 힘이 강한 남성을 우위에 놓으면서 여성을 의존적 대상으로 강등시킨다. 군복무의 불평등성을 말하는 남성은 자신의 희생이 국가를 남성주의적으로 만들며 여성을 예속적 존재로 위계화함을 생각하지 않는다. 〈태양의 후예〉에서 유시진은 "아이와 노인과 미인은 보호해야 한다는 것이 나의 원칙"이라고 말한다. 군사주의와 남성중심주의는 여성을 용감한 남성이 보호해야 할 의존적인 대상으로 하락시킨다.

군사 노동이 국가에 대한 국민의 희생이라면 성 노동과 가사노동은 남성에 대한 여성의 희생이다. 특히 성 노동과 가사노동은 아무도 그것을 노동으로도 인식하지 않는다. 그 이유는 성적 욕망의 장치와 가부장제라는 남성중심적 권력의 기제가 작용하고 있기 때문이다. 그 두 가지 남성중심적 권력은 성적 관계와 가족관계를 중립적으로 보이게 만드는 은밀성의 기제를 포함하고 있다. 하지만 푸코가 말한 성적 욕망의 장치 역시 실상은 자본주의에서의 남성중심적 권력인 셈이다. 푸코는 자본주의에서 섹슈얼리티가 부르주아의 정체성이 되었다고 말하는데 더 구체적으로는 남성 부르주아의 정체성이 섹슈얼리티라고 할 수 있다. 그렇기 때문에 여성의 성 노동은 자본주의가 해체되지 않는 한 결코 사라지지 않는다. 권력을 지닌 수요자가 소멸되지 않는 한 아무리 법으로 통제하더라도 성 노

---

56 죽음정치적 노동에 대해서는 이진경, 나병철 역, 『서비스 이코노미』, 소명출판, 2015, 39~45쪽 참조.

동의 공급은 중단될 수 없는 것이다. 성 노동에서의 여성의 성적 희생을 말하지 않는 것은 자본주의와 부르주아가 사라질 수 없음에 대한 암묵적인 체념일 뿐이다.

　제도적 평등이란 자본주의와 민족주의 아래에서의 평등이며 그것은 근본적으로 남성중심적인 중립화이다. 제도가 중립적이기 때문에 우리는 젠더관계의 위계성을 잘 실감하지 못한다. 그러나 자본과 국가의 이데올로기에 의해, 그리고 오늘날에는 유혹사회의 감성권력에 의해, 우리는 표면상 잘 느끼지 못하는 불평성의 구조, 즉 외견상 더없이 중립적으로 보이는 남성중심적 세상에서 살고 있다.

　자본주의와 민족주의, 제국주의 같은 이데올로기가 남성중심적이라는 것은 프로이트의 페티시즘 이론에 의해 확인할 수 있다. 프로이트는 남자아이가 여성의 거세에 공포를 느끼며 여성적 차이를 부인하게 되는 과정을 페티시즘으로 설명한다. 남자아이는 어머니의 페니스의 결여를 부인하면서 페니스의 대체물인 페티시를 찾아낸다. 그 이후 남자는 여성 자신의 정체성을 인정하는 대신 페티시즘의 시선으로 여성을 대하게 된다. 페티시즘이란 여성적 타자의 차이를 부인하고 페니스를 지닌 남성의 시선으로 여성을 대하는 태도를 말한다.[57] 이는 남성의 물신화된 시선에 의해 여성을 남성의 욕망의 대상으로만 여기는 것을 뜻한다.

　이처럼 여성을 남성의 물신화된 욕망의 대상으로 보게 되면 여성은 인격적 존재에서 물건으로 강등된다. 물론 남성도 성적 욕망의 충족을 위해 여성을 사랑스럽고 귀여운 대상으로 소유해야 하므로 페티시즘은 여성을 열등한 혐오의 대상으로만 연출하지는 않는다. 페티시즘의 시선에 의

57　프로이트는 여성의 거세를 부인하고 페티시의 대체물을 찾는 것을 페티시즘으로 말하지만, 여성을 거세된 존재로 보는 것 자체가 남성중심주의이므로, 우리는 페티시즘을 타자의 차이를 부인하는 태도로 재해석할 수 있다.

해 여성의 존재는 매력적인 섹슈얼리티의 아이콘으로 대체된다.[58] 그러나 여성이 남성의 욕망의 대상인 동시에 소유하기 어려운 존재가 될 경우 이제 여성은 강력한 혐오의 대상으로 강등된다. 원래 남성을 만족시켜 줘야 할 대상인 여성이 오히려 자신과 경쟁하는 골치 아픈 존재로 다가올 때 남성은 참지 못하는 것이다. 예컨대 일베가 여성에게 극단적으로 정액받이나 보슬아치 등의 혐오발화를 일삼는 것은 여성의 원래의 '물건으로서의 위치'를 확인시키려는 시선이다. 따라서 페티시즘은 여성을 친밀한 귀여운 대상으로 연출하기도 하지만 또한 혐오와 증오의 대상으로 만들기도 한다.

그런데 이런 페티시즘은 인종주의이나 자본주의에서도 나타난다. 인종주의에서 원주민을 제국의 일방적 욕망의 대상으로 보는 시선은 성적 관계에서와는 달리 주로 부적합한 혐오스런 존재로 표현된다. 예컨대 흑인은 '검둥이'이며 식민지 시대 조선인은 '요보'로 불렸다. 물론 다중적으로 동요하는 식민지적 욕망의 특성에 의해 인종주의적 페티시즘에서도 성적 관계에서처럼 친밀한 표현이 나타나기도 한다. 식민주의적 페티시즘 역시 친밀성과 혐오의 양가성을 드러내고 있는 것이다. 가령 식민지 말 일본이 조선의 문화를 이국취향의 대상으로 본 경우인데, 일본은『춘향전』을 일본어로 번역해 공연하면서 문화 수집가의 입장에서 이국적인 로컬칼라로 연출했다.[59] 검둥이와 요보, 혹은 이국적으로 연출된『춘향전』은 인종주의나 식민주의에서 나타나는 페티시즘이다. 페티시즘이 원래 성적 관계에 기원을 두고 있음을 생각할 때 혐오와 친밀성 사이에서 동요하는 식민주의는 남성중심적 권력임을 알 수 있다.

자본과 노동의 불평등한 관계에 주목한 마르크스 역시 노동의 상품화

---

58 페티시즘은 이처럼 부분을 통해 여성의 존재 전체를 대신하는 기제이다.
59 Nayoung Aimee Kwon, *Intimate Empire*, Duke University Press, 2015, pp.99~129, 154~173.

를 페티시즘으로 불렀다. 자본의 페티시즘이란 노동력이나 상품을 인격적 관계에서 분리된 사물화된 대상으로 보는 것을 말한다. 상품의 페티시즘역시 감각적 물건인 동시에 스스로 생명을 지닌 매력적인 존재의 환상으로 연출되기도 한다. 자본주의는 특히 여성을 성적 대상으로 상품화하는데 이는 자본이 원래 남성중심적 권력임을 암시한다.

우리 시대는 성적 관계에서의 페티시즘이 자본의 상품물신화와 결합되어 여성의 상품화가 은밀히 확대된 시대이다. 더욱이 신자유주의 시대에 인격성의 영역에까지 상품화의 논리가 침투함에 따라 여성의 성과 외모에 대한 상품화는 한층 심화되었다. 오늘날은 여성의 지위가 높아진 시대인 동시에 또한 여성이 가장 은밀하게 상품화되는 시대이기도 하다. 여성혐오는 그런 모순 속에서 남성의 분열에 기초한 자기파괴적인 표현이다. 여성이 경쟁적인 대상이 됨에 따라 페티시즘의 두 측면인 친밀성과 혐오 중에서 후자가 더 부각되는 것이 지금의 현실이다. 그처럼 친밀한 페티시즘적 연출이 불가능해짐에 따라 여성혐오가 나타나는 것이지만, 혐오의 만연은 결국 타자성을 지닌 에로스적 사랑의 종말을 의미한다. 친밀한 페티시즘 역시 에로스와는 거리가 있는 것인데, 혐오발화는 여성 쪽에서의 에로스에 대한 갈망마저 단절시키기 때문이다. 그 대신 남성의 사랑에 대한 향수는 연예상품과 감정상품의 페티시즘에서 보상된다. 이런 과정은 다시 여성의 페티시즘적 상품화의 확대를 요구하는 악순환의 연쇄를 만든다.

너스바움 역시 여성혐오가 남성이 여성의 감정이나 주체적 활동성을 무시하는 일방적인 시선에서 기인됨을 말하고 있다. 여성은 그저 남성의 다른 몸이며 남성으로부터 끊어낼 수 없는 더 낮은 일부이다. 그에 따라 여성은 성관계에서 발생하는 동물성의 오염원으로 여겨지고, 여성혐오는 그런 불순함으로부터 남성을 정화시켜주는 역할을 하게 된다. 여기에는 타자의 더러움과 자신의 깨끗함이라는 이중의 망상이 작용한다.[60] 너스바움이 말하는 여성혐오 역시 페티시즘처럼 여성 자신의 자율적인 감정이나 주체성이 **부인**됨을 뜻한다. 여성이 그런 자신의 위치에서 벗어나 주체성을 내세우려 할 때 남성은 저도 모르게 여성을 혐오하는 말을 하게 된다.

이런 남성의 여성혐오에 대해서 여성의 남성혐오가 말해지기도 한다. 그러나 여성혐오와 남성혐오의 관계는 결코 대칭적이지 않다. 여성혐오는 여성에게 수치심을 안겨줘서 존재 자체를 부인하게 만드는 공격적 발화이다. 반면에 남성혐오는 남성의 비인간적 폭력이나 여성을 비하하는 태도에 대한 혐오이다. 즉 여성혐오가 성적 열등함에 대한 공격이라면 남성혐오는 남성의 비인간성에 대한 공격인 것이다. 예컨대 '강간충'은 남성이 폭력적이기 때문에 벌레처럼 혐오의 대상이 되는 것이며, '여혐혐'[61]이란 여성을 혐오하기 때문에 남성이 공격의 대상이 됨을 암시한다. 남성혐오나 여혐혐에는 남성이 비인간적인 폭력적 존재에서 벗어나길 바라는 소망이 잠재되어 있다.

하지만 여성혐오에 대한 남성혐오의 대응은 결코 문제의 해결책이 아니다. 혐오란 상대를 경계 밖으로 밀어내려는 정동이며 여기에는 자율적 주체의 능동성이 없다. 남성혐오는 여성의 자율적 주체성의 표현이기보다는 고통을 주는 존재인 남성을 여성들의 세계에서 제거하려는 반작용적 정동이다. 우리는 경계선을 해체하지 못하는 그런 반작용적 혐오에서 벗어나 경계를 만드는 권력에 대한 능동적인 분노에 이르러야 한다. 여성혐오에 대한 대응이 정당한 분노에 이르지 못하고 혐오에 그치는 것은 여성이 여전히 약한 위치에 있음을 뜻한다.

그러면 타자의 위치에 있는 여성은 무엇을 해야 하는가. 여성이 약한 **혐**

---

60   너스바움, 강동혁 역, 『혐오에서 인류애로』, 뿌리와이파리, 2016, 57~58쪽.
61   여성혐오를 혐오하는 것을 말함.

오에서 벗어나 정당한 **분노**라는 강한 정동을 얻으려면 무엇이 필요한가. 타자를 약한 수동적 위치에서 능동적 주체성으로 변화시켜주는 것은 바로 사랑과 연대이다. 타자는 사랑과 연대를 통해서만 약한 혐오에서 벗어나 불평등한 경계를 만드는 동일성의 권력에 대해 분노를 표현할 수 있다. 앞에서 우리는 사랑이 이데올로기에 공백을 만드는 능동적 정동임을 살펴봤다. 남성중심적 이데올로기가 약자를 혐오하는 경계를 만든다면 사랑과 연대는 이데올로기의 공백지점을 생성하면서 능동적으로 주체성을 표현한다. 여혐혐은 여혐에 대한 반작용으로서 약자의 또 다른 경계 설정이며 결코 경계를 넘어서는 능동적인 주체적 표현이 되지 못한다. 그런 동일성의 경계에 근거한 혐오와는 달리 사랑은 타자성의 연대에 바탕을 둔다. 그 때문에 사랑의 연대는 남성중심적 이데올로기에 공백을 만들면서 불평등한 대립의 경계를 해체할 수 있는 것이다. 또한 그처럼 사랑에 근거해 연대를 이룰 때 비로소 사회적 모순에 대한 능동적인 분노가 표현될 수 있다. 사랑의 연대를 통해서만 여혐혐은 불평등한 경계를 해체하려는 능동적 주체의 정당한 분노로 되돌려질 수 있는 것이다.

강남역 살인사건에서의 여성들의 연대 역시 그런 사랑의 표현으로 볼수 있다. 이 사건에서는 조현증 환자의 살인을 여성혐오로 볼 수 있느냐가 먼저 문제가 되었다. 조현증 환자는 환상 속에서 무의식적 충동을 직접 행동으로 옮기는 분열된 심리 상태의 사람이다. 하지만 그의 상처받은 무의식이란 일상의 평범한 남성들의 무의식의 증폭된 반영일 뿐이다. 억눌러 참고 있던 무의식이 사회적 균열의 틈새를 통해 혐오발화로 새어나오는 오늘날의 현실이 그것을 발해준다. 남성들의 무의식에는 이데올로기(가부장제, 자본주의, 국가주의)가 묵인하는 젠더 관계의 불평등성이 은밀히 각인되어 있으며, 조현증 환자는 그것을 직접 행동으로 드러내는 점이 특별할 뿐이다. 특별한 것 같지만 아주 일상적인 무의식, 이것이 바로 젠더 관계에서의 **평범한** 악이다. 여성혐오는 그런 무의식에 근거해 여성의 존재 자체를 열등하게 표현하는 것으로서, 인종차별에서처럼 일상의 약한 여성에 대한 공격이 매우 흔한 것 역시 같은 이유에서이다. 그에 반해 남성혐오는 남성의 폭력성에 대한 것이므로 약한 남성에 대한 공격은 실제로 거의 없다. 일상에서 남성이 여성의 공격성을 거의 느끼지 않지만 여성은 폭력의 공포에 시달리는 것은 무의식의 범죄인 평범한 악의 증거인 셈이다.

강남역 사건은 그런 비대칭적 관계의 표현이었기 때문에 여성들에게 무의식의 공포를 가져왔다. 그리고 그것이 특정 남성에 의한 증오이기 보다는 일상을 지배하는 거대한 남성적 무의식의 벽(절망)[62]으로 여겨졌기에 반작용적 여혐혐보다 공포에 대응하는 여성들끼리의 연대로 나타난 것이다. 남성적 무의식이란 우리 사회를 지배하는 남성중심주의라는 상상적 이데올로기이다. 그런 상상적 동일성의 권력에 대한 능동적 대응인 점에서 강남역의 여성시위는 여혐혐에서 한 발 더 나아간 진전이었다. 여혐혐이 여혐에 대한 반작용적 대응이라면 강남역 시위는 능동적인 주체성의 표현이었다.

그런데 강남역 시위에서 표현된 사랑은 특이하게 대리보충적인 것이었다. 즉 실제로 구호를 외치기보다는 글쓰기로 대신 표현된 점이 특징적이었다. 그러나 여기서의 '대리보충'이란 강남역 시위의 글쓰기가 참여자의 목소리의 대리물이었다는 뜻이 아니다. 데리다가 대리보충이 자위행위가 아니라 현존보다 더 실재적임을 말했듯이 강남역의 대리보충은 실재계적 잔여물을 쫓아가는 사랑의 표현이었다. 즉 이 특이한 글쓰기 시위는 목소리를 내는 시위의 대리물이 아니라 어쩌면 그보다 더 '실재적인 것'의 표현[63]이었다고 할 수 있다.

---

62 남성중심주의라는 상상적 이데올로기는 이처럼 무의식의 차원에서 더 많이 은밀하게 작동된다.
63 실재적인 것(the Real)은 표상되지 않기 때문에 확고한 목소리보다는 대리보충적인 글

강남역 시위의 글쓰기는 데리다의 에크뤼트르와 비슷한 것이었다. 에크뤼트르는 문법적 글쓰기를 넘어서서 실재의 잔여물을 좇는 운동(언표작용)인 점에서 **동요하는 사랑**과 유사하다. 사랑의 동요로서의 여성적 시위는 남성중심주의에 의해 가려져 보이지 않던 것(실재와의 교섭)을 표현한 은유적 정치이기도 했다. 여성들의 은유적 글쓰기는 남성중심적 문법을 해체하는 균열을 내는 점에서 정치적이었다.

그러나 여성들의 사랑이 대리보충적이라는 것은 아직 수면 위로 가시화되지 않은 물밑의 연대라는 뜻이다. 사랑이 현실을 변화시키는 정치학이 되는 경우는 다음의 두 가지이다. 하나는 사랑하는 사람의 성격을 변화시켜 연애를 방해하는 이데올로기에 강렬하게 대응하게 만드는 것이다. 예컨대 『토지』에서 서희는 길상에 대한 사랑을 더 이상 숨기지 못하는 시점에서 반상의 이데올로기를 무너뜨리는 행동을 드러낸다. 또한 사랑은 연인들에게 공감하는 사람들의 마음에 진동을 일으켜 일상의 사람들을 결집시킨다. 가령 「님」에서 님을 찾아가는 진국의 목숨을 건 밀항을 보며 우리는 냉전 이데올로기에 균열을 내는 동요를 느낀다. 그런데 강남역의 시위는 그 같은 두 가지 점에서 아직 불완전한 표현이었다.

사랑의 대리보충은 사랑하는 사람을 대리물로 간직하기 때문에 대상이 부재한 상태에서도 열정이 지속된다. 강남역 시위에서도 대리보충의 지속성은 마찬가지이다. 즉 희생된 여성이 나의 마음에 들어와 대리적으로 존재함으로써 그녀에 대한 사랑이 글쓰기로 표현된 것이다. 그런데 그 대리물이 나의 성격으로 합체되면 더 이상 대리보충이 아니며 직접 나의 정체성이 된다. 글쓰기는 대리보충의 위력을 지니지만 그 위력이 정체성으로 합체될 때 비로소 글쓰기 이상의 행동이 나타난다. 이 단계에 이르면 물밑의 연대는 비로소 수면 위로 고양되기 시작한다. 하지만 강남역

쓰기로 표현될 수밖에 없다.

시위가 남성중심적 이데올로기들에 대응할 만큼 참여 여성들의 성격(주체성)을 능동적으로 변화시켰는지는 아직 미지수이다.

또한 일상의 사람들에게 사랑의 진동이 전달되었는지도 불확실하다. 「님」에서 진국의 사랑의 동요가 우리에게 전달된 것은 그의 연애가 이데올로기에 공백을 만드는 힘에 의한 것이며 우리는 사랑과 함께 그것을 방해하는 이데올로기의 모순을 인식한다. 이데올로기에 대한 대응이 없는 순수한 사랑은 어디에도 없거니와 그런 사랑은 동요가 전달되지도 않는다. 그런데 강남역 시위에서의 사랑은 이데올로기에 대한 대응이 막연하고 불분명하다. 여성혐오자에 대한 비판보다는 그를 포섭한 이데올로기에 대한 대응이 표현되어야만 사랑은 혐오발화자를 균열의 위치로 되돌려 그 균열에 대한 분노를 생성시킬 수 있다. 그래야만 남성을 적으로 삼지 않고 양심적인 남성에 대한 사랑과 함께 남성중심적 사회에 대한 정당한 분노를 표현할 수 있는 것이다. 그러나 강남역 시위의 사랑의 표현에는 이데올로기에 대한 대응도 분노도 없었다.

강남역 시위는 불완전한 대리보충이었다. 글쓰기라는 대리보충의 상징은 미래의 소망으로의 매개인 동시에 아직은 손에 잡히지 않는 충족의 대리물이다. 사랑이란 앞으로 와야 할 것과의 교섭이거니와 지금 여기에는 없는 미래의 충족을 위해 대리보충의 상징을 필요로 하는 것이다. 그런데 강남역의 사랑의 글쓰기에는 현재의 이데올로기에 대한 대응이 없었기 때문에 미래에 와야 할 것과의 교섭도 불확실했다. 강남역 시위는 우리의 공감력을 증폭시킨 점에서 혐오의 정동을 역전시킨 미학적인 은유적 정치였다. 미학은 그 자체로는 저항이 아닌 사랑을 증폭시키는 한 점의 불꽃에 의해 이데올로기에 대항하는 정치가 된다. 그러나 강남역 시위는 그런 대항과 동요가 잘 느껴지지 않는 조용한 미학적 표현이었다. 우리에게는 사랑의 파문을 증폭시키며 이데올로기가 요동치게 만드는 한 점의 불꽃, 또 하나의 미학적인 정치가 필요하다.

6. 사랑과 혐오의 감성전쟁 – 정동의 정치학

우리는 억압된 욕망이 해방된다는 환상을 연출함으로써 질서를 유지하는 체제를 **유혹사회**라고 불렀다. 유혹사회는 감성권력과 감정상품을 통해 우리의 무의식 속의 잔여물이 해소되는 듯한 환상을 연출한다. 그런 환상적 유혹장치의 표본은 〈태양의 후예〉 같은 판타지 드라마일 것이다.

〈태양의 후예〉는 세월호 사건의 앙금을 일시에 해소하는 듯한 환상을 통해 실제로 해결되지 않은 사회 모순을 잊게 만든다. 감성권력은 판타지 드라마처럼 심리적 잔여물을 환상적으로 해소시키면서 실제로 해소되지 않은 문제들을 망각하게 유인한다. 그렇게 함으로써 억압된 잔여물이 사랑이나 분노 같은 능동적인 감정으로 되돌아오지 않게 만드는 것이다. 그와 함께 유혹사회는 환상에 유인되지 않고 여전히 (체제의) 경계 선상에서 서성대는 타자들을 혐오하도록 감성의 분할을 조작한다.

오늘날 우리는 유혹사회의 **쾌락**과 **혐오**의 기제에 회유되어 **사랑**과 **분노**를 잃어버린 세상에서 살고 있다. 쾌락과 혐오가 환상적 동일성에 예속된 수동적 정동이라면 사랑과 분노는 동일성의 모순에 대응하는 능동적 정동이다. 유혹사회는 환상에 연루된 수동적 정동들을 통해 능동적인 사랑과 분노를 상실하게 하는 장치이다. 유혹사회가 심리적 앙금들을 환상적 쾌락과 혐오로 처리하는 한 무의식의 잔여물이 세상을 바꾸려는 능동적 감정으로 회귀하는 날은 오지 않는다.

프로이트는 무의식에 억압된 감정은 합리적 전의식에 의해 교정되지 않고 직접 표면으로 되돌아온다고 논의했다.[64] 이 말은 **감정**이 우리의 주체의 근거인 **무의식**에 직접 연결되어 있다는 뜻이다. 저항적 감정은 비판적 사유에 앞서 우리를 움직이면서 사람들의 능동적 주체성을 표현한다.

---

64 프로이트, 박찬부 역, 「자아와 이드」, 『쾌락원칙을 넘어서』, 열린책들, 1997, 108쪽.

그러나 외부적 기제에 의해 감정이 조작될 경우 그 반대의 작용이 사유를 잠재울 수도 있다. 조작된 감정은 비판적 사유는 물론 합리적 기제마저도 마비시킨다. 그런 만큼 감정을 장악한 권력은 우리가 사유하기 전에 주체의 근거지인 무의식을 직접적으로 사로잡을 수 있는 것이다. 오늘날의 감성권력은 무의식 속의 억압된 잔여물이 감정으로 표면화하는 통로를 장악하는 데 성공했다. 감성권력은 억압된 것이 사랑과 분노로 귀환하는 통로를 교란시켜 환상적 쾌락과 혐오로 변질시킨다. 권력에 의해 연출된 쾌락과 혐오의 기제는 사유를 통해 교정되기 매우 어렵다. 따라서 상실한 능동적인 사랑과 분노를 되찾으려면 무의식적 심연과 의식적 표면 사이의 잠재적 영역에서 감성정치의 반격이 필요하다.

오늘날 우리는 감성과 감정 이외에 **정동**(affect)이라는 말을 많이 사용한다. 정동이란 무엇인가. 정동은 무의식과 의식 사이에서 아직 감정으로 표면화되지 않은 감성적 요소들의 움직임을 뜻한다. 감성권력은 이미 표면에 떠오른 감정을 차단하는 일을 하는 것이 아니다. 우리가 이미 사랑과 분노로 들끓고 있다면 그에 대한 권력의 행사는 불에 기름을 붓는 일일 뿐이다. 그 때문에 감성권력은 아직 감정으로 표면화되기 이전의 **미시적이고 잠재적인 정동**들에 작용한다. 그런 방식으로 사랑과 분노로 표면화되기 전의 정동들을 환상적 쾌감과 혐오로 변질시키는 것이다. 그렇기에 능동적인 감정을 되찾는 반격 역시 정동의 정치로 시작되어야 한다. 만일 심리적 앙금이 감성권력에 의해 이미 쾌락의 욕구와 혐오로 변질되었다면 사랑과 분노의 촉구는 공허한 관념일 뿐이다. 따라서 정동의 정치학이란 **사이에 낀 영역**(in-between)에서의 정치학이다. 즉 무의식과 의식 사이의 영역에서, 그리고 권력과 저항 사이의 힘들의 부딪힘에서, 정동의 움직임과 정동의 정치학이 나타난다.

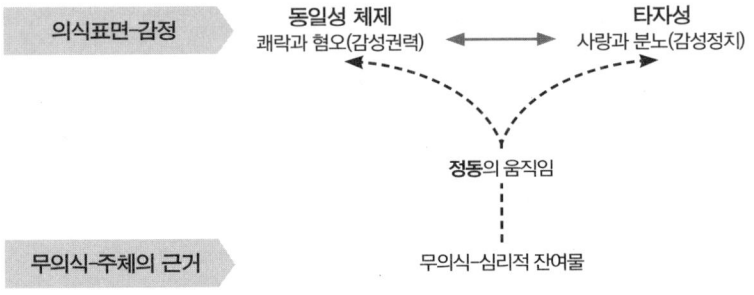

오늘날 권력과 저항이 감성의 차원에서 조우한다는 것은 **힘**과 **감정**의 직접적인 연관성을 암시한다. 또한 우리의 육체의 장 자체에서 힘과 감성의 전쟁이 이루어짐을 뜻한다. 감성권력은 우리의 육체와 뇌, 감정과 정체성에 작용한다. 그렇게 함으로써 우리를 국가와 자본의 동일성의 체제에 스스로 예속되게 만드는 것이다. 따라서 그에 대한 저항역시 육체의 장에서 나타나야 하며 우리의 감정과 정체성이 동일성의 체제에서 해방되는 쪽으로 동요하게 해야 한다.

우리는 사람들의 육체와 정체성을 체제에 예속된 주체로 만드는 것을 권력이라고 부를 수 있다. 반면에 우리를 자율적인 주체로 생성하는 것이 저항이며 이 흐름은 니체의 능동적인 힘에의 의지[65]와 연관이 있다. 니체는 힘을 능동적인 것과 반작용적인 것으로 나눈다. 능동적인 힘은 의식보다는 무의식으로부터 생성되며[66] 우리의 육체를 자율적 주체로 형성한다. 반면에 반작용적 힘의 기제는 우리를 국가나 자본 같은 동일성 체제(위계체계)에 예속되게 만든다.[67] 우리는 일상에서 반작용적 힘의 기제에 의해 권력체제에 예속된 채 살아가며 특정한 **사건**의 순간에 자율적 주체성을 회복하려는 능동적 힘의 생성을 경험한다.

---

65 니체의 힘에의 의지에서 '힘'은 동양사상의 '氣'와 유사하다.

66 들뢰즈, 신범순·조영복 역, 『니체, 철학의 주사위』, 인간사랑, 1993, 83쪽.

67 위의 책, 112쪽.

니체는 원한, 죄책감, 혐오 등을 대표적인 반작용적 힘의 감수성(반동적 감정)이라고 말한다. 즉 권력에 의해 체제에 예속된 동안 우리는 원한, 죄책감, 혐오 등의 반작용적 정동을 경험하며 살아간다. 반면에 능동적인 힘은 육체적 민감성을 증가시키는 스피노자의 긍정적 감정 같은 것에서 생성된다. 즉 스피노자의 기쁨과 사랑[68]은 니체의 능동적 힘의 감수성에 상응하는 강한 정동들이다. 그와 함께 능동적 힘의 의지와 연관된 것으로 디오니소스적인 힘과 예술이 있는데,[69] 우리는 위의 도표에서의 **사랑**이 그에 해당되는 것으로 볼 수 있다.

그 같은 사랑과 함께 중요한 감성은 고통이다. 고통(아픔)은 반동적인 죄책감과는 달리 삶의 자극이며 고통을 바라보는 것은 능동적인 삶에 대한 명시이다.[70] 죄책감은 고통을 죄와 잘못으로 변질시키는 반작용적 감성의 기제이다. 고통이 죄책감으로 변질되는 것은 동일성 체제에 예속되어 있다는 증거이다. 반면에 능동적인 삶으로의 자극인 고통은 사랑의 생성의 원천인 **타자의 고통**으로 이해할 수 있다.

타자의 고통은 사랑의 생성의 중요한 원천이다. 우리는 고통스러운 타자를 보며 마음이 동요하기 시작하는데, 그것은 동일성 체제에 예속된 약한 정동에서 벗어나 강한 정동이 생성되기 때문이다. 스피노자는 사랑을 자기원인(자연)에 접근한 가장 강한 정동으로 보았다. 자기원인으로의 접근은 라캉의 **대상 a(실재계)**에의 충동과도 비슷하게 우리를 능동적인 감정 상태로 만든다. 타자의 고통은 우리를 실재계의 바다에 빠뜨리거니와, 우리는 혼돈 속에서 무의식적 잔여물을 활성화시켜 타자에 대한 사랑의 정동을 생성하기 시작한다. 특히 실재계에 접촉하는 **사건**의 순간 우리는 타

---

68 스피노자의 기쁨은 행위 능력이 증가할 때 느껴지는 감정이다. 또한 사랑은 기쁨이 자기원인(자연)의 근원으로 돌아갈 때의 감정이다.

69 들뢰즈, 신범순·조영복 역, 앞의 책, 84, 177쪽.

70 위의 책, 222~223쪽.

자의 고통에 공감하며 사랑이 생성되는 경험을 한다. 예컨대 「아홉켤레의 구두로 남은 사내」에서 권씨가 입주민들의 나체화와도 같은 비참한 모습을 접하는 장면이 바로 그것이다. 그 순간의 강한 정동의 생성은 위의 도표에서 무의식으로부터 타자성으로 진행하는 흐름으로 나타난다. 즉 사건의 순간에 무의식으로부터 타자의 고통에 대한 공감이 생성되며 사랑의 감정으로 표면화되는 것이 능동적 정동의 진행이다.

그런 흐름에서 사랑은 타자에게 고통을 준 사건이 일어난 모순된 체제에 대한 분노로 이행된다. 분노는 파괴적인 부정성으로 잘못 흐를 수도 있지만 의분(義憤)과 같은 분노는 사랑의 또 다른 표현이다. 분노는 부정적인 것에 대한 부정을 통해 새로운 삶을 생성하는 긍정성을 지향한다.[71] 「아홉켤레의 구두로 남은 사내」에서 권씨가 시위대에 끼어드는 순간의 감정과 행동은 그것을 잘 보여준다.

분노와 사랑의 관계는 원효가 말한 파도와 바다의 관계와도 같다. 파도란 현실의 삶에서 세파에 의해 일어나는 고뇌(고통)와 분노의 은유이다. 또한 바다는 그런 고뇌와 분노를 품어 안으며 새로운 삶으로 나아가는 사랑의 원천[72]이다. 원효는 파도와 바다의 관계를 하나도 아니고 둘도 아닌 불일불이(不一不二)의 관계로 보았다. 분노는 사랑과는 **달리** 부정성의 계기를 통해 사회의 모순에 저항한다. 그러나 그런 분노는 사랑에 **근거할 때만** 긍정성의 세상으로 향하는 힘이 될 수 있다.

원효의 일심(一心)의 바다는 스피노자의 자기원인과도 유사하다.[73] 바

---

71 스테판 에셀, 임희근 역, 『분노하라』, 돌베개, 2011, 31쪽.

72 박태원, 『원효』, 한길사, 2012, 97쪽. 박찬국, 『원효와 하이데거의 비교연구』, 서강대출판부, 2010, 274쪽, 277~278쪽. 이도흠, 『화쟁기호학, 이론과 실제』, 한양대출판부, 2001, 108~114쪽.

73 원효의 일심의 바다가 라캉의 대상 a와 다른 점은 공동체의 차원을 암시한다는 점이다. 다른 한편 스피노자의 자기원인은 자연인 동시에 신이기도 하다. 그러나 이 세 가지 개념들은 사랑으로서의 윤리적 삶으로 향하는 흐름인 점에서 서로 일치한다.

다에 접근하는 것은 자기원인에 다가갈 때처럼 능동적인 사랑의 정동이 증폭되는 순간이다. 그런데 원효는 존재의 근원인 그런 바다로 향하는 일이 세상의 온갖 번뇌를 껴안을 때만 의미가 있다고 보았다. 만일 세상의 균열에 반응하는 분노가 없다면 사랑의 바다에 있더라도 세상과 단절된 무력한 평화가 있을 뿐이다. 반면에 사회의 모순에 저항하는 분노가 있더라도 돌아가야 할 사랑의 바다가 없다면 파괴의 부정성이 있을 뿐이다. 사랑만이 분노를 능동적으로 만들며 분노만이 사랑을 새로운 삶에서 실현되게 한다. 분노와 사랑, 파도와 바다의 양가성은 동일성의 체제에 저항하는 현실적인 동시에 이상적인 타자성의 정치학이다.

감성권력은 그런 사랑과 분노가 표면화되기 전에 쾌락과 혐오의 기제를 통해 능동성이 생성되는 통로를 막는 장치이다. 우리는 쾌락을 혐오와는 다른 긍정적인 정동으로 생각할 수도 있다. 그러나 쾌락에는 사랑과는 달리 타자에 대한 배려가 없으며 그런 타자성의 결핍으로 인해 능동적 힘이 되지 못한다. 쾌락과 혐오는 정반대인 동시에 동일성의 체제에 예속되게 만드는 정동인 점에서 서로 일치된다.

쾌락은 상징계(체제)의 현실원칙과 모순되는 것처럼 보인다. 우리는 상징계의 규범이나 현실원칙을 어기면서까지 쾌락을 얻기를 소망한다. 그러나 그런 쾌락의 소망이 상징계의 규범이 균열되어 실재계에 접촉하는 지점까지 진행되면 우리는 **고통**을 느끼게 된다. 예컨대 금지된 쾌락을 충족시켜주는 꿈을 생각해보자. 꿈은 규범(현실원칙)이 허용하지 않는 쾌락을 경험하게 하지만 그로 인해 규범에 균열이 생기면 우리는 공포와 고통을 느끼며 꿈에서 깨어난다. 가령 꿈에서 적대국의 여자를 사랑하는 것은 규범을 어기면서 쾌락을 추구하는 것이다. 그런데 그로 인해 국가체제에 위기가 생기게 되면 우리는 공포를 느끼며 꿈에서 깨고 만다. 쾌락원칙은 (꿈에서처럼) 쾌락을 우회시키는 규범을 어기면서까지 진행되지만 규범 자체를 넘어서지는 못하는 것이다. 반면에 예술은 「님」에서의 진국의 사랑처럼 규범의 균열을 감수하면서까지 사랑을 지속함으로써 규범의 모순을 드러낸다. 쾌락은 상징계의 규범을 어길 수는 있지만 넘어서지는 못한다. 반면에 예술은 그런 쾌락원칙을 넘어선다. 우리는 고통을 감수하면서까지 상징계의 규범을 넘어서는 것을 향락이라고 부른다. 꿈과 예술의 차이는 상징계의 규범을 넘어서지 못하는 **쾌락과 그런 쾌락원칙을 넘어서는 향락의 차이**이다.

감성권력은 현실원칙에 충실히 따르는 우회적인 쾌락을 이용하는 데 그치지 않는다. 문제는 현실원칙과 규범에 불만을 지닌 사람들에게 있다. 그렇기 때문에 감성권력은 규범을 어기면서까지 충족을 추구하는 쾌락을 연출함으로써 규범 자체를 해체하려는 흐름(향락)을 미리 막는다. 〈태양의 후예〉의 판타지는 그런 감성권력의 기제를 잘 보여준다. 유시진이 청와대 수석의 명령을 어기고 애인을 구하러 떠나는 행동은 규범을 어기면서까지 소망을 충족시키기에 우리를 열광시킨다.

그러나 유시진은 규범을 위반하는 동시에 국가와 군대의 이상적 규범에 의존해 행동하고 있다. 그는 꿈에서처럼 현실원리(규범)를 위반하지만 규범을 해체하지 않고 오히려 이상적으로 확대시키고 있다. 〈태양의 후예〉는 상징계의 규범(현실원칙)을 위반하는 동시에 쾌락원칙과 연계된 상징계 차원을 더욱 굳건하게 만든다. 이 드라마는 규범을 어기면서까지 쾌락을 충족시키는 판타지의 유혹을 통해 우리를 다시 자발적으로 상징계 차원으로 돌아오게 만든다. 그 점에서 쾌락은 긍정적인 감성인 것 같지만 우리를 능동적 주체로 만들지 못하는 반작용적인 정동이다. 금지된 쾌락을 충족시키는 꿈에 빠져들어 우리는 열광하지만 결국은 수동적 감성의 상태에서 머물게 된다. 그처럼 쾌락의 수동적 상태에 길들임으로써 능동적인 향락으로 넘어서지 못하게 만드는 것이 감성권력의 전략이다.

쾌락의 정동은 동일성의 질서를 지키는 감성권력의 핵심적 기제이다. 쾌락원칙은 상징계를 넘어서 실재계에 접촉하는 순간 고통을 느끼게 하는데, 그것은 그 순간 상징계의 동일성의 질서가 와해되기 때문이다. 그런 쾌락원칙에 길들여진 사람은 예술과 사랑의 향락 경험을 고통으로만 느끼게 된다. 그들은 어린이의 위대한 업적인 포르트-다 놀이의 비밀을 상실한 사람들이다. 감성권력의 쾌락에 유혹된 사람들은 고통의 반복을 통해 상징계를 넘어서는 향락의 놀이(포르트-다 놀이와 예술)를 알지 못한다. 향락의 경험을 단지 고통으로만 느끼는 그들은 쾌락원칙에 물신화되어 실재계에 접촉하는 것을 두려워하게 된다. 그래서 사건이 일어나고 고통받는 타자와 대면해도 공감의 동요가 일어나지 않게 된다.

유혹사회의 자기성의 쾌락원칙에 사로잡힌 사람들은 타자에 대한 공감의 상실에 그치지 않는다. 이제 삶의 자극(니체)인 고통은 죄책감과 잘못으로 변질된 것으로 느껴지게 된다. 실재계적 경험인 고통은 동일성의 질서를 망쳐버린 죄로 인해 타자들이 겪는 감정이다. 모든 것이 가능한 유혹사회에서 소리 없이 고통을 당하고 있는 사람들은 뭔가 잘못이 있는 사람들인 것이다. 고통이란 실상 타자 자신이 삶의 능동성을 포기하지 않은 결과이다. 그러나 감성권력에 예속된 사람들은 타자를 고통스럽게 만든 균열의 요인을 타자 자신에게 전가한다. 그 순간 고통은 죄책감과 잘못으로 변질되어 뭔가 잘못을 한 것처럼 타자에게 들씌어진다. 동일성의 체계가 물신화된 사회에서는 가난과 이질성과 소수자의 위치가 이미 불결한 죄이다. 이제 유혹사회의 사람들은 자신도 얼마간 겪고 있는 고통을 망각하고 타자로부터 두려운 고통이 전염될 것을 걱정하게 된다. 마침내 고통 받는 타자는 쾌락원칙에 길들여진 동일성의 세계를 어지럽히는 오염원이 된다.

그처럼 타자를 불결한 오염원으로 보아 배제하는 것이 바로 **혐오**의 정동이다. 쾌락원칙에 길들여진 사회는 불가피하게 생겨난 타자를 혐오하는 세상이기도 하다. 혐오는 동일성의 질서에 예속된 사람들이 이질적 타자를 향해 드러내는 반작용적 정동이다. 동일성의 환상에 유인된 사람들은 능동적 힘을 상실한 채 동일성 체제에 공명하는 **반작용의 힘**으로 타자와 소수자를 혐오하게 된다. 쾌락이 고통 때문에 상징계를 넘어서지 못하듯이 혐오는 실재계에 접촉한 타자를 배제함으로써 상징계의 경계를 지킨다. 쾌락과 혐오는 국가와 자본 같은 동일성의 질서를 지키는 두 개의 핵심적인 정동이다.

이제 우리는 감성권력의 기제를 자세히 드러낼 수 있다. 감성권력의 임무는 심리적 잔여물이 남아 있는 무의식으로부터 사랑과 분노가 생성되지 못하게 막는 것이다. 사건이 일어나면 고통 받는 타자에 대한 공감이 생기면서 그들에 대한 사랑을 근거로 우리는 사회 모순에 대해 분노하게 된다. 그러나 감성권력은 사건이 남긴 심리적 잔여물을 해소하는 듯한 유혹의 판타지를 통해 우리의 능동적 사랑을 위축시킨다. 유시진이 가슴이 '심쿵하는' 매력으로 규범을 어기고 애인을 구하는 동안 우리는 우리 자신이 타자와 함께 나누어야 할 고통을 포기한다. 우리의 심리적 앙금은 유시진의 매력과 그가 규범을 위반하는 잉여쾌락(잉여향락)[74]에 의해 일시에 해소된다. 그동안 동일성의 판타지에 공명하는 반작용적인 쾌감을 통해 감성권력의 쾌락원칙은 고통을 감내해야 하는 능동적인 향락을 차단하는 것이다. 이는 고통을 수반한 능동적 사랑의 정동을 고통을 거부하는 쾌락의 정동으로 희석시켜 체제 쪽으로 유인하는 방식이다. 〈태양의 후예〉 같은 판타지 드라마가 많아질수록 사회를 변화시키려는 우리의 사랑과 분노는 적어진다.

우리는 쾌락원칙이 현실원칙에 지배되는 사회를 억압적이라고 생각한다. 그러나 오늘날의 사회는 더 이상 억압적이지 않다. 신자유주의 시대는 위반적인 쾌락원칙을 용인함으로써 오히려 삶의 능동성을 박탈한다. 쾌락원칙은 꿈에서처럼 아무리 위반적이라도 규범 자체를 흔들지 못하

---

74 향락처럼 경계를 넘는 듯하면서도 실상은 넘지 못하는 반작용적 잉여향락은 잉여쾌락이기도 하다.

기 때문에 수동적이고 위험성이 없다. 그 때문에 현실원칙을 어기는 쾌락원칙이 허용되는 사회는 능동적인 사랑이 불가능해진 세상이기도 한 것이다. 우리는 억압적이기보다는 위반적인 쾌락사회에서 사랑의 불감증을 겪고 있다.

쾌락과 사랑(그리고 예술)의 차이는 고통을 거부하느냐 그것을 삶의 자극으로 받아들이느냐의 차이이다. 사랑은 타자의 고통을 삶의 능동적인 자극으로 품어 안는다. 반면에 고통을 거부하는 쾌락원칙에 길들여진 사람들은 그런 타자의 고통을 배제해야할 죄책감과 잘못으로 변질시킨다. 쾌락원칙이란 고통을 거부하며 동일성의 경계를 지키는 것으로서 그 같은 원리에 예속된 사람들은 고통과 불안을 동일성의 경계의 위협으로 여기게 된다.

신자유주의가 쾌락원칙을 넘지 못하는 긍정성 과잉의 세상이 된 것은 그 때문이다. 프로이트는 고통을 반복함으로써 쾌락원칙을 넘어서는 예술의 원리를 주목했다. 그러나 신자유주의에서 고통 받는 타자란 동일성의 질서를 어지럽히는 오염원으로 혐오의 대상이 된다. 그처럼 쾌락원칙을 통해 타자에 대한 사랑을 무력화하는 동시에 고통 받는 타자를 혐오하게 만들어 분노가 실종되게 하는 것이 감성권력의 핵심이다.

사랑은 타자의 고통을 감싸 안음으로써 고통을 주는 요인(사회 모순)에 대한 분노가 생성되게 한다. 그런데 신자유주의에서는 쾌락이 많아질수록 사랑은 적어진다. 뿐만 아니라 감성권력은 쾌락원칙을 통해 고통을 죄책감으로 변질시킴으로써 그것을 끌어안는 대신 이물질로 뿌리치게 한다. 불쾌한 고통은 동일성의 질서와 쾌락원칙에 대한 일종의 죄이다. 고통을 감싸 안을 때 분노의 에너지가 생성된다면 그것을 불쾌한 것으로 뿌리치는 순간에 혐오의 정동이 생겨난다.[75] 고통을 회피하는 사람은 분노할

---

75 프로이트는 대상이 불쾌의 근원이 될 때 증오하고 혐오하는 감정을 갖게 된다고 말한다. 프로이트, 윤희기 역, 「본능과 본능의 변화」, 『무의식에 관하여』, 열린책들, 1997, 130쪽.

수 없으며 분노하지 않는 사람은 모순된 세상에서 상실된 사랑을 되찾을 수 없다.

혐오는 그런 무력감에서 한 발 더 나아가 우리를 반작용적 기제에 속박시킴으로써 사랑으로 되돌아오기 가장 어렵게 만든다. 사랑하는 사람이 절대로 포기할 수 없는 것은 타자와 교섭하는 무의식의 능동성이다. 반면에 혐오의 정동에 사로잡힌 사람이 결코 포기할 수 없는 것은 자신을 예속시키면서 주체로 만드는 동일성의 체제이다.

쾌락과 혐오는 감성권력의 쌍생아이다. 그 둘은 우리로부터 사랑과 분노의 능동성을 박탈한다. 억압된 사랑은 되돌아오지만 쾌락에 빼앗긴 사랑은 돌이키기가 매우 어렵다. 또한 쾌락원칙에 물신화되어 고통을 거부하는 혐오의 시대에는 능동적인 분노를 되찾는 일이 지난해진다.

유혹사회의 핵심적인 한계는 결코 쾌락원칙을 넘어서지 못한다는 점이다. 쾌락원칙에 갇힌 사람에게는 고통스러운 실재계적 경험이 불쾌와 혐오로만 느껴진다. 유혹사회를 극복하기 위해서는 불평등성으로 인해 생긴 쾌락의 결핍을 보충하는 것으로는 충분하지 않다. 쾌락은 상징계로 되돌아오는 반작용적 정동으로서 동일성 체제를 변화시키는 주체의 능동성을 생성하지 못한다. 우리를 불평등한 유혹사회를 변화시키려는 능동적 주체로 만드는 것은 쾌락이 아니라 실재계적 고통의 경험이다. 그 점에서 우리 모두의 상처인 세월호 사건은 지금 의미심장한 질문으로 다가와 있다. 우리는 세월호 사건을 유혹사회에 대한 모두의 심연으로부터의 질문의 제기로 이해해야 한다.

왜 우리는 고통의 순간에 비로소 다시 하나가 될 수 있었는가. 세월호 사건은 쾌락이 아니라 고통을 통해 새로운 사회에 대한 자각이 생성됨을 일깨워주었다. 우리는 실재계에 임계한 고통스런 타자와 교섭하는 순간에만 쾌락원칙을 넘어서서 주체의 능동성을 생성시킬 수 있으며, 그때 비로소 우리 사회에 만연된 혐오도 넘어설 수 있다. 지금 필요한 것은 고통의 경험으로 다가온 세월호 사건의 질문에 대한 우리의 응답이다.

그런 맥락에서 어린이의 문화적 업적 포르트-다 놀이는 아직도 우리에게 위대한 질문으로 남아 있다. 프로이트는 왜 상실된 것의 귀환을 위해 어린이가 고통스러운 경험을 반복하는지 질문한다. 고통의 경험이란 쾌락을 상실한 대가로 실재계의 바다에 닻을 던지는 순간이다. 어린이는 어머니를 잃어버린 순간 실재계적 고통을 통해서만 상실된 어머니가 귀환할 수 있다는 진리를 터득한다. 오늘날 우리가 쾌락의 대가로 상실한 것은 바로 그 수수께끼 같은 고통의 진리이다. 능동적인 고통의 진리[76]는 사랑과 미학을 경험한 사람만이 얼핏 엿볼 수 있다.

세월호 사건이 우리에게 선물한 것은 바로 그 물밑에 가라앉은 상실된 고통의 진리이다. 유혹사회란 환상적인 쾌락사회이지만 우리의 심연에서는 쾌락원칙을 넘어서는 제2의 포르트-다 놀이가 지속되고 있었던 것이다. 다만 감성권력에 의해 사랑과 분노가 쾌락과 혐오로 변질되고 있었을 뿐이다. 세월호 사건은 고통의 진리의 망각이 아니라 증폭을 요구한다. 세월호는 쾌락사회에서의 침몰인 동시에 망망대해에 고통스럽게 던져진 닻이다. 우리는 그 실재계의 심연의 바다로부터 사랑과 분노를 귀환시켜야 한다. 세월호는 그 같은 상실된 것의 귀환을 요구하는 질문의 시작이다.

오늘날은 한 번에 끝날 수 없는 지난한 감성전쟁의 시대이다. 감성권력의 회유가 중단 없이 계속되는 것처럼 감성정치의 대응 역시 끝없이 지속되어야 한다. 우리에게는 한 점의 불꽃과 함께 그에 이르기까지의 수많은 불티들이 필요하다. 심연에서 서성거리는 사랑과 분노가 표면 위로 불타오르게 하기 위해서는, 보이지 않는 듯이 보이며 없는 듯이 반짝이는 무수한 불티같은 미학과 감성정치의 역할이 중요해지고 있다.

---

76 능동적인 고통은 수동적인 고통이나 트라우마와는 달리 우리를 사랑과 분노(저항)로 향하게 한다. 그 점에서 능동적인 고통의 진리는 절망과 저항의 양가성과도 연관이 있다.

제6장

감성권력의 판타지에서 미학적 환상으로

 1. 사랑과 분노의 시대 – 1990년대 이전의 소설들

오늘날이 감성권력의 시대라면 1990년대 이전의 사회는 이데올로기의 시대였다. 우리 시대에도 여전히 이데올로기가 작용하지만 그 미시적 기제인 감성권력이 너무나도 은밀해서 우리는 마치 이데올로기가 사라진 듯이 느끼고 있다. 감성권력은 이데올로기의 일부인 동시에 신자유주의 시대에 와서 고밀도의 유혹의 미시권력으로 진화했다.

감성권력과 이데올로기의 차이는 유혹과 호명의 차이라고 할 수 있다. 우리는 앞에서 감성권력이 쾌락과 혐오의 정동을 이용함을 살펴봤다. 이데올로기 역시 쾌락의 유혹과 혐오 담론을 사용하며 그 양자는 각각 삶권력 및 죽음정치와 중첩되어 있다. 그러나 이데올로기적 유혹은 선전구호로써 외쳐지며 혐오 역시 정동에 앞서 담론으로 유포된다. 이데올로기가 호명을 통해 유혹의 환상에 이르게 한다면 감성권력은 호명하기 이전에 환상적으로 유혹한다. 전자가 구호와 의례를 이용해 사후적으로 무의식을 포획하는 반면 후자는 감정의 기제를 통해 직접적으로 무의식을 사로잡는다.

이데올로기가 포획하지 못하는 정동은 바로 **사랑**이다. 그 때문에 이데올로기의 시대에는 역설적으로 사랑의 공백을 통해 이데올로기의 존재가 감지될 수 있었다. 「님」에서 진국의 고통스러운 사랑은 이데올로기를 방해물로 인지하게 만든다. 그러나 오늘날처럼 사랑의 공백이 사라진 시대는 이데올로기를 감지하기 어려워진 시대이기도 하다. 과거와 다른 지금의 특징은 공백이 없어진 이데올로기의 고차적인 은밀성이라고 할 수 있다. 브라우닝은 숨을 쉬듯이 사랑하고 싶다고 말했는데, 사랑이 상실된 시대에는 이데올로기가 대신 숨을 쉬는 것처럼 자연스러워진다. 우리는 감성권력에 유인되어 마치 공기와도 같은 보이지 않는 이데올로기 속에서 살고 있다. 예전과 오늘의 차이는 이데올로기와 사랑에 대한 우리의 감성의 차이이기도 하다. 사랑의 상실로 인해 이데올로기가 공기가 된 사회, 그 같은 변화는 1990년대를 전후로 일어났다. 우리는 1990년대 전후의 이데올로기와 사랑의 관계를 이해할 필요가 있다.

과거의 이데올로기는 호명과 의례를 통해 우리를 동요시키면서 일자적인 동일성 체제에 사로잡히게 만들었다. 반면에 사랑은 끝없는 이자적인 동요를 통해 동일성 체제의 포섭에서 벗어나게 한다. 이데올로기가 동요인 동시에 안정된 동일화라면 사랑은 무한한 동요를 통해 이데올로기적 안정이 공백화되는 지점을 만든다.

이런 이데올로기와 사랑의 관계를 보여준 기념비적인 작품은 『광장』(1960)이다. 4·19가 이데올로기를 무너뜨린 사건이었다면 『광장』은 이데올로기에 도전하는 사랑을 그린 소설이다. 『광장』에서 이데올로기와 사랑의 관계는 4·19 시기의 독재정치와 변혁운동의 관계에 상응한다. 『광장』이 4·19와 다른 점은 한국전쟁 직후에서 종결되기 때문에 이데올로기에 대한 사랑의 실패를 그릴 수밖에 없었다는 점이다.

『광장』에서 이명준 자신이 이데올로기적 공백상태로 느껴지는 것은 그가 끝없이 사랑을 갈망하는 사람이기 때문이다. 이명준은 마침내 이데올로기적 무지를 지닌 듯한 은혜와 사랑에 빠진다. 이 소설은 남북한의 이데올로기와 이명준-은혜의 사랑의 대결을 그린 소설이다. 이명준의 전쟁과 분단에 대한 분노는 은혜와 사랑을 나눈 동굴 속에서 가장 증폭된다.

그러나 이명준은 사랑에 실패하고 그의 실패한 사랑은 이데올로기에 대한 패배로 이어진다. 우리는 실패한 사랑에서도 상실된 연인을 자아의 내면에 합체함으로써 끝없는 동요가 지속됨을 논의했다. 이명준 역시 바다의 갈매기에서 은혜를 떠올리는데 이는 그의 내면에 상실한 연인이 합체되어 있음을 뜻한다. 그러나 이명준의 곁에는 아직 그의 사랑의 동요가 전파되어 이데올로기를 미결정적으로 만들 일상의 사람들이 존재하지 않았다. 그 점에서 그의 사랑의 실패는 1950년대와 60년대의 시대적 한계이기도 했다. 그의 중립국행의 선택은 사랑의 실패를 이데올로기에 대항하는 정치적 무의식을 통해 만회하려는 것이었다. 하지만 냉전 이데올로기의 외부(중립국)에는 사랑의 실패를 공적 차원에서 만회해줄 연대의 대상이 없었다. 그 점에서 『광장』의 정치적 주제의 속편은 『태풍』(1973)이다. 최인훈은 『태풍』에서 트랜스내셔널한 차원에서 연대를 시도함으로써 사랑의 동요가 정치적으로 확산되어 식민주의와 냉전 이데올로기를 와해시키는 가상역사를 제시하고 있다.

1960년대와 달리 1970~80년대는 사랑과 분노의 시대였다. 이 시대에는 냉전 이데올로기와 함께 자본주의가 발전했지만 그로 인해 소외된 계층들이 생겨나기 시작했다. 1970~80년대 소설은 그 소외된 비천한 사람들의 사랑과 분노의 이야기라고 할 수 있다.

이명준과 1970~80년대 주인공과의 차이는 후자가 이데올로기에 의해 동원된 사람들인 동시에 그 그늘에 놓인 타자들이었다는 점이다. 이명준은 냉전 이데올로기의 공백지점에 위치해 일상에서 소외된 인물이었다. 반면에 산업화 시대의 주인공들은 국가와 자본에 의해 소환되었지만 정착할 곳을 잃고 고통 속에서 낯선 두려움을 경험하는 사람들이었다. 그들은 이데올로기에 의해 위대한 국민으로 동원된 동시에 인간적 존엄성을 상실하고 디세미네이션[1]으로 흩어질 수밖에 없었다. 그런 양가성 속에서 사랑을 통해 자신의 존재를 증명함으로써 이데올로기의 숨겨진 균열을 드러내는 것이 이 시대 소설들의 특징이다.

『광장』과 1970년대 소설의 차이는 후자가 이데올로기와 조우하는 양가성 속에서 사랑을 표현하고 있다는 점이다. 이명준은 이데올로기의 외부를 향한 여로를 통해 사랑과 영혼의 순수성을 입증하는 인물이다. 반면에 1970년대 소설들은 이데올로기적 삶을 **껴안고 넘어서며** 고통 속에서 사랑을 표현한다. 이명준은 이데올로기의 외부가 없는 현실에서 영혼의 순수성을 입증한 대가로 사랑에 실패할 수밖에 없었다. 그러나 1970년대 인물들은 체제에 포섭되는 동시에 배제되는 비천한 존재의 위치에서 양가성을 통해 사랑을 증언한다.

흥미로운 것은 이데올로기에 균열을 내는 사랑과 분노가 **양가성** 속에서 나타난다는 점이다. **고통과 사랑의 양가성**의 진리는 포르트-다 놀이에서도 암시되고 있다. 상실의 고통을 잊지 않을 때만 우리는 상실된 사랑의 귀환을 소망할 수 있다. 마찬가지로 체제에 동원된 삶 속에서 고통을 경험한 사람만이 사랑을 통해 존재를 증명하며 이데올로기에 상처를 낼 수 있다. 그런 고통과 사랑의 양가성에서 고통이란 상징계의 균열을 통해 실재계에 접촉하는 경험에 다름이 아니다. 고통이야말로 니체가 말한 능동적인 삶의 자극이다. 고통스럽게 실재계에 접근한 사람만이 이데올로기 속에서 상실된 타자성의 발견을 통해 사랑을 소망할 수 있는 것이다. 1970년대의 비천한 주인공들이 증언하고 있는 것은 바로 그런 양가성의

---

1   디세미네이션은 국민으로 동원된 사람들이 규율화된 공간에서 미끄러지면서 산종된 상태에 있는 것을 뜻한다. 호미 바바, 나병철 역, 『문화의 위치』, 소명출판, 2012, 305~366쪽. 바바는 인종적·민족적·성적 차이를 말하지만 우리의 1970년대의 경우 냉전 이데올로기와 죽음정치가 디세미네이션을 만들었다고 할 수 있다.

진리이다.

예컨대 「영자의 전성시대」(1973)에서 '나'는 창녀인 영자의 몸을 사면서 돈으로 그녀를 살 때의 쾌감이 베트남에서 사람을 죽일 때와 비슷하다고 느낀다. 그러나 '나'는 예전에 알고 지내던 영자의 알몸뚱이를 내려다보며 전장에서의 잊을 수 없는 일을 생각한다. '나'는 베트남에서 어떤 마을을 점령한 후에 풀대처럼 마른 소녀를 비상식량 한 상자를 주고 샀었다. 하지만 '나'는 목을 도리질하며 저항하는 소녀의 모습에서 통증을 느끼면서 그녀를 점령하는 데 실패한다. '나'는 국가주의와 군사주의의 이데올로기적 명령에 따라 베트남의 마을을 평정했지만 어린 소녀에게 동정을 느끼는 순간 이데올로기의 실패를 감지하게 된다.[2] 이데올로기를 균열시킨 그런 동정심은 국가주의적 산업화 시대의 타자인 영자에 대한 **사랑**으로 이어진다. 그리고 그 사랑은 영자를 파멸시키는 국가주의 사회의 모순에 대한 분노로 전환된다. '나'는 창녀촌의 소탕 작전('불도저 작전') 중에 불에 타 죽은 영자를 보면서 화염방사기에 그을린 베트콩을 연상하고 **분노**를 느낀다. 이데올로기의 하수인이었던 '나'는 영자의 죽음과 대면하는 고통의 순간 국가주의와 중첩된 군사주의에 대항하는 위치로 전환된 것이다. '나'의 사랑과 분노는 우리의 내면의 진동으로 옮겨져서 심리적 동요로 증폭된다.

「몰개월의 새」(1976)에서도 '나'(한상병)는 어두운 고통의 순간에 사랑의 욕망을 느낀다. 시궁창에 송장 같이 처박힌 창녀 미자에게서 '내'가 느낀 욕망은 단지 육체적 성욕이 아니었다. 베트남으로 떠나기 전 들른 몰개월에서 '나'는 진창에 틀어박힌 느낌이었고 그 순간 빗물에 젖어 곤죽이 된 미자를 만난 것이다. 그 날 이후 '나'의 미자에 대한 감정은 스스로도 잘 알지 못하는 미묘한 것이었다. 미자와 친해진 후 자신도 모르게 죽

---

2   이진경, 나병철 역, 『서비스 이코노미』, 소명출판, 2015, 120~122쪽.

음의 두려움을 막연히 느끼고 있을 때 그녀는 웃을 듯 말 듯한 얼굴로 오히려 '나'를 동정한다. '나'는 베트남으로 떠나는 날 미자가 던져준 유치한 선물의 의미를 작전에 나가서야 비로소 깨닫는다. 죽음에 임박한 **고통**이 '나'에게 **사랑**의 의미를 알게 해준 것이다. 막장에 이른 창녀와 죽음을 눈앞에 둔 파병 군인의 사랑과 연대는 위대한 국가주의와 군사주의 이데올로기에 균열을 낸다. 이 소설에서 창녀와 군인은 이데올로기에 예속된 대리 노동자이자 신체와 생명을 훼손시키는 희생자이기도 하다. 그런 양가적인 사람들의 고통과 사랑을 통해 이 소설은 국가와 자본의 죽음정치에 대한 **잠재적 분노**를 표현하고 있다. 그들의 잘 보이지 않는 은밀한 사랑과 분노는 우리의 마음을 오랫동안 뒤흔든다.

「아홉 켤레의 구두로 남은 사내」(1977)에서는 비천한 인물들의 고통과 사랑이 중간층인 '나'에게까지 전해지는 과정을 그리고 있다. 이 소설의 주인공 권씨는 대학까지 나온 자신이 광주단지 입주민들과는 다른 사람이라는 자부심을 갖고 있었다. 그러나 그는 입주민들이 시위 중에 동작을 딱 멈추고 바닥에 구르는 참외를 벌떼처럼 주워 먹는 장면에서 충격을 받는다. 권씨는 '이건 정말 나체화구나'라는 느낌이 가슴에 부딪혀 왔다. 나체화란 입주민들이 상징계의 공간에서 실재계로 밀려난 순간의 장면이다. 시위와 돌팔매질에도 꼼짝하지 않던 이데올로기의 공간이 그 순간 열려진 것이다. 나체화의 순간이란 그 열린 곳으로 실재계적 **고통**이 전해지는 동시에 **사랑**이 생성되는 때이다. 이데올로기의 균열된 틈새로 벌거벗은 타자의 모습이 드러나자 권씨는 소시민 의식이 무의미해지면서 비천한 사람들로부터 고통과 동정을 느끼지 않을 수 없었던 것이다.

이 소설에는 또 한 번의 비슷한 나체화가 제시된다. '나'는 감옥에 갔다 온 후 보호관찰 대상이 된 권씨가 돈 부탁을 거절당한 후 휘청거리는 모습에서 나체화를 느낀다. 입주민과 권씨와 '내'가 다른 동시에 다르지 않은 사람으로 느낄 수밖에 없게 만든 것은 바로 그 나체화였다. 실재계적 고통 속에서 권씨가 입주민을 동정했듯이 이제 '나'는 권씨를 사랑할 수밖에 없다고 느낀 것이다. 그리고 그 사랑은 이데올로기의 모순에 대한 잠재적 분노로 이어진다. 나체화를 통해 비천한 인물들의 고통이 중간층에게까지 전해지는 순간 위대한 국민의 이데올로기에 균열이 생기며 사람들은 디세미네이션의 연대의 생성을 감지한다. 그리고 그런 사랑과 분노의 흐름은 텍스트를 넘어 마침내 모든 사람에게 전해진다.

그런 방식으로 이 시대의 사랑과 분노의 동요는 시대를 뒤흔드는 우리 모두의 내면의 진동으로 증폭될 수 있었다. 이 시기의 소설의 미학은 물밑의 잠재적 동요를 의식의 표면으로 확산시키며 사랑과 분노를 생성시킨 한 점의 불꽃이었다. 그 과정에서 당대의 소설들이 하나같이 증언한 것은 고통과 사랑의 양가성의 진리였다.

고통과 사랑의 양가성이란 **이자적 관계의 진리**에 다름이 아니다. 앞에서 우리는 이자적 진리의 대표적인 예가 사랑의 관계임을 살펴봤다. 이데올로기는 심리적 잔여물을 해소하는 동시에 다시 일자적 동일성으로 회귀한다. 반면에 사랑은 이자적 관계를 통해 잔여물을 해소하는 끝없는 과정을 생성함으로써 이데올로기에 공백지점을 만들면서 미래로 나아간다.

이자적 진리란 일상의 삶 속에 참여하는 동시에 내부적 삶을 넘어서서 외부(그리고 미래)로 향하게 하는 관계이다. 체제의 일상, 그 내부적 삶에 머물러 있으면 우리는 대부분 이데올로기에 예속되어 살아가게 된다. 반대로 일상의 삶을 제3자의 위치에서 바라보면 우리의 삶은 인식의 대상이 될 뿐이고 우리는 참여자의 위치에서 벗어난다.

하버마스는 내부로 향하든 외부로 향하든 제3자의 시선 아래서는 모든 것이 대상으로 얼어붙는다고 말한다.[3] 그리고 그에 대한 대안으로 의사소통적 이성이라는 이자적 관계를 제안한다. 이자적 관계는 내부의 참여자

---

3   하버마스, 이진우 역, 『현대성의 철학적 담론』, 문예출판사, 1994, 349쪽.

의 위치에서 관련된 문제에 대해 논쟁하며 미래로 나아갈 수 있게 한다.

그러나 의사소통적 이성이란 그 자체가 시민사회의 내부의 위치일 뿐이다. 의사소통적 이성은 동일성의 합의에 이르지만 물질적 맥락이 다른 이주민, 여성, 소수자 같은 타자의 문제를 해결하지 못한다. 그 때문에 합의에 의한 판단은 일시적 해결책은 될 수 있지만 우리는 여전히 기존의 체제의 내부에 머물게 된다. 그런 이성적인 의사소통을 넘어서려면 우리는 또 다른 이자적 관계가 필요하다.

의사소통적 이성은 내부의 참여자의 위치를 대가로 실재계적 외부에 접촉하는 지점을 만들지 못한다. 반면에 레비나스가 말한 사랑과 윤리는 실재계에 임계한 타자와 접촉함으로써 참여자의 위치에서 외부를 향할 수 있게 한다. 사랑과 윤리는 의사소통적 이성을 넘어서는 또 다른 이자적 관계이다.

그런데 사랑과 윤리에 의해 미래로 나아가는 과정은 한 번에 이루어지지 않는다. 우리는 전력을 다해 체제를 넘어서지만 다시 변화된 체제로 돌아오고 그것을 넘어서는 과정이 끝없이 계속된다.[4] 이런 내부와 외부의 양가성은 우리가 또 다른 세상으로 나아갈 때까지 계속된다.[5] 우리는 체제의 외부로 단숨에 탈주하는 것이 아니라 내부의 삶을 껴안고 넘어서는 과정을 반복해야 한다. 고통과 사랑, 권력과 저항의 양가성이란 그 같은 반복된 이자적 관계에 다름이 아니다.

고통과 사랑의 양가성이란 우리가 이데올로기에 예속된 상태에서 사랑과 윤리의 이자적 관계에 이르는 과정이다. 그것은 체제와 나와의 이자적 관계에서 사랑의 이자적 관계로 향하는 진행이다. 「영자의 전성시대」와 「몰개월의 새」에서 보듯이, 체제의 삶을 껴안고 넘어서는 이자적 관계

---

4   하버마스의 의사소통적 이성과 다른 점은 잔여물이 남기 때문에 체제를 넘어서려는 열망이 계속된다는 점이다.

5   이 같은 지속의 과정을 우리는 윤리라고 부른다.

가 없으면 이데올로기를 공백화하는 사랑의 관계도 생성되지 않는다.

양가성이란 이쪽저쪽에 양발을 딛고 있다는 뜻이 아니다. 양가성의 진리란 **참여자**의 입장에서 체제를 넘어서는 방법을 말한다. 체제의 내부에 **고통**스럽게 발을 딛고 있는 사람만이 **사랑**을 생성시키면서 외부로 향할 수 있는 것이다. 이 양가성의 진리는 하버마스의 경우와는 달리 내부에서 외부로 향하는 또 다른 이자적 관계이다. 우리의 능동적인 힘은 그런 역동적인 이자적 관계에서만 생성된다.

1970~80년대 소설들은 그 같은 양가성의 진리를 통해 체제를 넘어서려는 사랑과 분노를 표현했다. 물론 1980년대 소설들과 70년대 소설들이 똑같은 것은 아니다. 80년대의 소설들은 양가성이 적어지고 보다 저항적이 된 대신 또 다른 정치적 동일성(이데올로기)에 포섭될 위험을 내포했다. 그러나 80년대의 노동소설역시 결국 양가성의 진리를 잘 표현한 작품이 우리를 능동적으로 동요시킬 수 있었다.

예컨대 당대 최고의 노동소설로 꼽히는 「쇳물처럼」은 그 점을 잘 보여준다. 「쇳물처럼」(정화진, 1987)은 「몰개월의 새」나 「아홉켤레의 구두로 남은 사내」보다 훨씬 더 진보적인 리얼리즘이다. 그러나 이 소설에서 우리를 동요시킨 것은 혈기왕성하고 투쟁적인 칠성이 아니라 중견노동자 천씨였다. 칠성이나 근욱 같은 젊은 노동자들이 내면의 분노를 현실로 분출시키는 역할을 하지 않았다면 이 소설에서 저항적 투쟁은 나타나지 않았을 것이다. 하지만 노동자들과 우리의 가슴이 움직이기 시작한 것은 그들보다 더 오랫동안 굴욕을 견뎌온 사람에 의해서였다. 천씨는 노동자 중에서 누구보다도 더 이데올로기에 포섭되어 낮은 자세로 살아온 사람이다. 그만큼 천씨가 견뎌온 고통의 시간이 길었고 사람다운 삶과 사랑에 대한 갈망도 한처럼 쌓여온 것이다. 천씨의 **한**이란 응어리진 고통의 시간만큼 증폭된 능동적 삶에 대한 소망에 다름이 아니다. 그런 천씨의 고통과 한이 일시에 분노로 전화되는 순간 능동적인 저항의 힘은 더없이 폭발력을 지닌다. 그것은 그 순간에 증오심이 아니라 분노를 떠받히는 사랑의 힘이 커졌기 때문이다. 고통을 경험한 사람만이 사랑의 갈망을 증폭시키면서 그 갈망을 저버리는 상황에 분노할 수 있는 것이다. 이것이 바로 고통과 사랑의 양가성의 진리이다. 천씨의 변화는 사랑을 갈망하는 모든 사람들의 동요, 그 물밑의 진동의 파고를 알려준다. 즉 노동자들과 우리의 사랑의 갈망을 파도치게 한 것은 천씨의 내면에 쌓여온 **고통과 한**이다. 이처럼 변혁운동 역시 제3자의 시선에 포착된 진리가 아니라 고통을 온몸으로 견뎌온 당사자의 움직임에 의해 역동성이 생성된다.

고통과 사랑의 양가성이 저항의 뇌관이 되는 것은 「내딛는 첫발은」(방현석, 1988)에서도 마찬가지이다. 이 소설에서 정식은 어려운 집안 생활을 도맡아야 하는 책임 때문에 노조원의 집단행동에서 슬그머니 빠지게 된다. 이런 그의 행동은 우유부단함 때문이 아니라 그를 억누르는 생활의 고통이 그만큼 컸기 때문이다. 정식은 전주 아주머니와 순옥이 구사대의 폭력에 유린될 때까지 거꾸로 솟는 피를 눌러 참을 뿐이었다. 그는 진희가 이주임에게 멱살을 채이는 순간 비로소 앞으로 나서는데 그 순간 현장은 긴장 속에 술렁인다. 정식이 노동자들을 동요시킨 것은, 그가 견뎌온 고통의 경험이 머뭇거리던 다른 사람들의 아픔과 교차되면서, 순간적으로 능동적 삶에 대한 갈망과 사랑의 공감대가 형성되었기 때문이다. 여기서도 증오심보다는 증폭된 사랑에 근거한 분노가 저항의 뇌관을 건드리고 있다. 그처럼 고통과 사랑의 양가성의 진리에 불이 붙을 때 비로소 능동적 분노와 저항이 폭발력을 얻는 것이다.

1970~80년대 소설에 나타난 고통과 사랑의 양가성은 이자적 진리가 무엇인지를 잘 보여준다. 이자적 진리는 단 두 사람의 진리라는 뜻이 아니다. 이자적 진리란 모순된 체제에서 고통을 겪는 당사자가 삶의 자극(니체)에 의해 능동적 삶과 사랑을 갈망하게 되는 과정이다. 이데올로기 체제에 동화되어 있다면 여러 사람과 함께 있어도 단지 일자적 동일성의 관계

가 있을 뿐이다. 반면에 「영자의 전성시대」나 「몰개월의 새」에서처럼 동화된 동시에 균열의 고통을 겪는 양가성의 순간, 우리는 일자적 관계만을 허용하는 이데올로기에서 벗어나 양가적이 된다. 이 동화와 고통의 양가성은 일자적 이데올로기로부터의 탈출을 뜻하는 점에서 이자적 관계의 단초이다. 이데올로기적 삶을 껴안고 넘어서는 이 이자적 관계는 사랑의 이자적 관계의 갈망으로 이어진다. 그 같은 고통과 사랑의 양가적 과정은 동화된 일자적 독백성과 제삼자적 냉담한 거리를 둘 다 넘어선다. 즉 이자적 진리로서의 고통과 사랑의 양가성은 일자적 동일성에 예속된 삶을 넘어섬은 물론 제삼자의 입장에서 삶을 대상으로 인식하는 시선도 극복한다.

1970~80년대는 이데올로기적 삶을 껴안고 넘어서며 사랑을 생성시키는 이자적 진리가 가능한 시대였다. 그러나 1990년 대 후반 이후의 신자유주의 시대에는 그런 이자적 진리의 경험이 매우 어려워진다. 이자적 진리란 일자적 이데올로기를 넘어서는 순간 생성된다. 그런데 오늘날은 신자유주의를 벗어날 수 없는 시대이며 이데올로기의 외부가 사라진 세계이다. 역설적으로 그 이유는 이데올로기가 강력하게 느껴져서가 아니라 없는 것처럼 여겨지기 때문이다.

우리는 감성권력에 유인되어 마치 공기와도 같은 보이지 않는 이데올로기 속에서 살고 있다. 오늘날은 이데올로기가 없는 시대인 동시에 삶의 모든 것이 된 시대이다. 우리는 앞에서 참여자의 위치가 이자적 관계에서만 생성됨을 논의했다. 참여자는 내부에 위치하지만 또한 외부에 대한 상상력이 가능할 때만 생겨난다. 그러나 외부에 대한 상상력이 소멸된 오늘날은 그런 참여자의 위치가 사라진 대신 모든 사람이 자발적 동화자가 되었다.

오늘날은 이데올로기적 동원의 시대도 이데올로기를 넘어서는 참여의 시대도 아닌 자발적 동화의 사회이다. 이데올로기가 공기처럼 되어버린 사회에서는 스스로 게임의 규칙을 실행하는 데 전력할 수 있을 뿐이다. 그처럼 자발적으로 체계를 실행하기 때문에 사회의 패배자들은 실패와 고통을 자신의 잘못으로 여기게 된다. 니체는 고통을 삶의 자극이라고 말했지만 오늘날은 죽음의 나락일 뿐이다. 이자적 진리가 가능한 시대에는 고통의 순간 이데올로기를 넘어서는 사랑의 **이자적 관계**가 생성될 수 있었다. 그러나 **일자적 동일성**의 시대에는 고통이 자책과 우울로 이어질 뿐이다.

고통이 죄책감과 실수로 변질된 사회에서는 고통 받는 타자에 대한 공감도 사라진다. 예전에는 고통 받는 타자가 이데올로기의 균열의 위치였으며 그곳에서 이데올로기를 공백화하는 사랑과 윤리의 이자적 진리가 생성될 수 있었다. 그러나 지금은 타자 자신이 자조와 우울에 빠질 뿐 아니라 고통 받는 타자에 대해 침묵과 배제가 있을 뿐이다. 타자에 대한 공감의 상실은 오늘날이 이자적 진리를 불가능하게 하는 일자적 동일성의 시대임을 암시한다. 그런 상황에서 동일성의 체제에 위기와 균열이 생기면 사람들은 그 원인을 타자에게 돌리며 그를 혐오하게 된다. 동일성 체제의 외부가 없는 사회는 타자에 대한 침묵과 혐오가 만연된 사회이기도 하다.

이자적 진리가 사라진 동일성의 체제란 사랑이 상실된 세계에 다름이 아니다. 그런데 오늘날의 순수한 동일성의 체제는 예전의 억압적인 총체화된 체제와는 달리 감성권력의 은밀한 작용에 의한 것이다. 그 때문에 억압된 감정의 귀환에 의한 고통과 사랑의 양가성이 사라진 대신, 귀환하는 감정을 회유하는 감성권력은 권력으로도 느껴지지 않는다. 우리는 감성권력의 기제를 나 자신의 감성작용의 일부로 여기는 것이다. 오늘날의 자조와 우울, 혐오는 우리 시대가 감성 자체의 능동성을 빼앗는 감성권력의 시대임을 뜻한다.

그러나 사랑의 상실은 에로스의 소멸이기 보다는 감성권력에 의해 회유되어 변질된 데 따른 것이다. 그 때문에 사랑은 완전히 상실된 것이 아니라 두레박이 닿지 않는 우물 속에 남아 있다. 오늘날의 대중문화는 그런 심연 속의 잔여물(사랑)을 잘 암시한다. 〈응답하라〉 시리즈에 대한 열광, 〈시그널〉에서의 무전의 기다림, 그리고 〈복면가왕〉에서의 미지의 타자에 대한 기대감은, 상실된 타자의 사랑에 대한 그리움에 다름이 아니다. 오늘날은 자조와 혐오의 시대일 뿐 아니라 손이 닿지 않는 곳에 남아 있는 사랑의 기다림의 시대이기도 하다. 〈응답하라〉에서 1988년의 쌍문동, 〈시그널〉에서의 20년 전의 무전은, 실상 우리의 손이 닿지 않는 심연으로부터의 사랑의 발신에 다름이 아니다. 또한 〈복면가왕〉의 복면은 잃어버린 타자의 얼굴에 대한 그리움의 표현 바로 그것이다. 복면에는 나르시시즘적 연출의 시대에 잃어버린 벌거벗은 타자의 얼굴에 대한 기대감이 남아 있다. 우리시대는 복면을 통해서만 벌거벗은 타자의 얼굴을 되찾을 수 있게 된 사회인 것이다. 복면을 벗는 짧은 순간에 우리는 아주 잠깐 동안 그리운 타자의 얼굴을 엿본다.

그러나 그리움이 세상을 바꾸지는 못한다. 그리움은 우리 시대의 수동적 삶에게 무의식이 간신히 보내는 사랑의 신호이다. 무의식의 신호는 내가 나 자신에게 보내는 것이지만 그것은 또한 타자와의 관계의 표현이기도 하다. 무의식이란 타자와 교섭하는 순간에만 동요하기 때문이다. 그런 타자성을 지닌 무의식의 신호를 이자적 진리로 증폭시키려면 능동적인 미학적 대응이 필요하다. 동일성 체제의 수호신인 감성권력에 대한 그런 미학적 대응을 우리는 사랑을 되찾으려는 **감성정치**라고 부를 수 있을 것이다.

2. 사랑과 분노의 생성을 방해하는 권력장치들
— 개돼지론과 간접화된 사회

이데올로기의 시대에서 감성권력의 시대로의 이행은 사랑과 분노의 시대에서 쾌락과 혐오의 시대로의 전환이기도 하다. 우리 시대는 분명히 궁핍했던 전시대보다 풍족함과 쾌락이 많아진 사회이다. 그러나 그 대가로 우리는 쾌락원리를 넘어선 사랑을 상실한 사회에서 살고 있다. 기적적인 성장의 결과로 얻은 이런 변화 속에서 과연 우리는 행복한 것일까.

얼마 전 고위공직자의 말에서 촉발된 '개돼지론'은 우리의 질문의 정곡을 찌른다. 개돼지론이 가슴 아픈 것은 그 황당한 말이 아무도 직시하지 않던 현실을 환기시켰기 때문이리라. 인정하고 싶지 않지만 우리는 변화된 현실에서 실제로 개돼지처럼 살고 있는지도 모른다.

개돼지와 구분되는 인간의 특징은 무엇인가. 인류학자의 말대로 사랑, 윤리, 무의식 같은 인간의 비밀[6]을 갖고 있다는 점일 것이다. 개돼지에게는 인간의 비밀이 없다. 그런데 개돼지론에 대한 분노가 곧 자기무력감으로 뒤바뀌는 현실은 우리가 실제로 사랑이라는 인간의 비밀을 상실한 삶을 살아왔음을 반증한다.

사랑을 잃어버린 사람들은 분노를 결집시킬 수 없기 때문에 곧 자조와 우울 속에 빠져든다. 사랑과 분노를 상실한 채 쾌락과 자조에 얽매인 대중들의 삶이야말로 권력자의 눈에 개돼지로 비춰질 수밖에 없다. 권력자의 시선이 당당한 것은 우리가 그것을 부인할 인간적인 사랑과 분노를 상실했기 때문이다. 다만 그들이 보지 못하는 것은 우리가 조금 우울한 자조적인 개돼지라는 점이다. 우울하기 때문에 스스로 부인할 수 없는 개돼지론이 더없이 가슴 아픈 것이다. 우울은 오늘날 남아 있는 귀중한 인간

---

6   나카자와 신이치, 김옥희 역, 『예술인류학』, 동아시아, 2009, 242쪽.

의 품성이다.

개돼지론은 영화 〈내부자들〉(우민호 감독)의 한 대사에서 비롯되었다. 〈내부자들〉에서 일간지 논설주간 이강희(백윤식 분)는 이렇게 말한다. "어차피 대중은 개돼지입니다. 적당히 짖어대다가 알아서 조용해질 겁니다." 1%의 **내부자들**이 이처럼 99%의 대중을 두려워하지 않는 것은 우리가 신자유주의의 **외부**가 없어진 사회에서 살고 있기 때문이다. 내부자들이 가장 불안해하는 것은 외부(실재계)와 접촉하고 있는 타자들이다. 그런데 오늘날은 타자에 대한 사랑과 그 사랑에 근거한 분노가 사라진 시대이다. 사랑과 분노가 사라진 사회에서는 문제가 생겨도 적당히 짖어대다 조용해지기 때문에 동요와 변화가 생겨나지 않는다. 이것이 1%의 내부자와 99%의 개돼지들이 살아가는 사회의 풍경이다. 개돼지의 특성은 내부 공간이 불만스러워도 울타리 밖을 모른다는 것이다. 은유로서의 개돼지란 사회가 더러워져도 쾌락의 환상 속에서 적당히 왈왈거리다 그치는 타자성을 상실한 대중들이다.

고위 공직자는 개돼지의 막말과 함께 구의역에서 죽은 김군이 내 자식 같다는 건 위선이라는 말을 했다. 대중이 개돼지로 전락한 현실과 타자에 대한 공감의 상실은 표리를 이루고 있다. 그 공직자는 타자의 죽음에 공감을 잃은 현실에서 인간의 비밀을 상실한 대중의 모습을 비웃은 것이다. 다만 우리와 다른 그의 특성은 우울함과 망설임이 없이 냉혹하게 현실을 말해버린 데 있다. 그런 비정함이 우울하게 머뭇거리는 우리와 냉혹한 내부자의 차이이다.

우리는 구의역 사건의 김군을 동정하지만 그런 동정이 분노로 결집되지는 않는다. 그렇기에 권력자의 눈에는 대중이 적당히 짖어대다가 조용해지는 것으로 비춰지는 것이다. 또한 우리 자신도 그런 현실의 한계를 알기 때문에 무력감 속에서 우울해 하는 것이다. 우리는 사랑을 갈망하지만 내부자들의 은밀한 권력장치에 의해 그것을 잃어버렸다. 그 점에서 우리가 앓고 있는 감성적 고통은 제도화된 우울증이다. 분노와 사랑을 자조로 변질시키고 우리를 우울 속에 빠지게 하는 것, 그래서 대중이 적당히 짖다가 스스로 조용해지게 만드는 것은, 내부자들의 정치적 감성권력의 장치이다. 사랑과 분노라는 인간의 비밀과 개돼지의 현실 사이에는 비밀스러운 감성권력의 기제가 놓여 있다.

감성권력의 전략 중의 하나는 술자리의 안줏거리를 계속 제공하는 것이다. 식민지 시대의 현진건은 사회가 술을 권한다고 울부짖었다. 그런데 오늘날의 감성권력은 그에 덧붙여서 안줏거리를 계속 권한다. 〈내부자들〉의 논설주간은 어차피 대중이 원하는 건 술자리에서 씹어댈 안줏거리라고 말한다. "적당히 씹어대다가 뱉어버리겠죠. 우린 끝까지 질기게 버티기만 하면 됩니다. 적당한 시점에 다른 안줏거리를 던져주면 그뿐입니다." 그물망처럼 연결된 고위층이나 기업총수의 비리가 불거지면 사람들의 분노가 일기 시작한다. 그때 내부자들은 관심을 다른 곳으로 돌리기 위해 적당한 안줏거리를 던져준다. 안줏거리는 증오심을 유발하되 그것이 사회모순에 대한 분노로 이어지지는 않게 하는 감성적 장치이다. 예컨대 전관예우 비리가 터졌을 때 '현관'을 파헤쳐야 한다는 여론이 일었다. 이 내부자들의 위기의 상황에서 롯데그룹 형제에 관한 기사가 터졌다. 전관예우 비리가 내부자들의 그물망을 드러내는 체제의 균열이라면 대기업 스캔들은 대신 씹어댈 안줏거리이다.[7] 새로운 가십이 불거지면 아무리 중요해도 이전 사건마저 안줏거리로 전락한다. 전관예우야말로 법이 1%만을 위해 존재한다는 법질서의 균열인데 대기업 스캔들은 그것마저 씹다 싫증날 오징어 다리 같은 안줏거리로 만든 것이다.[8] 오히려 사회 전체에 연결된 핵심적 사건일수록 대중은 너무나 질겨서 씹다가 뱉어버린다.

세월호 사건이 발생했을 때 종편은 유병언에 대한 기사를 흥미로운 드

---

7   김이택, 「개돼지 안 되려면」, 『한겨레신문』, 2016.7.15.
8   위의 글.

라마처럼 연출했다. 종편은 분노를 선정적인 증오로 뒤바꾸는 안줏거리의 연출자이다. 근래에 신공항 선정 파문이 일었을 때도 때맞춰 등장한 박유천이나 홍상수 같은 연예인 스캔들은 의심이 가기에 충분했다.[9]

세월호 사건이나 전관비리에는 약자와 타자에 대한 사랑에 근거한 99%의 분노가 있다. 그러나 유병언 드라마나 연예인 스캔들에서는 그런 사랑과 분노가 일어나지 않는다. 타자에 대한 사랑이 없는 증오는 분노를 선정적인 공격성으로 뒤바꾼다. 사회모순에 대한 분노가 사회적 약자와 타자에 대한 동정에 기반한 것이라면, 특정인에 대한 증오는 사회모순과는 연관성이 적어진 가학적인 향락일 뿐이다. 이처럼 분노를 가학적인 향락으로 변질시키면 사회적 변화는 일어나지 않는다. 사랑과 분노가 **능동적인** 정동이라면 가학적인 향락이나 증오, 혐오는 **반작용적** 정동이다. 감성권력은 능동적인 사랑과 분노를 끝없이 반작용적인 증오와 혐오로 변질시킨다. 안줏거리를 씹어대는 듯한 반작용적인 정동은 결코 체제의 경계선을 넘어서지 못한다. 그래서 사회에 대한 불만이 생기더라도 적당한 안줏거리를 던져주면 사람들은 울타리 안에서 왈왈거리다 그치게 되는 것이다. 이것이 분노를 '개소리'로 전환시키는 감성권력의 전략이다.

오늘날은 수많은 정보가 홍수처럼 넘쳐나는 시대이다. 정보를 손안에 쥔 권력자들은 사회에 대한 분노를 선정적인 증오심으로 뒤바꾸기 위해 심리적 전략을 구사한다. 즉 사회모순에 연관된 핵심정보는 최대한 감추고 그 대신 수많은 선정적인 정보를 적당히 흘려보내는 것이다.

이처럼 정보를 통제하는 감성권력은 사회를 한편의 드라마처럼 연출한다. 오늘날의 드라마는 결코 TV에서만 방영되는 것이 아니다. 현실과 다른 드라마의 특징은 연출자의 선택과 배열에 의존한다는 점일 것이다. 그런데 TV에서 방영되기 이전에 이미 현실 자체에서 **선택과 배열**이 이루

---

9   윤운식, 「개돼지가 국가이익에 우선한다」, 『한겨레신문』, 2016.7.16.

어져 일일 연속극처럼 우리에게 안줏거리로 던져진다. 더욱이 선택과 배열에 덧붙여 스펙터클화되기 때문에 현실에서 연출되는 드라마는 미학적이기도 하다.

그처럼 현실에서 상영되는 드라마를 연출하는 것이 바로 감성권력이다. 감성권력이 연출해 던져주는 안줏거리의 특징은 타자에 대한 관심이 망각된 선정성을 지닌다는 점이다. 현실이라는 드라마의 핵심적 연출기법의 하나는 바로 그런 타자의 망각이다.

과거의 사랑과 분노의 시대에는 소설 속의 주인공들이 대부분 사회적 약자나 타자들이었다. 그러나 오늘날의 현실의 드라마에서는 대기업 회장, 고위 공직자, 유명 연예인들이 주로 등장한다.[10] 과거에 소설의 주인공이었던 타자들은 이제 잘 눈에 보이지 않는다. 그것은 현실에서 뿐 아니라 TV드라마에서도 마찬가지이다. TV드라마에서도 대기업 회장이나 재벌 2세, 그리고 신분은 낮지만 눈에 띄게 매력적인 여주인공이 등장한다.

1990년대 이전에도 현실에서 사회적 약자나 타자를 쉽게 만날 수 있는 것은 아니었다. 그러나 그 시대의 소설들은 잘 보이지 않는 타자들을 전경화시켜 보여주었다. 반면에 오늘날은 현실에서는 물론 드라마와 소설 어디에서도 타자를 만나기가 어려워졌다. 철거민이나 해고자들, 그리고 스크린도어 수리공은 우리가 잘 만날 수 없는 사람들이다. 더구나 고위층들은 우리보다 더 그들을 만날 기회가 적을 것이다. 한 고위공직자가 구의역 사건의 김군의 죽음에 대한 동정을 위선이라고 말한 것은 이런 거리감과 연관이 있다.

오늘날 우리는 현실 그 자체와 조우할 수 없으며 감성권력에 의해 연출된 세계에서 살고 있다. 그리고 그처럼 연출된 세계에서 타자들은 보이지 않는 곳으로 밀려나 있다. 타자에 대한 공감의 상실은 현실이라는 일일

---

10   황현산, 「간접화의 세계」, 『한겨레신문』, 2016.7.15.

드라마에서의 선택과 배열 문제와 긴밀한 연관이 있다. 개돼지론 역시 선정적인 연출가들의 작품이거니와, 타자에 대한 사랑, 그 인간의 비밀을 상실한 사람들에 대한 비열한 내부자들의 시선이다. 내부자들의 눈에는 우울사회의 희생자인 타자가 보이지 않을 뿐 아니라 타자를 상실한 대중들이 개돼지로 보이는 것이다.

신자유주의 시대의 드라마와 소설은 타자를 주인공으로 잘 선택하지 않는다. 미학이 '보이지 않는 타자'를 보여주는 서사라면 오늘날은 미학적 서사가 실종된 사회이다. 이런 사회에서는 비식별성의 영역의 타자가 더욱 더 비가시적이 된다. 타자에 대한 공감의 상실은 분명히 미학(그리고 인문학)의 쇠퇴와 연관이 있으며, 그로 인해 중간층의 타자에 대한 공감의 약화가 바로 '이상한 고요함'의 요인이다. 실직자와 파산자는 더 많아졌지만 세상은 동요하지 않는다. 이것이 외부가 없는 내부에 갇힌 세계의 풍경이다. 내부에 갇힌 세계에서는 타자만이 보이지 않는 것이 아니라 99%의 사람이 보이지 않는다. 주연으로 등장할 기회를 상실한 보이지 않는 중간층들은 고위층의 눈에 은유적인 개돼지로 보이기도 한다. 하지만 개돼지론의 주연으로 등장하는 대중들은 이미 능동적 주체성을 상실한 막장 드라마의 출연자일 뿐이다. 이런 사회에서는 1%의 내부자들만이 표면에 이름을 내건 주인공이 되고 99%의 사람들은 보이지 않는 내부의 부품으로 살아간다.

황현산은 이런 사회를 모니터와 본체만이 보이고 내부의 부품은 보이지 않는 **간접화된 사회(세계)**라고 부른다.[11] 오늘날은 모니터와 본체만 보이는 과잉 스펙터클(모니터)과 1%의 내부자들(본체)의 사회이다. 모든 결정은 내부자들의 본체의 장치들에 의해 이루어지며 그들은 부품화된 99%들의 삶과는 무관한 스펙터클을 모니터로 보여준다. 본체와 모니터만 보

---

11   위의 글.

이고 안에 갇힌 사람들은 보이지 않는 간접화된 사회는 외부를 상실한 신자유주의 사회의 특징이다.

간접화된 사회는 오늘날 처음 나타난 것은 아니다. 서구의 자본주의의 발전은 식민지에서의 수많은 노예화된 사람들의 희생으로 이루어졌다. 하지만 그들 죽어간 피식민자들은 역사에서 망각된 비식별성의 영역의 짐승 같은 벌거벗은 생명들이었다. 제국 본토의 사람들은 식민지에서의 참혹한 희생의 서사는 망각하고 서구의 위대한 자본주의적 근대의 서사만을 역사로 이야기한다. 수많은 부품화된 사람들의 희생이 보이지 않는 간접화된 사회는 식민주의와 인종주의의 서사의 특징이다.

그런데 오늘날은 그런 간접화된 사회가 한 국가 안에서 일어난다. 과거에는 식민지와 제국 사이에 상당한 시공간적 거리가 있었다. 제국 본토의 사람들은 그 거리를 빌미로 식민지의 현장을 망각하고 서구중심적 근대의 역사를 말할 수 있었다. 반면에 오늘날은 그런 거리가 없는데도 현장을 삭제하고 모니터와 본체가 직접 연결된 서사만을 말한다. 고위 공직자, 대기업 회장, 연예인들만 본체의 주인공으로 등장하고 모니터의 스펙터클에는 희생된 부품들이 보이지 않는 것이다. 그처럼 바로 눈앞의 현실을 망각하게 하는 장치가 바로 과잉 스펙터클과 판타지 드라마, 그리고 정치권력의 미학화이다.

그런 판타지 스펙터클과 보이지 않는 부품들 사이의 거리가 앞서 살핀 개돼지론을 낳았다고도 볼 수 있다. 본체의 위치에서 모니터만 보는 권력자들은 결코 부품이 된 사람들에 대한 상상력을 가질 수 없다. 그들은 인간에 대한 상상력을 펼치는 대신 간신히 개돼지의 드라마를 연출한다. 이제 대중들은 본체를 위해 끝없이 희생되는 박스와 울타리 안에 갇힌 존재일 뿐이다.

언제부터인가 우리는 평범한 사람들의 서사에 흥미를 잃어버렸다. 외부에 임계한 타자가 사라진 사회에서는 내부에 갇힌 부품 같은 동일성의 삶만이 반복되기 때문이다. 부품사회의 특징은 외부적 상상력의 원천인 타자의 드라마틱한 역동성이 상실되었다는 점이다. 그 대신 잔존하는 외부에 대한 향수로 인해 우리는 외계인 같은 4차원적 인간형에 관심을 갖는다. 4차원 인간형은 부품사회에서 상실한 타자의 대리물이다. 〈또 오해영〉이 인기를 끈 비결 중의 하나는 24차원적 인물이 등장한 때문이었다. 물론 그것은 변화에 대한 갈망을 대신 충족시켜주는 비현실적인 대리물일 뿐이다.

외부에 대한 갈망을 대신 충족시켜주는 또 다른 드라마는 판타지이다. 외계인 인간형이 아닌 내부자들의 서사 중에서 우리는 판타지 드라마에 열광한다. 〈별에서 온 그대〉는 외계인이 재벌 2세처럼 등장하는 판타지 드라마였다. 그런 외계인 주인공이 아니라도 판타지 드라마는 재벌2세나 고위직 정치인들을 외계인에 준하는 관심을 끌도록 전경화한다. 과거의 소설에서 비천한 타자들을 주인공으로 등장시킨 것은 그들과의 교섭에서 외부로의 탈출이 암시되기 때문이었다. 그러나 오늘날은 왕자 같은 재벌 2세나 실장, 본부장 등이 선택된 서민층 여성을 통해 부품화된 삶에서 외부로의 탈출의 가능성을 대신 알려준다. 그들 왕자들의 서사는 비현실적이기 때문에 환상이 그려지지 않더라도 이미 일종의 판타지이다. 오늘날은 타자의 서사 대신 판타지 드라마가 불가능한 외부로의 출구를 대신한다.

그런 판타지 드라마와 짝을 이루는 것이 바로 정치권력의 미학화이다. 간접화된 세계에서는 현실의 변화와 연관된 타자의 소설 대신 비현실적인 판타지 드라마가 성행한다. 그에 상응하는 정치적 형식이 역사적 변화를 이끌 타자의 정치를 대신하는 퇴행적인 정치권력의 미학화이다. 우리는 사람들의 마음을 설레게 한 〈태양의 후예〉조차 군사주의라는 정치권력의 미학화임을 잘 숙고해야 한다. 또한 〈인천상륙작전〉은 냉전의 미학화에 다름이 아니다. 조금 더 거친 예로는 트럼프의 막말 역시 정치의 심미화의 매혹적인 예이다. 터무니없는 트럼프의 막말에는 뿌리치기 힘든 유혹이 있다.[12] 정반대되는 예이지만 이슬람의 세계무역센터 폭격과 IS의 테러 역시 미학적이다. 이슬람의 테러는 결코 타자의 저항이 아니며 동일성의 체제에 대한 반동일성으로서 또 다른 정치적 폭력일 뿐이다. 군사주의와 신냉전, 극우주의, 테러정치는 오늘날의 탈정치를 대신하는 정치적 폭력들이다. 그런데 그런 정치적 폭력이 미학적인 방식으로 행해지고 있는 것이 우리 시대의 특징이다. 미학적인 정치적 폭력은 불가능한 외부로의 탈출의 환상을 갖게 한다. 판타지 드라마와 정치권력의 심미화의 공통점은 심리적 잔여물을 해소시켜준다는 점이다.

판타지 서사와 심미화된 권력은 과거의 소설들이 암시했던 외부로의 탈출을 환상적으로 대신 보여준다. 그러나 박스 안에 갇힌 부품들은 탈출이 불가능하며 다시 내부로 되돌아온다. 판타지 드라마와 권력의 심미화는 그 과정에서 내부의 부품들이 반란을 일으키지 않도록 끝없이 유혹하고 회유하는 감성권력의 장치들이다.

심미화된 판타지와 권력은 대중들을 반작용적 쾌락원칙에 갇히게 하는 기능을 한다. 아무 일도 일어나지 않는 내부의 부품들의 사회에서, 심미화된 스펙터클은 마치 외부로의 탈출이 일어날 것 같은 기대감을 주며 심리적 잔여물을 해소한다. 그러나 매번 환멸 속에서 내부로 다시 돌아오는 사람들이 잃어버린 것은 능동적인 사랑과 분노이다. 그처럼 반작용적 쾌락원칙을 통해 능동적 정동의 생성을 방해하며 내부의 부품들을 관리하는 것이 바로 심미화된 판타지와 감성권력이다.

---

12 허문영, 「정치의 심미화라는 것」, 『한겨레신문』, 2016.8.6.

3. 『나는 소망한다 내게 금지된 것을』에서 〈원티드〉로
– 간접화된 사회에 대한 응징

『나는 소망한다 내게 금지된 것을』(1992)과 〈원티드〉(2016)는 일견 매우 다른 종류의 서사물로 여겨진다. 그러나 두 서사물은 간접화된 사회에 대한 응징이라는 지점에서 서로 겹쳐진다. 일상의 고통이 감춰지는 간접화된 사회는 심미화된 판타지 권력에 예속된 사회이기도 하다. 그런 간접화된 사회란 한마디로 화려한 환상 속에서 고통이 은폐되는 '이상한 고요함'[13]의 사회이다. 1장에서 우리는 그런 사회를 감성권력에 의해 죽음정치가 부인되는 상황으로 논의했다. 이 보이는 것과 보이지 않는 것의 새로운 관계가 오늘날의 감성의 분할의 특징이자 체제를 유지하는 권력의 방식일 것이다. 여기서는 시각장치와 권력관계가 긴밀하게 연관되어 있다. 즉 스펙터클 장치를 독점한 사람들이 전권을 행사하는 반면 힘이 없는 사람들은 시각적으로 소외된 사람들이다. 두 작품은 그런 시각적 불평등성에 대한 반란을 시도함으로써 간접화 사회에 대한 저항을 암시한다. 『나는 소망한다 내게 금지된 것을』이 간접화된 사회와 심미화된 권력의 시작을 알리는 소설이라면, 〈원티드〉는 감성권력에 의해 내부에 갇힌 부품 같은 사람들의 희생과 고통을 고발하는 드라마이다.

두 작품 사이의 이십여 년의 시간은 1%의 주인공이 99%의 부품들을 관리하는 간접화된 사회가 심화되는 진행이었다고 볼 수 있다. 그 동안 그처럼 감성의 분할이 삶의 불평등성을 은폐하는 방식으로 진화한 것이다. 간접화된 사회라는 새로운 감성의 분할이 권력의 중요한 방식이 된 만큼 그에 대한 대응의 방식 역시 변화될 수밖에 없다. 두 작품이 매우 파격적으로 느껴지는 것은 사회에 대한 저항적 방법이 전시대와는 전혀 다

---

13   사건이 발생해도 아무 일도 일어나지 않는 신자유주의 시대의 간접화된 사회에 대한 은유임. 배수아의 소설과 송경동의 시에 이런 상황이 잘 표현되고 있다.

르기 때문이다.

먼저 두 작품은 보이는 것과 보이지 않는 것의 관계를 뒤집는 시각장치의 투쟁의 방법을 사용한다. 감성권력의 시대에는 감성의 분할에 대한 반란이 가장 쉽게 사람들을 움직일 수 있기 때문이다. 두 작품은 시각장치의 탈취를 위해 과거의 집단적 저항 대신 사적인 복수의 방법에 의존한다. 그러나 두 작품에서 사적인 복수는 사회 전체의 문제를 해결하기 위한 불가피한 선택이기도 하다.

간접화된 사회는 모니터와 본체만이 직접 연결되어 작동되고 대다수의 사람들은 본체 내부에 갇혀 보이지 않는 존재로 살아가는 세계이다. 그런 사회에서 두 작품의 저항의 방식은 모니터에 등장하지 못하는 보이지 않는 사람들의 반란을 보여주는 것이다. 내부의 부품화된 사람들의 조용한 일상이란 실상은 억울한 고통과 상처의 연속이다. 다만 그들이 겪는 고통이 모니터로 보여지지 않기 때문에 조용한 일상으로 느껴질 뿐이다. 두 작품의 주인공들은 부품화된 사람들의 은폐된 고통을 모니터에 나타나게 하기 위해 치밀한 반란의 계획을 세운다. 그런 반란 자체는 사적인 테러로 시작될 수밖에 없다. 시각장치를 빼앗긴 상황에서 부품화된 사람들을 끌어모을 수 있는 방법이 없어졌기 때문이다. 그런 상황에서 두 작품의 주인공들은 모니터의 세계에서 중요한 인물을 납치하거나 유괴해 세상을 동요시킨다. 이는 세상에서 가장 잘 보이는 사람을 하루아침에 보이지 않게 만들어버리는 전략이다. 그 같은 방식으로 연출된 환상을 깨뜨리고 대신에 보이지 않는 사람들의 고통과 상처가 화면에서 방송되도록 하는 것이다. 이 시각적 반전과 권력관계의 교란은 간접화된 사회에 대한 간접화된 저항[14]이라고 할 수 있다. 그것은 집단적 저항이 어려워진 세계에서 사적인 저항을 통해 집단의 감정에 호소하는 방식이기도 하다.

---

14   이는 간접화된 사회의 장치를 이용하는 저항인 셈이다.

『나는 소망한다 내게 금지된 것을』에서 보이지 않는 부품들은 주로 여성이다. 이 시기에는 아직 간접화된 사회가 본격화되지 않았지만 여성들은 남성중심적 사회에서 부품 같은 삶을 살아가고 있었다.[15] 반면에 〈원티드〉는 간접화된 사회의 모순이 정점에 이른 시대에 대한 고발이다. 여기서는 가습기 살균제로 인한 피해가 명백해졌는데도 그것을 모니터로 보여주지 않고 은폐하는 사람들에 대한 응징이 시도된다.

이제 시작과 끝에 놓여 있는 이 흥미로운 작품들의 특징과 차이를 살펴보자. 『나는 소망한다 내게 금지된 것을』(양귀자)의 주인공 강민주는 여성문제 상담소 상담원이다. 어린 시절 어머니를 학대하는 아버지 밑에서 자라난 그녀는 남성에 대해 매우 적대적이다. 그녀가 답답해하는 것은 상담을 하는 여성들이 고통스러운 삶을 살고 있지만 그것을 참고 견딜 뿐이라는 점이다. 강민주가 더욱 분노한 것은 그런 여성들이 굴욕을 참을 뿐 아니라 왕자 같은 남성에 대한 환상에서 벗어나지 못하고 있다는 것이다.

> 말도 마라. 어디 가서 백승하 이야기만 하면 여자들이 모두 까무라치는 거 있지? 특히 결혼한 여자들이 더 극성이더라. 정희네 큰언니 있잖아? 그 언니는 나만 보면 백승하랑 한번 만날 수 없냐고 아우성이야. 자기 친구들이 자리를 만들어 보라고 안달을 한다나, 어쩐대나……[16]

이런 남성 연예인에 대한 환상은 여자들이 실제로 겪는 고통스러운 현실과는 동떨어진 것이었다. 이 세상은 여성들이 경험하는 폭력을 모니터로 보여주지 않는 데 그치지 않는다. 더 나아가 여성들의 이야기를 백승하 같은 매력적인 남성의 환상으로 덮어 감추는 것이다. 그 시각적 환상

---

15   『원미동 사람들』(연작소설집)에서 하층민을 주인공으로 다루던 양귀자가 이런 소설을 쓴 것은 더 이상 하층민이 주인공으로 등장할 수 없는 시대가 되었음을 반증한다.

16   양귀자, 『나는 소망한다 내게 금지된 것을』, 살림, 1992, 83~84쪽.

의 그늘에서 여성들은 실제로는 인간 이하의 삶을 살고 있었다.

　　남자는 말한다. '쌍년아, 밥 가져와' '이 미친년이 어디서 이런 걸 사왔어.' 자
식들이 있는 앞에서도 거침없이 욕설을 내뱉고 다른 사람이 있는 데서도 쌍년
정도는 아주 가볍게 입에 담는다. 조금도 여자의 자존심을 생각해 주지 않는다.
별 희한한 욕을 다 들어가며 살다보니 정말 자신이 인간이 아니라 개나 돼지 같
은 짐승이 아닐까 하는 생각이 들 정도이다.[17]

　개돼지론이 나타나기 전부터 여성들은 가부장제 사회에서 개돼지처럼
살고 있었던 것이다. 상담소의 전화는 그 보이지 않는 일상을 폭로해 드
러내 준다. 그러나 강민주는 자기학대와 자기고백에 그치는 상담소의 방
식에 한계를 절감한다. 그녀는 피해 여성들이 무력한 것은 여성의 일상이
백승하 같은 남성이 연출하는 환상에 지배되고 있기 때문이라고 생각하
게 된다. 남성의 환상에 지배되는 한 여성 학대의 실상은 잘 보이지 않을
뿐 아니라 그것을 드러내도 고통의 근원에 대응하지 못하고 자기학대에
그치게 되는 것이다. 여성을 무력화하는 백승하의 환상은 이 세상을 환
상으로 덮어 가리는 시각적 장치가 남성의 손에 쥐어져 있음을 암시한다.
강민주의 역습은 그 같은 환상적 장치를 깨뜨리고 반대로 남성을 자기 방
식으로 길들이는 것이었다.
　마침내 강민주는 심복인 황남기를 통해 백승하를 자신의 아파트로 납치
한다. 여성들의 고통이 감춰지는 것은 최고의 배우인 백승하 같은 남성이
환상을 만들고 있기 때문이라고 생각한 것이다. 강민주의 이런 황당한 생
각은 실상 그녀가 간접화된 사회의 구조를 간파하고 있었음을 암시한다.
이미 그 시기에 환상적 감성권력에 의존하는 간접화된 사회가 시작되고 있

17　위의 책, 86쪽.

었고 그런 사회는 남성중심성을 지니고 있었던 것이다. 강민주의 납치는 그 같은 남성중심적인 시각적 권력장치를 깨뜨리려는 시도의 일환이었다.

백승하를 납치한 후에 생긴 가장 큰 변화는 강민주가 익명의 존재로 신문과 TV에 비쳐지기 시작했다는 것이다. 또한 TV 화면에는 강민주의 행위로 인해 파생된 일들이 보여지기 시작했다. 강민주와는 아무런 연관이 없는 환상을 연출하던 모니터 장치들이 그녀가 벌인 사건으로 생긴 일들로 동요하고 있었다. 놀랍게도 이미 모니터 상에서 시각적 반전이 시작된 것이다.

강민주가 할 일은 백승하의 환상을 깨고 그것이 자본주의가 낳은 허위의 이미지임을 보여주는 것이었다. 그녀는 백승하의 스캔들과 가십을 조사하기 시작했다. 이제 백승하는 여성들의 시선을 강탈하는 위치에서 강민주의 감시와 조사의 대상으로 전락했다. 백승하의 환상이 깨지는 것은 남성중심적인 사회의 시각적 권력이 해체되는 중요한 일의 하나일 것이다. 바로 그것이 세상 사람은 아무도 모르는 복수, 즉 여성의 고통을 은폐하는 남성적 환상 세계에 대한 그녀의 응징의 방법이었다.

> 마침내 세상이 나에 대해 선전포고를 시작했다. (…중략…)
>
> 그의 아내가 말한다. 우리 남편은 갑자기 집을 나가 여드레째 돌아오지 않을 이유가 전혀 없다고.
>
> 그래, 이제 그 이유들이 서서히 밝혀지기 시작할 것이다. (…중략…)
>
> 숨겨진 백승하의 모든 것이 샅샅이 드러나고, 그의 매력적인 웃음 뒤에 숨겨진 추악한 본성이 밝혀지면 그것으로 백승하 개인에 대한 나의 목적 하나는 달성되는 것이다. 그는 이제 연기자의 생명인 대중의 사랑을 잃게 될 것이다. 이제 카메라 앞에서 보여지는 그의 매혹적인 웃음에 넋을 잃을 여자들도 없을 것이다.
>
> 환상은 깨어진다.[18]

---

18 위의 책, 130~131쪽.

그러나 실종 미스테리에 얽힌 추악한 비밀이 쏟아져 나올 거라는 강민주의 기대는 무너졌다. 그 대신 그녀는 백승하를 조사하고 길들이는 과정에서 세상의 시선이 얼마나 왜곡되었는가를 다시 확인한다. 세상은 여성의 시선을 강탈해 백승하의 시시콜콜한 것에까지 관심을 가지게 만든다. 그래서 실상 여성들이 당하는 고통은 외면되고 천박한 정보에만 관심이 쏠리는 것이다. 정작 알아야 할 것은 묵살되고 사소한 정보만 반복되는 시대에, 강민주는 자신이 세상을 향해 중요한 것이 무엇인지 알리려 하고 있다고 생각한다.[19]

하지만 이 소설은 특정한 남성의 악행보다는 남성중심주의의 포괄적인 문제점에 대한 응징을 다루고 있다. 백승하가 판타지 권력의 주역이기는 하지만 그가 여성에게 고통을 주는 비열한 인물은 아니었다. 그래서 백승하의 추문이 드러나지 않는 만큼 연예인 납치라는 상징적인 시도는 큰 효과를 보지 못한다.

강민주는 오히려 백승하가 성장기에 동두천에서 어머니와 이웃의 양공주들의 상처를 경험하고 자라났음을 알게 된다. 백승하 역시 강민주가 개인적인 범죄자가 아니며 질 높은 사회적인 범법을 행하고 있음을 깨닫는다. 강민주가 원래의 계획을 포기한 것은 아니지만 두 사람 사이에는 차츰 공감대가 형성되어 가고 있었다.

그런 감정적 변화에 상응해서 이제 강민주는 다른 방식으로 계획을 실행한다. 그녀는 여성의 고통에 대한 인간적인 호소를 담은 글을 언론에 유포한다. 그녀의 글에 대한 세상 사람들의 반응은 놀라운 것이었다. 강민주는 성차별에 대해 통렬한 도전장을 던진 미혼 여성으로 보도되고 있었다. 거기에는 경악할 만한 신세대 윤리의 문제점이 있었지만 강민주는 의

---

19 위의 책, 158쪽.

외로 70%의 여론의 지지를 얻고 있었다. 이런 범죄자에 대한 동정은 여성이 법으로 해결이 불가능한 간접화된 사회의 희생자임을 암시하는 것이었다. 여성의 고통이 은폐되는 사회에서는 법질서가 여성차별을 드러내는 데 무능한 반면 범법을 통해 강민주가 그 고통을 대신 보여줄 수 있었던 것이다. 이 같은 범법자에 대한 양가적 동정은 간접화된 사회가 정점에 이른 2016년의 〈원티드〉에서 한층 더 가슴 아프게 제시된다.

이제 강민주와 백승하는 원한과 복수의 감정의 관계가 아니다. 강민주는 더 이상 백승하의 고통이 자신의 즐거움이 아니라는 사실을 깨닫는다. 백승하는 여전히 강민주의 실험재료이자 장난감이었지만 이제는 한 사람의 인간이기도 했던 것이다. 그래서 그녀는 배우인 백승하의 연극의 제안을 흔쾌히 받아들인다.

강민주와 백승하는 연극을 통해 이제까지와는 다른 방식의 만남을 경험한다. 연극은 배우인 백승하에 대한 강민주의 배려인 동시에 백승하가 강민주의 납치 공간이 범법의 장소만이 아님을 인정하는 승인이기도 했다. 연극의 무대에서 백승하는 강민주의 포로에서 벗어난 자유를 얻게 되며 강민주는 남성에 대한 원한과 복수의 감정을 유보할 수 있게 된다.

연극은 남성중심적인 현실세계도 그에 복수하는 강민주의 원한의 장소도 아닌 제3의 공간이었다. 현실이 여성의 고통을 은폐하는 감성권력에 의해 연출된 공간이라면, 강민주의 납치공간은 그 세계의 주인공을 감시와 조사의 대상으로 전락시키는 또 다른 연출의 장소였다. 반면에 연극이야말로 권력의 위선적인 동일성과 강민주의 적대적인 반동일성에서 모두 벗어나 진실이 생성될 수 있는 틈새의 공간이었다. 연극은 현실이 아닌 연출된 삶이지만 그곳에서 오히려 반작용적 정동에서 벗어나 능동적인 감성을 생성시킬 수 있었다.

현실이 남성중심적 권력에 의해 이끌어진다면 아파트의 납치공간에서는 강민주가 주도권을 갖고 있었다. 반면에 연극에서는 배우인 백승하가 줄곧 리드를 한 셈이었다. 하지만 이는 결코 남성중심적 지배의 형식이 아니었으며, 백승하는 강민주를 연극의 세계로 이끌면서 그 가상의 형식을 이용해 제3의 공간을 만들고 있었다. 연극은 공연된 삶이 가상임을 인정하는 형식이기 때문에, 실재(the Real)와 가상의 틈새에서 지배 없는 삶의 진실이 생성될 수 있었던 것이다.

강민주는 대본에 따라 연극 속에서 백승하에게 죽음을 당하도록 되어 있었다. 그러나 그 죽음은 가상의 형식을 통해 새로운 삶을 생성시키려는 과정의 하나였다. 감정의 정화로서의 죽음은 강민주가 복수의 반작용적 정동에서 벗어나 능동적인 삶을 생성시키게 해 주는 제의적인 죽음일 것이었다.

하지만 이 소설은 그런 연극의 시도가 파탄을 맞는 결말로 되어 있다. 강민주는 연극의 세계가 완성되기 직전에 납치공간의 심복 황남기와 현실세계의 경찰에 의해 최후를 맞는다. 복수라는 반작용적 정동의 공간에 남아 있는 황남기는 강민주의 변모를 이해할 수 없었다. 그는 강민주를 추앙했지만 그 극단적인 동일성의 정동이 변화된 강민주에게 총을 겨누게 했던 것이다. 강민주는 연극의 공간 안에서 그 바깥으로부터 날라 온 총탄에 의해 죽음을 맞는다. 또한 죽음 이후 밀려 닥친 경찰에 의해 납치자라는 오명으로 되돌아간다. 새로운 능동적 삶의 생성으로서 백승하와 강민주의 연극은 마지막 순간에 무산되었다.

강민주의 죽음은 연극의 틈새의 공간이 허용되지 않는 냉정한 현실을 암시한다. 그것은 여성들이 아직 간접화된 삶에서 벗어나기 어렵다는 남성중심주의의 강고함의 반증이기도 하다. 여성들이 간접화된 사회에서 벗어나는 길은 감성권력에 지배된 환상적 세계도 그것에 저항하는 적대적인 복수의 행동도 아니었다. 여성해방을 위해서는 감성권력의 환상에서 물러서고 반작용적 복수의 정동에서도 벗어나는 제3의 공간(연극)에서의 만남이 필요했다. 그런 제3의 공간이 현실 자체에서 가상을 통해 연출되는 것이 바로 미학일 것이다. 이 소설은 감성권력에 지배되는 우리 시대에는 저항적 행동에 앞서 새로운 미학이 필요함을 말하고 있는 셈이다. 간접화된 사회에서는 직접적으로 행동에 나설 수 없으며 우리에게 사랑과 분노를 되찾아주는 미학이 필요하다.

백승하는 강민주의 납치공간에서 일종의 미학을 경험한 셈이었다. 백승하는 기자들과의 인터뷰에서 자신은 감금당하지 않았으며 고통 대신 휴식의 시간을 경험했다고 말한다. 또한 강민주에게서 희망을 보았으며 그녀와 자신은 서로를 염려하고 존중했다고 진술한다. 백승하가 말하는 것은 현실에서는 어디서도 경험할 수 없는 남성중심적 동일성에서 해방된 인간관계일 것이다. 그런 이자적 진리의 관계를 사랑이라고 한다면 백승하는 그 감정에 근거해 강민주를 폄하하는 사람들에게 분노를 표현하고 있었다. 백승하가 강민주와의 만남에서 되찾은 것은 사랑과 분노였다.

이 소설에서 사랑을 되찾은 제3의 공간을 생성하기 위해 테러의 형식이 필요했던 역설은 젠더관계에서의 절망의 두께를 말해준다. 고통스러운 절망이 표현될 수 있는 사회는 결코 절망의 사회가 아니다. 절망의 사회는 고통이 잘 보이지 않는 사회이거니와 그 시각적인 은폐의 두께만큼 테러의 욕망이 생겨나는 것이다. 그러나 테러는 결코 능동적인 정동에 근거한 것이 아니며 시각성을 강탈당한 사회의 절박함을 암시할 뿐이다. 제3의 공간의 생성을 위해 역설적으로 요구된 테러는 사랑이 상실된 절망사회를 향해 미학이 보내는 불온한 반미학적 경고이다.

『나는 소망한다 내게 금지된 것을』에서의 시각성의 강탈은 젠더관계에 국한된다. 반면에 시각성의 강탈을 99%의 구성원이 경험하는 간접화된 사회의 정점을 다룬 작품이 바로 〈원티드〉(한지완 극본 박용순 연출)이다. 간접화된 사회 구조의 비인간성은 가습기 살균제로 인한 피해가 명백하게 눈앞에 드러났는데도 진실을 회피하는 권력자들의 모습에서 증언된다. 그들의 당당함은 일상인의 고통이 모니터에 나타나지 않는 사회구조의 시각적 모순에 기댄 것이다. 여기서도 그런 시각적 절망의 두께에 따라 생겨나는 욕망이 아이의 유괴라는 테러의 형식이다. 테러의 욕망은 결코 주인공이 될 수 없는 사람들이 비가시적 영역에서 극단의 고통을 겪을 때 생겨난다.

이 드라마에서도 가습기 피해자 최준구는 은폐된 진실이 모니터에 나타나게 하기 위해 유명 배우 정혜인(김아중 분)의 아들(현우)을 유괴한다. 최준구(이문식 분)는 주도면밀한 계획으로 피해자에게 대가를 치르게 하기 위해 연속된 미션의 생방송을 요구한다. 더욱이 그는 자신이 그 생방송 책임피디로 직접 참여하고 있어 우리에게 충격을 전해준다.

정혜인은 유괴범이 '생방송 원티드'의 방영을 요구하자 첫사랑이었던 PD 신동욱(엄태웅 분)을 찾아간다. 신동욱은 처음에는 거절했지만 무릎을 꿇고 비는 정혜인의 간청에 UCN 방송국 사장 송정호(박해준 분)에게 방송을 부탁한다. 송정호는 정혜인과 비즈니스 부부였는데 납치된 현우가 친아들도 아니었기 때문에 쉽게 허락하려 하지 않는다. 그러자 신동욱은 이 방송은 돈이 된다며 UCN이 겪고 있는 재정문제를 어느 정도 해결해줄 것이라고 설득한다.

생방송 '원티드'가 방송되기까지의 배경에는 이처럼 여러 사람의 이해관계가 얽혀 있었다. 이 드라마는 '원티드'의 방송이 현우에 대한 사랑이 아니라 우리 시대의 각기 다른 이해관계 속에서 방송되고 있음을 보여준다. 저마다 개인적인 목적을 갖고 '원티드'에 참여하고 있는 사람들은 자신만의 이기심에 얽매여 있는 우리 시대의 사람들의 모습을 보여준다.

방송국에서 밀려나 위기에 처해 있는 신동욱은 '원티드'의 완성도에만 신경을 쓰는 냉정한 현실적인 인물이다. 또한 정혜인의 남편 송정욱은 현우에 대한 별다른 애정이 없이 방송국을 되살려 자신의 명예를 회복하는 데만 전력한다. 인터넷 연예지 스타라이프 기자인 이승준(장진웅 분) 역시 유괴사건과 원티드 방송을 선정적인 기사거리로만 접근한다. 정혜인은 유괴 사건 직전에 배우에서 은퇴하고 현우와 시간을 보내려는 인간적 모습을 보였지만, 시종 아들에게만 너무 집착하고 사회적인 일에 무관심한 편협함을 갖고 있다. 유괴범의 정체는 드라마 후반에야 가습기 살균제 피해자의 남편 최준구임이 밝혀지는데, 그는 사회적 사건을 밝히려는 목적에도 불구하고 강민주처럼 유괴(그리고 생방송 미션)라는 사적인 복수의 방법을 택할 수밖에 없는 한계를 안고 있다.[20]

이처럼 '원티드' 제작에 참여한 사람들은 자기 목적에만 이기적으로 몰입하며 인간적인 사랑의 감정을 잃어버린 모습을 보여준다. 물론 생방송 '원티드'를 중심으로 한 이 드라마의 특이한 형식은 치명적인 사건마저 은폐하는 시각적 권력에 대한 반란의 시도이다. 그러나 양귀자 소설에서처럼 그 방법이 사적인 복수에서 시작될 수밖에 없다는 간접화된 사회의 한계를 지니고 있다. 99%의 사람들이 주인공이 될 수 없는 간접화된 사회란 사랑과 분노의 능동성을 잃어버린 채 반작용적 정동에 의존해 살아가는 시대이다. '원티드' 제작에 참여한 사람들 역시 그와 크게 다르지 않다.

그러나 시각적 반란은 사람들의 내부에 또 다른 반란을 일으킨다. 즉 10회의 방송이 진행되는 동안 '원티드'는 자극적인 방식에서 점점 진실을 추구하는 쪽으로 선회하게 되는데, 그 과정은 방송에 관련된 사람들이 차츰 사랑의 감정을 회복하고 사회에 대한 정당한 분노를 표현하게 되는 진행이기도 하다. 생방송을 진행하는 동안 '원티드'라는 방송의 형식 자체가 유괴범의 요구에 따르는 수동적인 방식에서 보이지 않는 타자의 고통을 보여주는 형식으로 진화한 것이다. 그리고 그런 변화 과정에 상응해서 이

---

20 이 드라마에서 유일하게 인간적인 인물은 형사인 차승인(지현우 분)이다. 폭력적인 아버지 밑에서 고통스러운 성장기를 보낸 그는 선배 형사에게 영향을 받아 유능한 경찰이 된다. 그는 90%의 검거율을 지니고 있지만 나머지 10%를 위해 몸을 아끼지 않고 책임을 다하는 인물이다.

기적이었던 사람들은 저마다 타자에 대한 사랑과 사회에 대한 분노의 감정을 되찾게 된다.

이런 진행은 『나는 소망한다…』에서 강민주가 연극을 통해 사랑을 되찾는 과정과 유사하다. 그러나 『나는 소망한다…』의 시각적·감성적 반란이 방송매체의 변화에서 연극으로 이어진 반면 이 드라마에서는 '원티드'라는 리얼리티쇼 형식이 중심에 놓여 있다. 방송 속의 방송인 리얼리티쇼 '원티드'의 특이함은 오늘날이 간접화된 사회의 정점에 이른 시대임을 암시한다.

연출인 동시에 현실인 리얼리티쇼는 간접화된 사회를 대표하는 대중적 문화 형식이다. 간접화된 사회란 연출된 것만이 현실로 인식되는 모니터와 본체의 인터페이스[21]의 시대이다. 99%의 부품화된 일상의 사람들은 모니터 화면에 연출되지 않기 때문에 '이상한 고요함'의 삶을 살아가는 것이다. 그런 상황에서 〈원티드〉 속의 '원티드'는 고통 받는 사람이 모니터에 나타나도록 하려는 시각적 반란이다. 그러나 그 진실 역시 연출과 시각매체를 통해서만 대중들에게 생생하게 알려질 수 있다는 것이 인터페이스 사회의 특징이다. 유괴범이 단순히 가습기 살균제 사건의 피의자를 폭로하는 대신 리얼리티쇼의 연출을 요구한 것은 바로 그 때문이다. 시각적 반란을 통해서도 진실은 그 자체로 표현될 수 없으며 사회 매체를 역이용해야 하기에 그것 역시 연출을 통해서만 세상에 알려질 수 있는 것이다. 연출인 동시에 현실인 리얼리티쇼가 간접화된 사회의 권력과 저항의 관계에서 중심에 놓이는 것은 그 때문이다.

오늘날 리얼리티쇼의 성행은 현실 자체가 자주 연출과 뒤섞이는 사회적 현상과 연관이 있다. 리얼리티쇼는 방송 형식의 하나이지만 〈트루먼

---

21 인터페이스는 두 개 이상의 장치 사이에서 정보나 신호를 주고받는 경우의 접점이나 경계면을 말하며, 여기서는 모니터와 본체의 장치들만 드러나고 시스템의 내부는 보이지 않는 간접화된 사회를 뜻하는 은유이다.

쇼〉에서처럼 그 자체가 권력이 현실을 연출하는 방식이기도 한 것이다. 〈트루먼 쇼〉를 방송 형식으로 보면 리얼리티쇼이지만 그것은 또한 권력이 연출한 트루먼의 현실이기도 하다. 그런 맥락에서 권력이 보여주는 현실 역시 일종의 연출인 셈인데, 다만 시각적 주도권이 그들에게 있으므로 우리는 그것을 리얼리티쇼라고 생각하지 않을 뿐이다.

따라서 우리 시대에는 두 종류의 리얼리티쇼가 있는 셈이다. 하나는 우리 자신이 현실로 인식하는 인터페이스 사회의 연출이며 다른 하나는 방송에서 프로그램으로 공연되는 리얼리티쇼이다. 우리는 현실에서 다양한 방송과 매체를 통해 현실을 인식한다. 그러나 그것은 실상 감성권력에 의한 인터페이스 사회의 공연이며 그 권력의 리얼리티쇼야말로 일종의 연출된 환상일 수 있다. 그 이유는 치명적인 사건을 봉합하고 부품화된 일상의 사람들을 보여주지 않기 때문이다. 반면에 유괴범이 요구한 역전된 리얼리티쇼는 인터페이스 사회에 대한 반전의 연출이었다. 여기서는 감성권력이 은폐했던 충격적인 영상들을 통해 부품화된 사람들을 고통 받는 타자로 등장시킨다. 이는 〈트루먼 쇼〉의 양면성을 넘어선 제3의 리얼리티쇼라고 할 수 있다.

물론 '원티드'에 참여한 사람들이 처음부터 진실에 대한 열망으로 제작에 임한 것은 아니었다. 그들 역시 유괴범이 요구한 20%의 시청률을 위해 자극적인 선정성에 의존하거나 저마다의 목적에만 충실한다. 그러나 9편의 '원티드' 방송 동안 은폐된 사건 현장에서 우여곡절을 겪으면서 사람들은 차츰 진실에 대한 욕망과 타자에 대한 사랑을 되찾게 된다.

드라마의 결말부에 이르러 마침내 유괴된 현우를 찾고 가습기 살균제 사건이 SG그룹과 연관이 있음이 밝혀진다. 이제 유괴범이 더 이상 리얼리티쇼를 요구하지 않으므로 '원티드' 방송의 절박한 근거는 없어졌다. 그러나 '원티드'의 PD 신동욱은 10회 방송에 대한 자발적인 의지를 드러낸다. 또한 유괴범인 최준구 국장도 SG그룹 회장 함태섭의 비리의 증거를 찾기 위한 행동을 중단하지 않는다. 각자의 개인적인 목적에 얽매였던 그들은 이제 피해자들에 대한 공감과 사회모순에 대한 분노의 감정으로 스스로 행동에 나서게 된 것이다. 그런 상황에서 드디어 '원티드' 10회가 방송되는데, 이 방송은 처음으로 유괴범의 요구 없이 제작팀 자신이 능동적으로 기획한 작품이었다.

10회 방송에 등장한 함태섭은 자신의 혐의를 끝까지 부인한다. 이 마지막 리얼리티쇼는 수사기관의 취조과정과 유사하지만 그와 크게 다른 점이 있었다. 수사기관의 취조가 언론을 통해 간접적으로 접할 수밖에 없다면 '원티드'는 전국민이 직접 보고 있었다. 그 뿐 아니라 가습기 살균제 피해자들이 현장에서 방청객으로 참여해 주시하고 있는 상황이었다. 그처럼 이 제3의 리얼리티쇼의 연출은 간접화된 사회의 시각적 구조를 해체하고 사건의 진실을 직접 보여주는 상황을 만들 수 있었던 것이다.

또한 '원티드'의 사회자 정혜인은 아들의 유괴에 대한 개인적 절박함에서 벗어나 가습기 살균제 사건에 대한 공감과 분노를 표현하고 있었다. 정혜인은 자신도 모르게 전 국민을 대변하는 위치로 변화되어 있었고 '원티드'는 사실상 모든 사람이 주도하고 있는 셈이었다. 그 점에서 마지막 '원티드'는 연출이자 현실인 리얼리티쇼를 통해 인터페이스 사회에서 부품화된 사람들의 시각적 반란을 보여주는 형식이 되어 있었다.

제작진의 치밀한 계획과 정혜인이 확보한 증거로 함태섭은 위기에 몰린다. 정혜인은 가습기 살균제 피해자들에게 잘못을 인정하고 사과할 기회를 주겠다고 말한다. 그 순간 SG그룹 때문에 평생을 고통 받아야 하는 사람들이 '원티드' 화면에 등장한다. 그러나 함태섭은 증거가 조작되었다며 전혀 감정의 동요를 보이지 않는다. 그의 이 뻔뻔함은 내부자들의 담합에 의해 이루어진 간접화된 사회의 시각적 맹목의 구조에 근거한 것이었다. 수사기관의 조사를 받더라도 그는 그물처럼 연결된 권력의 통로를 통해 빠져나갈 수 있다고 생각한 것이다.

함태섭의 사과를 받는 데는 실패했지만 마지막으로 정혜인은 가습기 살균제 피해자와 가족들에게 허리를 숙여 사죄한다. 그녀는 함태섭의 동생인 남편 함태영이 가습기 살균제의 유해성을 밝히려고 했을 때 자신과 뱃속의 아이를 생각하며 말렸던 과거의 사실을 고백한다. 정혜인의 진심 어린 사과는 피해자를 향한 것인 동시에 '간접화된 사회에서의 죄'에 대한 것이기도 했다. 간접화된 사회에서는 각자의 목적에 몰두해 타자의 고통을 보지 못한다. 정혜인의 사과는 인터페이스 사회의 시각적 권력의 방해를 뚫고 타자와 만나는 감동의 순간을 연출한다.

'원티드'는 피해자들을 직접 화면에 등장시키는 시각적 반란에 그치지 않는다. 정혜인과 피해자들과의 대면은 레비나스가 말한 고통 받는 타자와의 만남의 순간이었다. 그녀는 타자들에게 사과하면서 서로 교섭하며 그들을 환대하고 싶은 마음을 표현한 것이다. 간접화된 사회에서 우리가 상실한 것은 바로 그런 고통 받는 타자에 대한 공감이다. 레비나스는 타자와 교섭하는 순간에만 실재(the Real)에 접근하면서 미래를 향한 시간이 열린다고 말한다. '원티드'의 마지막 리얼리티쇼는 감성권력이 연출한 환상을 깨고 실재 그 자체에 접근하는 순간을 표현한다.

〈원티드〉에서 권력자는 끝까지 변화된 모습을 보여주지 않는다. 변화된 것은 정혜인을 비롯한 제작진들, 그 중간층의 사람들이었다. 권력자들은 원래부터 타자의 고통을 은폐했으며 스스로 반성하는 모습을 보인 적이 없었다. 그럼에도 1970~80년대에 사회적 변화가 가능했던 것은 일상의 사람들이 고통 받는 타자들에게 공감하며 사랑과 분노를 표현했기 때문이었다. 〈원티드〉는 그 잃어버린 사랑과 분노를 되찾는 것이 새로운 삶의 시작임을 암시한다.

정혜인이 방송에서 되찾은 사랑의 감정을 표현했듯이 '원티드'의 PD(신동욱)와 작가(연우신)도 변화된 모습을 보여준다. 자신의 방송만 소중히 여기던 그들은 이제 제대로 일을 해보고 싶어졌다며 SG그룹의 문제를 더 집요하게 파헤칠 듯한 암시를 던진다. 그 순간은 방송 안의 방송에 갇혀 있던 그들이 방송 밖으로, 그리고 작품 밖으로 나오는 순간이다. 그들의 이 변화된 모습은 상실된 사랑과 분노의 귀환에 다름이 아니다.

그러나 한 가지 주목할 중요한 사실이 있다. 즉 이 모든 것이 최준구의 사적인 복수에서 시작되었다는 점이다. 간접화된 사회에서는 스스로 사랑과 분노의 감정을 되찾기 어려우며 최준구처럼 반작용적 원한에 사로잡히게 마련이다. 결말부에 감동적인 장면에 이르게 되지만 그 시작은 사적인 복수인 유괴가 발단이 될 수밖에 없었다. 이는 단지 개인의 잘못이라기보다는 인터페이스 사회의 '이상한 고요함'을 동요시키기 위한 불가피한 선택이었다는 측면이 있다.

『나는 소망한다 내게 금지된 것을』과 〈원티드〉, 〈더 테러 라이브〉 등이 사적 복수를 출발점으로 삼는 것은 결코 우연이 아니다. 이 작품들이 암시하는 것은 사랑에 근거한 저항을 불가능하게 만들고 우리를 반작용적 정동에 고착화시키는 화석화된 사회의 두께이다. 그런 맥락에서 사적 복수심에 사로잡힌 최준구는 자신의 아이만을 사랑하는 정혜인과 다름이 없으며 방송의 완성도에만 몰두하는 신동욱도 그들과 비슷하다. 이들은 모두 고정된 동일성의 세계에 예속되어 있는 개인화된 사람들이었다.

그러나 방송이 진행되는 과정에서 사람들은 연쇄된 사건들과 그 피해자들을 만나게 된다. 그런 연결된 사건들은 나의 불행이 개인의 일만이 아님을 알게 해준다. 또한 고정된 세계로 생각한 것이 실상은 타자들의 배제에 의해 질서를 유지하고 있는 것임을 깨닫게 한다. 방송이 계속될수록 내가 당한 일과 타자들이 배제되는 희생은 점점 구분되지 않는 상황에 이른다. 그 순간 나를 지배했던 고정된 동일성의 세계에 균열이 생기며 그 자리에 타자들이 들어서게 된다. 이제 나의 불행에 대처하는 일은 타자와 교섭하는 행위와 구별되지 않으며 사적인 복수심 대신 사랑과 분노의 감정이 생성된다.

이 단계에서 최준구는 자살을 결심하는데 이는 『나는 소망한다…』에서 강민주가 죽음에 이른 결말과 유사하다. 강민주의 죽음이 남성중심적 사회의 강고함을 암시한다면 최준구의 자살은 간접화된 사회에 대한 저항의 단초를 시사한다. 최준구는 목숨을 건 도박으로 사건을 시작했지만 마침내 고통 받는 타자들을 화면에 등장시키고 사랑과 분노를 되찾게 만든 것이다. 마지막까지 권력자들이 응징되었는지는 불투명하다. 그러나 최준구의 개인적인 필사적 도박은 이제 권력에 대항하기 위해 목숨을 건 도약이 요구된다는 능동적 인식으로 변주된다.

이 드라마에서 최준구는 경찰(차승인)에 의해 구출되는데 이는 그의 범죄가 개인적인 악행이 아니라 간접화된 사회에서 불가피한 것이었음을 암시한다. 물론 이 작품이 최준구 같은 범죄자가 용인되어야 함을 말하는 것은 당연히 아니다. 최준구는 우리 자신의 삶의 방식이 변화되어야 함을 알리는 희생양이다. 〈원티드〉가 얘기하는 것은 사회를 변화시키려면 먼저 우리의 삶이 능동적인 방식으로 전환되어야 하며 그것을 위해 감성권력에 대한 대응이 필요하다는 것이다. 그 점에서 사적인 복수를 대체할 수 있는 유일한 것은 드라마나 영화, 소설로 표현되는 미학일 것이다. 즉 『나는 소망한다 내게 금지된 것을』과 〈원티드〉, 〈더 테러 라이브〉라는 작품은 우리 모두가 상실된 사랑과 분노를 되찾아야 함을 요구하고 있다. 그것만이 간접화된 사회를 변화시킬 수 있으며 불가능한 저항을 가능하게 해준다. 그 점을 말하기 위해 이 작품은 테러라는 반미학을 부분적으로 포함하고 있거니와, 그런 간접화 방식은 간접화된 사회의 대표적인 미학 중의 하나이다.

〈원티드〉의 리얼리티쇼의 제작과정과 인물들의 감정의 변화는 예전의 리얼리즘을 대신하는 미학을 암시한다. 과거의 리얼리즘이 현실의 반영을 통한 인식의 진실성을 추구했다면 지금 필요한 것은 연출과 감성의 진실성이다. 새로운 리얼리즘은 현실의 변화에 앞서 사건과 대면한 사람들의 감성적 변화가 필요함을 알려준다. 그런 요구와 함께 미래의 삶은 일직선상의 앞에 놓여 있는 것이 아니라 매순간 새롭게 연출되고 창조되는 삶의 형식에서 시작된다. '원티드' 10회 방송에서처럼 타자와의 만남을 보여준 리얼리티쇼 같은 형식이 바로 그 출발점이다.

오늘날의 절망적인 상황은 사회적 모순에 대한 무지에서만 기인된 것이 결코 아니다. 감성권력에 의한 능동적 정동의 탈취는 우리가 뻔히 알고 있는 사회모순에도 눈감게 만든다. 헬조선이란 인식의 무지에 앞서서 감정적 무능력의 사회이다. 오늘날 타자에 대한 공감의 무능력은 일상의 사람들을 동일성 권력의 인터페이스 경계 안에 가두는 감성권력의 산물이다. 그에 대항하는 유력한 방식이 바로 드라마, 영화, 소설과 현실 자체에서의 새로운 미학이다. 미학을 통한 능동적 감성의 회복은 감성권력을 무기로 삼아 99%의 삶을 괄호 안에 넣는 인터페이스 사회에 대한 대항의 첫걸음이다. 목숨을 건 도약을 통한 사랑과 분노의 귀환이야말로 감성권력에 대항하는 미학적 정치이거니와, 우리는 그 감정과 무의식의 리얼리즘을 감성정치[22]의 미학이라고 부를 수 있을 것이다.

4. 불평등성의 사회에서의 테러와 판타스마고리아

간접화된 사회는 1%의 삶만 보여주고 99%의 사람들을 보이지 않게 만드는 시각적 권력의 행사에 그치지 않는다. 시각적 권력의 행사는 동시적으로 감성권력의 실행이기도 하다. 앞서 살폈듯이 감성권력이 능동적 정동을 박탈하는 과정은 간접화된 사회의 시각적 전도의 과정이기도 하다. 그런데 그런 시각적·감성적 전도는 이제 **불평등성**의 감각 자체를 왜

---

22 감성정치는 인식과 실천 사이의 딜레마를 넘어서게 한다.

곡시킨다.

불평등성의 희생자(타자)를 모니터에 등장시키지 않는 전도된 사회는 평등성과 공정성에 대한 감각을 전도시켜 개인의 성격을 개조시키기에 이른다. 내부의 불평등성이 보이지 않는 사회는 외부가 보이지 않는 사회이기도 한데, 그런 닫힌 동일성 체제에서는 쾌락과 혐오라는 반작용적 정동이 만연된다. 그와 함께 감성권력은 그런 정동에 예속된 사람들을 개인화된 욕망에 포획되게 만든다. 타자에 대한 사랑을 상실한 사람들은 다같이 잘사는 공동체의 소망 대신에 나만이라도 상류층으로 상승하려는 욕구를 갖게 되는 것이다.

그 같은 개인적인 상승 욕구는 사회적 불평등을 자연스러운 현상으로 승인하는 사고를 전제로 한다. 이제 삶의 가치는 성공과 성과에 있으며 자신보다 뒤에 있는 사람의 숫자가 오히려 위안거리가 된다. 그 때문에 나만의 삶에 가치를 두는 사회에서는 불평등성이라는 사회문제가 향유의 대상으로 왜곡될 가능성마저 생겨난다.[23] 역설적으로 불평등성에 대한 감성의 전도가 고통스러운 불평등한 상황을 지속시키는 것이다. 정체된 불공정한 사회는 끝없이 공정성의 감각을 왜곡시키는 감성권력의 산물이다.

그 같은 사회에서는 불평등성의 희생자들이 증가하지만 그들의 고통과 불만은 누구에게도 들리지 않는다. 그 때문에 간접화된 사회는 냉혹한 **구조화된 불평등성의 사회**이기도 하다. 구조화된 불평등성의 사회란 고통의 원인이 불평등성임을 알면서도 누구도 그에 대응하지 못하게 된 사회이다. 이런 사회에서도 침묵 속의 불안은 점점 증폭되지만 심리적 능동성을 상실한 패배자들은 사회모순에 대한 저항의 능력을 잃어버린 상태에 있다. 그 대신 축적된 부정적 정동이 **테러**의 형태로 폭발하는데 그들을 지배

---

23 지그문트 바우만, 안규남 역, 『왜 우리는 불평등을 감수하는가?』, 동녘, 2013, 80쪽.

하는 것은 정당한 분노가 아니라 증오와 혐오의 정동이다.

『나는 소망한다 내게 금지된 것을』과 〈원티드〉에서의 테러는 시각적 반전을 전제로 한 것이었다. 여기서의 테러는 능동적 삶의 소망을 지닌 고통받는 타자가 경험하는 절망의 두께를 표상했다. 반면에 반작용적 정동에 사로잡힌 사람들의 테러는 맹목적인 파괴의 욕망일 뿐이다. 오늘날 전지구적으로 확산된 테러는 후자의 즉자적인 반동일성의 폭력이다.

타자에 대한 공감이 결핍된 테러는 결코 사회모순에 대한 정당한 분노와 저항의 표현이 아니다. 반작용적 테러는 소비의 쾌락적 행복을 잃어버린 것에 대한 파괴적인 항의이며[24] 증오에 사로잡힌 그들의 소망은 쾌락의 천국으로 들어가는 것이다. 쾌락에 길들여진 유혹사회에서의 테러가 무차별적이며 빈번히 상점의 약탈로 이어지는 것은 그 때문이다.

그 점에서 테러와 반대되는 동시에 같은 차원에 있는 것은 소비의 쾌락이다. 테러가 증오와 혐오의 표현이라면 소비는 쾌락의 욕구이다. 간접화된 사회에서는 사랑과 분노의 상실로 인해 저항이 불가능해지는데 그것을 대신하는 것이 파괴적인 테러와 소비의 쾌락인 것이다.

그처럼 테러와 쾌락이 동일한 심리적 차원에 있다면 테러를 막는 것은 상품의 소비(쇼핑)와 쾌락의 환상일 것이다. 심지어 테러로 인한 상처를 치유하는 것 역시 소비와 쇼핑이다. 9.11 사태가 발생한 다음날, 부시 대통령은 국민들에게 충격을 이겨내고 일상으로 귀환할 것을 부탁하면서, 최선의 행동수칙으로 쇼핑으로 돌아갈 것을 말했다.[25]

소비 상품은 나의 욕망을 거울처럼 비추면서 나르시시즘적 행복감을 제공한다. 그와 더불어 상품은 우리 눈에 제공된 시신경의 흥분을 상품들 자체의 환상적 존재와 그 관계들의 환영으로 치환한다. 상품이 사회모순을 감추면서 환상을 불러일으키는 이런 현상은 페티시즘과 환등상(phan-

---

24   위의 책, 74~75쪽.
25   위의 책, 77쪽.

tasmagoria) 스펙터클로 나타난다. 상품 페티시즘과 판타스마고리아는 자본주의적 감성권력의 중요한 스펙터클 장치이다. 간접화된 사회에서 사회적 불평등성은 저항보다는 파괴적인 테러로 폭발하는데 그것을 완화시켜주는 것이 바로 상품 페티시즘과 판타스마고리아인 것이다.

그러나 판타스마고리아는 일종의 환상이기 때문에 결코 불평등성의 고통을 완전히 해소시켜주지 못한다. 유혹사회의 판타스마고리아는 미학의 응시 속에서 양가성으로 분열된다. 예컨대 배수아의 소설들은 판타스마고리아 속에서 살아가는 우리의 삶이 환상과 환멸의 동거상태에 있음을 보여준다. 그런 불안한 상황에서 유혹사회의 판타스마고리아는 테러를 예방하는 동시에 잠재적으로 테러의 소망을 낳는다. 환상과 환멸, 그리고 이상한 고요함과 테러의 소망 사이의 서성거림,[26] 이것이 사랑과 분노를 잃어버린 우울사회의 풍경이다. 배수아와 하성란의 우울의 미학은 판타지의 시대에 환멸을 경험하면서 간신히 심연의 서랍 속에 갇힌 사랑에 대한 갈망과 그리움을 암시한다.

간접화된 사회에서는 그런 우울의 미학마저 점점 소멸되어 간다. 사랑과 분노가 상실된 사회에서는 그나마 우울의 미학에 대한 관심조차도 갈수록 약화되는 것이다. 미학이 쇠퇴할수록 판타스마고리아는 더욱 매혹적인 환상으로 작용하는데, 이처럼 감성권력의 미학에 지배되는 사회는 외부에 대한 갈망이 사라진 사회이다.

미학의 약화는 감정상품과 연예상품의 성행에 상응한다. 감정상품은 상부구조 영역의 자본화를 표상하면서 연예상품과 더불어 미학의 위치를 잠식하는 작용을 한다. 더욱이 불평등성의 사회에서는 감정적 잔여물이 심화되는데, 감정상품은 미학을 대신해 그것을 해소해주는 새로운 발

---

26 배수아 소설에는 전쟁의 기다림과 혁명의 그리움이 나타나는데 혁명의 그리움은 단순한 테러와는 달리 안나와 핑크의 연대를 배경으로 하고 있다. 그러나 죽음충동과 연관된 점에서는 전쟁의 기다림과 혁명의 그리움은 비슷한 점을 갖고 있다.

명품으로 기능한다. 감정상품과 연예상품, 판타지 드라마는 우리 시대의 새로운 판타스마고리아이다. 우리는 백화점의 상품을 쇼핑하듯이 연예상품과 판타지를 쇼핑한다. 감성권력은 판타지의 쇼핑을 촉진하는 방식으로 미학이 약화된 시대에 불평등성이 테러로 폭발하는 것을 예방하는 것이다. 그처럼 판타지 상품은 미학을 대체하는 동시에 불평등성의 사회에 대응한다. 물론 그런 감성상품이 불평등의 고통과 테러의 잠재성을 완전히 해소하지는 못하며, 그 때문에 판타지 상품은 끝없이 개발되고 재발명되어야 한다.

5. 구조화된 불평등성의 사회와 신데렐라 판타지

흥미로운 것은 불평등성이 구조화되는 과정과 판타지 상품이 증대되는 과정이 실제로 일치한다는 점이다. 그 대표적인 예가 바로 판타지 드라마이다. 비단 환상장치를 도입한 경우뿐 아니라 신데렐라 서사 같은 은유적 환상까지 판타지물로 볼 때, 1990년대 이후 오늘날까지 판타지 드라마는 급속히 증가되어 왔음을 알 수 있다. 한국사회의 경우 소설은 물론 TV 드라마조차도 1990년 이전까지는 현실의 재현에 크게 기울어 있었다. 그러나 90년대 이후 우리가 잘 아는 〈M〉을 비롯해서 〈시크릿 가든〉, 〈해를 품은 달〉, 〈별에서 온 그대〉 등 판타지물들은 핵심 장르로 자리를 잡았다.[27] 이 판타지물들은 TV 화면을 넘어서 일상에서까지 강렬한 이미지로 우리를 사로잡고 있다.

그와 함께 눈에 띄는 현상은 〈발리에서 생긴 일〉, 〈불새〉, 〈황태자의 첫사랑〉, 〈파리의 연인〉, 〈천국의 계단〉, 〈슬픈 연가〉, 〈마이 걸〉, 〈시크릿 가

27　박노현, 「한국 텔레비전 드라마의 환상성」, 박유희 기획, 『대중 서사장르의 모든 것』, 이론과실천, 2016, 642~644쪽.

든〉, 〈상속자들〉 등의 신데렐라 드라마의 성행이다. 이들 역시 신데렐라의 마법 같은 상상력에 의존하는 점에서 넓은 범위에서 판타지물로 볼 수 있다. 대부분 서민층의 여자가 재벌 2세와 사랑을 나누는 이야기이지만 그런 서사의 현실적인 개연성은 1% 미만이다.

주목할 것은 현실성 있는 미학을 판타지 드라마가 대체하는 이런 경향이 불평등성이 구조화되는 추이와 비례한다는 점이다. 한국의 상위 10%의 소득집중도는 1995년 29.2%였다가 2000년 35.8%, 2008년 43.4%에 이어 2012년 44.9%까지 치솟았다. 이런 수치는 아시아 주요 국가 중 최고치이며 세계적으로도 미국(47.8%) 다음으로 높은 수준이다.[28] 90년대 후반 이후 오늘날까지의 이런 변화는 불평등성 증대의 지표이거니와 지금의 간접화된 사회 및 구조화된 불평등성의 체제와 무관하지 않다.

앞서 살폈듯이 간접화된 사회는 일상의 고통을 은폐하기 위해 판타지의 쇼핑을 촉진시킨다. 그렇다면 구조화된 불평등성과 판타지의 쇼핑은 구체적으로 어떤 연관이 있는 것일까. 신데렐라 드라마의 경우 그 점은 매우 명확하다. 구조화된 불평등성의 사회에서는 자기계발서사가 성행하는데 이는 나만이 잘 사는 삶의 꿈을 조장하는 역할을 한다. 그러나 상층으로의 사다리가 끊어진 사회에서 그 꿈은 곧 좌절되며, 실패로 인한 울분은 사회적 저항보다는 타인에 대한 공격과 테러로 폭발한다. 신데렐라 드라마는 상층으로의 환상의 통로를 제공함으로써 좌절로 인한 공격성을 완화시켜주는 역할을 한다.

그 점에서 신데렐라 드라마의 환상적 서사는 이데올로기적 환상과 비슷하다. 그러나 유혹사회의 신데렐라 서사는 이데올로기로 느껴지지도 않을 만큼 매혹적이며, 우리를 상처와 고통을 해소하는 사랑의 환상에 젖게 하는 마력을 갖고 있다. 눈부신 스펙터클과 가슴을 설레게 하는 매력

---

28 『연합뉴스』(2016.9.4)의 보도에 따르면 국회 입법조사처의 조사는 이런 통계를 보여주고 있다.

적인 연인들은 사람들을 현실을 잊게 하는 환상공간으로 데려간다. 신데렐라 드라마 뿐 아니라 〈해를 품은 달〉과 〈태양의 후예〉 같은 판타지물 역시 우리를 모든 것이 해소된 듯한 사랑의 환상 속에 머물게 만든다.

하지만 그 같은 낭만적 사랑은 현실을 잠시 망각하게 할 뿐 현실 자체를 변화시키지는 못한다. 오히려 판타지적 사랑은 우리를 체제에 머물게 하는 반작용적 기능을 하는 정동이다. 사랑은 감성적 잔여물과 교섭하는 끝없는 동요이기 때문에 경직된 동일성의 체제를 해체하는 잠재적 힘을 지니고 있다. 그 점에서 사랑의 동요는 현실을 변화시키려는 힘과 구분되지 않는다. 반면에 판타지적 사랑은 비슷한 동요를 일으키면서도 이미지가 다 소비되면 다시 우리를 고통스러운 현실로 되돌려 보낸다.

오늘날은 그런 판타지가 진짜 사랑을 대신하는 시대이다. 우리는 언젠가부터 사랑을 상실한 동시에 사랑의 판타지가 가장 많아진 시대에 살고 있다. 우리 시대는 사랑의 판타지가 넘쳐나기 때문에 사람들은 자신이 무엇을 상실했는지조차 알지 못한다. 그러나 우리가 소비하는 사랑의 이미지와 담론들은 실상은 백화점에서 상품을 사는 것처럼 판타지 상품을 구매하는 것과 비슷하다. 이 판타지 상품은 진짜 사랑처럼 우리의 마음을 동요시키지만 진열된 소비 상품과 비슷하게 유효기간을 지니고 있다. 가슴을 설레게 하는 판타지 사랑은 우리를 아무 것도 변한 것이 없는 현실로 돌려보내는 우울한 소비품이기도 하다. 그렇기에 생의 대부분을 상품 쇼핑과 판타지 쇼핑으로 보내는 유혹사회의 사람들은, 진열장과 쇼윈도 같은 판타스마고리아의 일상 속에서 매혹과 우울의 양가성을 반복적으로 경험한다.

신데렐라 드라마가 매번 재발명되어야 하는 것은 그 때문이다. 한국식 장르 드라마인 신데렐라 드라마는 사회적 불행과는 무관하게 10년 이상의 지속성을 과시하고 있다. 1990년대 이후 방송극에서 눈에 띄는 현상의 하나는 신데렐라 드라마의 변신의 역사일 것이다. 가장 최근인 2016

년에 동시적으로 방송된 〈신데렐라와 네 명의 기사〉, 〈함부로 애틋하게〉, 〈질투의 화신〉, 〈구르미 그린 달빛〉 등은 모두 신데렐라 모티프를 지닌 드라마들이다. 이 드라마들의 사랑의 판타지는 시간적으로 재발명될 뿐 아니라 현실공간으로 흘러넘치기도 한다.

또한 신데렐라 드라마는 비현실적 공허성을 감추기 위해 신데렐라 비틀기를 통해 변주를 시도하기도 한다. 예컨대 〈내 이름은 김삼순〉에서처럼 왕자를 데려다가 삼식이로 만들어버리는 것이다. 신데렐라 비틀기는 서민적 여성의 미덕이 발휘되게 하는 한편 약점을 지닌 재벌 2세가 변화되게 만드는 방식이다.

신데렐라 드라마에서 가장 흔한 꿋꿋한 서민적 여성 이미지는 캔디형 인물이다. 〈파리의 연인〉, 〈세 잎 클로버〉, 〈굳세어라 금순아〉, 〈마이 걸〉, 〈내 사랑 못난이〉, 〈열 아홉 순정〉의 주인공은 모두 캔디형 인물들이다. 이런 캔디형 인물의 씩씩함은 어려움 속에서도 성실과 희망을 버리지 않는 자기계발서사의 주인공과 비슷하다. 양자의 공통점은 주어진 힘든 환경에서도 끝까지 긍정성을 잃지 않으려 한다는 점이다.

삶에 대한 긍정성을 버리지 않기 때문에 캔디형 인물의 씩씩함은 우리에게까지 희망을 퍼뜨리는 듯이 느껴진다. 그러나 희망이 없는 시대에 근거 없는 긍정성을 유지한다는 것은 고통에 잠식된 마음을 아름답게 만드는 내면적 성형과도 비슷하다.[29] 내면적 성형은 고통에서 벗어나려는 능동적 삶 대신 주어진 환경에 순응하는 반작용적 삶을 살게 한다. 캔디형 인물과 자기계발서사의 주인공은 우리에게 자신의 긍정적 내면을 닮을 것을 권유한다. 그들의 문제점은 자기 자신을 희망으로 마취시킬 뿐 아니라 보이지 않는 타인의 고통에 민감하지 못하다는 점이다.

신데렐라 드라마에서 고통 받는 타자에게 관심을 지닌 여성이 상류층

---

29 박일권, 「성형대국의 의미」, 『한겨레신문』, 2015.4.28.

남성와 결합하는 경우는 매우 드물다. 고통 받는 타자에 공감하는 사람은 캔디형 인물과는 달리 절망이 무엇인지 아는 인물이다. 절망이 무엇인지 알기 때문에 고통스런 타자에게 공감하는 것이며 거기서 능동적인 삶으로 나아가는 길이 생성되는 것이다. 반면에 캔디형 인물은 자신의 내면을 성형했을 뿐 아니라 주어진 환경을 살 만한 곳으로 성형해주는 역할을 한다.

신데렐라 드라마의 주인공은 외모가 아름다운 동시에 내면까지 성형된 인물이다. 여기서의 사랑은 외모와 내면의 아름다움과 연관된다. 그와는 달리 상처 입은 타인을 사랑하는 또 다른 이야기로는 〈비밀〉(유보라·최호철 극본, 이응복 연출)이 유일할 것이다. 〈비밀〉에서 여자 주인공 강유정(황정음 분)은 곤경에 처한 애인을 대신해 감옥에까지 가는 고난을 감수한다. 재벌 2세인 조민혁(지성 분)이 강유정에게 관심을 갖게 된 것은 그처럼 타인을 위해 자신을 희생하는 일이 어떻게 가능한가 하는 신비로움 때문이었다. 이 드라마는 자신에 대해 당당한 여자 대신 고통 받는 타인을 사랑하는 비밀을 지닌 인물에 의해 사랑이 싹트는 과정을 보여준다.

조민혁은 강유정이 자신의 애인을 죽게 한 범인으로 오해해 처음에는 그녀에게 원한의 감정을 갖고 있었다. 그러나 복수를 위해 강유정에게 접근하던 중 생전 처음 경험하는 그녀의 애인의 대한 사랑의 방식에서 뜻밖의 경이를 느끼게 된다. 강유정의 애인에 대한 헌신은 단순한 희생이 아니라 그 자체가 우리 시대가 잃어버린 타자성의 비밀이었다.

조민혁은 자신의 원한이 오해임을 알게 되고 강유정의 애인이 그녀를 배신한 후 점점 더 강유정에게 다가서게 된다. 조민혁의 관심은 이제까지 한 번도 경험해보지 못한 타자성(타자와의 교섭)의 사랑의 비밀에 연관된 감정적 반란이었다. 조민혁의 친구인 재벌2세들은 잘 포장된 선물 같은 여자들을 곁에 두고 즐거움을 느낀다. 그러나 사랑이란 그 같은 소유의 쾌락은 물론 동일성의 환상도 아닐 것이다. 그와 달리 사랑은 함부로 소유할 수 없는 타자성을 받아들여 능동적인 둘의 삶을 열어가는 과정이다. 조민혁은 동일성의 세계에서 타자성을 갈망하며 상처를 받아온 강유정에게서 그런 소망을 발견한다. 다른 재벌 2세들의 눈에는 강유정의 존재란 어쩌다 상류층에 끼어든 불량품일 뿐이었다. 그러나 조민혁은 강유정을 통해 고통 받는 타자에 대한 공감을 이해해 가면서 원한과 증오 같은 반작용적 정동에서 벗어나 능동적인 사랑을 알아가게 된다.

자기 자신이 상처를 갖고 있던 조민혁은 아름답기보다는 몸과 마음에 상처를 갖고 있는 강유정을 사랑하게 된다. 마침내 그는 사랑의 표시로 강유정의 몸에 있는 흉터에 키스를 한다. 여기서 외모와 내면의 아름다움과 연관된 신데렐라 드라마의 공식은 역전된다. 사랑은 육체와 내면이 아름다운 사람과의 결합이 아니라 몸의 흉터와 마음의 상처에 키스를 하는 것이다. 흉터를 감추거나 아름답게 성형하면 타자와의 교감을 통해 미래로 나아가는 시간이 사라진다. 마찬가지로 내면이 아름답게 계발된 사람과의 결합은 세상을 그런대로 견딜만한 곳으로 여기게 하면서 우리를 고통스런 현실에 순응시킨다. 반면에 타자의 상처와 고통에 교감하는 사랑은 새로운 삶으로 나아가려는 삶의 능동성을 암시한다. 〈비밀〉은 신데렐라 드라마 중에서 유일하게 반작용적 정동에서 벗어나 능동적 사랑의 비밀이 무엇인지를 알아가는 과정을 그리고 있다.

〈비밀〉은 신데렐라 드라마가 어느 정도까지 자신의 한계를 넘어설 수 있는지 보여준다. 〈비밀〉과 다른 신데렐라 드라마와의 차이는 타자에 대한 관심의 차이이다. 우리 시대의 타자는 상처 받은 사람의 눈에만 보이는 불길한 존재이지만, 우리는 그 불길함(낯선 두려움)을 견뎌낼 때에만 새로운 삶으로 나아갈 수 있다. 그런데 〈비밀〉 이외의 대부분의 신데렐라 드라마는 고통 받는 타자를 잊게 만드는 유혹사회의 판타지의 기능을 한다. 또한 1%의 사람들이 주인공으로 등장하는 인터페이스 사회에 저항 없이 순응하게 만든다. 99%의 사람들은 재벌2세와 결합한 자신과 비슷한 여자에게서 대리적 충족의 환상에 젖게 되는 것이다. 신데렐라 드라마는 그런 환상을 통해 타자를 투명인간으로 만듦으로서 불평등성의 사회에 보조를 맞춘다. 이 판타지 스펙터클은 구조적 불평등성의 사회에서 잊혀진 타자를 더욱 더 잊게 만드는 한국형 장르 드라마이다.

6. 신자유주의 시대의 낯선 두려움과 판타지 드라마
— 〈시크릿 가든〉

유혹사회는 감정의 영역까지 상품화해 화려하고 친밀한 이미지들로 우리를 매혹시키는 사회이다. 우리는 서비스는 물론 사랑과 친절까지도 구매할 수 있다. 그러나 감정의 영역까지 상품화되었다는 것은 우리 자신의 인격조차 상품으로 제공될 수 있음을 암시하며, 상품화된 친밀성이 깊어질수록 인격적 유대를 상실할 낯선 두려움(거세공포)의 위기는 증폭된다. 낯선 두려움은 자본주의가 물신화될수록 심화되지만 우리 시대에는 숨겨진 은밀한 불길함이 확장되는 것이 특징이다. 오늘날의 낯선 두려움은 친밀성의 장치들에 둘러싸여 잘 느껴지지도 표현되지도 않는다.

그처럼 낯선 두려움을 은폐하는 친밀성의 장치가 바로 다양한 감정상품과 판타지 드라마이다. 신자유주의의 두 가지 문제점은 구조화된 불평등성과 쓸모없어진 사람들이 유기되는 낯선 두려움의 증폭이다. 흥미로운 것은 신자유주의 시대의 **불평등성**이 신데렐라 판타지와 연관이 있듯이, **낯선 두려움**의 증폭은 판타지물의 성행에 조응한다는 점이다.

우리가 경험하는 낯선 두려움은 두 번째 거세공포이다. 우리는 어린 시절 어머니의 품(home)에서 벗어나며 아버지의 규범 앞에서 유기된 듯한 낯선 두려움을 느낀 적이 있다. 이 첫 번째 낯선 두려움에서 해방되게 한 것이 바로 환상적인 동화의 세계이다. 아버지의 세계에 대한 낯선 두려움은 합리적 규범에 대한 공포이며, 어린이는 합리성을 초월한 동화적 환상

세계에서 그런 낯선 공포에서 벗어난다.

그 후 성인이 되는 과정은 합리적 규범을 받아들이면서 어린 시절의 거세공포에서 해방되는 진행이다. 그러나 사회의 합리적 규범이 비합리적으로 변질될 때 우리는 어린 시절의 낯선 두려움으로 다시 회귀한다. 낯선 두려움(unhomely)은 어머니의 품 같은 home도 합리적인 제2의 home(사회)도 안정된 공간이 되지 못할 때 발생한다. 어린 시절에 어머니와 아버지 사이에서 거세공포를 경험했다면 지금은 합리성과 비합리성의 틈새에서 낯선 두려움이 나타나고 있는 것이다. 신자유주의 시대는 자본의 이익을 위한 극단의 합리주의의 시대인 동시에 인격성이 상품화되고 폐품처럼 조용히 거세되는 비합리적인 시대이기도 하다. 우리 시대의 소리 없는 낯선 두려움은 그런 이율배반적인 합리적 규범에서 기인된 것이다.

오늘날의 판타지물의 성행은 분명히 그 같은 조용한 낯선 두려움과 연관이 있다. 어린 시절에 환상 동화를 통해 낯선 두려움을 해소했듯이 우리는 다시 판타지 드라마에 빠져드는 것이다. 그러나 아직 성인의 세계에 진입하지 않은 어린 시절과 달리 지금은 합리적 세계에서 완전히 벗어날 수 없다. 어린 시절에는 애니미즘적 상상력에 송두리째 몰입할 수 있었지만 현재는 그렇지 못한 것이다. 어른의 동화에는 환상(애니미즘)과 현실(합리성)의 경계가 해체된 지점이 있으며 그 위치에서 낯선 두려움이 잔존할 수밖에 없다. 그 점을 망각하고 오늘날의 신데렐라 드라마나 판타지물이 낯선 두려움이 해소된 듯한 결말로 귀결되는 것은, 그 근원이 되는 사회모순을 봉합하는 이데올로기적 환상으로 작용하고 있음을 암시한다.

어른의 동화가 낯선 두려움을 완전히 해소하지 못함은 이미 산업화시대의 모더니즘적 환상에서도 나타난다. 예컨대 『난장이가 쏘아올린 작은 공』 연작은 일종의 어른의 동화이지만 환상적인 꿈과 함께 여전히 잔존하는 낯선 두려움을 제시한다. 난장이는 달나라에 가서 천문대 일을 보겠다고 말하는데 이는 지구에서는 해결할 수 없는 불평등의 고통을 우주적 차원에서 해소하려는 꿈이다. 그러나 그의 환상적인 행동은 굴뚝에서 떨어져 죽는 비극의 경험이기도 하다. 이 소설은 동화적 꿈으로 회귀하는 동시에 그것이 불가능하다는 낯선 두려움의 잔존을 암시한다.

포스트모던 시대의 판타지인 「프린세스 안나」 역시 낯선 두려움의 잔존을 보여준다. 이 소설의 주인공 안나는 스노 화이트의 꿈을 꾸며 자라나지만 결국 산성비 속에서 죽음의 터널로 질주하며 낯선 두려움의 음화를 보여준다. 그녀와 달리 안나의 언니는 여전히 왕자를 만나는 꿈에 젖어 살아간다. 그 같은 언니의 모습이야말로 환상의 감성적 장치가 증폭된 유혹사회의 일상일 것이다. 그러나 신데렐라 판타지에서 벗어나지 못하는 언니와 달리 안나의 질주는 환상의 이면에 죽음정치가 숨겨져 있는 신자유주의 시대의 현실을 드러낸다.

두 소설과는 달리 TV의 신데렐라 드라마나 판타지물에서는 대부분 낯선 두려움의 잔존이 제시되지 않는다. 〈시크릿 가든〉 같은 신데렐라 판타지물과 「프린세스 안나」의 차이는 바로 그 점에 있다. 「프린세스 안나」에서 안나의 언니는 신데렐라가 되는 프린세스의 꿈을 버리지 못한 채 살고 있다. 물론 그녀 역시 매번 환멸을 경험하며 조용한 삶 속에서 차츰 지쳐가게 된다. 안나는 그런 일상에서 해방되기 위해 죽음의 파라다이스로 달려가지만 그녀의 질주는 역설적으로 낯선 두려움의 음화(죽음의 터널)로 연출되고 있다. 반면에 〈시크릿 가든〉의 길라임은 실제로 신데렐라의 꿈을 이루며[30] 그 같은 극적인 서사를 통해 불평등성의 사회의 낯선 두려움을 해소시킨다.

물론 길라임은 안나의 언니와는 다른 몇 가지 특별한 점이 있다. 먼저 길라임은 어려운 환경에서도 자존심을 잃지 않는 인물로서 서민층 여자

---

30 로엘그룹에 의해 받아들여지지는 않지만 왕자 같은 김주원과 결합하는 점에서 그렇다고 할 수 있다.

의 아름다운 미덕을 지니고 있다. 또한 길라임과 재벌 2세(혹은 3세) 김주원이 겪는 우여곡절과 환상의 경험은 일종의 통과제의로 볼 수 있다. 그들은 통과제의를 통해 1%와 99% 사이의 화해불가능한 균열을 극복하고 사랑에 이르게 되는 것이다.

길라임은 단순한 캔디형 인물과는 달리 자신의 가난한 환경의 아픔을 자각하는 여자이다. 그녀는 순응적이기보다는 서러움과 아픔에 근거한 당당함을 지니고 있다. 반면에 김주원은 이태리 장인이 한 땀 한 땀 만든 트레이닝복을 자랑하며 소외된 자의 불행을 이해하지 못하는 까칠한 '까도남'이다. 두 사람의 이런 인물 설정은 단순한 스노 화이트나 신데렐라의 서사와는 차이를 지니고 있다.

그런 길라임과 김주원을 가까워지게 한 몇 가지 요인들이 있다. 즉 사고를 당한 후 엘리베이터를 타지 못하게 된 김주원의 약점과 소방대원이었던 길라임의 아버지가 김주원을 구출하고 사망했다는 사연, 그리고 두 사람 사이의 특이한 환상적 경험이다. 길라임과 김주원은 서로 영혼이 바뀌고 다른 사람의 몸으로 살게 되는 시간들을 갖는다. 흥미롭게도 "내 안에 너 있다"라는 〈파리의 연인〉의 대사를 두 사람은 실제의 몸으로 겪게 된 것이다. 사랑이 자신 안에 타자를 받아들이는 사건이라면 그들은 사랑과 매우 비슷한 환상적인 경험을 한 것이다. 이것이 〈시크릿 가든〉이 스노 화이트와는 달리 신자유주의의 불길함을 감수하게 하는 서사적 비법이다.

그러나 두 사람의 영혼의 교환은 사랑과 중요한 차이가 있다. 사랑이 어디에도 동화될 수 없는 타자의 잔여물과 교섭하는 것이라면 영혼이 교체되는 경험은 주어진 환경에서 서로 입장이 바뀐 것일 뿐이다. 사랑은 타자의 잔여물과의 교섭이 끝없이 계속되기 때문에 아직 오지 않은 삶을 향해 나아가게 한다. 반면에 길라임과 김주원은 바뀌지 않은 세상에서 화해될 수 없는 계층 간의 단절을 넘어서는 비법을 얻게 된 셈이다. 〈시크릿 가든〉의 영혼이 교체되는 환상은 마치 심리치료와도 유사하다. 즉 계층 간의 문제점을 상대의 입장에서 이해하게 해 계급 사회에 만연된 낯선 두려움을 순화시키려는 기획이다.

사랑이 손에 닿지 않는 새로운 삶에 다가가는 신비라면 두 사람의 결합은 모든 것이 그대로인 사회에서 균열을 극복하는 마법이다. 그 점에서 〈시크릿 가든〉의 마법은 자본주의의 마법과도 비슷하다. **자본주의의 마법**은 불평등한 세상을 그대로 둔 채 사람들이 새로운 세상에서 살게 된 듯이 느껴지게 만든다. 자본주의의 끝없는 자기갱신은 균열된 사회에서 신상품의 잉여향락을 통해 새로운 세상이 다가왔다는 환상을 제공한다. 그런 신세계의 환상 속에서 사람들은 양극화 사회의 거세공포를 잊고 서로 어울릴 수 있다는 느낌을 갖는다. 신상품은 실제로 마법처럼 새로운 관계들이 생겨나게 하지만, 냉정하게도 1%와 99% 사이의 불길한 불평등성은 여전히 그대로이다.

〈시크릿 가든〉에서 영혼이 교체되는 환상도 그와 비슷하다. 이 드라마에서 "내 안에 너 있다"의 환상은 이질적 계급 사이에서도 사랑이 가능하다는 심리적 개연성을 확인시켜준다. 그런 심리적 조정 장치를 통해 서로 이질성을 이해하면 불평등한 사회에서도 화해가 가능하다는 환상이 불러일으켜지는 것이다. 그 같은 독특한 환상장치는 사랑으로 불평등성이 해소된 신세계에 들어선 듯한 느낌을 준다. 〈시크릿 가든〉은 감성적인 신상품으로서 정신적인 영역에서 잉여향락을 제공한다. 모두가 길라임과 김주원의 연인이 되었기 때문에 이제 사랑이 모든 문제를 해결한다고 느끼게 되는 것이다. 그런 사랑의 판타지 속으로 피지배층의 거세공포는 녹아 없어지지만, 구조적 불평등성 속에서 쓸모없어진 사람들의 공포는 여전히 잔존한다. 다만 이제 사회의 구조적인 불길함은 주인공들의 사랑의 판타지에 의해 포장됨으로써 우리의 상상적 공간에서 망각된다.

사랑이란 미래에 와야 할 삶에 다가서는 낯선 두려움의 극복 방식이다.

반면에 〈시크릿 가든〉의 경우 자본주의 마법처럼 환상을 통한 균열의 봉합일 뿐 낯선 두려움이 극복된 삶은 오지 않는다. 〈시크릿 가든〉은 상상적 판타지의 포장으로 균열을 감쌈으로써 그 불길한 잔여물을 보이지 않게 삭제할 뿐이다.

낯선 두려움은 환상과 현실의 경계가 없어질 때 생겨난다. 〈시크릿 가든〉에서도 길라임의 새로운 삶(환상)과는 무관하게 여전히 엄존하는 문분홍 여사의 로엘 그룹 일가(현실)가 그것의 잔존을 암시한다. 로엘그룹의 세계는 그 자체가 극단의 합리성과 비합리성이 공존하는 불길함의 공간이다. 그들은 영혼을 교체하는 모험을 통해 이룩한 길라임과 김주원의 독립된 삶과 무관하게 끝까지 변화되지 않을 것이다. 그러나 이 드라마는 두 주인공의 삶에 대한 당당함을 통해 그 변화되지 않은 세계마저 판타지 속에 포장한다. 집을 나와 결혼한 길라임과 김주원은 문분홍 여사의 허락을 기다리며 당당하게 살아간다. 그들의 아름답고 꿋꿋한 삶에는 낯선 두려움은 어디에도 없다. 다만 역설적인 것은 그 순간 그들의 당당함이 애써 이룩한 독립성을 배반한다는 점이다. 결혼의 승인을 기다리는 그들의 떳떳함은 아직 오지 않은 새로운 삶이 아니라 이미 얻은 화해된 삶에서 기인된 것이다. 변화되지 않은 세계에서 그들이 화해를 느끼는 것은 언젠가 내려질 문분홍 여사의 승인을 전제로 한 것이다. 두 사람의 행복은 로엘그룹 세계의 변화가 아니라 그들의 꿋꿋함을 문분홍 여사가 승인할 것이라는 예감에 의해 보장되고 있다.

그런 맥락에서 길라임의 사랑은 미래의 평등한 세상과의 놀이가 아니라 현재에 가능한 계급사회에서의 화해의 판타지이다. 다만 계층 상승이 보류된 삶에서도 행복이 가능하다는 것이 이 드라마가 우리에게 주는 위안이다. 이 드라마는 계급적 상승의 판타지이기보다는 계급적 화해의 판타지인 셈이다. 그런 계급적 화해는 영혼이 뒤바뀌는 판타지의 마법이 선물한 기적 같은 행운이기도 하다. 그런데 그 행운은 길라임의 당당한 품성에 대해 주어진 선물로 받아들여진다. 변화되지 않은 세상에서 얻은 그 같은 보답과 행운은 불평등한 세상을 그런 대로 살만한 곳으로 장식하는 역할을 한다. 길라임은 신데렐라가 되기 전에 미리 성취한 행복한 삶을 살고 있으며, 〈시크릿 가든〉은 문분홍 여사의 처분이 보류된 새로운 판본의 신데렐라 서사를 연출한다.

〈시크릿 가든〉을 포함한 모든 신데렐라 드라마는 구조화된 불평등성의 사회에서 불가능한 화해를 이루는 방법을 암시한다. 1%와 99%를 연결하는 왕자와 신데렐라의 결합에는 세상을 변화시키지 않고 균열을 봉합하기 위한 마법 같은 사랑의 판타지가 필요하다. 사랑의 판타지의 마법은 화해를 소망하는 방식에서 에로스적 사랑과 비슷하면서도 아주 다르다. 에로스적 사랑이 아직 오지 않은 미래와의 교섭이라면 사랑의 판타지는 현재에 가능한 화해를 연출한다. 미래를 향한 에로스적 사랑이 새로운 삶으로 다가가는 과정인 반면, 현재에 느낄 수 있는 판타지적 화해의 행복감은 삶 자체를 변화시키지는 못한다. 드라마와 현실의 공간을 행복한 이미지로 장식하는 데 그치는 사랑의 판타지는, 그 같은 이미지를 통해 화해의 감성을 선물하며 소비되는 점에서 일종의 감정상품의 기능을 한다.

신데렐라 드라마는 자본주의의 신상품처럼 사회적 변화 없이 낯선 두려움을 잠재우는 신비한 마법이다. 사랑의 판타지란 일종의 잉여향락이며 그 자체가 자본주의의 마법에 버금가는 신상품들일 것이다. 그 점에서 신데렐라 드라마의 소비는 판타지의 쇼핑과 유사하다. 우리 시대는 그런 사랑의 판타지가 잃어버린 에로스적 사랑을 대체하는 시대인 셈이다. 어디에도 사랑이 없는 에로스 상실의 시대는 신데렐라 드라마가 과잉되게 범람하는 사랑의 판타지의 시대이기도 하다.

7. 포스트모던 환상의 두 가지 방식
-사랑의 판타지와 복수 코드적 환상

낭만적인 판타지의 사랑은 신데렐라 서사가 아닌 판타지물에서도 나타난다. 예컨대 〈별에서 온 그대〉는 우주적 상상력을 빌려 신비로운 사랑의 판타지를 연출하고 있다. 〈시크릿 가든〉의 비밀스러운 매혹이 계층적 화해의 연출에 있다면 〈별에서 온 그대〉의 매력은 상실된 에로스를 보상하는 우주적 상상력의 확장에 있다. 〈시크릿 가든〉의 영혼의 교체는 계급적 균열을 봉합하기 위해 고안된 환상적 장치이다. 반면에 〈별에서 온 그대〉에서 외계인의 등장은 에로스가 실종된 지구인에게 별에서 온 선물을 제공하려는 설정이다.

외계인은 흔히 지구를 침공하는 침략자로 그려져 왔다. 예컨대 〈지구를 지켜라〉에서 노동자를 착취하는 강사장은 실제로는 외계인이기도 하며 주인공 병구의 눈에 지구의 침략자로 인식된다. 사랑의 마음이 넘치는 병구의 입장에서 강사장과 외계인은 구분이 불가능한 존재였을 것이다. 그처럼 에로스적 사랑을 지키려는 관점에서 보면 지구를 침범한 외계인은 침략자로 그려진다. 그러나 실상 지구에는 병구의 주변 사람들 이외에는 사랑이 소멸되었으며, 그런 또 다른 입장에서 외계인은 에로스를 상실한 지구의 비판적 위치가 된다.

〈지구를 지켜라〉는 그처럼 두 개의 관점이 복합된 다중적 코드의 판타지이다. 강사장은 착취자이고 침략자인 동시에 지구에 애정을 가진 별에서 온 존재이기도 하다. 그는 나중에 자신이 노동자를 착취한 것은 사실은 지구인에 대한 시험이었다고 말한다. 안드로메다 왕자로 알려진 강사장은 자신의 방식으로 지구를 구원하려 했으나 사랑을 상실한 사람들에게 실망해 지구를 폭파한다.

이처럼 지구가 사랑을 상실한 공간으로 인식될 때 외계인은 사랑의 소망과 연관된 존재로 그려진다. 예컨대 『난장이가 쏘아올린 작은 공』 연작에서도 우주인은 사랑을 갈망하는 존재로 상징된다. 그러나 〈지구를 지켜라〉나 『난장이가 쏘아올린 작은 공』에서 외계인이 지구의 불행을 구원하지는 못한다. 지구의 비극은 지구인 스스로가 자각할 때만 해결될 수 있기 때문이다.

〈별에서 온 그대〉에서도 외계인은 침략자이기 보다는 지구에 우호적인 존재로 그려진다. 이는 오늘날의 지구가 사랑을 잃어버린 세계인 점과 연관이 있다. 『난장이가 쏘아 올린 작은 공』, 〈지구를 지켜라〉, 〈별에서 온 그대〉는 비슷하게 지구의 비극을 넘어서려는 우주적 상상력의 판타지이다. 다만 사랑의 상실을 그린 앞의 두 작품과는 달리 〈별에서 온 그대〉는 지구인과 외계인의 사랑을 아름답게 그리고 있다. 이런 차이는 에로스적 사랑과 판타지적 사랑의 차이이기도 하다.

비극적 관점을 지닌 두 작품은 현실에서 불가능한 에로스적 사랑을 소망하면서 그에 공감하는 외계인의 존재를 통해 비극성을 증폭시킨다. 외계인은 사랑의 소망인 동시에 지구의 황폐한 현실성에 대비되는 불가능한 환상이기도 하다. 반면에 〈별에서 온 그대〉는 외계인을 통해 불가능한 사랑을 회복시키는데, 여기서 우리의 의지와 무관하게 다가온 외계인의 존재는 환상을 통한 현실의 탈출구인 셈이다. 그 점에서 〈별에서 온 그대〉는 〈시크릿 가든〉처럼 사랑의 판타지를 통해 사회적 균열을 봉합하는 작품에 속한다. 우리 지구인들은 에로스적 사랑이 소멸된 세상에서 사랑의 판타지를 통해 대신 위안을 얻고 있는 것이다.

물론 환상서사가 불행한 세계에서 대리적 위안의 의미만을 지니는 것은 아니다. 앞에서 우리는 구조화된 불평등성의 증대와 판타지물의 확대 간의 불길한 상응관계를 논의한 바 있다. 그러나 1990년대 이후의 환상서사에는 신데렐라 드라마와는 달리 에로스적 사랑을 소생시키려는 시도도 있다. 예컨대 〈시그널〉도 일종의 환상서사이지만 〈별에서 온 그대〉

와는 달리 환상적 장치가 오히려 에로스적 사랑의 갈망과 연관이 있다.

우리 시대에 환상서사가 증폭된 데에는 두 가지 요인이 있다. 하나는 이미 살핀 대로 불평등성의 균열을 봉합하는 이데올로기가 환상의 기제로서 기능하는 측면이 강화된 데에 있다. 분명히 불평등성의 구조화와 판타지 서사의 확대에는 중요한 상관관계가 있다. 하지만 그런 상관성이 생겨난 것은 오늘날 이데올로기가 호명으로서 보다는 환상으로서 작용하기 시작한 때문이다. 그리고 그처럼 이데올로기가 환상으로서 기능하는 것은 우리 시대에 리얼리티의 개념이 변화된 데 따른 것이다. **리얼리티 개념의 변화**는 오늘날 환상서사를 폭증하게 만든 또 다른 중요한 요인이다.

리얼리즘이나 모더니즘의 시대에는 현실인식에서 합리성이 중요했으며, 현실이 환상과 연관해서 표현되는 경우에도 합리성과의 관계에서 완전히 벗어날 수 없었다. 예컨대 「오발탄」에서 원시인이 손에 피를 묻히는 환상은 신경이 예민한 상태에서 무의식 속의 억압된 것이 귀환하는 몽상이다. 그것은 일종의 백일몽이며 주인공 철호는 그런 환상을 현실과 혼동하지 않는다.

또한 『난장이가 쏘아올린 작은 공』에서 '난장이'의 달나라행은 화해의 소망의 표현인 동시에 굴뚝에서 추락하는 낯선 두려움의 순간이기도 하다. '난장이' 자신은 달나라에 가서 천문대 일을 보기 위해 나름대로 준비를 해왔으며 죽는 순간까지도 우주여행을 환상으로 생각하지 않는다. 그처럼 '난장이'의 소망의 맥락에서는 환상이 비현실적으로 생각되지 않는다는 것이 「오발탄」 같은 리얼리즘과 다른 점이다. 그러나 『난장이가 쏘아올린 작은 공』에서도 '난장이' 가족들에게는 아버지가 실제로는 굴뚝에서 떨어져 죽은 것으로 인식될 뿐이다. 이는 모더니즘 미학이 환상과 현실을 파편적으로 병치시키는 방식에 의존함을 뜻하며 합리성을 완전히 해체시키지 못함을 의미한다.

반면에 포스트모던 미학은 합리성이란 하나의 코드일 뿐이며 또 다른 코드에 의한 형상화도 가능함을 보여준다. 이런 복수 코드적 사유에서는 합리적 코드를 중시하면서도 또 다른 코드에 의한 환상서사 역시 현실에 접근하는 방식임을 인정한다. 합리적 코드가 현실의 전부는 아니며 현실 그 자체란 라캉의 실재계(the Real)에 접근하는 가운데 경험된다. 실재계로 의 접근은 합리적 코드가 아니라 복수적 코드들 사이를 건너뛰는 순간에 가능하다. 따라서 실재계적 리얼리티는 합리적 현실과 환상적 세계가 중 첩되고 전이되는 가운데 표현된다.

1990년대 이후의 환상서사들은 대부분 그 같은 복수 코드적 중첩 관계 의 표현으로 볼 수 있다. 그런데 이런 다중적 환상 중에는 환상이 합리적 현실에서의 도피처로 표현되는 경우와 현실의 균열을 넘어서려는 소망 으로 나타나는 경우가 있다. 전자에서의 환상은 균열된 사회에서의 탈출 구이며 신데렐라 판타지나 〈시크릿 가든〉, 〈별에서 온 그대〉 등의 판타지 가 그 대표적인 예들이다. 이는 이데올로기가 유혹사회의 감성권력에 의 해 환상의 차원에서 기능함을 보여주는 것이다. 반면에 후자는 균열의 지 점에서 새로운 삶으로 나아가려는 소망을 드러내는 환상서사들이다. 예 컨대 〈시그널〉 같은 드라마나 「내 여자의 열매」, 「그렇습니까? 기린입니 다」 등 한강과 박민규의 소설이 그에 해당된다. 이 환상서사들은 유혹사 회의 균열지점에 환상서사를 중첩시킴으로써 복수 코드적 관계에서 리 얼리티가 생성됨을 암시한다. 전자가 사랑의 판타지를 통한 잠정적 화해 를 보여준다면 후자는 에로스적 사랑에 대한 갈망을 표현하고 있다. 앞의 것이 불평등한 사회가 그대로인 채로 평등성의 환상을 제시하는 반면, 뒤 의 것은 불평등성이 사라진 화해된 삶으로 나아가려는 소망을 드러낸다.

양자의 차이는 불평등한 사회의 균열을 봉합하는 환상이냐 그것을 넘 어서는 방식이냐의 차이이다. 신데렐라 서사나 판타지 드라마는 인물들 의 긍정성의 계기들에 환상을 접합시킴으로써 그런 환상의 탈출구로 피 신하는 방식이다. 그렇게 함으로써 불평등한 구조가 그대로인 상태에서도 긍정적 품성을 발휘해 화해가 가능함을 암시하는 것이다. 반면에 〈시그널〉, 한강·박민규의 소설은 사회의 부정적 균열 부분에서 억압된 것이 환상으로 귀환하게 하는 방식이다. 그렇게 해서 균열이 극복된 새로운 삶의 소망을 표현하는 것이다. 전자에서 긍정적 품성에 의한 화해가 **사랑의 판타지**라면, 후자에서 억압된 것의 귀환에 의한 소망이 **에로스적 사랑**이다.

8. 에로스의 상실과 사랑의 판타지
— 〈지구를 지켜라〉와 〈별에서 온 그대〉

두 가지 서사의 차이는 〈별에서 온 그대〉와 〈지구를 지켜라〉를 비교할 때 극명하게 드러난다. 〈별에서 온 그대〉에서 외계인의 환상이 현실에 접합되는 계기에는 인물들의 긍정성이 발휘되게 하려는 소망이 작용하고 있다. 최고의 스타 천송이가 별에서 온 도민준에게 사랑을 느끼게 된 이유는 화려한 스타가 될수록 진정한 사랑에서 멀어지는 지구의 현실 때문이었다. 도민준은 사랑하고는 거리가 먼 무감정한 성격이었으나 적어도 그는 허위적인 감정이 없는 지구에서는 희귀한 존재였다. 천송이는 외견상 이기적인 듯이 보이지만, 화려한 그녀의 직업은 감정착취를 강요당하는 연예노동이었고, 그녀는 냉정해 보이는 도민준에게서 감정적 휴식을 얻을 수 있었던 것이다.

고도의 지혜와 초능력을 지닌 도민준은 지구의 사랑이란 질투나 성욕, 착각에 불과하다고 생각하는 인물이었다. 그러나 지구에 온지 400년이 된 그는 천송이가 조선시대 때 인연을 맺은 죽은 여자를 닮았기 때문에 그녀에게 관심을 가지게 된다. 그는 잃어버렸지만 다시 나타난 여자를 좋아하게 되는데, 이는 상실된 에로스적 사랑을 갈망하는 우리 시대 사람들의 마음을 대변해 준다. 그런 도민준과 천송이의 만남에는 우리에게 아직 잔존하는 긍정성의 요소가 발휘되게 하려는 소망이 깔려 있다.

그러나 천송이 앞에 외계인이 출현한 것이나 도민준이 옛 여자를 다시 만나게 된 것은 전적으로 **우연**에 의한 것이다. 그 두 가지 환상적 요소는 닫힌 서랍 속에 있는 사랑과 순수기억[31]을 열어주는 계기로서 작용하고 있다. 이는 환상을 통해 가능해진 사랑이 두 사람에게 우연히 다가온 행운으로의 출구임을 암시한다. 또한 그들의 사랑은 진정성이 있지만 환상의 힘으로 한꺼번에 현실의 난궁을 초월하는 점에서 낭만적인 사랑의 판타지로 작용하고 있음을 알 수 있다.

반면에 〈지구를 지켜라〉에서 병구에게 다가온 침략자로서의 외계인의 환상은 현실에서의 억압된 고통이 귀환한 것이었다. 또한 지구에 애정을 갖고 있는 외계인의 또 다른 모습 역시 억압된 사랑의 귀환이라고 할 수 있다. 강사장/외계인이 노동자 병구의 일기를 보고 눈물을 흘리는 장면은 우리가 잃어버린 에로스적 사랑의 귀환이다. 지구인에게 실망한 외계인에 의해 지구는 폭파되고 마는데, 이때 튕겨져 나온 부서진 TV 모니터 화면에는 병구의 어렸을 적과 노동자 시절의 소중한 순간들이 아련한 기억처럼 보여진다. 이 이미지들은 지구보다도 더 소중한 우리 심연의 순수기억들로서 지구가 파멸된 후 비로소 서랍이 열려져 우리 눈에 보이게 된 것이다. 지구의 폭파가 상징계의 파멸이라면 순수기억의 이미지들의 귀환은 그 파멸의 상처로부터 흘러나온 것이라고 할 수 있다. 이처럼 〈지구를 지켜라〉의 환상들은 우리 자신의 상처와 고통으로부터 귀환한 이미지들이라고 할 수 있다. 그 때문에 이 영화에서는 환상이 현실에 겹쳐지는 순간 한층 더 리얼리티가 증폭된다.

〈별에서 온 그대〉와 〈지구를 지켜라〉와 의 차이는 현실의 난궁에서 탈

---

31 순수기억은 제도와 연관된 습관기억의 문법에서 벗어난 무의식적 이미지-기억을 말함.

출하는 판타지와 리얼리티의 증폭으로서의 환상의 차이이다. 〈별에서 온 그대〉에서의 판타지 사랑은 우리에게 위안을 주지만 그 화려한 스펙터클은 불화 상태 그대로인 현실을 포장하는 장식과도 같다. 반면에 〈지구를 지켜라〉에서의 비극적인 사랑은 우리가 에로스를 상실했지만 절망적인 현실에서도 내면에서 그것을 간절히 소망하고 있음을 알려준다. 전자가 현재의 판타지로써 현실의 균열을 봉합하며 미래로 나아가지 못하는 반면, 후자는 아직 오지 않은 미래를 향한 소망을 암시한다.

이런 차이는 합리적 현실과 환상이 접합되는 방식에서도 나타난다. 〈별에서 온 그대〉의 환상은 진부한 현실에 신세계의 이미지를 선물하는 잉여향락과도 같다. 신상품이 증강현실의 환상을 주듯이 우리는 지구의 스타와 별에서 온 남자의 결합에 환호한다. 그러나 그것은 언제까지나 변화되지 않을 고통스러운 현실로부터 환상으로의 탈출구일 뿐이다. 반면에 〈지구를 지켜라〉에서의 환상은 현실의 균열 부분에서 중첩되어 나타나며, 우리는 억압된 것의 귀환을 통해 현실에서 환상으로 이동한다. 이 때의 환상은 현실에서의 이탈이 아니라 균열로부터 새어나온 이미지이기에 우리는 다시 경계를 넘어 현실로 이동한다. 그처럼 환상과 현실의 중첩된 두 가지 코드들 사이를 건너뛰는 동안 우리는 비로소 실재계(the Real)에 접근하는 경험을 한다. 〈지구를 지켜라〉에서 리얼리티가 증폭된 것은 그처럼 중첩된 코드들 사이의 전이와 도약이 수없이 일어나기 때문이다.

그에 반해 〈별에서 온 그대〉에는 그런 전이와 도약이 거의 없다. 그 때문에 **목숨을 건 도약**을 통해 가능한 실재계로의 접근도 없는 것이다. 이 드라마의 환상은 현실의 증강으로서의 출구이며 그런 탈출구가 포함된 또 다른 현실에 우리는 열광하는 것이다. 그러나 그 같은 연출된 현실은 현실의 균열을 은폐하는 환상물로서, 우리는 그 이미지들을 소비하는 동안에만 현실의 고통을 잊는다.

〈지구를 지켜라〉에서 우리는 눈에 보이는 현실과 보이지 않는 심리적 현실[32] 사이를 수없이 왕복한다. 반면에 〈별에서 온 그대〉에는 눈앞의 현실에 잉여향락의 이미지들이 균열을 가리는 환상 스크린으로 부착되어 있다. 판타지를 통해 신비스러워진 이 또 다른 현실은 현실의 균열과 우리의 고통을 잊게 만든다. 전자가 고통스러운 현실과 우리 자신 사이의 교섭의 경험이라면, 후자는 고통에 지친 우리와 고통을 잊게 만드는 판타지물과의 교섭의 과정이다.

물론 〈별에서 온 그대〉에도 현실의 균열에 대한 암시가 없는 것은 아니다. 도민준과 천송이가 본격적으로 가까워지기 시작한 것은 천송이를 위협하는 사이코패스 이재경(신성록 분)과 싸우는 과정에서였다. S&C그룹 후계자이며 유능한 비즈니스맨인 이재경은 외견상 멀쩡해 보이지만 누군가 한 사람을 목표로 삼으면 소름끼칠 정도로 계산적이고 집요하다. 그는 에로스가 소멸된 사회에서 고립된 환경을 살아야 하는 우리 시대가 낳은 사회적 괴물이다. 도민준이 초능력을 발휘해 이재경으로부터 천송이를 구하는 과정은 오늘날의 사회적 모순과의 대결처럼 느껴진다.

그러나 이재경이 사회에서 제거된다고 해서 우리 시대의 문제들이 모두 해결되는 것은 아니다. 이재경을 낳은 계산적이고 불평등한 사회가 변화되려면 그런 사회에서 고통 받는 타자들의 움직임이 있어야 한다. 그런데 천송이는 불운하게 선택된 사이코패스의 표적일 뿐 모순된 사회의 타자는 아니다. 이재경 역시 암종 같은 사회적 병리의 표피적 증상일 따름이다. 피부의 병증을 제거한다고 암종이 낫지 않듯이 그를 체포한다고 사회가 변화되진 않을 것이다. 천송이를 사랑하는 도민준의 초능력에 의해 시대적 괴물이 제거되는 과정은, 사회가 변화되지 않은 채 신비한 마법에 의해 세상이 정화되게 만드는 환상적 연출일 뿐이다. 〈별에서 온 그대〉는

32　심리적 현실이란 무의식과 객관현실의 상호작용을 말한다.

그런 방식으로 오늘날 같은 불균등한 사회를 균열이 보이지 않게 성형해 주는 마법을 보여준다.

〈별에서 온 그대〉 역시 마치 꿈에서처럼 정신적 앙금을 해소해 주지만, 여기에는 사회적 균열의 위치에서 생성되는 타자들의 동요가 없다. 사회가 변화되려면 실재계에 임계한 타자들의 동요와 일상의 사람들의 목숨을 건 도약이 있어야 한다. 목숨을 건 도약이란 실재계와의 교섭에 다름이 아니며 〈지구를 지켜라〉의 경우 환상과 현실을 오가는 병구와 외계인을 통해 그것이 나타난다. 〈별에서 온 그대〉에서의 도민준 역시 알 수 없는 실재계적 존재이지만 그와 천송이에게는 사회적 균열의 위치에서의 동요가 없다. 그 때문에 그들은 환상적으로 증강된 현실을 제공하는 역할을 할 뿐 사회적 변화와는 무관하다. 도민준의 존재에 의해 증강된 지구의 현실은 확장된 우주적 스케일을 통해 사회의 균열이 잘 보이지 않게 해줄 뿐이다.

판타지 드라마와 신데렐라 서사는 불평등한 사회를 질서화하는 새로운 감성의 분할의 발명품이다. 불평등한 사회는 타자에 의해 동요하게 마련인데 유혹사회는 환상이 도입된 증강현실의 감성의 재분할을 통해 동요 없는 질서를 유지한다. 우리는 눈부신 스펙터클에 의해 판타지가 증강된 현실에 들어서면서 사회적 불평등성을 잊고 새로운 감성의 질서에서 행복에 젖는다. 사람들은 판타지 사랑이 딱딱한 갈등을 해소시키는 동안 심리적으로 동요하는 동시에 동요를 멈춘다. 이 감성적인 신창조물을 통해 불평등한 사회에서 생긴 울분과 낯선 두려움은 모두 사랑의 판타지 속으로 사라진다.

마르크스는 자본주의 사회에서 견고한 모든 것은 대기 속으로 녹아버린다고 말했다. 굳고 녹슨 모든 관계와 오래되고 신성한 관계들은 교환가치의 용광로 속으로 사라진다.[33] 그런 교환가치 회로의 전면에는 우리의 욕망을 충족시키는 듯한 신상품의 발명품들이 있다.

그러나 자본주의의 용해의 마법은 경직된 관계들을 해체하는 동시에 자기 자신의 소유관계에 의해 스스로 응고된다. 그 때문에 견고한 모든 것이 해체되는 중에 다시 응고된 자본에 녹아들지 못한 잔여물이 남는 것이다. 자본주의의 마법은 지하세계의 잔여물에 의해 동요에 부딪히는데, 그런 불만에 의한 폭동 이전에 잔여물을 녹이는 것이 이데올로기와 예술이다. 이데올로기가 사회적 균열을 봉합한다면 예술을 새로운 변화를 요구한다. 하지만 미학이 약화된 지금은 사랑의 판타지가 그것들을 대신한다. 오늘날 모든 자본의 잔여물들은 상부구조의 영역의 신발명품인 사랑의 판타지 속으로 녹아 없어진다.

사랑의 판타지는 거의 닫혀버린 계층 간 이동의 마지막 통로이다. 이제 불평등을 해결해줄 혁명(그리고 지하세계의 힘)을 믿는 사람은 없으며 그 대신 판타지라는 상품을 선택한다. 판타지 상품은 마르크스가 암시한 자본주의 방식의 용해의 비전을 상부구조 영역에서 계승한다. 우리가 살펴본 판타지 드라마들은 그것을 잘 보여준다. 〈시크릿 가든〉에서는 문분홍 여사의 견고한 저택뿐 아니라 길라임의 딱딱한 자존심마저 거품 키스 속에서 녹아버린다. 또한 〈별에서 온 그대〉에서 사회적 괴물을 낳은 구조적 암종은 도민준의 400년의 긴 시간과 별에서 온 확장된 공간의 스케일 속으로 보이지 않게 사라진다. 이 사랑의 판타지들은 자본주의의 딱딱한 잔여물들을 달콤한 사랑의 거품 속으로 녹아 없어지게 만든다. 그런 방식으로 불평등한 사회에서 평등성의 환상을 제공하는 것이다.

이제 불평등에 의해 계급 관계가 딱딱해질수록 **리얼리티를 증폭시키는 환상보다는 고통에 지친 사람에게 위안을 주는 판타지물**이 더 많아진다. 그 때

---

33   마르크스, 이진우 역, 『공산당 선언』, 책세상, 2002, 20쪽.

문에 사회가 불평등해질수록 감정상품과 사랑의 판타지는 더 신비스러워진다. 감정상품으로서의 사랑의 판타지는 놀라운 시청률과 거국적인 인기를 동반한다.

사랑의 판타지는 현재에 만들어진 유토피아이며 즉시에 소비가 가능한 이미지이다. 그러나 소비되는 유토피아에는 유효기간이 있기 때문에 더 나은 미래의 세계는 오지 않는다. 사랑의 판타지가 끝없이 재발명되어야 하는 것은 그 때문이다. 자본주의의 용해의 비전은 마치 상품과도 같이 끊임없는 발명을 요구한다. 에로스가 종료되고 미학이 텅 빈 시대에는 그것을 채워줄 신상품이 더욱 더 필요하다. 오늘날은 매혹적인 감정상품과 판타지 상품이 에로스의 소멸과 미래의 상실을 대체한 시대이다. 우리는 사랑을 통해 아직 오지 않은 아름다운 세계로 나아가는 대신 미리 만들어진 사랑의 판타지의 유토피아를 소비하는 감정상품의 신세계에서 살고 있다.

9. 타자의 회생을 위한 복수 코드적 환상과 목숨을 건 도약 - 〈뷰티 인사이드〉

에로스적 사랑은 타자와의 끝없는 교섭을 통해 아직 오지 않은 미래로 나아가는 과정이다. 반면에 오늘날에는 에로스를 통해 예감되는 순수한 미래가 사라진 대신 현실 자체에서 사랑의 유토피아가 소비되는 시대이다. 우리 시대에는 사랑이 소비되듯이 유토피아와 미래도 소비된다.

그처럼 소비되는 사랑이 에로스를 대체한 것은 타자가 시야에서 사라져 버렸기 때문이다. 레비나스는 미래란 곧 타자라고 말한다.[34] 오늘날처

34　레비나스, 강영안 역, 『시간과 타자』, 문예출판사, 1996, 286~87쪽.

럼 타자가 표상되지 않는 시대에는 에로스가 불가능하고 미래가 보이지 않으며, 그 대신 소비되는 유토피아로서 사랑의 이미지가 대리적으로 표상된다. 우리는 타자와 교감하는 에로스를 상실한 대신 상점과 관광지와 TV에서 사랑의 판타지를 쇼핑한다. 에로스가 상실된 사회는 단순히 사랑이 없는 것이 아니라 판타지의 소비에 중독된 사회이다.

이런 상황에서 에로스를 귀환시키는 방법의 하나는 상징계에서 표상되지 않는 타자를 회생시키는 것이다. 그처럼 타자를 회생시키려는 미학이 바로 복수 코드적 환상이다. 단일한 이미지로 표상될 수 없는 타자는 복수 코드적 환상을 횡단하는 중에 어렴풋이 우리에게 다가온다. 타자를 구출하는 모험으로서 복수 코드적 환상은 에로스를 귀환시키는 중요한 방법의 하나이다. 에로스가 상실된 시대에는 두 가지 판타지가 성행하는데, 하나는 소비되는 **사랑의 판타지**이며 다른 하나는 타자를 회생시키는**복수 코드적 환상**이다.

복수 코드적 환상이 어떻게 타자를 회생시키는지를 잘 보여준 영화가 바로 〈뷰티 인사이드〉이다. 이 영화에서는 사회적 문제가 다뤄지지 않기 때문에 주인공의 다중적 표상의 의미는 여러 가지로 해석될 수 있다. 그러나 우리는 주인공의 다중적 표상을 가로지르는 동안 타자가 회생하며 에로스가 귀환하는 과정을 얼마간 감지할 수 있다.

이 영화에는 123명(실제 등장은 21명)의 사람이 한 인물의 다중적 인격으로 등장한다. 한마디로 123인 1역이다. 이런 희한한 설정은 주인공 우진이 18세 때부터 자고 일어나면 얼굴과 몸이 바뀌는 삶을 살게 되었기 때문이다. 정상적인 인간관계를 이어갈 수 없는 우진은 움츠러든 삶을 살수밖에 없었다. 그는 가구 디자인 일을 하며 친구 상택(이동휘 분)과 함께 '알렉스'라는 가구 공방을 운영한다. '알렉스'는 개인에게 꼭 맞는 의자를 만드는 특별함을 갖고 있었다. 그런 배려심은 매일 타인 같은 자신을 만나야 하는 우진이 타자성에 민감해진 성격을 갖게 된 때문일 것이다.

그러던 어느 날 그는 어떤 가구점에서 점원 이수(한효주 분)를 만난다. 그런데 그녀가 자신처럼 개인 각자를 존중하며 손님에게 가구를 권하는 것을 보고 우진은 묘한 기분을 느낀다. 또한 우진이 어떤 모습으로 나타나든 그녀는 그에게 한결 같은 태도를 보여주고 있었다.

이 영화는 다중적 인격으로 인해 어려움을 겪는 우진의 특별한 사랑에 초점을 맞추고 있다. 이수에게 사랑을 느끼면서도 다가설 수 없던 우진은 잘 생긴 우진(박서준 분)이 되었을 때 그녀에게 접근한다. 우진은 3일을 잠을 자지 않으며 버티지만 육체적 한계에 이르고 결국 다시 변신을 하게 된다.

우진이 다시 이수에게 접근해 고백을 하기까지에는 많은 어려움이 있었다. 이수가 힘들게 마음을 연 후 다양한 우진으로 그녀와의 만남을 이어가던 중 그는 결혼의 욕심을 갖게 된다. 그러나 이수는 매일 변신하는 우진에게 적응하느라 심리적 고통을 겪고 있었고 정신과 치료까지 받아야 했다. 적극적이 된 우진과의 갈등 끝에 두 사람은 이별을 하게 된다. 그 뒤 10개월 동안 이수는 일상으로 돌아온 후에도 감정의 부침을 계속 경험한다. 결국 자신의 마음에서 우진의 존재를 지울 수 없음을 깨달은 이수는 체코에 가 있는 그를 찾아가 청혼을 하며 키스를 한다.

이 영화에는 판타지 드라마처럼 환상적 설정과 사랑의 주제가 나타나지만 두 가지 점에서 중요한 차이를 지닌다. 먼저 이 영화의 변신 모티프의 환상적 설정은 암암리에 오늘날의 외모중심주의에 저항하는 사회적 주제를 내포한다. 또한 환상이 사랑을 미화시키는 것이 아니라 일종의 장애로 작용하며, 그것을 극복하는 과정 자체가 두 주인공의 에로스적 사랑을 암시한다. 여기서 환상은 고통의 경험인 동시에 새로운 삶을 소망하는 계기가 되기도 한다.

그런 양가성을 지닌 이 영화의 변신 모티프는 〈시크릿 가든〉의 몸이 바뀌는 설정과 비교할 수 있다. 판타지 드라마이면서도 〈시크릿 가든〉의 변신의 주제는 얼마간 사회적 문제와 연관을 갖고 있다. 〈시크릿 가든〉의 환상이 두 주인공의 계급적 갈등을 해소하는 장치라면 〈뷰티 인사이드〉의 변신은 외모중심주의의 문제점을 제기하기 위한 것이다. 하지만 전자의 변신이 사랑을 이루기 위한 경험을 제공하는 반면 후자의 또 다른 변신은 사랑의 장애물로 작용한다. 〈뷰티 인사이드〉는 그런 결정적 장애물이 역설적으로 상실된 타자성과 에로스를 회생시키는 장치가 되는 묘한 반전을 보여준다.

변신으로 인해 사회로부터 소외되는 경험을 하는 점에서 〈뷰티 인사이드〉는 「변신」의 주제를 변형시켜 이어받은 셈이다. 그러나 「변신」의 그레고르가 가족으로부터도 버려지는 반면 〈뷰티 인사이드〉의 우진은 어려움을 극복하고 이수의 사랑을 얻는다. 양자의 차이는 모더니즘의 낯선 두려움의 환상과 포스트모더니즘의 복수 코드적 환상의 차이로 설명할 수 있다.

「변신」의 벌레 이미지가 파시즘 시대의 소외의 악몽이라면, 〈뷰티 인사이드〉의 변신은 타자성을 상실한 유혹사회의 또 다른 악몽이다. 「변신」은 체제에 동화되지 못한 사람은 벌레처럼 버려질 수밖에 없음을 표현한 모더니즘의 낯선 두려움의 미학이다. 〈뷰티 인사이드〉의 우진 역시 변신 때문에 낯선 두려움(거세공포)을 경험하지만, 여기서의 악몽은 사회로부터의 혐오의 시선보다는 동화될 수 없는 타자성 자체에서 기인된 것이다. 우진이 사회에 동화되기 어려운 것은 매일 다른 표상과 코드로 된 몸으로 살아가야 하기 때문이다. 우진이 경험하는 복수 코드적 환상은 동일성을 요구하는 사회에서 매일 낯선 타자로 살아가야 하는 고통을 부여한다. 「변신」의 낯선 두려움이 폭력적인 거세에 근거한다면 〈뷰티 인사이드〉의 낯선 두려움은 복수 코드적 변신으로 인한 운명, 즉 타자의 낯선 존재 자체와 연관이 있다.

그와 연관된 두 작품의 또 다른 차이는 후자의 경우 낯선 두려움이 상실된 사랑을 소망하는 계기가 된다는 점이다. 「변신」의 그레고르는 환상과 현실의 경계에 놓여 있을 뿐 도약할 수 있는 틈새가 없다. 반면에 〈뷰티 인사이드〉의 우진은 복수적 표상(코드)들 사이를 횡단할 때 고통을 겪으면서 우리 시대가 잃어버린 타자성을 탐색하는 훈련을 한다. 그런 변신을 통해 경험한 타자성의 모험이 에로스적 사랑의 회생의 근거가 됨을 보여주는 것이 이 영화의 주제이다.

이런 양자의 차이는 파시즘의 체제와 우리 시대의 유혹사회의 차이에 상응한다. 파시즘이 폭력적인 억압적 체제라면 유혹사회의 감성권력은 물리적 폭력 이전에 타자성의 박탈로 작용한다. 파시즘의 총체화된 체제에서는 (초)합리적 코드를 벗어날 틈새가 좀처럼 생성되기 어렵다. 반면에 복수 코드의 상상력을 지닌 포스트모던적 유혹사회의 감성권력이란 코드들(표상들) 사이의 틈새를 점령한 권력이다. 유혹사회는 사회를 다양하게 만드는 동시에 그 다양성의 틈새를 점령해 신자유주의에 알맞은 인간형을 만든다.[35] 유혹사회에서는 여러 코드가 허용되는 것 같지만 그 코드들 사이(틈새)를 점령한 감성권력에 의해 다양한 코드들은 모두 자본주의에 예속된다. 그렇게 함으로써 마치 상품처럼 **다채로운 동일성**을 만들며 타자성을 박탈하는 것이다.

우진 역시 다양한 외모를 사회에 적응시키며 살아갈 수 있을지도 모른다. 그런데 사회에 적합한 동일성을 만들기 위해 우진에게 주어진 시간은 단 하루이며 그는 매번 틈새에서 죽을힘을 다해 건너뛰어야 한다. 그렇지 않으면 틈새를 치안하는 감성권력에 의해 이질적 존재로 적발되어 배제되는 것이다. 우진은 자기 자신과 사회에 동화되지 않은 타자로서 매일 틈새에 놓여진다. 〈뷰티 인사이드〉에서 우진이 매일 겪는 고통은 감성권력이 치안하고 있는 틈새에서의 거세공포이다.

---

35 이 원리는 상품의 원리와도 같다.

유혹사회는 상품과도 같이 다채로운 동일성을 지닌 사람에게만 손을 내민다. 그런데 우진은 항상 자신과 타인에게 쉽게 동일화될 수 없는 낯선 타자로서 모습을 드러낸다. 그의 복수 코드적 변신은 다채로움을 보장하기는커녕 영원히 동화될 수 없는 타자로 남게 만든다. 우진은 가장 상품화될 수 없는 사람이며 그의 고통은 상품사회의 동일성 체제에서 증폭된 아픔이다. 우진의 외모의 유효기간은 단 하루에 불과했기 때문이다.

역설적인 것은 그런 고통 덕분에 우진이 이질적 타자에게 섬세한 관심을 가지게 된다는 것이다. 그가 '알렉스' 공방에서 각자에게 딱 맞는 가구를 만들게 된 것은 바로 그 때문이었다. 그의 가구는 한마디로 상품을 넘어선 상품이었다. 또한 그가 가구점에서 이수에게 끌린 것 역시 그녀가 타인의 차이를 존중하는 데 정성을 쏟는 매력을 지녔기 때문이었다. 이수 또한 매끄러운 상품사회의 예외적인 인물로 등장한다.

물론 우진은 외모가 뛰어났을 때 이수에게 접근한다. 이 영화의 제목은 내면의 아름다움이지만 실제로는 우진이 외모가 아름다웠을 때 이수와 가까워지게 된다. 그러나 우리는 단순히 우진의 뛰어난 외모가 이수와의 사랑을 가능하게 했다고 단정 지을 수는 없다. 우진의 외모는 하루의 유통기한을 지닐 뿐이며 이수는 매일 사람이 바뀌는 혼돈을 감당해야 하는 것이다.

우진이 미남이었을 때 이수와의 교제가 시작된 것은 외모를 중시하는 우리 시대의 분위기를 반영하는 셈이다. 상품의 상상력이 만연된 유혹사회에서 외모와 스펙은 사회에 적합한 동일성의 주요 요소이다. 유혹사회란 그런 동일성에 근거해 타자성을 박탈하는 체제이다. 즉 외모나 스펙이 뛰어난 사람에게 환상을 갖게 하면서(사랑의 판타지) 그렇지 못한 타자를 보이지 않는 존재로 만드는 것이다.

우진은 운 좋게 미남이 되었을 때 이수에게 다가서는데 만일 그런 외모가 유지되었다면 이 영화는 사랑의 판타지가 되었을 것이다. 사랑의 판타지의 맥락에서 보면 우진의 복수 코드적 변신이란 치유불가능한 장애물이다. 그러나 우진은 그 고통스러운 장애를 겪는 동안 복수 코드들 사이의 틈새를 건너뛰는 훈련을 통해 낭만적 사랑의 판타지와는 다른 사랑을 소망하게 된다.

우진의 소망은 오늘 만났던 여자와 내일 또 만날 수 있게 되는 것이다. 일상의 사람들은 매일 만나는 사람에게 쉽게 싫증을 느낀다. 사랑의 판타지 역시 영원할 것 같지만 환상을 통해 현실을 감추기 때문에 실상은 유효기간이 있다. 반면에 우진의 경우에는 한 여자와 계속 사랑할 수 있다는 사실 자체가 기적 같은 일이었다.

우진의 '한 여자'에 대한 갈망은 그것이 불가능해졌기 때문만은 아니다. 우진이 소망하는 기적은 그 자신처럼 목숨을 걸고 복수 코드들 사이의 틈새를 건너뛰는 일을 해본 사람만이 느낄 수 있는 것이었다. 우진의 목숨을 건 도약이란 하나의 인격을 위한 타자성의 경험이며, 그에게는 타자성의 경험이 자신의 정체성의 비밀이었다. 매일 타자를 자신의 정체성으로 전이시켜야만 일상을 살아갈 수 있는 것이 우진의 운명이었던 것이다. 타자성의 비밀이란 그처럼 타자가 자신 안에 들어올 수 있게 하는 나의 내면의 깊이를 말한다. 타자를 위한 특별한 내면의 깊이를 지닌 우진은 한 사람과의 사랑이 그 깊이를 채우도록 오래 계속되길 소망한 것이다. 우진은 같은 자신이 매일 달랐기 때문에 한 사람과의 사랑이 신비에 가까웠을 뿐 아니라, 변신 때문에 깊어진 타자성의 내면으로 인해 내면에 들어온 한 연인과의 지속적인 사랑을 갈망하고 있었다.

반면에 타자성을 잃어버린 사회는 우진의 기적을 알지 못한다. 역설적으로 같은 사람과 사랑을 지속하는 일의 기쁨은 타자를 위한 내면의 깊이, 그 타자성의 비밀을 아는 사람에게만 주어진다. 사랑의 지속성은 내면의 깊이 속에서 같은 사람과의 관계가 **매 순간 다름**을 아는 사람에게만 가능하기 때문이다. 우진은 외모의 유효기간 때문에 얻은 타자성의 경험을 통해 그런 지속의 기쁨을 알게 된다. 반면에 영원히 아름다운 사람들의 사랑의 판타지는 타자성과 내면의 깊이가 결여된 환상적 동일성으로 인해 오히려 일정한 유효기간을 지닌다.

이수가 우진에게 마음을 연 이후에는 또 다른 기적들이 일어나고 있었다. 우진에게는 사랑을 하기 시작하면서 혼자가 아니라는 사실 자체가 엄청난 기적이었다. 물론 사랑을 하는 모든 사람은 자신이 혼자가 아니라고 느낀다. 그러나 우리 시대의 판타지적인 사랑은 일종의 나르시시즘이기 때문에 일자(동일성)에서 벗어난 이자적 진리를 알지 못한다. 반면에 변신 때문에 영원히 혼자여야 하는 우진은 사랑을 통해서 비로소 둘의 기적이 무엇인지 깨닫는다. 그는 매일 죽을 힘을 다해 사랑을 확인해야 하는 운명으로 인해 우리 시대의 나르시시즘에서 벗어나 이자적인 진리를 경험한다.

사랑은 이수에게 역시 기적 같은 일이 생기게 만든다. 이수는 매일 봐도 낯선 사람과 사랑을 하는 셈이었다. 또한 세상에서 가장 많은 사람에게 사랑을 받는 여자가 된 것이다.

그러나 이수는 그런 기적의 대가로 정신적인 고통을 겪는다. 우진의 경우 사랑은 자신의 운명적 고통을 덜어주는 신비였지만 이수에게 닥친 기적은 사랑 때문에 감당해야 하는 무거운 짐이기도 했다. 이수에게는 매일 낯선 타자를 사랑하는 사람으로 만들기 위해서 하루의 시간이 너무도 짧았던 것이다. 낯선 타자들이 같은 사람이라고 해도 매일 그녀가 겪어야 하는 정신적인 짐은 매우 힘겨운 것이었다.

이 영화의 원작인 광고 영상물[36]에서는 그런 고통을 경감시키고 사랑에 개연성을 부여하기 위해 쉬운 결말을 선택한다. 즉 여주인공(레아)이 남자

---

36 이 영화의 원작은 도시바와 인텔의 합작으로 노트북 홍보를 위해 만들어진 광고 영화이다. 원작 〈The Beauty inside〉(2012)는 칸 국제광고제 그랑프리 클리오 국제광고에서 금상을 차지하기도 했다.

(알렉스)의 내면의 아름다움을 알게 된 순간 변신의 마법은 사라진다. 그처럼 마법이 멈춘 것은 외모중심 사회에서 내면의 아름다움을 깨달은 사람에게 주는 신의 선물이다. 그러나 그 순간 주인공의 지난한 타자성의 경험은 복잡한 의미를 잃고 교훈적인 우화로 단순화된다.

이 영화에서는 원작과는 달리 우진과 이수의 정신적 고통이 지속되는 것으로 제시된다. 이수는 그 기이한 사랑을 위해 정신과 치료를 받아야 할 정도였고 이 사실을 안 우진은 어렵게 이별을 제안한다. 이수는 우진과 헤어진 후 다시 정상적인 생활로 돌아오지만 자신에게 남아 있는 그와의 기억을 지우지 못한다. 그녀는 우진이 헤어지던 날 선물한 커플의자를 꺼내 본다. 이수의 언니는 의자에 앉아 보며 이수에게 "이거 니 의자 같다"라고 말한다. 이수에게 그 의자는 늘 타인에 대해 세심한 마음을 지녔던 우진의 기억이었던 것이다. 이수는 자신의 존재의 일부가 된 순수기억[37]으로서 그 의자를 꺼내보고 있었으며, 순수기억이 된 우진은 맞춤형 의자처럼 타자를 배려하는 마음으로 상기되고 있었다. 이수는 같은 것을 통해 서로의 사랑을 확인한 것이 아니라 의자처럼 다른 것을 배려하는 마음을 통해 그의 사랑을 떠올렸던 것이다.

사랑을 순수기억으로 상기하는 태도는 현재의 상대의 아름다움에 빠져드는 사랑의 판타지와는 다른 방식이다. 신데렐라 드라마는 주인공들의 외모와 내면의 아름다움을 통해 사랑과 화해의 유토피아를 연출한다. 그러나 여기서의 사랑은 환상을 통한 동일화의 과정이며 서로 같아져야만 우리는 행복을 느낀다.[38] 외모중심주의를 비판한 원작 *The Beauty Inside* 역시 외모 대신 내면의 아름다움이 사랑의 근거가 되는 점에서 역전된 동일성의 사랑이다. *The Beauty Inside*에서는 변신하는 동안에는 내면이 표

---

37 이 순수기억은 우진과 만났던 시간이 심연에 각인된 시간-이미지로 된 이미지-기억이라고 할 수 있다.

38 이는 불평등성의 사회를 환상적으로 극복하는 방식이기도 하다.

상되지 않지만 마법이 멈추는 순간 내면은 눈에 보이는 동일성이 된다. 즉 레아는 자신이 소망하는 아름다움을 알렉스의 내면에서 본 것이다.

그 같은 동일화 과정으로서의 사랑은 너와 내가 하나가 되는 과정이며, 여기에는 타자가 그 자체로서 내 존재의 일부가 되는 순수기억의 신비가 없다. 또한 타자의 고통이 사랑으로 전이되는 에로스의 기적이 부재한다. 반면에 〈뷰티 인사이드〉에서는 얼굴이나 내면의 이미지 대신 커플의자 같은 시간-이미지[39]가 보이지 않는 타자의 존재를 대신한다. 이수에게 우진의 얼굴은 기억 속에서 표상될 수 없다. 그처럼 표상되지 않는 타자가 이수의 내면에서 느껴진 것은 그와의 시간이 그녀의 존재의 일부가 되었기 때문이다. **시간-이미지**란 아름다운 대상의 모습이 아니라 내 안에 존재하며 동요를 일으키는 타자와 함께 했던 순수기억의 약동이다. 그런 순수기억이야말로 결코 하나가 될 수 없는 타자가 사랑의 대상이 되는 비밀이다. 이수의 사랑은 하나가 될 수 없는 타자들('우진'들)이 내 안에 들어오는 과정이며, 그 이질성을 넘어서는 두려운 모험에 의해 사랑이 능동적 정동으로 생성되는 진행이다. 여기서의 사랑은 너와 내가 하나가 되는 과정이 아니라 너와 함께 한 시간과 세계가 나의 존재로 전이되어 약동하는 진행이다. 이 경우의 사랑의 기적은 외모와 내면이 아름다운 상대와 하나가 되는 결합에 의한 것이 결코 아니다. 그와는 달리 타자와 공유하는 시간과 세계 자체가 순수기억의 약동 속에서 아름다워지는 것이다.

이수는 우진을 통해 낭만적 사랑과는 다른 사랑을 알게 된 것이다. 그녀는 용기를 내어 어떤 모습일지도 모르는 우진을 찾아 그가 있는 체코로 향한다. 우진과 다시 만났을 때 이번에는 사랑을 위해 더 많은 고통을 겪어야 하는 이수가 적극적이 된다. 이수는 우진에게 지난 번 자신이 거절했던 프로포즈를 부탁한다. 그녀의 요구에 응하는 우진의 프로포즈는 수

---

39   시간-이미지란 지나간 시간이 심연에 각인되어 나의 존재의 일부가 된 이미지-기억(순수기억)을 말한다.

많은 타자들의 동시적인 청혼이기도 했다. 이 영화는 21명의 타자들이 잇달아서 이수에게 다가서는 감동적인 모습을 보여준다. 우리의 감동은 수많은 타자들과 교섭하는 이수의 내면의 깊이에서 울려온 것이다. 21명의 우진들은 결코 이수와 하나가 될 수 없는 사람들이지만, 바로 그 때문에 유혹사회에서 상품화될 수도 동일화될 수도 없는 타자들이다. 이 영화는 하나의 인격과 사랑하는 일은 서로 시간을 공유하는 세상의 수많은 타자들과 교류하는 과정이기도 함을 암시한다.

물론 이수는 이 특이한 사랑의 대가로 여전히 정신적 고통을 감수해야 한다. 이수가 견뎌야 할 고통은 불가능한 사랑을 변신 모티프를 통해 소망할 수밖에 없는 유혹사회에 지워진 시대적 부채이다. 원작에서는 외모중심주의에서 벗어나는 순간 고통스러운 변신의 마법이 풀린다. 이는 이 광고가 사람들에게 내면의 아름다움을 요구하는 영상임을 알려준다. 그러나 〈뷰티 인사이드〉는 이수에게 청혼하는 복수적 타자들을 통해 내면의 아름다움이 아니라 타자성의 회복, 그 내면의 깊이를 요구하고 있다. 오늘날은 일상에서 복수 코드적 모험이 어려울뿐더러 타자성에 무감각한 사랑의 판타지에 가려져 보이지 않게 된 시대이다. 타자와의 교섭과 도약이 외면되는 사회에서 복수 코드적 모험은 우리 시대가 풀어야 하는 마법이 되었다. 따라서 우진이 겪어야 하는 변신의 고통은 타자를 외면하는 사회 자체가 변화되어야만 비로소 마법이 풀릴 것이다.

복수적 표상과 코드를 건너뛰는 모험을 처음 주목한 사람은 바로 마르크스였다. 마르크스는 상품이 화폐로 건너뛰기 위해서는 **목숨을 건 도약**이 필요하다고 말했다. 자본가로서 상품소유자는 상품을 화폐로 전환시키지 않으면 자신의 정체성을 유지할 수 없다. 상품이 그의 표상이라면 화폐는 표상할 수 없는 그의 정체성이다. 상품은 형태와 용도를 지니지만 화폐는 그 자체로는 아무것도 아니다. 하지만 상품은 표상과 쓸모를 지니면서도 화폐로 도약하지 않으면 폐물로 쌓여질 운명에 있다. 반면에 화폐는 아무

것도 아니면서 자본가의 모든 것이기도 하다. 각각의 자본가들은 복수 코드적 상품들을 만들면서 필사적 도약을 통해 그것들을 화폐로 전환시켜 잉여가치를 생산한다. 이 M-C-M'의 회로는 처음과 끝이 화폐인 동시에 끊임없이 자기 자신을 갱신하는 흐름이다. 그처럼 자본가들은 끝없는 도약을 통해 자신을 넘어서야만 정체성이 유지되는 것이다. 이것이 복수 코드적 상품들이 목숨을 건 도약을 통해 정체성을 유지하는 자본주의의 마법이다.

그러나 자본의 마법은 자본의 문법이기도 하다. 상품의 화폐로의 도약은 자본을 넘어서는 동시에 자본주의를 유지하는 문법을 지키는 방식일 뿐이다. 더욱이 자본의 문법은 자기 자신을 넘어서는 가운데 나타나기 때문에 모든 것을 상품화하는 자본의 위력은 점점 더 확대된다.

따라서 자본이 인격성의 영역을 점령한 오늘날 우리는 상이한 마법이 필요하다. 그 또 다른 마법은 (상품세계가 아니라) 인간세계에서 매우 중요하거니와 상품과는 다른 또 하나의 **목숨을 건 도약**을 요구한다. 상품세계를 인간에 비유하자면 상품의 표상은 외모와 스펙이며 화폐는 그런 표상을 지닌 사람의 정체성이다. 상품물신이 인격성의 영역에까지 침투한 오늘날은 외모와 스펙이 정체성이 되어버린 사회이다. 여기에는 인간적인 도약이란 부재한다. 우리는 상품으로서는 매번 도약이 필요하지만 인간으로서는 목숨을 건 도약을 잃어버린 사회에서 살고 있다. 목숨을 건 도약을 잃어버린 사회는 타자성을 상실한 사회에 다름이 아니다. 우리는 마치 상품처럼 타자를 받아들일 내면의 깊이가 결여된 존재가 되어가고 있다.

〈뷰티 인사이드〉에서 우진이 복수 코드적 변신을 경험하는 것은 실상 타자성을 요구하는 마법임을 알 수 있다. 매일 다른 얼굴과 몸을 자신의 정체성으로 생성시키기 위해 목숨을 건 도약을 해야 하는 우진은, 타자성을 상실한 사회에서 유일하게 타자성을 경험하는 인물이다. 그러나 인격성이 상품화된 사회에서 우진이 경험하는 타자성은 고통스러운 경험일 수밖에 없다. 우진이 겪는 복수 코드적 변신의 환상은 그런 고통의 극대화된 은유이다.

우진의 고통을 덜어줄 수 있는 유일한 것은 현실에서의 타자와의 사랑이다. 마르크스는 상품이 목숨을 건 도약을 하기 위해 타인의 호주머니의 화폐를 사랑한다고 말한다. 화폐는 상품소유자(혹은 자본가)의 정체성과 연관되지만 그것은 타자와의 교섭에서 얻어진다. 인간세계의 사랑 역시 그와 비슷하다. 우진의 정체성은 나날의 필사적 도약의 결과인 동시에 타자와의 사랑에서 생성된다.

자본주의의 목숨을 건 도약은 오늘날 마침내 인격성과 감정의 영역까지 점령한 상품사회를 만들었다. 이 감정영역의 상품사회에서는 또 하나의 판타지가 필요하다. 우리 시대의 감성권력은 상품화된 인격을 판타지를 통해 인간적으로 보이도록 연출하는 한편 동일성 체제에 순응할 수 없는 타자들을 보이지 않게 만든다. 이것이 자본주의의 마법을 보완하는 유혹사회의 판타지의 마법이다.

〈뷰티 인사이드〉에서 우진의 필사적 도약과 사랑은 타자를 배제하는 그런 일방적인 감성권력의 흐름을 저지하려는 암시로 볼 수 있다. 우진은 매일 죽을힘을 다해 자신의 정체성을 입증하는 동시에 필사적으로 이수와의 사랑을 확인한다. 그는 매순간 타자를 자신의 정체성의 한 부분으로 만들어야만 삶을 살아갈 수 있다. 우진의 이 존재의 근거를 위한 타자성의 투쟁은 타자를 보이지 않게 만들려는 감성권력에 대한 암시적 대응으로 비쳐진다.

그런 고통이기도 한 도약의 시간들이 우진에게 집중된 것은, 우리가 상실한 타자성의 경험을 그가 희생제의적으로 한꺼번에 짊어지기 때문이다. 그는 희생제물이기 때문에 가장 고통스러우며 똑같은 이유로 누구보다 행복하다. 마지막 장면에서 우리는 희생제물이 된 우진의 덕분으로 회생된 수많은 타자들의 몽타주를 보게 된다.

타자성의 비밀을 암시하려는 우진의 변신의 고통은 에로스적 사랑이 소생하는 날까지 계속된다. 우리가 상품화된 인격에서 벗어나 상실한 타자성을 회복할 때, 우진은 비로소 마법의 제물에서 풀려나 한 사람이 감당해야 할 인간적인 타자로 돌아갈 것이다. 마침내 그가 변신이 없이 매일 사랑의 기적을 경험하게 되는 날, 그때서야 타자성의 마법은 자본주의의 마법을 초과하기 시작할 것이다.

10. 동일성 사회의 낯선 두려움과 식물적 몸의 환상
─「내 여자의 열매」

우리가 소망하는 사회는 사랑을 위해 도약하는 타자성의 마법이 환상이 아니라 일상에서 경험되는 사회이다. 〈뷰티 인사이드〉의 복수 코드적 환상은 아직 오지 않은 그런 세상을 갈망하는 미학적인 은유이다. 비슷한 방식으로 다중적 환상을 통해 타자의 회생을 요구하는 서사는 한강과 박민규의 소설에서도 발견된다. 예컨대 한강의 「내 여자의 열매」, 「몽고반점」이나 박민규의 「그렇습니까? 기린입니다」, 「아, 하세요 펠리컨」 등은 복수 코드적 환상을 통해 타자와의 교감을 열망하는 소설들이다.

「내 여자의 열매」는 〈뷰티 인사이드〉처럼 변신 모티프가 나타나는 소설이다. 「내 여자의 열매」와 〈뷰티 인사이드〉가 「변신」과 다른 점은 변신을 통해 오히려 타자와의 진정한 상호신체적 교감을 얻게 된다는 점이다. 세 작품에서 변신은 모두 동일성 사회에서의 낯선 두려움과 거세공포의 표현이다. 즉 「변신」의 벌레나 「내 여자의 열매」의 식물, 〈뷰티인사이드〉의 다중 인격은 동일성 사회에서 타자가 거세될 운명에 처해 있음을 암시한다. 그러나 「변신」의 그레고르가 가족과도 교감하지 못하는 반면 〈뷰티 인사이드〉와 「내 여자의 열매」에서는 변신의 고통이 오히려 에로스적 사랑이 소생하는 계기가 된다. 앞에서 우리는 이런 차이를 모더니즘적 환상과 구분되는 복수 코드적 환상의 특징으로 살펴봤다. 모더니즘의 모나드적 환상과 포스트모더니즘의 복수 코드적 환상의 차이는 혼자서 꾸는 악몽과 함께 교감하는 꿈의 차이이기도 하다.

「내 여자의 열매」에서도 아내의 변신은 현실에서 버려질 수밖에 없는 낯선 두려움의 악몽이다. 그러나 이 소설에서는 「변신」과는 달리 1인칭 화자('나', 남편)가 아내에게 교감하며 환상세계에 발을 들여 놓으면서 상호신체적 교섭을 표현한다. 그런 상호적 교감을 통해 고통이 향락으로 반전되며 에로스적 사랑이 소생하는 것이다.

「변신」에서는 파편적인 벌레의 이미지 자체가 그레고르와 가족이 교감하기 어려움을 암시한다. 반면에 「내 여자의 열매」에서 아내의 식물의 이미지는 그녀의 변신이 거세인 동시에 또 다른 코드의 생성임을 알려준다. 「변신」은 현실과 모나드적 환상(혼자 꾸는 꿈)이 경계 없이 병치되는 낯선 두려움의 표현이다. 반면에 「내 여자의 열매」에서는 남편이 현실과 환상을 복수 코드적으로 횡단하게 되면서 거세공포의 악몽은 에로스의 소망으로 반전된다. 여기서 악몽이 에로스로 반전되는 것은 복수 코드적 횡단의 과정에서 거세된 아내가 동일성 세계의 타자로서 눈에 보이게 되기 때문이다.

「내 여자의 열매」에서 타자의 감각적 회생은 매우 핵심적이다. 복수 코드적 환상은 경계를 횡단하는 과정에서 감각적으로 타자를 재발견함으로써 감성의 분할을 동요시킨다. 「변신」에서 그레고르의 감각적 회생이 없는 것은 이 소설이 타자를 **폭력적으로** 거세하는 권력을 배경으로 하기 때문이다. 반면에 「내 여자의 열매」의 아내의 거세는 타자를 **감성적으로** 배제하는 권력에 의한 것이며, 그에 대한 복수 코드적 환상의 대응은 우리 시대의 감성권력에 대한 미학적인 반격이다.

「내 여자의 열매」에서 시래기 같이 혐오스러워진 아내는 '나'(남편, 1인

칭 화자)의 물세례에 의해 파들거리며 살아난다.[40] '나'는 현실과 환상을 횡
단하는 모험을 통해 혐오스러워진 아내를 식물 타자로 소생시킨 것이다.
이는 아내를 시래기 더미로 배제하는 감성권력에 대한 새로운 감성의 분
할의 요구이다. '나'는 혐오스러워진 초록빛 괴물이 파들거리는 식물의 생
명성으로 보이도록 감성의 재분할을 요구하고 있는 것이다.

이처럼 「내 여자의 열매」는 타자의 소멸과 회생을 감성적 거세와 저항
의 문제로 그리고 있다. 우리 시대의 타자성의 소멸은 감성권력에 의한
것이기 때문에 표면으로는 아무런 모순이 없는 것처럼 보인다. 하지만 바
로 그런 이상한 정적 자체에 후기자본주의의 감성권력의 무서움이 숨겨
져 있다. 복수 코드적 환상의 감성적 반격은 바로 그 고요한 무서움(낯선
두려움)을 심리적인 동요로 전이시키는 것으로부터 시작된다. 이 소설에
서는 '내'가 타자로 배제된 아내의 고통에 점차로 공감하게 되는 과정이
중요하다. '나'는 이상한 정적에 둘러싸인 사회에서 자신도 모르게 아내
의 고통에 조금씩 공감하기 시작한다. 그런 방식으로 고요한 두려움이 타
자에 대한 공감을 통해 감성적 반격에 부딪히게 되는 과정은 매우 은밀
하다.

남편의 시점으로 되어 있는 이 소설에서 1인칭 화자는 처음에는 아내
가 타자의 위치에서 거세되어 가는 이유를 알지 못한다. 아내 역시 피명
이 들고 낭종이 뭉쳐가는 자신의 신체에서 낯선 두려움을 막연히 느낄 뿐
이다. 다만 획일화된 세계에서의 낯선 공포와 오염된 세상에 대한 답답함
을 호소할 뿐이다.

> 인구 칠십만이 모여 산다는 거기서 천천히 말라 죽을 것 같아. 구백 수천 동
> 똑같은 건물에, 칸칸마다 똑같은 주방에, 똑같은 천장에, 똑같은 변기, 욕조, 베

---

40 머리가 시래기처럼 변해가던 아내는 출장 후 돌아와 보니 진초록색으로 반쯤 식물화된
 몸을 드러내고 있었다.

란다, 엘리베이터도 싫어. 공원도, 놀이터도, 상가도, 횡단보도도 다 싫어.

(…중략…)

여기서는 답답해서 살 수가 없어. 콧물도 가래침도 새카매.

아내는 상추잎 위로 여윈 손바닥을 내밀어 비를 받았다가 이내 베란다 밖으로 뿌렸다.

더러운 비야.

아내는 동의를 구하는 눈빛으로 나를 보았다.[41]

위에서 아내는 획일화된('똑같은') 동일성 사회를 견디지 못하며 그로부터 벗어나는 자유를 갈망하고 있다. 그러나 '나'는 아내가 꿈꾸는 자유가 얼마만큼의 실제적인 의미를 갖는 것인지 가늠할 수 없었다. '내'가 아내의 고통을 이해하지 못한 것은 상대적으로 남성이 동일성 세계에 쉽게 동화될 수 있음을 암시한다.

하지만 피멍이 든 몸이 **거세된 식물**로 변화되어가는 아내의 모습은 '나'를 심리적으로 동요시키기 시작한다. '나'는 아내가 식물이 되리라고 상상할 수 없었지만 생기를 잃고 변화되는 아내의 모습에 자신도 모르게 식물적 은유를 사용하기 시작한다. '나'의 무의식 속에서 생생한 화초 같던 아내는 거세된 시든 식물로 변화되어가고 있었다. 이 은밀한 '나'의 식물적 상상력과 심리적 반향은 고요한 두려움이 감성적 동요로 전이되는 과정을 보여준다. '내'가 아내의 시각적 변화에 마음이 흔들린 것은 아내의 자연의 꿈을 전부 이해할 순 없었지만 부분적으로는 그녀의 자유에 손을 잡고 있었기 때문이다. '나'의 식물적 은유와 상상력 자체가 그것을 암시한다.

바닷가 빈촌 출신인 아내는 햇빛 속에서 옷을 벗고 자유로운 공기로 낡은 폐를 씻고 싶은 욕망을 갖고 있었다. 아내의 자유란 그처럼 자연을 향

---

41 한강, 「내 여자의 열매」, 『내 여자의 열매』, 창비, 2000, 222~223쪽, 228쪽.

한 욕망이었다. '나'역시 아내와 연애할 때 잠깐 그런 자연의 욕망에 공감한 적이 있었다.

결혼 전 '나'는 아파트 베란다에 화초를 키우는 얘기를 건넸고 실제로 약속대로 화분을 들여놓고 화초와 채소를 키웠다. 그런데 화초는 생각처럼 잘 자라지 않고 시름시름 시들어 갔다. 그러고 나서 빗줄기에 잠시나마 되살아나는 채소들과는 달리 이제 아내가 음울하게 시들어가기 시작한 것이다.

아내의 몸이 초록색 피멍이 들며 거세되어가는 과정은 낭종처럼 뭉친 피가 낡은 우울질로 변해가는 정신적 거세의 과정에 상응한다. '나'는 아내가 그처럼 거세되어가는 동안 아무 도움도 줄 수 없었고 아내의 변화를 이해조차 할 수 없었다. 하지만 '나'는 자신도 모르게 내면으로는 여전히 아내에게 손을 내밀고 있었다. '나'는 분노 및 의아심과 함께 왠지 모를 쓸쓸함과 애틋함을 느끼고 있었던 것이다. '나'는 거세된 아내를 이해할 수 없었지만 또한 막연히 **식물적인 자유**를 빼앗긴 존재로 감지하고 있었다.

그런 맥락에서 아내의 거세의 과정을 바라보는 '나'의 은유적인 시선은 매우 흥미롭다. "붉은 물이 오르기 시작한 풋사과 같던 아내의 뺨은 주먹으로 꾹 누른 것처럼 깊이 패였다." 또한 "연한 고구마 순처럼 낭창낭창하던 허리, 보기 좋게 유연한 곡선을 그리던 배는 안쓰러워 보일만큼 깡말라 있었다." 붉은 풋사과와 연한 고구마 순은 아내가 갖고 있던 식물적인 자유이다. 그것을 차츰 잃어 가는 것이 아내의 거세의 과정인 것이다. 그러나 이제 아내의 피멍은 '큼직한 토란'처럼 부풀고 머리카락은 '시래기'처럼 푸석푸석해진다. 여기서는 아내가 식물처럼 되어가는 것이 자유의 상실이자 꿈의 좌절이다.

붉은 풋사과처럼 인간으로 사는 것이 아내의 자유이며 결혼 초 베란다의 화초들은 그것을 상징하는 꿈이었다. 아내의 식물의 자유란 인간으로서의 자유였던 것이다. 그러나 이제는 인간을 포기하고 식물에 가까워지고 있으며, 그처럼 자연의 자유를 소망한 대가로 식물이 되어가는 것이 거세의 과정이다. 그런 아내의 변신을 바라보며 식물적 상상력을 놓지 않는 '나'의 시선은 현실적으로 냉담하면서도 감성적으로는 아내의 손을 잡고 있었음을 암시한다.

육박칠일의 출장에서 돌아왔을 때 아내는 식물의 윤기가 흐르고 있었지만 그것은 거세의 절정의 순간이기도 했다. 또한 피멍과 낭종이었던 아내의 초록색 몸이 상록활엽수와 들풀 줄기로 보이게 된 것은 '내'가 이제 환상세계에 발을 들여 놓았음 뜻한다. 그러나 '나'는 아직 현실세계에서 머뭇거리고 있으며 아내는 퇴화된 혀가 수초처럼 흔들리는 거세 상태이기도 하다. 이 틈새의 공간에서 현실과 환상 사이의 필사적인 도약이 이루어진 것은 '내'가 아내의 몸에 물을 끼얹는 순간이었다.

나는 홀린 듯이 싱크대로 달려갔다. 플라스틱 대야에 넘치도록 물을 받았다. 내 잰걸음을 맞추어 흔들리는 물을 왈칵왈칵 거실바닥에 쏟으며 베란다로 돌아왔다. 그것을 아내의 가슴에 끼얹은 순간, 그녀의 몸이 거대한 잎사귀처럼 파들거리며 살아났다. 다시 한번 물을 받아와 아내의 머리에 끼얹었다. 춤추듯이 아내의 머리카락이 솟구쳐 올라왔다. 아내의 번득이는 초록빛 몸이 내 물세례 속에서 청신하게 피어나는 것을 보며 나는 체머리를 떨었다.

내 아내가 저만큼 아름다웠던 적은 없었다.[42]

'더러운 비' 속에서 식물의 자유가 박탈된 것과 식물이 되었지만 인간으로 살 수 없는 존재는 서로 표리를 이룬다. 현실과 환상 속의 그 두 모습은 낯선 두려움과 거세의 상태에 다름이 아니다. 전자가 식물의 자유를 박탈당한 배제된 존재의 모습이라면, 후자는 식물이 되었지만 인간의 자

---

42   위의 글, 234쪽.

유를 상실한 또 다른 배제의 상태이다. 그런 아내에게 식물 타자의 모습을 되찾아 준 것은 '나'의 현실과 환상을 횡단하는 필사적인 모험이었다.

식물이 된 아내의 갈증에 '내'가 물세례로 응답하는 순간은 무의식 속의 식물적 상상력이 한껏 고조되는 시간이다. '나'의 홀린 듯한 행동은 이해할 수 없던 식물의 자유에 스스로 취하는 순간이며, 그것은 목숨을 걸고 현실과 환상의 틈새를 횡단하는 도약에 의해 가능해진다. 여기서의 도약이란 복수 코드적 환상을 통해 동일성 세계의 규범에서 탈출하는 자유의 행위이다. 그 순간 식물적 자유와 인간의 자유가 화해를 이루면서 아내는 잠깐 동안 아름다운 타자의 모습으로 청신하게 피어난 것이다.

그러나 물세례를 받은 아름다운 타자의 모습은 순간적인 경험일 뿐이다. 현실세계와 환상세계가 합치될 수 없기 때문에 타자의 아름다움은 양자를 횡단하는 목숨을 건 도약의 순간에만 나타난다. '나'는 다시 현실로 돌아오고 아내는 창문 뒤 베란다에서 식물로 남아 있을 수밖에 없는 것이다. 베란다의 식물 타자는 '나'의 끝없는 횡단과 도약이 없으면 완전히 거세되어 사라질 것이다.

그러나 베란다에 들어서면 형언할 수 없는 아련한 느낌이 아내의 몸에서 나에게로 미미한 전류처럼 흘러들어오는 것을 느낄 수 있었다. 한때 아내의 손과 머리카락이었던 잎사귀들이 남김없이 떨어져내리고, 입이 오그라붙었던 자리가 벌어지면서 한움큼의 열매가 쏟아져 나왔을 때 그 실낱 같은 느낌은 끊어졌다.

석류알처럼 한꺼번에 쏟아져나온 자잘한 열매들은 한손에 받아들고 베란다와 거실을 연결하는 새시 문턱에 걸터 앉았다. 처음 보는 그 열매들은 연두색이었다. 맥줏집에서 팝콘과 함께 곁들여져 나오는 해바라기씨처럼 딱딱했다.

나는 그중 하나를 집어 입안에 머금어 보았다. 매끈한 껍질에서는 아무런 맛도 냄새도 나지 않았다. 나는 그것을 힘주어 깨물었다. 내가 지상에서 가졌던 단 한 여자의 열매를. 그것의 첫맛은 쏘는 듯 시었으며, 혀뿌리에 남은 뒷맛은 다소 씁쓸했다.

　다음날 나는 여남은 개의 조그맣고 동그란 화분을 사서 기름진 흙을 가득 채운 뒤 열매들을 심었다. 말라붙은 아내의 화분 옆에 작은 화분들을 가지런히 배열한 뒤 창문을 열었다. 창밖으로 상체를 내밀고 담배를 피우며, 아내의 아랫도리에서 와락 피어나던 싱그러운 풀냄새를 곰곰이 곱씹었다. 쌀쌀한 늦가을의 바람이 담배연기를, 내 길어난 머리카락을 헝클어뜨렸다.

　봄이 오면, 아내가 다시 돋아날까. 아내의 꽃이 붉게 피어날까. 나는 그것을 잘 알 수 없었다.[43]

　아내는 가을이 오면서 다갈색으로 시들어 가기 시작했다. 아내와 달리 '나'는 현실세계에 발을 딛고 있기 때문에 그녀와의 사이의 교감은 점점 어려워져 간다. 그러나 아직 형언할 수 없는 아련한 느낌이 아내의 몸에서 미미한 전류처럼 흐르고 있었다. 형체를 잃어버린 아내에게서 전해지는 아련한 느낌이란 그녀의 몸과 교감하던 순수기억[44]에 다름이 아니다. 아내에게 물세례를 퍼붓는 도약 역시 순수기억의 전류에 의해 가능했을 것이다. 이제 아내는 열매로만 남았지만 '나'는 시고 씁쓸한 아내의 열매를 음미하며 그녀의 몸에서 와락 피어나던 싱그러운 풀냄새를 기억한다. 아내의 풀냄새란 그녀의 몸의 냄새인 동시에 식물 타자의 향기이기도 하다. 이 같은 열매의 맛을 통한 순수기억의 향유는 일종의 **상호신체성**을 통한 에로스의 과정이다.

　상호신체성이란 물건에서 느껴질 수 없는 교감, 즉 만지는 몸 위에 만

43　위의 글, 241~242쪽.

44　순수기억이란 언어나 행동의 문법에서 해방된 잠재적 이미지들이 우리의 뇌를 둘러싸고 있는 것을 말한다. 베르그송, 박종원 역, 『물질과 기억』, 아카넷, 2005, 221쪽. 인과적 시간에서 이탈된 특정한 과거의 기억은 나의 존재에 각인된 순수기억으로서 나 자신의 일부가 되는데, 들뢰즈는 이를 시간-이미지라고 부른다. 생명적 존재의 특징인 순수기억이나 시간-이미지는 세계와의 관계 속에서 창조적 도약을 가능하게 한다.

져지는 몸이 감기는 직접적인 교섭이다.[45] 그것은 서로의 신체를 만지는 방식으로 얻어진 실재계적 공실존(coexistence)의 순간이다. 여기서는 아내가 열매로 남겨졌기 때문에 그녀의 향기인 동시에 내 존재의 일부가 된 순수기억을 통해 그런 교감이 가능해지고 있다.

상호신체성은 제3의 매개항이 없는 직접적인 실존적 교섭이다. 아내에 대한 순수기억은 식물의 풀냄새를 퍼뜨리며 나에게 공실존의 교류를 향유하게 하고 있다. 그런 공실존의 힘으로 상징계(그리고 이데올로기)의 포섭과 배제에서 벗어난 에로스의 모험이 시도되고 있는 것이다. 「내 여자의 열매」에서는 현실과 환상을 횡단하며 아내의 열매를 맛보는 정신적인 도약의 순간 그것이 가능해지고 있다.

아내의 신체가 아직 식물이 되기 전에는 동일성 체계에 의한 거세공포 속에서 에로스가 방해받고 있었다. 그러나 '나'는 진초록색 몸이 된 아내에게 물을 퍼부어 되살아나게 하면서 식물 타자에게 응답하는 에로스를 되찾기 시작한다. 그리고 아내가 아주 형체를 잃었을 때 순수기억의 힘으로 도약하며 이질적인 아내와 교감한다. 그처럼 이 소설에서 에로스의 회생 과정은 역설적이다. 즉 아내가 식물로 변신하는 비극의 대가로 에로스에 대한 열망이 되살아나고 있는 것이다. 에로스적 사랑이란 끝없는 목숨을 건 도약의 과정이거니와, 도약이 불가능해진 세계에서는 복수 코드적 환상을 횡단하는 모험을 통해 에로스가 회생한다.

이 과정은 억압된 타자의 귀환인 동시에 에로스로의 재도약이다. 타자성을 상실한 세계에서 낯선 환상 이미지로 타자가 귀환할 때, 현실과 환상 사이의 모험적 횡단을 시도하는 미학이 복수 코드적 환상인 것이다.[46]

---

45 상호신체성이란 우리의 몸이 물체와 달리 만지는 몸 위에 만져지는 몸이 감기는 현상을 말한다. 메를로 퐁티, 남수인·최의영 역, 『보이는 것과 보이지 않는 것』, 동문선, 2004, 353쪽과 헤르만 파레트, 기성도 역, 「감성적 소통」, 한국기호학회 편, 『문화와 기호』, 문학과지성사, 1995, 129~130쪽 참조.

46 타자의 환상 이미지가 배제된 타자의 심연에 아직 남아 있는 화해의 소망의 표현이라면,

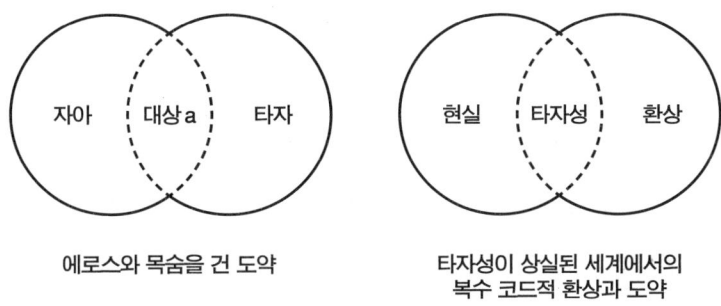

에로스와 목숨을 건 도약

타자성이 상실된 세계에서의
복수 코드적 환상과 도약

에로스적 사랑이란 자아와 타자 사이의 필사적 도약의 표현이다. 그에 반해 복수 코드적 환상은 동일성 세계와 타자의 환상 이미지 사이의 도약이다. 「내 여자의 열매」에서는 현실에서 타자와의 교섭이 불가능하기 때문에 그런 환상으로의 도약이 시도되고 있는 것이다.

이 과정에서 거세된 타자의 감성적 귀환은 '나'의 동일성 세계로부터의 탈주이기도 하다. 그러나 복수 코드적 환상은 타자성을 상실한 동일성 세계에서 탈출하는 미학적 모험에 그치지 않는다. 아내의 식물-되기와 '나'의 교감은 동일성 세계로부터의 **탈주**인 동시에 에로스를 회생시키려는 필사적 **도약**의 표현이기도 하다.[47] 이 탈주를 통한 목숨을 건 도약이야말로 타자와의 사랑이 어려워진 세계에서 식물-되기의 환상적 상상력을 통한 에로스의 재발명이다.

그런 미학적 환상의 도약의 과정은 지배체제의 감성의 분할의 경계를 해체하려는 모험적 시도이기도 하다. 아내가 베란다의 식물로 스러져갔듯이 지배권력은 감성의 분할을 통해 타자를 거세시켜 보이지 않게 만들고 있다. 그에 대항하는 복수 코드적 환상은 거세된 존재의 생명성을 확인하는 방식으로 타자를 다시 귀환시켜 에로스를 소생시킨다. 식물-아내

자아의 필사적 도약은 그것에 자극받은 잔존하는 에로스의 충동이다.
47 들뢰즈의 탈주 이론에 우리가 보충해야 할 것이 바로 목숨을 건 도약이라고 할 수 있다.

와의 교감은 에로스의 회생의 강렬한 은유이다. '나'의 베란다의 아내를 향한 도약은 아득한 심연의 에로스의 샘물을 퍼 올리는 행동에 다름이 아니다. 그것을 가능하게 한 것은 아직 '나에게 아련하게 남아 있는 순수기억이었다. 순수기억의 역습은 타자에게 끝없는 거리를 느끼게 하는 감성의 분할에 대한 심연으로부터의 도발이다. 식물이 된 아내에게 물세례를 퍼붓고 열매를 맛보며 교섭을 지속함으로써, 아내를 잃은 '나'는 에로스의 재발명을 통해 타자를 배제하는 감성의 분할에 저항하고 있는 것이다.

11. 예술을 통한 불가능한 에로스의 재발명
—『채식주의자』 연작

한강의 『채식주의자』 연작은 두 개의 환상소설과 한 개의 리얼리즘의 결합으로 되어 있다. 첫 번째 소설 「채식주의자」에서 주인공 영혜의 환상은 낯선 두려움을 수반하는데, 이는 분열증적 환각을 경험하고 있는 그녀의 심리를 이해하는 사람이 부재하기 때문이다. 여기서의 영혜의 분열적 경험은 일종의 모나드적 환상이며, 아무도 손을 잡아주는 사람이 없는 현실에서 그녀는 서서히 거세되어 간다. 영혜의 환상은 거세되어 가면서도 현실에 동화되지 않으려는 모더니즘의 비동일성의 미학을 보여준다.

두 번째 소설 「몽고반점」에서는 비디오 아티스트 형부가 영혜에게 내재한 탈주와 사랑의 열망을 감지하며 그녀에게 다가선다. 형부와 영혜는 예술의 공간에서 환상을 통해 교감을 이루는 데까지 나아간다. 그 때문에 여기서의 두 사람의 환상 경험은 낯선 두려움에서 벗어나 에로스적인 상호신체적 교감을 보여준다. 「채식주의자」가 모더니즘적인 환상소설이라면 「몽고반점」은 포스트모던적인 복수 코드적 환상임을 알 수 있다.

마지막으로 「나무불꽃」은 영혜의 언니가 동생에게 정신과 치료를 받게 하면서 그녀의 분열증을 이해하려 애쓰는 과정을 그리고 있다. 이 세 번째 소설은 언니와 동생의 자매애적 유대에 근거해 현실에서의 화해의 소망을 제시하는 리얼리즘적 작품이다. 「몽고반점」에서의 형부와의 관계가 매우 치열하면서도 현실에서 용납될 수 없는 것인 반면, 여기서의 자매애적 유대는 다소 완만한 대신에 현실감을 갖고 있다. 따라서 『채식주의자』 연작은 모더니즘, 포스트모더니즘, 리얼리즘이 대위법적으로 결합된 소설이라고 할 수 있다.

「내 여자의 열매」에서처럼 「채식주의자」에서의 동일성 사회는 표면으로는 아무런 모순이 없는 것처럼 느껴진다. 이 소설은 영혜 남편의 1인칭 시점으로 되어 있는데, '나'는 똑같은 일이 반복되는 동일성 사회를 평범한 삶으로 여기면서 일상에 적응하는 인물이다. '내'가 영혜와 결혼한 것 역시 특별한 매력도 단점도 없는 그녀의 무난함이 편하게 느껴졌기 때문이다. 그러나 영혜는 어느 날 시뻘건 고깃덩어리를 주워 먹는 악몽을 꾸고 난 후 동일성의 일상을 동물적인 공격성의 세계로 느끼기 시작한다.

영혜는 어렸을 때 개에게 다리를 물어뜯긴 경험이 있다. 그때 영혜의 아버지는 개를 오토바이에 매달아 끌고 다니다 도살한 후 저녁 때 개고기 잔치를 벌였다. 영혜는 피를 토하며 자신을 보던 핏물 고인 개의 눈을 아직도 기억한다. 그리고 어느 날부터 악몽에 시달리면서 평범한 동일성의 일상을 공격적인 동물적 육식의 세계로 느끼게 된 것이다.

영혜의 극단적인 채식주의는 그때부터 시작되었다. 그녀의 채식주의는 무의식적으로 감지되어 꿈의 이미지로 연출되고 있는 동물적 육식 세계에 대한 거부였다. 채식주의자가 된 그녀에게 또 한 번의 상처를 남긴 것은 그녀의 아버지였다. 월남전에 참전해 무공훈장까지 받은 아버지(1인칭 화자의 장인)는 가족모임에서 영혜에게 강제로 고기를 먹이려 시도하는데, 이때 영혜는 짐승 같은 비명을 지르며 과도를 집어 들어 손목을 긋는다.

영혜의 악몽과 채식주의, 그리고 육식의 거부로서의 자해는, 동물적이고 공격적인 동일성 세계에 대한 비동일성의 무의식적 표현이다. 유혹사회의 동일성 세계는 피 묻은 육식의 세계를 판타지로 은폐하고 도살당한 타자를 보이지 않게 만듦으로써 일상을 안정된 세계로 연출한다. 영혜의 남편 '내'가 동일성 세계를 평범한 삶으로 느끼는 것은 그 때문이다. 그러나 오늘날의 동일성 사회야말로 타자가 보이지 않게 정신적으로 도살당하는 죽음정치가 극단화된 세계이다. 영혜는 무의식으로 감지하던 그런 육식의 죽음정치를 더 이상 감당할 수 없는 시점에서 채식주의로 대응하고 있는 것이다.

그러나 평범한 삶에 적응된 '나'는 그런 영혜를 결코 이해하지 못한다. '나'는 영혜를 모르는 여자라고 생각하며 어쩔 수 없는 책임의 관성으로 그녀를 대한다. 이처럼 동일성 사회의 숨겨진 균열을 예민하게 느끼는 타자가 낯선 존재로 배제되는 사회가 우리 시대의 특징이다. 은폐된 균열을 고통스럽게 경험하는 타자는 영혜처럼 '알지만 모르는 사람'이 되어 간다. 이것이 평범하면서 잔인한 유혹사회의 감성의 분할이다.

영혜의 정신적 고통을 이해한 것은 피 흘리는 그녀를 들쳐 업고 달렸던 「몽고반점」의 형부[48]이다. 「몽고반점」은 **예술가의 감성의 분할**에 대한 반란을 그린 소설이다. 비디오 아티스트인 형부는 영혜를 병원에 맡기고 응급치료 받는 모습을 지켜보면서 무언가가 '탁하고' '그'의 몸에서 빠져나가는 소리를 듣는다. 그리고 자신의 옷에 말라붙은 영혜의 피비린내를 맡으며 이제까지 해온 '그'의 작업에 회의를 느낀다.

영혜의 형부는 후기자본주의의 피폐한 일상을 다큐화면으로 구성해오고 있었다. '그'는 자신이 거짓이라 여기며 미워했던 것들, 즉 숱한 광고와 드라마, 뉴스, 정치인의 얼굴들, 무너지는 다리와 백화점, 그리고 노숙자와 난치병에 걸린 아이들의 눈물 같은 것을 다큐로 만들었다. 그러나 '그'

---

48 이 소설은 형부의 인물시점으로 되어 있다.

는 영혜의 자해의 피 냄새를 맡으며 이제까지 '그'가 작업해온 이미지들이 진정한 삶의 위협이 아니었다고 느낀다. 마모된 일상의 풍경들보다는 영혜의 피비린내가 그에게 더 위협적이었던 것이다. 영혜의 피냄새는 그가 후기자본주의의 감성의 분할에 도발적이 될 수밖에 없음을 알리는 절실한 감각의 충격이었다.

'그'는 아무도 영혜를 도울 수 없으며 그녀가 혼자일 수밖에 없는 사실에 숨이 막힐 것 같았다. 영혜의 피 냄새에서 '그'가 감지한 것은 아마도 에로스를 상실한 세계였을 것이다. '그'는 다시 깨어날 영혜가 마주할 지긋지긋한 세상에 대해 생각하면서, 왠지 그녀가 눈을 뜨면 창밖으로 던져버리고 싶어질 것만 같았다.

'그'가 감지한 세상은 평범한 듯한 영혜 남편을 통해 그 냉담함이 암시된다. 영혜 남편은 마치 망가진 시계나 가전제품을 버리는 것처럼 당연한 태도로 그녀를 버린 셈이었다. 쓸모없어진 것은 상품처럼 폐기하는 죽음정치[49]의 세상, '그'가 느낀 것은 그 같은 에로스와 타자성을 상실한 세계의 감각의 질서였다.

이제 '그'의 관심은 현실적인 일상에서 **에로스의 회생**으로 옮겨가고 있었다. '그'는 전 같으면 괴물처럼 느꼈을 이미지들, 즉 둥근 꽃잎들이 보디 페인팅된 나신들이 교합하는 듯한 공연과 비디오에 이끌린다. 하지만 거기에는 그가 꿈꾸는 것이 없었으며 단지 환멸을 맛보게 할 뿐이었다.

'그'가 난교의 연출과 비슷하면서도 다른 이미지를 얻을 수 있었던 것은 영혜의 몽고반점을 통해서였다. '그'는 채식주의를 고집하는 영혜의 몸에 아직 푸른 몽고반점이 남아 있다는 아내의 말에 충격을 받는다. 영혜의 몸의 초록색 몽고반점은 에로스를 상실한 동물적인 동일성 세계에서

---

49 죽음정치란 쓸모없어진 타자를 불필요한 물건처럼 폐기하는 권력장치를 말한다. Marina Grzinic · Sefik Tatlic, *Necropolitics, Racialization, and Global Capitalism*, Lexington Books, 2014 참조.

그가 마지막으로 붙잡은 타자성의 흔적과도 같았다. 그 연두색 반점은 광합성을 가능하게 했을 태곳적의 잔여물이자 에로스의 열정을 자극하는 타자성의 잔영이었다. 전에는 아무렇지도 않던 영혜의 모습들이 '그'의 몸을 뜨거워지게 한 것은 '그'의 뇌리에 박힌 몽고반점 때문이었다.

몽고반점은 '그'가 구상한 이미지들을 난교의 공연과 다르게 만드는 요인이었다. 그것은 강렬한 영감의 원인이자 집요하고 고통스러운 유혹이었다.[50] '그'는 영혜의 몸에 바디페인팅을 하고 비디오로 찍으려는 예술적 욕망에 사로잡힌다.

영혜와 '그'의 만남은 동물적 세계에서 탈출하려는 식물적 욕망과 에로스를 회생시키려는 예술적 열망의 교감이었다. 영혜의 채식주의가 비동일성의 무의식이라면 '그'의 비디오 아트의 열망은 보다 적극적인 에로스의 연출이다. 그 둘 사이에 교감이 이루어지면서 영혜의 몸에 꽃을 그려 넣는 바디페인팅이 시도된다. 그것은 타자성과 에로스의 비밀인 몽고반점이 온몸으로 번져가게 하려는 행위와도 같았다.

바디페인팅은 문신처럼 태곳적 자연을 욕망하는 리비도를 몸에 입히는 미학[51]이다. 문신이 상처를 내어 리비도가 흐르는 몸을 만드는 것이라면 바디페인팅은 촉감적 시각을 통해 몸에 감기는 이미지를 입히는 연출이다. 그처럼 그 두 미학은 상실된 에로스가 회생된 새로운 몸을 만드는 방식이다. 바디페인팅을 하며 그는 영혜의 몸에 꽃의 피부를 입히는 동시에 그 꽃을 입은 몸을 만지고 있었다. 꽃은 동물성으로부터 탈출한 식물성이자 그 자체가 리비도가 흐르는 에로스의 피부이기도 하다.[52] 붓질을 하면서 '그'는 붓끝에 고이는 희열을 느꼈으며 영혜 역시 터치에 스치는

---

50 몽고반점은 실재계적 대상a와 유사하며 영혜의 몸은 동일성 세계에서 유일하게 실재계에 걸쳐져 있는 존재였다.

51 라캉, 맹정현·이수련 역, 『세미나 11』, 새물결, 2008, 311쪽. 라캉은 리비도를 육체 속에 구현하기 위한 가장 오래된 형식 중의 하나가 문신이라고 말한다.

52 꽃은 성적 기관이 겉으로 드러난 유일한 자연이다.

떨림을 전하고 있었다. 꽃이 그려지는 동안 그들은 상호신체성을 회복하며 몽고반점이 유혹하는 에로스의 몸의 세계로 들어서고 있었다.

그처럼 바디페이팅은 에로스가 깨어나는 과정이었지만 '그'는 네 시간 가까이의 작업 동안 기적처럼 성욕을 느끼지 않았다. 그것은 바디페인팅이란 리비도가 심연으로 가라앉은 몸에서 그 희열의 열정을 길어 올리는 과정이기 때문이었다. '그'는 에로스의 피부를 재생시키기 위해 두레박이 닿지 않는 심연[53]으로부터 리비도를 퍼 올리는 사투를 벌렸던 것이다.

그러나 이제 꽃의 피부를 입은 영혜의 몸은 견딜 수 없는 에로스의 대상이 된다. 몽고반점으로 유혹할 뿐 만질 수 없던 실재계적 대상(라캉의 대상 a[54])이 예술의 힘을 통해 만질 수 있는 몸이 된 것이다. 태곳적 잔여물, 에로스의 흔적, 끝없이 상호신체성을 자극하는 그것이 만질 수 있는 몸으로 피어난 지금, '그'는 광적인 에로스의 욕망에 사로잡힌다.

에로스는 상호신체적 교감의 방식 중에서 공실존[55]을 이루는 가장 심원한 토대이다.[56] 에로스적 성은 우리 몸에서 타자성을 열망하는 근원적인 실존의 영역[57]에 퍼져 있는 신경망으로 구성된다. 에로스적 애무란 서로의 실존을 만지며 타자성을 회복하고 실재계에 접촉해 미래에 와야 할 것에 다가가는 교감이다.[58] 소유의 쾌락으로 변질되기 쉬운 동물적 성과는 달리 두 사람에게 그려진 꽃[59]은 이미 에로스의 기관이 피부 자체에 입혀진 몸을 생성하고 있었다. 그들은 그런 꽃의 몸을 빌려 동물적 성에서 벗어나 에로스를 회복한 성적 교감의 순간을 경험한다. 「몽고반점」은 **꽃잎-**

---

53 에로스가 불가능해진 우울한 일상에 놓인 몸에서는 사랑의 소망은 두레박이 닿지 않는 우물 속에 가라앉아 있는 것과도 같다.

54 대상a란 상징계에 진입할 때 잃어버린 잔여물이 실재계에 남아 있는 것을 말한다.

55 공실존이란 하나가 되는 것이 아니라 타자성을 회복하는 순간이다.

56 조광제, 『몸의 세계, 세계의 몸』, 이학사, 2004, 222~228쪽.

57 실재계에 접촉한 영역을 말함.

58 레비나스, 강영안 역, 앞의 책, 109~110쪽.

59 '그'는 영혜에 이어 자신의 몸에도 꽃을 그려 넣는다.

되기라는 실험적인 예술을 통한 불가능한 에로스의 재발명이다.

> 모든 것이 완벽했다. 그려왔던 대로였다. 그녀의 몽고반점 위로 그의 붉은 꽃
> 이 닫혔다 열리는 동작이 반복되었고, 그의 성기는 거대한 꽃술처럼 그녀의 몸
> 속을 드나들었다. 그는 전율했다. 가장 추악하며, 동시에 가장 아름다운 이미지
> 의 끔찍한 결합이었다. 눈을 감을 때마다 그는 자신의 아랫도리를 물들이고 배
> 와 허벅지까지 적시는 끈끈한 풀물의 푸른빛을 보았다.[60]

두 사람이 꽃과 식물의 몸으로 교감하는 장면은 마치 식물이 풀물을 흘
리며 인간처럼 교합하는 듯한 장면을 연출한다. 그렇기에 그들의 에로스
는 꽃의 겹쳐짐인 동시에 인간과 꽃의 뒤섞임이기도 했다. 거대한 꽃술이
몸속을 드나드는 꽃의 에로스이기에 그들의 전율하는 몸은 가장 아름다
웠다. 그와 동시에 그들은 풀물에 젖은 아랫도리와 배, 허벅지가 인간으로
남아 있는 한 가장 끔찍한 순간을 경험한다.

물론 그들의 욕망은 난교의 성욕과는 달리 몽고반점(대상a)이 꽃으로 피
어난 에로스의 회생이다. 그러나 그런 에로스의 연출은 '그'가 찍는 비디오
아트의 공간에서만 지켜질 수 있는 비밀이었다. 예술로서 재발명된 에로
스의 문제점은 '그'의 예술이 현실의 몸을 이용해야 한다는 데 있었다.

'그'와 영혜의 에로스의 관계는 예술 속에서 완전한 듯했지만, 여전히
현실에 연루된 몸을 이용해야 하기에 일상의 시선에서는 허용될 수 없는
욕망이기도 했다. 부득이 그들은 예술과 현실의 경계에 놓여지며 현실을
지우는 환상을 통해서만 예술을 완성한다. 그처럼 환각과도 같은 예술에
머물면서도 여전히 남겨진 현실과의 관계로 인해 그들의 에로스는 완전
하면서 불완전했다. '그'의 예술 역시 현실과의 잔여적 관계를 온전히 포

60　한강, 「몽고반점」, 『채식주의자』, 창비, 2007, 140쪽.

용하지 못하는 점에서 탐미적인 한계를 지니고 있었다. 그런 한계 속에서 마침내 아내의 일상의 시선에 의해 예술에서 끌어내지는 순간 두 사람은 환상과 현실을 혼동하는 분열된 존재가 된다.

이처럼 미학적 환상과 분열증의 양면을 지닌 것이 「몽고반점」의 환상의 특징이다. 「내 여자의 열매」의 환상은 식물적으로 이미지화된 또 하나의 세계이며, 여기서의 도약은 현실에 발을 딛고 있는 '나'(남편)에 의해 이루어진다. 반면에 「몽고반점」에서는, 예술과 현실의 경계에 있는 '그'와 영혜가 현실을 지우며 환상으로 도약하는 순간 에로스가 회복된다. 「내 여자의 열매」의 환상 속의 아내와 달리 영혜는 현실과 환상(예술)의 틈새에 존재한다. 예술가인 '그' 역시 현실에 남아 있는 '나'와는 달리 예술과 현실의 경계 놓여 있다. 문제는 그 같은 두 사람의 불안한 양가적인 위치였다.

「내 여자의 열매」에서는 도약의 순간 환상 쪽에 있는 아내를 만나면서 에로스가 회생한다. 여기서는 에로스의 회생이란 다시 현실로 돌아온 '나'만이 아는 비밀이다. 반면에 「몽고반점」의 경우 경계에 놓인 두 사람의 도약에 의해 에로스가 연출된다. 또한 현실로 회귀한 후에도 그들은 에로스의 진실을 위해 환상을 실재(그리고 진실)로 수용할 수밖에 없다. 타인의 눈에는 환상일 수밖에 없는 성적 교합이 두 사람에게는 삶의 전부인 에로스의 진실이었던 것이다. 그런 불완전한 양가성은 현실에서의 탈주가 허용되는 예술의 이름으로만 비밀이 옹호된다.

그처럼 「몽고반점」의 에로스는 다른 환상소설에 비해 불완전하지만 그 대신 매우 격렬한 감각적 충격을 던진다. '그'와 처제가 똑같이 현실과 환상을 넘나들기 때문에 (아내가 환상 속에 있는) 「내 여자의 열매」에서보다 에로스가 더욱 육체적으로 표현되고 있는 것이다. 이 소설에서 꽃이면서 인간인 두 사람이 연출한 에로스는 환상인 동시에 현실이기도 하다. 그만큼 에로스의 감각적 밀도가 더없이 강렬한 것이다. 그러나 그 대가로 그들은 현실과 환상 어느 쪽에도 소속될 수 없는 미결정성의 상태에 있다.

현실로 돌아올 수 있는 「내 여자의 열매」의 '나'와는 달리, 경계에 놓인 두 사람은 현실을 지우고 환상을 인정하는 예술만이 지켜주는 진실을 갖고 있는 것이다. 그런 예술의 바깥에서는 끝없이 환상과 현실의 틈새에 놓이게 되기 때문에, 그들은 일상의 시선으로부터 결코 용납되지 않는다.

그녀는 베란다 난간 너머로 번쩍이는 황금빛 젖가슴을 내밀고 주황빛 꽃잎이 분분히 박힌 가랑이를 활짝 벌렸다. 흡사 햇빛이나 바람과 교접하려는 것 같았다. 가까워진 앰뷸런스의 사이렌, 터져 나오는 비명과 탄성, 아이들의 고함, 골목 앞으로 모여드는 웅성거리는 소리들을 그는 들었다. 여러 개의 급한 발소리들이 층계를 울리며 다가오고 있었다.

지금 베란다로 달려가, 그녀가 기대서 있는 난간을 뛰어넘어 날아오를 수 있을 것이다. 삼층 아래로 떨어져 머리를 박살낼 수 있을 것이다. 그렇게 할 수 있을 것이다. 그것만이 깨끗할 것이다. 그러나 그는 그 자리에 못박혀 서서, 삶의 처음이자 마지막 순간인 듯, 활활 타오르는 꽃 같은 그녀의 육체, 밤사이 그가 찍은 어떤 장면보다 강렬한 이미지로 번쩍이는 육체만을 응시하고 있었다.[61]

아내의 일상의 시선에서는 두 사람은 환상을 현실로 혼동하는 분열된 사람들일 뿐이다. 그러나 '그'의 눈에는 아직도 꽃잎의 신비에 도취된 영혜가 어떤 이미지보다 강렬한 예술의 육체이다. 햇빛이나 바람과 교접하려는 활활 타오르는 꽃 같은 에로스가 회생된 육체이기 때문이다. 그녀는 가장 약한 분열 상태인 동시에 그것을 대가로 가장 아름다운 에로스의 이미지를 연출하고 있다.

'그'는 예술의 힘으로 그 환상 공간에 머물려 하지만 거부할 수 없는 일상의 시선에 의해 끌어내지고 있다. 에로스를 위한 필사적 도약이 불가능

---

61   위의 글, 147쪽.

해진 '그'는 이제 죽음으로의 탈주만이 가능하다. '그'에게 남겨진 마지막 도약은 난간을 날아오르는 비상인 동시에 추락인 죽음일 것이다. 이 순간 '그'는 생의 최후인 양 영혜의 예술적 육체를 응시하고 있다. '그'에게 위반된 존재냐 죽음으로의 비상이냐의 선택을 강요하는 것은 에로스가 사라진 사회의 도덕적 시선과 '감성의 분할'의 감각이다.

에로스가 소멸된 사회에는 공실존의 미래로 도약할 틈새의 공간이 없다. 그런 감성의 분할 때문에 '그'와 영혜처럼 에로스를 포기할 수 없는 타자는 미학적 환상으로 도약할 수밖에 없었던 것이다. 그러나 그들처럼 환상의 도약을 위해 틈새에 머무는 사람은 일상에서 분열자로 감금되는 비극을 경험한다.

「내 여자의 열매」는 에로스의 회생을 위해 복수 코드적 환상의 드라마를 은밀하게 연출하고 있다. 그러나 「몽고반점」에서는 그런 은밀성이 허용되지 않는다. 위에서처럼 환상을 현실에서 발각당한 「몽고반점」의 '그'와 처제는 일상의 보이지 않는 경계선에 감금된다. 이는 복수 코드적 환상이 에로스를 심연의 소망으로만 회생시킬 수 있음을 암시한다. 복수 코드적 환상은 심연의 샘물을 퍼 올릴 수 있지만 그 비밀을 모르는 사람의 갈증을 달래줄 수는 없는 것이다.[62] 그것은 끝없이 계속되어야 할 도약 중에서 한 번의 두레박질이다. 환상의 도약을 경험한 사람들은 에로스의 이미지를 존재의 비밀로 유포하면서도 완전히 현실화할 수 없는 한계로 인해 잠재적 위협에 처해 있다.

그럼에도 불구하고 '그'와 영혜가 만든 환상 이미지는 위협에 초연해질 만큼 우리에게 강렬한 충격을 남긴다. 두 사람의 미학적 환상은 유일하게 목숨을 건 도약의 시도였기 때문이다. 그들의 에로스의 불가능성은 우리 사회의 사랑의 불가능성이기도 할 것이다. 그로 인해 두 사람은 에로스의 현

---

62 그 대신 독자의 갈증을 달래주며 동요시킬 수 있다.

실화에 실패했지만 **예술 이미지**의 연출 속에서는 성공한 셈이었다. 예술 이미지는 유일하게 **감성의 분할에 대한 저항**이 승인되는 영역이기 때문이다.

「몽고반점」의 파국에 이른 환상 역시 모더니즘의 모나드적 환상과는 달리 강렬한 에로스의 이미지로 우리를 뒤흔든다. 그들의 꽃잎-되기는 복수 코드를 통한 이자적 진리의 연출이기 때문이다. 이자적 진리[63]란 동일성 사회의 나르시시스트들은 결코 경험할 수 없는 타자성의 진리를 뜻한다. 동일성 사회는 마치 상품처럼 다양한 듯하면서도 똑같은 정체성들을 만들어낸다. 오직 에로스의 이자적 진리만이 그런 나르시시즘 사회의 감각의 질서를 파열시킬 수 있다. 에로스는 손에 잡히지 않는 타자와 애무의 놀이를 하며 끝없는 도약을 통해 공실존의 삶으로 다가가는 가장 치열한 이자적 진리이다. 그 같은 에로스의 이자적 진리는 타자를 배제해 동일성 사회를 수호하려는 감성의 분할에 대한 강력한 반란이다. '그'와 처제의 꽃잎-되기를 통한 에로스의 회생은 감성의 분할에 대한 불가능한 저항인 동시에 예술 속에서는 처절하게 가능한 모험이었다.

12. 나무불꽃의 식물적 재생에 대한 자매애적 시선
—「나무불꽃」

'그'와 영혜는 에로스가 불가능한 사회에서 그것을 꿈꾼 대가로 규율화된 감시의 공간에 감금된다. 「나무불꽃」에서 영혜는 정신병원에 갇히고 병원에서 정상으로 판정된 '그'는 유치장에 구금된다. 이 마지막 연작은 영혜의 언니의 시점으로 되어 있는데, 그것은 '그(형부)'의 에로스의 상

---

63 이자적 진리에 대해서는 바디우, 김인경 역, 「사랑이란 무엇인가」, 슬라보예 지젝·레나타 살레츨 편, 『성화』, 인간사랑, 2016, 410~415쪽 참조. 여기서는 이자적 진리의 의미를 바디우보다 더 근원적인 개념으로 사용하고 있다.

대가 될 수 없는 영혜를 언니의 자매애적 시선으로 접근하기 위해서이다. 에로스가 상실된 동물적인 가부장주의 사회에서 여성적 자매애는 아직 남아 있는 사랑의 형식의 하나이다.

그러나 언니의 자매애는 '그(형부)'의 에로스와는 달리 영혜를 이해하는 데 한계를 지닌다. 그녀(언니)는 아버지의 폭력성과 영혜 남편의 냉담성을 생각하며 영혜에게 가해진 고통을 막지 못한 자신을 반성한다. 하지만 영혜를 병원 치료를 통해 정상으로 되돌리려는 그녀는 영혜의 심연의 고통을 이해하지 못한 셈이었다. 병원은 동일성 사회의 타자를 순화시키려 하는 점에서 동일성 체제의 감시장치나 다름없는 셈이었다.

영혜는 아홉 살 때 산에서 길을 잃고 언니에게 돌아가지 말자고 말한 적이 있었다. 영혜의 말은 폭력적인 아버지에게서 벗어나고 싶은 심정을 토로한 것이었다. 그러나 그 당시 언니는 영혜의 말을 이해할 수 없었다. 그녀가 그때 집으로 돌아가는 것이 당연하다고 생각했듯이, 지금 또다시 일상으로 돌아가기 위해 병원치료에 매달리고 있는 것이다.

영혜의 언니는 유치장에서 풀려났지만 돌아오지 않는 남편(영혜의 형부)도 이해하지 못한다. 그가 남긴 비디오 역시 아뜩하게 눈에 어른거릴 뿐이다. 그러나 차츰 언니는 영혜에게 자신이 잘 모르는 어떤 고통의 지옥이 숨겨져 있을 것이라 생각하게 된다. 그처럼 영혜의 심연에 접근하면서 그녀는 자신의 숨겨진 경험이 영혜의 위기와 겹쳐지는 순간들을 떠올린다. 언니에게도 실상은 영혜와 비슷하게 여성으로서의 낯선 타자의 경험이 있었던 것이다.

영혜는 그녀를 일상으로 회귀시키려는 언니에게 '언니도 똑같구나'라고 말한다. 영혜에게는 의사도 간호사도 세상도 다 똑같은 동일성의 세계였다. 그런데 실상 언니도 그 비슷한 생각을 한 적이 있었다. 언니는 영혜가 비디오를 찍던 해 봄 갑자기 하혈을 하면서 영혜의 손목에서 솟구치는 선혈을 떠올리고 있었다. 병원으로 향하면서 그녀는 문득 이제까지 자신이 삶을 견뎌 왔을 뿐 단 한 번도 살아본 적이 없다는 느낌이 들었다.[64] 맏딸로서의 성실함 역시 조숙함이 아니라 비겁한 생존방식의 하나였다고 생각되었다.[65] 모든 것은 무의미하며 더 이상 견딜 수 없고 앞으로 나아갈 수 없다고 느껴졌다. 자신은 오래전부터 죽어 있었으며 죽음의 얼굴은 긴 시간 잃었다가 되돌아온 혈육처럼 낯익었다.

이런 언니의 기억은 식물이 되기를 소망하며 거세되어가는 영혜의 모습과 겹쳐진다. 두 사람은 실상 오랫동안 동물적인 동일성 세계의 타자로 살아왔던 것이다. 형부의 예술을 통해 꽃의 몸을 입는 경험을 했던 영혜는 이제 피 묻은 고기의 악몽 대신 식물의 꿈을 꾼다. 영혜는 「내 여자의 열매」의 아내처럼 식물로 변신하며 거세되어 가고 있었던 것이다. 다만 「내 여자의 열매」에서 아내가 식물-되기를 거세로 느낀 반면 영혜는 재생으로 여기고 있었다. 언니 역시 영혜의 고통을 이해하려 하면서 점점 그녀의 나무불꽃에 관심을 가지기 시작한다.

영혜의 물구나무서기는 동일성 세계를 전복시키려는 욕망의 은유이다. 전복된 동일성의 세계는 손에서 뿌리가 돋고 가랑이에서 나무불꽃이 피어나는 식물들의 세상이다. 언니 역시 사랑 없는 세상의 무의미함을 느끼면서 나무불꽃에 접근한다. 그와 함께 그녀는 이해할 수 없던 남편과 영혜의 일탈에 이제는 자신을 겹쳐 놓는다. 즉 남편과 영혜가 "그렇게 경계를 뚫고 나가지 않았다면, 그처럼 모든 것을 모래 산처럼 허물어뜨리지 않았다면", 무너졌을 사람은 바로 자신이었을지도 모른다고 생각한다. 언니는 영혜가 토한 피가 자신의 가슴에서 터져나왔어야 할 피였을까 라고 질문한다. 그리고 이제 남편의 비디오도 성적인 것이 아니라 사람에서 벗어나오려는 몸부림으로 느껴진다. 그녀는 남편이 "무슨 마음으로 그 영상에 자신의 전부를 다 걸었을까"라고 묻는다.

---

64   한강, 「나무불꽃」, 앞의 책, 197쪽.

65   위의 글, 191~192쪽.

피를 토한 영혜를 큰 병원으로 옮기면서 언니는 영혜의 고통 뒤에 숨은 지옥을 생각한다. 그녀는 이 모든 것이 악몽일지도 모른다는 생각이 든 것이다. 언니가 생각한 악몽 같은 지옥이란 거세된 타자를 은밀하게 배제하는 동물적 세계의 죽음정치일 것이다. 그런 현실이기도 한 꿈에서 깨어나길 바라며 그녀는 자신이 아직 이해하지 못하는 것을 나무불꽃에게 묻는다. 영혜가 생각하듯이 악몽에서 깨어난 세상은 식물들의 세계일지도 모른다. 그녀는 활활 타오르는 도로변의 나무들을 쳐다보며 몸을 일렁이는 그 초록빛 불꽃들을 응답을 기다리듯 쏘아본다.

　　「나무불꽃」에서 자매애를 근거로 한 언니의 질문의 대답은 아직 돌아오지 않았다. 「몽고반점」에서 형부의 에로스를 회생시키려는 예술이 신비로 남겨졌듯이, 「나무불꽃」에서 언니가 기다리는 나무들의 응답 역시 의문으로 남아 있다. 따라서 『채식주의자』는 질문의 삼부작이다. 즉 꿈속에서의 질문, 예술에서의 질문, 자매애적 질문의 삼중주이다. 그것은 동일성의 세계를 심문하는 모더니즘, 포스트모더니즘, 리얼리즘의 대위법적 질문의 연주이기도 하다.

　　꽃을 입은 몸과 나무불꽃의 응답이 미처 돌아오지 않는 것은 우리 시대의 에로스의 소생이 지난한 일임을 암시한다. 하지만 미적 환상의 이미지와 활활 타오르는 식물의 불꽃은 상실된 에로스에 대한 열망을 자극하며 우리를 동요시킨다. 나무불꽃의 응답은 바로 그 우리의 심연의 동요로부

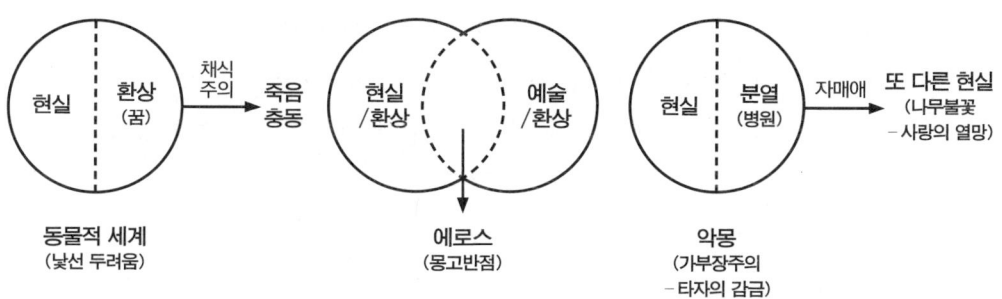

터 울려 나와야 할 것이다. 『채식주의자』는 세 개인 동시에 하나인 미학적
인 대위법적 질문을 통해 우리의 응답을 기다리고 있다.

13. 타자들의 연대와 복수 코드적 환상
─「아, 하세요 펠리컨」

　복수 코드적 환상은 모더니즘의 모나드적 환상과는 달리 아름다운 에
로스의 이미지를 연출해 우리를 동요시킨다. 그러나 우리를 뒤흔드는 에
로스의 비밀은 여전히 물밑의 진실로 은유된다. 예컨대 「내 여자의 열매」
의 식물 아내의 열매를 음미하는 '나'의 에로스는 혼자만 아는 비밀일 뿐
이다. 또한 『채식주의자』 연작에서 형부와 영혜 사이의 끔찍한 에로스는
아무도 이해하지 못하는 비디오 영상으로만 남겨진다. 두 소설에서 환상
공간으로부터 현실로 돌아온 사람들은 외롭게 비밀을 간직하거나 분열
자로 사회에서 유리된다.

　그와 달리 환상을 경험한 사람이 현실에서도 비밀을 공유하며 또 다른
세계에 대한 상상력을 펼치는 소설이 있다. 예컨대 「아, 하세요 펠리컨」에
서는 주인공 '나'와 유원지 사장이 오리배의 환상을 공유하며 현실을 살
아간다. 이처럼 복수의 사람이 환상을 공유하는 경우 현실과 환상을 횡단
하는 모험은 보다 자유스러워진다. 이 경우에는 현실에서 환상으로 도약
할 뿐 아니라 환상세계의 사람들이 현실세계를 스쳐가기도 한다.

　이런 복수가 공유하는 특이한 복수 코드적 환상은 다수의 타자들이 상
처를 입은 사건을 배경으로 한다. 상처를 받은 사람은 터진 균열을 통해
무의식을 직접 볼 수 있기 때문에 자연스럽게 환상을 경험한다. 「내 여자
의 열매」의 아내나 『채식주의자』 연작의 영혜가 대표적인 경우이다. 그들
의 환상이 에로스의 표현이 될 수 있는 것은 상처를 이해하는 또 다른 사

람이 있기 때문이다.[66] 이때 에로스의 환상은 그 현실의 또 다른 사람이 감지한 말할 수 없는 비밀로서 남겨진다. 그처럼 환상이 비밀로 남는 상황은 에로스의 진실이 널리 확산되기 어려움을 반증한다.

그런데 IMF 사태처럼 다수의 사람들이 상처를 경험한 경우에는 일상에서도 에로스의 열망이 고조된다.[67] 오늘날의 세월호 사건도 그와 유사한 경험을 하게 해주고 있는 셈이다. IMF 사태는 미리 경험한 경제적 세월호였다고 할 수 있다. 두 사건에서는 비슷하게 **다수의 타자들**의 상처가 충격과 자극이 되어 에로스가 상실된 세계에서 잠든 에로스가 깨워지고 있었다. 상처 받은 타자들은 환상을 경험하게 되는데 그들의 환상이 에로스의 표현이 될 수 있는 것은 서로를 이해하기 때문이다. 박민규는 그런 에로스적 공감의 근거를 '저렴한 인생들의 심야전기'라고 표현하고 있다. 다수의 타자들 사이에서 흐르는 심야전기로 인해 그들의 상처에서 피어난 에로스의 이미지는 복수가 공유하는 비밀이 된다. 그처럼 복수가 공유할 수 있는 에로스의 환상이란 실상 일상의 수많은 타자들의 물밑의 연대의 표현일 것이다. 특정한 복수의 인물들이 환상을 공유하더라도 그것은 이미 심야전기를 감지하는 무수한 사람들의 유대의 표현인 것이다. 그런 잠재적 연대의 소망으로서의 환상을 그리는 소설이 바로 「아, 하세요 펠리컨」이다.

이 소설에서는 앞의 작품들과는 달리 복수의 인물이 공유하는 에로스의 환상이 그려지는데, 그것은 상처 받은 모든 타자들의 연대의 소망을 대신 표현하는 것에 다름이 아니다. 상처 입은 **개인**의 환상은 그를 이해하는 사람에 의해 아름다운 에로스의 표현이 된다. 거기서 더 나아가 다수가 상처를 입으면 **복수**의 사람들이 환상을 경험하게 되며, 이때의 에로스의 환상은 타자들의 연대의 소망으로 표현된다.

「아, 하세요 펠리컨」의 특이한 환상은 분명히 IMF 사태 이후의 상황과

---

66 이점이 모더니즘의 모나드적 환상과 다른 점이다.
67 상처와 고통은 삶의 자극으로서 심연 속의 에로스를 동요시킨다.

연관이 있다. 이 소설에는 경제 환란 직후의 다수의 상처 받은 타자들이 등장한다. 상처 받은 다수의 타자들은 물밑의 에로스의 소망을 자극하거니와, 이 소설의 주인공들(또 다른 타자)은 상처받은 타자의 죽음을 통해 억압된 에로스가 환상으로 귀환하는 것을 목격한다.

이 소설은 유원지를 배경으로 하지만 한적한 유원지에 오는 사람들은 모두 마음이 심란한 사람들이다. 후기자본주의의 유혹사회는 '전사회의 디즈니랜드화'[68]로 요약된다. 그러나 경제적으로 양극화되었듯이 유원지에도 메이저와 마이너가 존재한다. 이 소설에서 파산당한 무역업체 사장이 운영하는 오리배 유원지는 초라한 몰골의 '불쌍한 유원지'이다. 그런 유원지에 오는 사람들은 '즐거워서가 아니라 즐겁지 않아서' 오리배를 타는 쓸쓸한 인생들이다. 그들은 세상의 외곽에서 배를 타는 보트 피플들, 즉 은유로서의 난민들이다.

돈이 없어 몰래 보트를 훔쳐 타다 도주하는 사람들, 쌍둥이를 데리고 와서 허술한 유원지에서 아이들을 걱정하는 주부, 저수지 한쪽에서 배를 멈추고 눈물을 흘리는 이주 노동자 연인들, 그리고 파산한 사장과 73번 취업에 낙방한 저렴한 청춘 '나'까지, 이들은 모두 21세기에 어울리지 않는 유원지에 찾아든 일상의 낙오자들이다.

유혹사회에서는 유원지가 산업 현장보다도 더 적나라한 곳이다. 권력이 무의식의 층위에 작용하는 시대에는 무의식이 활성화되는 놀이의 공간에서 감성의 빈부격차가 그대로 드러나기 때문이다. 불쌍한 유원지에는 사랑의 판타지도 환상적 모험도 없는 저렴한 인생이 있을 뿐이다. 유원지는 긴장을 푸는 곳이기 때문에 이 특별한 유원지는 상처 받은 사람들의 심란한 마음이 그대로 노출되는 곳이다.

그러나 바로 그 심란함 때문에 저렴한 인생들 사이에 흐르는 심야전기

---

68 보드리야르, 하태환 역, 『시뮬라시옹』, 민음사, 1992, 39~41쪽.

같은 것이 감지되기도 한다. 평일에 유원지에 오는 보트피플들, 아무도 관심이 없는 그들의 인생의 어둠에 값싼 심야전기가 밝혀지는 것이다. 심야전기는 에로스가 상실된 시대에 난파당한 인생들이 한밤중에 경험하는 비밀 같은 에로스이다.

혹독한 밤을 경험한 사람만이 감지하는 심야전기는 인생의 밤이 어두워질수록 약하면서도 더 찌릿하게 느껴진다. 유혹사회의 화려한 빛에 묻힌 희미한 전류가 '나'에게 느껴진 것은 (IMF 사태 이후) 유원지를 찾아오는 다수의 상처 받은 타자들 때문이다. 유혹사회는 청년 실업자, 파산자, 외국인 노동자들을 보이지 않게 만들어 불평등과 양극화에 의한 저항을 잠들게 한다. 그런데 한적한 유원지에서 배를 타며 심연의 상처를 노출하는 사람들에 의해 잠든 심야전기가 잠깐 동안 밝혀지는 것이다. 유혹사회의 감성의 분할은 화려한 판타지로 유혹하고 타자를 죽음정치로 침묵하게 해 심야전기가 켜지지 않게 만드는 방식이다. 반면에 이 소설에서 '나'의 흐린 전구를 흐르는 희미한 전류는 감성의 분할을 방해하며 우리를 동요시킨다.

그러던 어느 날 마침내 사업에 실패한 중년사내가 오리배를 타다 자살을 한다. '나'는 그때 불현듯 세상이 고요해짐을 느끼고 있었다. 그 순간은 쓸모없어진 사람을 사지에 유기하는 죽음정치의 냉담함이 감지된 시간이었다. 더욱이 중년사내의 죽음은 비슷한 처지의 사장에게까지 상처를 남겼다. 세상은 여전히 아무 일도 없었지만 '나'와 사장은 유혹사회의 판타지에 감춰진 우울한 **죽음정치**의 실상을 함께 목격한 셈이었다. 감성권력은 죽음정치를 보이지 않게 만들어 마이너 인생들을 침묵하게 만든다. 반면에 자살한 남자를 목격한 사장과 '나'는 심야전기에 비상등이 켜졌음을 느끼게 된다. 죽은 남자가 탔던 라-47호에 새로 페인트를 칠하면서 두 사람은 서로 상처를 공유하며 보다 가까워지게 된다.

되는 일은 아무것도 없었지만 두 사람은 유원지의 체류에서 '우두커니서 있는 인생'[69]을 공유할 수 있었다. 그리고 또 한사람의 흔적, 즉 구명조 끼를 입힐 때 페인트처럼 지워지지 않는 촉감을 남긴 죽은 남자의 라-47호가 있었다. 태풍이 불던 날 밤, '나'와 사장은 저렴한 인생들을 걱정하듯이 오리배가 떠내려가지 않게 서로 연결하고 묶었다. 그때 라-47호는 노란 주둥이를 끄덕이며 '나'를 응시하고 있었다. 태풍을 견디고 있었던 것은 두 사람이었지만 사실은 세 사람이었고, 유원지에는 무수한 사람들의 흔들리는 심야전기가 있었다.

그날 밤 사장과 '나'는 수많은 사람들이 탄 오리배의 군락이 강풍을 버티며 저수지를 가득 메우고 있는 환상을 목격한다. 그들이 본 것은 태풍 같은 죽음정치에 저항하고 있는 일단의 사람들이었다. 오리배의 군락은 유원지를 찾았던 타자들과 라-47호의 죽은 남자가 '나'와 사장의 상처를 통해 되돌아온 것으로 볼 수 있다. 유혹사회의 감성권력이 고통 받는 타자들을 침묵 속에 유기해 보이지 않게 만드는 것이라면, 오리배의 귀환은 그 죽음정치의 감성의 분할을 위반하며 되돌아온 셈이었다. 감성의 분할은 이미 심야전기에서 흔들리기 시작해서 죽은 남자가 남긴 트라우마의 구멍을 통해 역류하기 시작한 것이다. 죽음정치의 트라우마는 사장과 공유한 것이기 때문에 오리배들은 두 사람이 함께 보는 환상으로 귀환했다. 또한 그들의 트라우마는 유원지를 찾은 모든 타자들의 것이기도 하기에 수많은 사람들의 군락으로 돌아온 것이다.

여기서 환상을 '나'와 사장이 함께 경험한 사실은 매우 의미심장하다. 복수가 공유하는 환상은 혼자만이 아는 비밀과는 달리 감성적 위반이 현실에서 지속될 수 있음을 뜻한다. 두 사람 사이에서 새로운 미결정적인 감성의 분할이 창조될 수 있기 때문이다. 또한 죽은 남자가 타자들의 연대로 돌아온 사실 역시 에로스의 확산 가능성을 암시한다. 두 사람의 트

---

69   박민규, 「아, 하세요 펠리컨」, 『카스테라』, 문학동네, 2005, 139쪽.

라우마는 IMF 사태나 세월호 사건처럼 다수의 상처와 연관되어 있는 것이다. 그런 점들 때문에 복수가 공유하는 환상은 죽음정치의 감성의 분할에 저항하는 **감성정치**의 단초를 시사한다.

혼자서 경험하는 환상은 「채식주의자」의 악몽처럼 죽음충동에 이르게 할 수 있다. 그러나 「아, 하세요 펠리컨」에서는 '나'의 환상을 타인이 이해할(「내 여자의 열매」)[70] 뿐 아니라 두 사람이 함께 서서 경험하고 있다. 이는 그들이 같은 상처를 공유하고 있으며 태풍에 맞서 오리배를 묶을 때처럼 비슷한 마음으로 죽음정치(태풍)에 감성적으로 대항하고 있음을 암시한다. 그들의 죽음정치에 대한 대항의 방식은 타자들을 흩어지게 하는 죽음권력에 맞서서 자신들이 묶었던 오리배 같은 타자들을 연대시키는 것이다. 그렇기에 그들의 환상이 암시하는 것은 에로스의 이미지화일 뿐 아니라 그 현실적 확산이기도 하다. 죽음정치가 에로스를 박탈하는 것이라면 두 사람의 환상은 에로스의 집단적 귀환을 소망하고 있는 것이다. **죽음정치는 고통 받는 타자에게 눈감게 만들어 에로스를 소멸시킨다.** 반면에 이 소설의 환상은 타자들 사이에 흐르는 **에로스**가 번져나가서 유혹사회의 판타지와 죽음정치의 감성의 분할을 대체하길 열망하고 있는 것이다.

이 소설의 복수적 환상의 또 다른 특징은 국가 간의 경계를 넘어선 오리배 세계시민연합의 이미지로 나타난 점이다. 이는 유원지를 찾아든 이른바 '보트피플'들이 세계화와 지구적 자본주의 시대의 타자들임을 암시한다. 라-47호를 탔던 사내는 물론 실직자, 파산자, 여성, 외국인 노동자들은 지구적 자본주의와 (IMF 사태 같은) 경제환란의 희생자들이다. 그들 저렴한 인생들이 오리배 유원지를 찾았듯이 지구적 자본주의의 난민인 다른 외국인들도 이곳으로 몰려온 것이다. 오리배 세계시민연합의 일원인 호세 일행은 미국 기업 '그린 빅 풋'의 아르헨티나 노동자였는데 실직

---

70 「내 여자의 열매」에서는 아내의 환상을 남편('나')이 이해하고 받아들이는 것으로 되어 있다.

과 경제환란을 겪은 후 오리배를 타게 된다.

이처럼 다양한 국적의 트랜스내셔널한 오리배의 환상은 '보트피플'들이 지구적 자본주의의 상황에서 상처를 입은 사람들임을 분명히 드러낸다. 또한 그들이 오리배를 타고 유원지에 찾아든 점 역시 매우 흥미롭다. 오리배의 귀환은 '보트피플'이 유원지에서 오리배를 탈 때 자신들의 무의식적 주체의 정체성을 그대로 드러내기 때문일 것이다. 신자유주의 시대의 죽음정치는 은유적 난민들을 타자의 얼굴을 상실한 정체성이 불분명한 존재로 만든다. 그렇게 함으로써 에로스가 소멸된 양극화의 세계를 구축하는 것이다. 반면에 유원지를 찾은 사람들이 타자의 얼굴을 감출 수 없었듯이, 환상으로 날아온 사람들이 오리배를 타고 있는 것은 그들이 타자로서의 정체성을 되찾은 사람들임을 암시한다. 오리배는 라-47호의 트라우마를 통해 되돌아온 **'보트피플'의 정체성**이다. 더 나아가 그들은 수많은 군락의 오리배 연대를 이룸으로써 서로 자신들의 타자의 얼굴에 교감하는 에로스의 이미지를 표현하기에 이른다.

이렇게 사는 건 어떻습니까? 환하게 웃으며 호세는 — 아, 그래요⋯⋯ 그렇게 물으니 뭐⋯⋯ 저로선 어떻다고는 하겠지만, 그게 그러면⋯⋯ 그래서 또⋯⋯ 그건 아닌지 어떤지⋯⋯ 그렇잖아요 — 정도의 표정으로 아무말도 하지 않았다. 세계는 하나. 난데없이 후안이 손가락을 세우며 윙크를 했다. 호세가 신호를 보내자 일제히 사람들이 페달을 밟기 시작했다. 순간 저수지는 잘 설계된 오페라 하우스처럼 그 소리를 반사하고, 가두고, 다시 분산시켜 아름다운 합창처럼 그것을 우리에게 되돌려 주었다. 그것은 하나의 오페라였다.[71]

오리배들이 들려주는 오페라의 화음은 미래에 와야 할 것의 암시이다.

---

71   박민규, 앞의 글, 144쪽.

머뭇거리는 호세의 응답에서 알 수 있듯이 그들의 삶은 여전히 조화롭고 행복한 삶은 아니다. 그러나 그들은 타자의 정체성을 되찾음으로써 서로의 교감을 통해 아직 오지 않은 사랑과 화해의 이미지를 연출해 보여준다. 그들이 에로스를 통해 되찾은 것은 서로의 울림(세계는 하나)을 통해 미래로 향하는 시간이다. 지구적 자본주의의 네트워크는 상처 입은 타자를 만들면서도 그들을 감성권력으로 은폐해 자본 중심의 동일성의 세계를 구축한다. 그런 지구적 동일성의 세계에서는 결코 미래의 시간이 생성되지 않으며 자본의 영토의 확장이 있을 뿐이다. 반면에 호안의 또 다른 세계화는 위계적인 경계를 넘어 화해된 미래를 향해 나아가는 사람들의 모습을 보여준다.

강대국 중심의 세계화에 자본이 흐르고 있다면 오리배의 네트워크에는 타자들의 심야전기가 흐르고 있다. 전자에 상품에서 화폐로의 도약이 있다면 후자에는 심야전기에서 오페라의 화음으로의 또 다른 도약이 있다. 그러나 오리배의 에로스의 도약 역시 자본의 세계에 발을 딛고 있으며 두 개의 네트워크는 양가적으로 중첩되어 있다. 이 소설의 복수 코드적 환상은 그런 이중적 중첩성을 표현하고 있는 셈이다. 오리배 연합의 사람들은 자본주의적 세계화의 타자로 살아가면서 또 다른 물밑의 네트워크를 통해 에로스의 화음이 퍼져나가길 소망하고 있는 것이다. 신자유주의는 죽음정치적 감성권력을 통해 타자들을 투명인간으로 만들기 때문에 지구적 자본주의는 양가성을 상실한 동일성 세계로 구축된다. 반면에 이 소설의 복수 코드적 환상은 타자의 오리배의 정체성을 회복시켜 양가성을 회생시키면서 신자유주의의 감성의 분할에 역행하는 힘을 암시한다. 그들은 일상에서는 오페라의 화음에 이르지 못하고 오리배가 오리-펠리컨으로 늘어지기도 한다. 그러나 설령 펠리컨처럼 주둥이가 늘어지더라도 이 소설은 자본과 심야전기, 현실과 환상을 횡단하는 오리배의 비상이 끝없이 계속됨을 보여준다.

14. 박민규 소설에 나타난 숨은 영혼들의 비식별성의 역습

오리배 유원지는 세계시민연합의 사람들의 공공연한 경유지가 되었다. 유원지는 심야전기의 발전소이다. 에로스를 소망하는 환상으로의 도약이 이루어진 이곳은 반대로 심야전기의 네트워크를 이룬 사람들이 재충전을 위해 찾는 곳이 된 것이다. 이처럼 현실과 환상의 교류가 자유스러운 것이 이 소설의 다수가 공유하는 환상의 특징이다.

그러나 타자들의 눈에는 현실과 환상의 교류가 자유스러워 보이지만 실상 국경을 넘는 오리배의 환상은 불법적인 비식별성의 영역에 놓여 있다. 환상이 현실과 다른 점은 물밑에서는 자유롭지만 지상에서는 감성권력의 치안의 대상이 된다는 점이다. 실제로 호세의 일행 후안은 공안에 적발되기도 한다.[72] 오리배의 환상은 제도권의 치안이 허용하지 않는 비식별성의 영역에서의 필사적 도약의 표현이다. 그런 필사적 도약을 가능하게 하는 것은 저렴한 인생들의 상처의 고통과 심야전기 같은 사랑이다. 심야전기의 찌릿함을 근거로 상처와 고통을 견디며 목숨을 건 도약을 하는 것이 바로 오리배의 합창인 것이다. 그 점에서 오리배의 환상은 〈빈집〉(김기덕 감독)의 비식별성의 환상의 집단적 재출현이라고 할 수 있다. 그것은 비식별성의 존재들의 집단적 역습이다.

강대국 중심의 세계화와 오리배의 환상의 공존은 사랑에 근거한 새로운 삶의 불가능성과 가능성을 암시한다. 자본주의적 소유욕에 사로잡혀 있는 사람은 세계화는 보지만 오리배는 보지 못한다. 그처럼 냉정한 현실 논리에 붙잡혀 있는 한 우리 시대는 사랑이 불가능한 사회이다. 반면에 미미한 심야전기를 감지하는 사람만이 환상과도 같은 사랑을 부활시킬 수 있는 것이다. 에로스의 종말의 시대에 사랑의 공간을 얻기 위해서는

---

72 환상의 내용이지만 오리배의 비상이 치안의 대상임을 반영하는 것으로 볼 수 있다.

권력과 함께 있으면서도 자유로울 수 있는 심연의 공간에서 사랑을 생성해야 한다. 심야전기의 증폭으로서의 오리배의 환상은 비식별성의 역습이자 불가능한 사랑의 재발명이다.

우리 시대는 죽음정치의 비식별성 영역에서의 감성전쟁의 시대이며, 이 소설은 그 곳에서 보이지 않는 타자 라 47호를 부활시켰다. 그 과정에서 이 소설은 타자들이 보이지 않게 거세되는 비식별성의 영역 이외에 심야전기가 증폭되는 또 다른 비식별성의 영역이 있음을 암시한다. 〈빈집〉의 유령연습은 아무도 보지 못하는 숨은 영혼의 역습이다. 마찬가지로 오리배의 환상은 집단적인 숨은 영혼들의 또 다른 비식별성의 역습이다.

'나'와 환상의 공유자인 사장은 자살한 남자처럼 현실에서 사라지고 싶은 시점에서 라-47호에 올랐다. 그 역시 에로스의 필사적 도약의 대열에 참여한 것이다. 이는 사장의 삶이 더욱 난파되었음을 알리는 동시에 그럴수록 에로스의 네트워크가 절실함을 암시하는 셈이다. 심야전기의 발전소에서는 고통이 심화될수록 물밑의 에로스가 오히려 더 자극된다. 그런 고통 속에서 피어난 복수 코드적 환상은 심야전기의 네트워크를 통해 (타자를 배제하는) 죽음정치적 네트워크에 감성적으로 저항하고 있는 셈이다. 신자유주의의 동일성의 네트워크가 파산자를 죽음 속에 유기한다면 오리배의 네트워크는 그런 죽음권력의 감성의 분할에 대항하고 있는 것이다. 라-47호는 파산자를 죽음충동에 몰아넣는 신자유주의의 감성권력에 맞서는 에로스의 귀환의 표상이다.

하지만 오리배로 날아오른 사장은 이 년 후 펠리컨이 되어 돌아온다. 오리배로의 비상이 죽음충동을 에로스로 반전시킨 환상이라면, 그 환상적 이미지가 현실의 무게에 짓눌린 펠리컨은 해학적 표현으로 볼 수 있다. 환상과 해학은 타자성의 무의식에서 중첩된다. 타자와의 교감의 소망이 오페라의 화음 같은 환상인 반면, 그런 무의식적 소망을 붙잡는 현실에 대한 희화화가 해학이다.[73] 전자가 현실에서 환상으로의 도약이라면, 후자는 현실로 돌아올 때 환상적 이상의 기준에 빗댄 현실의 희화화이다. 이 소설에서 현실과 환상, 무거움과 비상의 관계는 양가적이다. 우리는 환상과 해학의 혼성 속에서 두 세계 사이를 자유롭게 왕복하는 주인공들의 양가적 경험을 공유한다. 환상의 경험이 현실에서 환상세계로의 횡단의 순간이라면 해학의 경험은 환상에서 현실의 무게로 되돌아오는 순간이다.

펠리컨이 되어 돌아온 사장은 오리배의 모험에서도 실패했다. 그러나 그의 에로스의 모험은 도산되지 않았다. '아, 하세요' 하며 펠리컨의 입을 벌리라고 말하는 이 소설의 마지막 장면은, 사장 가족과 오리배 연대에 대한 '나'의 애정이 식지 않았음을 암시한다. 펠리컨의 심리적 무게와는 무관하게, 심야전기의 오페라의 합창으로의 도약은 여전히 계속되고 있는 것이다.

복수 코드적 환상의 무의식이 에로스적 화해를 지향한다면, 해학의 무의식은 현실의 무게에 짓눌린 인물에 대한 환대를 암시한다. 해학은 상황을 희화화하면서 그 희생자인 인물을 동정한다. 따라서 환상뿐 아니라 해학 역시 에로스의 부활과 연관이 있다. 해학은 에로스적 소망을 저버리는 현실을 견디려는 재현으로서, 이 역시 현실의 희생자(타자)에 대한 동정이므로 에로스의 회생과 연결된다. 해학의 여유는 심야전기의 네트워크가 건재하다는 표현이기도 한 것이다.

이런 환상과 해학의 결합은 〈뷰티 인사이드〉에서도 나타난 바 있다. 우진의 복수적 변신은 도약을 통한 에로스의 생성 과정이면서, 또한 감당해야 할 엄청난 현실의 무게에 의해 해학적으로 표현되기도 한다. 여기서도

---

73 환상이 무의식이 표면화되는 중에 현실이 반영된 전의식이 끼어들어 혼합된 이미지라면, 풍자나 해학은 현실을 그리는 중에 무의식이 끼어들어 변형된 이미지이다. 「아, 하세요 펠리컨」에서 오리배 네트워크는 환상 쪽에 속하는 반면 펠리컨으로 되돌아온 장면은 해학적 변형으로 볼 수 있다. 환상과 해학, 풍자의 관계와 혼성에 대해서는 나병철, 『환상과 리얼리티』, 문예출판사, 2010, 175~192쪽 참조.

전자는 물론 후자 역시 인간에 대한 사랑의 표현이다.

이 소설과 〈뷰티 인사이드〉에서 환상과 해학의 결합은 현실과 환상 사이의 상호적 횡단을 활발하게 만든다. 그것을 통해 감성의 분할의 혁신에 대한 열망은 더 능동적으로 표현된다. 한밤중의 심야전기를 넘어서 오페라의 화음을 듣는 것은 도약이지만, 그것은 「몽고반점」의 에로스처럼 아직 오지 않은 세계의 한순간의 경험이다. '나'와 사장은 오페라의 화음을 소망하면서 여전히 그것의 실현이 어려운 삶 속에서 살아가는 것이다. 실제로 전과 달라진 것은 많지 않다. 해학은 그런 상황조차 견딜 수 있게 만드는 타자들의 무의식적 에너지의 표현이다.

그 같은 방식으로 「아, 하세요 펠리컨」은 현실과 환상의 지속적 횡단을 통해 죽음정치에 의해 보이지 않던 감성들과 그 새로운 질서를 보여준다. 즉 타자성과 에로스를 박탈하는 죽음정치의 감성의 분할에 맞서서, 복수 코드적 환상을 통해 에로스를 향해 열려 있는 **다른 방식의 감성의 분할**을 보여준다. 따라서 복수 코드적 환상이란 감성의 치안에 맞서는 일종의 감성정치적 저항이다.

죽음정치는 패배자들을 비가시적으로 만들지만 타자들은 보이지 않는 곳에서 에로스의 화음을 꿈꾼다. 이 소설은 설령 보이는 곳에서는 오리배의 꿈이 펠리컨으로 늘어지더라도 심연에서는 여전히 그 꿈이 포기되지 않음을 드러낸다. 해학은 그것을 표현하는 에로스의 에너지의 증폭이다. 그 같은 방식의 에로스에 대한 끝없는 열망은, 물리적 저항에 앞서 보이지 않는 것을 보이게 만드는 감성정치적 저항에 의해 가능해지고 있다.

이 소설의 복수 코드적 환상은 단지 보이지 않던 에로스를 보여줄 뿐만 아니라 **감성의 분할**이 달라져야 함을 암시한다. 즉 심연에 가라앉은 에로스의 이미지를 끝없이 환기함으로써 감성의 분할의 질서 전체가 변화되어야 함을 요구하는 것이다. 권력의 감성의 분할이 유혹의 장치와 함께 수동적인 비식별성의 영역을 이용한다면, 이 소설은 에로스가 끊임없이 출현하는 또 다른 능동적인 비식별성의 영역의 존재를 암시한다. 이 소설의 복수 코드적 미학은 배제로서의 비식별성 이외에 저항으로서의 또 다른 비식별성의 생성을 표현한다. 그런 방식으로 감성의 분할의 재편을 강력히 요구하고 있는 것이다.

감성의 재분할이 중요한 것은 유혹사회에서는 **감성의 구조가 달라져야 사회가 변화**될 수 있기 때문이다. 신자유주의는 단순한 착취의 체제가 아니라 감성권력을 동반한 자본주의이다. 감성의 분할을 통해 타자의 존재를 보이지 않게 만듦으로써 사랑과 분노 같은 능동적 정동을 박탈하고 자본의 네트워크가 영구히 지속되게 만들려는 것이다. 그렇기 때문에 이제 사회의 변화는 감성의 분할의 변혁과 함께 진행되어야 한다. 「아, 하세요 펠리컨」의 해학과 혼성된 독특한 환상 장치는, 쇠퇴한 능동적 정동을 회생시킴으로써 죽음정치에서 벗어나 감성의 분할을 재창조하려는 미학이다. 그것은 세상을 변화시키는 일에 선봉에 서 있는 **감성정치** 차원의 변혁적 미학이다. 그런 감성적인 변혁적 미학만이 숨은 영혼들의 비식별성의 역습을 암시하면서 에로스가 귀환한 세상을 소망할 수 있다.

15. 불평등성의 시대의 다양한 권력장치들에 대항하는 복수 코드적 미학 ―「고마워 과연 너구리야」

오늘날의 환상서사는 감성의 분할을 둘러싼 권력과 저항의 전략을 암시한다. 환상은 단순한 비현실적인 상상력이 아니라 미학을 통해 우리의 무의식을 추동하는 절실하게 현실적인 정치학이 되었다. 이제 환상적인 감성권력이 매개하는 다양한 권력장치들을 살펴보면서 복수 코드적 미학이 그에 어떻게 대응하는지 알아보자.

오늘날의 불평등한 사회를 **조용한** 동일성의 세계로 만드는 데는 감성권력의 환상 장치가 필수적이다. 이데올로기 역시 환상 장치이지만 유혹 사회에서는 보다 매력적으로 진화된 감성권력을 필요로 한다.[74] 신데렐라 드라마 같은 사랑의 판타지와 낭만적 유토피아[75]가 그런 장치의 하나일 것이다. 신데렐라 드라마가 넘쳐나는 상황은 우리 시대가 대체불가능한 불평등성의 시대임을 암시한다. 이미 살폈듯이, 사랑의 판타지가 에로스를 교체하는 진행은 **불평등성의 시대**의 감성의 분할의 특징이다.

　사랑의 판타지는 불균등한 사회를 아름답게 장식하는 데 그치지 않는다. 환상적인 감성권력은 불평등성의 시대에 다양한 다른 권력장치들이 빈틈없이 작동하게 하는 감성의 분할을 형성한다. 우리 시대는 단순히 불평등한 사회가 아니라 불공정성을 구조화하는 다양한 권력장치들이 맞물려 있는 체제이다. 감성권력은 죽음정치 및 간접화의 시각권력, 부패의 네트워크 등과 연관이 있으며, 그런 권력장치들이 서로 유연하게 순환하게 만든다. 이제 감성권력과 다른 권력장치들 간의 교묘한 연관성을 자세히 살펴보자.

　먼저 사랑의 판타지는 **죽음정치**와 짝을 이루고 있다. 사랑의 판타지와 죽음정치는 불길한 동시에 환상적인 조합을 보여준다. 불평등성이 구조화된 사회에는 신데렐라 드라마 같은 판타지 상품이 만연된다. 마찬가지로 불평등성은 우리 사회에 보이지 않는 방식의 죽음정치를 퍼뜨린다. 전자의 화려한 스펙터클은 후자의 냉혹한 어둠을 감성적으로 만회한다. 불평등성이 구조화되었다는 것은 차별과 죽음정치에 대한 능동적 정동의 대항이 쇠퇴함으로써 **감성적 차원**에서 저항이 무능력해졌다는 뜻이다. 그런 무력화된 감성적 무채색의 영역을 화려하게 채색해주는 것이 바로 사랑의 판타지이다.

74　감성권력도 이데올로기의 일부이지만 오늘날에는 이념에 의한 호명보다는 사랑의 판타지와 낭만적 유토피아 같은 감성적 유혹의 방식이 더 중요하게 사용된다.

75　에바 일루즈, 박형신·권오헌 역, 『낭만적 유토피아 소비하기』, 이학사, 2014 참조.

불평등성에는 여러 요인이 있지만 그에 대한 감성적 저항(사랑과 분노)이 있다면 불평등한 시대란 변혁의 요구가 폭발하는 사회이기도 할 것이다. 반면에 감성권력에 의해 능동적 정동이 거세되면 보이지 않는 죽음정치가 만연되면서 불평등성이 구조적으로 영구화된다. 사랑의 판타지는 그런 구조적 정태성에 평등성의 환상을 제공한다.

그처럼 감성권력에 의해 불평등성이 구조화되는 과정에는 낭만적 유토피아(사랑의 판타지)와 죽음정치가 놓여 있다. 상실된 에로스를 대체해서 사랑의 판타지가 소비되고 있기 때문에 우리는 그다지 사랑에 목말라 하지 않는다. 또한 상품화된 낭만적인 사랑의 판타지는 도처에 널려 있는 죽음정치를 보이지 않게 만든다. 모든 것이 상품화된 성과사회에서는 폐품이 된 죽음정치의 희생자가 증폭될 수밖에 없지만, 인간과 상품을 등가화하는 자본의 감성권력과 죽음권력에 의해 우리는 일상에서 배제된 타자에 대한 사랑을 잃어버린다. 그리고 이번에는 에로스를 대체한 사랑의 판타지가 그런 만연된 죽음정치를 보이지 않게 만드는 역할을 한다.

사랑의 판타지는 고통 받는 타자를 무대에서 퇴장시킨 대신 자기계발을 위해 성실하게 살아가는 가난한 연인을 등장시킨다. 성실과 희망을 잃지 않는 이런 여성은 자신의 내면을 아름답게 성형할 뿐 아니라 주어진 환경을 기회의 땅으로 미화시키는 역할을 한다. 그런 내면의 아름다움을 지닌 여성이 왕자 같은 남자와 결합을 이루는 것이 바로 신데렐라 드라마이다. 왕자 같은 남자 역시 부패의 표상인 재벌 아버지와는 달리 능력주의를 겸비해 자본주의를 긍정적인 환경으로 성형해주는 기능을 한다.[76] 그 과정에서 불평등한 사회는 살만한 세상이 될 뿐 아니라 언젠가는 행운으로 다가올 낭만적 유토피아가 된다. 우리는 그런 감정상품을 소비하는 동안 대리적 만족 속에서 덧없는 설렘으로 고통스런 불평등을 견디는 것이다.

---

76 신데렐라 드라마에서 재벌2세가 흔히 실장이나 본부장으로 등장하는 것은 그 점을 시사한다.

그러나 사랑의 판타지와 낭만적 유토피아는 상품 같은 소비품이며 유효기간이 있다. 우리는 입 속의 캔디처럼 녹아 없어지는 소비적 사랑으로 인해 명랑함과 우울을 반복한다. 그 때문에 사랑의 판타지가 넘쳐나는 사회는 우울사회이기도 하다. 이것이 유혹사회의 풀리지 않는 비밀이며 그 핵심에는 에로스의 상실이 놓여 있다. 에로스는 타자에 대한 사랑을 불러일으켜 불평등성에 민감해지게 만든다. 그렇기 때문에 그것을 잊게 만드는 사랑의 판타지와 감성권력은 끊임없이 재창안되어야 하는 것이다.

사랑의 판타지는 불평등성의 사회를 이상한 고요함의 상태로 만드는 동일성의 환상이다. 감성권력은 이념의 강요 보다는 에로스를 상실하게 하는 장치를 통해 불평등성의 사회에 동요가 생기지 않도록 애쓴다. 그처럼 이념과 억압보다는 감성권력에 지배되는 사회를 우리는 **유혹사회**라고 부르고 있다.

유혹사회에서 가장 위험한 감성은 에로스이다. 에로스를 무력화하려는 유혹사회는 무엇보다도 타자가 보이지 않게 만드는 다양한 시각적 창안에 신경을 쓴다. 사랑의 판타지가 에로스를 대체하는 과정은 그런 감성적 고안과 연관이 있다. 그런데 감성적 대체가 더 진행되면 유혹사회에서는 타자뿐 아니라 부품처럼 살아가는 일상인도 모니터에 잘 등장하지 않는다. 그 점에서 유혹사회는 **간접화된 사회**이며 분노한 타자는 물론 중간계층도 잘 보이지 않게 만든다. 그 대신 주로 내부자들이 주연으로 등장하는 매혹적인 스펙터클을 연출해 자신들의 목표에 맞는 시나리오와 감성에 어울리는 판타지를 보여준다. 그런 감성적 장치들은 극도로 세련되게 고안되기 때문에 불평등한 환경에서도 신비하게 동일성의 환상이 연출된다. 유혹사회는 결국 **불평등성의 사회**인 동시에 **내부자들의 사회**이며, 불평등성과 타자를 감추는 감성의 분할의 장치들을 끝없이 고안해내는 체제이다.

오늘날의 내부자들의 사회란 불평등성의 체제일 뿐 아니라 자본과 권력이 결탁한 **부패의 사회**이기도 하다. 간접화된 내부자 사회에서는 타자나 부품화된 사람들이 '개돼지'처럼 무시되거나 보이지 않는 존재가 된다. 그 대신 내부자들이 (부패를 통해) 권력의 네트워크를 중첩시키며 그들의 위치에서 연출한 동일성의 환상을 모니터에 보여주는 방식으로 불평등성을 구조화시킨다. 부패의 결탁인 내부자의 사회와 불평등성의 구조화는 순환적이다. 부패는 불평등성을 구조화하며 구조화된 불평등성은 부패의 유리한 조건이 되는 것이다. 그리고 그런 부패와 불평등성의 순환의 배후에는 유혹사회의 감성권력의 장치가 놓여 있다.

아이러니한 것은 불평등한 내부자의 사회인 유혹사회가 독재정치보다는 형식적 민주주의에서 만개한다는 점이다. 1970년대의 사회에서처럼 독재정치 역시 유혹적인 삶권력과 배제적인 죽음정치를 둘 다 사용한다. 그런데 그 둘은 이데올로기 속에서 결합하지만 동일성의 환상이 완전하지 않기 때문에 흔히 적대적 타자(빨갱이)를 따로 설정한다. 물론 이런 이데올로기 역시 자발적 동화를 위해 환상 장치로 작용한다. 하지만 그 기제는 타자의 폭력적 배제에 크게 의존하므로 유혹사회의 감성권력에 비해 억압적으로 느껴진다. 그렇기 때문에 이 시대에는 억압된 타자에 공감하는 에로스가 잔존하며 그것을 짓밟는 사회 모순에 대한 분노가 표출된다.

반면에 형식적 민주주의에서는 억압이 사라지고 사회가 동일해졌다는 환상이 생겨난다. 아감벤이 말한 똑같은 출생(벌거벗은 생명)[77]에 근거한 국민의 시나리오 역시 일종의 동일성의 환상이다. 문제는 형식적 민주주의에서도 불화와 잔여물이 사라질 수 없는데 민주주의라는 동일성의 환상이 마치 그것이 없어진 듯이 여기게 만든다는 점이다. 랑시에르는 형식적 민주주의의 문제점을 불화(잔여물)의 삭제라고 말한다.[78] 랑시에르가 말한

---

77 벌거벗은 생명에는 출생의 상태와 수용소의 호모 사케르 두 종류가 있다. 출생-국민의 시나리오의 모순된 틈새에 배제-포섭된 호모 사케르가 존재한다고 할 수 있다.
78 랑시에르, 진태원 역, 『불화』, 길, 2015, 163~169쪽.

불화란 동화될 수 없는 타자의 위치에서의 갈등을 뜻한다. 불화는 없어진 것이 아니라 삭제되었기 때문에 모순이 계속되는 상태에서 사랑과 분노에 근거한 변혁의 흐름이 실종되는 것이다.

형식적 민주주의에서는 폭력적으로 타자를 제거하는 일은 적어진다. 그 대신 민주주의의 동일성의 환상이 타자의 위상을 약화시킬 뿐 아니라 다양한 감성권력이 타자를 투명인간이나 혐오 대상으로 만든다. 이처럼 타자가 사라진 사회에서는 에로스가 실종되거니와 그 자리를 사랑의 판타지가 채우는 것이 바로 유혹사회이다.

유혹사회는 **형식적 민주주의**에서 창안된 긍정성 방식의 권력장치이다. 역설적인 것은 그런 긍정성의 권력이 사람들을 수동적으로 만든다는 것이다. 1990년대 이후의 유혹사회는 타자의 폭력적 배제보다는 그들에 공감하는 **에로스의 약화**에 의존한다. 그리고 에로스의 빈자리에 상품화된 성적 욕망과 낭만적 판타지를 채워 잉여향락과 판타지로 우리를 유혹한다. 에로스가 능동적 정동이라면 그것을 대신한 상품화된 성과 사랑은 수동적 정동이다. 섹슈얼리티와 판타지 상품을 통해 유혹사회가 긍정성을 퍼뜨릴수록 사람들이 더 수동적이 된다는 것은 아이러니이다.

그런 존재의 수동성에 근거해 유혹사회는 구성원들이 불평등한 부패의 사회를 견디게 만든다. 유혹사회의 전략은 외부(실재계)에 임계한 타자를 삭제해 내부자들의 시대를 만드는 데 있다. 그런 내부자들의 동일성의 체제란 **독재**에 의한 강압이 **자본과 권력의 네트워크적 교합**으로 변질된 사회에 다름이 아니다. 권력의 네트워크의 교합은 독재와 달리 잘 보이지 않을 뿐더러 오히려 동일화된 게임의 규칙을 강화하는 경향이 있다.

따라서 간접화된 사회, 내부자들의 세계, 유혹사회는 비슷하게 저급한 형식적 민주주의의 산물이다. 민주주의가 된 후에 더 고착된 부패와 불평등성이 만연된 사회가 도래한 것은 참으로 가슴 아픈 역설이다. 신생 민주주의 국가에서 내부자들의 거래에 의한 부패가 전보다 더 만연되는 것은 결코 우연이 아니다. 동아시아 부패에 대한 한 연구[79]에 의하면, 형식적 민주주의에서는 불평등을 바탕으로 독재사회보다 더 부패가 만개하는 경향이 있다. 우리 시대의 신자유주의는 형식적 민주주의를 관통하면서 불평등성을 심화시켰다. 그리고 그런 불평등성은 동시적으로 부패를 악화시켰는데 그것이 민주주의에서 더 창궐하고 있는 것이다. 형식적 민주주의에 근거한 유혹사회란 불평등성과 부패가 더 만연된 화려한 동시에 쓸쓸한 판타지 왕국이다.

내부자들의 교합에 의한 부패에는 후견주의와 포획이 있다. 후견주의란 프로그램에 의한 참여보다는 후견인-고객의 관계가 정치시장(선거 등)과 부자-관료 사이에 침투한 것을 말한다. 포획은 강력한 사적 이익집단이 입법, 사법, 행정의 기능을 손안에 넣는 것을 뜻한다.

독재정치에서는 조작 가능한 범위에서 선거를 허용하기 때문에 광범위한 후견주의가 이루어질 가능성은 적다. 또한 독재정치의 정책 과정은 독재자에 의해 좌우되기 때문에 포획에 의한 교합의 범위 역시 축소된다.[80] 반면에 형식적 민주주의에서는 눈에 보이는 독재가 사라진 대신 은밀한 네트워크로 작동되는 후견주의와 포획이 확산된다. 이런 추이는 푸코가 말한 집중된 보이는 권력에서 편재하는 보이지 않는 권력의 그물망으로의 이동에 상응한다. 게다가 구조화된 불평등은 타자를 투명인간으로 만들기 때문에 권력의 네트워크에 대한 반격의 가능성을 약화시킨다. 우리는 앞에서 이런 상황을 사랑과 분노의 소멸을 통해 살펴 보았다. 결국 **형식적 민주주의**에서의 **불평등한** 상황은 자본과 권력의 네트워크의 교합이 가장 만개하는 환경이다. 권력의 네트워크의 유착성, 이 내부자들의 거래에는 타자성과 불화를 삭제하고 부패에 대한 분노를 거세시키는 유혹사회의 감성권력이 놓여 있다.

---

79   유종성, 김재중 역, 『동아시아 부패의 기원』, 동아시아, 2016, 60~81쪽.

80   위의 책, 61쪽.

죽음정치가 타자를 배제하는 권력이라면 부패는 권력의 그물망의 유착관계이다. 그 둘은 동일성의 권력의 필수요소이다. 중요한 것은 그 모든 중심에 **감성권력**이 놓여 있다는 점이다. 불평등성의 시대의 감성권력은 에로스를 박탈하고 타자를 무력하게 만들어 부패와 죽음정치에 대한 저항을 거세시킨다.

불평등성의 사회에서 그런 부패와 죽음정치에 대한 감성적 저항이 바로 복수 코드적 환상이다. **미학적 환상**의 성행은 거세된 타자(그리고 그 저항)의 회생이 **감성적** 차원에서 필요함을 암시한다. 복수 코드적 환상은 **에로스**의 회생을 주장할 뿐 아니라 죽음정치와 부패에 대한 **분노**를 표현하기도 한다.

환상과 감성적 미학이 성행하는 현실은 정치학이 무의식의 차원으로 이동했음을 암시한다. 복수 코드적 환상 역시 무의식의 차원에서 죽음정치와 부패에 저항한다. 예컨대 「내 여자의 열매」에서 푸른 멍이 들며 거세되어가는 아내는 식물을 오염시키는 비를 뿌리치며 "더러운 비야"라고 외친다. 아내의 그 말은 '나'(남편)에게 마치 "이 나라는 죄다 썩었어!"라고 술좌석에서 외치는 적의에 찬 목소리처럼 들려온다. 타자를 거세시키는 죽음정치는 권력의 그물망의 교합인 부패와 화음을 이루고 있는 것이다. 「내 여자의 열매」는 그 교합을 무의식의 차원에서 암시하고 있다.

죽음정치와 부패의 합주, 그 비가시적 권력들의 조응을 눈에 보이게 드러낸 작품이 바로 『도가니』(공지영)이다. 『도가니』는 장애인 타자의 침묵 속의 배제와 그 죽음정치를 비가시적으로 만드는 권력의 그물망의 교합을 보여주고 있다. 죽음정치와 부패, 그 둘의 교합에는 양자의 합주의 향연이 평범한 일상에서 고요하게 이루어지게 하는 감성권력이 놓여 있다.

부패와 죽음정치의 교합을 보다 적극적으로 폭로하는 환상소설은 「고마워 과연 너구리야」(박민규)이다. 이 소설의 '나'는 월 커뮤니케이션의 인턴사원으로 입사해 일곱 명의 경쟁자와 함께 정식사원을 꿈꾸며 일한다.

'나'는 회사생활을 하는 동안 두 개의 너구리 게임을 경험한다. 하나는 회사에서 승진하는 데 필요한 너구리 게임인데 이 현실의 게임은 절대로 너구리 게임으로 불리지 않는다. 또 하나는 현실의 너구리 게임을 하다 스테이지 23(경쟁 프레젠테이션)에서 막힌 사람들이 열중하는 오락 너구리 게임이다. 오락 너구리 게임에 열중하는 사람들은 살이 찌고 눈 주변에 줄무늬가 생기면서 실제로 너구리가 되어 간다. 이 너구리로의 변신은 「내 여자의 열매」의 식물의 변신처럼 거세되어 가는 과정인 동시에 탈주의 암시이기도 하다. 회사의 인사부장이 너구리 광견병으로 진단하고 있는 손 팀장은 승진에 실패해 거세된 존재이면서 너구리로 탈주한 사람이기도 하다.

현실의 스테이지 23은 손 팀장처럼 인간적인 사람은 결코 통과할 수 없는 지점이다. 그 지점은 남색가인 인사부장이 위치한 곳이기도 하다. 인사부장은 단순한 동성연애자라기 보다는 자신의 인맥을 만들어 **내부자의 네트워크**를 형성하는 부패를 상징하는 인물이다. 인사부장에게 몸을 내준 사람은 승진을 하지만 거절한 사람은 스테이지 23에서 탈락해 점점 너구리로 변해간다. 이 지점이야말로 죽음정치와 부패가 화간을 하는 곳이다. 즉 승진 게임에 동화되지 못한 타자를 너구리병으로 거세시키는 죽음정치와 그들만의 내부자 네트워크를 만드는 부패가 화음을 이루는 위치이다.

이 소설의 복수 코드적 환상은 그런 부패와 죽음정치의 교합에 저항하는 감성적 장치로 볼 수 있다. 승진 탈락자들은 끔찍하게 거세되기도 하지만 너구리들의 지하세계를 만들기도 한다. 그처럼 타자들의 지하세계가 있기 때문에 너구리는 질병(광견병)인 동시에 즐거움의 원천이기도 한 것이다.[81] 거세의 진행과 탈주의 과정, 그 현실과 환상 사이에는 도약이 있

81　술을 마시고 필름이 끊긴 '나'는 노숙자를 만나게 되는데 그는 너구리가 부축해 왔음을 밝히며 스테이지 23이 이 세상의 실제 이름이라고 말한다.

다. 현실에서 승진을 위해 도약이 필요하듯이 타자들의 환상세계에 이르기 위해서도 필사적 도약이 요구된다. 전자의 도약이 실상 부패의 네트워크에 동화되는 것이라면 후자의 도약은 타자성과 에로스를 회생시키기 위한 또 다른 과정이다. 이 소설에서 에로스적 도약을 위해 그처럼 환상 공간을 마련한 것은 현실에서는 타자성과 에로스가 소멸된 상태임을 암시한다.

'나'는 인사부장의 집요한 회유를 이기지 못해 사우나에서 그에게 몸을 내주고 만다. 그러나 '나'는 정식사원의 기쁨보다는 참을 수 없는 상처와 고통을 느낀다. 이때 등 뒤로 다가와 등짝의 때를 밀어준 것은 바로 너구리였다. 너구리는 지하세계에 거주하면서 아직 현실에 남아 있는 사람들에게 손을 뻗어 위안을 주고 있는 것이다. 이 순간 환상으로의 도약을 통해 상호신체성 속에서 타자성과 에로스가 회생한다.[82]

너구리의 존재는 마르크스가 말한 '두더쥐의 땅굴'에 타자가 잔존함을 암시한다. 우리는 부패와 죽음정치의 교합 속에서 타자가 투명인간이 됨으로써 에로스의 도약이 불가능한 세상에 살고 있다. 너구리의 환상은 그 에로스가 불가능해진 세상에 대한 물밑의 저항이다. 복수 코드적 환상을 통해 에로스를 소망하는 땅굴 속 너구리들의 존재를 알리는 이 소설은, 부패와 죽음정치로 유지되는 동일성의 체제에 대한 감성적 저항을 표현하고 있다.

이 소설에서 남색의 판타지는 리얼리즘의 방식을 통해 냉정한 현실로 그려지고 있다. 또한 너구리의 환상은 비현실적인 것 같지만 그런 환상이야말로 보이지 않는 타자의 실재적 존재를 은유한 또 다른 리얼리즘이다. 우리 시대에 리얼리즘이 이처럼 환상의 형식을 빌리는 것은 그만큼 실재 (the Real)에 임계한 타자가 비가시적인 존재가 되었기 때문이다.

---

82 이 미학적 도약의 순간은 너구리가 현실의 무게에 짓눌린 '나'에게 다가와 환대하며 터무니없는 현실을 무의미하게 만드는 해학의 순간이기도 하다.

「고마워 과연 너구리야」 같은 복수 코드적 환상의 리얼리즘에서, 남색의 판타지가 남녀 간의 낭만적 로맨스로 변주되고 타자의 환상이 제거되면, 신데렐라 드라마 같은 사랑의 판타지가 나타난다. 남색의 판타지에서의 잉여향락이 승진 축하 메시지라면 신데렐라 드라마에서의 또 다른 잉여향락은 사랑의 판타지이다. 사랑의 판타지는 타자의 서사는 물론 남색의 판타지마저 은폐하는 유혹사회의 낭만적 유토피아이다. 여기서는 타자를 자기계발서사의 주인공이 대체하기 때문에 타자의 공간의 상실과 함께 복수 코드성이 사라진다. 또한 내부자들의 그물망인 부패는 아예 생략되거나 인맥자본이나 문화자본으로 배경화된다. 신데렐라 드라마에서는 내면이 아름다운 서민 여성이 아버지의 부패를 능력주의를 통해 문화자본으로 변주시킨 왕자와 결합한다. 그렇게 함으로써 부패와 죽음정치의 근원인 불평등한 상황은 희망과 성실을 지닌 사람의 살만한 세상으로, 즉 인간의 삶의 보편적 조건으로 변형되는 것이다.

16. 불평등한 사회의 감성의 분할과 미학의 시각적 반란

우리 시대의 두 개의 환상서사인 사랑의 판타지와 복수 코드적 환상은 보이는 것과 보이지 않는 것 사이의 충돌을 알려준다. 전자에서는 동일성의 세계에서 축복받은 사랑이 보이는 반면 이질적 타자가 보이지 않는다. 반면에 후자에서는 비참하게 거세되어가는 타자가 환상으로의 도약과 현실과의 교류를 통해 에로스의 회생을 열망한다.[83]

사랑의 판타지가 보이는 세상에서는 고통 받는 타자와 에로스의 소망이 보이지 않는다. 반면에 타자의 존재와 에로스를 회생시키려는 서사에

---

83   이렇게 에로스를 열망하는 환상을 표현하기 위해서는 환상과 현실의 교류가 있어야한다.

서는 동일성의 세계에서 축복받은 사랑이 보이지 않는다. 축복 받은 잉여 향락은 소비되는 감성이거나 「고마워 과연 너구리야」에서처럼 내부자들의 교합인 부패일 뿐이다. 우리는 전자(사랑의 판타지)의 세상, 즉 타자가 사라진 세계에 살고 있다. 복수 코드적 환상은 감성권력에 의해 타자가 사라진 세상에 대한 시각적인 감성적 반격인 셈이다.

이처럼 신데렐라 드라마와 복수 코드적 환상은 미학의 차이만이 아니라 상이한 시각성을 부여하는 장치이다. 보이는 것과 보이지 않는 것의 경계를 정하는 것이 정치권력이라고 할 때(랑시에르), 두 개의 환상은 다른 종류의 감성적 정치를 주장하고 있다. 우리는 감성의 분할이 정치의 영역에서 초미의 관심사가 된 세상에서 살고 있는 셈이다.

신데렐라 드라마는 사랑의 판타지 속에 불평등성과 부패를 감추고 있다. 우리는 앞에서 그런 양상을 타자에 대한 사랑의 소멸과 사회모순에 대한 분노의 상실의 과정으로 살펴보았다. 그런데 그 과정은 감성의 분할에 의한 시각적인 거세로 설명될 수 있다. 즉 사랑과 분노의 상실에는 권력에 지배되는 시각성이 놓여 있는 것이다. 구조화된 불평등성의 사회에서는 죽음정치가 폭력적 기제 보다는 거세된 타자(앱젝트)를 배제하는 감시장치가 된다. 마치 불량품이 폐기되듯이 무용한 타자는 보이지 않는 감시장치에 의해 버려지는 것이다.

그런 제도화된 시각성이 작동되면 타자에 대한 사랑의 상실로 인해 사람들의 시각성 자체가 광학렌즈처럼 얇아진다. 「당신의 백밀러」(하성란)에서처럼 시각적 제도에 동화를 강요당하는 사람은 자신의 인격 자체가 감시장치의 렌즈를 닮아가는 것이다. 그러나 감시사회의 렌즈화된 인격성이 감시장치와 똑같은 것은 아니다. 광학렌즈와는 달리 심연 속에 에로스의 갈망이 잔존하기 때문에, 하성란 소설의 주인공은 렌즈화된 인격으로 인한 타자와의 거리 속에서 심연에 두레박이 가 닿지 않음을 느낀다. 그는 사랑의 불가능성을 암시하는 아련함과 아득함을 감지한다. 이처럼 제도화된 시각성에 의해 생기는 질병이 바로 제도화된 우울증이다. 우리 시대의 우울증은 역설적으로 광학렌즈와 인간의 차이를 드러낸다.

사랑의 판타지의 스펙터클에서는 타자가 보이지 않는다. 이 시각적 장치는 낭만적 유토피아의 유포를 방해하는 거세된 타자와 앱젝트를 제도화된 시각성을 통해 배제하는 셈이다. 반면에 복수 코드적 환상은 인간이 아닌 존재가 되어가는 거세된 타자들(앱젝트), 그 제도화된 우울증의 희생자들을 에로스 회생의 근거로 반전시켜 지배 질서를 뒤흔든다. 예컨대 식물, 분열자, 오리배, 기린, 너구리의 환상은 오히려 목숨을 건 도약을 통한 에로스의 회생의 근거가 된다. 이런 거세된 타자의 회생은 시각적인 전복이기도 하다.

복수 코드적 환상은 불평등성과 부패를 감추는 신데렐라 드라마의 감성의 분할의 전복이다. 여기서는 인간이 아닌 거세된 존재들이 인간의 에로스를 회생시키며 제도화된 감성의 분할을 동요시킨다. 그런 에로스의 회생 과정에는 **시간의 존재로의 전이**가 중요한 역할을 한다. 예컨대 〈뷰티 인사이드〉의 맞춤형 의자, 「내 여자의 열매」의 아내의 풀냄새, 「아, 하세요 펠리컨」에서의 라-47호, 「그렇습니까? 기린입니다」(박민규)의 아버지의 촉감 등이 그런 시간-이미지들이다. 이 시간-이미지들은 나의 존재의 일부를 이루는 타자에 대한 기억 이미지이기도 하다. 하나가 되는 환상인 신데렐라 드라마의 사랑의 판타지에는 그런 시간-이미지와 타자성이 없다.[84] 신데렐라 주인공과 거세된 타자의 차이는 시간-이미지의 생성에 있다. 거세된 타자는 시간의 존재로의 전이를 통해 시간-이미지를 생성시킴으로써 자신의 존재와 에로스를 이미지로 회생시킨다. 시간-이미지는 에로스의 근거가 되는 이미지-기억들을 통한 타자의 미학의 또 다른 시각적 반란이다.

---

84 설령 시간-이미지가 나타나더라도 부수적인 것으로 그려지며 고통 받는 타자의 위치와 연관된 것으로 제시되지 않는다.

신데렐라 드라마에 대한 시각적 전복은 〈시그널〉과 〈원티드〉 같은 정치스릴러에서도 나타난다. 후자는 보이는 것과 보이지 않는 것의 질서를 전복시키는 또 다른 방식이다. 이 정치스릴러들은 사랑의 판타지가 은폐하는 죽음정치와 부패를 폭로한다. 예컨대 〈시그널〉에서는 시간 환상이 제도화된 시각성에서 벗어나 미래를 보는 시각의 지평을 열어준다. 시간 환상을 통해 열린 지평은 죽음정치와 부패를 드러내는 동시에 그것들에 의해 소멸된 에로스의 소망을 회생시킨다. 제도화된 시각성은 사랑하는 사람의 실종을 삭제해 권력의 질서를 영구화한다. 반면에 시간 환상은 삭제된 것의 귀환을 환상적으로 이미지화함으로써 타자성과 에로스를 소멸시키는 제도화된 시각성을 전복시킨다. 타자의 기억을 제거하는 제도화된 시각성에는 미래가 없으며 삭제된 것이 귀환하는 곳에서 비로소 미래가 생성되는 것이다. 또한 〈원티드〉는 1%의 사람들만이 모니터에 나타나는 간접화된 사회에 대한 시각적 반란이다. 그런 반란을 통해 죽음정치와 부패가 폭로되는 것이다. 그러면서도 여기서 타자의 진실은 그 자체로 표현되기 보다는 기존의 모니터 시스템을 역이용하는 리얼리티쇼를 통해 표현된다.

신데렐라 드라마에 대한 또 다른 시각적 전복은 〈펀치〉와 〈내부자들〉 같은 내부 고발자의 서사이다. 내부자들은 죽음정치와 부패를 은폐하면서 신데렐라 드라마와 사랑의 판타지를 모니터에 연출한다. 이처럼 지배 권력이 시각성을 장악한 사회에서는 〈원티드〉에서처럼 테러를 통해 매체를 탈취하거나 내부자들 자신의 반란에 의존할 수밖에 없다. 오늘날 현실과 드라마에서 내부 고발자가 부각되는 것은 정치권력의 핵심 수단인 시각적 매체를 내부자들이 장악하고 있기 때문이다.

정치 스릴러와 내부 고발자 서사는 복수 코드적 환상과 함께 제도화된 시각성을 전복시키는 핵심적 방식이다. 이런 일련의 미학들은 감성의 분할이 정치권력의 중요한 방식이 되었음을 말해준다. 무엇보다도 소설과 영상매체에서 환상이 성행하는 사실 자체가 지금의 정치가 감성의 분할을 둘러싸고 진행됨을 암시한다. 사랑의 판타지와 복수 코드적 환상은 감성의 질서를 생성하는 정치적 무의식의 두 가지 미학이다. 전자가 불평등성의 질서를 영구화하는 신화라면 후자는 인간이 아닌 존재로 거세된 사람들의 에로스의 반격이다. 사랑의 판타지가 불평등성과 부패를 은폐하며 간접화된 질서를 공고화하는 반면, 복수 코드적 환상은 필사적 도약을 통해 제도적 시각성을 전복시키며 에로스의 회생과 감성의 변혁을 요구한다.

17. 새로운 사회의 발견
— 동일성의 세계에서 타자성의 공통성으로

　사랑의 판타지와 복수 코드적 환상은 우리가 **사회**[85]를 만들어 가는 두 가지 방식과 연관되어 있다. 사회가 혼자서는 형성되지 않는다고 할 때 그 둘은 나와 타자가 관계를 맺는 상이한 방법들이기도 하다. 사랑의 판타지가 타자성을 무화시키는 미학적 전략이라면 복수 코드적 환상은 타자성과 에로스를 회생시키는 또 다른 미학이다. 이 자아와 타자의 관계 방식을 암시하는 두 가지 사랑의 형식에는 이미 사회의 생성과 연관된 단서가 포함되어 있다. 전자가 자본과 국가 같은 동일성의 체계와 연관된다면 후자에서는 이질적 타자성과 함께 다수 체계적 관계가 언뜻 암시된다.

85　근대적인 '사회'의 개념은 개인의 발견과 함께 등장한 것으로 볼 수 있다. 사회란 공/사의 분할선을 가로지르며 나타난 개념으로서 개인이 공통적인 관계성을 형성해가는 실천 혹은 방법이라고 할 수 있다. 우리는 그런 사회의 공통성을 형성하는 방식에는 크게 두 가지가 있음을 주목할 것이다. 근대적 사회의 개념에 대해서는 김현주, 『사회의 발견』, 소명출판, 2013, 17~25쪽 참조.

사랑의 판타지는 동일성 체계의 환상 스크린[86]이다. 이 낭만적 사랑은 이질적 타자를 은폐하는 동시에 스크린에 환상을 연출해 나와 타인의 동일성 관계를 촉진시킨다. 여기서 나와 너는 이성애에 의해 매혹되지만 무언가 동일성(국가, 자본)에 근거한 소망이 같기 때문에 더 가까워진다.

　반면에 복수 코드적 환상은 스크린에 의해 보이지 않게 된 이질적 타자를 미학적 환상을 통해 귀환시키는 방식이다. 현실의 나는 도약을 통해 환상 속의 타자와 교섭하며 상실된 에로스를 회생시킨다. 이 경우 나는 같은 코드가 없기 때문에 모험을 감수해야 하지만, 강렬한 리비도의 충동에 의해 목숨을 걸고 다리가 없는 건너편 쪽으로 횡단한다.

　양자의 차이는 **공통성**을 형성하는 방식의 차이이기도 하다. 하나는 동일성의 세계이며 다른 하나는 타자성의 공통성이다. 동일성의 세계는 모든 사람이 공유하는 코드와 규범에 의해 작동된다. 두 사람이든 다수이든 나와 타인은 주어진 코드와 규범을 매개로 관계를 만들어간다. 국가, 민족, 문법, 법률 등은 모두 동일성의 세계에서 미리 주어진 코드들이다. 사랑의 판타지는 그런 코드들이 작동되는 과정에서 생긴 균열을 감추면서 나와 타인의 관계를 촉진시킨다. 사랑의 판타지에 동화된 사람들은 〈태양의 후예〉에서처럼 사랑의 관계를 맺는 동시에 국가와 민족에 대한 애국심을 확인한다.

　반면에 타자성의 공통성은 공유하는 코드와 규범이 없는 상태에서 나와 타자가 교섭하며 생성해낸 공통성이다. 같은 코드가 부재하므로 나와 타자는 결코 동일할 수 없지만 도약을 통해 서로 교섭한다. 그런 도약을 통해서만 비로소 생성되는 것이 바로 사랑의 판타지와 구분되는 에로스적 사랑이다. 에로스적 사랑을 나눌 때 나와 너는 우리가 되지만, 이때의 우리는 국가와 민족은 물론 세상의 어떤 단어로도 표상할 수 없는 공통성

86　스크린은 가리는 동시에 연출하는 두 가지 기능을 한다.

이다. 복수 코드적 환상 역시 에로스처럼 그런 말할 수도 설명할 수도 없는 나와 타자의 열린 공통성을 표현한다. 복수 코드적 환상에서 나는 현실과 환상이라는 두 개의 복수 코드들 사이를 도약해야 하는데, 그런 횡단은 사랑을 할 때의 나와 타자 사이의 목숨을 건 도약과 아주 유사하다.

따라서 자아와 타자의 관계나 사회적 관계에는 두 가지가 있는 셈이다. 즉 국가, 민족, 자본 같은 코드를 매개로 한 동일성의 관계와 아무런 코드도 공유하지 않고 교섭하는 또 다른 관계가 있다. 우리는 지금 전자의 세계에서 살고 있으며 유혹사회란 자본주의적 동일성의 환상이 극에 달한 체제이다. 반면에 복수 코드적 환상은 동화될 수 없어 버려진 타자의 에로스를 회생시키려는 미학으로서 동일화될 수 없는 공통성의 관계를 암시한다.

유혹사회는 에로스가 소멸된 세계이지만 복수 코드적 환상 같은 미학이 잔존한다. 복수 코드적 환상은 미학으로 간신히 살아남은 에로스이다. 복수 코드적 환상처럼 타자성의 소망이 잔존하는 활동에는 윤리, 사랑, 번역, 대화(바흐친) 등이 있다.

윤리는 나와 코드를 공유하지 않는 타자와 교섭하는 모험적인 실천 행위이다. 레비나스는 타자를 손에 거머쥘 수 없는 미래와 같은 위치에 놓았다.[87] 타자를 투명인간으로 만드는 유혹사회가 미래가 오지 않는 우울한 동일성 체제라면, 필사적 도약을 통해 타자를 회생시키는 복수 코드적 환상은 에로스의 귀환을 통해 미래를 열어준다. 예컨대 「내 여자의 열매」에서 푸른 피멍이 들어가며 생명의 모습을 상실한 아내의 신체에는 미래가 없다. 반면에 물세례를 퍼부어 아내를 식물로 살아나게 하고 그녀의 열매를 음미하며 봄을 기다리는 '나'에게 비로소 미래가 열린다. 여기서 거세된 타자를 파들거리는 식물과 생명의 열매로 생존하게 한 '나'의 에

---

87   레비나스, 강영안 역, 앞의 책, 86~87쪽.

로스는 **윤리적이다**. 이처럼 에로스의 윤리만이 동일성의 사회에서 미래를 열어준다. 새로운 미래는 목숨을 건 도약과 타자성의 공통성에 의해 열려진다.

또한 에로스적 사랑은 **번역**과도 비슷하다. 번역은 목숨을 건 도약의 무수한 실행이다. 번역의 상황은 복수 코드적 환상과 유사하며 코드들 사이를 건너뛸 때 비로소 의미가 생성된다. 그처럼 새로운 코드의 텍스트가 만들어지며 의미가 생겨나지만 원본인 이질적 텍스트와의 관계는 여전히 내면에 남겨진다. 바로 그 이중 텍스트의 관계가 각인되는 과정에서 내면에서의 원작과의 사랑이 시작된다. 번역은 새로운 동일성을 만드는 것이 아니라 이질적 조각들(두 텍스트의 단편들)이 결합해[88] 타자성의 공통성을 생성하는 과정이다. 이는 사랑에서 너와 나가 우리를 만드는 과정과 매우 유사하다. 예컨대 한국어 번역은 내 쪽에서의 외국(타자) 텍스트와의 목숨을 건 도약을 통한 사랑의 과정이다.

번역의 상황은 매번 번역불가능성에 부딪히는 순간들이다. 그러나 이는 번역을 중단하고 각자의 코드에 충실해야 한다는 신호가 아니다. 번역불가능성이야말로 필사적 도약이 필요함을 말해주는 지점이며, 그 위치에서 발견된 특이성이 타자성의 공통성을 생성하는 과정을 열어주는 요인이다. 예컨대 『춘향전』이 일본어로 번역될 수 없다고 느낄 때 특이성이 발견되는데, 그 특이성은 단일 코드 내에서는 결코 감지할 수 없는 것이다. 번역불가능한 특이성은 다수 체계적 관계를 전제로 한 것이며, 복수 코드적 대화인 타자성의 공통성의 순간에 얼핏 나타난 것이다.

바흐친의 대화 역시 나와 타자 사이에서 약분불가능성이 발견될 때 비로소 가능해진다. 『지하생활자의 수기』나 『죄와 벌』의 주인공들은 타인의 말에 의해 규정당하지 않기 위해 끝없이 자의식의 말을 쏟아낸다. 그런데

---

88 벤야민, 이태동 역, 「번역가의 작업」, 『문예비평과 이론』, 문예출판사, 1987, 95쪽.

그런 내적 대화가 가능한 것은 나의 말과 정체성에 타인의 시선에 의해 규정될 수 없는 약분불가능성이 있기 때문이다. 약분불가능성은 번역불가능성처럼 다수 체계적 관계를 전제로 한 것이다.

그런데 번역과 달리 바흐친의 대화에서는 한 사회 안에서도 다수 체계적 관계[89]가 존재함을 암시한다. 예컨대 『삼대』에서 조덕기는 부르주아와 민중, 여성 간의 약분불가능한 복수 코드성을 발견한다. 어머니는 필순이를 제2의 홍경애라고 부르는데 이는 덕기의 언어 체계 내에 녹아들 수 없는 이질적인 코드의 말이다. 또한 머슴 원삼은 필순 부친의 장례식에 다녀와서 조덕기의 문상 보다 돈의 문상이 더 급하다고 말한다. 이 말 역시 한순간 조덕기의 뇌리를 강타한다. 어머니와 원삼의 말은 같은 조선어이지만 부르주아이면서 사랑과 인류의 신념을 지닌 그에게는 외국어 같은 생경한 말이었던 것이다. 그러나 그 말이 뇌리에서 떨어지지 않은 것은 그가 부르주아의 단일 코드에서 사회 전체의 복수 코드적 세계로 이전해 갔기 때문이다. 조덕기가 어머니와 원삼의 말에 대응하기 위해 끝없이 자의식의 말을 되뇌는 것은 그가 복수 코드적 상황에 처해 있음을 암시한다.

마르크스의 계급적 관계란 그처럼 **한 사회 안에 있는** 다수 체계적 관계에 다름이 아니다. 하지만 마르크스주의는 노동자 계급의 이념에 근거한 세계를 목표로 내세우는 순간 다시 단일 코드로 회귀한다. 식민지 말에 마르크스주의자들이 근대초극론과 조우하는 상황은 그런 단일 코드에서 벗어나 다수 체계적 현실에 직면하게 된 과정을 보여준다. 무엇보다도 근대초극론 자체가 다수 체계성을 전제로 한 것이었다. 그런데 근대초극론이 총체화된 신체제의 이데올로기가 되는 순간 초극의 이념 자체가 다시 동일성 체계로 초코드화된다.

김남천의 다성적 소설은 총체화된 체제를 다시 다수 체계적 상황으로

---

89 가라타니 고진, 송태욱 역, 『탐구』 1, 새물결, 1998, 27쪽.

되돌리려는 전략으로 볼 수 있다. 그의 다수 체계적인 다성성은 여러 이념들이 닻을 내린 상태에서 마치 물위의 도시처럼 동요하고 있는 상황과도 비슷하다.[90] 김남천의 「맥」에서는 식민지 말의 다수 체계적 상황이 암시될 뿐 아니라 신체제 자체가 안정된 동시에 불안정하게 흔들리는 것으로 제시된다.

김남천 소설의 다성성, 바흐친의 대화, 그리고 번역, 윤리, 사랑을 관통하는 원리는 타자성의 관계이다. 타자성은 동일성의 보편성을 불가능하게 만든다. 사랑과 대화는 **이자적 진리**이고 번역과 다성성, 복수 코드적 환상은 **다수 체계적 관계**이지만 양자는 별개의 것이 아니다. 이자적 진리와 다수 체계적 관계의 공통점은 끝없는 타자성의 경험이다. **타자성**이란 실재계와 접촉하는 지점을 지니고 있다는 뜻이다.[91] 사랑과 윤리, 번역, 대화, 다성성은 모두 단일 코드의 동일성에서 벗어나 실재계와 접촉하는 경험을 하는 순간을 제공한다. 타자성을 통한 그런 실재계와의 접촉만이 미래로 향한 길 없는 길[92]을 열어준다.

동일성 체제가 미래로 나아가는 듯하면서 같은 코드로 회귀한다면 타자성의 경험은 끝없이 미래로 열린 시간을 열어준다. 유혹사회는 미래로 향하는 듯 유혹하면서 다시 동일성의 코드로 돌아오는 사회이다. 반면에 사랑과 윤리, 대화, 다성성은 끊임없는 다수 체계적 관계 속에서 타자성의 공통성을 지닌 사회로 나아간다. 타자성의 공통성은 동일성 체계와는 상이한 또 다른 보편성이다. 그런 열린 보편성의 지향은 타자성을 박탈하지

---

90 이는 김철, 「근대의 초극, 『낭비』, 그리고 베네치아」, 『국민이라는 노예』, 삼인, 2005, 100~104쪽에서 논의된 물 위의 도시의 상황과 유사하다.

91 타자성이란 자아에 각인된 타자와의 관계인데, 타자란 실재계에 임계한 존재이므로, 타자성을 경험하는 순간 우리는 실재계에 접촉하는 경험을 하게 된다.

92 길 없는 길은 실재계와의 관계 속에서 길을 발견하는 절망과 저항의 양가성과도 연관된다. 길 없는 길의 탐구는 한 사회 안에서도 시도되지만 근대 세계의 다수 체계적 관계에서 더욱 분명하게 드러난다. 나병철, 『미래 이후의 미학』, 문예출판사, 12016, 47~54쪽 참조.

않는 '우리'의 세계, 또 다른 유토피아로의 길을 열어준다.

그러나 우리는 단숨에 동일성 체제에서 타자성의 공통성으로 와 버릴 수 있는 것이 아니다. 이자적 진리와 다수 체계적 관계는 양가성 속에서만 조금씩 실현된다. 사랑과 윤리, 대화는 동일성에서 벗어나 타자성과 끝없이 조우하는 **양가적 경험**이다. 양가적 경험은 비판담론은 물론 소설과 문학, 예술에서 표현된다. 실상 이제까지의 사회의 발전은 비판담론과 미학을 통해 타자성의 공통성을 지향해온 지난한 양가적 과정이었다고 할 수 있다.[93]

그런데 그 과정은 동시적으로 동일성 체제를 공고히 하려는 권력의 역사이기도 했다. 더욱이 오늘날의 유혹사회는 비판담론과 미학이 약화되고 동일성 체제의 물신화가 극에 달한 세계이다. 유혹사회는 단순한 갈등과 대립의 사회가 아니다. 이 물신화된 동일성 사회는 타자성과 연관된 것을 모두 박탈하는 전략을 사용한다. 유혹사회에서는 사랑의 판타지가 모든 곳에 넘쳐나지만 에로스적 사랑이란 어디에도 없다. 또한 윤리, 대화, 다성성 역시 점점 소멸되어 간다. 사랑의 판타지와 낭만적 유토피아의 소비에 중독된 사회는 타자성의 경험이 점점 망각되는 사회이다.

사회의 변혁이 감성의 분할의 변혁을 통해 이루어져야 하는 것은 그 때문이다. 감성의 분할의 변혁은 새로운 타자성의 보편성으로 나아가기 위한 시도이다. 타자성의 보편성은 감성의 변혁을 시도하면서 흩어진 사람들 사이에 새로운 연결망을 만드는 방식이다. 은유적 정치와 정치화된 미학은 감성의 변혁을 통해 사랑과 분노를 회생시킬 뿐 아니라 분산된 다중적 타자들을 연결시켜준다. 감성권력에 의해 능동적 정동이 쇠퇴한 오늘날은 타자성에 근거한 변혁운동들이 파편적으로 분산된 시대이기도 하다. 전사회의 자본화는 감성 영역의 상품화 뿐 아니라 타자들과 그들의

---

93 김현주, 앞의 책, 22~23쪽 참조.

운동의 산포를 가져왔다. 사랑과 윤리를 통해 타자성의 공통성을 지향하는 새로운 감성정치는 산포된 사람들과 운동들을 접합시키는 역할을 해야 한다.

우리가 살펴본 복수 코드적 환상들은 다양한 타자의 거세와 회생의 과정을 그리고 있다. 「내 여자의 열매」의 여성, 「몽고반점」의 분열자, 「그렇습니까? 기린입니다」의 실직자, 「고마워 과연 너구리야」의 반취업자, 그리고 「아, 하세요 펠리컨」의 파산자, 청년, 주부, 이주 노동자들은 하나의 이념으로 통합될 수 없는 사람들이다. 그들 다중적 타자들을 연결시킬 수 있는 공통성이 바로 타자성의 윤리와 사랑이다. 능동적인 감성의 회복과 다중적 연대는 동시적이다. 복수 코드적 세계를 횡단하는 순간 다중적 타자들은 에로스를 회복하면서 물밑에서 결집된다.

새로운 타자성의 공통성으로 나아가는 흐름은 흔히 보이지 않는 물밑에서 작동된다. 눈앞의 동일성 체제는 단숨에 전복되지 않으며 끝없는 양가성 속에서 타자성의 세계로 진행하기 때문이다. 또한 타자성의 공통성은 표면으로 드러난 다중성을 존중하며 심연에서 교섭하는 네트워크이기 때문이다. 사랑의 판타지는 타자성과 다중성이 제거되거나 약화된 사람들을 동일화하는 감성이다. 반면에 복수 코드적 환상은 그런 동일성 체제의 물밑에 있는 숨은 영혼들의 역습이다. 숨은 영혼들은 자신들을 거세된 타자로 배제하는 비식별성에서 살아남아 또 다른 비식별성을 생성시킨다. 그런 거세에서 회생으로의 존재론적 전이를 가능하게 하는 것이 바로 복수 코드적 환상의 목숨을 건 도약이다. 여기서는 필사적 도약을 하는 타자들의 에로스의 이미지를 통해 다중적 타자들이 사랑을 회복하며 타자성의 공통성으로 손잡는 물밑의 흐름이 암시된다.

제7장

사랑의 재발명

― 동요의 윤리와 감성정치의 역습

1. 이자적 진리의 은유적 확산

　사랑의 경험은 이자적 진리[1]의 절박함을 감성적으로 증언하는 가장 강렬한 삶의 형식이다. 사랑과 비슷한 경험에는 윤리, 대화, 번역, 예술, 다성성, 복수 코드적 환상 등이 있다. 이 이자적 진리와 다수 체계적 관계들 중에서 사랑은 가장 절실하고 치명적이다. 사랑은 이자적 진리를 몸이 교체되는 듯한 상호신체성 속에서 존재론적으로 겪으면서, 정신과 육체, 나와 타자, 내부와 외부를 횡단하며 교섭시키는 경험이기 때문이다.

　이자적 진리는 우리의 몸에 길들여진 경험은 아니다. 우리는 주체중심적으로 경험하거나 제3자적 입장에서 사유하는 데 익숙해 있다. 그러나 **주체중심적 경험**은 영원히 타자를 알지 못하며 내부를 경험하는 대가로 외부로 나아가지 못한다. 또한 **제3자적 입장**은 상황의 객관성에 근거한 진리

1　바디우, 김인경 역, 「사랑이란 무엇인가」, 슬라보예 지젝·레나타 살레츨 편, 『성화』, 인간사랑, 2016, 410~415쪽. 우리는 이자적 진리를 바디우보다 더 근원적인 경험으로 생각한다.

에 이를 수 있지만 그 대신 내부의 참여자의 위치를 상실하며 실천과 괴리된다. 그 둘과 달리 들뢰즈가 말한 **탈주**의 위치는 실천적으로 외부를 경험할 수 있게 한다. 그러나 탈주 역시 내부에 발 딛고 있지 않기 때문에 분열된 상태이거나 또 다른 추상적 진리에 이르는 데 그친다. **이자적 진리**만이 내부의 참여자의 위치에서 자기중심성을 넘어선 진실을 추구하며 외부로 나아갈 수 있다. 이자적 진리는 양가적이며 자아와 타자, 동일성과 타자성 사이의 끝없는 횡단의 경험이다. 진리의 실천은 그처럼 이자성 속에서 필사적 도약을 요구한다. 우리는 진리의 실현을 위해서 나 이외의 누군가를 필요로 하는 절박한 운명에 놓여 있다. 사랑은 그처럼 혼자서는 불가능한 진리 실현의 운명적 조건을 가장 절실하게 느끼게 해주는 경험이다.

사랑을 진리라는 철학적 주제와 연관시키는 일은 우리에게 낯설게 느껴진다. 그러나 사랑이야말로 진리와 실천이 뗄 수 없는 관계에 있음을 웅변하는 사건이다. 레비나스는 사랑을 모든 것이 다 있는 세계에서 아직 오지 않은 것과 관계하는 일이라고 말했다.[2] 그처럼 내부의 참여자의 입장에서 세계의 외부로 향하는 행위가 바로 사랑이다. 그렇기 때문에 사랑은 진리와 실천 간의 오래된 철학적 딜레마를 단숨에 해소시켜주는 것이다. 경험이 없는 사랑이란 존재하지 않거니와, 타자와의 교섭, 그 이자적 진리를 상실하면 더 이상 사랑으로 불릴 수 없다. 그처럼 진리와 실천의 교합을 스스로 예증하기 때문에 사랑은 연인과의 관계에서 우정, 인간애, 사회적 관계로 끝없이 **은유적으로** 확장된다. 실천인 동시에 진리인 사랑은 오늘날 색채가 퇴색한 진리의 구원자이다. 우리는 비철학적인 사랑을 철학 안에 품어 안을 때만 의문투성이가 된 진리를 구원할 수 있다.

에로스적 사랑과 은유로서 사랑은 타자성의 진리를 공유한다. 타자성

---

2 레비나스, 강영안 역, 『시간과 타자』, 문예출판사, 1996, 108쪽.

이란 내 안에 각인된 타자, 내부에 존재하는 외부성을 말한다. 사랑을 경험하면서 우리는 타자성의 존재로 성숙해간다. 마찬가지로 사람들은 은유로서의 사랑을 통해 동일성 체제에서 벗어나 타자성의 공통성을 지닌 새로운 세계로 나아간다.

우리는 이제까지 그 두 측면에서 사랑이 **정체성**을 형성하는 과정과 **새로운 사회**를 생성하는 진행을 살펴봤다. 이 두 과정은 사랑이 단순히 사적인 사건만은 아님을 암시한다. 새로운 사회의 생성은 물론이거니와 정체성 형성 역시 이데올로기나 감성권력과의 관계를 전제로 하기 때문이다.

사랑은 다른 진리들처럼 양가성 속에서 나타나며 지배체제의 어떤 상황에 공백이 생기는 사건에 의해 시작된다. 바디우는 특정 상황에 도래하는 잉여적인 부가물이 사건이라고 말한다. 잉여적인 부가물이란 표상 불가능한 요소들로서 상징계의 구멍이나 공백을 통해 실재계와의 접속이 이루어지는 지점에서 나타난다. 바디우는 그런 공백과 잉여적 부가로서의 사건이 우리의 존재방식과 행동방식을 바꾸도록 강요한다고 논의한다. 존재방식의 결정이 정체성의 변화와 연관된다면 행동방식의 선택은 사회적 변화에 연결된다.

사랑의 사건 역시 나의 몸과 마음을 머리끝에서 발끝까지 바꾸어 놓을 수 있다.[3] 프로이트는 실패한 사랑이 성격을 변화시킨다고 말했지만 사랑의 사건 자체가 이미 정체성을 동요시키는 것이다. 앞에서 우리는 정체성 형성에 영향을 미치는 두 가지 요인으로 어머니의 축과 아버지의 축, 즉 사랑과 이데올로기의 관계를 살펴봤다. 사랑은 이데올로기와의 관계 속에서 정체성을 더욱 눈에 띄게 바꾸어 놓는다.

예컨대 「님」에서 진국은 조청련계 여자 래영과 사귀면서 변화된 자신을 느끼게 된다. 그는 일본의 롯뽕기 디스코 클럽에서 하룻밤을 같이 지

---

3   바디우, 이종영 역, 『윤리학』, 동문선, 2001, 55쪽.

낼 수 있는 수많은 여자들을 만났다. 그러나 래영을 만난 후 그녀만은 귀한 보석을 다루듯 조심스럽게 만지고 싶어진다. 그리고 래영의 집 주인이 이사해 만날 수 없게 되었을 때 마치 꽃잎 편지를 가슴에 간직한 듯한 아련함을 느낀다. 래영은 그때 이미 그의 내면 속에 들어와 있었던 것이다. 신주쿠 역 앞에서 그녀를 다시 만난 뒤 두 사람은 전라도 할머니 떡 가게에서 광주 항쟁 비디오를 보게 된다. 그날 이후 래영은 '진국이 무서워지는 병'에 걸려 그를 만나주지 않았다. 하지만 그녀와의 끈질긴 실갱이는 결국 그들이 서로의 내면에서 떨어져 나갈 수 없는 존재가 되었음을 입증하는 일에 불과했다. 그처럼 타자가 내면에서 나의 한 부분이 되었기 때문에 상대의 정체성의 일부인 이데올로기는 무효화되었던 셈이다. 사랑은 타자를 받아들여 나의 정체성을 능동적으로 열어젖힌다. 그와 함께 동일성의 이데올로기에서 미끄러지면서 타자성의 정체성을 생성하게 만든다. 두 사람의 이어진 만남은 사랑이 이데올로기의 공백을 만드는 힘을 지님을 증명하는 일이기도 했던 것이다. 그 점에서 진국과 래영의 사랑은 그 자체가 이미 정치적인 사건이다.

귀국 전 진국은 래영과 정치적인 대화를 많이 나누었지만 그의 변화는 새로운 현실인식에 그치는 것이 아니었다. 중요한 것은 사랑이 그의 감성을 수동성에서 능동성으로 변화시킨 점이다. 사랑은 능동적인 감성을 부풀게 만들어 진국을 수동적 정동[4]의 호명장치인 이데올로기의 공백지점에 놓이게 한다. 그처럼 타자성의 사랑은 능동적 정동들을 해방시킴으로써 동일성의 이데올로기에 동화될 수 없는 지점을 생성하는 것이다. 그 점은 귀국 후 냉전 이데올로기에 포위될 수밖에 없는 상황에서 더 절실하게 드러난다. 진국은 내내 좁은 방에 갇혀 지내는데, 사랑이 만든 이데올로기의 공백은 그처럼 그의 심연 속에서만 허용되고 있었다. 이데올로

---

4   체제에 공명하는 반작용적 정동을 말한다.

기 속에서 숨 쉴 수 없는 그는 심연 속 래영과의 순수기억의 공간에서 숨을 쉰다. 이 물밑의 사랑의 절실한 열망이 바로 변화된 그의 성격이라고 할 수 있다. 진국은 그 열망에 따라 숨 쉬는 공백의 자유를 더 넓히기 위해, 님(래영)을 찾아 밀항하는 능동성을 보여준다.

이처럼 사랑에 의한 정체성의 변화는 현실에 대한 대응방식을 바꾸어 놓는다. 사랑이 사회현실을 변화시킬 수 있는 정치적 사건이 될 수 있는 것은 그 때문이다. 그러나 사랑은 광주 항쟁이나 6월 항쟁 같은 사건과는 분명히 다른 점이 있다. 6월 항쟁은 체제의 질서에 구멍이 뚫린 상태에서 사람들이 그 사건에 따라 상황을 생각하며 움직이게 만들었다. 사랑 역시 진국의 사건처럼 체제의 공백을 생성한다. 하지만 그 공백에 의해 직접 사람들이 현실을 변화시키려 움직이지는 않는다. 그 이유는 사랑에 의한 공백은 대부분 **물밑의 사건**이기 때문이다. 그런 물밑의 사건은 사회적·정치적 행동들에 뜨거운 갈망과 열정을 제공한다. 용산참사에서처럼 사건이 일어나도 물밑의 에로스가 식은 사회에서는 아무도 움직이지 않는다. 반면에 3·1운동, 4·19, 6월 항쟁처럼, 수면 밑의 에로스의 열정은 우발적으로 보이는 사건[5]에도 운동이 강렬한 폭발력으로 점화되어 동시적으로 확산되게 만든다.[6]

그 점에서 사랑은 사건인 동시에 사건을 발발시키는 윤리(순수욕망)적 에너지이기도 하다. 사랑은 체제의 공백인 동시에 순수욕망의 리비도이기도 한 셈이다. 사건이 상황에 뚫린 구멍과의 대면이라면 윤리는 균열에 놓인 타자와의 교섭이다. 그 둘은 모두 체제의 공백을 만든다. 그러나 사회적 사건의 공백이 현실의 변화로 이어지는 반면 사랑과 윤리의 사건은

---

5   이 우발적 사건은 실제로는 오랫동안 에로스의 열정이 억압당한 결과로 분출된 것으로 볼 수 있다.

6   카치아피카스, 원영수 역, 『아시아의 민중봉기』, 오월의봄, 2015, 563쪽. 카치아피카스, 원영수 역, 『한국의 민중봉기』, 오월의봄, 2015, 99쪽.

흔히 물밑의 동요로 작용한다. 물밑의 사건은 사회를 변화시키려는 사건들에 뜨거운 에너지를 제공한다.

양자의 차이는 진리와 윤리의 차이이기도 하다. 어떤 사건에 대한 실제적 충실성의 과정이 바로 진리이다. 윤리는 그런 충실성을 지속시키는 것, 즉 사건적 충실성에 대한 충실성이다.[7] 사랑은 그 둘 사이에 걸쳐져 있다. 즉 사랑은 그 자체가 진리의 과정인 동시에 다른 진리의 과정들을 열정적으로 만드는 윤리적 에너지이기도 하다.[8]

그처럼 진리 및 윤리의 과정이기 때문에 사랑은 정치권력과의 길항과 조우의 관계에서 나타난다. 사랑이 사적인 영역이나 정치적 진공상태에서만 나타나는 일은 거의 없다. 「님」에서처럼 이데올로기는 사랑을 불가능하게 만들지만 바로 그 순간 사랑은 이데올로기의 공백지점을 만든다. 사랑의 지속성은 윤리보다 더 강렬하며 그 때문에 사랑이 만든 공백은 물밑의 동요로서 이데올로기의 완결성을 뒤흔든다. 더 나아가 『토지』에서처럼 사랑의 사건은 심연의 동요를 통해 주인공(서희)의 정체성의 변화는 물론 신분질서를 뒤흔드는 데까지 나아간다.

물론 사랑에 의한 사회적 변화는 잠재적이다. 그러나 은유로서의 사랑은 그것을 저버리는 사회모순에 분노를 불러일으켜 사회적 변혁의 길을 열어준다. 사랑은 우리의 정체성의 중요부분을 생성하거니와 에로스적 사랑이 사람들의 심연에 넘쳐날 때 그 시대는 변혁의 시대가 된다. 정치권력 역시 이데올로기를 통해 정체성을 주조하지만 심연의 에로스를 소멸시키지는 못한다. 따라서 우리의 정체성은 양가적이다. 모든 사회적 사건은 이데올로기에서 미끄러지면서 에로스가 심연에서 솟아나는 순간에 발생한다. 그 때문에 이데올로기의 시대는 사랑과 분노의 시대이기도 했

---

7   바디우, 이종영 역, 앞의 책, 55~56쪽, 68쪽.
8   사랑을 하는 사람은 윤리적 감성이 증폭되며 윤리적인 사람은 에로스의 감성이 풍부하다.

던 것이다.

그런데 신자유주의 시대에는 에로스적 동요 자체를 정지시키는 권력이 출현했다. 유혹사회의 감성권력과 죽음정치는 이데올로기적 대의에 동화시키기보다는 에로스를 소멸시키는 것을 목표로 삼는다. 이제 이데올로기보다는 감성권력의 매혹적인 포섭과 죽음정치의 은밀한 배제가 우리의 정체성을 주조한다. 신자유주의는 사람들의 인격개조에 성공했다. 성인이 된다는 것은 성적 욕망의 장치에 포획되는 것이며 낭만적 유토피아의 소비자가 되는 것이다. 에로스와 구분되는 소비품으로서 사랑의 판타지의 특징은 순수욕망[9]의 지속성의 결여이다. 성장한다는 것은 반복해서 낭만적 판타지의 화려한 모퉁이를 돌아서는 것과도 같다.[10] 그래서 빛과 어둠의 반복되는 단절과 지속성의 결여로 인해 우리는 환상과 환멸의 동거상태에 있게 된다. 이제 우리 시대에 에로스는 어른들은 모르는 비밀이 되어 가고 있다. 「프린세스 안나」(배수아)는 그런 비극을 알리는 성인들의 성장동화이다. 오늘날 이자적 진리의 은유적 확산은 어른들의 동화에서 망각된 슬픈 전설이 되어가고 있는 것이다.

 ## 2. 포기의 시대를 넘어 이자적 진리의 다성악으로

바디우에 의하면, 사건의 상황에서 우리를 움직이게 하는 윤리는 결코 금욕적이지 않으며 엄청난 존재의 강도로 표출된다.[11] 우리는 그런 강렬한 존재의 추동력을 에로스적 리비도라고 말할 수 있다. 또한 우리의 존

---

9   순수욕망이란 대상a에 대한 열망을 말한다. 라캉과 주판치치는 순수욕망을 윤리의 차원으로 보고 있다. 지젝, 「왜 칸트를 위해 싸울 가치가 있는가」, 주판치치, 이성민 역, 『실재의 윤리』, 도서출판b, 2004, 12쪽.
10 배수아, 「프린세스 안나」, 『바람인형』, 문학과지성사, 1996, 111쪽.
11 바디우, 이종영 역, 앞의 책, 68쪽.

재를 증명하는 강도란 향락(Jouissance)과 희열, 스피노자의 열락 같은 것이라고 할 수 있다. 그런 '진리의 감정' 때문에 우리는 사건에 따라 상황을 변화시키는 일을 포기하지 않는 것이다. 그 같이 포기하지 않는 강렬한 열정의 특징은 **지속성**에 있다.

바디우의 윤리적 순수욕망의 지속성은 베르그송의 생명적 존재의 지속성과도 연관이 있다. 사건의 순간에 생명적 존재는 시간의 기억을 심연에 각인시키면서 내면을 부풀어가게 만든다. 사건에 대응해서 '계속하라'는 윤리의 준칙은 그처럼 순수기억이 팽창되는 존재의 지속의 과정에서만 가능하다. 물건이나 상품의 단절성과 구분되는 존재의 풍부함과 지속성은 살아 있는 자들의 고유한 특성이다. 진리의 과정이란 지속의 원리에 의해 사건에 대응하는 생명적 존재의 움직임이다.

그러나 오늘날은 사건이 일어나도 사람들이 움직이지 않는다. 배수아와 송경동은 그런 동요 없는 침묵을 '이상한 고요함'이라고 말했다.[12] 진리의 감정의 쇠퇴, 그 이상한 고요함은 타자에 대한 공감이 약화되었기 때문이며 지속성을 상실한 생명적 존재의 빈곤화 때문이다.

낭만적 판타지는 그런 지속의 결여를 결코 만회하지 못한다. 「프린세스 안나」가 보여주듯이 환상과 환멸의 단절만을 반복하기 때문이다. 그와 연관된 배수아 소설에서의 타자성의 상실과 존재의 빈곤화는 사랑의 사건이 일어나지 않는 상황에 상응한다. 에로스적 사랑의 소멸은 사건에 대응하는 살아 있는 자의 지속의 움직임을 둔화시킨다.

신자유주의는 포기에 익숙해진 인격을 만들어 냈다. 우리는 사건이 일어났을 때 한 순간 동요하다가 곧 움직임을 철회한다. 1990년대 이전의 사회가 순수욕망(윤리)의 지속성의 사회였다면 오늘날은 포기의 시대이다. 우리 시대는 n+1의 **포기의 시대**이다. 직장, 결혼, 주택의 포기에 덧붙여

---

12 나병철, 『미래 이후의 미학』, 문예출판사, 2016, 446쪽 참조.

윤리적 지속성이 포기된 시대인 것이다. 1990년대에 대한 향수는 그 마지막 항목의 잔여물에 있다.

사랑과 윤리의 지속성은 생명적 존재의 풍부함이면서 동일성에 예속될 수 없는 이자적 진리의 특성이기도하다. 반면에 포기의 인격은 에로스가 불가능하다는 나르시시즘의 산물일 것이다. 신자유주의는 이자적 진리의 망각의 시대이다. 우리는 퇴물이 된 사랑과 윤리, 그 신비스러운 이자성에서 참을 수 없는 향수를 느낀다. 타자와 교섭하는 이자적 진리에서만 존재의 풍부함을 만드는 지속성을 얻을 수 있기 때문이다.

그러나 우리 시대의 나르시시즘적 인격들은 이자적 진리에 향수를 느끼면서도 그 진리의 샘물로 돌아가지 못한다. 감성권력이 심연의 샘물을 아득히 멀어지게 만들었기 때문이다. 오늘날 그로 인한 존재의 빈곤화와 정체성의 난관이 바로 우울증이다. 우울한 사람들은 이자적 진리의 중단으로 인해 존재의 지속이 없다. 지속의 윤리를 상실한 시대에는 존재의 수동성 때문에 용산참사가 발생해도 아무도 움직이지 않는다. 그처럼 변화가 필요한 상황에서 아무런 변화도 일어나지 않는 사회적 딜레마가 바로 헬조선이다. 여기에는 신자유주의가 만들어낸 지속성 없는 나르시시즘적 인격이 놓여 있다. 생명적 지속이란 타자와의 시간이 끝없이 내 존재로 전이되는 과정이며 그 때문에 고통 받는 타자의 사건에서 동요를 멈출 수 없는 것이다. 반면에 나르시시즘적 인격은 동요의 철회에 익숙하다. 또한 그들은 에로스의 상실로 인해 상처받은 타자의 마음을 적셔줄 심연 속의 샘물을 퍼 올리지 못한다.

하지만 우리 시대가 냉정한 나르시시스트의 시대만은 아니다. 많은 사람들이 우울해 하는 것은 에로스가 완전히 소멸된 것이 아니라 아득한 심연 속에 남아 있기 때문이다. 우리 시대의 질병은 에로스를 박탈하는 감성권력에 의한 **제도화된 우울증**이다. 문제의 해결은 심연 속의 에로스를 다시 길어 올리는 데 있다.

따라서 과거의 윤리가 '계속하라'(바디우)였다면 오늘날의 윤리의 회생은 **포기하지 마라**일 것이다. '포기하지 마라'라는 것은 두레박이 닿지 않는 심연 속의 물을 계속 퍼 올리라는 뜻이다. 예전에 사회적 사건에 대한 대응을 계속해야 했다면 지금은 이상한 고요함의 상황을 반전시키기 위해 절대 포기하지 말아야 한다.

포기하지 않는 것은 에로스의 샘물을 잊지 않는 감성적인 순수기억과 연관이 있다. 우울사회에서의 감성의 분할이 심연의 샘물이 아득히 잊혀지게 하는 것이라면, 에로스의 샘물을 다시 퍼 올리라는 것은 감성의 분할의 변혁에 대한 요구이다. 감성의 분할이 변화되어야만 보이지 않던 것이 보이고 에로스의 기억이 회생하면서 다시 사회적 변혁이 시작될 수 있다. 보이지 않던 타자가 눈에 어른거리고 사건에 따라 움직이는 일을 포기하지 않게 되는 것은 일차적으로 감성의 분할의 문제이다.

이제 사회적 변혁을 위해 감성정치가 긴요해진 시대가 된 것이다. 사회모순이 심화되어도 변화되지 않는 헬조선은 감성의 질병을 앓고 있는 셈이다. 우리는 에로스의 열정과 함께 변화의 추동력인 분노의 감정을 상실한 것이다. 그렇기 때문에 감성의 분할의 변혁이 가능해질 때에야 우리는 비로소 감성의 지옥, 헬조선에서 벗어날 수 있다.

감성의 분할의 변혁은 **불평등성**의 해소와 함께 진행된다. 앞서 살폈듯이 불평등해질수록 낭만적 유토피아의 소비가 많아진다. 개돼지론은 그 부산물이다. 낭만적 유토피아가 유혹의 권력이라면 개돼지론은 그와 짝을 이루는 은밀한 죽음정치의 추문이다. 개돼지는 지속성(윤리)을 지닌 사람들과는 달리 안줏거리를 씹다가 쉽게 포기한다. 유혹의 권력과 죽음정치의 추문은 생명적 존재의 지속성을 상실한 비윤리적이고 불평등한 **포기의 시대**에 성행한다.

그와 달리 포기하지 않는다는 것은 불평등성의 희생자인 타자를 인간의 존재로 보게 되는 일을 뜻한다. 랑시에르는 평등을 실현하기 위해서는 타자의 불화의 감각이 잔존하도록 사회의 미학의 좌표를 변화시켜야 한다고 말한다. 우리 시대에 복수 코드적 환상을 통해 나타난 비천한 것의 존재론[13]은 그 중 하나일 것이다.

동일성이 물신화된 사회에서 배제된 타자들이란 외계인과도 같기 때문에 그들은 식물, 오리배, 너구리 등으로 코드화된다. 여기서 타자의 환상의 실감은 동일성의 물신화 정도에 상응한다. 그러나 타자들 역시 여전히 인간이기 때문에 그들의 공간으로 필사적으로 횡단하는 사람에 의해 존재의 타자성이 입증된다. 그들이 에로스를 회생시킬 수 있는 것은 심연의 물을 퍼올리는 일을 **포기하지 않는 사람들**이 거세된 존재들의 공간으로 필사적 도약의 모험을 시도했기 때문이다. 이 과정이야말로 버틀러가 말한 인간이 아닌 존재를 인간으로 증명하는 진행이다. 회생된 타자들은 에로스를 상실한 사회에서 자신들을 거세시킨 사회에 대해 불화의 감각으로 대응한다. 불평등에서 벗어나려는 일을 포기하지 않는 것과 죽음정치의 배제에서 탈주하는 비천한 신체의 존재론은 미학적으로 등가적이다.

미학적인 동시에 정치적인 그 순간 타자성과 에로스가 소생하는 것이다. 그리고 개돼지론 대신 비천한 신체의 존재론이 서사적 주제가 된다. 오늘날은 사회적 변혁이 미학의 실천과 중첩되는 시대이다. 사랑의 판타지와 개돼지론에서 에로스적 사랑과 비천한 것의 존재론으로의 미학적 전환이 바로 감성의 분할의 변혁인 것이다.

다행히 아주 드물게 포기의 시대에도 포기하지 않는 사람들이 있다. 〈시그널〉의 마지막 장면에서 박해영은 이렇게 말한다.[14] "**포기하지 않는다면**, 절대 처벌할 수 없을 것 같던 권력을 무너뜨리는 일도, 16년 동안 그토록 찾아 헤맸던 사람(차수현의 연인 이재한)을 만나는 일도 가능할 수 있다.

---

13   비천한 것의 존재론에 대해서는 앞의 5장 8절과 이진경, 『불온한 것들의 존재론』, 휴머니스트, 2011 참조.

14   박해영의 말은 보이스 오버로 들려온다.

이 길의 끝에 뭐가 있을지 모른다. 확실한 건 단 하나, 포기하지 않으면 된다는 것이다!" 박해영이 말하고 있는 것은 미제사건의 진실과 사랑의 진리이다. 미제사건은 불평등성과 부정부패에 의해 묻혀버렸다. 이재한은 실종되고 차수현의 사랑도 종말을 맞았다. 그러나 포기하지 않는 사람들에 의해 사라진 진실과 실종된 연인의 흔적이 드러나고, 그 신호는 길 없는 길[15](이 길의 끝에 뭐가 있을지 모른다)을 통해 진실을 밝히기 위한 목숨을 건 도약을 요청하고 있다.

이 드라마에서 포기하지 않는 사람은 단 세 사람이다. 그들은 누구인가. 이재한과 차수현은 낭만적 유토피아보다는 평범한 사람들의 에로스를 소중하게 생각한다. 그들과 박해영이 다루는 미제사건은 비천한 사람들의 존재론을 증명하는 또 다른 과정이다.

그런데 이 드라마의 핵심 사건은 청와대조차 함부로 하지 못하는 장영철(손현주 분) 의원과 그 하수인인 김범주(장현성 분) 수사국장 및 안치수(정해균 분) 팀장 등 내부자의 비리와 연관되어 있다. **내부자들의 세계는 우리가 사건의 해결을 포기하게 만드는** 또 다른 중요한 요인이다. 단합한 내부자들은 사람들이 안줏거리를 씹다가 포기하게 만든다. 내부자들이 단합한 동일성 사회는 그처럼 영구히 변화되지 않는 세상이다. 오늘날 내부자의 고발이 유일하게 사건의 열쇠가 된 것은 우연이 아니다.

이재한은 내부자의 공간에 위치한 동시에 포기하지 않는 윤리를 지닌 사람이다. 그러나 우리 시대는 이재한 같은 말단에 위치한 사람이 정의를 실현하기 매우 어려워진 시대이다. 이재한의 실종에 의해 거물들이 연관된 중대 사건의 해결이 수포로 돌아갈 수밖에 없는 상황은 오히려 현실적이다. 오늘날은 언제까지나 변화된 미래가 오지 않는 시간이 식민화된 사회[16]인 것이다.

---

15 길 없는 길에 대해서는 나병철, 앞의 책, 28~33쪽 참조.
16 시간의 식민화는 우리의 정신과 존재를 식민화하는 것으로서 오늘날처럼 미래로의 시

이 드라마가 환상의 장치를 사용한 것은 그 때문이다. 시간 환상은 이재한 같은 포기하지 않는 사람들이 다시 나타나게 만들어준다. **시간의 식민화란 윤리적 지속의 시간을 식민화**해 쉽게 포기하게 만드는 권력이다. 시간 환상은 그런 현실에서 아직 지속의 윤리가 잔존하는 사람들의 무의식을 환상 이미지로 회생시킨 것이다. 시간 환상에 의해 무의식에 잔존하는 이재한이 회생함으로써 차수현과 박해영이 내부자들의 폭로에 함께 가세하게 되고 다시 포기하지 않는 윤리가 작동되기 시작한다.

시간이 식민화된 사회에서 환상의 개연성은 시간의 식민화의 물신화된 정도에 상응한다. 우리는 〈시그널〉에서 걸려온 과거로부터의 무전을 주저 없이 받아들인다. 물신화된 시간의 식민화로 인한 사람들의 울분이 그만큼 폭발할 듯이 쌓여 있기 때문이다. 미학적 환상은 불경한 꿈처럼 위험스러운 심리적 폭발물이 점화되도록 방아쇠를 당겨주는 역할을 한다. 우리는 이재한의 무전을 우리의 심연으로부터 걸려온 것으로 느낀다. 물신화된 현실이란 일종의 환상이기 때문에 또 다른 타자성의 환상이 실감을 얻는 것이다. 전자가 환상이 현실로 느껴지는 상황이라면 후자는 현실(심리적 현실)이 환상을 통해 표현될 수밖에 없는 경우이다.

〈시그널〉의 시간 환상은 울분 속에서 무력화된 우리의 감성을 재조정해준다. 그뿐 아니라 복수 코드적 환상 같은 미학의 성행 역시 우리 시대의 감성의 분할에 문제를 제기한다. 감성의 분할의 조정을 위해서는 변혁이 필요한데 감성권력이 능동적 정동(사랑과 분노)을 무력화시키기 때문에 울분이 지하세계에 가라앉아 있는 것이다. 미학적 환상은 그 지하세계에 아무도 모르게 방치된 인화물질을 점화시키는 한 점의 불꽃이다. 미학적 환상은 현실에서 불가능한 변화의 갈망을 미학적 가상을 통해 대신 표현한다. 감성권력에 의해 동일성이 물신화된 우리 시대는 현실이나 작품에

간이 동일한 길(신자유주의)을 가는 것으로만 진행될 때 나타난다. 시간의 식민화에 대해서는 프랑코 베라르디 비포, 강서진 역, 『미래 이후』, 난장, 2013, 42~43쪽 참조.

서 은유적 미학과 환상장치가 중요해진 시대이기도 하다. 미학적 환상은 현실에서 불가능해진 운동을 대신하는 미학에서의 변혁운동이다. 과거와 미래(현재)가 교신하는 〈시그널〉의 환상장치는 우리의 감성의 분할의 변혁을 강력히 요구한다.

미래와의 교신은 미래를 식민화하는 감성의 분할을 단번에 관통한다. 이 미학의 재발명은 새로운 감성의 질서로의 변혁을 통해 시간의 식민화에서 벗어날 것을 강력히 요구하고 있다. 그 같은 감성적 변혁의 방법의 하나가 바로 시간-이미지의 생성과 활성화이다.

시간으로의 밀항은 순수기억을 서랍 속에 닫아두려는 감성권력에 맞서 우리의 존재의 일부가 된 시간을 감지하게 해준다. 〈시그널〉에서의 무전 역시 실종 이후 차수현의 내면으로 옮겨진 이재한을 다시 살아 움직이게 만든다. 순수기억이자 우리의 존재의 한 부분인 시간-이미지들[17]의 움직임은 우리를 객체화시키는 시간의 식민화에서 벗어나게 만든다. **시간-이미지**란 염주알처럼 늘어선 시간의 섬들이 아니라 눈덩이를 굴리듯 우리의 존재를 부풀게 만드는 순수기억의 이미지들이다. 순수기억의 지속성만이 미래로 도약할 수 있거니와 시간으로의 밀항을 통한 시간-이미지들의 창안은 미학의 재발명의 중요한 과제이다. 사랑의 판타지와 낭만적 유토피아는 우리의 존재로 전이될 수 없는 소비되는 이미지들로 유포된다. 반면에 〈시그널〉의 시간 환상, 〈빈집〉의 유령놀이, 「아, 하세요 펠리컨」의 오리배 같은 시간-이미지들은 우리의 심연에서 깊은 샘물을 다시 퍼 올리려는 욕망을 북돋아준다. 끝없이 갈망하면서도 한 발짝도 갈 수 없는 미래로의 길을 다시 열어주는 것은 풍성한 시간-이미지의 문화일 것이다.

시간이 식민화된 사회에서는 부품화된 서민들과 타자들이 잘 보이지

17　시간-이미지는 선적인 인과적 궤도에서 탈선된 시간이 우리의 심연에 각인된 상태로 존재의 일부가 된 이미지-기억을 말한다.

않기 때문에 시각 장치를 장악한 내부자들의 동일성 체제가 영구화된다. 그 때문에 시각적 장치의 탈취라는 서사는 우리 시대의 또 다른 미학적 재발명이다. 『나는 소망한다 내게 금지된 것을』에서 시작된 이 **시각적 전복**의 서사는 〈더 테러 라이브〉, 〈원티드〉 등으로 계속 이어지고 있다.

시간의 식민화가 에로스 소멸의 결과라면 그에 맞서 에로스를 회생시키려는 미학적 전략이 바로 **복수 코드적 환상**이다. 우리 시대는 체제 내에서는 타자와 교감하는 에로스적 사랑이 매우 어려워진 시대이다. 심연에는 사랑의 갈망이 잔존하지만 그 욕망은 귀환하는 중에 감성권력에 회유되어 버린다. 미학은 그 잊혀진 사랑의 갈망을 상처 받은 사람의 내면을 매개로 이미지화시켜 보여주는데 그것이 바로 복수 코드적 환상이다. 1970년대 소설 「기억 속의 들꽃」에서 명선은 전쟁의 폭격으로 망가진 다리를 횡단하는 놀이를 반복한다. 명선의 필사적 횡단은 내면을 폭격당해 불가능해진 사랑에 대한 갈망에 다름이 아니다. 우리 시대는 그때 같은 폭격은 없지만 전쟁의 시대보다 더 절망적으로 끊어진 다리가 도처에 널려 있다. 근대 세계에서는 타자와의 교섭 자체가 끊어진 다리를 건너뛰는 일과 비슷하거니와, 오늘날의 타자의 멀어짐은 그런 도약을 더 절망적으로 만드는 것이다. 심연의 소망을 이미지화하는 복수 코드적 환상은 사라진 타자를 환상적으로 코드화함으로써 현실에서는 불가능해진 '끊어진 다리의 도약'을 재시도한다. 그런 시도는 아득한 거리에도 불구하고 도약을 포기하지 않는 윤리에 의해 가능해진다. 미학은 복수 코드를 횡단하는 목숨을 건 도약을 통해 심연에서 천 번도 넘게 소망했지만 한 번도 표면으로 떠오르지 못한 에로스의 이미지를 환상을 통해 보여준다.

시간-이미지와 시각적 장치의 탈취, 복수 코드적 환상이 소망하는 것은 포기하지 않는 지속의 윤리와 에로스이다. 지속의 윤리는 에로스와 이자적 진리를 추동하는 에너지이다. 오늘날에는 포기하지 않는 사람에 의해 이자적 진리가 회생되어 은유적으로 증폭될 때에만 새로운 사회로 나아갈 수 있다.

이자적 진리는 사랑의 비밀과 고통(타자)의 진리의 이중주이자 목숨을 건 도약의 대위법적 화음이다. 낭만적 유토피아와 내부자들의 스펙터클, 물신화된 동일성 체제에는 그런 이자적 진리의 화음이 소거되어 있다. 랑시에르는 공통적인 것에 참여하는 시간과 공간, 활동형태의 결정을 지배 권력의 감성의 분할이라고 논의한다. 그 같은 감성의 분할에 의해 몫이 없는 사람들의 말이 들리지 않게 된 사회는 동일성 체제에 다름이 아니다. 반면에 이자적 진리와 다수 체계적 관계는 몫이 없는 자들이 눈에 보이고 그들의 말이 들리게 만들어 타자성의 화음이 울리는 또 다른 사회를 소망한다. 그 새로운 사회의 이름은 이름 붙일 수 없는 **타자성의 공통성**의 사회이다. 타자가 다시 보이게 되면 비단 희생자만 구원되는 것이 아니라 전체 질서가 달라지는 것이다. 그 곳을 향해 다가서는 변화의 출발점이 바로 포기하지 않는 윤리이다. 그리고 끝없이 지연되며 다가올 새로운 사회는 우리가 잃어버린 타자성과 에로스가 회생된 다성악의 세계일 것이다. 지속의 윤리와 사랑의 미학은 몫이 없는 사람들(타자들)을 배제하는 감성의 분할을 변혁함으로써 아직까지 실현된 적이 없으며 오늘날 가장 멀어진 타자성의 다성악의 세계를 갈망한다.

 ## 3. 동요의 윤리와 물위의 도시 – 사랑의 미학을 위하여

오늘날은 '이상한 고요함'이 내면의 동요를 잠재우는 윤리적 동면의 시대이다. 세상이 화려한 스펙터클로 빛날수록 쓸모없어진 윤리는 어두운 지하에서 잠을 자고 있다. 그렇기에 우리 시대는 동요가 윤리가 된 시대이며, 아무런 목표도 예정도 없는 대표적인 윤리적 동요의 형식이 바로 사랑이다.

우리가 살펴본 시간-이미지와 시각적 장치의 탈취, 복수 코드적 환상 역시 결빙된 윤리를 녹이려는 동요의 장치들이라고 할 수 있다. 이 장치들은 n+1의 포기의 시대에 우리의 마음을 움직여 포기하지 않는 윤리가 작동되게 만든다. 「아, 하세요 펠리컨」의 라-47호, 〈원티드〉의 리얼리티쇼, 「내 여자의 열매」의 아내의 풀냄새는 우리의 내면을 동요시킨다. 그 순간 포기했던 심연의 에로스의 윤리가 불현듯 귀환하기 시작하는 것이다.

그처럼 우리 시대의 포기하지 않는 윤리는 심연의 동요에서 시작된다. 〈시그널〉과 〈원티드〉, 「내 여자의 열매」를 볼 때 가슴이 뛰는 것은 소진된 윤리적 에너지가 회생하기 때문이다. 그처럼 가슴에서 동요가 느껴지기 시작했다는 것은 포기하지 않는 용기가 생겨났다는 것과 같은 뜻이다. 낭만적 유토피아와 내부자들의 스펙터클, 물신화된 동일성 체제는 사건을 은폐하는 이상한 고요함의 장치들이다. 반면에 순수기억의 회생, 시각매체의 탈취, 목숨을 건 도약은 우리를 동요시킨다. 우리 시대의 지속의 윤리는 바로 그 동요에서 시작된다.

'동요의 윤리'의 중요성은 동일성이 물신화된 사회에서 실감나게 감지된다. 예컨대 식민지 말과 1950년대, 그리고 오늘날은 타자성을 상실하고 동일성이 절대화된 우울사회이다. 우울사회에서는 사건이 발생해도 아무 일도 일어나지 않으며 그 때문에 동요 자체가 윤리로 감지된다.

물론 그런 동요의 윤리는 시대에 따라 조금씩 다르게 나타난다. 예컨대 식민지 말에 김남천은 총체화된 체제에 대응하는 일신상의 진리를 주장했다. 일신상의 진리란 비판적 이념이 무력화된 시대에 세계관이 사멸한 파편으로 나뒹구는 데서 온 불만과 불안에서 시작된다. 그는 총체화된 체제에 대응하는 길이 특정한 이념보다는 자아의 불안과 동요를 그리는 데 있다고 생각한 것이다. 김남천의 대화적 소설들이 보여주듯이 일신상의 진리는 타자와의 관계에서 생성된다. 김남천은 총체화된 체제에서 동요하는 일신상의 진리를 모랄(윤리)에 연결시켰다. 모랄론은 세계관이 무력화된 시대에 대한 대응이었거니와 같은 맥락에 제기된 또 하나의 주제가 사랑이었다.

김남천에게 윤리와 사랑은 총체적 체제가 미처 병합하지 못한 육체적 절박성을 지닌 미시적 진리였다. 그는 고발문학을 통해 윤리(모랄)를 입증하려 한 동시에 「세기의 화문」과 『사랑의 수족관』, 「경영」, 「맥」에서 사랑을 주제로 한 소설들을 썼다. 물론 김남천 소설에서 사랑과 윤리가 새로운 삶을 위한 어떤 전망을 제공한 것은 아니었다. 『낭비』와 「경영」, 「맥」에서처럼 김남천은 오히려 거부된 윤리와 실패한 사랑을 보여주고 있다. 그러나 윤리와 사랑의 실패에서는 이데올로기의 실패와는 달리 내면의 동요 속에서 패배[18]로 인한 상실이 연기된다.

「맥」에서처럼 최무경은 이데올로기에 의해 사랑을 상실했지만 자신의 배제된 위치에서 물밑의 동요를 멈추지 않는다. 사랑은 그 자체가 동일성에 이를 수 없는 동요의 형식일 뿐더러 연인의 상실은 이데올로기로의 예속화는커녕 물밑의 동요를 오히려 격화시킨다. 김남천은 물밑의 동요를 통해 실패한 사랑이 이념적 동화를 연기시키며 절대적 체제의 안정성을 불안정하게 흔들고 있음을 보여준다. 총체화된 체제에서 유일하게 포기되지 않은 것은 그처럼 물밑에 잔존하는 에로스적 동요의 윤리였다.

식민지 말의 특징은 체제로의 전향이 요구되는 전환기를 경험했다는 점이다. 이 시기에 청년들의 앞에는 두 가지 문제가 놓여 있었다. 하나는 전환기에 어떻게 주체를 형성하는가 였으며 또 하나는 청년의 관심사인 연애의 문제였다. 그 두 주제는 전환기에 생기기 쉬운 신념의 공백을 어떻게 메우느냐의 문제이기도 했다.[19]

---

18 사랑은 패배하지 않는 경우에도 능동적인 의미에서 서로가 승리하지 않는 형식이라고 할 수 있다. 가게모토 츠요시, 「전향과 연애」, 『제10회 한국 언어문학 문화 국제학술대회』 발표집, 연세대학교 국어국문학과 BK21 플러스 사업단, 2015.1.10, 155쪽 참조.

19 위의 글, 153~155쪽 참조.

모든 사람에게 전향이 요구되는 시대에 연애는 특별한 의미를 지니고 있었다. 연애 역시 주체화의 방식이지만 전향의 시기에 생겨난 공백을 견디는 방식이기도 했다. 연애하는 사람은 모든 것에서 벗어난 틈새에 있는 듯한 느낌을 갖는다. 사랑이란 주체화 과정에서 끝없이 동일성에 예속되는 것을 연기하는 형식이며, 그로 인해 전향을 지연시키며 이데올로기적 공백에 남아 있을 수 있었던 것이다.

그처럼 사랑이 공백을 견디는 형식임에도 불구하고 김남천은 결국 청년들이 연애에 실패할 수밖에 없음을 그리고 있다. 「세기의 화문」에서 이경희는 '청춘 원탁회의'를 경험하며 연애를 포함한 삶의 문제에 대해 고민한다. 마침내 그녀는 연애를 포기하고 '처녀의 생활강령'을 세우는데 이는 그 시대에 혼자서 주체를 형성하려는 시도였다.

역설적인 것은 이경희가 『사랑의 수족관』에서 다시 김광호와 연애에 빠져들고 있는 점이다.[20] 그만큼 사랑은 암암리에 청년들이 총체화된 체제에 대응하는 방식 중의 하나였던 것이다. 『사랑의 수족관』의 주인공 김광호는 기술자로서의 중립적 주체화의 과정을 보여주는 인물이다. 주체를 형성하는 과정이 삶의 안정화를 찾는 방식이라고 할 때 김광호는 기술자의 위치에서 페시미즘에서 벗어나 중립화된 경험을 할 수 있었다. 그러나 기술자 주체 역시 제국의 주체로 귀결될 수밖에 없었으며 김광호의 안정성 또한 식민지의 불안과 동요 위에 구축된 것에 불과했다.[21] 김광호는 이경희와 연애에 빠지게 되는데 그 불안한 과정은 그가 제국의 주체로서도 미해결의 상태에 놓여 있음을 암시한다.

하지만 『사랑의 수족관』은 신체제의 절대적 안정성이 불안과 동요 위에 세워진 것임을 충분히 드러내지 못한다. 그것은 이 소설의 다중적 관계들이 중립적인 기술자 주체 김광호를 중심으로 연결되고 있기 때문이다. 연

---

20   위의 글, 158쪽.
21   김철, 「근대의 초극, 『낭비』, 그리고 베네치아」, 『국민이라는 노예』, 삼인, 2005, 101쪽.

애는 그를 불안하게 만들지만 그 불안 역시 중립적 주체의 일부이다.

반면에 「경영」, 「맥」은 연애하는 신체 최무경을 중심으로 당대 이념들의 다중적 관계들을 그리고 있다. 최무경은 아파트 여사무원이었으나 그런 직업보다는 여성적 사랑이 그녀의 주체화 과정을 관류한다. 여성적 사랑의 주체화란 이념들 사이의 공백에 머무는 과정이기도 하다. 최무경은 오시형이 평양으로 떠난 후 자신의 사유의 공간을 갖게 되지만 어떤 특정한 입장보다는 여전히 이념의 영점지대에 가깝다. 중립적 주체가 **안정성**의 추구라면 연애의 공백의 주체는 유연한 **동요상태**에 놓여 있다. 이 소설에서는 최무경의 그런 유연한 내면을 매개로 이관형과 오시형의 사유들의 대위법적 화음을 들려준다. 그런 가운데 사회주의와 모더니즘(자유주의), 근대초극론이 다성적 음향을 연주하면서 당대의 세계를 드러낸다. 신체제는 절대적 동일성을 요구했지만 김남천은 연애하는 신체를 매개로 숨겨진 다중성을 암시했던 것이다.

총체화된 체제에서 김남천 소설 같은 다성적 문학이 출현한 점은 매우 흥미롭다. 또한 절대적 동일성의 요구 앞에서 사랑의 이자적 진리가 탐구된 점도 예사롭지 않다. 오시형이 전향선언을 함으로써 다성성은 신체제의 안정된 공간에 포섭되고 최무경의 사랑도 실패로 끝난다. 그러나 최무경의 실패한 사랑은 신체제가 안정성을 얻는 바로 그 순간 물밑의 동요를 통해 절대적 동일성을 뒤흔든다.

최무경은 이관형에게 실연당한 문난주와 스쳐 지나가며 '병원에 다녀온다'고 말한다. 총체화된 체제에서는 오시형이 전향선언을 한 법정이 병원이었던 것이다. 그리고 이데올로기와의 관계에서 매번 패배할 수밖에 없었던 사랑은 치료가 필요한 질병이었던 셈이다. 그러나 김남천은 바로 그 연애라는 질병을 통해서 신체제의 안정성이 물위의 도시처럼 불안한 동요 위에 세워진 것임을 암시할 수 있었다.

연애가 병이 된 사회는 절대적 동일성을 요구하는 체제이다. 예컨대 합리적 목표에 물신화된 미래사회를 그린 〈이퀄스〉(드레이크 도레무스 감독, 2015)에서는 연애하는 사람이 병에 걸린 환자로 취급된다. '이퀄스'란 동일성에 예속된 자들의 집단이다. 우주개척을 위해 이성만이 필요한 '이퀄스'의 선진국에서는 유전자 조작을 통해 감정을 통제하는 인간만이 태어나게 한다. 선진국 사람들은 반도국 사람들의 포옹 행위를 '자신의 약점을 가리는 행위'로 폄하한다. 간혹 실수로 감정을 지닌 사람이 태어나면 감정통제오류 병을 진단받고 치료에 임해야 한다.

김남천은 가부장제적 신체제에서 최무경의 여성적 사랑이 감성의 분할에 의해 배제되는 과정을 그리고 있다. 보다 극단적인 경우이지만 〈이퀄스〉 역시 연애를 감시하는 사회에서 사랑하는 사람이 낯선 타자로 제거되는 상황을 보여준다. 신체제의 감성의 분할은 〈이퀄스〉의 감시장치처럼 은연중에 연애를 불안한 증상으로 여긴다. 물론 그 시기에는 아직 연애가 청년들의 관심사로 잔존할 수 있었다. 감성적 연애는 총체화된 이념의 체제에서 명시적인 금기 사항은 아니었기 때문이다. 반면에 '이퀄스'(선진국)에서는 한 발 더 나아가 에로스 자체를 소멸시키는데 이는 우리 시대의 상황에 좀 더 가까운 모습이다.

〈이퀄스〉에서 감정통제오류 진단을 받은 사이러스(니컬러스 홀트 분)는 같은 병에 걸린 니아(크리스틴 스튜어트 분)와 사랑에 빠진다. 사랑의 신비를 알게 된 그들은 치료를 피하며 반도국으로의 도주를 약속한다. 그러나 오해로 인해 니아가 죽은 줄 안 사이러스는 치료제를 복용하고 사랑의 능력을 상실한다. 니아와 다시 만난 사이러스는 난처한 상황에 빠지지만 반도국으로의 도주를 선택한다. 사이러스는 에로스의 감정을 상실했으나 니아와 나누었던 **사랑의 기억**은 남아 있었다. 반도국으로 가는 기차 안에서 떨어져 앉았던 사이러스는 니아의 옆자리로 가 앉으며 그녀의 손을 잡는다. 그 순간 그는 아직 남아 있는 사랑의 기억에 손을 내밀고 있었으며 그 것만이 절망 속의 희미한 빛이었던 것이다. 두 사람이 처한 상황은 우리 시대의 현실과 크게 다르지 않다. 우리 역시 에로스를 상실했지만 심연 속에는 예전에 사랑했던 순수기억이 남아 있는 것이다.

김남천은 우리 시대보다 여성적 사랑을 한층 더 적극적으로 표현할 수 있었다. 그것은 식민지 말이란 일차적으로 이념의 변화를 통해 총체적 동일성을 요구하는 사회였기 때문이다. 새로운 이념은 다양한 사상의 사람들에게 전향을 강요했는데 의식적으로는 설득될 수 있지만 심연에는 복잡한 감정이 잔존했다. 그 때문에 식민지 말이란 총체적 체제인 동시에 잠재적으로 다수 체계적 관계를 경험하는 시기였다. 김남천 소설의 다중성과 복합성은 그런 **전환기**의 상황과 연관이 있다. 그는 신체제에서의 주체화 과정을 다루면서 암암리에 다성성과 사랑의 문제에 관심을 가지고 있었다. 신체제는 절대적 동일성의 체제인 동시에 다수 체계성과 이자적 진리가 잔여물로 남겨진 세계였던 것이다. 물론 신체제 역시 은연중에 연애를 불안의 정동으로 취급했다. 그러나 「맥」에서처럼 감성의 분할이 여성적 사랑을 배제하는 순간 김남천은 실패한 사랑이 완전히 소멸되지 않고 심연의 동요를 통해 절대적 동일성을 흔들고 있음을 암시했다.

반면에 〈이퀄스〉는 물론 오늘날의 세계는 에로스의 감정 자체가 감성권력에 의해 소멸된 시대이다. 〈이퀄스〉의 선진국은 유전자 조작을 통해 에로스의 출현을 차단한다. 또한 오늘날의 감성권력은 매혹적인 에로스의 대체물을 유포시키는 방식으로 비슷한 효과를 내고 있다. 신자유주의의 감성권력은 소비적인 사랑의 판타지(그리고 성적 욕망의 장치)에 우리를 길들이면서 상품화될 수 없는 에로스와 윤리를 도태시킨다. '이퀄스'와 유혹사회의 차이는 후자가 수동적 정동을 유포시키는 방식으로 능동적 정동을 소멸시킨다는 점이다. 〈이퀄스〉는 감성 자체가 절멸된 세계이다. 반면에 우리 시대는 어느 때보다도 감성의 소비가 많아진 시대이면서 소비될 수 없는 에로스가 소멸된 세계이다.

식민지 말과 '이퀄스', 우리 시대는 똑같이 절대적 동일성의 체제이다.

절대적 동일성이 다수 체계성과 이자적 진리를 소멸시킨다면 이자적 진리인 사랑의 주제는 그런 물신화된 세계에 대한 저항이 될 수 있다. 김남천 소설과 〈이퀄스〉, 그리고 한강과 박민규의 소설이 사랑을 주제로 다룬 것은 그 때문이다.

또한 절대적 동일성의 체제는 상황의 공백인 사건이 일어나도 아무도 동요하지 않는 세계이다. 이런 사회에서는 동요를 표현하는 시도 자체가 윤리가 될 수 있다. 김남천은 연애하는 신체의 물밑의 동요를 통해 사라진 윤리의 잔존을 암시했다. 〈이퀄스〉는 간신히 사랑의 기억만이 남겨진 사람의 탈출을 통해 '이퀄스' 이면에 숨겨진 동요의 윤리를 제시한다. 또한 한강은 식물이 된 아내에게 퍼붓는 물세례를 통해, 박민규는 저렴한 인생들의 심야전기를 통해 윤리적 동요를 표현한다. 이처럼 식민지 말과 '이퀄스', 우리 시대의 공통점은 에로스와 윤리적 동요가 불가능한 저항의 출발점이 된다는 점이다.

연애의 시도가 가능했던 김남천의 시대에는 이데올로기의 공백지점에서 물밑의 동요를 표현할 수 있었다. 반면에 '이퀄스'와 우리 시대는 그런 공백지점이 잘 보이지 않는 사회이다. 사랑을 치료해야 하는 〈이퀄스〉에서는 남아 있는 순수기억을 통해 애인의 손을 잡으며 에로스의 불가능성과 가능성을 동시에 표현한다. 에로스 대신 감정상품을 소비하는 우리 시대 역시 순수기억의 심연에 손이 닿지 않는 동시에 언뜻 도약을 소망한다. 김남천 시대와 구별되는 '이퀄스'와 유혹사회의 공통점은 아득한 순수기억으로부터 에로스의 샘물을 퍼 올려야 한다는 점이다.

순수기억이란 시간의 기억이 우리의 존재의 한 부분이 된 것을 말한다. 순수기억은 선적인 시간의 일회성을 넘어서는 유일한 존재의 승리이다. 식민지 시대의 한용운은 논개의 애인이 되어 그녀가 천추에 죽지 않는 존재임을 확인한다. 육신이 없는 논개는 하루도 살 수 없지만 시인의 순수기억 속에 불멸의 존재로 남아 있는 것이다. 그러나 한용운은 자신의 존재의 한 부분으로 죽지 않는 논개가 이 세상에는 없다고 말한다. 순수기억 속에는 애인이 남아 있지만 식민지에서 에로스의 대상(님)은 어디에도 없는 것이다. 시간이 식민화된 〈이퀼스〉 상황도 이와 비슷하다. 니아는 순수기억 속에 남아 있지만 치료제를 복용한 사이러스에게 이 세상의 니아는 없다. 또 다른 시간의 식민화의 시대인 유혹사회의 비극 역시 그와 다르지 않다. 우리는 순수기억 속의 에로스를 갈망하지만 세상에는 어디에도 그 대상(타자)이 보이지 않는다.

이런 시간의 식민화의 상황은 권여선의 『레가토』에서 오정연의 기억상실증으로 표현된다. 기억상실증에 걸린 오정연은 일회적 시간 속에서는 예전에 사랑했던 사람을 아무도 만나지 못한다. 그러나 시간에 대한 존재의 승리인 순수기억의 갈망에 의해 그녀는 현실에서 다시 사랑하는 사람을 만나고 싶어진다. 오정연은 지워진 시간의 섬들을 메우는 이야기를 들으며 매번 가슴이 설렌다. 지금 그녀는 단지 일회적 시간 속으로 다시 돌아가고 싶은 것이 아니다. 오정연의 가슴이 뛰는 것은 자신이 듣는 이야기들이 존재로 남겨진 순수기억을 퍼 올려 현실에서 그들을 만나고 싶은 갈망을 자극하기 때문이다.

우리 시대는 〈이퀼스〉나 『레가토』와 비슷한 상황에 놓여 있다. 우리는 일회적인 시간이 식민화된 사회에 갇혀 있지만 존재의 승리인 순수기억의 갈망에 의해 불가능한 에로스의 소망을 안고 살아간다. 우리에게 필요한 것은 오정연의 가슴을 설레게 했던 이야기들이다. 사랑의 이야기와 상처의 이야기들은 시간의 식민화 속에서 상실한 논개와 니아와 수많은 타자들을 되돌아오게 할 것이다.

〈이퀼스〉에서 사이러스가 니아를 다시 사랑하기 위해서는 이야기와 미학의 도움이 필요하다. 그것은 『레가토』에서 오정연이 수많은 이야기들을 갈망하는 것과 같은 이유에서이다. 오정연이 기억 상실증을 앓고 있듯이 사이러스는 에로스의 대상으로서 니아 상실증에 걸려 있는 것이다. 타자 상실증을 앓고 있는 우리 시대 역시 순수기억의 샘물을 퍼 올리기 위해서 이야기와 미학이 필요하다.

유혹사회는 매혹적인 이미지들이 미학을 쇠퇴시킨 사회이다. 그러나 미학이야말로 모든 것에 패배한 대가로 유일하게 잔존하는 순수기억의 서랍을 여는 열쇠이다. 미학은 감성의 분할에 의해 보이지 않게 된 것을 은유를 통해 다시 보이게 만든다. 「맥」에서 '뚱하고 물러앉은' 최무경의 가슴은 아무에게도 보이지 않지만 미학의 프리즘을 통해 우리는 모두 볼 수 있다. 우리가 동요하지 않는 절대적 체제를 동요로 느낄 수 있는 것은 그 때문이다. 미학은 순수기억을 동요시킴으로써 현실의 패배에 대해 물밑의 승리로 대응한다. 〈이퀼스〉에서도 사이러스의 순수기억을 자극해 느껴지지 않는 니스에 대한 사랑을 느껴지게 만들 수 있는 것은 미학이다. 사이러스는 치료제에 의한 패배를 물밑의 에로스의 동요로 대응할 수 있다.

미학은 우리 시대의 감성권력이 빼앗아간 모든 것을 탈환하기 위한 유일한 무기이다. 그것의 활동영역은 법적 질서와 잔여적 감성의 **사이에 낀 영역**이다. 「맥」에서 오시형의 공판정에서의 전향선언은 법적 질서의 공고화인 동시에 감성의 분할의 확인이었다. 그러나 최무경의 사랑의 패배에 대한 미학적 표현은 감성의 분할에 동요를 일으킴으로써 법정의 준엄한 질서를 물밑에서 뒤흔든다. 그처럼 미학은 감성의 분할을 방해하는 방식으로 법적 질서에 보이지 않는 공백을 만든다.

아감벤은 벌거벗은 생명 같은 참혹한 타자를 배제하는 법적 정지가 오히려 법적 질서를 유지시킨다고 논의했다. 미학은 정확하게 그와 정반대의 기능을 한다. 미학은 감성의 분할을 방해하는 방식으로 법적 정지의 순간을 만들어 체제의 질서를 물밑에서 뒤흔든다. 그 순간 보이지 않던 타자가 보이게 되고 아무도 보지 못하는 심리적 동요가 고조된다.

한용운과 김남천의 시대, 오정연과 우리 시대, 그리고 '이퀼스'의 사회는 에로스의 대상과 타자가 잘 보이지 않는 시대이다. 그러나 한용운은 순수기억 속에 살아 있지만 현실에서는 사라진 논개에 대한 설레임을 시를 통해 표현했다. 레가토의 오정연 역시 이야기를 들으며 매번 동요한다. 우리 시대 또한 미학을 통해서 비로소 결방된 윤리(그리고 에로스)를 녹이는 동요를 되찾을 수 있다. 그것은 텍스트에서 뿐만 아니라 일상과 정치에서도 마찬가지이다. 예컨대 우리시대에 새로 나타난 희망버스와 나꼼수(나는 꼼수다), 촛불집회는 텍스트를 넘어선 미학적 정치이다. 미학은 쇠퇴한 동시에 일상 속에서 정치화된다. 과거와 현재의 차이는 이제 일상에서든 정치에서든 미학을 통해서만 사람들의 마음을 움직일 수 있다는 점이다.

오늘날은 미학과 은유적 정치, 그리고 일상의 미학이 과거 어느 때보다도 절실한 시대이다. 은유적 정치란 미학적 방식을 사용하는 변혁운동을 말한다. 또한 일상의 미학이란 삶 자체의 미시적인 변혁운동에 다름이 아니다. 스쳐가는 눈빛의 교환, 술자리에서의 흐트러지는 이야기들, 후미진 골목의 낙서, 그리고 일인 시위와 강남역 시위, 촛불집회조차도 일상의 미학이다. 그와 동시에 그것은 탈정치화 시대의 미학적 정치이기도 하다. 반미학인 혐오에 대응하는 가장 유효한 것은 바로 이 일상의 미학과 정치이다. 혐오발화는 양극화와 성차별과 인종주의를 유지시킨다. 반면에 은유로서의 정치와 일상의 미학은 감성의 분할의 변혁과 함께 불평등성, 부패, 여성혐오, 인종차별에 대해 변화를 요구한다.

미학은 식민화된 감성의 분할의 질서를 뒤흔들며 물밑의 동요를 증폭시킨다. 아름답게 건설된 도시와도 같은 동일성 체제는 사실은 식민화된 세계이다. 미끈한 건물과 잘 기획된 보편성으로 설계된 도시에는 불화를 용인하는 이자적 진리(사랑, 윤리)와 타자성의 공통성에의 길이 막혀 있다. 사건이 일어나도 아무도 동요하지 않는 굳건하고 매혹적인 도시는 실상은 체제가 영구화된 시간의 식민화의 증상들이다. 반면에 미학은 타자성과 에로스를 부활시켜 곧게 뻗은 동일성의 건축물을 밑에서 동요하는 물위의 도시로 만든다. 물위의 도시를 흔들리게 하는 윤리와 미학이야말로 시간의 식민화에 대한 유일한 대응이다.

시간의 식민화란 변혁운동의 거세와 거의 동의어이다. 공간적 식민지와는 달리 시간적 식민지에서는 직접적으로 변혁운동이 불가능하다. 동일성 체제의 물신화로 인해 체제에 공명하는 반작용적 정동(쾌락, 혐오)만이 유포되기 때문이다. 시간의 식민화에서 벗어나려면 시간의 존재로의 전이를 통해 순수기억과 무의식을 팽창시켜 '공백의 주체'로서 목숨을 건 도약을 시도해야 한다. 그런 방식으로 사랑과 분노 같은 능동적 정동과 이자적 진리를 생성시키며 움직여야 한다. 그 일련의 과정에서 반작용적 정동을 능동적 정동으로 뒤바꾸는 과정이 바로 **윤리적 동요**이다. 우리가 물밑에서 동요한다는 것은 누구를 필사적으로 사랑할 때처럼 능동적 주체로 회생된다는 뜻이다.

유혹사회는 감성적 판타스마고리아로 가득찬 매혹적인 도시와도 같으며 안정성을 위해 불안정한 에로스의 심연을 매몰지로 만든다. 우리 시대의 우울증은 그 부동의 눈부신 도시가 낳은 동일성의 질병이다. 반면에 공백의 윤리는 화려한 물위의 도시를 흔들리게 하는 수면 밑의 동요이다. 미학은 감정상품과 유혹의 이미지들로 채색되어 보이지 않게 된 공백들을 보이게 만든다. 그 잉여적 공백에서 타자와 만나며 안정된 도시가 불안정하게 흔들리는 동요의 감각을 되찾을 때, 뿌리치기 어려운 유혹사회의 덫에서 탈출하는 감성정치가 시작될 수 있을 것이다.

4. 제3의 시간과 비식별성의 역습

시간의 식민화에 대항하는 동요의 윤리는 또 다른 시간의 생성이기도 하다. 식민화된 시간은 미래로 나아가는 듯하면서 실상은 부동의 도시로 공간화된다. 반면에 시간의 존재로의 전이에 근거한 제3의 시간은 부동의 도시를 동요의 윤리로 흔들면서 미래로 나아가는 새로운 시간을 암시한다.

신자유주의는 반작용적 정동의 유포를 통해 시간의 식민화를 영속화하려는 사회이다. 시간의 식민화가 계속되면 인과적 시간의 흐름 속에서는 인간적인 삶에 대한 전망이 출현할 수 없게 된다. 식민지 말엽 파시즘의 시기나 1950년대의 국가주의 사회 역시 시간이 식민화된 시대였다. 그러나 오늘날은 시간의 식민화가 전일화된 세계이며 그 징후는 비판담론의 무력화로 인한 탈정치화로 드러나고 있다.

인과적 시간의 무력화는 이른바 대서사라고 불리던 과거의 정치적 기획의 무산으로 귀결되고 있다. 인과성에 의지한 그 같은 모든 시간적 기획의 파산은 오늘날 부득이 제3의 시간의 출현을 요구하고 있다. **제3의 시간**이란 전근대적 순환의 시간과 근대적 선적인 시간에 이은 차이의 회귀의 시간을 말한다.[22] 차이의 시간이란 우리의 기억에 강렬하게 각인되어 존재 자체로 전이된 특이성의 시간을 뜻한다. 인과적 시간이 지나가버린 후 다시 돌아오지 않는 반면 차이의 시간은 끝없이 회귀하며 우리를 미래로 나아가게 한다. 차이가 회귀하는 시간은 시간-이미지들의 심야극장인 무의식이 활성화되며 실재(the Real)와 교섭하는 순간이기도 하다.

예컨대 염주알처럼 늘어선 선적인 시간은 우리를 스치고 지나간 후 되돌아올 수 없는 과거가 된다. 반면에 인과적 시간에서 탈선한 상처 받은

---

22 니체의 영원회귀의 시간을 제3의 시간으로 해석한 논의는 들뢰즈, 김상환 역, 『차이와 반복』, 민음사, 2004, 620~626쪽 참조.

기억은 존재의 심연으로 전이되는 동시에 미래로 향한 시간으로 다시 돌아온다. 예컨대 「아, 하세요 펠리컨」에서 라-47호는 선적인 시간의 탈선이자 '나'의 상처인데 그 시간-이미지는 오리배시민연합으로 되돌아온다. 그처럼 제3의 시간만이 오늘날 우리를 수렁에서 벗어나 새로운 존재로 도약하게 할 것이다. 그 점은 인과적 시간이 파산된 증상인 우울증의 만연이 역설적으로 증명하고 있다. 우리 시대는 선적인 시간의 딜레마가 비판담론까지 무력화시킨 우울증의 시대이다. 이른바 대서사가 효력을 발휘하는 상황은 미시저항의 동요가 한껏 고조되어 흘러넘칠 때이다. 그러나 오늘날은 시간의 식민화와 함께 수동적 정동의 유포로 인해 주체의 감성적 능동성이 박탈된 시대이다. 수동적 정동의 시대의 질병인 우울증이란 변혁 불가능성에 대한 자기 한탄에 다름이 아니다. 인과적 기획이란 현재의 시점에서 미래담론을 만드는 것인데, 감성적 능동성을 상실한 시대에는 체제에 공명하는 시간만이 생산될 뿐 능동적 삶은 오지 않는다. 대서사는 **감성권력**에 의해 무력화되었으며 지배담론은 물론 비판담론마저 우리를 해방시키지 못한다. 에로스의 상실은 절대적 대서사의 인공기관을 식민화된 시간을 질주하는 고속열차로 만든다. 해방된 삶을 위해서 우리는 먼저 능동적 감성을 되살려야 하거니와, 차이의 시간만이 우리에게 능동적 감성의 샘물을 길어 올려 준다.

미래사회를 그린 〈이퀄스〉에는 유전자 조작으로 에로스가 상실된 끔찍한 사회가 그려진다. '이퀄스'(동일성 사회)는 식민화된 미래를 향해 끝없이 질주하는 고속열차이다. 충격적인 것은 오늘날의 사회가 은밀하게 '이퀄스'를 향해가는 도정에 있다는 점이다. 그러나 우리 시대의 수동적 정동의 원인은 유전자 조작도 진화론적 퇴화도 아니다. 바로 그 때문에 우리는 우울하지만 '이퀄스'에서 추방된 우울증이야말로 우리의 절망이자 희망이다. 우리 시대에는 '이퀄스'에서와는 달리 **생명**과 **존재**가 반격의 근거가 되며, 우울의 늪에서 에로스를 퍼올리는 제3의 시간이 절실해지는 것이다.

제3의 시간은 절망이 소망이 되는 역설, 그리고 고통이 향락이 되는 신비를 설명해준다. 앞서 살폈던 포르트-다 놀이, 니체의 영원회귀의 시간,[23] 시간의 존재로의 전이는 모두 제3의 시간의 작용에 근거한 것이다. 우리의 주제인 에로스의 회귀란 제3의 시간의 가장 강렬한 귀환일 것이다. 프로이트가 성인의 신비한 포르트-다 놀이로 말한 미학 역시 제3의 시간의 축제이자 향연이다. 능동적 정동을 회생시키는 동요의 윤리 또한 회귀하는 시간-이미지들과 차이의 시간에 의해 생성된다. '이퀄스'를 물 위의 도시로 만들 수 있는 유일한 것은 차이의 시간적 유희이다.

오늘날 변혁운동의 소생이 미학화의 과정을 요구하는 것도 같은 이유에서이다. 미학이란 제3의 시간의 실행이며 시간의 능동성의 회귀이다. 시간의 식민화를 넘어서기 위해 미학은 연대의 차원을 넘어 정치학의 한 부분이 된다. 그 점이 과거의 변혁운동과 오늘날의 문화적 촛불집회와의 차이일 것이다.

과거의 변혁운동은 인과적 시간의 맥락에 근거한 인간과 환경의 관계에서 나타났으며 리얼리즘의 플롯으로 재현될 수 있었다. 그러나 촛불집회는 리얼리즘의 인과적 플롯만으로는 충분히 표상될 수 없는 특이성의 생성이다. 촛불집회에는 제3의 시간이 흐르고 있으며 감성적 능동성을 표현하는 연출이 끝없이 계속된다. 촛불집회에서의 미학적인 것이란 심연의 샘물에서 끊임없이 에로스를 퍼 올리는 존재의 도약에 다름이 아니다.

예전의 변혁운동에서는 으레 사회모순에 대항할 수 있는 핍박받은 주체가 전면에 나섰다. 인간과 환경의 상호관계의 논리에서 사회모순의 직접적 희생자였던 주체와 집단이 저항의 중심이 될 수 있다고 생각한 것이다. 일상의 소시민이나 중간층의 사람들은 그런 중심이 되는 사람들에 이끌려지는 것으로 여겨졌다. 이 변혁적 대서사에서는, 인과적 시간에서 탈

---

23 영원회귀의 시간은 창조와 생성의 시간으로서 반작용적 주체를 능동적 주체로 회생시켜 준다. 들뢰즈, 신범순·조영복 역, 『니체, 철학의 주사위』, 인간사랑, 1993, 127~129쪽.

락한 사람들, 즉 일상에서 추방된 벌거벗은 생명은 결코 저항의 주체가 될 수 없었다.

그러나 촛불집회에서는 소시민이나 중간층은 물론 일상에서 잘 보이지 않았던 사람들이 중심이 없이 뒤섞인다. 노동자나 농민의 집단은 그 '무질서의 질서'를 이룬 사람들의 조력자일 뿐이다. 촛불집회는 오히려 소수자, 학생, 주부, 비정규직, 실직자 등 인과적 시간에서 미끄러진 사람들의 제3의 시간의 반란이다. 제3의 시간이 '시간의 존재로의 전이'라면, 촛불집회는 존재가 희미해진 사람들의 존재론적 저항이다. 그들은 침묵으로 "나 여기 있다"라고 시각적 주체의 회복을 외치고 있는 셈이다. 그런 존재의 시위에 의해 "우리가 주인이다"라는 말이 비로소 떠받혀지고 있는 것이다. 이 같은 존재 자체의 시위는 일상에서 잘 보이지 않던 비식별성의 영역의 시각적 반란이라고 할 수 있다.

아감벤은 벌거벗은 생명을 비식별성의 영역에 포섭하는 것이 지배권력의 본래의 활동이라고 말했다.[24] 비식별성의 영역이란 법이 정지되는 위치이자 일상에서 잘 보이지 않는 공간이다. 오늘날은 인격성의 영역의 상품화로 인해 비식별성의 공간이 잠재적으로 확장된 시대이다. 더욱이 시각적 권력의 확대 속에서 1%만이 모니터에 나타나고 99%는 부품처럼 본체에 감춰지는 일상의 비식별성이 심화되고 있다. 우리는 벌거벗은 생명은 물론 일상의 사람들도 잘 식별되지 않는 이상한 고요함 속에서 살아간다. 이제까지의 우리의 논의는 그런 이상한 고요함으로부터의 탈출과정을 모색하는 것이었다.

감성권력이 벌거벗은 생명을 보이지 않게 만든다면 미학은 존재의 자기증명을 통해 그들을 보이게 만든다. 우리는 지금까지 그런 미학적 은유를 통해 물밑의 연대가 생성되는 과정을 살펴봤다. 보이지 않는 물밑의

---

24 아감벤, 박진우 역, 『호모 사케르』, 새물결, 2008, 42쪽.

연대는 사랑을 통해 권력에 공백을 만드는 방식의 또 다른 비식별성의 영역이라 할 수 있다. 그런 비식별성 속에서 물밑의 연대가 고양되며 나타나는 숨은 영혼의 역습이 촛불집회 같은 새로운 변혁운동일 것이다.

아감벤의 비식별성의 영역은 법적 질서의 내부와 외부에 자리하는 지배권력의 장이다.[25] 반면에 숨은 영혼의 또 다른 비식별성의 영역은 법의 내부와 외부에 위치하는 피지배자의 물밑의 공간이다. 아감벤은 감성권력이 은폐하는 '산 죽음'의 생명을 말하고 있는데, 그런 숨은 생명은 단지 소리 없이 처분되는 존재가 아니다. 벌거벗은 숨은 생명은 잠재적인 **에로스**의 회생을 통해 **숨은 영혼**이 될 수 있다. 또한 숨은 생명은 미학적 은유의 힘으로 일상의 생명들에게 에로스를 생성시켜 그들마저 숨은 영혼으로 고양시킨다. 숨은 영혼이란 에로스의 샘물로 간신히 소생한 벌거벗은 타자와 그에 동조된 일상의 존재들을 말한다. 처분해도 좋은 숨은 생명이 국민국가의 자기모순이라면 숨은 영혼의 생성은 그런 모순에 저항하는 틈새이다. 그 같은 저항의 틈새를 만드는 것이 바로 아무런 저항력도 없어 보이는 에로스인 것이다. 아감벤은 국민국가와 벌거벗은 생명 사이에 수용소라는 간극이 있다고 말했다. 우리는 국민국가와 벌거벗은 생명(숨은 생명) 사이에 에로스라는 또 다른 간극이 있다고 말할 수 있다.

에로스는 일상의 수용소에서 침묵하는 숨은 생명의 존재를 미학적 은유로 상승시켜 그에 공감하는 사람들을 숨은 영혼으로 고양시킨다. 이 과정에서 벌거벗은 생명을 은폐하는 일상의 수용소의 대척적인 위치에 벌거벗은 영혼의 또 다른 비식별성의 영역이 만들어진다. 전자에서 숨은 생명이 처분되며 지배권력이 유지된다면, 후자에서는 **숨은 영혼의 역습**을 통해 지배권력에 대한 위협이 생성된다.

우리가 살펴본 미학적 환상들은 이미 이런 일련의 과정을 암시하고 있

---

25   위의 책, 76쪽.

다. 〈빈집〉의 유령연습이나 「아, 하세요 펠리컨」에서의 오리배 시민연합은 단지 환상에 그치는 것이 아니다. 그 이미지들은 국민국가와 벌거벗은 생명 사이에 수용소 이외의 또 다른 간극이 있음을 암시한다. 그런 환상이 유포될수록 벌거벗은 생명의 비식별성의 영역이 식별가능해지는 한편 숨은 영혼의 또 다른 비식별성의 영역은 오히려 증대될 것이다. 이것이 바로 환상을 통해 은밀히 회생된 에로스의 미학적인 힘이다. 오늘날 환상 미학이 많아진 것은 무의식의 영역에 잘 표상될 수 없는 (재현 불가능한) 에로스의 갈망이 잔존한다는 강력한 암시일 것이다. 에로스는 낭만적 유토피아와 섹슈얼리티 장치(유혹의 권력)를 대체할 뿐 아니라 죽음정치에 의한 비식별성의 영역을 변혁한다. 그런 방식으로 물밑의 에로스의 감성이 고양될 때 감성의 분할의 변혁이 일어나게 된다.

미래의 변혁운동은 감성의 분할의 변혁과 함께 물밑의 영역으로부터 숨은 영혼의 역습을 동반해야 한다. 새로운 변혁운동이란 〈원티드〉의 시각성의 탈취, 「내 여자의 열매」의 복수 코드적 환상, 「아, 하세요 펠리컨」의 숨은 영혼의 역습의 총합계이자 고양이다. 우리 시대는 두 개의 비식별성의 영역이 은밀히 길항하고 조우하는 시대이다. 감성권력의 비식별성은 불온한 생명을 처분하고 '이퀄스'에 다가가는 화려한 세계를 만든다. 반면에 미학에 의해 증폭되는 또 다른 비식별성은 '이퀄스'를 물위의 도시로 만들며 숨은 영혼의 반란을 모색한다. 에로스를 소멸시킨 대가로 건설된 수려한 도시는 비식별성의 역습의 위기에 처해 있다. 모든 것을 아는 동시에 모르는 이 시대의 나르시시즘 왕국은 물밑에서만 알 수 있는 이자적 진리의 위협에 직면한다. 이것이 국민국가와 벌거벗은 생명 사이의 두 개의 간극들이 길항하며 연출하는 우리 시대의 보이지 않는 드라마이다.